SUZANNE FRANK

Die Prophetin von Luxor

Buch

Chloe Kingsley, eine junge Künstlerin aus Dallas, nutzt ihren Urlaub, um ihre Schwester bei deren archäologischen Ausgrabungen in Ägypten zu besuchen. Als sie neugierig im Tempel von Karnak einen verbotenen Nebenraum besichtigt, packt sie unvermittelt ein Energiewirbel und katapultiert sie in das Jahr 1452 vor Christus. Sie findet sich wieder als Prophetin und Priesterin – in einem durchsichtigen Gewand, bespritzt mit dem Blut eines Fremden. Jäh wird sie hineingerissen in die politischen und persönlichen Intrigen der regierenden Pharaonin Hatschepsut und ihres Neffen Thutmosis III. Von Anfang an hält sich Cheftu, ein brillanter junger Arzt, in ihrer Nähe auf. Mit Mißtrauen betrachtet er die plötzlichen Veränderungen an einer Prophetin, der er bisher nur mit Verachtung begegnen konnte. Und doch verlieben sich die beiden unsterblich ineinander, was in ihrer Umgebung nicht unbemerkt bleibt. Als Moses durch einen Sklavenaufstand das Volk Israel aus Ägypten befreien will, müssen Chloe und Cheftu eine qualvolle Entscheidung zwischen Liebe und Pflicht treffen. Eine Entscheidung, die tiefgreifende Folgen für Vergangenheit, Gegenwart und Zukunft hat – und für ihre Liebe.

Autorin

Suzanne Frank arbeitete als Journalistin für Tageszeitungen und Zeitschriften und in der Modebranche, bis sie auf ihren zahlreichen Reisen durch Europa und Ägypten die Inspiration für ihr großes Zeitreisen-Quartett bekam, das auf Anhieb zu einem großen internationalen Erfolg wurde. Seitdem widmet sie sich ganz dem Schreiben und veröffentlicht unter ihrem Pseudonym Chloe Green auch romantische Kriminalromane. Suzanne Frank ist gebürtige Texanerin und lebt heute in Ellensburg, Washington.

Von Suzanne Frank ist bereits erschienen:
Die Seherin von Knossos (Bd. 2; 35704)
Die Hüterin von Jericho (Bd. 3; 35611)

Im November 2002 erscheint:
Die Händlerin von Babylon (Bd. 4; 35656)

Unter dem Namen Chloe Green ist erschienen:
Mein mörderischer Freund. Roman (35598)

SUZANNE
FRANK

DIE PROPHETIN
VON LUXOR

Roman

Aus dem Amerikanischen
von Christoph Göhler

BLANVALET

Die Originalausgabe erschien 1997
unter dem Titel »Reflections in the Nile«
bei Warner Books, Inc., New York.

Umwelthinweis:
Alle bedruckten Materialien dieses Taschenbuches
sind chlorfrei und umweltschonend.

Blanvalet Taschenbücher erscheinen im Goldmann Verlag,
einem Unternehmen der Verlagsgruppe Random House.

Sonderausgabe September 2002

Umschlaggestaltung: Design Team München
Umschlagfoto: Artothek/Christie's
Druck: Elsnerdruck, Berlin
Made in Germany · Titelnummer: 35842
ISBN 3-442-35842-6
www.blanvalet-verlag.de

1 3 5 7 9 10 8 6 4 2

Für meine Eltern,
die niemals gesagt haben: »Das kannst du nicht«,
die niemals daran gezweifelt haben, daß ich es konnte,
und die mich immer geliebt haben,
und zwar bedingungslos.

Danke.

ÄGYPTEN

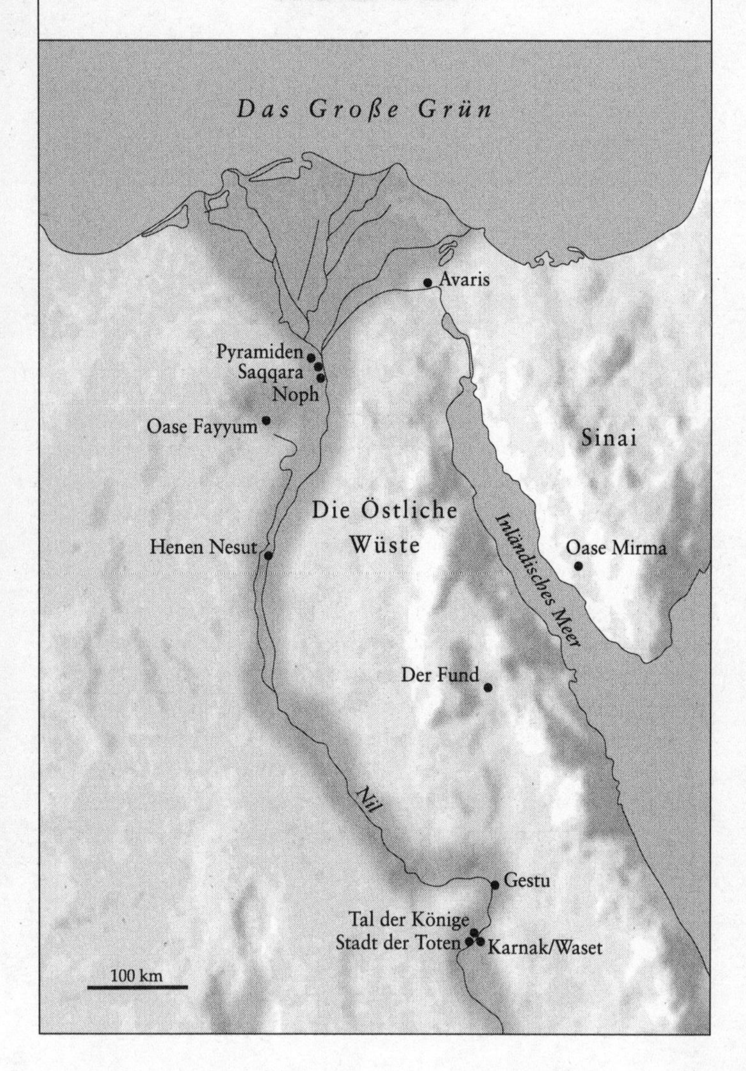

Das Große Grün
Avaris
Pyramiden
Saqqara
Noph
Oase Fayyum
Sinai
Die Östliche
Wüste
Inländisches Meer
Henen Nesut
Oase Mirma
Der Fund
Nil
Gestu
Tal der Könige
Stadt der Toten
Karnak/Waset
100 km

Vorwort

Es gibt einen Haarriß in der Zeit – einen Kanal, durch den, wenn bestimmte astronomische Konstellationen, der geeignete Ort und die richtige Identität aufeinandertreffen, die Gegenwart verlassen werden kann. Wer durch diesen Haarriß reist, ist nicht nur Beobachter, sondern tritt wie der Schatten einer Spiegelung in den Körper und Geist eines anderen Menschen ein … um dort eine andere Bestimmung zu erfüllen. Wie eine Welle durch einen Teich geht, so beeinflußt jeder Wechsel Gegenwart und Vergangenheit. Manchmal bewirken die Veränderungen Wunder. Bei anderen Gelegenheiten erweisen sie sich als Alptraum. In der Geschichte läßt sich beides finden. Welche Menschen sind der Schlüssel für ein solches Zusammentreffen? Wer schleicht sich in unsere Welt ein und beobachtet uns aus einem anderen Jahrhundert heraus, verborgen im Körper eines anderen, verborgen hinter unseren eigenen Erwartungen? Verborgen, weil wir letzten Endes nur sehen, was wir zu sehen erwarten.

Erster Teil

1. Kapitel

Ägypten war ein einziger Traum. Ein knallblauer Himmel, grüne Palmen, blaßgoldener Sand. Die Künstlerin in mir war durchaus empfänglich für die Schönheit des Landes, auch wenn meine Füße geschwollen und die Augen trübe waren und ich mich fühlte, als hätte ich meine Seele zweitausend Meilen weit hinter mir gelassen. Es war eine lange Reise gewesen: mit dem Flugzeug von Dallas über New York und Brüssel nach Kairo, von dort aus weiter nach Luxor in einem Nachtzug, in dem ich bei einem Halt erbarmungslos aus meiner Koje auf den Boden geschleudert wurde. Arabien brachte solche Überraschungen mit sich. Ich hatte als Kind länger im Nahen Osten gelebt, ich wußte also, was mich erwartete, und war mit den drei wichtigsten Grundsätzen vertraut: *inshallah* – So Gott will; *bukra* – morgen; und einer allgegenwärtigen, unbegreiflichen Gastfreundschaft.

Leider reichte besagte Gastfreundschaft nicht so weit, daß mir jemand mit meinem Rucksack geholfen hätte, als ich im Bahnhof von Luxor auf den Bahnsteig trat. Es war ein berauschender Augenblick, als die Stadt über mir zusammenschlug. Ich hatte vergessen, wie der Nahe Osten roch. 1987 hatte ich ihn als Siebzehnjährige verlassen, um an die Universität zu gehen. Jetzt ertrank ich in den Gerüchen: nach Gewürzen, Weihrauch, ungewaschenen

Leibern und Urin. Sie verbanden sich zu einem kraftvollen Aroma, das mich gleichzeitig würgen und lächeln ließ. Und der Lärm! Das Geschrei wiedervereinter Familien, das Geschwätz der Touristen, die Kakophonie der Radiosender und hoch über uns der Ruf des Muezzins zum Gebet. Ich drängte an den Schleppern vorbei, die mir »Allerbeste Preis, Lady« für billige Hotelzimmer versprachen, denn mir war bewußt, daß billig mit türlos, schranklos und unzähligen vielbeinigen Schlafgefährten gleichzusetzen war. Es war Weihnachten und mein Geburtstag, und ich hatte auf kühl glänzende Einkaufspassagen, auf Eierpunsch und knisternde Kaminfeuer verzichtet. Auf gar keinen Fall würde ich in einem schmierigen, türlosen Hotel absteigen.

Meine Schwester Cammy oder eigentlich Camille – ehrlich, ich weiß, wie leicht man unsere Namen verwechselt, Camille und Chloe –, wartete auf der anderen Straßenseite. Niemand sieht uns an, daß wir Schwestern sind, denn ich bin groß und mager, habe kupferfarbenes Haar, grüne Augen und helle Haut, wohingegen Cammy fast exotisch wirkt. Sie ist kleiner, aber sie hat eine klassische Figur, kastanienbraunes Haar, und ihre Augen haben die Farbe von neuen Levi's. Indigoblau – manchmal scheinen sie fast lila. Und nicht nur das, sie ist auch ein Genie. Ich war hier, um mit ihr ihren Doktor in Ägyptologie zu feiern. Ich liebe Camille; sie war schon immer mein Idol, ungeachtet der Tatsache, daß sie mich mit einem dämlichen Spitznamen bedacht hat – »Kätzchen«.

»Chloe! Hallo, Schwesterherz!« Sie sah mir ins Gesicht, und ihr Lächeln brach strahlend durch die dunkle Haut.

»Dr. Kingsley, nehme ich an?«

Cammy warf den Kopf zurück und lachte, ein tiefer, kehliger Laut, der ihr von allen Seiten wohlgefällige männliche Blicke eintrug. »Ich wette, du wartest schon den ganzen Tag darauf, das zu sagen!«

»Um genau zu sein, habe ich fast dein ganzes Leben darauf gewartet, das zu sagen. Haben sich die Mühen und der Schweiß denn gelohnt? Schließlich mußt du dir jetzt, wo du fertig bist, einen richtigen Job suchen.«

»Kein Problem. Die Arbeit wird mir in den nächsten Jahren nicht ausgehen, schätze ich«, antwortete sie mit einem Lächeln, um das Mona Lisa sie beneidet hätte. Sie nahm mir die Tasche ab und marschierte los zum Taxistand. Jedes weitere Gespräch wurde von den »Bakschisch«-Schreien einer Horde von Kindern übertönt, deren große dunkle Augen vor Begeisterung tanzten, während sie ihr Spiel mit den Touristen trieben. Bakschisch war kein Betteln, es war eher eine Art Trinkgeld. Im Zweifelsfall einfach dafür, daß sie am Leben waren.

»Hast du die Stifte mitgebracht, die ich haben wollte?« fragte sie.

»In der Tasche.«

Cammy zog eine Handvoll billiger, fast wertloser Kugelschreiber heraus, und den Kindern blieb vor Ehrfurcht der Mund offenstehen. Mit arabischen Ermahnungen, uns nun in Ruhe zu lassen, verteilte Cammy die Stifte, und die Kinder zerstreuten sich. »Du hast dir eben eine ganze Schar von Helfern gekauft«, verkündete sie triumphierend.

»Nur für ein paar Kugelschreiber?«

»Ja. Jetzt haben sie etwas zum Schreiben, wenn sie in die Schule gehen. Nimm stets ein paar Kugelschreiber mit – damit kannst du beim Feilschen den Preis runterschrauben.«

Sie wußte, wie erbärmlich ich beim Feilschen war. »Cool«, sagte ich.

Gerade als ich meine Tasche schulterte, kam ein Taxi quietschend vor uns zum Stehen, und ich kletterte hinter Cammy in den Fond. Sie gestikulierte und diskutierte mit dem Fahrer, dann fuhren wir los, wobei er sich alle Mühe gab, das uralte Vehikel in unter einer halben Stunde von Null auf Tempo 50 zu beschleunigen. Wir fuhren auf der Hauptstraße nach Süden, parallel zum Fluß.

Luxor besteht aus zwei Städten, wobei die eine wie das moderne Spiegelbild der anderen wirkt. Während es im »touristischen« Teil rund um die antiken Tempelstätten von Luxor und Karnak Hotels, Restaurants, Läden und ein paar Nachtclubs gibt, besteht der »ursprüngliche« Teil aus windschiefen Häusern, Moscheen und einem Gewirr enger Gäßchen voller kleiner barfüßiger Fußballspieler. Wir jagten an ein paar Kaleschen vorbei, die am Fluß entlang dahinklepperten, entfernten uns ein paar Straßen vom Suk und fuhren durch die labyrinthischen Gassen, bis wir schließlich abrupt vor einem halbverfallenen Hotel stehenblieben, auf dessen Markise in Leuchtschrift eine Kartusche prankte.

Ich konnte es nicht glauben.

Das Wort »schmuddelig« wurde dieser Unterkunft nicht einmal entfernt gerecht. Dennoch machte sich meine Erschöpfung bemerkbar, und im Moment kümmerte es mich weniger, wo wir übernachten würden, als wann ich mein Gesicht waschen und mich ein wenig hinlegen konnte. Wir hatten uns für »ursprünglich« versus »touristisch« entschieden, aber zu diesem Zeitpunkt hätte ich auf einem Kamel geschlafen, wenn es nur lang genug gewesen wäre. Ich schleifte meine Taschen aus dem Taxi und wartete, bis Cammy gezahlt hatte.

Ich zog eine Braue hoch. »Hier wohnen wir?«

Cammy lächelte. »Ja. Ein irres Hotel. Es hat einen Dachgarten mit der phantastischen Reproduktion einer Ramses-Statue ...«

Jawohl, ich war wieder im Nahen Osten. »Kann man die Türen abschließen?« fragte ich.

Cammy pries immer noch die nicht mit Geld aufzuwiegenden, nichtalltäglichen Vorzüge dieses Hotels. Ich hob die Hand. »Okay, okay. Ich bleibe hier, solange du dabei bist, aber sobald du in den Bus zu deinem Außenposten in der Wüste steigst, ziehe ich um in den edelsten Vier-Sterne-Kasten, den ich kriegen kann!«

Mit einem Lächeln und einer grandiosen Geste öffnete sie die Tür. »Ich hätte nichts anderes von dir erwartet, meine zivilisierte kleine Schwester.«

Ein Nickerchen brachte meine Lebensgeister zurück. Wir zogen uns um, schlossen die windschiefe Tür ab, die nicht einmal dem halbherzigen Tritt eines Sechsjährigen standgehalten hätte, und machten uns auf in die ägyptische Nacht.

Der Himmel war tiefer geworden. Goldene Finger woben Lila, Magenta-, Fuchsienrot und zartes Rosa zu einem Teppich, der in das sternenbesetzte Mitternachtsblau blutete. Ich mummelte mich in meine Jacke, um mich gegen die kühle Luft zu schützen, denn die Temperatur war gefallen. Wir fuhren in einer Kalesche ans Flußufer, wo unzählige Kreuzfahrtschiffe angelegt hatten und Myriaden von Lichtern auf das dunkle Wasser streuten. Sowie wir in das

Hotelrestaurant traten, wurden wir zu einem Tisch geführt, wo wir alle Speisen je einmal bestellten, nur die Oliven zweimal. Ich schaute auf und sah erwartungsvoll meine aufgekratzte Schwester an.

»Du platzt ja gleich. Die Aufregung strahlt von dir aus wie eine Aura. Was ist los? Hat es irgendwas mit dieser kryptischen Bemerkung zu tun, du hättest einen längerfristigen Job?«

Cammys Augen wurden groß. »Ich? Aufgeregt?« Im Gegensatz zu meinem ist Cammys Gesicht ein offenes Buch. Mom und Dad haben ihr nie verraten, wer was zu Weihnachten oder zum Geburtstag bekommen sollte, weil sie kein Geheimnis länger als zehn Minuten für sich behalten konnte.

»M-hm«, antwortete ich um eine Olive herum.

»Du solltest aufgeregt sein, du wirst bald mit einer sehr berühmten Person verwandt sein.« Ihre marineblauen Augen sprühten.

»Hast du ein zweites Grab von König Thut gefunden?« fragte ich umbekümmert.

»Vielleicht«, erwiderte sie selbstgefällig. Sie verspeiste ein Stück Pita und beobachtete mich dabei. Sie hatte schon immer einen Hang zur Dramatik gehabt.

»Wirst du es mir erzählen oder wartest du lieber, bis ich vor Neugier gestorben bin, Cammy?«

»Es ist eine komische Sache.«

»Komischer als dein Affe?« Ihr erster Fund war ein kleiner Lehmaffe aus der Zeit Echnatons gewesen, der mittlerweile in den Tiefen des Ägyptischen Museums verschollen war. Er war anatomisch korrekt und *an strategischen Stellen* blau angemalt. Bis heute wurde sie deswegen aufgezogen.

»Nein«, erwiderte sie fest. »Nicht wie der Affe.« Sie seufzte. »Ich kann es eigentlich gar nicht beschreiben.«

Na toll, ein Quiz. »Ist es ein Tier, eine Pflanze oder ein Mineral?«

»Papyrus.«

»Und…«, bohrte ich nach. Tatsächlich, sie hatte zu gut gelernt, sich zu beherrschen.

»Also, laß mich mit der Ausgangshypothese beginnen. Die Funde religiöser Artefakte im Tempelbereich –«

Ich schnittt ihr das Wort ab. »Sprich normal, geliebte Schwester. Schlicht, einfach und verständlich. Ohne Verweise, Fußnoten oder Berufung auf Namen wir Carter, Petrie, Mariette oder sonstwen. Was hast du gefunden?«

Cammy machte den Mund auf und klappte ihn wieder zu. »Keine Verweise?«

»Keinen einzigen.«

Sie trommelte nachdenklich mit den Fingern. »Also gut. Möglicherweise gibt es einige unentdeckte Gräber in der östlichen Wüste. Wir –« Sie verhaspelte sich, und mir war klar, daß sie den Satz neu formulierte. »Die Universität… führt draußen Ausgrabungen durch. Im Grunde ist die Sache ein Witz, deshalb lassen wir größtenteils Studenten aus den höheren Semestern dort arbeiten. Doch dann haben wir diese unterirdische Kaverne entdeckt. Sie sieht aus, als wäre sie mindestens einmal bewohnt worden. Wir haben eine Reihe von riesigen irdenen Wasserkrügen gefunden, die an einer Wand lehnen.«

»Wie groß ist riesig?« fragte ich zwischen zwei Bissen Baba Ghanouj. Ich liebe Auberginen.

»Etwa ein Meter fünfzig.«

»Cool.«

»Sie erinnern mich an die Krüge, die man in Qumran gefunden hat. Weißt du noch?«

Ja, ich wußte noch. Sommer am Toten Meer. Es hatte ungefähr 50°C im Schatten gehabt und gestunken wie auf einer Farm für faule Eier. Wir waren durch den ganzen Wadi gewandert, Mommy und Cammy vorneweg, verschiedene Theorien über die Ausgrabungen und den Fund kommentierend und gegeneinander abwägend, während Vater und ich sonnenverbrannt, mit abpellender Haut und absolut ausgedörrt hinterhergeschlurft waren. »Weiter«, sagte ich.

»Also, diese Krüge, die wir da gefunden haben, sind voller Papyri. Wir haben sie nach Luxor mitgenommen, um die Blätter auszurollen…« Ihre Augen glühten fanatisch. »Es ist einfach unglaublich, denn alle unsere Tests ergeben, daß der Papyrus aus der Zeit um 1450 vor Christus stammt. Etwa der Zeit von Thutmosis dem Dritten«, erläuterte sie mir, der ägyptologisch Minderbemittelten. Sie beugte sich vor und flüsterte: »Das Ungewöhnliche und Verblüffende daran ist, daß es Zeichnungen sind, wie sie die Ägypter unseres Wissens nie zustande gebracht haben!«

Eine Sekunde lang kitzelten Zitrus und Weihrauch in meiner Nase.

»Es sind Illustrationen«, fuhr sie enthusiastisch fort. »Allerdings sind sie so perfekt und detailliert, daß sie fast wie Fotos wirken.« Sie ließ sich unvermittelt zurückfallen. »Und dann sind da noch die Löwen.«

Ich verschluckte eine Olive. »Löwen?«

Cammy zuckte mit den Achseln. »Das ganze Gelände scheint ein Löwenfriedhof zu sein. Es gibt Hunderte Knochen; Generationen über Generationen von Löwen sind dort gestorben.« Wieder senkte sich ihre Stimme zu einem Flüstern. »Ich hatte das unheimliche Gefühl, daß sie uns immer noch beobachten.« Sie schauderte.

Ich nahm einen Schluck von meinem Mineralwasser. »Laß mich das mal klarstellen. Der Fund ist so phantastisch, weil ihr Illustrationen aus dem alten Ägypten in fotografischer Qualität entdeckt habt?«

»Ja. Das glaube ich wenigstens.«

»Sind es bunte Farben? Sind sie beschriftet, sind sie leicht als Alltagsszenen zu identifizieren oder was?«

Cammy überlegte kurz. »Wir haben erst ein paar davon ausgerollt. Ein Papyrus zeigt eine Alltagsszene, in bunten Farben; ein zweiter ist... na ja, einfach unerklärlich. Ein dritter ist ein Meisterwerk in Tinte und Holzkohle.«

Ich spürte, wie beruflich bedingte Neugier in mir aufkeimte. »Darf ich sie sehen?«

Cammy biß sich auf die Lippe und sah mich lange an. »Also, wir bewahren sie in Hochsicherheitsbehältern auf.«

»Aber du hast die Schlüssel dafür?«

»Jjjjjjaa«, antwortete sie widerstrebend.

»Ich werde sie nicht anrühren. Ich möchte sie bloß sehen, weil ich für dich ›ägyptische‹ Bilder gemalt habe, seit wir klein waren. Ist dir eigentlich klar, daß sogar deine Ausschneidepuppen Ägypterinnen waren?«

Cammy lachte. »Na gut, vielleicht war ich ein bißchen fanatisch. Das liegt in der Familie.«

»Wo bin *ich* denn fanatisch?« fragte ich dämlich.

»Bei unseren Wurzeln.«

Da mußte ich ihr allerdings recht geben.

Meine Wurzeln hatten mir stets Halt gegeben, selbst während meiner Kindheit in anderen, fremden Ländern. Wurzeln, die mich auf mein europäisches Erbe und meine Südstaaten-Familie stolz sein ließen. Wurzeln, deren wichtigste eine eisenharte, kamelienweiche Großmutter gewesen war: Mimi, meine beste Freundin und mein Anker bis zu ihrem Tod vor sechs Monaten.

Ich erwachte unausgeruht und den Kopf nach wie vor voller verstörender Träume. Uralter Träume. Träume von Tod, Leidenschaft, Besessenheit. Normalerweise nicht meine Kost. Ich träume viel eher davon, Cadillac-Anzeigen umzuschreiben oder Dinnerparties mit Monet und Michelangelo zu feiern. Oder besser noch, eine Coca-Cola-Kampagne zu leiten. Aber das Gefühl wollte sich nicht abschütteln lassen. Eine eindeutig arabisch anmutende Impression, exotisch, schwelgerisch und sinnlich. Ich schüttelte den Kopf. Offensichtlich waren Pommes frites mit Kichererbsen-Dip vor dem Schlafengehen keine gute Idee.

Der Tag verstrich im Jet-lag-Dunst, doch zumindest gelang es mir, ein paar Postkarten zu schreiben, ein paarmal zu essen und mich zur Hälfte durch Agatha Christies altägyptischen Krimi zu arbeiten. Dann schwang Cammy die Peitsche, und es wurde ernst mit dem Touristenprogramm. Um sieben Uhr früh ließ sie mich durch das Tal der Könige wandern, danach folgte eine ausgedehnte Tour durch den Deir El-Bahri, den Grabtempel der Königin Hatschepsut. Allerdings war man damals, wie Camille mir erklärte, entweder Pharao, was wörtlich übersetzt »Großes Haus« hieß, oder man war Untertan. Da es kein Wort gab, das auf eine Königin als absolute Monarchin gepaßt hätte, waren alle Verweise auf Hatschepsut männlich. Darum wurde sie gewöhnlich auch als Mann dargestellt.

Camille dozierte in ihrer Vorlesungs-Stimme: »Niemand weiß, wie es dazu kam, daß ihr Tempel, ihre Obelisken und die übrigen Monumente symbolisch zerstört wurden –«

Ich fiel ihr ins Wort. »Symbolisch zerstört?«

»Ja. Ihr Name wurde ausgelöscht, verstehst du? Und ohne einen Namen war ihr das Leben nach dem Tod verwehrt; wenn jede Erinnerung an sie ausgelöscht wurde, wurde sie damit auch im Jenseits ausgelöscht. Namen waren äußerst wichtig; selbst die wahren Namen der Götter wurden geheimgehalten, um sie zu schützen. Zum Beispiel bedeutet ›Amun‹ wörtlich ›Der Verborgene‹, was mit ein Grund dafür ist, daß er solche Macht hatte. Indem man Hatschepsuts Name ausradierte, machte man sie also zu einer Unbekannten, die durch die Zeit und die Ewigkeit irren muß.«

Ich betastete die ausgemeißelte Kartusche. »Wie gemein! Ich habe gedacht, Pharaonen wurden, ungeachtet ihres Geschlechts, als menschgewordene Götter verehrt? Wer hätte so etwas befehlen können?«

Während ich sprach, drehte sich mir der Magen um. Ich spürte, wie etwas um mich herum weiter wurde, wie der Raum anwuchs, als würde ich über einem Abgrund schweben; unvermittelt roch ich Zitrus und Weihrauch. Ich blinzelte hastig, streckte den Arm aus, um mich an den grellweißen Steinmauern festzuhalten, und versuchte, die verschwommenen Bilder wieder zur Ruhe zu zwingen.

Ich sah Cammy an. »Wie?«

»Ich habe gesagt: ›Du hast mehr über Ägypten aufgeschnappt, als du glaubst, Schwesterherz‹«, wiederholte Cammy.

»Und was hast du davor gesagt?«

Sie runzelte die Stirn, offensichtlich verwirrt. »Davor?«

»Ja. Du hast mich irgendwie genannt, es hat mit ›R‹ angefangen; ein Wort, das ich noch nie gehört habe. Re-irgendwie? Oder vielleicht war es Ra…«

Cam bedachte mich mit einem schiefen Blick. »Hatschepsuts Geist muß dir zusetzen, Chloe, ich habe überhaupt nichts zu dir gesagt. Geht es dir nicht gut? Hast du zuviel Sonne abgekriegt?«

Ich blickte über die säulenbestandene Terrasse. »Nein, es geht schon. Wahrscheinlich war es nur der Wind oder so.«

»Wahrscheinlich. Manchmal pfeift es ganz schön durch die Anlage hier.« Sie fing mit einer Hand ihr wehendes Haar ein, drehte es geschickt zu einem Knoten und steckte ihn mit ihrem Stift fest. »Um deine Frage zu beantworten, die meisten Historiker und Archäologen nehmen an, daß Thutmosis der Dritte Hatschepsuts Hinterlassenschaft entstellt hat, und zwar aus Haß, weil sie ihn über zwanzig Jahre lang vom Thron verdrängt hatte. Im Grunde ist das Terra incognita in der Ägyptologie. Niemand weiß etwas, und es gibt keine Belege, abgesehen von dem, was stehengeblieben ist.«

Schweigend betrachteten wir die eleganten Rampen und Säulen, die in das zerklüftete Felsgestein dahinter übergingen und dadurch die Eleganz des Bauwerks wie auch die Stärke des Felsens hervorhoben. Es war eine perfekte künstlerische Aussage. Ich knipste ein paar Bilder, probierte dabei verschiedene Winkel aus und wünschte, ich hätte mir vor der Abreise aus Dallas noch ein Weitwinkelobjektiv zugelegt.

Der Tempel war ein Denkmal für einen Irrweg in der ägyptischen Geschichte, ein Triumph der Kunst über menschliches Begehren, denn allen Bemühungen ihrer Nachfolger zum Trotz lebte Hatschepsut in diesem architektonischen Meisterwerk weiter. Dies hier war ihre Unsterblichkeit.

Cammy wanderte durch die sonnendurchfluteten Säulenhallen und übte sich darin, die verblichenen Hieroglyphen zu lesen, während ich im Staub kauerte und Rohskizzen von den zum Himmel strebenden Säulen mit ihren eingemeißelten Frauengesichtern machte. Was hatte ich vorhin gehört? Es war ein kaum vernehmbares Wort gewesen, das undefiniert am Rande meines Bewußtseins herumgeisterte. Nur der Wind, ermahnte ich mich mit einem innerlichen Kopfschütteln, und widmete mich wieder meinem Skizzenblock.

Bis zum Ende der Besichtigung schwiegen wir, jede in ihre eigenen Gedanken versunken.

An diesem Nachmittag mußte Cammy in der Universität bei irgendwelchen Übersetzungen helfen. Ich spazierte zum Nil, schaute hinunter zum Tempel von Karnak und malte mir dabei aus, wie er in längst vergangenen Zeiten mit bestickten Fahnen geschmückt war, die von den farbenfroh bemalten Pylonen herabhingen.

Als die Sonne ein rosa-goldenes Glühen über die Stadt legte, nahm ich ein Taxi zurück zum Hotel. An diesem Abend würde das Essen auf meine Rechnung gehen, schließlich hatte Cammy gestern bezahlt.

Wir trafen uns zum Ausgehen in dem dunklen Hotelflur. »Haben wir noch Zeit, deinen Fund anzuschauen?« fragte ich, immer noch neugierig.

Cammy warf einen Blick auf die Uhr. »Na ja, heute findet eine Weihnachtsfeier statt, wahrscheinlich kann ich dich reinschleusen.«

Sie war nicht gerade übermäßig begeistert, aber andererseits war stets ich diejenige gewesen, die uns in Schwierigkeiten gebracht hatte. Ihr Respekt vor irgendwelchen Regeln war mehr als gesund. Ironischerweise hatte dennoch ich einen militärischen Rang und eine Dienstnummer, obwohl ich ständig gewillt bin, mir die Regeln zurechtzubiegen.

Allerdings hatte die Kadettenschule mehr als genügt, um mich, die verwöhnte Tochter eines amerikanischen Diplomaten, zur Räson zu bringen. Nicht nur, daß ich mich von den anderen Offiziersanwärtern unterschieden hatte – ich war eindeutig eher Ausländerin als Amerikanerin –, ich war auch jünger gewesen als sie. Als Zwanzigjährige mit einem Abschluß in Kunst war es mir nicht eben leichtgefallen, Freunde zu finden. Dennoch erwies ich mich als Genie im Katastrophen-Management, meinem jetzigen Einsatzbereich als Reservistin. Mein Kingsley-Stolz hatte nicht zugelassen, daß ich aufgab, so verfahren die Situation auch sein mochte. Eine Kingsley gab niemals auf, hatte man mir erklärt, und so hatte ich mich durchgebissen.

Eigentlich wäre der Militärdienst die »Pflicht« meines Bruders gewesen, doch war er schon so lange das schwarze Schaf in der Familie gewesen, daß sein Name nicht einmal mehr ausgesprochen wurde und kaum anzunehmen war, daß er seinem Ruf folgen würde. Die Familie meines Vaters hatte dem Land gedient seit dem Krieg zwischen den Staaten, den man im übrigen Land als amerikanischen Bürgerkrieg kannte, und nun war die Zeit für die nächste Generation gekommen. Ich bin allerdings nicht sicher, daß Mimi, als sie mir von den Ruhmestaten meiner Südstaatenvorfahren erzählte, tatsächlich vorgeschwebt hatte, ich solle der Air Force Reserve beitreten.

Jedenfalls war ich eben dabei, Cammy – wieder mal – vom rechten Wege abzuführen. Vielleicht war ich doch nicht so gefestigt, wie ich gedacht hatte.

Ein paar Minuten später traten wir in das Foyer des Schlaf- und Forschungsbaus ihrer Universität, der als Chicago House bekannt war. In dem trübe beleuchteten Raum stand ein struppiger künstlicher Weihnachtsbaum, behangen mit Glaskugeln und ausgeschnittenen Papp-Hieroglyphen. Zum Glück war der Raum menschenleer.

Cammy zog einen wuchtigen Schlüsselring aus ihrem Tagesrucksack und näherte sich einer Metalltür. Sie schloß auf, und wir traten ins Labor. Nachdem sie das Licht eingeschaltet und uns in einen weiteren Raum eingelassen hatte, trat Cammy an einen Schrank, der sich über eine ganze Wand hinzog, zog eine Plastikkarte durch einen Scanner, schloß die Schranktür auf, zog die Karte ein zweites Mal durch und tippte einen Code ein. Endlich öffnete sie die Tür und rollte eine lange Metallschublade heraus. Ich half ihr, das Riesending auf einem Tisch abzustellen.

»Ihr seid hier ja besser gesichert als Fort Knox!« entfuhr es mir. »Ist der Papyrus in Gold gefaßt?«

Mit leise bebenden Händen schloß Camille die Schublade auf. »Was wir gefunden haben, ist viel wertvoller als Gold. Es ist Wissen. Obwohl wir noch keine Erklärung für das haben, was sich in diesen Kisten befindet.« Sie deutete auf die Schublade. »Aber das allermindeste ist, daß wir darauf achtgeben.« Sie klappte den Deckel zurück. »Die Papyri, die wir ausgerollt haben, liegen zwischen Glasplatten. Es ist ein großer Fund – wir schätzen, daß es insgesamt über fünfzig Rollen sind.« Wir standen im Halbdunkel nebeneinander. »Ich habe so eine Ahnung, daß diese Rollen genauso bedeutsam sein werden wie die aus dem Toten Meer«, murmelte sie und knipste dabei die eigens entwickelte Untersuchungslampe an.

Sie *waren* verblüffend un-ägyptisch.

Plötzlich begann ich zu zittern und faßte nach meinem silbernen Ankh-Anhänger, um dessen Wärme in mein unterkühltes Blut sickern zu lassen. Die Rolle hatte eine Größe von etwa sechzig Zentimetern auf einen Meter. Der Papyrus war zu einem blassen Honiggelb gealtert, und die Ränder waren ausgefranst.

Die Zeichnung darauf zeigte ein Dorf aus Lehmziegeln. Im Unterschied zu den zweidimensionalen Profilmalereien, die so typisch für die ägyptische Kunst sind, war dieses in einer realistisch wirkenden Perspektive dargestellt. Die Menschen waren nicht in Djellabahs gekleidet, wie es auf einem heute gezeichneten Bild der Fall gewesen wäre, sondern trugen altägyptische Schurze und enge Kleider.

Cammy schob die Glasplatte beiseite, und ich starrte auf minutiös wiedergegebene Zeichnungen von Granatäpfeln, Feigen, Trauben, Honigklee, Palmen und verschiedenen anderen Pflanzen. die ich nicht ohne weiteres zu identifizieren vermochte. Unter jeder stand, wie ich annahm, der Name in Hieroglyphen. Fassungslos sah ich Cammy an.

»Cammy, bist du sicher, daß dir da keiner einen Streich gespielt hat?«

Sie zuckte mit den Achseln. »Der Papyrus ist antik. Wie ich den Inhalt erklären soll, weiß ich nicht. Das nächste ist das Meisterwerk; es war zusammengesetzt und außen extra eingeschlagen worden, wahrscheinlich weil es empfindlicher ist als die anderen.«

Ich starrte auf die riesige, ausgebreitete Rolle. Im Gegensatz zu den anderen war sie quadratisch – etwa einen Meter sechzig auf einen Meter sechzig groß und ganz und gar mit einer detaillierten Illustration bedeckt – anders konnte man es nicht bezeichnen. Man sah eine breite Straße voller Menschen, Gegenstände und Tiere. In der Ferne erhob sich ein riesiges Tor, das sich von dem farblich fein abgestuften Himmel abhob. Ich schaute genauer hin. Anders als es oft bei Zeichnungen mit so vielen Details der Fall ist, waren viele Gesichter deutlich zu erkennen, und jedes war anders gezeichnet. Eine Mutter und ein Kind unterhielten sich über eine Gänseherde hinweg, die Mutter unter dem Gewicht eines Säuglings gebeugt, den sie auf dem Rücken trug, während das Mädchen sein krauses Haar mit einem Tuch um ihre Stirn gebändigt hatte. Ein alter Mann, dem der Bart bis auf die Brust reichte, stützte sich, umgeben von Schafen, schwer auf seinen Stock. Von der Perspektive des Künstlers aus gesehen rechts, sah man einen Mann.

Er war für alle Zeit in seiner Bewegung erstarrt, den Kopf halb über die Schulter gewandt, als scherze er mit dem Künstler. Sein

Gesicht war schmal und hatte hohe Wangenknochen, wodurch die langwimprigen Augen und die mit dicker ägyptischer Schminke verlängerten, dichten Brauen betont wurden. Sein Profil war glatt, die gerade Klinge seiner Nase mündete in volle Lippen und ein kantiges Kinn. Schwarzes Haar reichte ihm bis an Hals und Ohren und umrahmte einen Ohrring mit atemberaubenden Steinen.

Mir stockte der Atem. Es war ein Meisterwerk. *Er wirkte so echt.* Winzige Furchen gruben sich in meine Fingerspitzen, so umkrampfte ich meinen Anhänger. Dunkle Bartstoppeln überzogen Kinn und Wangen des Mannes, und um Mund und Augen waren Falten zu erkennen. Er sah so aus, als wollte er eben zur Pointe ansetzen.

»Ich kann ihn fast lachen hören«, hauchte ich.

Camille war meiner Meinung. »Das Eigenartigste daran ist, daß dies die Darstellung einer ägyptischen Stadt zu sein scheint, und daß alle zur ägyptischen Grenze hin ziehen, die durch das Tor mit der Kobra und dem Geier symbolisiert wird, daß aber trotzdem nur wenige der abgebildeten Menschen Ägypter zu sein scheinen.«

Cammy legte die anderen Bilder darüber.

»Das ist alles, was du hast?«

»Ja«, antwortete sie. »Es gibt noch viel mehr Rollen, aber die sind noch nicht ausgebreitet worden. Das ist eine sehr mühselige und zeitaufwendige Arbeit.« Ich sah zu, wie sie alle Spuren unseres unerlaubten Besuchs beseitigte.

»Wie erklärst du dir das alles?« fragte ich, als wir wieder auf der Straße standen.

»Ich weiß nicht, was ich davon halten soll. Es gibt keine Berichte über einen Massenexodus während der Zeit Thuts des Dritten – der hat in der Zeit von Ramses dem Großen stattgefunden, falls es ihn überhaupt gegeben hat. Wir wissen, daß Thut der Dritte ein Eroberer war, der viel Zeit außerhalb von Ägypten zubrachte und andere Völker unterwarf. Selbst wenn wir uns irren, was die ungefähre Zeit angeht, so haben wir keine Berichte über die Regentschaft seiner Vorgängerin Hatschepsut und nur magere Informationen über die Regentschaft seines Thronfolgers.«

Wir bogen auf die Hauptstraße ein. Von den Kreuzfahrtschiffen entlang dem Kai wehten Geräusche zu uns herüber: Männer- und

Frauenlachen, Klaviermusik und das allgegenwärtige arabische Radio. Wir gingen in einvernehmlichem Schweigen, und ich sann darüber nach, was ich gesehen hatte. »Ist es möglich, daß du dich irrst, was die Dynastie angeht? Könnten sie aus der Zeit eines anderen Pharaos stammen?«

»Die Papyri stammen aus der Zeit Thuts. Es gibt einfach keine Erklärung für die Arbeiten und dafür, wie sie angefertigt wurden. Gibt es vielleicht einen Aspekt des alten Ägyptens, der uns völlig entgangen ist? Selbst die naturalistischsten Kunstwerke sind ausschließlich zweidimensional.« Sie seufzte und lachte dann. »Wenn wir auf so was stoßen, kommt mir die gesamte Wissenschaft der Ägyptologie plötzlich nur noch wie ein gelehriges Ratespiel vor.«

Ich reagierte, ohne nachzudenken. »Das ist sie sowieso.«

Cammy seufzte im Dunkeln. »Das ist deine Meinung. Unsere Ratereien *werden* immer gelehrter. Wir sind in der Lage, die Dinge mit größerer Gewißheit festzustellen. Wir haben Fakten.«

»Wie...?« fragte ich nach, wider Willen fasziniert.

»Wie Senmut. Er war Großwesir am Hofe Hatschepsuts. Fünf Jahre vor dem Ende ihrer Regentschaft gibt es plötzlich keine weiteren Unterlagen mehr über ihn. Sein Bildnis wurde in ihren Tempel in Deir El-Bahri gemeißelt und wieder entfernt. Sein Leichnam wurde nie gefunden. Es gibt ein paar Hinweise darauf, daß Ägypten während dieser letzten fünf Jahre einige innere Unruhen erlebte, wir wissen aber nicht welche und warum. Wir wissen auch, wann Hatschepsut starb, aber nicht wie. 1458 vor unserer Zeitrechnung folgte ihr Thut der Dritte. Das sind Tatsachen.«

Ich sah meine Schwester an, während das Licht vom Fluß gleichermaßen auf unseren beiden Gesichtern spielte. »Was ist, wenn du entdeckst, daß Senmut seinen Namen geändert und noch lange Jahre gelebt hat? Oder daß Hatschepsut verbannt und die Gemahlin eines fremden Königs wurde? Was du als Fakten bezeichnest, kommt mir wie reine Theorie vor. Man kann sie weder beweisen noch widerlegen. Meine Vorstellung von Tatsache ist...« Ich suchte nach einem Beispiel aus meiner Welt. »Rot und Blau ergeben Violett. Ganz gleich wie oft, unter welchen Umständen oder mit welcher Methode, wenn man Rot und Blau mischt, erhält man einen Violett-Ton. Jedesmal.«

Cam sah mich entnervt an. »Paß auf, Chloe, niemand wird jemals irgend etwas mit absoluter Sicherheit wissen. Wir können nicht beweisen, daß Gott existiert. Wir können auch nicht beweisen, daß er oder sie nicht existiert. Niemand wird jemals aus dem alten Ägypten zu uns herreisen und uns erklären, daß wir recht oder unrecht haben, was die Reihenfolge der Pharaonen angeht. Jedes kleine Krümelchen neuen Wissens macht uns menschlicher, egal ob es nun *deiner* Definition einer Tatsache entspricht oder nicht.«

Unwillkürlich umarmte ich sie. »Du fehlst mir, Cammy.«

»Du mir auch.«

Wir gingen eingehakt weiter und betrachteten die Sterne, die den Nil und die Wüste mitsamt ihren unendlichen Schätzen überspannte. Cammy erzählte mit verträumter Stimme: »Einer der Gründe, warum ich mich für die Ägyptologie entschieden habe, war das Gefühl von Verbundenheit, das mir diese Arbeit verschafft. Mir läuft ein Schauer über den Rücken, wenn ich mir vorstelle, daß vor viertausend Jahren höchstwahrscheinlich zwei Schwestern genau denselben Weg entlanggegangen sind und dabei die gleiche Liebe füreinander empfunden haben.«

Meine Kehle wurde eng, und ich drückte im Weitergehen Cammys Arm, während sich unser Bild in den warmen Wassern des Nils spiegelte.

So vergingen die Tage. Wir unterhielten uns ein wenig über Mimi, obwohl das nur sechs Monate nach ihrem Tod schmerzhaft war, vor allem für Cammy. Sie hatte zu der Zeit mitten in ihrer Dissertation gesteckt und nicht zur Beerdigung kommen können. Wir besichtigten die Sehenswürdigkeiten, entspannten uns und genossen die zusammen verbrachten Tage. Zu viele Jahre waren vergangen, seit wir miteinander die Zeit totgeschlagen hatten. Schließlich mußte Cammy weg; einen Tag vor meinem Geburtstag stieg sie in den heißen, staubigen Zug, der in die östliche Wüste fuhr. Wir umarmten uns kurz auf dem Bahnsteig, dann drückte sie mir ein kleines Päckchen in die Hand. »Alles Gute zum vierundzwanzigsten Geburtstag Chloe«, wünschte sie mir, und ich winkte ihr nach, bis sie außer Sichtweite war.

Augenblicklich zog ich ins Winter-Palace Hotel um. Es war genau wie in *Tod auf dem Nil,* inklusive der Topfpalmen, der übereinanderliegenden Seidenteppiche und der Messingsamoware. Ein Bild jenseits der Zeit.

Beim Essen leistete mir ein Mann Gesellschaft, der auf saloppe, durchgeistigte Art gutaussehend war. Er war schlank, hatte dunkle Haut und intelligente graue Augen. Den grauen Strähnen in seinem halblangen, braunen Haar nach zu urteilen war er älter, vielleicht Ende Dreißig.

Aber charmant! Er küßte meine Hand, als wir einander vorgestellt wurden, und eröffnete mir gleich darauf, daß er mindestens einmal im Jahr nach Ägypten reise – das liege ihm einfach im Blut. Also erzählte ich ihm von meiner Schwester und daß ihr Ägypten ebenfalls im Blut lag. Er hieß Dr. Anton Zeeman; dem Akzent nach mochte er Holländer sein. Wir plauderten während des Essens und lachten über das Touristenpaar am Nebentisch, das unwissentlich Schafsmagen bestellte (der Koch war Grieche) und darauf beharrte, ihn auch serviert zu bekommen, nachdem der Kellner sie aufzuklären versucht hatte. Wir schauten der Bauchtänzerin zu, und mehr als einmal spürte ich dabei Antons fragenden Blick. Beim Kaffee bot er mir eine Zigarette an. Gewöhnlich rauche ich nur, wenn ich unter extremem Streß stehe, aber andere Länder, andere Sitten … Gegen zwei Uhr morgens taumelte ich nach oben auf mein Zimmer, in der Hoffnung, der fröhliche Abend würde mich augenblicklich im traumlosen Schlummer sinken lassen.

So war es auch.

Am nächsten Tag durchkämmte ich nach dem Mittagessen den Suk – da sonst nichts mehr aufhatte – und genoß den Duft nach Kumin, Safran, Kurkuma und Zimt, der in der Luft lag. Es gelang mir, für zehn Dollar und zwei Kugelschreiber ein Säckchen mit Safran zu erstehen. Den würde ich an meine Freunde weiterverscherbeln, wenn ich wieder zu Hause war.

Als ich in einen Laden trat, lärmten mich aus sämtlichen Radiosendern Tamburine und Trommeln an. Vorne standen Postkartenständer, die ich durchzusehen begann. Ich sammle Postkarten, ich erledige meine gesamte persönliche Korrespondenz darauf, deshalb bemühe ich mich, stets möglichst viele interessante zur Hand zu haben. Diese hier zeigten ein längst vergangenes Ägypten, von Sand überweht und praktisch menschenleer. Die Abbildungen waren anregend, die Details beeindruckend. Es waren Schnappschüsse aus einer anderen Zeit.

Ich hatte das Gefühl, daß jemand hinter mir stand, und drehte mich eben um, als ich eine Stimme mit dezentem Akzent hörte. »Das sind Werke von David Roberts«, sagte Anton.

»Ich erkenne seinen Stil wieder. Ich habe schon Bilder von ihm gesehen«, erwiderte ich. »Allerdings weiß ich so gut wie nichts über ihn.« Prüfend besah ich mir die detailliert gemalten Kunstwerke. »Wer war er?«

»Einer von vielen, die Anfang bis Mitte des neunzehnten Jahrhunderts nach Ägypten kamen«, erklärte Anton. »Nach dem Krieg wurde es ein ziemlich beliebtes Reiseziel. Die Mode wurde von Frankreich ausgelöst, nachdem Napoleon 1798 ein riesiges Gefolge ausgesandt hatte, das alle ägyptischen Monumente katalogisieren sollte. Der Überlieferung nach waren sie es, die der Sphinx die Nase abgeschossen haben.« Er grinste mich an und trat einen Schritt zurück. »Nicht daß man das heute noch sehen könnte.«

Ich kassierte alle Postkarten mit Motiven von David Roberts ein. »Wirklich? Wo kann ich mehr darüber erfahren? Ich wußte gar nicht, daß Napoleon Künstler mitgenommen hatte.«

»In der Buchhandlung des Museums von Luxor«, antwortete er. »Es war eine recht berühmte Expedition. Sie weckte das Interesse an Ägypten. In den darauffolgenden Jahren kamen all jene hierher, die später die Wissenschaft der Ägyptologie begründen sollten.« Er zählte Namen auf, die Cammy bestimmt vertraut gewesen wären, mir aber nichts sagten. Vivant Denon? Auguste Mariette? Gaston Masper? Richard Lepsius? Jean-François Champollion? Giovanni Belzoni? Ippolito Rosselini?

»Die Wiederentdeckung des alten Ägyptens hatte erst mit Napoleons Expedition begonnen«, sagte er. Durch die Gemälde von David Roberts und anderen wurde das Interesse zusätzlich angeregt. Anton drehte sich zu einem niedrigen Regal mit Statuetten aus einer Alabastermanufaktur um und wechselte das Thema. »Waren Sie schon in einer Alabastermanufaktur? Dies hier sind ziemlich gute Reproduktionen.«

Ich betrachtete das Fach mit den weißen, rosa, blauen und grauen Figurinen und streckte die Hand nach einer sitzenden Frau mit einem Kuhkopf und einer Scheibe zwischen den Hörnern aus.

»Wie ich sehe, haben Sie sich für die Göttin Hathor entschieden.«

»Wofür war sie Göttin?« fragte ich. »Für Milchprodukte?«

Anton grinste. »Also, den meisten Überlieferungen zufolge war sie Aphrodite vergleichbar. Die Göttin der Liebe, des Gebärens, des Tanzes und so weiter. Genau weiß das niemand. In der Ägyptologie ist so gut wie nichts sicher.«

»Stimmt. Meine Schwester meint, fast alles ist umstritten, auch wenn es ein paar Fakten gibt.«

Anton nickte. »Und da das so ist, könnte Hathor die Göttin von allem möglichen sein.«

Als ich die Statue ergriff, durchschoß mich eine kalte Vorahnung. Ein paar Sekunden lang hörte ich ein schrilles Jammern und das Scheppern von Zymbeln. Verwirrt blickte ich mich um: Der halbdunkle Raum schien voller kreisender Leiber mit schwarzen Haaren und weißen Roben zu sein, die wie Kreisel um ihre eigene Achse wirbelten. Doch nach einem kurzen Moment hatte sich das Bild wieder verflüchtigt.

Mit plötzlich zittrigen Händen stellte ich die Statue zu den anderen zurück: menschliche Körper mit Tierköpfen. Anton sah mir zu. »Geht es Ihnen nicht gut?« fragte er.

»Doch, doch, kein Problem. Ich hatte eben nur einen surrealistischen Aussetzer«, antwortete ich mit verkrampftem Lächeln. Noch so ein seltsames Erlebnis, dachte ich. Mit wackligen Beinen durchquerte ich den Laden, um die farbenfrohen Tücher zu bewundern, mit denen die Rückwand dekoriert war. Nervös betastete ich meinen Ankh.

»Sie wollen kaufen, Lady?«

Ich drehte mich um und sah einen kleinen Jungen mit einem Silbertablett, auf dem kleine arabische Teegläser standen. Ich bezahlte die Postkarten und hastete auf die sonnige Straße hinaus.

Anton folgte mir. »Ist alles in Ordnung?« fragte er. Sein scharf geschnittenes Gesicht verriet Besorgnis.

Mit bebenden Fingern schnürte ich meinen Rucksack auf und

steckte die Postkarten hinein. Anton bot mir eine Zigarette an, die er mit höflicher Geste und einem goldenen Feuerzeug anzündete. Das ist kein gewöhnlicher Rucksacktourist, dachte ich flüchtig. Dann fiel mir alles wieder ein. Die Bilder waren so intensiv, so real gewesen. Ich hatte das Gefühl gehabt ... an einen anderen Ort versetzt zu werden ... und zwar mit Leib und Seele. Mir war ein wenig übel. Ich inhalierte tief und labte mich an dem Stechen des aromatischen Tabaks, der sich in meine Lunge brannte und mich wahrscheinlich ein weiteres Jahr meines Lebens kosten würde.

»Ja, alles in Ordnung. Ich hatte bloß das Gefühl, als wäre für einen Moment die Zeit stehengeblieben, und ich könnte Vergangenheit und Gegenwart spüren – so als würde sich ein Fenster in eine andere Welt öffnen ...« Ich verstummte, denn die Erinnerung an die herumwirbelnden und kreisenden Leiber verblaßte rapide in dem hellen ägyptischen Nachmittag mit seinen quäkenden Radios und hupenden Autos. Ich trat die Zigarette aus und schämte mich für mein Gequassel. »Es tut mir leid. Das klingt verrückt.« Ich drehte mich von Anton weg.

»Kommen Sie, ich lade Sie zu Kaffee und Kuchen ein«, bot er mir an.

»Danke.« Ich machte mich mit ihm auf den Weg und versuchte dabei, die übernatürlichen Gefühle abzuschütteln.

Nachdem ich den Nachmittag im Museum von Luxor verbracht hatte, kaufte ich *Die Wiederentdeckung des Alten Ägyptens*, klatschte mir Sonnenschutzfaktor 50 auf die Haut und schob eine CD in meinen Discman. Dann setzte ich mich draußen an den wunderschön gestalteten Pool und las über das Ägypten während des französischen Empires, las Seite um Seite von Menschen, deren Namen ich schon als Kind von Cammy gehört hatte. Alte Porträts und minutiöse Wiedergaben alter Kunstwerke ergänzten die Kapitel. Trotzdem fühlte ich mich unruhig und begann, auf meinem Skizzenblock an einem Logo herumzuspielen. Dabei mischte ich die Hieroglyphen für Katze in ein fremdartiges, aber ganz ansehnliches Design. Es paßte nicht hundertprozentig, aber ich kam der Sache näher. Spitznamen wie jener, den Cammy mir als Kind gegeben hatte – »Kätzchen« –, gehören zu den Dingen, die man im Lauf der Zeit hassen lernt. Die Hieroglyphen dafür waren allerdings interessant, deshalb ignorierte ich die Bedeutung. Ich konnte sowieso nicht auf altägyptisch buchstabieren, doch die Formen gefielen mir.

Die untergehende Sonne rief mich in die Wirklichkeit zurück.

So nahe am Äquator brachte der strahlende Sonnenuntergang den Himmel nur wenige Minuten zum Leuchten, dafür durchdrangen die Farben einfach alles – Rosa, Violett und Gold, die für einen kurzen, aber exquisiten Augenblick miteinander verschmolzen. Dann kam die Nacht in weichem Blau-Schwarz, das sich wie eine umhüllende Decke anfühlte, in der silbern die ersten Sterne funkelten. Widerwillig ging ich hinein in die künstliche Kälte des Hotels. Heute nacht würde mir der Schlaf eine willkommene Fluchtmöglichkeit sein.

Der 23. Dezember, mein Geburtstag. Als die Sonne aufging, war ich bereits eine Stunde wach. Ich frühstückte auf der Hotelterrasse und machte ein paar schnelle Skizzen von den eleganten Feluken, die von Ufer zu Ufer schossen und deren dreieckige weiße Segel schmerzhaft hell in der Sonne leuchteten.

Anton erschien nicht zum Frühstück, was mich nach unserem gemeinsamen Kaffee vom Vortag nicht überraschte. Ich hatte keine zwei zusammenhängenden Worte herausgebracht – was schon eigenartig genug war –, und nach mehreren Anläufen zu einer Unterhaltung hatte er kapituliert. Er hatte sich schließlich verabschiedet, weil er noch eine Moschee besichtigen wollte, und ich hatte seine Einladung, ihn zu begleiten, ausgeschlagen.

Der gestrige Tag hatte mich tief verstört.

Nach meiner dritten Tasse türkischen Kaffees allerdings fühlte ich mich gewappnet, alles zu überstehen, sogar einen weiteren Tag als typische Touristin. Also stieg ich in meine Espadrilles.

Der Tempel von Karnak war atemberaubend. Als ich mit Camille hier gewesen war, war sie mitten in ihren Erklärungen davongewandert, um in ehrfürchtigem Schweigen den größten Tempel der Welt zu bestaunen. Ich hatte noch einmal alleine herkommen wollen. Bislang hatte ich alle »hilfreichen« Fremdenführer abwehren können, indem ich mit meinen bewährten Kugelschreibern ein paar Kinder bestach, die dafür sorgen sollten, daß ich ungestört blieb. Bevor ich von einer Gruppe italienischer Touristen belagert wurde, hatte ich von verschiedenen Wänden sehr gute Skizzen anfertigen können. Danach schlich ich zwischen den Säulen hindurch ins Innere des Heiligtums, wo ich auf drei Kammern stieß.

Wie Goldlöckchen, das vermeiden möchte, drei pelzigen Fleischfressern über den Weg zu laufen, wagte ich in jede einen Blick. Cammy hatte erklärt, diese Kammern seien den ortsansässigen Göttern vorbehalten, der Heiligen Familie von Luxor: Amun-Re, dem Sonnengott; Mut, seiner Gefährtin; und Chonsu, ihrem Kind. Danach hatte ich mich ausgeblendet, denn die Feinheiten der ägyptischen Religion verwirrten und befremdeten mich. Als Kind hatte Cammy mir zu erklären versucht, wie die verschiedenen Götter und Mythen sich alle zusammenfügten, selbst wenn sie einander direkt widersprachen. Ausführlich hatte sie mir erläutert, daß die Menschen nur aufgrund familiärer Verbindungen Priester und Priesterinnen wurden, und nicht, weil sie den goldüberzogenen Göttern so ergeben gewesen wären. Mir was das gleichgültig gewesen.

Alle drei Räume waren klein. In früheren Zeiten hatte darin die Gottes-Statue auf einer Barke residiert, einem ägyptischen Papyrusgarben-Boot, das an Bug und Heck hochgezogen war. Die ersten beiden Kammern waren leer, die Reliefs an den Wänden fast vollkommen verblaßt, und das Gold, das sie einst geschmückt hatte, war vor Tausenden von Jahren von gierigen Ungläubigen heruntergeschlagen worden.

Ich trat in die dritte Kammer. Und genau wie beim Märchen von Goldlöckchen war die dritte Kammer die richtige, wenn ich auch nicht sagen konnte, wieso. Ein Gefühl von Frieden, Einverständnis und Sehnsucht erfüllte mich. Ich faßte den Ankh um meinen Hals und rieb damit über mein Kinn. Als ich aus dem kaputten Fenster sah, begriff ich, daß sich von hier aus faszinierende Aufnahmen machen ließen. *Ein hinreißender Sonnenaufgang*, flüsterte eine Stimme in mir. Einer der vielen Aufseher mit Turban trat herein und wies mich aus dem Raum, doch ich war fest entschlossen, wiederzukommen und diese Fotos zu machen.

Innerlich immer noch von der Wärme erfüllt, die ich in der dritten Kammer gespürt hatte, verließ ich das Tempelgelände und machte mich auf die Suche nach einem Mittagessen. Ich entdeckte ein kleines Bootsrestaurant, das mit dem *besteste Essen in alte Lucqsur* prahlte, und bestellte die Spezialität des Hauses, Fisch mit Feigen und Granatäpfeln, meinem Lieblingsobst. Es schien mir passend, mit einem teuren Essen zu feiern. Schließlich wird Frau nur einmal vierundzwanzig Jahre alt. Ich schlemmte bei honigüberzogenem Gebäck und starkem Kaffee zum Dessert und beobachtete dabei die Boote bei ihren Wettrennen von Ufer zu Ufer, unter der alles ausbleichenden Kraft der Sonne. Kein Wunder, daß die alten Ägypter die Sonne als Amun-Re verehrt hatten.

Nach dem Essen saß ich auf einer der vielen Bänke entlang dem Nil und schaute der Prozession von Booten, Touristen und Ägyptern zu. Müßig fertigte ich ein paar Skizzen an und bannte dabei die wenigen Wasservögel und die Hände der Matrosen auf das Papier.

Ich hörte Schritte hinter mir.

»Chloe?« sagte er. »Wie geht es Ihnen heute? Hoffentlich besser?«

»Hallo, Anton.« Ich lächelte ihn an. »Viel besser, danke. Wohin gehen Sie?«

»Eigentlich nirgendwohin. Ich bin müde.« Er wischte sich den Schweiß von der Stirn. Dann stieg er aus seinen Birkenstock-Sandalen und lachte. »Soviel Sand.« Er schüttelte kläglich den Kopf. »Ich glaube, ich gehe heute nachmittag schwimmen und heute abend zum Son et Lumière.«

»Ach?« fragte ich neugierig. Cammy hatte mir empfohlen, hinzugehen, aber auf gar keinen Fall allein. »Die Klang-und-Licht-Show? Ich habe gehört, sie soll ganz toll sein, aber was genau wird da geboten?« Ich bedeutete ihm, neben mir Platz zu nehmen.

Er ließ sich geschmeidig nieder, streckte die schlanken, muskulösen, gebräunten Beine aus und stellte seinen Rucksack auf dem Boden ab. »Sie wird in Karnak gegeben. Nach Einbruch der Dunkelheit wird man durch den Tempel geführt, und dabei schildern sie einem, wie es war, im alten Ägypten die Götter zu verehren. Etwa gegen halb elf endet die Vorführung dann am heiligen See.«

Ich grinste insgeheim. Also heute nacht, wie? Vielleicht war mein Wunsch, diese dritte Kammer zu erforschen, doch nicht völlig abwegig. Oder die Fotos vom Sonnenaufgang ...? Hmmm ... Hatte ich geeignete Linsen dabei?

Er war noch nicht fertig: »Die Show ist ziemlich teuer, überlaufen, und es wird kalt, aber sie ist auch faszinierend, und man sollte sie nicht verpassen. Es ist zwar keine Christmesse, aber es verspricht, ein eindrucksvolles Erlebnis zu werden.«

»Klingt toll«, sann ich vor mich hin. »Ich glaube, ich gehe auch hin.«

Anton sah mich durch seine dunkle Sonnenbrille an. »Zusammen mit Ihrer Schwester? Vielleicht könnten Sie mich beide begleiten, und wir könnten danach noch einen Kaffee trinken?«

Ich lächelte. Ich war ehrlich überrascht, daß er mich noch nicht völlig abgeschrieben hatte, schließlich hatte ich mich gestern unmöglich aufgeführt, aber es war die ideale Gelegenheit. Ich wand mich ein wenig, immerhin hatte ich ihm erzählt, daß Cammy noch in der Stadt war. Es war nicht besonders schlau, als Frau allein zu reisen. »Cammy hat sie schon gesehen. Wahrscheinlich würde sie sich langweilen. Aber wenn die Einladung auch für mich alleine gilt, würde ich gern mitkommen.«

Anton lächelte strahlend. »Das würde mich sehr freuen.« Er schaute über meine Schulter auf die Bleistiftskizze. »Sie sind sehr talentiert.«

Als Rothaarige leide ich unter dem Fluch, daß die ganze Welt mitbekommt, wenn ich rot werde. »Danke«, sagte ich mit rosig glühenden Wangen.

Er streckte seine schlanke Hand nach dem Skizzenbuch aus. »Darf ich?« Nach kurzem Zögern reichte ich ihm das Buch. Er blätterte in den akkuraten Wiedergaben von Gebäuden, Bäumen, Blumen und Händen herum, dann reichte er es zurück. »Sie haben eine sehr starke Hand«, urteilte er. »Sie sind offensichtlich Künstlerin.«

Ich nickte. »Ich bin in der Werbung. Ich habe den Speichen-Leguan von TacoLitos entworfen.« Das sagte ihm offenbar nichts. Man mußte schon im Südwesten der Vereinigten Staaten leben, damit einem mein Speichen-Leguan ein Begriff war.

»Wieso sind keine Menschen auf Ihren Zeichnungen? Nur Bauwerke und Pflanzen?«

»Ich zeichne keine Menschen«, erklärte ich leicht verlegen.

»Wieso nicht?«

»Weil ich ihr Wesen nicht einfangen kann, ihre Persönlichkeit, ihren Geist. Sie werden flach, leblos. Wie Cartoon-Figuren.« Es wäre zu weit gegangen zu sagen, daß mir die Tiefe als Mensch fehlte, um die Gesichter meiner Mitmenschen richtig zu interpretieren.

»Ich verstehe.« Er zündete sich eine Zigarette an. »Ich liebe Comics und Cartoons.«

Ich lachte. Schweigend sahen wir zu, wie Touristen aus aller Herren Länder von einem Boot stiegen, sich hastig Luft ins Gesicht fächelten und Wasser aus der Flasche tranken. Es waren Australier darunter, die ihrem sengendheißen Sommer am anderen Ende des Planeten entflohen waren; deutsche Studenten, die in der Sonne erschauerten, in Shorts mit Rucksack; amerikanische Rentner mit Hut, Sonnenbrille und Kamera; und Gruppen von Asiaten in korrekter Kleidung, die wie wild Videoaufnahmen machten. Ich nestelte an meinem Anhänger herum. Anton sah mich an.

»Was ist das für ein Anhänger, den Sie immerzu anfassen? Ist es ein Glücksbringer?«

Ich wurde rot. »Nein. Ich habe ihn schon ewig, und ich spiele dauernd damit. Reine Gewohnheit.«

Er hob die Silberkette an und betrachtete den Ankh aus der Nähe, vor allem die in das Silber gravierten Hieroglyphen. »Woher haben Sie ihn?«

»Aus Kairo.«

»Sie waren also schon einmal hier?«

»Nein. In Luxor nicht. Nur in Kairo. Mein Vater hat Ägypten bereist, als ich acht Jahre alt war und meine Schwester zwölf. Lizza, unser Au-pair-Mädchen, hat immer auf uns aufgepaßt, wenn meine Eltern in einer diplomatischen Mission unterwegs waren. Wir waren mit Lizza im Suk, als diese Frau sich uns in den Weg stellte.«

Ich sah alles so genau vor mir, als wäre es gestern gewesen. Die schmutzige, staubige Straße, unser korrektes Au-pair-Mädchen hinter uns, Cammy und ich händchenhaltend und zurückzuckend, als eine runzlige Ladenbesitzerin, die aussah wie einem Grimmschen Märchen entstiegen, uns in den Weg trat und nach uns rief, wobei ihre strahlenden schwarzen Augen prüfend unsere helle Haut musterten. Sie scheuchte uns in einen kleinen Laden und sah uns abwechselnd an, als müsse sie eine Entscheidung fällen. Dann hielt sie uns die silberne Ankh-Kette hin. Nach einem Moment streckte Cammy die Hand danach aus. Die Frau kreischte auf und riß die Kette an sich. Ängstlich zupfte Cammy an meinem Arm, doch nun legte die Frau die lange Silberkette mir um den Hals und begann zu lachen.

Beide hatten wir Todesangst. Wir überließen es Lizza, zu bezahlen, was die Alte auch verlangen mochte, und rannten durch die verstopften Gassen davon, auf der Suche nach einem Ausgang aus dem furchteinflößenden, streng riechenden Markt.

»Wissen Sie, was er bedeutet?« Antons Frage riß mich aus meinen Erinnerungen.

»Nein. Cammy hat ihn nie anfassen wollen; sie behauptet, sie habe sich als Kind daran verbrannt«, sagte ich stirnrunzelnd. »Sie ist abergläubisch, was diese Sache angeht. Und außer ihr kenne ich niemanden, der Hieroglyphen lesen kann.«

Sein kantiges Gesicht war nun dicht vor meinem, seine Brauen zogen sich konzentriert zusammen, dunkle Gläser verbargen seine Augen. »Ich kann Hieroglyphen lesen«, sagte er, ließ dabei die Kette los, rührte sich aber nicht vom Fleck. Ich blickte in getöntes Glas, fünf Zentimeter vor meiner Nase ... und spürte, wie mir der Atem stockte. Anton fuhr sich mit der Zunge über die Lippen. »Möchten Sie wissen, was darauf steht?« fragte er leise.

Die Zeit stand still, ein Frösteln überlief mich, plötzlich wurde mir kalt an diesem ägyptischen Nachmittag. In meinem Kopf spürte ich eine Stimme eher, als daß ich sie sagen hörte, hier scheidet sich der Weg. Welcher Weg? Würde Anton mich küssen und damit mein Leben auf den Kopf stellen? Das war wenig wahrscheinlich.

»Verraten Sie es mir«, antwortete ich ebenso leise.

Anton ließ sich zurücksinken und setzte seine Sonnenbrille ab. In der grellen Sonne zogen sich seine Pupillen zu schwarzen Stecknadelspitzen zusammen. »Es ist eine Zeit.«

»Eine Zeit?« platzte ich enttäuscht heraus.

»Genau. Eine Zeitbestimmung und der Name dieser Zeit. Das hier hat etwas mit ägyptischer Astrologie zu tun. Vielleicht kann Ihre Schwester Sie ja aufklären.« Sein Blick lag aufmerksam auf meinem Gesicht.

Ich sah weg. Eine Zeit? Eine astrologische Zeit? Als phantasiebegabtes Kind und selbst noch als junger Teenager hatte ich mir ausgemalt, es sei eine geheime Botschaft, eine verborgene Identität. *Irgendwas.* »Eine Zeit«, war eindeutig eine Antiklimax.

Anton stand auf und trat seine Zigarette aus. »Wir sehen uns später? Ja? Vielleicht können wir miteinander gehen?«

»Miteinander gehen?«

»Zum Son et Lumière?«

»Ach so. Ja.« Die Enttäuschung über meine Kette hatte alle anderen Gedanken aus meinem Kopf vertrieben. »Das fände ich cool.«

Anton hob seinen Rucksack auf und beugte sich zu mir herab. Ich hob den Kopf, und er küßte mich auf die Stirn. Nur ganz kurz, wie ein Bruder. Dann verschwand er, und der Wind blies dabei das verblichene grüne T-Shirt gegen seinen mageren Leib. Ich blieb ein wenig benommen sitzen. Nicht einmal vor mir selbst wollte ich zugeben, daß ich enttäuscht war. Ich bin wirklich nicht leichtsinnig, aber wer kann schon einer Ferienromanze widerstehen? Er war schon fast über die Straße, als ich ihm nachrief: »Anton?«

Er drehte sich zu mir um, mit der Sonnenbrille vor den Augen und mit der Hand die Sonne abschirmend.

»Was für eine Zeit?«

Er legte eine Hand ans Ohr, und ich formte mit beiden Händen einen Trichter, ohne auf die Blicke zu achten, die ich mir damit einhandelte. »Die Zeit! Die astrologische Zeit!«

Ich hörte seine Antwort, als hätte ich den Kopf unter Wasser. »Die RaEmhetep«, brüllte er zurück. »Der Name für die elfte Nachtstunde.«

Mit einem gedankenverlorenen Winken kehrte ich zurück zu meiner Bank. Bizarr! Ich blickte auf die Kette, auf die winzige Gravur an der Seite. Die Schrift war noch genauso klar wie vor sechzehn Jahren. Das Silber hatte sich kein bißchen abgescheuert, obwohl ich mich nicht erinnern konnte, die Kette jemals abgelegt zu haben. So starrte ich auf den Nil und sann vor mich hin.

Die RaEmhetep.

Dann verbannte ich die Inschrift aus meinen Gedanken, ebenso wie den so ungezwungen gutaussehenden Mann, der es vorgezogen hatte, mich *nicht* zu küssen. Ich steckte meinen Skizzenblock und die Stifte ein und machte mich pläneschmiedend auf den Weg zum Tempel von Luxor.

Der Spiegel war vom Dampf meiner Dusche beschlagen, aber ich konnte genug erkennen, um zu wissen, daß ich überwältigend aussah. Aufgrund meiner langen Nase und des kantigen Kinns hatte mein Gesicht schon immer zu kräftig für meine blasse Haut gewirkt, aber das war nicht zu ändern.

Den langen schwarzen Rock mit Tank-Top und die gehäkelte Stola hatte ich keine sechs Stunden vor meinem Abflug gekauft. Die Sachen stammten aus meiner liebsten In-Boutique, ein warnendes Beispiel für die Risiken eines Impulskaufs. Ich legte mit dem Lippenstift etwas Kupferfarbe auf und kniff mich in die Wangen. Die trockene Luft wirkte Wunder an meinem Haar. Es fiel weich vom Scheitel bis knapp unter das Kinn, und in dem hellen Rot glänzten goldene und bronzene Highlights auf. Der Kontrast des schwarzen Outfits mit meiner rosa Haut ließ meine schrägstehenden Augen noch grüner und katzenhafter wirken. Ich fuhr mit der Zunge über meine frisch geputzten Zähne und stieg in meine Sandalen.

In der Lobby legte ich einen gebührend dramatischen Auftritt hin und würgte hastig meine Überraschung darüber hinunter, daß der charmante Rucksackler nun Leinenhosen und einen Kaschmirpullover trug. Und eine Brille. Er gab mir einen Kuß auf die Wange und überreichte mir eine weiße Blume, dann machten wir uns zu Fuß auf den Weg.

»Reisen Sie eigentlich zum Vergnügen oder zum Spaß?« fragte ich.

Er lachte, während wir einer Gruppe bettelnder Kinder auswichen, ohne auf ihr »Bakschisch! Bakschisch!«-Geschrei zu reagieren.

Einen Augenblick lang sah er mich eindringlich an. »Zum Vergnügen«, sagte er. »Ich bin Biochemiker und auf Hämatologie spezialisiert. Es ist ein sehr, wie sagt man, anstrengender Job? Deshalb läßt man mich jedes Jahr mehrere Monate lang Urlaub machen und reisen.«

»Mehrere Monate! Wow! Den Job würde ich mir warmhalten«, sagte ich. »Ich habe noch nie gehört, daß eine Firma ihren Angestellten monatelang frei gibt. Arbeiten Sie, äh, gern mit Blut?« Die bloße Vorstellung kam mir abartig vor.

Anton lachte. »Aber ja.« Enthusiasmus sprach aus seiner Stimme. »Blut ist etwas Erstaunliches. Es ist die Essenz dessen, was wir sind, und wir brauchen es zum Leben. Dennoch haben wir praktisch keine Ahnung, welche Auswirkungen es auf die Lebewesen hat, wenn wir es modifizieren. Im Blut liegt das ganze Leben.« Er mußte bemerkt haben, wie ich unwillkürlich schauderte, denn er erkundigte sich, was ich arbeitete.

»Ich arbeite frei, und zu meinem Glück wird die Firma, mit der ich zur Zeit einen Vertrag habe, von einer traditionsbewußten italienischen Familie geleitet, die das Geschäft vom fünfzehnten Dezember bis zum fünfzehnten Januar mehr oder weniger schließt.«

Vom Nil wehte eine kühle Brise heran, während tief über dem Horizont die ersten Sterne zu glitzern begannen.

»Wie kommt es, daß Sie ohne Gruppe reisen? Amerikaner reisen stets in der Gruppe, aber Sie sind allein? Vor allem zu dieser Jahreszeit?«

»Meine Schwester ist hier«, warf ich ein.

»Ach ja, Ihre Schwester«, erwiderte er glatt.

»Ich, ich meine wir, wir stellen nicht gerade die amerikanische Durchschnittsfamilie dar. Meine Mom ist Engländerin und Archäologin, und mein Dad arbeitet für das Außenministerium. Er stammt ursprünglich aus Texas und war früher bei der Armee. Er war überall auf der Welt stationiert, deshalb bin ich schon als Kind allein meinen Eltern nachgereist. Die meiste Zeit haben wir in moslemischen Ländern gelebt; darum war Weihnachten für uns auch nie eine große Sache, es sei denn, wir sind nach Hause gefahren. Und dieses Jahr hat keiner von uns Lust gehabt, nach Hause zu fahren.«

Ich blickte über die schnell dunkler werdende Straße, von der gedämpfte Stimmen in den verschiedensten Sprachen zu uns heranwehten. »Wahrscheinlich weil ich an so vielen verschiedenen

Orten gewohnt habe, bleibe ich gerne länger an einem Fleck, wenn ich reise – um die Atmosphäre und Kultur besser aufnehmen zu können. Ein Ding der Unmöglichkeit, wenn man fünf Länder in drei Tagen macht.«

Wir lachten miteinander.

»Und in Ägypten bin ich... weil meine Schwester eben ihren Doktor gemacht und mir vorgeschlagen hat, hier mit ihr zu feiern.«

»Wo sind Ihre Eltern jetzt?«

»Ich glaube in Brüssel. Man kommt kaum mit ihrem Terminplan mit.« Ich lachte. »Silvester treffen wir uns in Griechenland. Meine Eltern haben dort ein Haus, denn dort haben sie sich kennengelernt und geheiratet. Aber verpassen Sie nicht auch Weihnachten mit Ihrer Familie?« fragte ich.

Anton lächelte, ein wenig traurig, wie mir schien. »Meine Familie ist ein wenig zersplittert. Ich bin geschieden.«

»Haben Sie Kinder?« Es war mir peinlich, an ein so offenkundig schmerzhaftes Thema zu rühren.

»Nein. Meine Frau ist ebenfalls Wissenschaftlerin. Es ging gut mit uns beiden. Das habe ich jedenfalls gedacht, bis sie ihr, äh, Going-Out hatte und nicht länger verheiratet sein wollte.«

»Ihr Going-Out?« fragte ich verwirrt.

»Ja. Sie liebt eine andere Frau.«

»Ach, ich verstehe. Sie meinen, sie hatte ihr *Coming*-Out. Das muß sehr schwer für Sie gewesen sein.« Was man so peinliche Gespräche nennt!

»Das Schwierigste daran war, daß ich nicht verstehen konnte, wieso sie nicht mehr verheiratet sein wollte«, antwortete er. »Fast zwei Jahre haben wir damit verbracht, zur Eheberatung zu gehen oder romantische Urlaube zu machen; ich wollte mich nicht scheiden lassen.« Ich spürte, wie er mit den Achseln zuckte. »Letzten Endes waren meine Wünsche allerdings zweitrangig. Es gab halt Dinge an mir, mit denen sie nicht mehr leben konnte.« Er hielt inne, als hätte er zuviel offenbart, dann sprudelte es aus ihm heraus: »Trotz allem ist sie jetzt glücklich, und wir arbeiten nach wie vor gut zusammen.« Wir bogen zum Tempel ein und stellten uns zu den Menschen, die an den Toren der Touristenpolizei vor dem

Karnak-Tempel anstanden. Ich war dankbar für den Themenwechsel.

Trotz oder vielleicht wegen des multikulturellen Pöbels, der sich davor versammelt hatte, gehörte Karnak zu den eindrucksvollsten Anlagen, die ich je gesehen hatte, vor allem in der Nacht. Lampen erhellten die langgezogene Allee der Widdersphingen, und der ganze Tempel wirkte wie eine Verkörperung des Mysteriösen und Okkulten. Ich befingerte meinen Ankh-Anhänger und spürte einen Schauer, ähnlich jenem im Suk, über meinen Rücken laufen; einen winzigen Moment lang zweifelte ich, ob mein Plan für diesen Abend wirklich so weise war. Doch nur einen winzigen Moment. Ich hatte nicht vor, irgend etwas zu stehlen oder zu zerstören, ich wollte nur ein paar außergewöhnliche Aufnahmen von dieser Anlage machen. Vielleicht würde ich die Bilder sogar verkaufen und dadurch einen Teil der Reisekosten wieder einspielen können.

»Heute abend ist die Vorführung auf französisch«, eröffnete mir Anton. »Ich hoffe, das ist kein Problem für Sie?«

Ich lächelte. »Nein. Französisch ist meine zweite Sprache, auch wenn ich eindeutig keinen Pariser Akzent habe.«

Ein dröhnender Gongschlag kündete an, daß die Show gleich beginnen würde, und wir mischten uns in das Gedränge, um Karten zu kaufen und die Tore zu passieren. Plötzlich wurden wir in die Dunkelheit gestoßen ... dann richteten sich ein paar vereinzelte Scheinwerfer auf die mächtig aufragenden Steinpylone.

Eine sinnliche Frauenstimme kündigte vor dissonanter Hintergrundmusik an: *»Möge der Atem Shus deine Braue streichen, o müder Reisender.«* Eine Männerstimme gesellte sich dazu. *»Schreite nun in die Fußstapfen der Königsfamilie von Theben und betrete das Haus des Gottes, ein Haus, das über zweitausend Jahre hinweg für den Gott, seine menschliche Familie und seine Priester erbaut wurde. Lausche der geflüsterten Antwort des allwissenden, allseienden Schöpfers. Schreite voran, o Sterblicher, und schaue den verborgenen Glanz des Unerkennbaren.«*

Anton ergriff mit seiner warmen, trockenen Hand meine, und wir gingen mit der Menge weiter. Das Licht des Mondes verschwand, als wir den Vorhof durchquerten und, vorbei an einer riesigen Statue Ramses des Zweiten, in den großen Säulensaal traten.

Plötzlich wurde mir bewußt, wie verschieden von unserer modernen Welt tatsächlich das alte Ägypten war, wo es tierköpfige Götter gab, wo Brüder ihre Schwestern heirateten und alle halbnackt herumliefen. Es schien unendlich weit von unserem westlichen Denken entfernt zu sein. Die Fremdartigkeit meiner Umgebung ließ mich schaudern. Nicht nur, daß ich hier nicht auf heimischem Boden war, alles kam mir so eindringlich und auf geradezu verstörende Weise exotisch vor.

Immer noch tönte die Stimme über der ehrfürchtig schweigenden Menge. »*Hier in Karnak zeigen sich die Dynastien in ihrer ganzen Erhabenheit. Ich bin der Neter: der Allvater, die Mutter, die den Urquell alles Lebens geboren hat. Ich bin die Sonne des Tages und der Verteidiger der Nacht.*« Dann sprachen die Stimmen gemeinsam: »*Alles, was ist, erschaffe ich aus dem Chaos. Ich schreite voran, um den Menschen einen Lebenspfad zu bahnen. Komm und verehre das Ewige.*«

Die nächste gute Stunde malte ich mir den Tempel in all seiner Pracht aus: Priester mit rasierten Köpfen, in Leopardenfelle gekleidet, die hin und her eilten, um alle möglichen eingebildeten Bedürfnisse des goldenen Gottes zu befriedigen; die niemals endenden Bauarbeiten, weil jeder Pharao dem Tempel seinen unvergänglichen Stempel aufzudrücken versuchte; die Massen an Gold und Juwelen, die angeblich den Tempel geschmückt hatten. Als die Lichter rund um den Heiligen See erstrahlten, begriff ich, daß ich mich beeilen mußte, falls ich über Nacht bleiben und den Sonnenaufgang im Tempel von Karnak miterleben wollte.

Wir schwammen im Strom mit, der von der Touristenpolizei mit höflichen, aber bestimmten Gesten durch den Tempel geleitet wurde. Anton legte den Arm um meine Taille, damit ich nicht zerquetscht wurde. Als wir, noch innerhalb der Umzäunung, aus dem uralten Gemäuer traten, sah ich meine Chance kommen.

»Anton, da drüben ist ein Waschraum. Bitte entschuldigen Sie mich einen Moment.«

Er sah mich entgeistert an. »Ach, Sie meinen die Toilette? Diese amerikanischen Euphemismen für ganz natürliche Bedürfnisse verstehe ich einfach nicht«, brummelte er. »Gehen Sie, ich werde auf Sie warten.«

Damit war es Zeit für Plan Zwei. »Seien Sie nicht albern. Da drüben, gleich hinter dem Tor, ist ein Café. Warten Sie dort auf mich, ich komme gleich nach«, schlug ich vor. Er sah mich neugierig an, ich glaubte aber, daß ich nur mein schlechtes Gewissen spürte, weil ich einen so netten Kerl anlog.

Er zuckte mit den Achseln und drückte kurz mein Taille, dann ging er davon. Ich kämpfte mich durch den Menschenstrom zurück und arbeitete mich schließlich seitwärts zu den abstoßenden, überlaufenden Toiletten vor. Der Gestank ließ mich würgen, deshalb entfernte ich mich wieder und setzte mich hinter eine Säule, entgegen der Windrichtung von den Toiletten.

Ich konnte das Café erkennen, wo sich Anton an einem Tisch gegenüber dem Eingang zum Tempel niedergelassen hatte. Ich fluchte leise. Zeit für das Notfall-Ablenkungsmanöver.

Nach einem kurzen Blick über die arabischen Kinder in meiner Nähe entschied ich mich für einen zerlumpten Jungen und winkte ihn zu mir her. Nachdem ich ihn mit einem Geldschein und einem Kugelschreiber entlohnt hatte, wies ich ihn an, Anton einen zusammengefalteten Zettel zu überbringen. Der attraktive Doktor war inzwischen in ein *shesh-besh*-Spiel verwickelt, und ich überlegte kurz, ob ich mich zu ihm gesellen sollte. Er war ausgesprochen nett und unterhaltsam gewesen, und er sah auf seine lockere, intellektuelle Art eindeutig gut aus. Camille wäre begeistert, dachte ich versonnen.

Der Junge war bereits bei ihm angekommen, und ich beobachtete, wie Anton meine Nachricht las, auf der ich ihm mitteilte, daß ich meine Schwester und eine alte Freundin getroffen hätte und wir in das Hotel meiner Freundin gegangen seien und daß wir uns morgen zum Frühstück wiedersähen. Er zog die Achseln hoch, schenkte dem Jungen einen Kaugummi, wuschelte ihm durchs Haar und widmete sich wieder dem Spiel.

Ich beobachtete, wie die letzten Touristen zum Tor geleitet wurden, und kroch tiefer in den Schatten, wobei ich die vielen Aufseher im Auge behielt, die überall auf dem Gelände herumeilten. Sie unterhielten sich laut rufend miteinander und wünschten einander mit großen Gesten und einem Lachen in der Stimme gute Nacht.

Als sie sich vergewissert hatten, daß keine Touristen mehr auf dem Gelände waren, verschwanden sie einer nach dem anderen nach draußen und mischten sich unter die Leute im Café. Der Mond stand inzwischen hoch am Himmel, und da ich jetzt weniger fürchtete, entdeckt zu werden, trat ich ins Licht und warf einen Blick auf meine Uhr: 10 Uhr 53. Ich hockte mich still hin und wartete, bis im Café die Lichter ausgingen und die Türen abgeschlossen wurden.

Einen Moment lang wurde ich kleinmütig; was wie ein Kinderstreich ausgesehen hatte, wäre *überhaupt* nicht komisch, wenn man mich jetzt entdecken würde. Ich verharrte so reglos wie eine der Steinsphingen.

Schließlich war alles dunkel, und nur vom Fluß her waren noch Geräusche zu hören. Ich pustete den Atem aus, den ich unbemerkt angehalten hatte. Ich war überzeugt, daß irgendwo noch Nachtwächter waren, und wußte, daß ich auf der Hut sein mußte.

Ich hastete durch den Großen Hof, dessen Statuen in der Stille auf unheimliche Weise lebendig wirkten. Mondlicht floß über meine Schulter, als ich in der Säulenhalle anhielt, ohne auch nur zu atmen und immer auf Schritte lauschend, die mir möglicherweise folgten. Hatte man mich endeckt? Ich hörte keinen Laut. Nur aus einem anderen Bereich des Tempels ein paar Nachtwächter, die einander zuriefen, sich vor den Djinns, den Dämonen der Nacht, in acht zu nehmen, wenn sie nach einem weiteren langen Tag voller Touristen heimgingen. Sie wären bestimmt nicht begeistert, wenn sie mich fänden.

Ich huschte von Säule zu Säule und überquerte einen uralten Gang, bis ich mich schließlich neben den teilweise zugemauerten Obelisken von Pharao Hatschepsut wiederfand. Mit ehrfürchtigen Fingern betastete ich die Hieroglyphen, als mich ein fast physischer Schlag durchfuhr. Über mir konnte ich durch das eingestürzte Dach die Sterne am Himmel funkeln sehen. Ich hielt meine Uhr ins Mondlicht. Sie stand bereits auf zwanzig nach elf, was meine militärische Erziehung in 23 Uhr 20 übersetzte. Mir wurde schwindlig, und ich legte die Hand auf den kühlen Stein, um mich zu beruhigen und die Angst und Spannung zu dämpfen, die durch meine Adern jagten. Noch etwas prickelte unter meiner Schädeldecke... ein Déjà-vu? Da ich schon einmal hier gewesen war, ignorierte ich das Gefühl. Ich meine, ich befand mich in einem antiken ägyptischen Tempel, mitten in der Nacht, an meinem Geburtstag, und tat etwas wirklich Idiotisches. Natürlich war mir ein wenig unheimlich! Doch gleichzeitig wurde ich auch durch irgend etwas getrieben.

Ich rückte meinen Rucksack zurecht. Er war wirklich schwer, und kurz verwünschte ich meine Angewohnheit, ständig alles einzupacken, was mir eventuell von Nutzen sein könnte. Ich hängte ihn über die linke Schulter und bog an einem Quergang links ab. Gleich darauf stand ich vor den »Betreten verboten«-Seilen, mit denen die drei Kammern von Karnak abgesperrt waren. Mit einem letzten Blick zurück stieg ich über das Seil und marschierte an zweien der Kammern vorbei auf die dritte zu.

Wieder überwältigte mich ein Gefühl des Getriebenwerdens.

Die Kammer war dunkel, nur erhellt durch einen einzelnen Mondstrahl. Ich setzte mich auf einen behauenen Steintisch, mitten in den Strahl. Bis zur Morgendämmerung konnte ich ein paar phantastische Bilder von dieser Kammer machen, Zeichnungen wie Fotos. Ganz ruhig saß ich da, nahm die Atmosphäre in mich auf und fragte mich, was wohl passieren würde, wenn man mich festnahm. Wie bei einer Gruselgeschichte war das Gefühl beängstigend und aufregend zugleich. Eine Brise wehte über mich hinweg, befrachtet mit demselben Zitrus- und Weihrauchduft, der mich verfolgte, seit ich in Luxor angekommen war.

Die Schatten der Figurenprofile an den Wänden waren kaum zu erkennen; Spuren von schwarzer Farbe sprenkelten wie Narben die Zeichnungen im Mondlicht. Als ich mich umsah, fiel mein Blick auf etwas Metallisches, das am Boden glitzerte. Der Weihrauchgeruch wurde intensiver, als ich mich auf ein Knie niederließ und die linke Hand nach dem Metall ausstreckte. Bei der Bewegung kam mein überladener Rucksack ins Rutschen, und ich faßte mir mit der Rechten über die Brust, um ihn aufzufangen.

In diesem Augenblick passierte es – in einem Sekundenbruchteil und ohne jede Vorwarnung. Meine Sinne schlugen um, und ich war in einem Energiestrudel gefangen, der mit solcher Kraft um mich herum hochwirbelte, daß ich Geräusche schmecken und Gerüche hören konnte. Mit rasender Geschwindigkeit wurde ich abwärts gezogen. Übelkeit stieg in mir auf, und in meinem Kopf herrschte ein Druck, daß mir die Ohren zufielen. Durch körperlich spürbare Blitze in einer unbeschreiblichen Farbe hindurch sah ich eine Frau. Dunkel und elegant kam sie aus der Tiefe herangewirbelt. In panischer Angst streckte ich die Hand aus, um sie aufzuhalten, um einen anderen menschlichen Leib zu spüren, doch gleich darauf schrie ich auf, denn sie schwebte mitten durch mich hindurch, durch mein Fleisch, meine Knochen, und trennte mich in einer blutlosen Operation von meinem Körper ab. Das letzte, was ich sah, bevor mir schwarz vor Augen wurde, war ihr Mund, zu einem entsetzten, lautlosen Schrei aufgerissen.

Zweiter Teil

2. Kapitel

Stille. Alles durchdringende Kälte. Chloe blieb reglos liegen und versuchte, die Übelkeit und die Schmerzen zu überwinden, die ihren Leib in den letzten Sekunden vor der erlösenden Ohnmacht zerrissen hatten. Sobald sie ihre Sinne wieder beisammenhatte, ging sie im Geiste alle größeren Gliedmaßen und Körperteile durch. Sie konnte kaum etwas spüren, und was sie spürte, tat höllisch weh; sie wünschte, auch diese Teile wären taub. Sie versuchte, die Augen aufzuschlagen, und nach einer Anstrengung, bei der ihr Schweißperlen auf die Oberlippe traten, gelang es ihr auch. Langsam wurde ihr Blick klar.

Ägypten. Weiße Wände mit lebensgroßen Figuren in so bunten Farben, daß es in den Augen schmerzte.

Der Boden, auf dem sie lag, war kalt und wurde immer kälter. Chloe versuchte, sich aufzusetzen, fiel aber sofort wieder zurück auf den Stein, so als hätte sie keinen Knochen mehr im Leib. Wieder sah sie sich um, und ein Gefühl des Grauens und Unglaubens keimte in ihr.

Irgend etwas stimmte nicht.

Träumte sie? Aber in einem Traum dürfte es keinen so beißenden Gestank geben. Sie dürfte keinen Singsang von außerhalb des Raumes hören. Sie dürfte das Blut von dem Schnitt in ihrer Lippe nicht schmecken. Sie dürfte sich nicht so zerschlagen und zerschrammt fühlen.

Auf ganz schreckliche, grauenvolle, unerklärliche Weise stimmte etwas nicht.

Vor ihr lag eine sauberere Version jenes Raumes, den sie zuletzt gesehen hatte. Er war in gutem Zustand, wirkte frisch und farbenfroh. Die Parade der Götter und Göttinnen war in strahlenden Farben gemalt und schien sich in der reglosen Luft beinahe zu bewegen. In der Luft lag ein muffiger Geruch, den sie nicht recht einordnen konnte, und die mit Sternen bemalte Decke war nur verschwommen durch den Rauchnebel zu erkennen. Darunter lag zudem ein beißender Geruch, ein furchteinflößender Geruch ... eindeutig wiederzuerkennen, selbst wenn sie im Moment nicht wußte, woher. Chloe drehte sich um und blickte zu dem Granittisch auf. Ihr Puls flatterte.

Auf dem Tisch stand die silberne Statue einer perfekt gebauten Frau mit einem Kopfschmuck aus Hörnern und einer Sonnenscheibe. Vor der Statue standen silberne Schalen mit Weihrauch bereit sowie eine große Platte mit Brot, Datteln und etwas, das wie ein gebratener Vogel aussah, komplett mit Kopf und Füßen. Daneben waren mehrere silberne Kelche aufgereiht. Chloe sah die Statue prüfend an und spürte, wie sich etwas in ihrem Geist emporreckte, um zuzupacken, aber danebengriff. Sie *wußte*, daß sie wußte, wer das war und was das zu bedeuten hatte; doch im Moment kam sie einfach nicht darauf.

Sie drehte sich zum Fenster um. Die anbrechende Dämmerung schoß rosa- und rosenfarbene Dolche in die Silberschleier am Himmel und durchstach damit das schwarze Tuch der Nacht.

Während sie innerlich ihre Apathie abzuschütteln versuchte, ging sie im Geist Erklärungsmöglichkeiten für ihre augenblickliche Situation durch und verwarf eine nach der anderen. Ein weiterer durch Verdauungsstörungen verursachter Alptraum? Einbildung? Schwere Drogen? Wahnsinn?

Zitternd klammerte sie sich an dem fest, was sie als Altar ansah, zog sich auf die Füße – und fiel prompt wieder um.

Jemand eilte an ihre Seite. »Herrin, Herrin? Bei den Göttern, was ist passiert?«

Chloes umnebelter Verstand nahm ein etwa fünfzehnjähriges Mädchen mit einer schweren schwarzen Perücke auf dem Kopf und schwarz umrandeten Augen wahr, das in einem weißen Kleid, bei dem eine gebräunte Brust frei blieb, neben ihr kniete, dabei ihre Hand hielt und mit einer Stimme und mit Worten losplapperte, die wie bei einem Autotelefon am Rande des Empfangsbereichs mal ausgezeichnet und mal überhaupt nicht zu verstehen waren. Chloe hörte Schritte auf dem Gang, und das Mädchen beugte sich mit besorgter, ehrfürchtiger und reichlich ängstlicher Miene über sie.

Zwei dunkelhäutige, drahtige und kahlköpfige Männer traten in den Raum. Sie trugen Kleider! Das war neu, selbst für ihre bisweilen recht wilden Träume. Wo im verfluchten Universum war sie hier eigentlich? Sie faßte nach dem silbernen Ankh, der um ihren Hals hing; ihre fleckigen Finger tasteten danach... komisch, er hing viel tiefer als sonst. Sie blickte nach unten und sah ihren Leib, der lediglich von ein paar weißen Stoffetzen an einem Gürtel um ihre Taille verhüllt und mit Schlieren von rotem *Wasweißich* verschmiert war. Auch ihre Hände waren damit überzogen.

Was zum Teufel wurde hier gespielt? Chloes Kopf schien eine Tonne zu wiegen. Immer wieder sackte er zur Seite, während sie versuchte, das Mädchen im Blickfeld zu behalten und zu begreifen, was es sagte. Das Mädchen sprach hastig und mit fliegenden Händen zu den beiden Männern. Chloe hörte den Ärger und die Angst in ihrer Stimme, hatte aber keine Ahnung, weshalb sie so aufgeregt war.

Der Gedanke, den Chloe keinesfalls in Erwägung ziehen wollte, drückte, zwängte und bohrte sich in ihr Bewußtsein, bis sie keinen anderen Ausweg mehr sah, als in Ohnmacht zu sinken und zu hoffen, daß sie bald wieder zu sich kommen würde, und zwar in den Ruinen eines Tempels, wo ihr jemand namens Mohammed half, der eine Flasche Cola bei sich hatte.

Doch das war wohl zuviel verlangt.

Statt dessen wurde sie von einem peinigenden Kribbeln geweckt. Sie schreckte hoch, in der vollen Erwartung, große Teile ihres Körpers von Feuerameisen bedeckt zu sehen. Jammernd wälzte sie sich herum, konnte aber nicht sagen, was sie so juckte.

Plötzlich war der brennende Juckreiz vorbei und einer außerordentlichen geistigen Klarheit und Wahrnehmung gewichen. Endlich konnte sie wieder ihren Körper bewegen und etwas außerhalb ihres Gesichts spüren. Ihre Finger strichen über das glatte, bemalte Holz ihres Bettes und fuhren das herausgeschnitzte Muster nach. Auf ihren Knien, ihrem Bauch und ihren Brüsten spürte sie ein grobes Leinentuch. Chloe sah sich um. Das Zimmer war vollkommen weiß, hatte einen Vorhang vor der Tür und zu ihrer Rechten einen kleinen Alkoven. Es konnte jedes beliebige Zimmer sein, an jedem beliebigen Ort und zu jeder beliebigen Zeit.

Ein Irrenhaus, dachte sie. Das mußte es sein. Wo war ihre Zwangsjacke? Wenn im Film jemand in einem solchen Raum aufwachte, hatte er immer eine Zwangsjacke an.

Sowie ihre Gedanken klarer wurden, stürzten Möglichkeiten und Unmöglichkeiten auf sie ein. Der einzige rationale Schluß war, daß man sie gekidnappt und ihr eine starke, bewußtseinserweiternde Droge gegeben hatte. Es war begreiflich, daß sie von Ägypten träumte, schließlich hatte sie sich während des vergangenen Monats vor allem damit beschäftigt.

Gerüchteweise hatte sie von Entführungen und weißer Sklaverei gehört. Die Regierungen gingen zwar dagegen vor, trotzdem kamen solche Dinge in Ägypten und dem Nahen Osten immer noch vor. Doch Chloe hatte sich einigermaßen sicher gefühlt, denn schließlich war sie die Antithese zu dem, was man im Nahen Osten für attraktiv hielt. Laut Cammy hatten die alten Ägypter ihren Satan immer als Rotschopf dargestellt, und noch heute fürchteten sich ungebildete Ägypter vor hellen Augen und roten Haaren. Darum hatte sie nicht angenommen, daß man auf sie aussein könnte.

Nicht zu vergessen, daß sie den meisten Ägyptern zu groß und zu dünn war.

Sie wurde aus ihren Gedanken gerissen, weil der Türvorhang zurückgezogen wurde und das Mädchen aus dem Tempel eintrat – jedenfalls *glaubte* Chloe, daß es das Mädchen war.

Als das Mädchen sah, daß Chloe wach war, legte es den Unterarm über die Brust und kniete nieder. Doch da Chloe es lediglich wortlos anstarrte, stand es wieder auf und kam ans Bett.

»Meine Schwester, geht es dir besser?« Nervös wandte sie den

Blick von Chloes Augen ab und machte eine kleine Geste, die ein Bereich in Chloes Verstand als Zeichen gegen den Bösen Blick erkannte. Chloe konnte das Mädchen verstehen, auch wenn dessen Worte fremd klangen. Es kam ihr so vor, als würde jemand in ihrem Kopf dolmetschen, noch ehe die Worte wirklich in ihrem Gehirn ankamen, und das machte sie schwindlig. Dieser Rauch... eine Art Räucherwerk... woher kannte sie diesen Geruch nur?

Das schwarzhaarige Mädchen schlug die Decke zurück, und Chloe sah, daß ihr Körper sauber und nackt war. Nun, sie *glaubte* wenigstens, daß es ihr Körper war... doch die Sommersprossen, von denen kein Rothaariger verschont blieb, waren verschwunden, und ihre Haut war statt dessen von einem satten Kaffeebraun. Das Mädchen streckte die Hand aus und fühlte den Puls an Chloes Hals, dann berührte sie die Stelle, wo sich ihre Schenkel trafen.

Chloe versuchte, vor der Vertrautheit dieser Berührung zurückzuzucken, doch ihre Muskeln reagierten nicht. Das Mädchen beobachtete Chloe aufmerksam aus schwarz nachgezogenen Augen. Dann deckte es Chloe wieder zu und sagte mit sanfter, singender Stimme:

»Die Schwesternschaft ist tief um dich besorgt, Herrin. So viele Tage zu schlafen ist sehr ungesund. Selbst Meine Allergnädigste Majestät hat nach dir gefragt. Sie schickt einen berühmten Magus, der dich heilen soll. Die Priesterinnen haben ebenfalls eigens für dich bei Hathor Fürbitte eingelegt. Die Göttin wird nicht zulassen, daß ihr Liebling krank ist.« Beim Sprechen hob sie eine Waschschale auf, stellte Essen auf ein Tablett und leerte mehrere Krüge Wasser in das Wasserbecken im Alkoven.

Chloe hob die Hände an den Kopf. Was redete dieses Mädchen da? Was für eine Schwesternschaft? Welche Majestät? Ein Magus? Was zum Teufel war das? Ws hatte das alles mit ihr zu tun, und wo in diesem *verfluchten Universum* war sie?

Sie, die nicht mehr ihre gewohnte Hautfarbe hatte.

Chloe befand, daß sie lange genug Geduld bewiesen hatte und daß es nun an der Zeit war zu sprechen. Sie würde Antworten bekommen. Falls das ein Traum war, würden ein paar zielgerichtete Fragen sie aufwachen lassen. Falls nicht... Sie verwarf jede derartige Möglichkeit und machte den Mund auf, um etwas zu sagen.

Doch aus ihrer Kehle drang nur ein eigenartiges Gurgeln, das Chloe entsetzte und das dem Mädchen einen derartigen Schrecken einjagte, daß es aufschrie.

»Keine Angst, Herrin«, sagte die Kleine mit zittriger Stimme, die ihre zuversichtlichen Worte Lügen strafte. »Bitte, ruhe dich aus, vielleicht wird der *Hemu neter* später diesen *Kheft* austreiben. Bitte, iß etwas.« Sie stellte ein Tablett mit Brot, Feigen und einem Krug Milch vor Chloe ab. Deren Magen begann augenblicklich zu knurren. Das Mädchen lachte, die erste unbedachte Reaktion, seit Chloe die Augen aufgeschlagen hatte.

»Vielleicht hat ein *Kheft* von deiner Zunge Besitz ergriffen, und deshalb spricht nun dein Magen für dich, Herrin«, neckte das Mädchen sie. Mit einer Kraft, die Chloe dem Mädchenkörper nicht zugetraut hätte, half sie Chloe, sich aufzusetzen. Basha reichte ihr die Milch... Moment mal, woher kam *dieser* Gedanke? Plötzlich stürzten in einer Flutwelle, völlig ungeordnet und sinnlos, Gedanken auf sie ein, wo und wer und wieso sie war.

Sie wußte, daß Basha ihre Dienerin war und daß sie, *Chloe*, eigentlich RaEmhetepet war, eine der Hathor-Priesterinnen; daß sie sich in einem kleinen Raum unterhalb der Tempelanlage von Karnak befanden; daß sie wirklich extrem krank sein mußte, wenn das Große Haus einen Magus schickte...

Was wurde hier gespielt? Woher hatte sie diese Informationen? Hatte man sie hypnotisiert? Einer Gehirnwäsche unterzogen? Was war hier los? Frustriert schlug Chloe auf ihr Bett ein, und Basha flüchtete ans andere Ende des Zimmers. Irgendwie ahnte Chloe, daß sie nicht mit Anton frühstücken würde.

Die bibbernde Basha schnappte sich das Tablett und entfloh durch den Türvorhang, von wo aus sie einen ängstlichen Blick zurück auf RaEm warf... nein, Chloe. Ich bin Chloe.

Nein, sagte die »andere«.

Doch, widersprach Chloe der »anderen«.

Einverstanden, sagte die Stimme nachgiebig. Du bist beides.

Beides?

Beides. Wie konnte sie RaEmhetepet sein und zugleich Chloe bleiben? Was war ihr in jenem Meer des Chaos' widerfahren, das sie durchquert hatte, nachdem sie dort, in einem alten Tempel, abgereist und bevor sie hier, in einem Altarraum, angekommen war? Physisch war sie am selben Ort geblieben, doch irgendwie war sie durch die Zeit zurückgesogen worden.

Für diesen idiotischen Einfall hätte sich Chloe beinahe geohrfeigt. *Auf gar keinen Fall.*

So etwas geschah eher in Cammys *Raumschiff Enterprise* als alleinreisenden Touristinnen an ihrem Geburtstag. Sie konnte die Sprache verstehen – auch wenn es sich eindeutig nicht um Englisch, Französisch, Arabisch oder Italienisch handelte. Doch sie schaffte es nicht, ihren Verstand lang genug von sich selbst abzusondern, um die Worte zu analysieren. Auch das war höchst eigenartig; es *mußte* eine andere Erklärung geben. War sie vielleicht verrückt geworden?

Für die Wahnsinns-Theorie sprach immer mehr.

Chloe sah zur Tür hin, wenn man denn ein weißes Laken als Tür bezeichnen konnte. Dort war niemand zu sehen. Sie packte die Haut auf ihrem Handrücken, kniff und zwirbelte sie. Tränen traten ihr in die Augen, und auf ihren Händen blieben zornige halbmondförmige Male zurück. Sie war wach.

Hastig zerrte sie die Decke zur Seite und betrachtete eingehend ihren Körper. Auf dem Knie konnte sie die Narbe von Cammys Motorradunfall sehen und auf ihren Füßen die zahllosen schwachen Verfärbungen nach Blasen, Moskitostichen und kleinen Verletzungen. Sie streckte die Hand aus. Sie war genau wie früher – lange, elegante Finger, die auf keiner Tastatur außer der eines Computers spielen konnten, kurze ovale Nägel, und eine blasse Narbe in der Handfläche, die nach einem Hundebiß vor vielen Jahren zurückgeblieben war.

Doch die Haut war weder blaß, noch sommersprossig. Vorsichtig faßte sie nach oben und zupfte ein paar Haare aus dem Band in ihrem Genick. Ihr Haar fühlte sich an wie immer: fest, rauh und völlig glatt. Es hatte auch die gewohnte Länge, nur war es nicht mehr kupferfarben, sondern schwarz, so schwarz, daß es bläulich glänzte. Chloe ließ ihre zitternde Hand sinken.

O mein Gott.

Bevor sie Zeit hatte, sich zu fassen, kam Basha wieder herein, gefolgt von zwei dunkeläugigen Männern. Chloe durchsuchte die

Erinnerungen, die ihr Gehirn überschwemmten, und bemühte sich, den Dingen wenigstens den Anschein einer Ordnung zu verleihen, indem sie den »anderen« Geist durchsuchte, der sich ebenfalls in ihrem Kopf befand.

Ohne Erfolg.

Der eine Mann trat zu ihr.

»RaEm«, sagte er und ließ seinen Blick über ihren Leib wandern, »was ist das für eine Krankheit, die dich befallen hat?« Er ließ sich neben ihr auf dem Bett nieder und nahm ihre Hand. Seine Frage klang höflich, aber distanziert. Er war jung und sah mit dem um die Taille geschlungenen Schurz und den eindrucksvollen Muskeln am Oberkörper eindeutig gut aus. Eine Hälfte ihres Geistes erkannte ihn wieder und fand seine Anwesenheit tröstlich, wenn auch überraschend.

Die andere Hälfte ihres Geistes ekelte sich vor der schweren Augenschminke und den prunkvollen Juwelen, die er angelegt hatte, von seiner gekünstelten Frisur ganz zu schweigen. Trug er etwa eine Perücke? Der zweite Mann war älter, aber in einen ähnlichen Rock gekleidet, und auf seinen breiten Schultern lag ein Kragen aus Gold und Leder. Er sah sie nur an, ohne daß seine fleischigen, bronzefarbenen Gesichtszüge irgendeine Regung verraten hätten.

Sanft legte Basha eine Hand auf die Schulter des Sitzenden. »Makab, Herr, deine Schwester wird wieder gesund werden. Sie wird wieder vor der Göttin singen und tanzen. Sorge dich nicht. Sie wird sich erholen.«

Ein Bolzen fügte sich in die Nut. Dies war ihr älterer Bruder Makab, ein junger Adliger, der auf dem Lande lebte. Entsprechend ägyptischem Brauch hatte sie, als ihre Eltern vor Jahren gestorben waren, den gesamten Besitz geerbt. Zögernd erwiderte sie seinen Händedruck. Er wandte sich von Basha ab und senkte den Blick auf Chloes Hand. »Du erkennst mich also wieder?« Als sie bestätigend nickte, wanderte sein Blick zu ihrem Gesicht hoch. Dann zuckte er erschrocken zurück und ließ ihre Hand fallen wie einen giftigen Skorpion, während er gleichzeitig Ankhs in der Luft zeichnete. »Heilige Osiris! Deine Augen!«

Aus dem Gang waren viele Schritte zu hören. Dann trat ein untersetzter Mann ein, auf dessen Glatze sich der Fackelschein spiegelte. »Macht Platz für den edlen Hapuseneb! Den Hohepriester des Großen Gottes Amun, der Ober- und Unterägypten regiert! Des Vaters von Pharao Hatschepsut, ewig möge sie leben!« Mit diesen Worten rammte er seinen Stab auf den Boden und trat zur Seite. Ein großer, älterer Mann in einem Leopardenfell und knöchellangem Schurz kam ins Zimmer.

Alle wichen zurück und verbeugten sich: Chloe blieb wie vom Blitz getroffen sitzen. Sie hatte schon immer gewußt, daß sie eine blühende Phantasie besaß, aber dieser Traumflug hier war einfach unglaublich detailtreu.

»Herrin«, sagte er mit leiser, angenehmer Stimme, »die *Khefts* haben dich verlassen. Das ist gut.« Er trat näher an sie heran, und Chloe senkte den Blick, denn ein Instinkt warnte sie, daß dieser Amun-Priester unter Umständen noch entsetzter über ihre Augen wäre, nachdem sie damit schon ihrem »Bruder« Angst eingejagt hatte. Vorausgesetzt, der Mann existierte überhaupt außerhalb ihres Geistes, schränkte ihre linke Gehirnhälfte energisch ein.

»Das Große Haus macht sich Sorgen um ihre Schutzpriesterin. Bitte erzähle uns, was vorgefallen ist.«

Basha trat vor und deutete auf sie. »Eure Eminenz, meine Herrin hat ihre Stimme noch nicht wiedergefunden.«

Hapuseneb blickte Basha nachdenklich an, dann sah er wieder auf Chloe. »Dann werden wir dich empfangen, sobald du dich wieder erholt hast.« Er kam näher, und Chloe blickte angestrengt auf seine Brust, in der Hoffnung, den Blick damit weit genug gesenkt zu haben. Offensichtlich war es so. Er nickte ihr kurz zu und ging aus dem Zimmer. Betretenes Schweigen erfüllte den Raum, dann wünschten die so üppig geschmückten und geschminkten Krankenbesucher Chloe der Reihe nach gute Besserung und verschwanden.

Waset

Henti um *Henti* raste der goldene Streitwagen unter der wohltätigen Wintersonne durch die Östliche Wüste. Pharao hielt die Zügel fest in ihren roten Handschuhen und hatte die Enden um den goldenen Gurt an ihrer Taille geschlungen. Senmut, ihr Großwesir, hielt sich am Wagenkorb fest und hatte den Blick nicht auf den Sand vor ihnen gerichtet, sondern auf den schlanken Leib jener Frau, die ihm die Welt zu Füßen gelegt hatte. Er warf einen Blick zurück; zwei Streitwagen folgten ihnen, langsam genug, um Pharao die Illusion von Ungestörtheit zu lassen, so wie die Soldaten auch vergangene Nacht in der Wüste ihr Lager knapp außer Sichtweite aufgeschlagen hatten. Er schaute über Pharaos Kopf, als sie vom Weg abbogen und über eine Reihe aufsteigender Dünen jagten. Ein Wüstengebirge rahmte den Horizont ein. Hatschepsut ließ die Pferde langsamer laufen; sonst würde ihr neuestes Spielzeug womöglich in den Tiefen des warmen Sandes ein Rad verlieren.

Vor ihnen erhob sich steil ein Felsen, der einen bläulichen Schatten über den Sand legte. Hat ließ die Pferde anhalten, sprang vom Wagen und wischte sich mit dem Handschuhrücken den Staub vom Gesicht. Senmut trat neben ihr in den Sand und tastete mit dem Blick eines Architekten den Sandsteinblock ab, der aus dem Boden aufstieg und sich zur Sonne emporschwang. Ein von den Göttern gemachter Obelisk. Hat beobachtete ihn, während er im Geist Maß nahm.

»Geliebter Architekt«, sagte sie, nachdem sie zweimal den breiten Fuß umrundet hatten, »du hast für mich den prächtigsten aller Totentempel im westlichen Halbkreis erbaut.«

»Ein winzig kleiner Tribut an deine Schönheit, Pharao«, erwiderte er, als sie im Schatten stehenblieben. Sie ließ ein kurzes Lächeln aufblitzen.

»Dennoch fürchte ich, daß es nicht klug wäre, dort für alle Ewigkeit meine Ruhestätte zu nehmen.« Senmut machte den Mund auf, um zu protestieren, doch sie hob eine Hand, um ihn zum Schweigen zu bringen. »Mein Neffe Thutmosis haßt mich. Ich werde nicht schlecht über ihn sprechen, denn er ist ein Sohn der Götter und des königlichen Ehebetts, und in seinen Adern fließt das heilige Blut meines Vaters. Doch würde ich mich sicherer fühlen, wenn ich wüßte, daß mein Grab unberührt bleibt, einfach weil es unentdeckt bleibt.«

Senmut betrachtete die Felsen um ihn herum. »Du wünschst dir tatsächlich, am Ostufer des Nils begraben zu sein?« Aus seiner

Stimme sprach Zweifel. Der Tod war gleichbedeutend mit dem Westufer, so wie das Leben mit dem Ostufer gleichgesetzt war. »Was ist, wenn in zukünftigen Dynastien hier draußen Städte gebaut werden? Ägypten wächst, und wer kann sagen, ob dieses Land mit verbesserten Bewässerungssystemen nicht urbar gemacht werden kann?«

»Ich kann es sagen!« befahl sie. »Ich bin Ägypten!« Sie wandte sich von ihm ab und fuhr mit der Hand über den kantigen Stein. »Bitte, teurer Bruder, erbaue mir eine Kammer tief unter der Erde, überdacht von diesem Fels, damit unsere Ruhe ungestört bleibt.«

Senmut blieb ein paar Ellen von ihr entfernt stehen und starrte sie entgeistert an. Ihre breiten Lippen, Lippen, die er so gut kannte, zogen sich zu einem Lächeln auseinander.

»Wir werden für alle Zeiten zusammenbleiben«, sagte sie.

»*Wir?*« Begriffsstutzig wiederholte er: »*Wir?*« Er lief zu ihr hin, fiel vor ihr auf die Knie und packte sie um die Taille, am ganzen Leib bebend vor Freude. Gemeinsam mit der Gott-Göttin begraben zu sein, die er liebte; sich bis in alle Ewigkeit an ihrem goldenen, makellosen Anblick zu erfreuen, ihr zu dienen... Senmut blickte auf in ihr Gesicht, wo sich jetzt die Lippen in sinnlicher Erwartung teilten.

Er stand auf und zog ihr die rotlederne *Henhet*-Krone vom Kopf, bis ihr langes, ebenholzschwarzes Haar frei um ihr Gesicht herabfiel. Nach einem kurzen Kampf mit seinem Gürtel ließ er ihn mitsamt dem Schurz im Sand liegen und näherte sich Hat. Sie trat einen Schritt zurück, bis sie am Felsen lehnte, die Augen groß und dunkel in dem herzzerreißend schönen Gesicht. Er küßte ihre Wangen, erregte sich an ihrem beiderseitigen Hunger und liebkoste und neckte ihre goldbestaubten Brüste, bis sie sich gegen seinen Brustkorb preßten. Dann fuhr er mit einer Hand unter ihren Knabenschurz und ertastete den warmen Eingang, der ihn jedesmal vor Lust erbeben ließ.

Sie stöhnte, sank gegen den Stein zurück, und ihr Atem schwebte in heißen Schwaden durch den kühlen Schatten. Er hob sie von den Füßen, sie schlang ihre Beine fest um seinen Leib. Wie ganz gewöhnliche Menschen gaben sie sich einander hin und vergaßen für eine Weile alle Zwänge und Intrigen, denen sie durch ihren königlichen Rang ausgesetzt war. Sie zog ihn tiefer, Senmut stemmte sich fester in den Sand, dann erbebten beide im Moment der Befreiung. Ihr Körper zitterte unter den unterdrückten Schreien seiner in verzückter Hingabe. Langsam und immer noch aufs zärtlichste verbunden sanken sie zu Boden.

Als Hat wieder sprechen konnte, sagte sie: »Du wirst dieses Grab für uns bauen, mein wunderbarer Architekt.« Es war eine Feststellung.

»Zu Befehl, mein Pharao«, antwortete er und drückte sie an sich.

Ein paar Stunden verbrachten sie noch gemeinsam in der Sonne, der königliche Architekt und seine Königin, schritten das Gelände ab und überlegten, wie tief unter die Erde der Tunnel reichen mußte. Hat wollte keinerlei sichtbaren Anhaltspunkt, keinen Tempel. Alles sollte unterirdisch angelegt werden. Der Felsen selbst würde den zukünftigen Gläubigen als Zeichen reichen müssen. Niemand würde davon erfahren. Es würde ihr Geheimnis bleiben.

Noch einmal vereinigten sie sich im Sand, langsam und vollkommen, dann schliefen sie, bis Res reisende Barke ihr Schattenzelt durchbrach. Hat überließ Senmut die Zügel, und er lenkte den Streitwagen zurück zum Nil, über den rotgolden gestreiften Sand hinweg, da Re zur Stunde des *Atmu* an Kraft verlor.

Cheftu hielt die Pferde an und warf dem wartenden Sklaven den Zügel zu. Leichten Fußes sprang er zu Boden, dann machte er sich eilig auf den Weg zum Großen Haus. Pharao hatte ein Treffen einberufen, und der Bote hatte Cheftu angetroffen, als er eben aus dem Haus eines sterbenden Freundes zurückkehrte. Cheftu verfluchte sich selbst, ebenso wie die Zeit seit Alemeleks Tod.

Wieso hatte er es nicht geahnt? Wie hatte er so verstockt sein können? Wenigstens war das Päckchen des Mannes in Sicherheit … einstweilen. Während er durch die leeren, von Fackeln erhellten Gänge des Palastes eilte, fuhr er sich hastig mit der Hand über das Kopftuch, den Kragen und die Ohrringe. Die meisten der ägyptischen Leibwächter waren durch Kushiten ersetzt worden, eine weiterer Hinweis auf Pharaos wachsende Paranoia vor einem Sturz. Vor den goldbeschlagenen Türen, die in Pharaos privaten

Audienzraum führten, blieb er stehen, während er mit allen Titeln angekündigt wurde.

»Der Hohe Herr Cheftu, *Erpa-ha, Hemu neter* im Haus des Lebens, Seher der beiden Länder, Heiler der Krankheiten, Verkünder der Zukunft, Er der in Amuns Ohr spricht, Gelieber Ptahs, Freund Thots.« Als der Stab des Zeremonienmeistes auf den Boden knallte, trat Cheftu in den Raum.

Die Versammlung sah nach einem Kriegsrat aus. Pharao Hatschepsut, ewig möge sie leben!, ging ungeduldig im Raum auf und ab, in eine hauchdünne Abendrobe aus Silberstoff gekleidet, Geier und Kobra als Amtsinsignien tief über ihrer Stirn.

Auf einem Hocker saß der Hohepriester Hapuseneb und ließ ein Bein im Takt von Hats Schritten schwingen. Sein rasierter Schädel glänzte im Lampenschein und spiegelte das goldene Glitzern aus den Augen des toten Leoparden, der sein Amtszeichen war.

Senmut, Oberster Hoher Verwalter und Großwesir des Königs, blickte zornig in irgendeinen Bericht und hatte dabei Pharao und Cheftu den breiten Bauernrücken zugewandt.

Zwei »königliche Berichterstatter«, wie die Spione mittlerweile genannt wurden, aßen in Gesellschaft eines weiteren Wesirs. Hat machte auf dem Absatz kehrt und sah Cheftu an. »*Haii,* guter edler Herr Cheftu.« Sie streckte ihm die Hand hin, über die er sich beugte, um einen Kuß darauf zu hauchen.

»Meine Majestät, ewig mögest du leben! Leben! Gesundheit! Wohlergehen! Wie kann ich dir dienen?«

Hatschepsut deutete auf einen mit Silbergold beschlagenen Stuhl, und Cheftu ließ sich darauf nieder. »Ich habe gehört, du hast einen teuren Freund verloren.« Cheftu senkte den Blick. »Mein Beileid, Arzt. Möge er auf den Feldern der Nachwelt tanzen. Hat man ihn schon zum Haus der Toten gebracht?«

Cheftu war zu nervös und mißtrauisch, als daß er mit mehr als nur einem Hauch seines üblichen Selbstbewußtseins gesprochen hätte. »Nein, Meine Majestät. Er stammte aus dem Osten und wollte nach Art seiner Vorväter bestattet werden.«

Hatschepsuts zusammengekniffene Lippen verrieten die typisch ägyptische Verachtung für alle barbarischen Bräuche. »Nun gut, edler Herr.«

Cheftu lächelte. »Es ist eine große Gunst Meiner Majestät, sich nach meinem armseligen Leben zu erkundigen. Wenngleich ich nicht sicher bin, ob ich nur deswegen gerufen wurde.«

Hatschepsut antwortete mit einem Lächeln. »Das wurdest du tatsächlich nicht. Meine Hathor-Hohepriesterin«, sagte Pharao, und Cheftu spürte, wie sich sein Magen zusammenkrampfte, »ist unter eigenartigen Umständen erkrankt. Kläre ihn auf, Hapuseneb.«

Der Hohepriester richtete sich auf seinem Hocker auf. »Sie hat der Göttin gedient und ist allem Anschein und allen Anzeichen nach...« Seine Stimme erstarb, dann schloß er leise: »Ich weiß nicht, was passiert ist.«

Cheftu zwang sich, ruhig zu bleiben. »Ein verbotener Kontakt?«

»Das wissen allein die Götter, *Hemu neter.*«

»Wurde sie verletzt?«

Hapuseneb tauschte einen kurzen Blick mit Pharao. »Sie hat blaue Flecken«, murmelte er. »Aber keine Wunden.«

»Ist sie auf dem Weg der Besserung? Kann sie uns verraten, wer... wer dafür verantwortlich ist?«

»Ja, sie ist auf dem Weg der Besserung, aber eigenartigerweise hat sie keine Stimme, um uns mitzuteilen, was vorgefallen ist.«

»Das ist kein Problem. Reicht ihr Papyrus und Tinte. Sie ist gebildet und kann ihre Antworten niederschreiben.«

Hapuseneb sah kurz zu Hat hinüber. »Ich fürchte, so einfach ist die Sache nicht. Meine Herrin scheint eine *Kheft*-Magd zu sein.«

Cheftu gab sich gelassen, doch seine Hand schloß sich fester um die Stuhllehne. »Ich bitte um eine Erklärung, Eminenz.«

»Sie wirkt verstört und verwirrt. Mir ist berichtet worden, daß sie nicht einmal ihren eigenen Bruder erkannt hat, ebenso wie ihre Dienerin, die ihr schon seit der Kinderzeit dient, oder den edlen Herrn Nesbek, ihren Verlobten. Sie scheint die einfachsten Dinge des Alltags vergessen zu haben. Es ist höchst eigenartig.«

Cheftu beruhigte sich ein wenig. »Das hat wenig zu besagen, Eminenz. Auf meinen Reisen habe ich Menschen gesehen, die einen Schlag auf den Kopf bekommen hatten und sich weder an ihren Namen noch an ihr Herkunftsland erinnern konnten, geschweige denn an das von jemand anderem. Zu gegebener Zeit wird ihr alles wieder einfallen. Hat man die Herrin untersucht?«

»Auch ich habe schon von der Erinnerungskrankheit gehört«, erwiderte Hapuseneb mit einem finsteren Lächeln. »Aber ich habe noch nie gehört, daß sich dabei die Augenfarbe eines Menschen verändert hätte.«

Cheftu schnürte es die Kehle zu. War das ein Trick? Ganz ruhig wiederholte er: »Ihre Augenfarbe?«

Hapuseneb beugte sich vor und stützte die Unterarme auf die Knie. »Ich nehme doch an, du bist mit dem Anblick der Herrin Ra-Emhetepet vertraut?«

Cheftu wurde ein wenig rot, antwortete aber: »Ja.«

»Dann weißt du auch, daß ihre Augen von einem sehr dunklen Braun sind oder *waren.*«

»Jawohl.«

»Nun, das sind sie nicht mehr. Sie sind grün wie Malachit aus Kanaan.«

»Ich verstehe.«

Pharao mischte sich ein. »Du wirst es in Kürze mit eigenen Augen sehen, mein Günstling. Du mußt zu der Priesterin gehen, sie untersuchen und nach einer Erklärung fahnden. Es ist keine große Sache, gleichgültig ob ihre Leiden allein physischer Natur sind oder ob ihr auch *Khefts* ausgetrieben werden müssen, du kannst sie heilen.«

»Dämonen? Meine Majestät...«

»Ich weiß, daß es eine unangenehme Aufgabe ist angesichts eurer ehemaligen Verbindung, doch da sie wieder verlobt ist, wird es sich um einfache Ursachenforschung handeln. Makab ist ebenfalls auf Besuch hier.«

Cheftu neigte gehorsam den Kopf. Er hatte keine Wahl. Das gehörte zu den Freuden, wenn man Lieblingsseher des Königs war. Andererseits freute er sich, Makab wiederzusehen. Es war so viele Überschwemmungen her. Er nahm an, daß er damit entlassen war, und wich rückwärts zur Tür zurück. Niemand kehrte Pharao, ewig möge sie leben!, den Rücken zu.

»Cheftu!« rief Hat ihn zurück.

»Meine Majestät?«

»Verkünden die Vorzeichen irgend etwas Ungewöhnliches, mein Seher?«

Cheftu überlegte kurz. »Im Schicksal von Kallistae im Großen Grün wird sich bald eine uralte Prophezeiung erfüllen.«

»Bei den Keftiu? Denselben, die hier in Waset und Avaris Handel treiben? Was für eine Prophezeiung ist das?«

»Das Imperium von Aztlan wäre seit dem Chaos schon zweimal um Haaresbreite vernichtet worden, Meine Majestät. Diesmal wird die Zerstörung allumfassend sein. Ich fürchte, das wird Auswirkungen nicht nur auf das Große Grün, sondern selbst auf Ägypten haben. Vielleicht sind dies die ungewöhnlichen Omen, von denen du sprichst?«

Hatschepsut sah ihn einen Moment lang an, dann schoß ihr Blick zu Hapuseneb hinüber. »Keine wundersamen Geburten?«

»Geburten, Meine Majestät?« Cheftu sah sie verdutzt an. »Keine, die vorhergesagt werden.« Sein Blick senkte sich auf Hats verhüllten Bauch und dann auf den Boden. Sie lachte fröhlich.

»Hast du dich noch nie geirrt, seit ich dich zum Verkünder der Zukunft ernannt habe?«

»Dank der Gnade der Götter habe ich immer recht behalten, Meine Majestät.«

Ein heimliches und triumphierendes Lächeln spielte um Hats breiten Mund. »Gut so, mein Günstling. Ich bin sicher, dein Unterfangen ist mit Gottes Scharfblick und Weisheit gesegnet.«

Nachdem er nun endgültig und wahrhaftig entlassen war, kreuzte Cheftu gehorsam den Arm vor der Brust und zog sich zurück. Sobald er im Freien war, schlang er seinen Amtsumhang fester um sich, um die kühle Nachtluft abzuschirmen. Er sprang auf seinen Streitwagen, griff nach den Zügeln und fuhr über die von Sykomoren überschattete Straße zu seinem Haus, laut fluchend und ohne auch nur ein einziges Mal an die Priesterin zu denken.

Chloe wurde geweckt und in ihr Bad gebracht, wo sie, nachdem sie gebadet, abgeschrubbt, rasiert und massiert worden war, in ein langes weißes Tuch gehüllt und vor einen Schminktisch gesetzt wurde. Als man ihr Sandalen brachte, begriff Chloe, daß sie ein Kleid und keinen Morgenmantel trug.

Was war mit Unterwäsche?

Weil sie merkte, daß alle Sklavinnen sie mit ausgesprochener Angst ansahen, versuchte Chloe klammheimlich, ihren Leib in diesem Tuch zu betrachten. Das Leinen war so dünn, daß man ohne weiteres hindurchsehen konnte. Sie wurde rot. Kein Wunder, daß sie so sorgfältig rasiert worden war.

Sie blickte auf die feingearbeiteten Sandalen, die man ihr hinhielt – und schluckte. Schuhgröße 41 zu haben war zu ihren Lebzeiten nichts Besonderes – sie kannte eine ganze Reihe von Frauen, die Größe 42 oder noch mehr trugen –, doch so wie alle auf ihre langen, schmalen Füße starrten, vermutete Chloe, daß sie für diese Menschen gigantisch wie die eines Soldaten waren. Eines Leibgardisten.

Unsicher lächelnd schob sie ihre langen Zehen in das Fußbett und packte den Riemen. Ihre Füße zwängten sich unter die Zehenriemen, quollen auf beiden Seiten heraus und hingen hinten über den Rand. Sie konnte sich glücklich schätzen, wenn sie es schaffte, in diesen Dingern zu laufen, ohne hinzufallen.

Sie watschelte an die Truhe, aus der Basha ihr Kleid gezogen hatte und klappte sie auf. Drinnen lag nichts außer weiteren hauchdünnen, durchsichtigen weißen Wickelkleidern. Sie sah Basha an; durch ihr Ein-Träger-Kleid konnte man jeden Zentimeter ihres jungen Körpers erkennen. Und Irit, ihre Sklavin, trug nur eine Perlenschnur um die Hüften.

Offenbar sollte sie in dieser Halluzination eine Exhibitionistin mit enormer Fußarztrechnung spielen.

Seufzend setzte sie sich an den Ankleidetisch und winkte Irit zu sich. Nachdem das Mädchen erst einmal den Blick von Chloes Riesenfüßen losgerissen hatte, malte es zum Schutz gegen die Sonne lange schwarze Bleiglanz-Schatten um Chloes Augen.

Sobald Chloes kinnlanges schwarzes Haar getrocknet war, flocht Irit es zu Zöpfen, deren Enden sie in regelmäßigen Abständen mit silbernen Bändern umwand. Sie faßte hinter sich nach einem kleinen Weidenkästchen, öffnete es und gab damit den Blick auf eine Schmuckkollektion frei, für die der Louvre ein Vermögen springen lassen würde. Alles war aus reinem Silber. Die »andere« mahnte sie, daß Hathors Priesterinnen niemals Gold trugen. Tapfer streckte Chloe die Hand nach einem Armreif und einem Ring aus.

»Würde meine Herrin einen Kragen wählen?« fragte Irit, ein wenig eingeschüchtert, wie Chloe fand. Die Auswahl war unglaublich. Sie entschied sich für einen filigranen Silberkragen mit emaillierten Lotospflanzen und Vögeln. Irit befestigte ihn um Chloes Hals und fügte unten noch einen bildschönen Falken-Brustschmuck an, der schwer unter Chloes notdürftig verdecktem Busen ruhte und unter dem ihre eigene Ankh-Kette verschwand. Chloe stand auf und versuchte, in dem polierten Bronzestück, das als Spiegel herhalten mußte, ihr Bild zu erkennen.

Auch *das* war unglaublich. Die Juwelen, die vielen Einzelheiten ihrer Kleidung, der schwache Myrrheduft in der Luft, der dissonante Singsang, der hin und wieder zu hören war ... und jetzt das. Chloe sah sich nicht selbst. Ihr starrte ein Grabgemälde ins Gesicht. Mitsamt engem weißem Kleid, schwarz nachgemalten Augen und Brauen. Nur der Blick ihrer schräggeschnittenen grünen Augen wirkte vertraut. Chloe drehte sich um, denn sie hatte das Gefühl, daß sie beobachet wurde.

Der dunkeläugige Mann von gestern, Nesbek, wie die »andere« in ihrem Kopf soufflierte, trat auf sie zu.

Er war untersetzt und breit, offensichtlich schon älter und mit Gold überladen ... mit Kragen, Armbändern, Armreifen und Ringen. Seine Augen waren klein und lagen tief in den Höhlen. Aus ihnen sprach eine Empfindung, die Chloe nicht zu lesen vermochte. Wie auf einen unausgesprochenen Befehl hin leerte sich das Zimmer.

»RaEmhetepet.« Er machte einen Schritt auf sie zu. »Ich bin sicher, du erinnerst dich an mich?« Er machte noch einen Schritt vorwärts, verschlang Chloes Leib mit Blicken und zog die Stirn in Falten, als er auf ihre Füße sah. »Es wäre zu schade, wenn ich dich an mich erinnern müßte ...«

Sein Ton war zugleich neckisch und bedrohlich, deshalb machte Chloe einen unsicheren Schritt zurück.

Er lächelte und entblößte dabei strahlende Goldzähne. »Ich muß auf mein Gut in Goshen reisen, aber sobald ich eine Apiru zur Räson gebracht habe, kehre ich zurück, um meine Braut zu holen.« Er sah sich kurz um und hob dann den Schurz. »Möchtest du mir jetzt schon etwas geben? Einen *Beweis deiner Gunst,* damit ich dich nicht vergesse?«

Chloe wandte den Blick ab, denn sie wollte gar nicht wissen, worum es hierbei ging. Spielte sie in dieser Halluzination eine Perverse? Sie bekam eine Gänsehaut, so verschlang er alles, was ihr durchsichtiges Kleid verriet. Instinktiv bedeckte sie die Brüste mit ihren Händen und wünschte sich einen Umhang.

»*Aiii,* ich sehe, daß du erschrickst.« Er ließ den Schurz fallen und strich die Falten mit fetten manikürten Händen glatt. »Wie schade, daß du eine so«, er hielt inne, »leidenschaftliche und einträgliche Beziehung vergessen hast. Es wird mir ein besonderes Vergnügen sein, sie dir in Erinnerung zu bringen.« Er streckte die Hand nach ihr aus und wurde nur von einer samtenen, rasierklingenscharfen Stimme gebremst.

»Die Herrin ist immer noch in ihrer Dienstzeit, während der kein Mann sie erkennen darf. Wenn du sie berührst, werden die Schwesternschaft und die Göttin Hathor dich zur Rechenschaft ziehen, weil du eine ihrer liebsten Dienerinnen befleckt hast.«

Schlagartig blickten Chloe und Nesbek zur Tür, wo sich die Silhouette eines großen Ägypters abzeichnete. Er trat ins Zimmer, und Chloe sah ihn in ganzer Größe, von der bodenlangen Robe bis zu seiner rot-gold-gestreiften Kopfbedeckung. Das gefältelte Kopftuch saß quer über seiner Stirn und fiel ihm auf die Schultern, seine kräftigen, bronzefarbenen Gesichtszüge umrahmend, die trotz der schweren Ohrringe kein bißchen weich wirkten.

»Edler Herr Cheftu«, stieß Nesbek zähneknirschend hervor. Er sah Chloe wieder an. »Ich werde unsere Hochzeit abwarten, meine Herrin.« Dann ging er zur Tür, wo der Ägypter im Umhang den Kopf neigte. »Leben, Gesundheit und Wohlergehen, edler Herr Nesbek«, sagte der Mann, doch die Worte klangen wie ein Fluch.

Chloe spannte die Muskeln an und versuchte, das Zittern darin zu unterdrücken. Zwar war Nesbek verschwunden, doch dafür stand nun dieser arrogante Cheftu im Zimmer und durchbohrte sie mit Blicken. Sie stellte sich seinem Blick und schauderte angesichts der Feindseligkeit, die ihr daraus entgegensprang. »So, meine Herrin«, sagte er mit tiefer, eiskalter Stimme, »sehen wir uns also wieder. Leben, Gesundheit und Wohlergehen wünsche ich dir. Meine Glückwünsche zu deiner Verlobung. Ich nehme an, diesmal wirst du bei der Trauung anwesend sein?« Chloe starrte ihn an. Er setzte nochmals nach, mit einem kalten Lächeln, bei dem sie seine weißen, ebenmäßigen Zähne sehen konnte. »Freust du dich schon darauf?«

Chloe schüttelte heftig den Kopf.

Er zog eine geschminkte Braue hoch. »Wenn nicht auf das Ehegelübde, dann doch vielleicht auf das Ehebett? Mit wem auch immer du es teilen wirst?«

Chloe biß unter seinen Bemerkungen die Zähne zusammen. Diese halluzinogene Droge sagte ihr ganz und gar nicht zu. Doch die Überzeugung, einen Drogenrausch zu erleben, wurde ohnehin mit jeder Sekunde schwächer. Dazu waren die Einzelheiten zu eindringlich, die Empfindungen zu real. Was für Alternativen gab es noch?

Keine, die auf geistige Gesundheit schließen ließen.

Cheftu seufzte. »Ich bin nicht hier, weil es mir besonderes Vergnügen bereitet, dich aus der Umarmung deines Verlobten zu retten. Meine Majestät Hatschepsut, ewig möge sie leben!, hat mich gebeten, dich zu untersuchen, also tritt bitte näher und setz dich an den Tisch.« Mit diesen Worten legte er seinen goldbestickten Umhang ab. Mit einem kurzen Klatschen holte er zwei weitere Besucher ins Zimmer, nämlich zwei etwa zwölf Jahre alte *W'rer*-Priester. Ihre Köpfe waren kahlgeschoren bis auf die Jugendlocken, und sie trugen schlichte Schurze mit schmucklosen Ledergürteln. Einer schleppte eine große geflochtene Kiste herein, der andere legte sorgsam Cheftus Stab und Umhang beiseite.

Chloe konnte den Blick nicht von ihm wenden. Sie hatte sich immer noch nicht an die ausgefeilten Kostüme gewöhnt, die jeder hier trug, und Cheftu sah haarscharf aus wie das Abbild eines alten Ägypters – und wie der Traumprinz jeder Frau. Er war breitschultrig, langbeinig, und überall an ihm glitzerte Gold, von dem breiten Kragen um seine Brust angefangen über die Armbänder, die sich um seine ansprechenden, muskulösen Oberarme schmiegten, bis zu dem goldenen Skarabäusring mit einem Tigerauge und den schwarz umrahmten, mit Goldpuder bestäubten Augen.

Nur daß seine Augen nicht dunkel waren, so wie sie es bei allen anderen hier gesehen hatte und inzwischen auch erwartete. In seinen mischten sich Bernstein, Topas und Gold, und umrahmt waren sie von dichten, schwarzen Wimpern, die seine lange, gerade Nase hervorhoben.

Sie senkte den Blick und durchsuchte den Geist der »anderen« nach einem Hinweis auf diesen Mann. Als sie ihn erhielt, riß sie überrascht den Kopf hoch und gab sich alle Mühe, ihn nicht mit offenem Mund anzustarren. Er war ihr inzwischen näher gekommen, hatte seine Kiste geöffnet und zog nun verschiedene Metallgeräte heraus.

»Erst müssen wir dich untersuchen.« Ohne ihren Blick zu erwidern, rief er über die Schulter: »Keonkh! Du zeichnest unsere Befunde auf.« Einer der Jungen ließ sich auf dem Boden nieder, schlug die Beine übereinander und strich den Schurz darüber glatt, so daß eine Art Schreibfläche entstand. Der andere Junge füllte geschäftig Wasser in ein schwarzes Stempelkissen und zwirbelte die Haare eines Pinsels zu einer feinen Spitze.

»Wir sind bereit, *Hemu neter* Cheftu«, sagte der Junge namens Keonkh, der offenbar im Stimmbruch war.

»Sehr gut.« Cheftu schenkte dem Jungen einen aufmunternden Blick. »So, Batu«, wandte er sich an den anderen, »wie beginnen wir mit der Untersuchung?«

Der Junge trat vor und sah Chloe an, die schweigend auf ihrem Nachtlager saß. »Gesundheit, Wohlergehen und Leben, große Priesterin«, sagte er. Dann wandte er sich an Cheftu und antwortete: »Als erstes untersuchen wir ihre Farbe, dann die Ausscheidungen ihrer Nase, der Augen, Ohren, des Halses, Bauches, und der Glieder, wobei wir auf Schwellungen, Zittern, geplatzte Adern, Schweiß oder Steifheit achten.«

»Sehr gut.« Cheftu trat hinter Chloe und blickte über ihren Kopf hinweg. »Schildere mir ihre Farbe.« Der Junge betrachtete eingehend ihre Haut und errötete leicht, als sie seinen prüfenden Blick auffing.

»Bitte strecke die Arme vor, Herrin«, forderte er, und Chloe streckte die Hände weit von sich, während er sorgfältig jeden Zentimeter ihrer neuen, braunen Haut musterte. »*Hemu neter*«, erklärte er, »die Haut der Herrin ist makellos. Es sind keine Abschürfungen, keine Schwellungen, keine Ausdünstungen, keine Verfärbungen festzustellen.«

Cheftu kam wieder nach vorne und begutachtete sie vollkommen ausdruckslos, fast wie einen Ausstellungsgegenstand, was Chloe wahrscheinlich auch war. Fieberhaft schrieb Keonkh jedes Wort mit, das Cheftu und der Junge wechselten. »Schicke das Mädchen Basha nach den morgendlichen Ausscheidungen der Herrin«, befahl Cheftu, und der Junge verschwand. Als er den schweren Vorhang anhob, hörte man für einen kurzen Moment vom Haupttempel her Musik.

»Versuche zu sprechen«, befahl er.

Die Geräusche, die sich ihrem Mund entrangen, klangen für alle Anwesenden wirr und schmerzlich.

»*Haii.* Das genügt einstweilen.« Er trat zurück, und sie senkte die Lider. »Hattest du irgendwelche Ausscheidungen, Herrin?« fragte er, während er mit warmen Fingern, unter denen ihr kühles Fleisch kribbelte, ihren Puls nahm.

Chloe schüttelte den Kopf.

Keonkh ging Wasser holen. Dann zog Cheftu Chloes Kopf nach vorne und nahm ihn zwischen beide Hände, um mit seinen langen Fingern unter ihrem sorgsam frisierten Haar herumzutasten. »Herrin, bist du gestürzt?«

Sie zog die Achseln hoch.

»Hast du von Trauben geträumt? Oder von Feigen?«

War er verrückt geworden? Was für eine abartige Frage war das? Dann ermahnte die »andere« sie, daß die Götter mit solchen Träumen vor einer nahenden Krankheit warnten. Sie schüttelte den Kopf. Keinerlei Obstträume.

Basha trat mit Batu ins Zimmer, in den Händen einen großen Topf. Chloe erkannte den Nachttopf wieder, auf den sie heute morgen getaumelt war. Cheftu hatte ihn auf den Boden gestellt, und kurz darauf kauerten Batu und er darüber und berieten sich leise über den Inhalt.

Der Arzt wandte sich wieder an sie, und Chloe spürte, wie ihr der Atem stockte. Das konnte doch nicht wahr sein. Das mußte ein Traum, eine Halluzination sein. Er war ihr vertraut, also war er offenbar jemand, den sie gern hatte und dem sie darum eine Rolle in ihrer ägyptischen Phantasie zugedacht hatte – so wie der *Zauberer von Oz* mit Dorothys Freunden und Feinden bevölkert war. Sie warf einen Blick auf seine Hände.

Sie waren makellos – die Hände eines Künstlers oder Gelehrten –, langfingrig mit geradegeschnittenen Nägeln; nicht grob, aber auch nicht weich. Hände zum Erschaffen und Heilen.

Sie wurde aus ihren Gedanken gerissen, weil beide Jungen an ihren Platz zurückkehrten: Keonkh schrieb wieder wie wild, und Batu assistierte Cheftu. Aus einem Alkoven neben der Tür entfernte Cheftu eine kuhköpfige Statuette und ersetzte sie durch eine schakalköpfige Obsidianstatue. Dann entzündete er davor eine Schale mit Räucherwerk.

Sie durchwühlte ihr Gedächtnis auf der Suche nach dem Namen und Gesicht dieses Gottes. Cheftu zog ein kleines Papyrusblatt aus seinem Korb und reichte es Chloe. »Da das Problem deinen Mund betrifft, werden wir zu dem Gott deiner Lippen sprechen.« Chloe nahm die Rolle in die Hand und betrachtete sie. Sie war mit hieratischen Schriftzeichen bedeckt, einer Kurzschrift-Version der Hieroglyphen.

Batu reichte Cheftu das Wasser, und Chloe beobachtete, wie er etwas davon in eine schwarze Alabasterschale goß, auf der Abbildungen des schakalköpfigen Gottes eingraviert waren. Den Rest goß er in eine mitgebrachte Tasse. Mit angehaltenem Atem verfolgte Chloe, wie er kleine Amphoren aus seinem Korb zog. Seine Hände waren hinter den breiten Rückenmuskeln verborgen, doch sie konnte ihn bei der Arbeit murmeln hören. Schließlich drehte er sich mit einer Schale voll gelbgrünem Waser wieder zu ihr um. »Trink, Herrin.«

Chloe schnüffelte an dem Wasser und verkniff sich mit aller Mühe ein Schmunzeln. Dieser berühmte altägyptische Arzt hatte ihr einen Kräutertee gebraut! Dankbar nippte sie daran und spürte, wie der Honig das Brennen in ihrer Kehle linderte. Mit vor der Brust verschränkten Armen sah er ihr zu. Er bot ein Paradebeispiel für abweisende Körperhaltung!

»Hast du dich erleichtert, Herrin?«

Chloe erwiderte seinen Blick. Seine Augen waren ausdruckslos wie der Stein an seinem Finger und von derselben exquisiten Farbe. Sein unbeteiligter, kalter Ausdruck erinnerte sie an den einer Katze. Zaghaft, weil sie nicht wußte, worauf er hinauswollte, schütelte sie den Kopf.

Cheftus Lippen hoben sich zu einem kalten Lächeln. »Soll ich dir eine Sklavin rufen, oder würde die Herrin eine Schwester vorziehen?« Chloe hob die Achseln. Aus seinen Augen blitzte es boshaft. »Batu, hol die Sklavin der Herrin!« Kurz darauf kam Irit herein und kreuzte die Arme über der Brust.

»Leben, Gesundheit und Wohlergehen, *Hemu neter*«, sagte sie. »Herrin.«

Cheftu begrüßte sie mit einem Nicken. Dann kamen sie gemeinsam auf Chloe zu, und Batu reichte Cheftu ein langes, schmales Instrument, nicht größer als ein Pinsel Nummer acht.

Irit wirkte angeekelt, doch alle beide blickten konzentriert auf Chloe. Deren Gehirn arbeitete auf Hochtouren und flehte die »andere« um Hilfe an, doch die blieb verdächtig still. Selbst Keonkh hielt in seiner Schreiberei inne.

Cheftus Blick verdüsterte sich. »Braucht meine Herrin Hilfe?« verlangte er eisig zu wissen. Chloe schüttelte den Kopf, und Cheftu reichte Batu das Instrument. Er sah Chloe prüfend an, als müsse er eine Entscheidung fällen. Bevor sie wußte, wie ihr geschah, wurde sie über ihren Stuhl gelegt, das Kleid wurde ihr über die Taille hochgezogen, und *etwas wurde in ihr Inneres geschoben…*

Chloe versuchte zu schreien und sich zu entwinden, doch ein großes, haariges Knie preßte sich in ihren Rücken.

»Entspann dich!« befahl Cheftu. »Du machst es Irit nur schwerer.« Chloe zwang sich, stillzuhalten, und drehte ihren Kopf nach hinten, um zu sehen, was da vor sich ging. Dann spürte sie, wie Wasser in ihren Darm lief. Ein altägyptischer Einlauf.

Das glaube ich einfach nicht! schrie ihr Unterbewußtsein auf. Irits Gesicht war mahagonidunkel angelaufen, so sehr strengte sie sich an, Wasser in Chloes Eingeweide zu blasen. Kein Wunder, daß sie so angeekelt gewirkt hatte, dachte Chloe. Dann war es vorbei. Das lange Instrument wurde herausgezogen, Cheftu zog den engen Rock wieder über ihren nacken Hintern und nahm sein Knie aus ihrem Rücken.

Sie erhob sich hoheitsvoll und zog ihr hauchdünnes Gewand gerade. Cheftu hatte sich abgewandt, und Irit war bereits geflohen, so daß Chloe ein Moment vergönnt war, um sich zu beruhigen. Sie haßte Einläufe! Als sie und Cammy Kinder gewesen waren, hatte Mimi ihnen regelmäßig welche verpaßt, denn ihre Großmutter hatte das für ein Allheilmittel gehalten. Chloe setzte sich und gab sich alle Mühe, das Schwappen in ihrem Leib zu ignorieren.

Cheftu fragte über seine Schulter hinweg: »Kannst du noch schreiben, Herrin?«

Seit Tagen wurden ihr bereits Schreibutensilien gereicht, und dank der Beiträge ihres anderen Gedächtnisses war sie in der Lage, sich immer besser an das Leben einer Fremden zu erinnern und immer mehr zu verstehen. Doch diese Erinnerung betraf nur Fakten, Personen, Gesänge, Sprachen. Sie hatte keine Ahnung, wie sie zu ihrer Familie gestanden hatte, zu ihren Freunden oder der rätselhaften Schwesternschaft, von der ständig gesprochen wurde... *sie hatte keinerlei emotionale Erinnerungen.*

Allerdings kannte sie genug Fakten, um zu wissen, daß sie einst mit dem großen, langgliedrigen Mann vor ihr verlobt gewesen war, auch wenn sie sich beim besten Willen nicht vorstellen konnte, wieso sie ihn gegen dieses Schwein Nesbek eingetauscht hatte.

Sie sah seinen langbeinigen Körper den Raum durchqueren, dann goß er Wasser aus der Alabasterschale über die Statuette von... Anubis, ergänzte ihr »anderes« Gedächtnis. Der Gott nicht nur des Einbalsamierens, sondern auch ihrer Lippen und ihres Sprechvermögens. Cheftu fing das von der Statuette ablaufende Wasser in einer anderen Schale auf und trug es zu Chloe zurück. »Da du nicht in der Lage bist, den Gott anzurufen, werde ich für dich sprechen, Herrin.« Seine Stimme schwang sich zu einem vollen, hypnotischen Singsang auf.

»Heil dir, Anubis, Gott des Westens, Sprecher der Wüste, der die Stimme beschützt. Ich wende mich an dich, ich preise deine Schönheit, deine scharfen Krallen, mit denen du die Krankheit aus der Flanke dieser Priesterin reißt. Mögen deine Zähne geheimnisvoll und gerecht den Kheft *zerfetzen, der die Priesterin davon abhält, dich zu verehren...«* Dann spritzte er das Wasser in Chloes

Gesicht. Sie zuckte überrascht zusammen und sah, wie Basha einen Schritt zurückwich und ihren Brustschmuck mit dem Horusauge umkrampfte.

Cheftu blieb vor Chloe stehen und sah ihr ins Gesicht. »Basha«, rief er über die Schulter, »vier Tage lang muß die Herrin viermal täglich das Wasser mit der Kraft des Anubis nehmen. Das Gebet mußt du für sie sagen, bis sie wieder selbst sprechen kann.« Chloe senkte den Kopf, denn sie spürte, wie das Wasser von ihrem Gesicht auf ihr Kleid rann und es durchsichtig werden ließ. Sie kreuzte die Arme vor der Brust. Cheftu bemerkte die Geste und stieß ein dunkles, bellendes Lachen aus, dann ließ er sie allein.

Er verschwand, um ein paar Kräuter zu mischen, gefolgt von den anderen. Chloe ließ sich auf ihren Stuhl sinken; sie zweifelte ernsthaft an dem Erfolg der medizinischen Behandlung, die sie eben erhalten hatte. Hatte Cammy nicht behauptet, die Ägypter seien medizinisch schon sehr weit gewesen? Einläufe und Kräutertee? Sie seufzte. Offenbar war der schlanke Ägypter keine große Leuchte auf seinem Gebiet, selbst für hiesige Maßstäbe. Jetzt, wo sie endlich ohne Publikum war, wischte sie sich das Wasser vom Gesicht.

Vierzehn Tage waren vergangen, seit sie in diesem weißen Zimmer aufgewacht war. Seit vierzehn Tagen hatte sie ständig zu hören bekommen, daß sie sich im alten Ägypten zur Zeit der friedvollen Herrschaft des Großen Hauses König Hatschepsut befand ... die man zu Chloes Zeit Pharaonin nennen würde.

Vierzehn Tage lang steckte ihr eigener Körper mittlerweile in der Haut einer Fremden. Seit vierzehn Tagen suchte sie bereits nach einer Erklärung und erwog dabei die Alternativen Drogen, Wahnsinn, Traum in Technicolor ... oder Wirklichkeit. Während ihres Aufenthalts hier hatte sie sich zähneknirschend daran gewöhnt, daß sie, genau wie sie mit RaEmhetepets Körper verschmolzen war – *falls sie wirklich mit ihr verschmolzen war* –, auch Zugang zu RaEmhetepets Gedanken hatte. Wie und warum – und bisweilen auch *ob* – das geschehen war, wußte sie nicht, und sie wußte auch nicht, wem oder wie sie diese Fragen stellen sollte.

Sie war wieder zu Kräften gekommen und fragte sich seit einiger Zeit bereits, wie sie wieder in ihr eigenes Leben zurückkehren konnte – vorausgesetzt, diese Möglichkeit bestand. Sie beschloß, daß sie noch heute nacht aus ihrem Zimmer schleichen und zu dem Altar zurücklaufen würde, wo man sie gefunden hatte – in der Hoffnung, daß eine bestimmte Kombination von Zeit und Raum sie in ihr eigenes Jahrhundert zurückversetzen würde. Wenn sie tatsächlich eine Zeitreise gemacht hatte.

Falls es so etwas überhaupt gab.

Doch einstweilen tauchten ständig neue Menschen auf, drohten ihr, schäkerten mit ihr und erzählten ihr von Vorfällen oder Geschichten, die allem Anschein nach mit den ihr unzugänglichen emotionalen Erinnerungen zu tun hatten, so wie die verhüllte Gestalt, die mitten in der Nacht neben ihrem Bett aufgetaucht war und, das Gesicht vollkommen unter der Kapuze verborgen, Zaubersprüche rezitiert hatte. Chloe war reglos auf der Seite liegengeblieben, den Kopf auf den Arm gebettet. Offenbar hatte ihre Besucherin nicht damit gerechnet, daß sie aufwachte, und als Chloe die ausgestoßenen Verwünschungen hörte, wollte sie auch gar nicht wach werden. Etwas von Rache für die Familie der anderen, damit das *ka* irgendeines Bruders endlich Ruhe fand. Alle gaben sich Mühe, ihre Erinnerungen wieder zu wecken; ihnen war nur nicht klar, daß sie die falschen Erinnerungen hatte. Was immer Ra-Emhetepet auch gewesen sein mochte, sie hatte sich mit ein paar echten Fieslingen eingelassen und balancierte am Rande einer großen Gefahr.

Cheftus Stimme riß sie aus ihren Gedankengängen: »... von deiner glücklichen Zukunft zu träumen.« Er setzte einen Alabasterkrug auf dem Tisch ab und wandte sich zum Gehen. Die Jungen sammelten ihre Gerätschaften ein. Chloe streckte die Hand aus und hielt ihn am Unterarm zurück.

Er fuhr herum, mit zornigen goldenen Augen und bitterer abweisender Stimme. »Laß mich in Frieden, RaEm. Ich bin an deinen Ränken und Spielen nicht mehr interessiert. Ich kann mir beim besten Willen nicht erklären, wieso du nicht sprechen willst und mit welchem Zauber du deine Augenfarbe verwandelt hast, aber es kümmert mich auch nicht mehr. Die Vergangenheit liegt hinter uns – nur aufgrund deines Ranges bin ich hier. Nimm deine Krallen von mir.«

Noch während er die letzten wütenden Worte hinschleuderte, die RaEm offenkundig etwas gesagt hätten, spürte Chloe, wie etwas in ihm weich wurde, als er in ihre Augen sah.

Süße Isis, dachte Cheftu. Offenbar wußte RaEm nicht, was sie tun oder wohin sie sich wenden sollte. Obwohl er keine Anzeichen für eine physische Krankheit finden konnte, schien sie tatsächlich einen Teil ihres Gedächtnisses verloren zu haben. Falls das zutraf, war das ein schwerer Nachteil für sie. Sie schien nicht zu wissen, daß Hat und Hapuseneb ihr nachspionierten, daß sie herauszufinden versuchten, ob RaEm ihr Gelübde gebrochen hatte, und daß die beiden überlegten, wie sie sich Gewißheit verschaffen und diesen unwägbaren Faktor ausräumen konnten. Diesmal hing das Schwert über *ihr,* der so kühlen und berechnenden RaEm.

Doch Cheftu empfand weder einen Machtrausch noch den süßen Geschmack von Rache, als er die dünnen, angespannten Linien in ihrer Stirn und um ihre vollen Lippen sah. Hatte er ihr verziehen? Vergessen hatte er gewiß nicht.

Er packte die Hand in ihrem Schoß und drückte sie so fest, daß die Knöchel weiß hervortraten.

»RaEm«, sagte Cheftu plötzlich zu seiner eigenen Verwunderung. »Es gibt Menschen, die dich nicht verraten werden. Erzähle denen deine Geschichte. Vielleicht können sie dir helfen; wir leben in unsicheren Zeiten. Vergiß nicht, daß wir uns einst nahe waren, auch wenn wir einander während der letzten Jahre gehaßt haben. Um deiner Familie und meiner Wertschätzung für Makab willen verrate mir, nach wem ich schicken soll. Du kannst dich auf meine Verschwiegenheit verlassen.«

Sie sah nicht auf.

Cheftu richtete sich auf, wartete einen Moment und verwünschte sich dann für seine törichten Hoffnungen. Nach einem knappen Abschied zog er sich mit den beiden *W'rer*-Priestern zurück. Sie rührte sich nicht vom Fleck, doch Cheftu spürte ihren Blick in seinem Rücken, als er sich durch den kühlen dunklen Gang von ihr entfernte.

3. Kapitel

Chloe schlich aus ihrem Zimmer. Es war dunkel, und sie wußte, daß Basha fort war. Einen festen weißen Umhang um sich wickelnd, trat sie vor ihre Tür; zum ersten Mal, seit sie in dieser Phantasiewelt erwacht war, war sie allein.

Drückender Myrrhegeruch lag in der Luft. Es war Amuns Lieblingsduft, deshalb hatte Pharao nach Punt ausgesandt und Myrrhebäume bringen lassen. Deren Duft zog ununterbrochen durch den Tempel.

Chloe brachte der stickige Geruch fast zum Würgen. Der geistigen Karte des Tempels folgend, die sie von der »anderen« erhalten hatte, eilte sie den Gang hinab. Bald müßte sie in einen der Hauptsäle gelangen.

So war es auch.

Chloe schlug das Herz bis in den Hals. Der Raum war vollkommen anders als alles, was sie sich je ausgemalt hatte. Kein Begriff in ihren *beiden* Wortschätzen vermochte die Pracht auszudrücken, die sie vor sich sah. Wie hypnotisiert blieb sie im flackernden Fackelschein stehen und starrte.

Sie befand sich in einer Säulenhalle. Jedoch nicht jener, die sie im zwanzigsten Jahrhundert besichtigt hatte. Diese Halle hier überstrahlte sie bei weitem an Eleganz, an Schönheit und an Erhabenheit. Mit zitternder Hand fuhr sie sich über die Lippen.

Es stimmte! *Mein Gott, sie war im alten Ägypten.*

Sie ließ sich gegen die Wand sinken und glitt langsam zu Boden, weil ihre flatternden Beine sie nicht mehr trugen. Sie brachte nicht die Kraft auf, alles in sich aufzunehmen. Totale Überlastung der Sinne. Sie versuchte, das Bilderchaos zu entwirren, indem sie sich ein Detail nach dem anderen vornahm.

Sie blickte auf den Boden und fuhr mit dem Finger die Lotosblüten-Umrandung nach. Sie schien gleichzeitig zu leuchten und zu glühen. Sie war aus Alabaster! Ihr Finger berührte eine Lotosblüte. Sie bestand aus eingelegtem Lapis mit einer Goldfassung. Gold? Auf dem Boden? Sie schluckte.

Das niemals endende Auf und Nieder der Stimmen im Hintergrund wurde allmählich lauter. Angestrengt versuchte sie, die Worte zu verstehen.

»Du hast in der Anderswelt den Nil erschaffen und bringst ihn hervor, um den Menschen das Leben zu schenken. Du hast die Menschen zu Deinem Frommen erschaffen, daß sie Dir dienen und Dich verehren! Herr über alles, der Du ihretwegen müde bist! Herr über alle Länder, der Du Dich ihretwegen erhebst! Scheibe des Tages und Sieger über die Nacht! Wie vollkommen Deine Ratschläge sind, o Herr der Ewigkeit! Du bist die Lebenszeit selbst, und darum verehren wir Dich. Ruhe in Deiner Barke, o Amun-Re, Herrscher über die Welt. Spreche zu den …« Natürlich, rief ihr »anderer« Verstand aus, sie brachten den goldenen Gott zu Bett. Chloe kauerte sich noch tiefer zusammen.

Sie würden durch den Säulengang kommen; sie konnte bereits das Licht sehen. Der Widerschein der Flammen leckte in die Halle und erweckte die strahlend bunten Bilder, die alle Säulen und jeden Zentimeter der Decke bedeckten, zum Leben. Unwillkürlich schreckte sie zusammen, als die grotesk riesigen Schatten der Priester über die Wände zuckten. Nicht einmal die unzähligen Fackeln vermochten das drückende Dunkel über ihr zu durchdringen. Die Säulen schienen bis zum Himmel zu reichen. Chloe verdrehte den Hals. Mit Mühe konnte sie das Glitzern der golden und silbern gemalten Sterne ausmachen, die über die mitternachtsblaue Decke schossen.

Barfuß und mit geschorenen Köpfen schritten die Männer durch den Gang. Von Chloes Versteck aus wirkte der Zug wie ein Relief, wie eine zum Leben erwachte Grabmalerei. Dissonant hoben und senkten sich die Stimmen, gespenstisch und sakral zugleich.

Eine weitere Priesterguppe traf ein. Der Fackelschein erhellte ihre weißen, steifen Schurze und verlieh den um die Leiber gewundenen Tüchern einen bernsteinfarbenen Schimmer. Noch mehr Priester, diesmal in leopardengeflecktem Amtsornat. Und noch mehr Priester. Ihr Gesang wogte in der Halle hin und her und vervielfachte die hundert Stimmen zu Tausenden.

Als nächstes kamen die Priester mit der safrangelben Standarte von Amun-Re, dem großen goldenen Gott von Waset. Der Verkörperung der Sonne selbst. Dem himmlischen Vater Pharaos. Chloe stockte der Atem, als ihr Blick schärfer wurde. Diese Priester trugen auf ihren Schultern eine mit Elfenbein verzierte Barke, in der eine rundum vergoldete Statue lag.

Das alles für eine Statue?

Ihr ägyptischer und ihr westlicher Verstand begannen miteinander zu streiten. Für einen Teil ihres Geistes war dies Gott selbst. Man gab ihm zu essen, man wechselte seine Kleider, er ging andere Tempel und andere Götter besuchen. Diese hölzerne, mit Gold überzogene Statue verkörperte die Balance von Leben und Gerechtigkeit.

Ihr westlicher Geist sah ein einzigartiges Museumsstück vor sich. Die Vorstellung, für einen »Gott« sorgen zu müssen wie für einen invaliden Verwandten, war lächerlich. Gott war schon per Definition das All-Seiende und Alles-Beendende. Man sollte ihn nicht vom Bad ins Schlafzimmer tragen müssen.

Ihr abergläubischer Verstand meinte, die langen schwarzen Augen Amun-Res im schwächer werdenden Fackelschein zwinkern zu sehen, fast als könnte er ihre blasphemischen Gedanken an diesem geheimnisvollsten und heiligsten aller Orte lesen. Dann drehte er ihr seinen in Leinen gekleideten, vergoldeten Rücken zu, und sie atmete behutsam aus. Die Prozession war beinahe zu Ende.

Als nächstes folgte eine Gruppe von Priestern, die Weihrauchkesselchen durch die bereits myrrhegeschwängerte Luft schwenkten. Chloe unterdrückte ein Husten. Sie zählte sieben weitere Priestergruppen, die samt und sonders diese Goldstatue ansangen und priesen.

Zum Schluß kam wie der kleine rote Eisenbahnwagen aus dem Kinderlied ein einzelner Priester mit Bürste und antiker Kehrschaufel, der den Alabasterboden wieder sauberfegte. Er trug sogar eine rote Schärpe. Chloe grinste vergnügt in der neuerlichen Dunkelheit.

Sie war wieder allein.

Erneut auf RaEms Erinnerung bauend, schlich sie zwischen den zahllosen turmhohen Säulen hindurch und durch atemberaubende Hallen, bis sie die kleine Kammer erreicht hatte, in der, etwas abseits, Hathor verehrt wurde. Sie war keine Hauptgöttin in Karnak, doch die Hathor-Kammer war von einer königlichen Nebenfrau erbaut worden, die viele Überschwemmungen lang versucht hatte, schwanger zu werden. Als sie schließlich ein Kind geboren hatte, war es tot zur Welt gekommen, ging das Gerücht. Trotzdem behauptete sie, einen Sohn zu haben, einen der vielen Nachkömmlinge von Thutmosis I.

Jahre später hatte ebendieser Sohn einen Wesir Pharaos getötet, während er ein Bauprojekt beaufsichtigte. Der Zorn Thutmosis' I. war grenzenlos gewesen. Vergeblich hatte er nach dem angeblichen Sohn suchen lassen, bevor er schließlich aufgab und seinen Namen aus allen offiziellen Schriftstücken streichen ließ.

Chloe war bei den metallbeschlagenen Türen angekommen, die zu Hathors Silberkammer führten, und drückte vorsichtig eine auf. Der Raum war so, wie sie ihn in Erinnerung hatte … in etwa. Die Wände waren mit Geschichten darüber bemalt, wie die Königin dank der Göttin ein Kind empfangen und einen gesunden Knaben geboren hatte.

Blut pochte ihr im Kopf, teils vor Aufregung, weil sie die Hieroglyphen an der Wand lesen konnte wie die Zeitung von gestern, teils, weil sie es kaum erwarten konnte, heimzukehren.

Sie hatte keine Uhr, doch es schien spät zu sein. So gut sie konnte, würde sie die Situation nachstellen, die sie hergebracht hatte, und auf diese Weise hoffentlich wieder in ihre Zeit zurückkehren. Nicht umsonst hatte Cammy sie gezwungen, unzählige Episoden von *Raumschiff Enterprise* anzuschauen! Chloe näherte sich dem Altar mit der eleganten Silber-Elektrum-Statue Hathors in ihrer kuhähnlichsten Ausführung. Sie sah zum Fenster hinauf, wo sich hinter dem Spalt in der Mauer dunkel wie Tinte der Himmel zeigte. Langsam, ganz langsam ging sie in die Knie.

Nichts.

Sie probierte es mit schnellem Hinknien.

Nichts.

Nach einer Stunde in verschiedenen Haltungen, verschiedenen Geschwindigkeiten, verschiedenen Gemütszuständen war sie immer noch da. Im alten Ägypten. Mit schwarzem Haar und brauner Haut.

Allein.

Entsetzlich, schrecklich allein.

Nicht einmal auf dem Friedhof vor sechs Monaten hatte sie sich so allein gefühlt, obwohl sie damals geglaubt hatte, unmöglich noch einsamer sein zu können. Ach Mimi! weinte sie insgeheim, und sie sehnte sich nach der tröstenden Nähe ihrer Familie. Aber die war weit weg.

Erschöpft stand sie auf, blickte mutlos in den heller werdenden Himmel und machte sich auf den Rückweg zu ihrem Zimmer.

Der Sonnengott Re näherte sich bereits, und über allem lag ein heller Schein, der all die bunten Malereien erstaunlich lebendig wirken ließ, der das Alabaster und Gold unter ihren Füßen wärmte, der sich in den überall aufgehängten, riesigen goldenen und silbernen Türen spiegelte und sie blendete. Der sie zu einer Fremden machte.

Entmutigt und mit einem mulmigen Gefühl in der Magengrube legte sich Chloe in ihrem schlichten, weiß gekalkten Zimmer auf das harte, hölzerne Bett und starrte mit offenen Augen an die Decke.

Und nun?

Cheftu lehnte sich zurück und genoß Ehurus kundige Rasur. Während dampfende Leintücher auf seinem Gesicht lagen, wehte Vogelgezwitscher durch die Fensteröffnungen herein und hob seine Laune. Heute hatte er frei – er mußte lediglich Pharao über die verwirrte Priesterin Bericht erstatten, danach hatte er wundervolle Dekane für sich selbst. Seine Unterrichtszeit im Haus des Lebens hatte er mit einem anderen Arzt getauscht, und so konnte er entweder auf die Jagd gehen oder beim Lesen seinen neuen Wein probieren, oder er konnte sogar der wohlhabenden kallistaenischen Witwe einen Besuch abstatten.

Ehuru nahm die Leintücher von seinem Gesicht. Die morgendliche Brise kühlte Cheftus glatte Wangen und sein Kinn. Sein Diener zupfte ihm noch die Brauen, dann zog er mit einem schweren Bleiglanz-Stift die Lider nach und verlängerte die Augenbrauen. Cheftu setzte sich auf.

»Gehst du heute morgen an den Hof, Herr?«

»Nur kurz, Ehuru.«

»*Haii!* Wird es ein glücklicher Tag für die gelbhaarige Witwe?«

Cheftu sah dem Alten in die schwarz funkelnden, prüfenden Augen. »Ich habe ihr Horoskop nicht gelesen, also weiß ich auch nicht, was die Götter heute mit ihr vorhaben«, antwortete er trocken.

Ehuru senkte den Blick und atmete laut aus. »Herr, wer wird für dein Haus der Ewigkeit sorgen, wenn du keine Kinder zeugst? Diese ganzen Reisen sind schön und gut, aber sie können einen Mann in der Nacht nicht wärmen! Wenn du eine Frau hättest, würde dich dein Bauch nicht so plagen!«

Cheftu wedelte abwehrend mit einer Hand. »Ich weiß, Ehuru, ich weiß. Wenn ich keinen Sohn bekomme, werde ich ewig Hunger leiden, und wenn ich keine Tochter bekomme, werden die Priester mein Land erben. Und ohne eine Frau, meinst du, wird mir in den frostigen ägyptischen Nächten wahrscheinlich mein Glied abfallen!« Er lachte. »Ich bin nicht gewillt, jetzt schon mein angenehmes Leben aufzugeben. Ich habe meine Reisen genossen. Ich bin erst seit wenigen Monaten wieder in Ägypten.« Cheftu zog eine Braue hoch. »Und, alter Vater, als *Hemu neter* werde ich meinen Bauch wohl selbst heilen können, *haii?*«

Ehuru schlurfte davon. »Sehr wohl, Herr. Allerdings werden auch deine Freunde heiraten, und du wirst dein Leben ganz allein trinkend und spielend vergeuden, mit brennenden Innereien, weil dir eine Frau fehlt.« Cheftu lächelte Ehuru hinterher. Er war für Cheftu wie ein Vater, Diener, Schreiber und Hausverwalter in einer

Person und logischen Argumenten genausowenig zugänglich wie alle vier zusammen.

Er lief in das obere Stockwerk hinauf, rief ein paar Diener herbei und stand reglos da, während sie ihn in einen schwer gefältelten Schurz hüllten und die lange fransenbesetzte Schärpe seines Familienbezirks, des Orys-Gaus, um seine Hüfte banden. Seine Brust bedeckten sie mit einem ibisköpfigen Brustschmuck aus Lapis und Tigerauge. Er fügte einen schlichten roten Lederkragen und ein Kopftuch hinzu, schnürte seine Sandalen und befahl, seine Pferde vor den Streitwagen zu spannen.

Dann verließ er sein Haus durch den Seitengarten und spazierte zwischen süß duftenden, eben knospenden Blumen hindurch, die die Rückkehr des Lebens in die roten und die schwarzen Länder Kemts ankündigten. Er nahm die Zügel, wendete seinen Streitwagen auf der breiten, von Sykomoren überschatteten Allee und fuhr den Weg der Adligen hinauf zum Palast und dem Komplex von Karnak.

In Hatschepsuts Vorzimmer drängten sich die Bittsteller, darum trat Cheftu in einen der langen, dunklen Gänge, die zu den Ruheräumen Pharaos führten. Die Wachen nickten ihm zu, und einige von ihnen ließen ein Lächeln aufblitzen, als sie ihren alten Kameraden von der Reise nach Punt und anderen Expeditionen erkannten. Die roten Holztüren waren geschlossen, und Nehesi, Hatschepsuts Vertrauter und Führer der Zehn von Zehntausend, kündigte ihn an. Cheftu trat ein und verbeugte sich auf der Stelle.

Hatschepsut befand sich auf der einen Seite des Raumes, Senmut auf der anderen, aber nicht einmal ihr zu Kopf steigendes Myrrhe-Parfüm konnte den schweißigen Geruch im Raum überdecken; geruht hatten die beiden bestimmt nicht. Er verkniff sich ein Lächeln und wartete darauf, daß man ihn zur Kenntnis nahm. *»Hemu neter«*, sagte Hatschepsut mit absolut beherrschter Stimme.

»Pharao, ewig mögest du leben! Leben! Gesundheit! Wohlergehen!«

»Wie geht es meiner Priesterin? Ich habe von der Schwesternschaft beängstigende Berichte erhalten – Berichte über Vorfälle, die sich schon vor diesem letzten zugetragen haben. Nimm Platz.«

Cheftu setzte sich auf einen der mit Leopardenfell überzogenen Stühle im Zimmer und sah seine Pharaonin und Freundin nachdenklich an. Sie trug die Kleidung der Bogenschützen: einen weißen Schurz und blauen Lederkragen, dazu Schienbeinschützer, Sandalen, Helm und Handschuhe. Ihre mit Edelsteinen besetzte zeremonielle Geißel und der Krummstab ruhten auf einem anderen Stuhl, gebettet auf ihren weiß und golden bestickten Umhang. Er stellte sich ihrem azurblau umrandeten Blick und fühlte sich wie jedesmal ein wenig verunsichert durch ihre persönliche Macht und fast männliche Autorität.

»Es gibt keinen krankheitsbedingten Grund dafür, daß sie nicht sprechen kann. Seit vier Tagen wird sie von *W'rer* Batu und ihrer Dienerin Basha mit den Wassern des Anubis behandelt. Morgen werde ich sie erneut untersuchen, um festzustellen, ob eine Besserung eingetreten ist.«

Hat wandte den Blick von ihm ab und sah zu Senmut am anderen Ende des Zimmers hin. »Was wirst du als nächstes verschreiben?«

»Den Speichel von Hathors *Ka.*«

Hatschepsut nickte.

»Wenn das nichts helfen sollte«, fuhr Cheftu fort, »schlage ich die Heiligen Bäder von Isis oder Ptah vor. Meine einzige andere Erklärung wäre, daß es bisweilen einem Menschen die Stimme raubt, wenn er etwas sieht, das weit über seine normale Erfahrung hinausgeht.« Hatschepsut warf Senmut einen Blick zu, und Cheftu setzte zu einer Erklärung an. »Vor einigen Jahren habe ich einen Sklaven behandelt, der nicht mehr sprechen konnte. Nach zahllosen und erfolglosen Behandlungsversuchen haben wir ihn dorthin zurückgebracht, wo er seine Stimme verloren hatte.« Er fuhr sich über die Lippen, während sich sein Magen zusammenkrampfte.

»Hemu neter?« hakte Senmut nach.

Cheftu zog die Schultern hoch. »Es war ein Sklave, der von einem meiner Studenten behandelt wurde. Belassen wir es dabei, daß er seinen Sohn hatte sterben sehen und daß er seine Stimme wiederfand, als wir ihn an den Ort des Geschehens zurückbrachten.« Immer noch konnte Cheftu den Alten hören. Er und sein Sohn hatten im tiefen Wasser des Großen Grüns gefischt. Sie hatten herumgealbert und getrunken, bis sein Sohn über Bord gefallen war. Der Mann hatte gelacht; sein Sohn konnte schwimmen wie ein Fisch. Plötzlich begann das Wasser zu brodeln, und er hörte die gequälten Schreie seines Sohnes, der von Wesen zerrissen wurde, die, wie der Alte beteuerte, zur Hälfte Mensch und zur Hälfte Fisch waren. Cheftu unterdrückte ein Schaudern.

»Hat er sich erholt?« wollte Senmut wissen, dessen wohlgesetzter Tonfall seine *Rekkit*-Wurzeln nicht zu verbergen mochte.

»Ja, Herr«, bestätigte Cheftu. »Er konnte wieder sprechen.« Cheftu verschwieg, daß der Schmerz den Mann am Ende in den Tod getrieben hatte.

»Möglicherweise hat RaEm also etwas Unglaubliches oder so Gräßliches gesehen, daß sie nicht darüber sprechen kann?« stellte Senmut klar.

»Das wäre eine Möglichkeit.«

»Könnte dabei Seths Magie im Spiel sein?« fragte Hat.

Cheftu blickte auf seinen Schurz und strich die Falten glatt. Sollte er ihnen verraten, was er über RaEm wußte? Ihnen von ihren eigenartigen Neigungen und von den Menschen erzählen, mit denen sie sich gemein machte?

Hat nahm sein Schweigen als Zustimmung. »Wir haben Probleme, Magus.« Ihr Blick traf auf seinen. »RaEm ist unsere mächtigste Schutzpriesterin. Eben erst wurde ein Mädchen, das ihren Platz einnehmen kann, der Mutterbrust entwöhnt.« Hat schnaubte verächtlich. »In diesem Land voller Kinder gibt es kein einziges weibliches Wesen, das aufgrund seiner Geburt aus der dreiundzwanzigsten Macht in all ihren Abstufungen jetzt alt genug wäre, als Priesterin zu dienen. RaEm muß geheilt werden! Es gibt gegenwärtig keine andere Möglichkeit.« Hats Stimme war stark. »Wir haben dann auch andere Gerüchte gehört, die mein *Ab* frösteln lassen, wenn ich bedenke, welches Ausmaß an Verrat daraus spricht.«

»Meine Majestät?« wollte Cheftu wissen.

»Nein. Ich werde diesen Gerüchten keine Macht verleihen, indem ich sie ausspreche«, sagte sie, ihre Ängste überspielend. »Halte mich über alles auf dem laufenden, was sich ereignet. Es dauert mich, mitansehen zu müssen, wie ein Freund derart angegriffen wird. Sollte man sie zurück in die Kammer der Göttin bringen? Um zu sehen, ob sie dort ihre Stimme wiederfindet?«

Cheftu zog die Stirn in Falten. »Das hat sie bereits auf eigene Faust versucht. Basha hat beobachtet, wie sie in die Silberne Kammer ging, um dort zu beten. Sie hat sich oft bewegt, aber es waren keine Rituale, die Basha erkannt hätte. Natürlich könnten es Riten aus einer tieferen Initiation in die Schwesternschaft sein. Da es außerhalb der Schwesternschaft keine mächtigeren Priesterinnen gibt als RaEm, läßt sich kaum feststellen, was sie getan hat.«

»Das ist richtig.« Hat stand auf und nahm von Senmut ihren Umhang und die Amtsinsignien entgegen. »Heute abend beim *Atmu* werden wir speisen. Leiste uns Gesellschaft, *Hemu neter.*« Cheftu verbeugte sich, und sie drehte sich nochmals um, ein strahlendes Lächeln auf dem bezaubernden Gesicht. »Cheftu?«

»Ja, Majestät?«

»Bring eine Frau mit!« Lachend ging sie hinaus, und Cheftu starrte auf den Boden. Er konnte sich nicht entsinnen, in seinem Horoskop etwas über frotzelnde Freunde gelesen zu haben, aber das schien heute sein Los zu sein. Leichten Herzens verließ er den Raum. Es war gut, wieder daheim zu sein.

Die Nacht war makellos, die Sterne funkelten hoch über ihnen am Leib der Göttin Nut und ließen ihr reines Weiß auf die Welt unten strahlen. Cheftu reichte seiner Begleiterin den Arm und wandelte mit ihr durch die Schatten der Säulenhalle hin zu dem Großen Saal, wo Hats Fest stattfand. Lautes Lachen drang zu ihnen her, und die Füße seiner Begleiterin zogen ihn ungeduldig in den goldgeschmückten Raum. Säulen stiegen zur Decke auf, umrankt von Blumen aus den königlichen Gärten, während nur in Perlen und Blumen gekleidete Sklavenmädchen Parfümkegel auf ihre beiden Köpfe stellten. Er merkte, wie die langen schwarzen Augen seiner Begleiterin jeden einzelnen der mit Juwelen behangenen Adligen im Raum musterten.

Er seufzte. So habgierig. Ob es wohl eine Frau auf der Welt gab, die sich nicht nach Gold verzehrte? Sie streckte die mit schweren Ringen beladene Hand nach ihm aus, und er rückte ihr einen Stuhl an seinem kleinen Tisch zurecht. Pharao war noch nicht erschienen, also nahm er einen Becher mit gewürztem Honigwein und nippte daran, während sein Blick über die Feiernden wanderte. Nachdem er jahrelang als Gesandter für Hatschepsut fremde Höfe besucht hatte, verblüffte es ihn, wie rassisch homogen die Gästeschar war. Hier blieben die Alteingesessenen unter sich.

Es war eine eindrucksvolle Versammlung, die da um ihn herum feierte – die mit Gold überladenen Söhne aus vielen Gauen Ägyptens, und dazu die Blumen Ägyptens, jene atemberaubenden Frauen, die das Vermögen ihrer Mütter erben und sich nur einen Ehemann nehmen würden, wenn er ihnen angemessen war. Eine Berührung am Ellbogen lenkte ihn ab; als er sich umdrehte, sah er ein Sklavenmädchen. An der Tätowierung auf ihrem Oberarm erkannte er, daß sie eine eingeschworene Leibdienerin Pharaos war. »Komm mit mir, Herr.«

Er stand auf, hauchte seiner Begleiterin einen Kuß aufs Handgelenk und bemerkte, wie ihr Blick durch den Raum davonflog. Mit einem spöttischen Lächeln ging er davon und trat in einen von Pharaos Privatgängen. Die Dunkelheit wurde nur von den Fackeln der Wache stehenden Soldaten erhellt, bei denen sie jedesmal anhalten mußten. Jedesmal mußte Cheftu den Skarabäusring seines Hauses vorweisen, und die Sklavin zeigte ihre Tätowierung. Sie folgten dem gewundenen, labyrinthischen Gang, bis sie an eine Seitentür zu Hats Gemächern gelangten. Das Mädchen öffnete die mit Gold beschlagene Tür, und er trat ein.

Es war eine kleine Feier, nicht mehr als zwanzig Menschen, doch Cheftu kannten jeden einzelnen von ihnen – es waren die mächtigsten Adligen im Land. Die, welche der goldenen Frau auf dem Thron am treuesten ergeben waren. Hat persönlich kam auf ihn zu, und er verbeugte sich, während er darauf wartete, daß sie das Wort an ihn richtete.

»Es freut mich, daß du meine Befehle befolgst, *Hemu neter*«, sagte sie und reichte ihm die Hand. Er küßte den glatten Handrücken und sah in ihre schwarzen, lachenden Augen.

Er lächelte. »Ich lebe einzig, um dir zu dienen, Meine Majestät. Gesundheit! Leben! Wohlergehen!« Sie lachte tief und kehlig, dann hakte sie sich bei ihm ein. Er nahm von einem der Lakaien einen Becher Wein entgegen und ließ sich von ihr in den Garten hinausführen. Die Zeit des Keimens hatte eben erst begonnen, und es war kühl draußen, trotzdem schien das Zittern, das er in Pharao spürte, eher von unterdrückter Freude herzurühren.

Nebeneinander blieben sie stehen, Pharao mit zum Himmel gerichtetem Blick, während Cheftu die Kraft ihres Körpers und Geistes bewunderte – eine Kraft, wie er sie bei keiner anderen Frau gesehen hatte. Sie konnte zornig, besitzergreifend und engstirnig sein, doch sie besaß eine Leidenschaft, die alle Männer in Bann schlug, und sie war intelligenter, als man es je von einer Frau gehört hatte.

»Wie geht die Arbeit an deinem Grab voran, Cheftu?«

Einen Moment lang starrte er sie an, während sich seine Gedanken überschlugen. »Gut, nehme ich an; ich war nicht mehr dort, seit ich nach Retenu abgereist bin.«

»Vor zwei Überschwemmungen, Cheftu?«

»Jawohl, Meine Majestät.«

»Und du bist nicht zurückgekehrt, als dein Vater starb?«

»Nein, Meine Majestät. Er wurde zu Grabe getragen, ehe ich überhaupt erfahren habe, daß er gestorben war.«

»Wo ist sein Grab?«

Jetzt sah Cheftu sie offen an. »Dein Vater hatte seine Adligen eingeladen, ihm in jenem Tal Gesellschaft zu leisten, in dem Thutmosis-Osiris der Erste begraben liegt. Dem Tal der Könige. Ich möchte nicht dreist erscheinen, aber wieso fragst du?«

Sie sah freudestrahlend zu ihm auf. »*Haii!* Cheftu! Ich könnte sowieso kein Geheimnis vor dir bewahren, mein Verschwiegener. Ich nehme an, die Götter wissen bereits Bescheid, was kann es also schaden, wenn du es ebenfalls weißt?«

Cheftu wartete ab.

»Mein Grab«, erklärte sie aufgeregt. »Ich baue mein Haus der Ewigkeit. Es ist so wunderschön, Meiner Majestät so würdig!«

»Ich dachte, Senmut hätte dein Grab unter dem Totentempel angelegt, den er für dich Im-Glanzreichsten auf dem Westlichen Halbkreis erschaffen hat?«

Hat zuckte mit den Achseln. »Genau das ist es, ein Tempel, in dem man mich bis in alle Ewigkeit zusammen mit meinem Vater Amun-Re und Hathor verehren kann. Das Grab, von dem ich spreche, soll dagegen mir allein gehören; ein Heim für die Liebe.« Das letzte Wort war ihr eben noch entschlüpft.

Wie vor den Kopf geschlagen blieb Cheftu stehen. Pharao? Baute für die Liebe? »Ich nehme an, du wirst dort nicht allein sein?«

Sie sah ihn an, und in der Dunkelheit konnte Cheftu nicht die scharfen Linien um ihre Augen und ihren Mund sehen, die sich in den Jahren des Taktierens, des Manipulierens und des Ausharrens gegraben hatten. Und doch hatte sie in diesen Jahren voller Düsternis die Liebe ihres Lebens gefunden... Senmut. Jetzt ließ sie einen Platz bauen, an dem sie mit ihm zusammensein konnte.

Er spürte ihren fragenden Blick. »Ich glaube, es ist wunderbar, bis in alle Zeiten vereint zu sein.«

»Wunderbar«, bestätigte sie, »aber verboten.« Sie sah ihn kurz an. »Die Priester wagen es nicht auszusprechen, denn ich bin Pharao, ewig möge ich leben!, aber die Frauen und Männer der Königsfamilie wurden seit jeher getrennt bestattet.« Reglos standen sie beisammen. »Die Heirat hat man uns verwehrt, doch die Ewigkeit soll uns gehören.« Mit behenden Fingern drehte sie ihre Gold- und Elektrumringe. »Meine Schätze habe ich bereits dorthin bringen lassen. Der Ort ist so geheim, daß kein Tempel darauf hinweist, nur ein Zeichen der Natur.« Cheftu stand in der Dunkelheit und beobachtete, wie ihre quicklebendigen Lippen zuckten. »Jetzt weißt du soviel, daß ich dich töten muß, Magus«, erklärte sie und lachte.

Lächelnd wartete er ab, denn ihm war klar, daß sie nur scherzte.

»Cheftu, du weißt, daß ich das nicht tun werde. Zwischen uns gibt es keine Geheimnisse, und du mußt mir schwören, daß dies dein teuerstes Geheimnis sein soll. Schwöre es bei dem, was dir am heiligsten ist. Ist es die Ma'at, die Feder der Wahrheit?«

»Immer, Meine Majestät, obwohl du mir gar nichts verraten hast. Ich könnte schon morgen durch das Tal gehen und nichts wissen.«

»Nicht im Tal – in der Wüste.« Sie hatte sich die Worte gut überlegt. »In der östlichen Wüste.« Schweigend standen sie beieinander, während sich das Wissen in Cheftus Hirn brannte. »Schwöre es, Zauberer. Schwöre es!«

Cheftu fiel auf die Knie, mit verkrampften Eingeweiden und brennendem Magen. Hatschepsut, ewig möge sie leben!, Pharao hatte ihm den Platz ihres Grabes verraten! Für dieses Wissen würde er sterben! »Ich schwöre es dir bei der Feder der Wahrheit, Pharao, ewig mögest du leben! Ich werde dein Geheimnis nicht verraten!« In der Dunkelheit spürte er Hats Lächeln.

»Sehr gut, mein Verschwiegener. Zwischen uns gibt es keine Geheimnisse?«

»Niemals«, verkündete er inbrünstig.

»Dann geh zu den anderen. Wie ich höre, ist deine Begleiterin bereits am Arm eines Jüngeren fortgegangen. Ich könnte mir vorstellen, daß sie sich vernachlässigt gefühlt hat.«

Achselzuckend kam Cheftu wieder auf die Füße. »Das hat nichts zu bedeuten, Majestät. Deine Gesellschaft ist mir lieber als die jeder goldenen Blume in diesen Gärten.«

»Haben dir die retenischen Frauen gefallen, Cheftu?«

Er errötete im Dunklen. Es gefiel ihm gar nicht, daß sein Privatleben so wenig privat war. »Ich muß gestehen, daß sie für meinen Geschmack zu füllig sind, Majestät. Sie tragen schreiend bunte Kleider und baden nicht oft.«

Hat lachte laut. »Es muß also eine Ägypterin für meinen Cheftu sein! *Haii-aii!* Dann geh in die Halle und nimm dir die, welche dir am besten gefällt, mein Günstling. Ich werde alles regeln. Geh jetzt.«

Er kreuzte den Arm vor der Brust und wich rückwärts in den hell erleuchteten Saal zurück. Hatschepsut hatte die Lehmziegelwände mit goldgeprägten, lebensgroßen Darstellungen ihrer selbst schmücken lassen. Er wußte, daß er, wenn er genau hinsehen würde, auch Darstellungen von sich selbst entdecken könnte, mit dem Thot-köpfigen Stock in einer Hand und der Feder der Wahrheit auf dem Kopf.

Auf demselben Bild wäre auch die graziöse Gestalt einer Frau mit den Hörnern und der Scheibe Hathors zu sehen. Leise fluchend folgte er der Sklavin durch den gewundenen Gang zurück in den Festsaal. Ohne einen weiteren Gedanken trat er zu einer der pausierenden Tänzerinnen, deren schwarzes Haar auf ihre Schultern und ihren Rücken hing und deren Leib vom Tanzen warm und feucht war, drückte seine Lippen auf ihre und gab ihr einen grimmigen Kuß.

Die Tage fügten sich zu einem festen Muster.

Chloe bekam mit, daß sie der Göttin nicht dienen konnte, da sie krank und daher mit einem Makel behaftet war. Allerdings konnte sie, da sie *während* des Dienens krank geworden war, auch den Tempel nicht verlassen.

Alle paar Tage tauchte Cheftu gemeinsam mit seinen beiden Priestern auf, um Chloe widerwärtige Tränke zu verabreichen, sie Muschel- und Knochenamulette fertigen zu lassen und ihr zahllose Einläufe zu verpassen.

Noch nie in ihrem Leben hatte sie ihre Dinge mit solcher Regelmäßigkeit verrichtet.

Cheftu hatte kein weiteres persönliches Wort mehr mit ihr gewechselt, und als er einmal mit Makab zusammen erschienen war, hatten die beiden Chloe vollkommen ignoriert und statt dessen Wetten darauf abgeschlossen, welcher Adlige von der Jagd mit Pharao – ewig möge sie leben, verdammt noch mal! – mit einem Löwen als Trophäe heimkehren würde.

Sie verbrachte die milden Wintertage damit, durch den Tempel in all seiner Pracht zu wandern – eine Pracht, gegen die sich selbst Hollywood auf LSD wie ein alter Schwarzweiß-Film ausnahm.

Überall glitzerten Edel- und Halbedelsteine. Sie hatte erfahren, daß jedes einzelne Auge, das man in der Säulenhalle sehen konnte, eine Einlegearbeit aus Onyx war. Jede Abbildung des Gottes Amun war mit Lapis, Karneol und Feldspat verziert. Der ithyphallische Gott Min stellte ein goldbeschlagenes Kondom zur Schau.

Für die Ägypter waren all dies echte Neu-Schöpfungen ihrer Götter und Göttinnen, und jede einzelne davon war auf magische Weise mit Leben beseelt. Dieselbe Magie wurde auch bei den Toten während der Mundöffnungs-Zeremonie angewendet, wodurch es ihnen möglich wurde zu riechen, zu hören, zu essen und sich zu bewegen, ja, sogar einander zu lieben wie im Leben.

Eines Tages wanderte Chloe durch den Säulengang zum Tempel Thutmosis' des Ersten – der noch viele Jahre lang nicht fertiggestellt würde, obwohl der Pharao mittlerweile vor beinahe 40 Überschwemmungen zu Osiris geflogen war –, als sie etwas gleißen sah. Pharao Hatschepsut, ewig möge sie leben!, ließ dort ihre Obelisken aufstellen und mit Elektrum überziehen, einer unbezahlbaren Legierung aus Gold und reinem Silber. Weil die Obelisken sich über das Dach des Tempels erhoben, hatte man das Dach einfach abgerissen, so daß die metallbeschlagenen pyramidenförmigen Spitzen den türkisen Himmel durchstachen.

Auf der Baustelle hasteten unzählige schwitzende, dunkelhäutige Ägypter hin und her. Ab und zu wagten sie einen verstohlenen Blick auf Hat, die wie ein Löwe im Käfig auf und ab marschierte. Mit einer Kombination von Seilen, Flaschenzügen und Muskelkraft wurden die Obelisken in ihren Sandgruben aufgerichtet. Chloe gab sich alle Mühe, unsichtbar zu bleiben, doch die schwarzen Augen Senmuts, des Architekten und Großwesirs, spürten sie auf, und man bat sie höflich zu gehen – natürlich nur zu ihrer eigenen Sicherheit.

Noch Tage danach ereiferte man sich am Hof darüber, daß die Armee keine neuen Brustpanzer bekommen sollte, nur damit Pharao Monumente errichten konnte, mit denen ihrer heiligen Empfängnis, Geburt und ihrem Leben gedacht werden sollte. Soweit Chloe es mitbekam, hatte die Armee seit Monaten kein neues Material mehr erhalten, weil Pharao viel mehr daran gelegen war, längst aufgegebene Tempel zu verschönern, als das ägyptische Imperium zu vergrößern, was mit ein Grund dafür war, daß Thutmosis III., ihr Neffe, an Hats Leine zerrte. Er wollte neue Länder erobern und als Pharao neue Kriegsbeute nach Ägypten bringen.

Offenbar hatte Hatschepsut ihrem Land eine lange Friedenszeit gebracht, doch das Volk wollte Krieg. Mit jedem Tag wuchs Hatschepsuts Paranoia vor dem jungen Mann in Avaris, der eines Tages auf ihrem Thron sitzen würde. Man war allgemein der Meinung, daß Hat sich schon vor vielen Jahren damit begnügt hätte, Gemahlin eines Pharao zu sein, wäre Thut III. ihr eigener Sohn gewesen. Doch ihr Haß auf Thut III. und ihr noch größerer Haß auf seine Frau Isis, die von einfacher Herkunft war, hatte ihr keine Wahl gelassen, als bis zu ihrem Tod weiterzuregieren.

Basha war Chloes einzige Dienerin. Sie widmete sich meist ihren Arbeiten und verbrachte nur wenig Zeit mit ihrer Herrin. Chloe ruhte, las und übte sich im Schreiben – eine Sache, bei der ihre Erinnerung sie nicht im Stich ließ. In ihrer Not probierte sie sogar zu sticken. Offenbar hatte nur Cammy die Gene dafür.

Chloe fertigte sich einen Skizzenblock, um einige der Wunder um sie herum aufzuzeichnen, doch Basha war derart entsetzt gewesen, als sie Chloes Werke gesehen hatte, daß sie nur noch heimlich zeichnete. Sie hatte schreckliche Angst davor, daß man ihr Geheimnis aufdeckte. Daß sie nicht wußte, welche Konsequenzen das hätte, machte ihr noch mehr angst.

Ihr war richtiggehend schlecht vor Angst; am schlimmsten war es gewöhnlich morgens. Später am Tag vertilgte sie alles, was ihr serviert wurde: gebratenes Wild, Fisch, Brot, frisches Obst und Gemüse. Zeitreisen machten offenbar hungrig – nicht daß sie zuvor unter mangelndem Appetit gelitten hätte. Einmal hatte Cheftu sie beim Mittagessen beobachtet, mit höflicher, doch entsetzter Miene. Offenbar erwartete man von den »Blumen« Ägyptens grazilere Eßgewohnheiten. Aber was sollte sie statt dessen tun? Chloe konnte keinerlei Sport treiben, durfte nicht außerhalb der *Tenemos*-Mauern, litt unter dem ständigen Myrrhegestank und langweilte sich halb zu Tode.

Und sie konnte *immer noch nicht* sprechen.

Als Hatschepsuts königlicher Ruf sie ereilte, ruhte sie gerade im Schatten einer Sykomore, las *noch* ältere Gedichte und mümmelte an einer Schüssel mit Feigen und Datteln. Sie fühlte sich erschöpft, ohne daß sie sagen konnte, wieso. Sie hatte sich ganz eindeutig nicht angestrengt.

Basha eilte dem Boten voran, das braune Gesicht vor Aufregung leuchtend. »Das Große Haus ruft dich, Herrin!«

Chloe stand auf. Pharao wollte sie sehen? Sobald sie von dem Soldaten, der sie zurückbegleiten würde, den Skarabäus als Zeichen Pharaos entgegengenommen hatte, liefen Basha und sie durch die Gärten und Gänge. Was sollte sie nur anziehen?

4. Kapitel

Goshen

Im Audienzsaal von Avaris drängten sich die Menschen: rot-weiß uniformierte Soldaten, Retenu in langen, goldddurchschossenen Roben, Kallistaener und Kefti mit ihren viellagigen Gewändern und kunstvoll gelockten Frisuren neben Kushiten in exotischen Fellen und Federn. Es war einfacher, die Fremden an diesem Außenposten weit im Norden abzufertigen, als sie nach Waset am Nil zu bringen. Überall huschten Apiru-Sklaven mit Getränken, Speisen und Fächern umher, redlich bemüht, es den Besuchern möglichst angenehm zu machen.

Am anderen Ende des Saales wartete Thutmosis III. Horus-im-Nest, Aufgehender Re, Kind der Dämmerung, die rundlichen Züge von einer Ungeduld gezeichnet, die durch das rhythmische Klopfen seiner goldenen Sandalen auf dem polierten Steinboden noch betont wurde. Aus den Räumen um den Audienzsaal herum waren das leise Rauschen fließenden Wassers und andere Gespräche zu hören.

Er zog die Brauen zusammen.

Der Palast und der Audienzsaal lagen nicht von den übrigen Gebäuden abgesondert wie in einem zivilisierten Land. Nein, seine allerliebste viperngiftige Tante-Mutter hatte dafür Sorge getragen, daß ihm selbst die kleinsten Annehmlichkeiten versagt blieben. Hier, im Schlamm und Sumpf Goshens, mußte er ausharren, um Dispute zwischen gemeinem Pöbel oder Ausländern zu schlichten. Das Blut schoß ihm heiß durch die Adern in Anbetracht der Schamlosigkeit seiner Tante-Mutter Pharao Hatschepsut. Mit zusammengebissenen Zähnen ließ er sich auf dem Hocker nieder – einem Hocker, keinem Sessel – und winkte dem Zeremonienmeister.

Während Thuts Titel verkündet wurden, öffneten sich die bemalten Türen, und eine Horde von Apiru drang herein, eine zusammengewürfelte Auswahl jener Sklavenrassen, die an Ägyptens Größe bauten und seine Schönheit bewahrten. An den typischen einschultrigen Gewändern erkannte er, daß diese besondere Gruppe aus Israeliten bestand. Thut warf einen Blick zu der Wand hinüber, wo die ihm zugeteilten Ratgeber und Seher bereitstanden.

Dann sah er wieder auf die Bittsteller. Es waren etwa zehn. Sie kamen immer rudelweise, fast wie Schakale, dachte er. Der Mann an der Spitze war groß, er überragte die meisten Ägypter um Haupteslänge, was von einer fleischreichen Ernährung kündete: nicht die übliche Apiru-Kost. Er trug Hemd und Schurz eines Ägypters, hatte aber beides mit einem israelitischen Umhang bedeckt, und er hatte einen zotteligen Israelitenbart, der einst schwarz gewesen, doch nun von weißen Strähnen durchzogen war. Seine dichten Brauen lagen wie gerade Furchen über den tiefliegenden, dunklen Augen, aus deren Abgrund große Liebe und großer Verlust sprachen. Die hinter ihnen stehenden Soldaten drückten die Apiru auf die Knie, denn nur vor dem Großen Haus warf man sich ganz zu Boden. Ernst sahen die Soldaten zu Thut hin.

Dessen prüfender Blick lag nun auf dem Mann rechts vom Anführer. Er wirkte wie ein blasseres Spiegelbild des größeren Mannes, denn er hatte die gleiche Gesichtsform und Miene, doch ihm fehlte die entsprechende Kraft und Ausstrahlung. Zwar kam er ebenso unrasiert und abgerissen daher wie sein Begleiter, doch hatte er wenigstens den warmen braunen Blick schicklich zu Boden gesenkt. Gedankenverloren winkte Thut einem Schreiber, die Audienz zu eröffnen.

»Wer ruft den mächtigen Horus-im-Nest an?«

Der Begleiter erwiderte in einer angenehmen Baritonstimme: »Wir sind nur zwei der Diener Pharaos, ewig möge sie leben!, die seit den Zeiten deines vielgerühmten Großvaters Thutmosis des Ersten, möge er mit Osiris fliegen!, hier in den Zwei Ländern wohnen. Leben! Gesundheit! Wohlergehen! Wir hoffen auf die Gunst von Horus-im-Nest!«

Der Schreiber übersetzte für Thut, der, obwohl er die Sprache der Apiru sprach, Unverständnis heuchelte, ein bisweilen kluger Schachzug. »Majestät«, flüsterte der Schreiber, »dieser Mann ist einer der Apiru-Führer. Er sitzt in ihrem Rat. Er ist ein bedeutender Mann.«

Thut funkelte den Schreiber an. »Er ist ohne jede Bedeutung. Er ist nur ein Sklave. Da wir jedoch keine Barbaren sind, werde ich seine Bitte anhören.«

»Er gewährt dir das Wort«, sagte der Schreiber laut.

Der Anführer begann zu sprechen. Aber statt der ungehobelten Sätze eines Sklaven hörte Thut zwar stockendes, doch höfisches Ägyptisch. Der Apiru sprach unsicher, und seine Worte klangen leicht antiquiert, so als hätte er seit vielen Überschwemmungen kein Hochägyptisch mehr gesprochen, doch eine Übersetzung erübrigte sich. Es war fast peinlich mitanzusehen, wie der Mann um Worte rang. »Herr der Zwei Länder, auf die euer Gott Amun-Re scheint, mein Volk verehrt Elohim. Wir erbitten von dir die außergewöhnliche Gnade, drei Tage von der Arbeit befreit zu werden, damit wir ihm in der Wüste ein Fest halten.«

Zwar war die Wortwahl so demütig, wie es seiner Bitte angemessen war, doch der Blick aus seinen dunklen Augen war es keineswegs. Die Forderung des Mannes war ein Fehdehandschuh, den er Thut vor die Füße schleuderte.

Horus-im-Nest war verstimmt. Er schubste seinen aufgewühlten Schreiber beiseite, erhob sich und stieg die Stufen hinab, und mit jedem Schritt, den er dem Mann näher kam, wuchs sein Zorn. »Alter, du magst wie ein Höfling sprechen, doch du bist nur ein Sklave. Deine Bitte, in der Wüste deinen Gott zu treffen, findet bei mir kein Gehör. Drei Tage! Und dazu noch einen Tag für den Hinweg und einen weiteren für die Heimkehr? Das ist mehr als eine halbe Woche! Ihr habt euch wie Ungeziefer vermehrt, und ich hege nicht den geringsten Zweifel, daß ihr nicht zurückkommen werdet, wenn ihr eure Hunderttausende Stammesgenossen mit in die Wüste nehmt! Reichen euch die Götter Ägyptens nicht?« fragte Thut erbost. »Oder sind sie vielleicht zu edel, zu elegant, zu zivilisiert für euch, die ihr im Sumpf lebt, mit Schafen und Ziegen als Familie? Wenn ihr euren Gott nicht hier anbeten könnt, dann ist er es womöglich gar nicht wert, daß man ihn anbetet?«

Ein leises Raunen lief durch die Zuhörer, und die Bittsteller erröteten, bis auf ihren Anführer, der aufrecht und vollkommen unbeeindruckt stehengeblieben war.

»Unser Gott befiehlt dir, uns ziehen zu lassen«, verkündete er.

Thut, der bereits auf dem Weg zurück zu seinem Hocker war, drehte sich um und starrte ihn an. Wußten diese Apiru nicht, daß sie abzuwarten hatten, bis er sie entließ oder ihnen erneut erlaubte zu sprechen? »Befiehlt mir?« Er traute seinen Ohren nicht. Er war der Prinzregent; Horus-im-Nest; allein Hatschepsut, ewig möge sie leben!, stand über ihm. Er widerholte: »Befiehlt mir?« Dann erst wurden ihm die arroganten Worte des Sklaven wirklich bewußt. »*Befiehlt mir?* Niemand befiehlt mir irgend etwas. *Niemand!*« Vor Zorn lief sein Gesicht lila an. »Ich kenne euren Gott nicht, und ich werde euch nicht gehen lassen!«

Ungerührt beharrte der Anführer auf seiner Bitte. »Der Gott der Israeliten ist uns erschienen. Laß uns nun hinziehen in die Wüste, damit er uns nicht schlage mit Pest oder Schwert.«

Thut ging auf den Anführer zu und blieb so dicht vor ihm stehen, daß alle Umstehenden sein wutentbranntes Flüstern hören konnten. »Wie heißt du, Sklave? Du wagst es, mir mit deinem lächerlichen Gott zu drohen? Mach dich mit deinen Leuten lieber wieder an die Arbeit.« Er entließ die Gruppe mit einer knappen Geste und erklomm wieder das Podest mit seinem Thron.

Noch während die Apiru in Hörweite waren, rief er laut: »Schreiber, schick all meinen Aufsehern und Architekten die folgende Botschaft, die von diesem Augenblick an gelten soll. Schreib: ›Offenbar haben die Stämme zuviel freie Zeit, da sie Feiern und Gottesdienste planen können. Von nun an sollen jene Völker unter den Apiru, die‹«, er konsultierte den Papyrusfetzen, den ihm sein Zeremonienmeister reichte, »›Aharon und Ramoses als Führer haben, das Stroh für die Ziegel, die das Große Haus von ihnen bekommt, selbst gesammelt. Die Menge der zu liefernden Ziegel bleibt dabei unverändert.‹«

Und vor sich hin knurrte er: »Faule, freche Lumpenbande. Nur deshalb wollen sie in die Wüste. Wenn man den Ausländern genug zu tun gibt, wird ihnen das Lügen und Träumen schon vergehen.«

Thut blieb die Genugtuung zu sehen, wie die Schultern des Gehilfen mutlos herabsackten. Der Anführer hingegen blieb aufrecht stehen, die braune Hand fest um den krummen, knorrigen Stab geschlossen. Ich werde euch lehren, den Sohn von Thutmosis zu verärgern! dachte er. Er setzte sich und rief nach einem Bier. Es würde doch noch ein schöner Tag werden.

Waset

Staunend schaute Chloe, in ihrer Sänfte ruhend, hinaus. Sie war im alten Ägypten und würde gleich dem Pharao begegnen. Was würde Camille nicht dafür geben, einen einzigen Tag hier zu verbringen! Die Vorstellung, wie ihre Schwester mit offenem Mund und riesigen indigoblauen Augen durch dieses Land stolpern würde, brachte Chloe beinahe zum Lachen. Unter Bashas neugierigem Blick unterdrückte sie es zu einem Husten. In Chloes Augen brannten Tränen, als sie daran dachte, was sie verloren hatte. Vorübergehend verloren hatte, ermahnte sie sich grimmig.

Die Leibgardisten bedachten ihre offenen Vorhänge zwar mit mißbilligenden Blicken, doch sie hätte es nicht ertragen, sie zu schließen. Längs dem Ufer erhob sich Karnak, von wo aus eine breite Allee ins alte Theben führte, das hier Waset hieß, und eine zweite zu den Häusern der Adligen und dem Palast. Ihr Transportmittel eilte dahin, während Chloes Blick hierhin und dorthin schoß, um die sattgrüne Uferlandschaft vor dem azurblauen Nil aufzunehmen. Bäume beugten sich über die Straße und gewährten kleine Flecken von Schatten gegen die Wintersonne über ihnen. Die Lehmziegelhäuser der Adligen hatten Flachdächer und weißgekalkte Wände und hinter ihren Mauern, wie sie wußte, stille Innenhöfe, kühle, schillernde Wasserbecken und ganze Familien von Apiru-Sklaven. Nur die Götter wohnten im alten Ägypten in festen Steinhäusern.

Sie liefen durch das Palasttor und blieben stehen. Mit Bashas Hilfe und neuen Sandalen stieg Chloe aus der Sänfte und wurde durch eine Folge von bemalten und vergoldeten Höfen und Hallen geführt, bis sie an Hats Audienzsaal angekommen waren. Mit zitternder Hand strich Chloe ihre Perücke glatt, als sie zum ersten Mal ihre Titel verkündet hörte.

»Die Herrin RaEmhetepet, Geliebte der Nacht, Dienerin Res in Silber, Sprecherin der Schwesternschaft und Priesterin Hathors. In der Gunst des Großen Hauses.« Der Zeremonienmeister stieß seinen Stab auf den Boden, und Chloe trat, von der »anderen« geführt, in den langen, schmalen Raum. Gold und weiß gekleidete Edelmänner und glitzernde Damen standen an den Wänden aufgereiht wie für einen stilvollen Spießrutenlauf. Sie bemerkte, wie sich ein paar Köpfe grüßend neigten, als sie vorbeiging.

Am anderen Ende erhob sich ein Podest, auf dem eine der umstrittensten Frauen in der gesamten Weltgeschichte saß. Sie, das »Große Haus«, thronte steif auf einem goldenen Sessel, die Füße in goldenen, geschwungenen Zehen-Sandalen auf einen Leopardenhocker gestemmt, die Arme verschränkt und die Insignien ihres Amtes fest mit den beringten Fingern umfassend. Im Näherkommen erkannte Chloe, daß Hatschepsut tatsächlich wie ein Mann gekleidet war, nämlich nur in Schurz und Kragen, was ihre unübersehbar weiblichen, großen Brüste und ihre langen, lackierten Fingernägel noch hervorhob. Ihre breite Stirn erhob sich glatt über den festen, weit auseinanderliegenden Augen, umrahmt von schweren goldenen und mit vielen Edelsteinen verzierten Ohrringen. Ihr breiter Mund war mit Gold bestäubt, und an ihrem spitzen Kinn war der künstliche Pharaonenbart aus Lapis und Gold befestigt.

Vor dem Podest warf sich Chloe zu Boden. Minuten vergingen, ehe ihr erlaubt wurde, sich zu erheben. Die »andere« warnte sie, daß das ein schlechtes Zeichen war. Endlich gebot man ihr, in Hats schwarze Augen zu blicken. Chloe empfand Angst, Respekt und

Staunen. Diese Frau hatte während der gesamten fünfzehn Jahre ihrer Regentschaft ihrem Land den Frieden bewahrt.

»Edle Dame RaEmhetepet, Meine Majestät ist immer noch voller Trauer, daß du mich nicht mit eigener Stimme begrüßen kannst. Wie der weise Ptah-Hotep sagte: ›Beschränke dein Herz auf das, was gut ist, und schweige, denn Schweigen ist wichtiger als die *Tef-tef*-Pflanze.‹ Beschränkt sich dein Herz auf das, was gut ist, meine edle Dame? In Waset hört man beunruhigende Gerüchte über einen unbekannten Besucher, den du gehabt haben sollst, während du der Göttin Hathor dientest.«

Pharaos Stimme war tief und kehlig und hatte einen unmißverständlichen Befehlston. Chloe errötete, als Hats Blick kurz auf ihre Füße fiel. Hatte Basha denn jedem von ihren Füßen erzählt? Chloe gab sich Mühe, keinerlei Regung zu zeigen, solange sich nicht abzeichnete, wohin das alles führen würde. »Vielleicht sind nach einem so hochgeschätzten Besuch wir übrigen deiner geistreichen Unterhaltung nicht würdig?« Diese spitze Bemerkung führte überall im Raum zu kurzem Getuschel. Chloe lächelte bedauernd und zog die vorbereitete Papyrusnotiz aus ihrer Schärpe. Nachdem sie dem Schreiber das Schriftstück überreicht hatte, durchquerte sie die Vorderseite des Raumes, während er den Papyrus an Hat weiterreichte, damit sie ihn las.

Der ganze Palast war ein lebendes Kunstwerk, angefangen von den kushitischen Sklavenjungen, die riesige, schimmernde Fächer aus Pfauenfedern über Hats Kopf schwenkten, bis zu den schwarzen nachgezogenen Augen und obsidianschwarzen Leibern ihrer rot und gold uniformierten Leibgardisten, deren eingeölte Leiber im hereinfilternden Sonnenlicht glänzten. Unbewußt hielt Chloe Ausschau nach einem bestimmten Gesicht und entdeckte es schließlich rechts am Rand.

Lord Cheftu lehnte lässig auf seinem ibisköpfigen Amtsstab, sein Gesicht wirkte dunkel zwischen dem rot-gold-gestreiften Kopftuch und dem schweren Goldkragen. Chloe riß den Blick von ihm los, denn eben sah Hat mit grimmigem Lächeln auf. »›Die edle Dame bittet Meine Majestät um Vergebung, daß sie hier erscheint, ohne wieder sprechen zu können, und bittet um Nachsicht, während sie sich erholt‹«, las sie. Wieder heftete Hat ihren schwarzen, unergründlichen Blick auf Chloe. »Ich habe auch gehört, daß die edle Dame sich morgens unwohl fühlt?«

Chloe erbleichte, und die Spannung unter den Zuhörern wuchs. »Vielleicht braucht die edle Dame *mehr* als Ruhe?«

Chloe lächelte unsicher. Sie brauchte die »andere« nicht, um zu erkennen, daß es nicht gut für sie aussah.

»In Meiner Majestät Güte«, verkündete Hat, »habe ich beschlossen, daß du vollkommene Abgeschiedenheit und absolute Aufmerksamkeit haben sollst, bis du in der Lage bist, mir persönlich zu erklären, daß du wieder gesund bist. Wir können die RaEmhetep-Priesterin Hathors nicht ohne Hilfe lassen.« Sie machte eine rhetorische Pause. »Ich könnte mir vorstellen, daß das Grün des Deltas dir guttun wird. Der Palast«, ergänzte sie schmunzelnd, »soll dir zur Verfügung stehen. Ebenso wie –«, sie sah zu der Gruppe von Magiern, Ärzten und Sehern hinüber, »mein Leibarzt und *Hemu neter* Cheftu.« Sie lächelte ihn an, und er senkte mit undurchdringlicher Miene den Kopf.

Was als Gemurmel begonnen hatte, wuchs sich nun zu einem Tumult aus. Chloe war klar, daß sie damit so gut wie verbannt war. Was hatte sie – *Moment mal,* was hatte RaEmhetepet getan, daß sie sich Hats Zorn derart zugezogen hatte?

»Ich wünsche, daß die edle Dame so schnell wie möglich von ihren Bürden… *entbunden* wird«, erklärte Hat mit durchdringender, beißender Stimme, dann lachte sie.

Chloe wich rückwärts zurück, mit glühendem Gesicht und sich überschlagenden Gedanken. Hastig eilte sie durch die Hallen, kletterte in ihre Reisesänfte und zog die Vorhänge fest zu. Basha konnte allein heimfinden.

Sie atmete mehrmals tief durch, um wieder zur Ruhe zu kommen. Ihr blieb kaum eine Wahl. Trotz all ihrer Anstrengungen sah es nicht so aus, als würde sie bald wieder in ihre Zeit zurückkehren können, deshalb würde sie sich hier zurechtfinden müssen, bis sie einen Weg zurück gefunden hatte. Das Leben hier wäre gar nicht so unerträglich, wenn sie nur wüßte, womit sie zu rechnen hatte. Wahrscheinlich würde Cammy von ihrer Erfahrung profitieren. Für Camille mußte sie sich alle Details einprägen.

Kaum daß sie wieder in Karnak eingetroffen war, eilte sie in ihr

Zimmer und warf sich in einem Anfall von Verzweiflung auf ihr Bett.

»Was haben wir nur getan, daß Meine Majestät, ewig möge sie leben!, uns aus ihrem Hof verweist und uns bei dem Thronfolger wohnen läßt?«

Chloe wälzte sich herum und sah Cheftu an ihrer Frisierkommode sitzen. Das Licht brach sich in seinem juwelenbesetzten Kragen, in den Edelsteinen auf seinen Sandalen und in seinen Ringen. Sein ungezwungenes Gesicht war angespannt, sein safrangelber Blick herablassend. »Du verstehst doch, oder nicht? Die Goldene verdächtigt dich, dein Gelübde gebrochen zu haben«, erläuterte er mit samtiger Stimme. Er ging auf sie zu, und aus seinem ganzen Körper sprach Verachtung. »Hat sie recht?«

Da Chloe nicht wußte, auf welchen Abschnitt ihres langen Gelübdes er anspielte, zuckte sie mit den Achseln und zwang sich, ruhig zu bleiben. Was hatte sie getan?

Cheftu setzte sich neben ihr auf die Liege und packte sie grob an den Schultern. »Nimm das hier nicht auf die leichte Schulter, mein Mondschein; dein Gelübde zu brechen ist gefährlich, manchmal sogar lebensgefährlich. Ich weiß, wie schnell du deine Beine spreizt, wenn du der Göttin nicht dienst. Vielleicht hast du dich in der Zeit vertan?«

Sein Sarkasmus ergoß sich wie saurer Regen über Chloes blankliegende Nerven.

Cheftu begann sich zu ereifern, seine Stimme klang verärgert und frustriert zugleich: »Also was ist, ja oder nein?«

Sie sah ihn an, plötzlich erschöpft und noch verwirrter. Was zum Teufel war jetzt schon wieder los?

Seine Stimme wurde lauter und skeptischer. »Wie kannst du nicht wissen, ob du in dieser Jahreszeit mit einem Mann zusammen warst? Ob sein Samen in dir wächst? Hat dich ein Gott oder ein Mann besucht?« Sie riß sich von ihm los, schüttelte den Kopf und hielt dann inne.

Sie hatte keinen Zugang zu irgendwelchen Informationen, die seine Anschuldigungen widerlegt oder bestätigt hätten. Chloe ließ den Kopf in die Hände sinken. Das war einfach lächerlich! Ihre Übelkeit und Müdigkeit rührten daher, daß sie nicht mehr derselbe

Mensch im selben Körper war. Es waren Nebenwirkungen ihrer unglaublichen Reise durch die Zeit. Daß sie – Chloe – schwanger war, war ausgeschlossen, doch für RaEmhetepet, erkannte sie zunehmend mutlos, galt das keineswegs. Ihr Körper sackte zusammen, und sie spürte Cheftus Hand auf ihrer Schulter.

»Wenn meine Vermutung stimmt, dann sprich mit niemandem darüber«, sagte er leise. »Diese hier sollten dir helfen.« Er drückte ihr ein kleines, in Papyrus gewickeltes Päckchen in die Hand. »Weißt du, wo Phaemon ist?« Er sah ihr kurz ins verständnislose Gesicht, dann stand er auf und erklärte in normaler Lautstärke: »In zwei Tagen reisen wir nach Avaris an Prinz Thutmosis' Palast. Dort werden wir bis zum Ende der Jahreszeit bleiben.« Wieder sah er sie fragend an, und sie sah seine goldenen Augen in der Sonne leuchten. »Leben, Gesundheit, und Wohlergehen wünsche ich dir, Priesterin.«

Er trat durch den Vorhang und war verschwunden, und Chloe blieb allein zurück, um über diese neueste Spitzkehre in ihrem früher so geordneten Leben nachzusinnen.

Die Nacht war dunkel und das Haus der Toten unverriegelt, denn ein Schloß war nicht vonnöten. Kein Ägypter würde einen so heiligen Ort entweihen. Der Mann trat lautlos aus den Schatten und winkte dem bärtigen Diener, ihm zu helfen. In dem langen, schmalen Raum lagen Reihen von Leichen, jede in einem anderen Stadium der Einbalsamierung, auf einzeln stehenden Steinbahren, damit den Priestern genug Platz für ihre Arbeit blieb. Sie widmeten sich tagsüber den Leichen und entnahmen die Organe: erst das Gehirn, dann, nach einem Bauchschnitt, alle Eingeweide, abgesehen vom *Ab*, dem Herzen.

Der Geruch nach Weihrauch und Bitumen war ekelerregend, und der Mann fragte sich, ob er ihn je wieder aus seiner Nase und seiner Brust bekommen würde. Der bärtige Diener, dem seine Religion verbot, einen Leichnam zu berühren, folgte dichtauf. Sie hatten keine Wahl. Dafür hatte ein unerwartetes Versprechen auf dem Totenbett gesorgt.

Der Leichnam befand sich wahrscheinlich nicht mehr hier; sie gingen weiter in einen zweiten Raum. Ätzender Natrongestank schlug ihnen entgegen, und der Mann schmeckte sein vor Stunden verzehrtes Abendessen im Mund. Dicht nebeneinander standen tiefe Kisten mit dem teuren Trockensalz, das die Leichen darin vollkommen bedeckte, um das Fleisch auszutrocknen und haltbar zu machen.

Eilig schlichen sie zum Mumienraum weiter.

Hier müßte sich der Leichnam befinden, mitsamt den intakten Organen, und zwar nachdem er einige Zeit in Natron gelegen hatte, damit das menschliche Fleisch nicht verrottete. Der Mann drehte sich zur Seite, zündete seine Fackel an und beleuchtete damit die in hieratischer Schrift angebrachten Namen der Bewohner dieser Mumienwelt. Er blieb stehen. Der Leichnam *war* hier. Unter leise gemurmelten Gebeten hoben er und der bärtige Diener den Leichnam heraus und trugen ihn zu einer nahen Tür, durch die man auf eine schmale Gasse kam.

Dann eilten sie wieder nach vorn, um die Überreste eines namenlosen Bauern hereinzuholen, der auf diese Weise in der Nachwelt als wohlhabender Geschäftsmann leben würde. Der Mann hielt die Fackel hoch – er hatte gute Arbeit geleistet, als er den Leichnam des Bauern in Leinen gewickelt hatte, es sollte also niemand Fragen stellen. Da die Eingeweide nicht entnommen waren, würden sich die Priester auch nicht an dem Verrottungsgestank stören.

Er löschte das Licht, dann flohen sie von diesem Ort des Todes und trugen die Leiche den Wadi hinauf, an der Stadt der Toten vorbei und tief ins Reich Meret Segers: »Sie, die Stille liebt«, die Wächterin des Tals der Könige.

Nach stundenlanger Wanderung traten sie in eine kleine Höhle, ein Loch in der Erde. Hastig legten sie den Leichnam auf dem Boden ab und bedeckten ihn mit Staub und Ostraka-Scherben. Der Bärtige beobachtete, wie sein Begleiter eigenartige Gesten über dem Grab ausführte und in einer so fremden Sprache flüsterte, wie er sie oder ihresgleichen noch nie vernommen hatte. In seinem Herzen betete er für die Seele seines verstorbenen Herren. Als der Mann zum Ende gekommen war, bedeutete er dem Sklaven, ihm voran aus der Grabkammer zu gehen. Im letzten Fackellicht zog der Mann einen Ankh mit gebrochener Schlaufe heraus, wodurch das Zeichen wie ein Kreuz aussah, und schob ihn unter die Ostraka.

»*Memento, homo quia pulvis es, et in pulverem revertis. Allez avec Dieu, mon ami.*« Er bekreuzigte sich und verließ, wieder als Ägypter, das dunkle Grab.

Das Mädchen erhob sich aus dem Bett seiner Geliebten und entfernte sich aus dem Blick, in dem sie solche Leidenschaft gesehen hatte. Die Zeit der Trennung war gekommen. Das Mädchen biß sich auf die Lippe und versuchte, die Tränen zurückzuhalten. Bis in die früheste Kindheit zurück reichte ihre Erinnerung an die beiden Priesterinnen: eine gütige und eine grausame. Ihr ganzes Leben hatte sie der einen voller Furcht gedient und war der anderen voller Liebe gefolgt. Ihre Herzensschwester hatte sie angeleitet und unterwiesen. Sie hatte sie gerettet, und ihr schuldete die junge Frau das Leben.

Darum geschah das winzig kleine Opfer, das sie bringen würde, zum Ruhme Ägyptens. Schreckliche Katastrophen waren geweissagt worden. Ihre Herzensschwester sagte, sie könnten nur abgewendet werden, wenn die Priesterschaft und der Thron gereinigt würden. Das Mädchen würde, obwohl es an einem weniger heiligen Tag geboren war, am Kreis der Abwehr teilhaben. Konnte sie eine größere Gnade erbitten? Sie schluckte und wischte sich vergebens mit den Fingern unter den Augen entlang, während sie ihre Waschungen durchführte.

»Du verstehst doch, oder nicht?« fragte ihre Geliebte, die das Mädchen beobachtete. »Sie ist von Hathor auserwählt. Aber falls sie ihre Gelübde gebrochen hat und den Sproß eines Dämons in sich trägt, mußt du Sechmet werden! Er muß vernichtet werden, um jeden Preis! Nur durch ihren Tod können wir unser Volk retten! Sonst wird die Göttin unser aller Leben als Gegenwert fordern!«

Das Mädchen hatte die schlichte Schärpe ihres Gewandes fertig gebunden und stieg in ihre Sandalen. »Sie ist so mächtig, Geliebte«, sagte sie mit bebender Stimme angesichts dieser Aufgabe. »Wird Amun-Re sicher sein ohne ihren Schutz?«

Mit zornsprühenden Augen und nacktem, makellosem Leib im

hereinsickernden Mondlicht erhob sich die Frau auf der Liege. Ihre Stimme war ruhig. »Hilft es Amun-Re, wenn ihre Gebete entweiht sind? Wenn dieselben Gliedmaßen, mit denen sie die heiligen Tänze ausführt, sich auch mit dem Unreinen verbinden?« Sie zuckte mit den Achseln. »Es ist nur für kurze Zeit. Das Große Haus sorgt bereits dafür, daß eine Nachfolgerin ausgebildet wird.«

Das Mädchen duckte sich unter dem Gift in der Stimme ihrer Geliebten. »Es wäre hoffnungslos, das verstehen zu wollen, doch ich werde tun, was du befiehlst, Herrin. Ich kenne keinen größeren Wunsch, als daß du weiterhin Vergnügen an mir findest und mit mir zufrieden bist.« Sie ließ sich zu Boden fallen, bis sie eine sanfte Hand auf ihrem Kopf spürte, die ihr über das Haar strich.

»Erhebe dich, meine Teure. Zittere nicht. Sie hat keine Macht mehr über dich. Sollte sie dir nochmals weh tun, dann sag es mir, und ich lasse sie dafür bezahlen.« Das Mädchen nickte bebend. »Und nun, da Re sich noch nicht erhoben hat, bleiben uns noch viele Stunden für die Liebe.« Ehe die Frau ihre Lippen auf die des Mädchens senkte, sagte sie: »Wir müssen um jeden Preis den Stand der Priesterinnen beschützen, meine Schwester. Kein Opfer darf uns zu teuer sein. Jedes Opfer ist eine Gabe für Hathor. Wir müssen Sechmet sein, wir müssen Sechmet sein!« Das Mädchen unterdrückte einen Schrei, als die Hohepriesterin der Schwesternschaft einen wütenden, groben Kuß auf ihren Mund preßte. Noch während die junge Frau die Hand an den Mund hob, wurde ihre Schärpe zerfetzt.

Blut.

Cheftu schritt rastlos in seinen Palastgemächern auf und ab. Er hatte sein Haus abgeschlossen und Wachs mit seinem Familiensiegel auf die Türen gedrückt. Ehuru war ihm zur Hand gegangen, hatte seine Sachen gepackt, ihm etwas zu essen gemacht und ihm einen guten Wein bereitgestellt, doch Cheftu fand einfach keine Ruhe. Es war schon tief in den Abenddekaden, doch immer noch spürte er die Spannung in Hals und Schultern. Alemeleks Rollen hatte er versteckt. Er hatte seine Versprechen gehalten, jedes einzelne. Er war zur Abreise bereit. Cheftu blieb stehen, weil er Schritte im Gang und dann ein gedämpftes Klopfen an der Tür hörte.

Cheftu warf einen Blick in das Zimmer nebenan. Ehuru schnarchte friedlich im Dunkeln. Nachdem er seine Schurzschärpe festgezogen hatte, öffnete Cheftu die Tür. Einer von Hats kushitischen Leibgardisten grüßte ihn.

»Die Goldene will dich sehen.« Cheftu bedeutete dem Leibgardisten zu warten, während er sich ankleidete und rasierte. »Mach dir keine Umstände«, wehrte der Leibgardist ab. »Sie will dich sofort sehen.« Cheftu folgte ihm, Hat für ihre mangelnde Höflichkeit verfluchend und seine zitternden Hände versteckend. Hinter ihm folgte ein zweiter Soldat.

Sie marschierten durch gewundene, fackelbeleuchtete Gänge, bis sie zu jenem gelangten, der vom Palast nach Karnak führte. Sie betraten einen breiten Fußweg, wo die beiden Leibgardisten die Fackeln an der Wand löschten und eine Platte im gemusterten Boden aufklappten.

Vorsichtig Stufe um Stufe mit seinen Sandalen ertastend, stieg Cheftu in die absolute Finsternis hinab. Die Soldaten schepperten voran, anscheinend vollkommen unbeeindruckt von der Dunkelheit. Sobald sie sich wieder auf ebenem Boden befanden, hörte er, wie die Falltür geschlossen wurde, dann wurden die Fackeln erneut entzündet. Wohin in Osiris' Namen brachten sie ihn? War die Szene mit RaEm nur eine List gewesen – würden sie ihm jetzt die Geheimnisse unter seiner Haut hervorziehen? Säure brannte in seinem Schlund, und Cheftu ermahnte sich, Ruhe zu bewahren.

Sie befanden sich in einem schmalen Durchgang. Cheftus Magen krampfte sich zusammen – das war kein gutes Vorzeichen. Schweigend marschierten sie durch die labyrinthischen Tunnel unter dem Palast und dem Tempelkomplex, bis Cheftu beinahe jede Orientierung verloren hatte. Seinem verwirrten Ortssinn nach befanden sie sich möglicherweise in der Nähe des Heiligen Sees, aber sicher war er nicht.

Der Leibgardist klopfte an eine schlichte Holztür, und Cheftu hörte Senmut antworten. Als die Tür geöffnet wurde, erblickte er Pharao, Senmut und Hapuseneb im flackernden Licht.

»Grüße der Nacht«, sagte Senmut, als wäre es nicht bereits der vierte Dekan des Morgens und als würden sie sich jeden Tag unter dem Großen Tempel versammeln.

Cheftu verbeugte sich vor Hat und nahm den angebotenen Stuhl und Wein an. »Leben, Gesundheit und Wohlergehen wünsche ich dir, Fürst Senmut; Eminenz Hapuseneb, Pharao, ewig mögest du leben!«

»Du mußt noch mehr wissen, bevor du mit der Priesterin RaEmhetepet nach Avaris abreist«, erklärte Hatschepsut unvermittelt und nagelte ihn dabei mit ihrem schwarzen Blick fest. »Wir haben einen besonderen medinizischen Auftrag für dich. Er ist von höchster Wichtigkeit für unser Land und streng geheim.«

Cheftu spürte, wie sich alles in ihm zusammenzog. Es konnte nur einen derartigen Auftrag geben.

Hat ergriff wieder das Wort: »Als man RaEm gefunden hat, war sie mit Blut besudelt. Mit wessen Blut wissen wir nicht, denn ihres war es nicht, und es gibt keinen Hinweis darauf, daß außer ihr noch jemand in der Kammer war. Doch ist seit derselben Nacht Phaemon verschwunden, ein Gardist aus den Zehntausend. Die Priesterin ReShera befindet sich immer noch in Trauer um ihren Bruder. Da es keinen Leichnam gibt, kann man auch keine vierzig Tage um ihn trauern, wie es sein Rang erfordern würde.« Cheftu wurde ein Paket in die Hand gedrückt. Hatschepsut sah ihn mit großen schwarzen Augen an, Augen, die mit mühsam unterdrückter Angst nach links und rechts huschten.

»Tu, was getan werden muß, Schweigsamer.«

Goshen

Thut trat in den Audienzsaal. Ehrfürchtiges Schweigen senkte sich über den Raum – ein Schweigen, das ihm als Kommandeur der Armee und zukünftigem Pharao durchaus zustand. Langsam ließ er sich auf seinem Stuhl nieder, dann winkte er dem Zeremonienmeister, die Bittsteller einzulassen. Kurz blickte er nach rechts zu den Magiern hinüber. An seinem Hof hatte er einige der besten Wunderwirker aus ganz Ägypten versammelt. Und doch biß er unwillkürlich nervös die Zähne zusammen, als der Zeremonienmeister die israelitischen Brüder Ramoses und Aharon ankündigte.

Ramoses kam ihm auf beunruhigende Weise vertraut vor ... wegen seiner so geraden Schultern oder vielleicht seines offenen Blicks, beides untypisch für einen Sklaven, der von zahllosen Generationen von Sklaven abstammte. Natürlich waren die Israeliten anders: Sie heirateten keine Andersgläubigen, es sei denn, diese traten zu ihrem Glauben über; sie sprachen ihre eigene Sprache; und sie waren unempfänglich gegenüber anderen Göttern und Lebensweisen. Thut verdrängte diese Gedanken und bedeutete den auf das Podest zuschreitenden Sklaven stehenzubleiben.

Eine Weile sah Thut sie nur an. Entschlossen, diese verdrießliche Angelegenheit schnell hinter sich zu bringen, damit er in den anschwellenden Wassern des Nils angeln und von Hatschepsuts Sturz träumen konnte, wandte er sich direkt an Ramoses. »*Haii!* Ihr seid zurück. Offensichtlich schafft euer Stamm seine Quote an Ziegeln auch, ohne daß ihr beiden mithelft.« Die Augen fest auf den Älteren gerichtet, rief Thut einen Schreiber herbei und ließ sich die entsprechenden Zahlen geben. Die Israeliten hatten ihr Soll erfüllt. »Dann kommt ihr wohl mit einem weiteren Ultimatum von eurem Wüstengott?« Zu Thuts Überraschung ergriff Aharon das Wort. Seine Stimme schallte mit Leichtigkeit durch den ganzen Saal.

»Wir sind gekommen –«

Thut schnitt ihm das Wort ab. »Wenn ihr tatsächlich auf Geheiß eines Gottes kommt, dann vollführt ein Wunder.« Ramoses und Aharon tauschten einen kurzen, ungerührten Blick, dann trat Ramoses vor und warf seinen Schäferstab auf die Erde.

Thut spürte eine eisige Hand an seinem Hals, als der hölzerne Stab sich langsam zu winden begann. Ein Ende erhob sich in die Luft, und Thut starrte in die dunklen, hypnotisierenden Augen einer Brillenschlange. Es war die größte Kobra, die Thut je gesehen hatte, sie erhob sich mindestens drei Ellen in die Luft, leicht schwankend, während die andere Hälfte noch zusammengerollt auf dem Boden lag.

Die übrigen im Saal wichen zurück und schluckten ihre ängstlichen Schreie und Rufe hinunter, während die Schlange die Versammelten mit kalten, hungrigen Augen abtastete.

Der Prinz blieb wie gebannt stehen, ohne die Schritte der fliehenden Adligen oder die Schwerter zu hören, die seine Leibwächter zogen. Ameni, der Kommandant von Pharaos Division in Avaris, trat an seine Seite. Thut riß den Blick von dem Reptil los und winkte die Umstehenden wieder herbei. Ramoses und Aharon waren völlig gelassen stehengeblieben. Nach kurzem Räuspern sah Thut nach rechts und sagte zu seinen Magiern: »Diese Kinderei läßt sich doch durch eure größere Magie abwehren, meine Herren?«

Ohne zu zögern trat Belhazar, sein sumerischer Magus, vor. »Ein Kind könnte diesen Zauber bewirken, Majestät.« Er murmelte ein paar Zaubersprüche über seinen Stab und warf ihn zu Boden. Das Holz begann sich zu winden und verwandelte sich in eine Viper, die sich über den Boden schlängelte. Die Kobra wartete ab, bis die andere Schlange in Reichweite war; dann zuckten ihre Fangzähne und Schuppen auf... und die Viper war verschwunden.

Thut warf einen kurzen Blick auf Belhazar. Dessen Gesicht war unter dem riesigen roten Turban blaß geworden. »Noch eine Kinderei?« zischte Thut. Der nächste Magus, Kefti Shebenet, schleuderte seinen Stab zu Boden, doch noch ehe die Verwandlung ganz abgeschlossen war, hatte die Schlange der Israeliten ihn verschluckt. Halbherzig warfen die übrigen vier Magi ihre Stecken und Stäbe zu Boden. Einer nach dem anderen wurde verschlungen.

Thut sah wieder auf die Schlange der Israeliten. Hier handelte es sich ganz offenbar um keine Kinderei mehr. Die Kobra war riesig geworden, als hätte sie durch jede Schlange, die sie verschlungen hatte, an Länge gewonnen. Sie reichte durch den ganzen Raum. Thut war froh, daß die Höflinge bereits geflohen waren. Von diesem Vorfall brauchte man in Waset nichts zu erfahren! Er sog scharf die Luft ein, während er beobachtete, wie Ramoses sich zu der Schlange hinabbeugte und sie am Schwanz packte.

Dann hielt Ramoses nur noch einen knorrigen Stab in der Hand. Thut spürte einen Schweißfilm am Leib. Es war eine entsetzliche Vision gewesen.

Nur daß Ramoses' Stab zuvor lediglich ein drei Ellen hoher Holzstab mit Knubbeln und leichten Windungen gewesen war.

Jetzt war er kerzengerade und strahlend bunt mit einem bronzenen Knauf, der unangenehm an eine Brillenschlange erinnerte und Ramoses' Kopf um eine ganze Elle überragte.

Thut erhob sich und verließ den Saal. Die Audienz war beendet.

Waset

Sie bestiegen das Schiff am frühen Morgen, während der Sonnengott Amun-Re Flecken in der Farbe von Orangensorbet an den Himmel malte. Chloe hörte die frühmorgendlichen Gesänge der Priester, während die ersten tastenden Lichtfinger den weißen Tempel erstrahlen ließen und seinen Schatten über das Wasser legten. Sie stand allein bei ihrem Gepäck.

Basha würde sie nicht begleiten. Hatschepsut, ewig möge sie leben!, hatte ihr ausrichten lassen, daß Basha in Avaris zu ihnen stoßen würde; sie hatte noch andere Aufgaben zu erledigen, ehe sie Waset verließ. Zwei Wachen warteten neben Chloe, und auch wenn die Schwerter in den Scheiden steckten, war Chloe überzeugt, daß die beiden sie zücken würden, sollte sie ihre Meinung ändern. Man hatte sie verbannt.

Ihr Leinenumhang hielt kaum die morgendliche Kühle ab, und sie zwang sich, nicht mit den Zähnen zu klappern, während sie so dastand und auf Waset blickte. Am Flußufer herrschte bereits reges Treiben, Matrosen und Sklaven luden die am Morgen eingelaufenen Schiffe aus. Sie hörte viele Sprachen, von denen sie einige als Babylonisch, Kallistaenisch, Retenisch und, wie sie hätte schwören können, Griechisch erkannte. Die schmalen Straßen der *Rekkit* füllten sich allmählich mit Frauen auf dem Weg zum Markt, Sklaven, die eilig Besorgungen für ihre Herren erledigten, und Kindern auf ihrem Weg in die Tempelschule. Fast wie in jeder anderen Stadt, zu jeder anderen Zeit, in fast jeder anderen Kultur, dachte Chloe. Abgesehen davon, daß sie Statuen anbeten und die meiste Zeit halbnackt herumlaufen, sind sie *wirklich* wie wir.

Von Cheftu hatte Chloe heute morgen weder Schurz noch Kragen gesehen. So ließ sie sich von den Wachen auf das Schiff helfen.

Es war groß: Auf dem Deck waren mehrere Zeltkabinen aufgebaut, zusätzlich zu dem Kabinenblock in der Mitte. Hoch über ihnen flatterte die Standarte Pharao Hatschepsuts, eine gestickte blaue Kartusche ihres Thron-Namens auf weißem Grund.

Offenbar würde Cheftu nicht mit ihnen reisen, begriff Chloe, als sie vom Kai ablegten. Während die Matrosen den Anker lichteten und die schweren Flachsseile lösten, mit denen die Segel gehalten wurden, fragte sie sich, ob Cheftu sie, seinen Verbannungsgrund, absichtlich mied. Niemand nahm von ihr Notiz, also ließ sie sich auf einen Stuhl sinken und schaute auf die strahlend grünen Palmen, Tamarisken und Sykomoren, die das Ufer säumten und zu den Häusern der Adligen führten. Sie fragte sich, welches davon wohl dem edlen Herrn Cheftu gehören mochte.

Dann endete die breite Pflasterstraße, die am Nil entlang durch Waset führte, und das Ufergebiet wurde ländlicher. Felder erstreckten sich in die Ferne, und vielköpfige Familien trieben Ochsen oder Esel an, die Räder der Shadufs zu drehen und mehr Wasser aus dem Nil zu pumpen. Chloe spürte die wärmende Sonne in ihrem Rücken, deshalb wechselte sie auf die Backbordseite des Schiffes, wo die Wüste und verlassene Bauten vor ihrem Auge vorbeizogen.

Bis zum Mittagessen hatte sie nicht ein bekanntes Gesicht an Bord entdeckt. Ein Diener reichte ihr gebratenes Wild und etwas von dem zwischen den Zähnen knirschenden Brot, das man im alten Ägypten aß. Sie war überzeugt, daß es nur noch ein paar Monate dauern würde, bis dieses Brot ihr sämtliche Zähne abgeschliffen hatte. Sie verspeiste ihr Mahl, warf danach Brot und Knochen in den Fluß und schauderte, als lange, grünliche Schatten das Wasser zum Brodeln brachten. Krokodile.

Seti, der Kapitän, näherte sich ihr, als die Sonne nahe dem Zenit stand, und riet ihr dringend, Schatten zu suchen. Sie ließ sich zu einer abgedeckten Liege in einer der Zeltkabinen an Deck geleiten, wo die Hitze und das gleichförmige Bild von blauem Himmel, grünem Wasser und rotgoldenem Sand sie einnicken ließ. Ganz zu schweigen davon, daß ihr nicht ein einziges Mal übel gewesen war. Sie wurde aus dem Schlaf gerissen, weil das Schiff anhielt. Die Segel waren herabgelassen worden, und ein Blick in den

Himmel verriet Chloe, daß sie den größten Teil des kurzen Wintertages verschlafen hatte. Sie trat wieder auf das Deck.

Sie befanden sich an der Ufertreppe eines riesigen Landsitzes knapp nördlich von Gebtu, erläuterte ihr die »andere«. Palmen und Feigenbäume überschatteten einen in Stufen angelegten Fußweg, der zu einem weißen Haus hinaufführte. Chloe sah Gestalten näher kommen, die eine Reisesänfte trugen.

»Herrin«, sagte der Kapitän, »der edle Herr Cheftu bittet dich, diese Nacht in seinem Heim zu verbringen.« Mit eisernem Griff um ihren Arm führte er sie an die Treppe, um ihr klarzumachen, daß sie keine andere Wahl hatte. Zwei Sklaven bedeuteten ihr, in den Tragsessel zu steigen. Sie wurde in einen wunderschönen kühlen Garten getragen, dessen hohe Kalkmauer, mit regelmäßigen Mustern durchbrochen, um den Wind durchzulassen, als Schutz gegen die sinkende Sonne diente.

Sie wurde weiter in einen Raum mit hoher Decke geleitet, wo eine blau bemalte Liege stand und die Wände mit Unterwasserszenen voller Fische und einem blauen Himmel mit lauter Vögeln bemalt waren. Der Anblick war atemberaubend. Ach, Camille, dachte sie, könntest du nur durch meine Augen schauen! Sie ging in das angrenzende Bad mit den Fensteröffnungen und einem kleinen Balkon. Der Duft zermahlener Blüten wehte sie an, und sie sah, daß das Badebecken eingelassen war und Blumen im klaren Wasser schwammen.

Nebjet, Cheftus altes Kindermädchen und nun seine Haushälterin, half ihr gemeinsam mit der Leibdienerin Irini aus den Gewändern und in das tiefe Becken. Nebjet und Irini trockneten sie ab und ölten sie ein, dann öffneten sie eine Unzahl von Kisten und Truhen, aus denen sich Chloe nach Herzenslust bedienen konnte. Chloe ignorierte die Frage, wieso Cheftu eine komplette Frauengarderobe in seinem Haus aufbewahrte, ebenso wie sie die wunderschöne Leibdienerin ignorierte. *Seine* Leibdienerin. Daß er niemanden erwähnt hatte, hieß nicht automatisch, daß es in seinem Leben niemanden gab. Wieso sollte er das ihr erzählen, einer Frau, die er offenkundig haßte?

»Möchte die Herrin heute abend eine Farbe tragen?« Chloe nickte heftig. Obwohl die meisten Ägypterinnen ausschließlich

Naturweiß trugen, wünschte sie sich allmählich etwas Farbe. Blau, das wußte sie, stand für Trauer. Gelb war die Farbe der Priester Amuns. Rot war den Soldaten vorbehalten. Andere symbolische Farben kannte sie nicht.

Irini zog einen fein gewobenen hellgrünen Stoff heraus, und Chloe klatschte zustimmend in die Hände. Erst sah der Stoff einfach aus wie ein riesiges Viereck, doch dann schlug das Mädchen die beiden unteren Enden übereinander wie bei einem Wickelkleid, danach zog sie die beiden oberen Ecken über Kreuz, immer neue Falten legend, und drapierte den gefältelten Stoff vor Chloes Brüsten, ehe sie ihn mit einem Knoten unter ihrem rechten Busen befestigte. Auf diese Weise hatte sie zwei perfekt gebügelte Ärmel gefaltet, die ihr vom Schlüsselbein bis zu den Unterarmen reichten. Wieder wünschte Chloe sich Unterwäsche, obwohl das farbige Leinen etwas weniger durchsichtig war. Sie fühlte sich ein wenig unsicher, doch andererseits würde sie nicht viel unternehmen, dachte sie. Nur essen – ihre einzige Form von Bewegung! Irini zauberte ein ganzes Sortiment von Schärpen hervor, und Chloe entschied sich für eine grüne mit aufgestickten silbernen Ankhs.

Sie berührte den geschmiedeten silbernen Ankh um ihren Hals. In den vergangenen Wochen hatte sie immer wieder die Eingravierung studiert ... RaEmhetep. Das »et« am Ende ihres Namens war die weibliche Endung. Ihre Erinnerung an jenen Tag im Jahr 1994 am Ufer des Nils verblaßte immer mehr. Sie hatte sogar Schwierigkeiten, sich ins Gedächtnis zu rufen, wie der Typ überhaupt ausgesehen hatte. Ihr Anhänger hing nun tiefer, eine Tatsache, die sie sich nicht erklären konnte. Während ihrer an einer mittelschweren Kette gehangen hatte, um ihre Reservistenübungen und ihren betriebsamen Lebenswandel zu überstehen, baumelte der hier an einer dünnen Kette, in der sich Lapis- und Malachitperlen abwechselten. Eigenartig.

Irini kämmte Chloes Haar in eine matt scheinende Onyxmatte und knüpfte ein Band von winzigen Silberglöckchen hinein. Chloes Lider bedeckte sie mit schwerer grüner Farbe und zog sie dann mit dem unvermeidlichen schwarzen Bleiglanz nach. Chloe ließ alle Kragen zurückgehen, statt dessen entschied sie sich für einen Cloisonné-Anhänger in Form eines Falken und für leichte silberne Ankh-Ohrringe. Sie stieg in die Sandalen, die man eigens für ihre Füße angefertigt hatte, und wartete.

Sie wünschte, sie hätte einen richtigen Spiegel, um zu sehen, wie sie sich als antike Cinderella machte.

»Ist die Herrin bereit zum Mahl?« fragte ein männlicher Diener höflich. Chloe folgte ihm eine halbdunkle Treppe hinauf und durch eine Kammer aufs Dach. Die Sonne war eben untergegangen. Immer noch erhellten strahlendes Rosa und Gold den Himmel.

»Du siehst heute abend bezaubernd aus, RaEm«, sagte Cheftu. Sie drehte sich zu dem niedrigen Tischchen um, an dem er saß. Im schwächer werdenden Licht schienen seine Augen zu glühen. Sie lächelte zur Begrüßung und hielt den Atem an, während er sich erhob, kraftvoll und männlich, um sie zum Tisch zu geleiten. Als er ihren Ellbogen nahm und sie zu einem der mit Kissen ausgelegten Stühle führte, spürte sie die Hitze seiner Hand wie einen Schock.

Chloe versuchte sich wachzurütteln. Einerseits fühlte sie sich wie im Märchen; andererseits war dies hier auf schreckliche und beängstigende Weise real.

»Bitte, nimm etwas Wein.« Er hielt ihr ein Glas hin. »Er kommt aus dem Weinberg meiner Familie am Teftefet-See im Fayyum.« Chloe nippte daran; obwohl er für ihren neuzeitlich geprägten Geschmack sehr süß war, fand sie ihn dennoch vorzüglich und zu Kopf steigend. Sie folgte Cheftus Beispiel und naschte wie er Garbanzobohnenpaste und Gemüse, während sie beide ins Halbdunkel blickten.

Wenig später war es total dunkel geworden, und Ehuru entzündete die Öllampen, die ihre tanzenden Schatten auf die Flächen und Kanten von Cheftus Gesicht warfen. Sie versuchte, sich auszumalen, wie er in einem Frack oder in Levi's und T-Shirt aussehen würde. Die Bilder waren durchaus ansprechend.

Nicht daß Cheftu ausgesehen hätte wie ein byzantinischer Heiliger oder ein junger griechischer Gott. Er war nur zwei, drei Zentimeter größer als sie, doch er bewegte sich mit der gezügelten Energie eines Athleten. Mit seiner kraftvollen Eleganz, den goldenen Augen und der distanzierten Kühle erinnerte er sie an die Löwen, die sie auf einer Safari mit ihren Eltern gesehen hatte.

Durch ihre Kamera hatte sie die großen Katzen dabei beobachtet, wie sie die Welt um sich herum in Augenschein nahmen, ehe sie sich mit aufblitzenden Zähnen und Klauen auf ihre Beute stürzten. Allerdings waren sie auch die faulsten Tiere, die ihr jemals begegnet waren. Das schien auf Cheftu jedoch nicht zuzutreffen.

Seine Züge waren ebenmäßig, wenn auch etwas zu ungeschliffen für ihren Geschmack. Seine dichten, schwarzen und mit Bleiglanzpulver verlängerten Brauen standen wie Bögen über seinen mandelförmigen Augen und trafen sich über seiner langen, geraden Nase. Seine Lippen waren voll, doch er preßte sie konstant fest aufeinander, wenn er sie nicht zu einem gelegentlichen reservierten Lächeln auseinanderzog, bei dem starke, weiße Zähne zum Vorschein kamen – was, wie sie allmählich begriff, in Ägypten Seltenheitswert hatte. Seine Augen waren mit schwarzem Bleiglanzpulver nachgezogen, und Chloe hatte das Gefühl, daß ihnen nur wenig entging. Er war ein Rätsel, ein Gelehrter und Geistlicher zugleich mit dem Körper einer Statue. Berninis *David* mit finsterem Blick, während er seine Steine auf Goliath schleuderte, der perfekte Körper in der Bewegung eingefangen.

Obwohl er ihr so fremd vorkam und sich so desinteressiert zeigte, sprach Cheftu, ohne daß er es darauf angelegt hätte, etwas in ihr an. Er besaß eine ursprüngliche Männlichkeit, die aus seinem Handeln, seinem Wesen herrührte. Er trieb keinen Sport, er trainierte seinen Körper ganz automatisch: beim Reiten, Jagen, Bogenschießen. Er brauchte keinen sündteuren italienischen Anzug und keinen roten Porsche, um Wirkung zu erzeugen – die spürte man auch so. Er war jedem gegenüber vernünftig und mitfühlend, nur ihr gegenüber nicht. Ihr gegenüber ganz eindeutig nicht.

Er war so real. Und doch, dachte sie mit einem Blick auf das Amulett, das er um seinen Oberarm gebunden hatte, damit es ihn vor angreifenden Dämonen beschützte, hatte es nie einen Mann gegeben, der mehr in seiner Zeit verwurzelt war. Cheftu war vom Scheitel bis zur Sohle der perfekte antike Ägypter.

Er unterbrach sich in seinem Vortrag über Traubensorten und den Beschnitt von Reben und sah sie eindringlich an. »Meine Konversation langweilt dich?« Chloe schüttelte betreten den Kopf. Cheftu grinste, daß seine Zähne weiß im Fackelschein leuchteten, und labte sich an ihrer Verlegenheit. »Dann schlag du doch das Thema vor. Würdest du lieber über deine bevorstehende Vermählung plaudern? Oder vielleicht über deine Liebhaber? Wieso du Nesbek heiratest? Oder wo Phaemon, dein vermißter Liebhaber, steckt?«

Chloe sah ihn mit großen Augen an, erbost über diese ungerechtfertigten Vorwürfe und zugleich frustriert, daß sie ihn nicht anschreien konnte. Sie biß sich auf die Innenseite der Wange. Er sah sie verächtlich an, bis das Essen serviert wurde.

Nebjet stellte gebratenen, mit Mandeln und getrockneten Feigen gefüllten Fisch ab, zu dem es eingelegte Zwiebeln und Lauch gab. Die Speisen waren ausgezeichnet, und Chloe schenkte Cheftu keine Beachtung, während sie aß. Als sie aufblickte, stellte sie fest, daß er angeekelt zusah, wie sie sich vollstopfte. Die Zeitreise hatte ihren Appetit nach wie vor eindeutig angeregt, und natürlich war Cheftu bereits seit einiger Zeit fertig.

Er versteckte sich wieder hinter seiner höflichen Fassade und gab sich erneut als perfekter Gastgeber. Dennoch war er offensichtlich mit den Gedanken woanders. Das meiste, was er sagte, klang einstudiert, typisches Geplauder, mit dem nichts von Belang mitgeteilt werden sollte. Je tiefer Chloe in ihre Einsamkeit versank, desto mehr Wein trank sie.

Zum Dessert gab es Gebäck, das mit Nüssen, Honig und Ziegenkäse gefüllt war. Chloe hätte alles für einen Kaffee und eine Zigarette gegeben, wußte aber, daß dies ein völlig utopischer Wunsch war. Noch mehr verzehrte sie sich danach, darüber sprechen zu können, was mit ihr geschehen war – mit irgendwem, egal wem. Das Verlangen nach einer Aussprache war so groß, daß sie spürte, wie ihr Tränen in die Augen traten. Sie schüttete noch ein Glas Wein hinunter.

Nach dem Dessert fragte Cheftu, ob sie Lust hätte, mit ihm einen Spaziergang über das Anwesen und durch die Gärten zu machen, da sie am nächsten Morgen schon früh abreisen würden und sie noch keine Gelegenheit gehabt hatte, sein Gut zu sehen. Mit einer Hand führte er sie, in der anderen hielt er eine große Fackel. Seine Berührung war unpersönlich, doch es war ein menschlicher Kontakt, und Chloe mußte sich die aufsteigenden

Tränen verbeißen. Alkohol macht depressiv, ermahnte sie sich. Heul nicht gleich los, bloß weil du Gesellschaft möchtest. Er erfüllt nur seine Pflicht. Seine Pflicht, die ihm von Pharao, sie möge beschissen lange leben!, auferlegt wurde.

Sie war überrascht, wie groß sein Gut war. Sie gingen vom Haus, das selbst für moderne Maßstäbe groß und komfortabel wirkte, ans Wasser. Um sie herum erstreckten sich Gärten. Über dem Blumengarten lag der schwere Duft von Lotos, Geißblatt und Kräutern. Der Gemüsegarten war mit beinahe europäischer Präzision angelegt, viele Salat- und verschiedene Zwiebelarten wuchsen in säuberlich abgegrenzten Reihen. Die Weingärten, erläuterte Cheftu, zogen sich am Rand des Gutes entlang und waren mit einer Auswahl von Traubenarten bepflanzt. Er experimentierte mit verschiedenen Traubenmischungen im Wein. Ein antiker Winzer. Der Mond stand als Sichel über ihnen, die Sterne bildeten ein funkelndes Dach, als er sie in seinen Medizingarten führte. In der Mitte stand eine kleine Lehmziegelhütte; ein Lager und Laboratorium, wie Cheftu erklärte.

Die Spannung, die vorhin beim Essen geherrscht hatte, hatte sich gelöst, obwohl Chloe für ihr Leben gern erfahren hätte, was er mit seinen Kommentaren gemeint hatte. Eine Weile gingen sie im Schatten des Fackelscheins dahin, Chloe dankbar für die Bewegung und Gesellschaft, Cheftu schweigsam.

»Herrin RaEm«, fragte er schließlich, »wir werden mehrere Monate miteinander verbringen, könntest du es mir also erklären?« Chloe wartete auf ein weiteres Stichwort, während sie mit seinen langen, schnellen Schritten mitzuhalten versuchte. Plötzlich blieb er stehen und drehte sich zu ihr um. Seine Stimme klang fest, und doch schwang eine Inständigkeit darin, die er nicht überspielen konnte. Die Nacht schwärzte seine Augen. »Möchtest du, daß ich dich anflehe?« fragte er abrupt.

Verwirrt sah Chloe ihn an. Was war mit dem fröhlichen Fremdenführer von eben geschehen? Sie weigerte sich, vor seinem düsteren Blick zurückzuweichen, und so starrten sie einander schweigend an. Cheftus Stimme klang nun abgespannt. »Ich habe Papyrus dabei; ich würde es gern wissen. Ich glaube, das bist du mir, unserer Familie und unseren Gästen schuldig.«

Chloe zuckte halbherzig mit den Achseln und verfluchte RaEm für ihre bruchstückhafte Erinnerung. Cheftus Augen glitzerten im Fackelschein, und seine Lippen schmolzen zu einem dünnen Strich zusammen. Sie zuckte erneut mit den Achseln, und ihr Gesicht zeigte den internationalen Ausdruck des Nichtverstehens. Offenbar überzeugte ihn das.

»Wie du meinst, Herrin RaEmhetepet –« Er spie ihren Namen aus. »Ich hatte gehofft, daß wir, nachdem wir uns seit so vielen Überschwemmungen nicht mehr gesehen haben, wenigstens freundlichen Umgang miteinander haben und eine ordentliche Arzt-Patient-Beziehung aufbauen könnten, wenn wir erst die Fragen der Vergangenheit geklärt hätten, doch ich sehe, daß sich zwar dein Aussehen, aber nicht dein Wesen geändert hat. Ich werde dich kein zweites Mal fragen. Ich kann nur nicht begreifen –« Er verstummte, wandte sich ab und stapfte durch die bezaubernden Gärten davon, durch die sie eben gemeinsam geschlendert waren. Chloe mußte ihre Röcke raffen und ihm hinterher laufen, wenn sie ihn nicht aus dem Blick verlieren wollte. Sobald sie im Patio angekommen waren, verneigte sich Cheftu kalt und überließ sie der Obhut einer jungen Sklavin.

Chloe folgte ihr durch die Räume und sank dann auf ihr Bett; in ihrem Kopf drehte sich alles, und im Magen meldete sich die vertraute Übelkeit. Man half ihr in ein Nachthemd, dann machte sie sich auf die Suche nach einem Nachttopf. Sie verfluchte Cheftu – ihr noch mehr Ärger zu machen, dachte sie, während sie ihren Magen leerte. Danach taumelte sie zu ihrem Bett zurück.

Sie wurde von einer sanften Hand auf ihrer Schulter geweckt. Nebjet half ihr beim Anziehen, und Chloe nahm ein Päckchen mit Brot und Obst entgegen. Als sie auf dem Bootssteg eintraf, wartete Cheftu bereits auf sie, in einen schlichten Schurz und Weidensandalen gekleidet und mit einem Umhang über den breiten Schultern. Er grüßte sie mit einem knappen Nicken und überwachte dann weiter das Beladen des Schiffes. Auf seinem Rücken trug er einen Köcher mit Pfeilen, und in seiner Flachsschärpe steckte ein Bogen. Sie ging an Bord und war eingeschlafen, kaum daß sie sich hingelegt hatte.

Am nächsten Tag manövrierten die Ruderer sie durch die

Stromschnellen des Nils, und die Passagiere verfolgten schweigend, wie das Boot die Kurven und Windungen nahm, dirigiert vom Kapitän und kontrolliert von den Männern am Ruder.

Bald darauf passierten sie Abdo, wo die Kais voller Menschen waren, die Schiffe be- und entluden. Aus dem Schatten ihres Zeltes heraus beobachtete sie, wie die *Rekkit* vor der königlichen Standarte am Boot salutierten. Die Menschen fielen zu Boden und riefen: »Heil, Hatschepsut, Makepre!«

Danach waren sie umgeben von sattgrünen, doch menschenleeren Ufern. Das gesamte Land wurde bebaut, doch wie Chloe von der »anderen« wußte, gehörte das meiste davon Hatschepsut, ewig möge sie leben!, oder den Priestern Amuns. Die Nacht senkte sich schnell und zog ihre mit silbernen Sternen bestickte Decke über den Himmel. Sie legten am Ufer an, denn kein Ägypter segelte bei Nacht. Chloe zog die Stoffabdeckung ihrer Kabine zur Seite und starrte ins Herz des Universums, bis sich, ganz langsam, ihre Lider schlossen.

5. Kapitel

Die Tage vergingen wie im Flug. Cheftu mied ihre Nähe, und sie vertrieb sich die Zeit damit, zuzuschauen, wie der Nil träge an ihr vorbeizog. Gelegentlich sah sie kleine Gruppen von Kindern am Ufer stehen, die dem Boot zuwinkten und zuriefen, sobald sie die stolze königliche Standarte bemerkten. Ägypten liebte seinen Pharao. Chloe hatte etwas von dem Papyrus abgezweigt, das sie sich für Unterhaltungen mit anderen Menschen zurechtgeschnitten hatte, und begann zu zeichnen. Die von den Ägyptern verwendete Tinte war zu schmierig, deshalb war sie eines Nachts über die schlafenden Leiber vor dem Feuer gestiegen und hatte sich etwas Holzkohle geholt. Es hatte Stunden gedauert, bis sie eine anständige Spitze geschabt hatte.

Sie verbrachte die Nächte damit, bei Fackelschein die gesichtslosen Körper der Kinder, die Boote und Bäume und Blumen auf ihr Notizpapier zu zeichnen. Sobald Res Licht die Welt rosa und gold tönte, packte sie das Papier weg und fiel in einen kurzen, aber verjüngenden Schlaf.

Einige Tage darauf spazierte Chloe auf dem Deck herum und schaute den Arbeitern und Sklaven zu. Sie fühlte sich eigenartig fehl am Platz, und doch war ihr alles recht vertraut. Sie befanden sich jetzt auf einem ruhigeren Flußabschnitt, und von der Reling aus war nichts zu sehen als Wasser, Wasser, Wasser. In Chloes Erinnerung verschwammen allmählich die Felder mit Emmer, Flachs, Weizen und Dinkel.

Auf den Dämmen beiderseits des Flusses standen kleine Hütten, wo, wie die »andere« ihr erklärte, die *Rekkit* und die Apiru im Frondienst lebten, die dafür zu sorgen hatten, daß die Bewässerungskanäle sauber und die Deiche stark blieben. Die Hütten waren schnell zu bauen, was auch notwendig war, da während der Überschwemmung alle in höhergelegene Gebiete zogen. Wenn der Nil über die Ufer trat und die gesamte Ebene überschwemmte, blieben nur Steinbauten stehen: die Häuser der Götter. Nachdem die Wasser zurückgewichen waren, oblag es den niederen Priestern, die Tempel zu reinigen und zu reparieren.

Chloe konnte nicht begreifen, daß die Ägypter die jährliche Flut so ungerührt hinnahmen. Tatsächlich warteten sie sogar darauf. Einmal im Jahr würde ihr gesamtes Land überflutet. Einmal im Jahr fingen sie wieder ganz von vorne an. Wenn das Wasser wieder in seinem Bett floß, kehrten sie an dieselbe Stelle zurück und bauten alle gemeinsam ihre Lehmziegelhäuser wieder auf. Die einzigen Gebiete, die von den anschwellenden Wassern unbehelligt blieben, lagen in der Wüste, wie zum Beispiel die Stadt der Toten am Ufer gegenüber von Waset.

Die Stadt der Toten, wo die in den Gräbern arbeitenden Goldschmiede, Bildhauer und Künstler wohnten, war weit genug vom Fluß entfernt und lag so hoch, daß die Einwohner zum Teil seit Generationen im selben Haus lebten. Für einen Ägypter war eine derart lange Zeitspanne beinahe unvorstellbar. Nur Tempel und Gräber überdauerten die Zeit. Alles andere unterlag einem festen Muster von Zerstörung und Neuschöpfung, Leben und Tod, Überschwemmung und Sommer. Diese beständige Wiederholung verlieh Kraft und Sinn, denn allein der altbekannte Kreislauf wurde als angemessen und der Ma'at entsprechend betrachtet.

Nach zwei ägyptischen Wochen auf dem Wasser hatte Chloe keine Ahnung mehr, wo sie sich befanden. Seit Tagen waren sie an keiner großen Stadt mehr vorbeigekommen. Über ihnen hing der blaue Himmel, unter dem zwergenhaft das winzige Boot auf dem breiten Fluß dahinzog, dem Großen Grün entgegen. Biweilen gesellte sich Cheftu beim *Atmu* zu ihr. Er sprach nicht viel, aber andererseits war es nicht einfach, eine Unterhaltung mit jemandem zu führen, der im Grunde stumm war. Der Notizblock war hilfreich, doch ein recht umständliches Medium, wenn es darum ging, inhaltsleeres, angestrengtes Geplänkel auszutauschen.

Sie verbrachte viel Zeit damit, ihn zu beobachten. An Bord verzichtete er auf all das Gold und die vielen Juwelen, mit dem sie ihn in Waset gesehen hatte, obwohl er immer noch ausgefeilte Augenschminke und einen Kopfschmuck trug. Chloe fragte sich insgeheim, ob er an Haarausfall litt. Soweit sie sehen konnte, faulenzte er vor sich hin. Vielleicht ähnelte er in mehr als nur einer Hinsicht einem Löwen.

Immer noch probierte er neue Zaubersprüche und Heiltränke aus, um ihr die Stimme wiederzugeben. Der letzte war besonders widerlich gewesen. Sie hatte den Verdacht, daß es sich um irgendwelchen Tierurin gehandelt hatte, in den er eine grüne Kräuterpaste gemischt hatte, eine Art ranziges Pesto. Sie verzog das Gesicht, wenn sie daran dachte, wie Cheftu darauf bestanden hatte, daß sie den ganzen Becher trank. Daß sie nicht in der Lage war, ihre Antworten in Worte zu fassen, frustrierte sie noch mehr. Cheftu sagte ihr einfach, was er ihr mitteilen wollte, dann spazierte er davon, ohne ihre niedergeschriebene Erwiderung abzuwarten.

Die Sonne ging gerade unter, als sie ihn in ihrem Rücken hörte. »Herrin RaEm.«

Chloe drehte sich um. Sein Schurz und sein Kopfschmuck glühten im Abendlicht. Sie neigte grüßend den Kopf.

»Wir werden morgen abend in Noph ankommen. Es tut mir leid, daß ich dir während des vergangenen Dekans kaum Gesellschaft geleistet habe, doch vielleicht erlaubst du mir, das heute abend gutzumachen?«

Ihr stockte der Atem, und er lachte, allerdings ohne jede Freude.

»Nein, Herrin. Ich habe eher an eine Runde *Senet* gedacht. In meiner Kabine ist ein Brett, wir können also hier unter Nuts Himmel spielen.« Er wartete ihre Antwort ab. »Du hast das Spiel früher sehr gern gespielt, Herrin«, meinte er leicht verwirrt. »Hat sich das in den letzten Jahren geändert?«

In Chloe wallte plötzlich Angst auf, durchschaut zu werden,

deshalb schüttelte sie vehement den Kopf. Cheftu schickte einen Sklaven los, das Brett zu holen, dann zogen sie zwei Hocker an einen niedrigen Tisch im Bug. Die Mannschaft saß auf der Steuerbordseite, wo die Männer wie an den meisten Abenden spielten und aßen. Cheftu schenkte ihr einen Becher Bier ein und stellte das Brett auf. Zum Glück hatte Chloe Zugriff auf RaEms Erinnerung an das Spiel.

Die ersten beiden Partien gewann sie. Die erste nur knapp, weil Cheftu es nicht schaffte, die richtige Zahl zu würfeln, um vom Brett zu kommen, ehe Chloe ihn von hinten überholte und schlug. Cheftu nahm einen Schluck Wein und lachte leise in sich hinein, während sie das Spiel wieder aufbauten.

Er bemerkte Chloes fragenden Blick. »Ich mußte eben daran denken, wo ich das Spiel gelernt habe. Das war in meinem sechzehnten Sommer, und ein paar von uns waren dem Palast-Lehrer entwischt. Thut und Hat hatten noch Unterricht, und einer der älteren Halbbrüder, Ramoses, war aus dem Krieg zurückgekommen. Er war für Thutmosis auf einem Feldzug durch Kush gewesen.

Jedenfalls schlichen wir uns auf Anregung eines königlichen Cousins, Seti, in den Harem und spielten *Senet* und ... *assst*... nicht um die Gunst der Damen, sondern eher um Aufklärungsunterricht. Es war ein höchst erregendes Erlebnis«, meinte er lachend. »Die Mädchen waren ein bißchen jünger als wir selbst, doch die meisten hatten ihr ganzes Leben damit zugebracht, sich darauf vorzubereiten, daß sie Thutmosis dem Ersten als Bettgefährtinnen dienten. Als wir wieder hinausschlichen, waren wir trunken vom Wein und wie von Sinnen vor sinnlicher Erfahrung. Aber uns war klar, daß es unseren Tod bedeutete, wenn man uns erwischen würde, deshalb schlichen wir durch den Palastgarten davon, und die *meisten* von uns gingen heim.« Er verstummte.

Cheftu warf ihr einen kurzen Blick zu und widmete sich dann wieder ganz dem Brett. Chloe spürte, wie er sich von ihr zurückzog, wußte aber nicht, weshalb. Sie streckte eine Hand aus und legte sie in einer flehenden Geste, fortzufahren, auf seinen Unterarm.

Er zog ihn zurück.

Kochend vor Wut und zutiefst beschämt saß Chloe da, bis er wieder das Wort ergriff. Seine Stimme war kalt. »Wie praktisch, daß du das Gedächtnis verloren hast, nicht wahr? Ich kann mir gut vorstellen, daß es momentan eine ganze Reihe von Dingen oder Menschen gibt, die du lieber vergessen möchtest. Leider muß ich mit meinen Erinnerungen leben.« Er wandte sich ab, und das Fackellicht zeichnete sein Profil nach. Aus seiner Stimme sprach Verachtung.

»Für dich ist alles nur ein Mittel zum Zweck. Nur ein weiterer Schritt auf deinem Weg zum Gipfel der Macht, nach dem du dich so verzehrst. War alles nur ein raffinierter Plan, RaEm?« Er sah sie an. »Wolltest du von Anfang an nur meinen Leib und meine Seele besitzen, um sie deiner Sammlung hinzuzufügen? Ich muß gestehen, daß mir vor der Gesellschaft graut, in der ich mich dabei befinde.«

Chloe platzte gleich vor Wut... ob auf Cheftu oder RaEm vermochte sie nicht zu sagen. Wer sagte denn, daß Männer nie aus sich herausgingen? Nie über ihre Gefühle sprachen? Was hätte sie in diesem Moment nicht für etwas männliche Einsilbigkeit gegeben!

Cheftu lachte. »Ich glaube, Hatschepsut, ewig möge sie leben!, sollte dich in die Armee stecken, RaEm. Du beherrschst mehr raffinierte Winkelzüge als General Nehesi. Jedenfalls läßt du dich bestimmt nicht durch irgendwelche unpraktischen Ehrbegriffe hemmen.« Sein glitzernder Blick traf auf ihren, und Chloe wurde von seiner Verbitterung bis ins Mark getroffen. »Spielt Nesbek bei deinen Intrigen mit? Oder weiß er überhaupt davon?« Abrupt drehte er ihr den Rücken zu und verkündete gestelzt: »Würde sich die Herrin bitte zurückziehen? Ich bin ihrer Gesellschaft überdrüssig.«

Zornig und mit Tränen in den Augen erhob sich Chloe, raffte ihren Umhang um sich und stakste mit schnellen Schritten zurück in ihre behelfsmäßige Kammer. Wütend starrte sie die überdachte Liege an, während sie ein Nachtgewand überstreifte. Wovon redete er eigentlich? Was hatte RaEm diesem stolzen Mann angetan, daß er weder vergeben noch vergessen konnte?

Irgendwann hatte sie ihn abgewiesen, soviel war Chloe klar. Aber warum? Sie schritt in ihrem kleinen Zelt auf und ab, bis die

Stimmen der Mannschaft verstummt waren. Weil ihr das Zelt plötzlich zu eng und zu stickig vorkam, zog sie ihre Sandalen an und schlich ins Freie. Sie hatten am Ufer angelegt, darum eilte sie über die Laufplanke ans sandige Ufer. Sie schlug den Weg zu einem verlassenen Tempel rechts von ihr ein. Dann fiel ihr wieder ein, was geschehen war, als sie das letzte Mal in einem verfallenen Tempel gewesen war, und sie blieb stehen, lehnte sich an eine Mauer und sehnte sich nach einer Zigarette.

Und nach einer Stimme. Nach jemandem, der ihr verzweifeltes Weinen, ihren Zorn, ihre Einsamkeit hörte. Dies hier war etwas total anderes, als nur allein zu sein. In jeder Stadt, auf jedem Flug hatte sie die Gewißheit gehabt, daß stets andere Menschen in der Nähe waren. Sie mochten eine andere Nationalität oder Religion haben, doch sie hatten die gleichen Sorgen, Ängste und Freuden. O Gott, wieso war sie hier? Niemand erkannte *sie* hier. Niemand blickte hinter die Fassade, die er zu sehen erwartete. RaEmhetepet, die ruhmsüchtige, niederträchtige Priesterin.

Die Sterne standen riesig am Himmel. Als sie weiterging, begannen ihre Tränen zu fließen. Schließlich konnte sie nichts mehr sehen, sank in die Binsen, mummelte sich in ihr Nachtgewand und schluchzte. Sie weinte um die Familie und um die Freunde, die sie verloren hatte. Weinte, weil ihre Lage so aussichtslos war. Weinte um irgendeine Hilfe, Unterstützung, einen Fingerzeig.

Sie zuckte zusammen, als sie eine Hand auf ihrer Schulter spürte, doch es war eine sanfte Hand. Die nackte Brust, zu der die Hand sie herumdrehte, war breit, fest und ungemein tröstlich. Eine Männerhand strich über ihren Kopf, und Finger fuhren durch ihr Haar, während ihre lautlosen Tränen flossen und ihr Körper vor Kummer erbebte. Die Arme hielten sie ganz sanft, und als Chloes Tränen schließlich versiegten, spürte sie immer deutlicher die weiche warme Haut unter ihrer Wange, den festen Herzschlag neben ihrem Mund.

Sie drückte ihre Lippen auf die samtene Fläche und merkte, wie die Arme um sie herum fester zudrückten. Wie betäubt durch das Adrenalin, das durch ihren Körper flutete, setzte sie versuchsweise einen Kuß auf die breite Brust.

Der Mann holte tief Luft. Sie bekam eine Gänsehaut. Blindlings begann Chloe zu küssen, um ihre Einsamkeit zu ersticken. Langsam, mit weichen offenen Lippen auf der Haut ihres Trösters und die Arme fest um seinen Rücken geschlossen, schickte sie Feuer und Leidenschaft durch ihren Mund. Er stöhnte. Sie spürte, wie der Puls an seinem Hals schneller ging, und folgte dem unter der Haut verlaufenden Strom seines Blutes über seine Schulter und an seinem Arm hinab bis zu seiner Ellbeuge. Zärtlich leckte sie mit der Zungenspitze darüber.

»Süße Isis«, entfuhr es ihm heiser.

Chloe erstarrte, und das verzehrende Feuer in ihren Adern gefror zu Eis. Was zum Teufel war nur in sie gefahren, daß sie mit einem Fremden – korrigiere, einem *antiken* Fremden – im Unterholz poussierte, nur weil er so eindrucksvolle Brustmuskeln hatte? Verdammt! So verzweifelt war sie nicht! Der Fremde bemerkte ihren Stimmungsumschwung, und sie spürte starke Finger, die ihr Kinn anzuheben versuchten.

Sie zuckte zurück. Gleich darauf gab er ihr einen Kuß, nicht verlangend, nicht begehrend, sondern zart wie der Hauch einer Feder, und Chloe fühlte, wie ihr das Blut in den Kopf schoß. Mit fest zugekniffenen Augen entwand sie sich seinem Griff, und die Arme gaben sie frei. Ohne sich ein einziges Mal umzudrehen, rannte sie zurück aufs Schiff. Sie warf sich auf ihr Bett, um wieder zu Atem zu kommen und sich ein wenig abzukühlen, bevor sie ans Einschlafen auch nur denken konnte. Emotional verausgabt, doch physisch frustriert, warf und wälzte sie sich auf der ägyptischen Schlafliege hin und her, bis sie schließlich die Kopfstütze zu Boden warf und in sinnlichen Träumen versank, die von starken Armen handelten, heiserem Atem ... und zwei goldenen Augen?

Als sie gegen Mittag wieder aufwachte, näherten sie sich einer großen Stadt auf dem linken Ufer. Über viele *Henti* hinweg waren Boote am Ufer vertäut, und die Felder waren grüner als alle, die sie bisher gesehen hatte. Während sie ihren Blick wandern ließ, hörte sie, wie sich Cheftu diskret hinter ihr räusperte. Sie drehte sich um. Er hatte Amtstracht angelegt: schwere goldene Ohrringe, ein gold-weißes, gefälteltes Kopftuch mit dazu passendem Schurz und einen riesigen, juwelenbesetzten Kragen.

»Wir kommen jetzt nach Noph«, sagte er mit einem Topasblick in ihre Augen. »Dort werden wir in den Tempel gehen und feststellen, ob der Töpfer nicht heilen kann, was er erschaffen hat. Bitte mach dich bereit. Wir gehen nach dem Essen von Bord.« Er senkte den Kopf und spazierte davon, golden, gleißend, abweisend. Sofort konsultierte Chloe die »andere«, was sie anziehen sollte.

Noph war die Heimat des Gottes Ptah, der gemeinsam mit Chonsu auf einer Töpferscheibe den Menschen erschaffen hatte, daher der Name »Töpfer«. Es war zugleich eine der heiligsten Stätten in Ägypten und die frühere Hauptstadt. RaEms Gedächtnis lieferte ihr keine Details, was dort von ihr erwartet würde, deshalb steckte Chloe ihren Notizblock, ihr Skizzenbuch und ein Küchenmesser ein. Wieso, wußte sie nicht. Sie fühlte sich einfach sicherer, wenn sie eines dabeihatte.

Das Boot legte am Kai an oder wenigstens so dicht am Kai wie möglich. Wie die Kreuzfahrtschiffe zu Chloes Zeiten waren die Boote hier nebeneinander vertäut, und die Passagiere aus den äußersten Booten mußten über und durch die anderen Schiffe steigen, wenn sie an Land wollten. Einer der Schiffsklaven nahm Chloes Korb, und sie folgte Cheftu, bis sie auf dem Kai standen.

Zum ersten Mal war sie mitten unter den *Rekkit*. Sie wußte, daß RaEm das zuwider gewesen wäre, doch sie war begeistert. Mit einem Mal fügten sich all die einzelnen Bruchstücke, die sie über Jahre hinweg von Cammy gehört hatte, zu einem Bild. Endlich verstand sie, was ihre Schwester so an diesen Menschen faszinierte, die das Leben so hochschätzten, daß sie es bis in alle Ewigkeit auf genau dieselbe Weise weiterleben wollten.

Die Katharsis der vergangenen Nacht hatte ihr eindeutig mehr Haltung verliehen, dachte sie.

Cheftus Hand auf ihrem Rücken brannte sich durch ihr Leinengewand, während er sie zu den wartenden Sänften führte. Zwar wäre sie lieber neben ihm auf dem Streitwagen gestanden, vor den zwei tänzelnde Braune gespannt waren, doch sie wußte, daß das ungehörig gewesen wäre. Trotzdem hatte sie den Vorhang ein Stück weit zurückgezogen.

Sie passierten die Schmucktore der Stadt. Der Torbalken war weit über ihnen, doch die anschließende Mauer war nur sehr niedrig. Noph war nie erobert worden, und das Tor diente weniger als Schutz denn als Umrahmung für den einzigartigen Tempel in der Stadtmitte.

Sie kamen über einen Marktplatz. Straßenhändler boten alles Erdenkliche feil, von kanaanitischen Orangen bis zu kleinen Ptahfiguren aus Erde, in die Getreide gepflanzt worden war. Angeblich konnte man damit die Ernte vorhersagen. Antike Kressefiguren, dachte Chloe schmunzelnd.

Alle paar Sekunden kam ein Essensverkäufer vorbei, und das Aroma seiner Waren wehte in der warmen Luft zu ihr herein. Wildbret wurde feilgeboten, gebraten oder frisch; in Honig gebackene kleine Kuchen mit Nüssen in der Mitte; der gepökelte Fisch, der Chloe und den meisten anderen Priestern verboten war; Obst und Sesamzuckerstangen. Es war fast wie in jedem Suk im Nahen Osten, abgesehen von einer drastischen Ausnahme: keine Kaffeeverkäufer und keine Radios.

Vor dem Tempel bogen sie nach rechts ab in eine breite Allee mit großen, weißgekalkten Wohnhäusern zu beiden Seiten. Um jedes war ein Zaun mit Tor gezogen, doch manche der Tore standen offen und boten den Vorbeikommenden einen kurzen Blick auf blühende Gärten und erfrischende Wasserbecken. Sie eilten dahin, bis die Hitze und das Schaukeln Chloe auf höchst unangenehme Weise ihren Magen in Erinnerung riefen. Gerade als sich ihr Mittagessen von ihr verabschieden wollte, hielten sie an.

War dies ein weiteres von Cheftus Häusern? Chloe durchsuchte die Erinnerung der »anderen«, doch darin war nichts über Cheftus Leben und Familie zu finden. Offenbar eine emotionale Erinnerung, dachte Chloe.

Ihr Zimmer im zweiten Stock war schlicht eingerichtet: eine Deckenumrandung und Paneele mit blauem Lotos waren auf die weißgekalkten Wände gemalt. In der Ecke der Zimmerdecke waren *Ba*-Vögel zu sehen. Chloe trat näher. In der ägyptischen Gedankenwelt war der *Ba*-Vogel ein Teil der Seele, der das Grab verlassen konnte, nachdem der Mensch gestorben war. Er wurde durch einen Vogelkopf mit dem Gesicht des Verstorbenen dargestellt. Sie lächelte leise, als die »andere« ihr mitteilte, daß sie auf Cheftus Mutter und Vater in ihrer *Ba*-Vogel-Gestalt blickte.

Seufzend ließ sie sich nieder. Ein Kissen zierte die schlichte, unvergoldete Liege, die mit frisch gebleichten Leintüchern bezogen war. Chloe verzog das Gesicht angesichts der Kopfstütze. Sie haßte diese verdammten Dinger und war es leid, ihre Kleider zusammenknüllen zu müssen, um sie auszupolstern. Dann berührte sie das Kissen, das unter ihren Fingern in sich zusammensank. Gänsedaunen. Gelobt sei Isis!

Es gab einen schlichten Frisiertisch und einen Stuhl, und in einer Ecke war ein Spielbrett aufgebaut. Frischer Lotosduft lag in der Luft, und die Sonne schickte ihr Licht durch die mit Latten versehenen Fensteröffnungen. Chloe blickte auf Baumwipfel und hörte melodisches Vogelgezwitscher. Wieder einmal empfand sie Cheftus Heim als Hafen des Friedens.

Eine Sklavin trat ein und führte Chloe aufs Dach hinauf. Zu ihrer Rechten lag Noph und vor ihr der Fluß, wo am Kai und flußauf- wie -abwärts Boote vertäut waren. Sie sah schwer arbeitende Menschen auf den Feldern zu ihrer Linken – Feldern, die sich über viele Kilometer erstreckten. Die Sklavin stellte einen Leinwandschirm um die Wanne herum auf, und Chloe tauchte in das warme Wasser und ließ den Kopf nach hinten sinken, während die Sonne ihre Haut streichelte und die Frau ihr das Haar wusch.

Als ihre Finger schrumplig zu werden begannen, stieg Chloe aus der Wanne und wickelte sich in eines der bereitgelegten Leinentücher. Sie ging die Treppe wieder hinab, wo ihre Augen einen Moment brauchten, ehe sie sich an die Dunkelheit gewöhnt hatten. Unten saß eine zweite, diesmal ältere Frau, die eine Klinge schärfte. Sie kreuzte die Hand vor der ausladenden Brust und bat Chloe, sich zu setzen. Entsetzt sah Chloe zu, wie die Frau eine silberne Schere hervorholte und anfing, RaEms ebenholzschwarze Haare abzuschneiden. Chloe wollte aufspringen, doch bei dem bloßen Gedanken daran schoß eine Woge lähmender Angst durch die »andere«. Falls sie sich weigerte, gab sie damit zu, ein *Khaibit* oder *Kheft* zu sein; vergleichbar einer Hexe aus Salem, die die heilige Kommunion verweigerte und dadurch ihr Schicksal besiegelte.

Reglos blieb Chloe sitzen, während ihr die Frau mit einem silbernen Rasiermesser den Kopf schor.

Dann rieb sie ein zu Kopf steigendes Parfüm in Chloes Haut – Weihrauchöl, dachte Chloe, während sie in ein schmuckloses weißes Gewand gehüllt wurde. Zum Glück hatte sie ihr gefälteltes Kopftuch, so daß sie nicht ganz so eierköpfig aussah. Die Frau zog Chloes grüne Augen mit einem roten Färbestift nach. Der Effekt war niederschmetternd; hinter der roten Farbe verblaßte die grüne Iris zu Grau.

Die »andere« erklärte ihr, daß Rot ein Symbol für Fleisch war, und da sie in den Tempel ging, um ihr Fleisch zu heilen, würde auf diese Weise ihrem Bedürfnis zusätzlich Ausdruck verliehen. Plötzlich zerriß ihr der Gedanke an Cammy fast das Herz; was hätte ihre Schwester nicht für zehn Minuten mit der »anderen« gegeben! Ich darf auf keinen Fall vergessen, ihr alles zu erzählen, wenn ich wieder zurück bin! An diesen tröstlichen Gedanken klammerte sich Chloe, während um sie herum rätselhafte Vorbereitungen getroffen wurden.

In der Abenddämmerung trafen sie am Tempel-des-Ka-Ptahs ein. Es war nach wie vor Winter, und eine frische Brise wehte durch den dünnen Umhang, den man Chloe gegeben hatte. Der Tempel schien leer zu sein; doch hinter ihnen hörte Chloe den Widerhall von Stimmen. Der Tempel war ähnlich wie der in Karnak angelegt und wurde immer enger und dunkler, je tiefer sie vordrangen. Cheftu folgte ihr mit ein paar Schritten Abstand, als sie eine Ansammlung enorm hoher Säulen durchquerten, die mit so archaischen Hieroglyphen beschrieben waren, daß Chloe sie kaum entziffern konnte. Sie kamen an einen Querweg. Jetzt war es fast absolut dunkel. Sie warf einen Blick über die Schulter und sah Cheftus weiß leuchtenden Schurz und Kopfschmuck. Er machte eine Kopfbewegung nach links, und sie gingen weiter.

Ab und zu ließ das Miauen einer Katze oder das Glitzern eines Edelsteins in der Wand sie anhalten. Dann blieb Cheftu reglos hinter ihr stehen, so nahe, daß sie seine Wärme spüren konnte.

Schließlich traten sie in einen großen Raum mit drei Becken. Das Raumgefühl war unglaublich. Sie konnte nicht einmal bis zur gegenüberliegenden Wand sehen. Auch die Becken waren groß, selbst für jemanden, der sich an die küchengroßen Badebecken in Karnak gewöhnt hatte. Um die Becken herum waren Fackeln aufgestellt (Gott sei Dank!), und Chloe trat an das zweite Becken, das einzige mit Wasser.

»Nein…« Cheftus Stimme hallte durch den Raum. Sie drehte sich um, und er deutete auf das dritte Becken. Drei ist eine magische Zahl, dachte sie aufgekratzt. Das Becken schien mit einer Art glatter Plattform abgedeckt zu sein.

Cheftu klatschte in die Hände, und zwei Gestalten traten an seine Seite. Chloe taumelte einen Schritt rückwärts, ehe sie begriff, daß die beiden Masken trugen. Einen Moment lang hatte sie in die zornigen Augen Anubis' und in Sechmets rachedurstiges Gesicht geblickt.

Doch es waren nur Menschen; selbst in dem funzelnden Licht konnte sie die perfekt gebauten Menschenkörper erkennen. Die beiden näherten sich singend, und Chloe begriff, daß man sie ausziehen würde. Cheftus Blick lag auf ihr; sie konnte ihn nicht sehen, aber ganz eindeutig spüren. Sechmet hielt sie an den Schultern, während Anubis mit seinen schwarzen Händen ihr Gewand öffnete. Blut pulste ihr durch die Adern, Schweiß perlte ihr auf der Oberlippe. Die »andere« befahl ihr so eindringlich, alle Anweisungen zu befolgen, daß Chloe keinen Widerstand leistete. Doch ihr Herz raste, und sie überlegte fieberhaft, wie sie sich verteidigen konnte, sollte es notwendig werden. Die beiden Gestalten traten zur Seite und ließen sie nackt wie ein neugeborenes Baby zurück – nur ohne Krankenhausarmband. Sie faßte nach ihrem Anhänger. Selbst den hatten sie ihr abgenommen.

Mit dem Rücken zu ihr brachte Cheftu eine riesige Schale voll Weihrauch zum Glimmen. Er stimmte ein Gebet an, doch Chloe hatte keine Zeit, ihm zuzuhören. Die »Götter« hatten sie an beiden Armen gepackt und führten sie jetzt an den Rand des Beckens. Ohne auch nur bis drei zu zählen, schubsten sie Chloe auf die glatte Fläche. Sie unterdrückte einen Schrei, als das, was sie für festen Untergrund gehalten hatte, sich langsam um sie herum auflöste und sie bis zu den Schenkeln und noch tiefer darin versank.

Vom Ertrinken in widerwärtigen Substanzen hatte Cammy nie etwas erzählt. Was war das? Warum sank sie immer tiefer? Inzwischen steckte sie bis zu ihrer Taille fest. Trotz ihres Publikums begann Chloe zu kämpfen und versuchte, ihr rechtes Bein aus der Masse zu ziehen, wodurch aber nur ihr linkes Bein tiefer sank. In panischer Angst sah sie auf. Die beiden »Götter« standen nebeneinander, stumm wie Steinfiguren, und Cheftu war in den Qualm des Weihrauchöls gehüllt.

Sie war auf sich selbst gestellt. Ich habe die Kadettenschule überlebt, dachte sie, ich werde auch hier wieder rauskommen. Der Vorsatz war schnell gefaßt, doch es war bei weitem nicht so leicht, einen Plan zu fassen, während die feste Masse ihren Bauch umstrich und ihre Brüste zu umschmiegen begann. Sollte sie geopfert werden? Die »andere« war völlig verstummt. Cheftu betete immer weiter, und Anubis und Sechmet zauberten Sistrum und Flöte hervor, auf denen sie zu spielen begannen, in stockendem Rhythmus, aber betörend.

Was zum Teufel soll ich nur tun?

Der Schlamm – wenigstens hielt sie die Masse dafür – ging ihr inzwischen bis an die Schultern und hielt ihren Leib umfangen wie in der Umarmung eines Geliebten, doch sank sie nun nicht mehr weiter ein, sondern fing zu treiben an. Die Masse war weich und warm, fast wie Schlagsahne aus dem Londoner Ritz. Weil immer deutlicher wurde, daß nichts weiter passieren würde, begann sich Chloe zu entspannen. Bei Elizabeth Arden, dachte sie, würde mich dieser Spaß locker ein Vermögen kosten. Ihr Kopf wurde leicht, sie ließ sich zurücksinken und schaute zur Decke auf. Sie war mit Sternen und einem Abbild Nuts, der Nachtgöttin, bemalt, die den Sonnengott Re verschluckte und ihn jeden Morgen neu gebar. Quer über eine Wand zog sich ein Bild voller Strichmännchen, die jeweils den Gott einer Stunde darstellten. Chloe war überrascht, auch ihren Namen zu entdecken – aber andererseits entsprach ihr Name auch der astrologischen Zeit für elf Uhr.

Als ihr Blick die Hieroglyphen und Zeichnungen abgraste, entdeckte sie etwas, das in ihr den Wunsch weckte, näher an den Beckenrand zu gelangen. Auf direktem Weg kam sie nicht hin – es war, als würde sie sich in Zeitlupe bewegen –, doch wenn sie sich vollkommen entspannte, schwebten ihre Beine nach oben, bis sie sich auf der obersten Schlammschicht treiben lassen und sich mit den Händen vorwärts ziehen konnte. In der Ecke gegenüber sah sie noch einmal ihren Namen, und dazu einen Durchgang, der sich zu der Hieroglyphe für »Nachwelt« öffnete. Adrenalin pumpte in Chloes Adern, und sie kniff die Augen zusammen, um die Zeichnung oberhalb des Durchgangs zu erkennen. Enttäuscht ließ sie den Kopf zurücksinken: nur weitere Sterne.

Doch darunter stand etwas, das wie eine Art Formel aussah. Es war eine Folge von Variationen ihres Namens: *RaEmhetepet, ReEmHetp-Ra, mes-hru-mesat Hru Naur Raem Phamenoth, AabtPtah*... Sie übersetzte. »Elf Uhr abends, dreiundzwanzig nach Sonne, Wiegenfest dreiundzwanzig mal drei, im Verlauf des Ptah im Osten...« Aber das Ende fehlte. Völlig vergessend, wo sie sich befand, faßte Chloe nach dem Beckenrand, stemmte die schlammigen Hände auf den Rand und versuchte, sich aufs Trockene zu ziehen. Der Schlamm saugte an ihrem Leib, und sie biß die Zähne zusammen, um das letzte bißchen Kraft aus ihrem untrainierten Körper zu holen. Sobald sie die Hüften freibekommen hatte, flutschte sie aus der Masse wie ein Korken aus einer Flasche.

Schlammstapfen hinter sich herziehend, tappte sie auf die Ecke zu, um dic übrigen Glyphen zu entziffern, die im Lauf der Zeit unlesbar geworden waren. Cheftus Ruf ließ sie zusammenfahren, und sie drehte sich um. Anubis und Sechmet kamen mit einem ausgebreiteten Leintuch auf sie zu, laut und fast bedrohlich betend. Sie schlugen Chloe von Kopf bis Fuß in das Laken, ohne sie auch nur einmal zu berühren. Dann wurde Chloe zu Cheftu geführt, der jetzt vor der Weihrauchschale kniete und wie in Trance wirkte. Einige Fackeln waren erloschen, und Weihrauchnebel wehte zur Decke auf. Die Atmosphäre war düster, irritierend und befremdend.

Chloe spürte, wie ihr das Herz im Halse schlug.

Sie drehte sich um, weil sie den Rest des Satzes lesen wollte, etwas über ein »Gebet... was?... im dreiundzwanzigsten Durchgang um dreiundzwanzig von RaEmhetepet.« Chloe überflog die Schriftzeichen erneut und prägte sie sich ein – sie würde sich später das Gehirn darüber zermartern müssen. Anubis packte sie am Kopf und zwang sie, zu Cheftu und jetzt auch Sechmet hinzusehen. Cheftus Blick war vollkommen leer. Die Löwinnengöttin fuhr sich mit der Zunge über die Lippen und entblößte dabei einen silbernen Gebißeinsatz mit langen Reißzähnen. Chloe wich zurück, doch Anubis' massiver Körper hielt sie fest. Sechmet streckte die Hand aus, und Chloe sah, daß ihre Finger wunderschön waren, mit langen, roten Nägeln, doch als die Frau die Handfläche nach oben drehte, um Chloes Hand zu fassen, zuckte Chloe zurück. Auf Sechmets Handgelenk sah sie die aufgemalten Hieroglyphen für Rache, Zorn und Gerechtigkeit prangen.

Cheftu beugte sich vor, um ihr ins Ohr zu flüstern: »Gib ihnen deinen Arm, RaEm. Sie machen dir nur ein Amulett. Es wird nicht lange weh tun.« Er klang müde und ein wenig gereizt. Chloe streckte den Arm aus und spürte, wie Cheftu ihr Handgelenk mit einem Leinenhandschuh packte, damit er sich nicht schlammig machte oder sie nicht zu berühren brauchte – was davon zutraf, vermochte Chloe nicht zu sagen. Sechmet senkte den Kopf, stieß ihre Zähne in Chloes Handgelenk und riß das Fleisch zur Seite weg. Chloe wurde es augenblicklich schwindlig, als sie ihr Blut aus der Wunde quellen und gleich darauf in eine flache Lehmschale fließen sah, die sich durch den Druck auf Anubis' Händen auf ihre Schultern und ihren Oberarm noch schneller füllte.

Cheftu schlug einen Leinenverband um ihr Handgelenk, und Chloe schloß die Augen, um das Gleichgewicht wiederzufinden. Es tat nicht weh. Noch nicht. Das bizarre Dreigespann führte sie an den Altar, wo Cheftu ihr Blut mit etwas Schlamm aus dem Becken mischte. Er strich die Mischung in eine Skarabäus-Form, die er am Rand des Weihrauchtisches ablegte. Die »Götter« waren verschwunden. Chloe drückte sich die Hand auf die Stirn. Ihr war immer noch schwindlig.

»Meine Herrin«, sagte Cheftu und deutete auf einen abgeteilten Bereich, »geh dich waschen und anziehen. Ein letztes Ritual steht noch aus.« Chloe stolperte hinter die Trennwand und sah ihr Gewand säuberlich über einen Korb gefaltet liegen. Es gab keine Sitzgelegenheit, also lehnte sie sich einen Moment an die Wand. Dieser ständige Weihrauchgestank machte ihr Kopfweh. Sie sah nirgendwo Wasser, doch als sie sich mit dem Leintuch abrubbelte, entdeckte sie, daß der Schlamm über der öligen Weihrauchsalbe problemlos abging.

Sie legte erneut ihr Gewand und ihren Anhänger an und vermißte erstmals seit mehreren Tagen wieder ihre Unterwäsche. Genauer gesagt vermißte sie in diesen Minuten alles aus ihrer Welt. Sogar die *Simpsons*.

Der Rest war einfach. Sie trank etwas brackiges Wasser, während ein in Rot gekleideter Priester mit Schlammstreifen auf dem Gesicht den Blut-Schlamm-Skarabäus um ihr bandagiertes Handgelenk legte. Dann verließen sie den Tempel und traten hinaus in die kühle Nacht. Chloe atmete tief die frische Luft ein, die nach Wachstum duftete, und ließ sich von Cheftu in die Sänfte heben. Ihr Handgelenk begann im Takt zu den Stichen zwischen ihren Augen zu pochen. Wieso haben sie mir den Kopf geschoren? dachte Chloe mißmutig, bevor sie einnickte.

Jemand half ihr ins Haus und die Treppe hinauf. Jemand anderes brachte sie in ihr frisch gemachtes Bett, legte ihr einen neuen Verband an und ließ sie dann allein.

Chloes erster Gedanke am nächsten Morgen war, daß es ewig dauern würde, bis ihre Haare nachgewachsen waren. Nachdem man sie noch vor Tagesanbruch geweckt und angezogen hatte, war sie dankbar, daß eine Sklavin ihren Arm einsalbte und ihr ein Kopftuch anlegte. Mit etwas Schminke würde sie sich beinahe menschlich fühlen.

Als Res goldene Finger Leben und Licht über Ägypten brachten, legten sie von der noch schlafenden Stadt ab und verließen Noph.

Sobald Chloe allein war, schrieb sie die Worte der Formel nieder. Was hatte sie zu bedeuten? In regelmäßigen Abständen betasteten ihre Finger den Skarabäus an ihrem Handgelenk. Er war fast schwarz gebrannt, doch waren die Umrisse des Käfers grün nachgezogen und die Flügel rot angemalt worden, während der Rest schwarz geblieben war. Mit einer an Kopf und Schwanz befestigten Seidenkordel war er fest um ihr Handgelenk gebunden. Chloe brannte immer noch der Weihrauchgestank in der Nase, und ihre Haare waren über Nacht zu Stoppeln nachgewachsen. Nie wieder, schwor sie sich, würde man ihr die Haare abscheren.

Punktum.

Nach dem Mittagessen ging sie auf dem Deck spazieren und ließ sich durch das schmucklose Leinenkleid hindurch von der Sonne den Rücken wärmen. Sie trug ein gefaltetes Kopftuch, das von einem Stirnreif mit ihren Amtsinsignien gehalten wurde, und hatte die Augen gegen die Sonne mit Bleiglanz nachgezogen. Je näher sie dem Großen Grün kamen, desto mehr Boote waren auf dem Fluß. Cheftu hatte sich auf der Backbordseite an einem Tisch niedergelassen und schien zu zeichnen. Der junge bärtige Sklave, den sie aus Noph mitgenommen hatten, saß neben ihm und kramte in einem Stapel Schriftrollen, als würde er nach etwas suchen. Dann tauchten am westlichen Horizont zwei Höcker auf, und Chloe ging auf die Backbordseite hinüber.

Cheftu sah sie überrascht an. »Herrin! Kannst du sprechen?« Sie schüttelte den Kopf und klappte dann den Mund auf, um es zu beweisen. Cheftus Blick fiel kurz auf das Amulett um ihr Handgelenk, dann sagte er: »Ich verstehe. Morgen vielleicht.«

Sie nickte und deutete auf die größer werdenden Hügel hinter ihm. Er sah sie an. »Die Pyramiden. Du hast sie doch gewiß schon gesehen?«

Chloe gab sich alle Mühe, sich ihre Aufregung nicht anmerken zu lassen. Die Pyramiden! Endlich etwas, das sie aus ihrer Welt kannte! Sie schüttelte verneinend den Kopf. Zweimal war sie in Kairo gewesen, doch beide Male hatte sie die Pyramiden nur aus der Ferne gesehen. Eines Tages wollte sie eine davon besteigen.

Cheftu sah sie an und zog die Stirn in Falten. »Ich dachte, Makab hätte dich hierher gebracht, nachdem eure Eltern zu Osiris geflogen waren?«

Sie schüttelte heftig den Kopf. Er mochte RaEm mitgenommen haben, aber Chloe konnte nichts davon in der Erinnerung der »anderen« entdecken. Cheftu schenkte ihr ein echtes Lächeln, bei dem die goldenen Augen aufleuchteten und die Zähne weiß aus seinem dunklen Gesicht strahlten. »Deine mühsam gezügelte Begeisterung läßt mich vermuten, daß du sie gerne besichtigen würdest?«

Sie nickte aufgeregt und lächelte zum ersten Mal seit Tagen.

Er lachte leise. »Du überraschst mich immer wieder, Herrin. Wir haben keine Sänfte, wir müssen also zu Fuß gehen. Ich glaube, der Weg zu den Pyramiden ist trotzdem nicht allzu anstrengend. Sollen wir heute abend von der Spitze aus Re sterben sehen?«

Ihr Lächeln sagte mehr als alle Worte.

»Dann mußt du dich heute nachmittag ausruhen, Herrin.«

Chloe lächelte noch mal und wäre am liebsten zu ihrem Zelt zurückgehüpft. Wenn sie nur irgendwie ihr Notizbuch mitnehmen könnte! Sie sah ihr Sortiment an eigens für sie angefertigten Sandalen durch und wählte die stabilsten aus, dann überzeugte sie sich davon, daß sie einen Schurz, ein Hemd und einen Umhang dabeihatte, und legte sich zuletzt hin, um auf die Abenddämmerung zu warten.

Sie war so aufgeregt, daß sie kaum schlafen konnte und in regelmäßigen Abständen aufwachte. Schließlich sah sie lange Schatten und stand auf, um sich anzuziehen. Cheftu erwartete sie im Heck und in Begleitung seines jungen Apiru-Sklaven sowie zweier *Rekkit*. Sein bernsteingelber Blick tastete sie ab, dann lächelte er. »Du bist bereit, Herrin?« Sie lächelte und nickte, während Cheftu sie erneut in Augenschein nahm. »Dann gehen wir.«

Seti hatte das Schiff an einem alten Kai verankert, über den sie ohne Schwierigkeiten an Land gelangten. Chloe konnte die Überreste einer breiten, von Sphingen gesäumten Prachtstraße erkennen, die jedoch von über tausend Jahren Gebrauch gezeichnet war. Vor ihnen erhoben sich die Pyramiden, die mit ihren Spitzen den Nachthimmel durchstießen. An manchen Stellen war die Kalksteinverkleidung abgebröckelt. Wie Cheftu erklärte, hatten die Pyramiden früher goldene Spitzen gehabt, die von den Hyksos geraubt worden waren.

Es tat gut, sich wieder bewegen zu können, dachte Chloe. Ihre Muskeln begannen bereits zu protestieren, doch sie genoß den Schmerz. Endlich lebte sie ihr Leben wieder, statt es nur zu zeichnen! Chloe paßte ihre Schritte denen Cheftus an, während die Sklaven hinter ihnen gingen. Die Sphinx war fast vollkommen eingesunken, nur die immer noch bemalten Augen und die Stirne ragten aus dem Sand. Cheftu blieb eigenartig still, bis sie vor der Großen Pyramide angekommen waren, die schon im alten Ägypten so hieß.

Karnak war vielleicht feiner gearbeitet und kostbarer ausgestattet, doch diese Pyramide war ihr an Grandeur und Erhabenheit durchaus ebenbürtig. Chloe legte den Kopf in den Nacken, um bis zur Spitze aufzusehen. Die Steine, die sie sich immer als Treppenstufen vorgestellt hatte, waren in Wahrheit größer als sie. Schweigend blieb Chloe stehen und blickte mit großen Augen nach oben. Erst nach mehreren Minuten merkte sie, daß Cheftu nicht mehr dieses Meisterwerk antiker Baukunst ansah, sondern sie.

»Faszinierend, nicht wahr?« meinte er mit einer Geste zu dem Bauwerk hin. »Der Legende nach soll sie innerhalb von zwanzig Jahren erbaut worden sein, obwohl ich nicht weiß wie. Möchtest du hinaufsteigen?« Chloe deutete auf die viel zu hohen Steinquader, und Cheftu lachte. »Nicht hier. Der Kalkstein ist nicht zu besteigen, eine weitere von Cheops' Vorsichtsmaßnahmen. Auf der anderen Seite gibt es eine Treppe. Irgendein uralter nophitischer Pharao ist gern hier hochgestiegen, um nachzudenken, darum hat er sich Stufen in den Fels hauen lassen. Es ist trotzdem ein ziemlich anstrengender Aufstieg.« Sie bedeutete ihm, voranzugehen, und sie begannen, die Basis der Pyramide abzuschreiten. Chloe war fassungslos über die absolute Einsamkeit, in der sie sich befanden. Nirgendwo war ein Dorf, ein Feld oder auch nur ein antiker Souvenirstand zu sehen. Sie waren allein.

Die Sklaven folgten in gebührendem Abstand, beladen mit Fackeln und einem großen Korb, in dem, wie Chloe hoffte, ihr Abendessen war. Nach einem fünfzehnminütigen Spaziergang waren sie auf der anderen Seite der Pyramide angekommen. Der Mond war aufgegangen, und am Himmel standen schon Sterne, die ihr Licht über die mondähnliche Oberfläche des verwehenden Sandes streuten.

Cheftu hatte die Stufen entdeckt und führte sie hin. »Geh voran, aber sei vorsichtig. Diese Stufen sind Hunderte von Jahren alt und rutschig. Ich fange dich auf, falls du stolperst, du brauchst also keine Angst zu haben.« Und wer wird dich auffangen? dachte Chloe, doch sie machte sich an den Aufstieg. Obwohl die Stufen normal bemessen waren, waren sie in vielen Jahren und von unzähligen Füßen so weit abgetreten worden, daß jede Stufe in der Mitte durchsackte. Nach etwa einem Drittel des Weges begannen Chloes Lungen zu brennen. Cheftu merkte es und ordnete eine Pause an.

Nebeneinander setzten sich die Pyramidenbesteiger mit dem

Rücken gegen die großen Felsquader und blickten über die endlose Wüste, die unzähligen Kilometer voll wogendem, silbernem Sand. Als Chloe wieder zu Atem gekommen war, setzte sie ihren Weg fort, dicht gefolgt von Cheftu. Sie bekam Blasen in den Sandalen und sehnte sich nach einem Paar anständiger Wanderstiefel, doch als sie in den grenzenlosen, mit Sternen übersäten Nachthimmel aufsah, vergaß sie ihre Füße, ihre rätselhafte Zeitreise – einfach alles außer diesem erhabenen Anblick.

Chloe war schweißgebadet, als sie schließlich den zitternden Fuß auf die Spitze der Pyramide stellte.

Die Spitze der Welt!

Der böige Wind zerrte an ihrem Kopfschmuck und kühlte den feuchten Film auf ihrem Gesicht. Als die Hyksos die goldüberzogene Pyramidenspitze abgetragen hatten, hatten sie eine ebene Fläche hinterlassen, die etwa so groß war wie Chloes Apartment in Dallas. Sie trat an die Ostkante, von der aus man auf den Nil sah. Der Fluß zog sich dahin, so weit das Auge reichte, ein Band aus schwarz-silbernem Licht, das Ober- und Unterägypten zu einer der größten Kulturen verwob, die die Welt je kennen sollte.

Abgesehen von den nadelstichgroßen Fackeln auf ihrem Boot am Ufer war nirgendwo ein Licht zu sehen. Das Land wirkte gottverlassen. Sie waren vollkommen allein unter diesem unglaublich weiten, silberdurchwirkten Himmel. Der Wind trug Cheftus Stimme und sein Angebot von Essen und Wärme zu ihr her.

Die Sklaven hatten einen Windschutz aufgestellt und Wein heiß gemacht. Chloe setzte sich in den Windschatten, direkt neben Cheftu, genoß die stille Luft und sah in den Himmel auf. Sie erkannte nur wenige Sternbilder wieder und konnte Cheftu auch nicht fragen, wie sie hießen. Er reichte ihr eine Schale mit warmem Wein und die antike Form eines Pitabrot-Sandwiches. Hungrig biß sie hinein, zermalmte den Ziegenkäse und die Gurken und ließ sich entspannt auf den uralten Stein zurücksinken.

Durch den Windschutz waren sie auch vor den Blicken der Sklaven geschützt, und ihr wurde heiß angesichts der intimen Situation. Chloe nahm mit übernatürlicher Intensität wahr, wie tief Cheftu neben ihr atmete, wie seine Finger sich beim Reden bewegten, wie er in den Himmel deutete und Bilder in die Luft zeichnete, um seine

Geschichten auszuschmücken. Silbernes Licht übergoß seinen Leib, vergoldete den festen, muskulösen Körper, und der würzige, warme Duft seiner Haut benebelte ihre Sinne. Sie war im Mondschein-Delirium, ganz eindeutig. Außerdem hatte sie keine Haare! Welcher Mann interessierte sich schon für eine Kahlköpfige?

Dennoch bekam sie in diesem Augenblick eine Ahnung davon, was die beiden miteinander geteilt haben mochten... Cheftu und RaEm. Wobei nicht auszudenken war, für welchen *Kheft* er sie halten würde, wenn sie ihm die Wahrheit sagen würde. Hätte sie die Wahrheit überhaupt aussprechen können?

Er deutete in den Himmel und legte seinen von einem Tuch bedeckten Kopf neben ihren. »Das da ist der Stern RaSheras.« Er zeigte auf die Venus. »Und dort ist das Sternbild von Apis' Schenkel.« Chloe starrte angestrengt und ausgiebig nach oben, vermochte aber nicht zu sagen, wie die Ägypter in den zahllosen Sternen einen Stierschenkel erkennen wollten. Natürlich war das nicht abwegiger, als sich Cassiopeia in ihrem Stuhl am Himmel vorzustellen, doch damit hatte Chloe seit jeher Probleme gehabt.

»Es ist doch erstaunlich, daß stets unsere Götter am Himmel stehen, gleichgültig wie weit wir uns vom roten und schwarzen Land Kemt entfernen«, meinte Cheftu mit vom Wind heiserer Stimme. »Auf dem Rückweg aus Punt erschien uns die Reise bisweilen so lang, und die Menschen waren uns so fremd, daß wir Trost darin fanden, in den Himmel aufzusehen und zu wissen, daß die Ma'at erhalten blieb.«

Sie sah ihn überrascht an. Cheftu hatte diese sagenumwobene Reise nach Punt mitgemacht? Jene Reise, die Hatschepsut für die allergrößte Leistung ihrer Regentschaft hielt? So gern hätte sie ihn mehr gefragt.

»Du hast nicht gewußt, daß ich dort war, RaEm?«

Sie schüttelte den Kopf.

Er lächelte verbittert. »Eigentlich dürfte mich das nicht überraschen«, sagte er zu sich selbst. »*Asst,* also gut. In Assyrien gibt es Stufentürme. Sie gleichen den ersten Pyramiden, die wir je gebaut haben. Die Assyrer bringen ihren Göttern Tieropfer und lenken ihre Aufmerksamkeit auf sich, indem sie sich Wunden zufügen. Sie haben sehr blutrünstige Götter. Dann, im Fernen Osten, sind die

Menschen klein und dunkelhäutig. Sie stechen einen mit Nadeln, um Schmerzen zu lindern.« Er lachte leise. »Es funktioniert, aber ich kann mir nicht vorstellen, daß ein Ägypter von dieser Behandlungsmethode begeistert wäre.

Auf den Inseln des Großen Grüns springen junge Männer und Frauen über Stierhörner, um ihre Götter zu verehren. Die Frauen tragen Gewänder aus mehreren Schichten, doch ihre Brüste bleiben frei. Der Sage nach gab es dort früher ein riesiges Reich, dessen Macht sich über das ganze Meer erstreckte. Doch die Menschen wurden gierig, darum haben ihre Götter sie zweimal um ein Haar vernichtet, indem sie Feuer auf sie herabregnen ließen.« Er seufzte. »Doch wohin man auch reist, der Himmel ist überall derselbe, und Re wird jeden Morgen neu geboren und stirbt jeden Abend wieder. Die Sterne tanzen in jedem Land auf Nuts Haut.« Schweigend saß er da, und sein Blick war dunkel wie die Nacht über ihnen. »Da ist Hathor«, verkündete er mit ausgestrecktem Finger. »Es ist fast ihre Jahreszeit.«

Chloe spürte seinen Blick.

»Hoffentlich kannst du ihr wieder dienen, RaEm.« Seine Stimme klang jetzt vertraulich, freundschaftlich und leise, ohne jeden Sarkasmus und jede Bitterkeit. Sie wandte den Kopf und sah den warmen Blick seiner goldenen Augen, in denen sich die Sterne spiegelten. Zögernd legte er einen Finger an ihr Kinn und strich mit dem Daumen über ihre Unterlippe. Atemlos drängte Chloe näher an ihn heran. Cheftu kam ihr entgegen, mit weichen, sanften Lippen, deren Fragen und deren Hitze sich durch ihren Leib brannten. In jeder Zelle ihres Körpers spürte sie den Widerhall seines Kusses, der alle Wärme aus ihren Extremitäten in ihren Unterleib zog. Sein Daumen strich über ihr Kinn, dann war sein Gesicht über ihrem. Chloe begann dahinzuschmelzen, doch mit einemmal ließ er von ihr ab und blickte in die Ferne.

»Dort hinten im Osten steht Ptah«, erklärte er unbeteiligt. Chloe gab in diesem Moment keinen Pfifferling auf Ptah, sah aber dennoch hin, während sie versuchte, ihr rasendes Herz wieder zur Ruhe zu bringen. »Er hat das Haus Hathors verlassen und geht jetzt auf Isis und Nephtys zu.« In ihrem Kopf klingelte etwas. Wieso klang das, was er gesagt hatte, so vertraut? Sie legte die

Hand an die Stirn, beugte sich vor und wandte sich ab. »Ptah im Osten?« Wo hatte sie das schon gehört?

Cheftu setzte sich neben ihr auf und legte seinen warmen Arm um ihre Schultern. »Ist alles in Ordnung, RaEm?« Sie zuckte mit den Achseln, denn sie hatte seine Frage kaum gehört. Er legte einen Finger unter ihr Kinn und drehte ihr Gesicht zu seinem hin. Ptah und Hathor verschwanden aus ihrem Geist, denn wieder schoß das Blut durch ihren Leib. Cheftu saß reglos da und blickte wie gebannt auf ihren Mund.

Sie fuhr sich mit der Zunge über die Lippen, atmete seinen nach Wein duftenden Atem ein und war ihm plötzlich so nahe, daß sie die Poren in seiner Haut sehen konnte. Als er den Kopf senkte, sie küßte und mit seinen Fingern zaghaft und doch voller Feuer ihr Kinn und ihren Kiefer streichelte, schien sich der Augenblick in alle Ewigkeit zu dehnen. Er fuhr ihre Lippen nach, so daß sie die rauhe Oberfläche seiner provozierenden Zunge schmeckte, und sie konnte nur mit Mühe ein kehliges Stöhnen hinunterschlucken, als seine Hand in ihrem Nacken zu liegen kam und sie näher an ihn heranzog. Sein Kuß fühlte sich genüßlich und warm an, und sie drückte ihre Hand in seinen Nacken, wo sie das Blut unter der satinweichen Bronzehaut pulsieren spürte.

Als er sich schließlich zurückzog, war sein Blick düster und undurchdringlich. Er schluckte schwer, und sie versuchte, sich zu sammeln. Beide saßen schwer atmend in der kühlen Nachtluft. Was war geschehen? Wieso war er mit einemmal so abweisend? Er zuckte zurück, als hätte sie ihn gebissen, und sie gab sofort seine Hand frei. Ein paar Sekunden lang sahen sie einander nur an.

Cheftu wirkte verblüfft, dann zornig, und dann war er wieder ganz Cheftu, der Edelmann – durch und durch höflich und distanziert. Mit einer kraftvollen Bewegung kam er auf die Füße und meinte rauh: »Ich bin bereit, wann immer die edle Dame zurückzukehren wünscht.« Sie beobachtete, wie Cheftu unter den funkelnden Sternen an die Südseite der Pyramide trat, wo der Wind den Umhang gegen seinen Körper preßte.

Sie blieb sitzen und wartete ab, bis ihr Puls wieder normal ging und ihr Zorn richtig hochgekocht war. Diese Witzfigur! Eines stand fest: Jetzt wußte sie, wer der Fremde in den Binsen gewesen war; jedes Molekül in ihrem Körper hatte zu schwingen begonnen, als sie seine Berührung wiedererkannt hatte. Wieder hatte er sie hoffnungsvoll und zugleich voller Zurückhaltung geküßt, als würde er sich davor fürchten, sie wirklich zu berühren, doch dann hatte der Hunger seine Zurückhaltung besiegt. Und sie hatte nur zu gerne mitgespielt. Verdammt. Seufzend ließ sich Chloe zurücksinken und starrte in die schwarze Nacht. Was kümmerte sie das alles überhaupt? Für sie war er ein Fremder, ein Angehöriger einer untergegangenen Rasse. Bald würde sie heimkehren. Wieso spendeten diese Gedanken keinen Trost? Wieso wollte sie noch mehr von Cheftu sehen, spüren und erfahren? Hinter die Fassade des Edelmanns und Heilers blicken? Er haßt RaEm, ermahnte sie sich. Und du bist jetzt RaEm. Sie rieb ihren Anhänger über ihr Kinn und schauderte in der Nachtluft.

Cheftu starrte wütend in den Wind. Was war nur in ihn gefahren? Er wußte, daß RaEm leicht ins Bett zu bekommen war. Um genau zu sein, dämpfte ihre Bereitwilligkeit sein Feuer beträchtlich. Wenigstens war das früher so gewesen. Bei den Göttern, so hatte er RaEm noch nie berührt, und noch nie war er so intensiv, so herzbewegend von ihr berührt worden. Zu schade, daß ihm ihr Körper allein nicht genügte…

In den vielen Jahren, seit sie einander das letztemal begegnet waren, hatte er ihr kindliches Staunen und ihre Frische vermißt; doch beides war verflogen, schon seit vielen Jahren. Trotzdem sprach aus ihrer Berührung eine unerfüllte Sinnlichkeit und Weiblichkeit. Reinheit. Wie mußten die Götter darüber lachen! Ihr perfekter Kuß war durch und durch Betrug – und damit ein weiterer Beweis dafür, was für eine erstaunliche Falschspielerin sie war, diese Priesterin der Göttin der Liebe und Freude. Sie und alles, was sie berührte, waren Lügen, verführerische Trugbilder, die verblaßten, sobald die Wahrheit ans Licht kam.

Wieso, bei den Göttern, konnte er sie dann immer noch schmekken?

Als Chloe am Nachmittag erwachte, fühlte sie sich, als wäre sie unter einen Zug geraten. Der Rückweg von der Pyramide war grauenvoll gewesen. Ihre Füße hatten aus einem Dutzend Blasen geblutet. Wie Salz hatte sich der Sand in ihre Wunden gerieben. Cheftu war die ganze Zeit vorangegangen, ohne sich auch nur einmal umzudrehen und ihr zu helfen; das hatte er seinen Sklaven überlassen. Als sie schließlich beim Boot angekommen waren, hatte sie sich die Sandalen und Kleider vom Leib gerissen, war in ihr Bett gekrochen und hatte sich die Decke über den Kopf gezogen, bis der Schlaf sie gnädig entführte.

Doch angesichts des strahlend schönen Tages, des türkisen Himmels, des blauen Flusses und des Laubwerks um sie herum spürte sie, wie ihre Laune sich besserte. Der Fluß begann sich in viele Arme aufzuteilen, die zusammen das Delta Goshens bildeten, und Chloe ließ sich auf einem Stuhl im Heck nieder, von wo aus sie die unzähligen Fische und Vögel beobachtete. Verstohlen skizzierte sie Gefieder- und Schuppenmuster, weitere Details, mit denen sie am Abend ihre Zeichnungen ausfüllen würde.

Hoffentlich kamen sie bald an; ihr ging allmählich der Papyrus aus.

Zwei Tage darauf war ihr der Papyrus ausgegangen. So verbrachte sie die Nächte damit, Details und Schattierungen hinzuzufügen. Sie fand sogar etwas Schlaf. Die Pyramide vermochte sie nicht auf Papyrus zu bannen, und Chloe bezweifelte, daß irgend etwas außer dem Weitwinkelobjektiv auf einer Hasselblad diesem Bauwerk gerecht würde. Außerdem kehrte ihre Übelkeit wieder. Zwei Tage lag sie im Bett und nahm nur Suppe und Brot zu sich.

Ihr Leibarzt besuchte sie kein einziges Mal.

6. Kapitel

Thutmosis III. wurde, genau wie jeden Morgen, von den Priestern geweckt, die Amun-Re den Willkommensgruß entboten. Er zerrte die Leinendecke beiseite, setzte sich auf und fuhr sich mit der Hand über den rasierten Kopf. Arbah, sein Sklave, trat ein und kniete nieder.

»Spute dich!« befahl Thut. »Ich bin heute morgen spät dran für das Opfer, außerdem erwarten wir heute abend ganz besondere Gäste, die mir Hatschepsut, ewig möge sie leben!, schickt. Ganz zu schweigen von den merkwürdigen Omen, die eine Katastrophe im Großen Grün ankündigen. Was immer dort geschehen mag, könnte sich auch auf Ägypten auswirken!« Noch während er sprach, ließ Arbah sein Bad einlaufen, dämpfte die Handtücher für Thuts Gesicht und gab Anweisung, daß der weißumrahmte Schurz des Prinzen geplättet werden sollte.

Bevor Re den Himmel viel weiter erklommen hatte, fuhr Thut zum Tempel, um ein weiteres Mal für eine ertragreiche Ernte zu opfern. Er sprang von seinem Streitwagen und gesellte sich zu den safrangelb gekleideten Priestern, die auf ihrem Weg die Treppe hinab zum Fluß sangen: »*Gelobt seist du, Vater-Mutter Nil, der du der Unterwelt entspringst und den Bewohnern im roten und schwarzen Land Kemt Atem spendest. Verborgen in der Bewe-*

gung, eine Dunkelheit im Licht. Du wässerst die Ebenen und Täler, die Re erschaffen hat, um alles Lebende zu nähren. Du gibst den Wüsteneien zu trinken, die keinen Tau von deiner Braue ernten. Geliebter Gebs, Beherrscher Tepu Tshatshaius, der du jedes Werk Ptahs zum Erblühen bringst. Er, der die Gerste macht und den Dinkel…« Ein Tumult zu seiner Rechten ließ Thut innehalten.

»Was gibt es für Probleme, daß wir nicht erst beten können?« rief er seinem Kommandanten Ameni zu, der zwei Männer festhielt. Thut ballte die Fäuste, als er die beiden Unruhestifter wiedererkannte. Wütend stapfte er auf sie zu: »Kommt ihr schon wieder mit euren lächerlichen Bitten und müßigen Drohungen, Apiru?«

»Wir sind gekommen, weil wir Eure Majestät um die Erlaubnis bitten möchten, in die Wüste zu gehen.«

»Wieso?«

»Wir haben dir bereits gesagt, daß wir unserem Gott opfern und dienen wollen.«

Der Prinz marschierte davon, um zu zeigen, daß er sie und ihren Gott für keine Gefahr und bedeutungslos hielt. Er stieg die Stufen zum Fluß hinab, wo sich Ramoses vor ihm aufbaute. Der Apiru hob den Stab mit dem Bronzeknauf in die Luft und ließ ihn auf die Oberfläche des Nils krachen. Thut blieb mit verschränkten Armen neben ihm stehen und sah sich das Schauspiel an. Eigenartigerweise gab es keinerlei Wellen. Das Wasser blieb still.

»Er der da ist, der Gott der Israeliten, Elohim, hat mich erneut zu dir gesandt«, verkündete Ramoses. »Er hat dir befohlen, sein Volk ziehen zu lassen, damit es ihm in der Wüste dienen kann. Doch«, stellte Ramoses mit grimmigem Lächeln fest, »du hast ihn nicht gehört. Darum spricht er: ›Damit ihr wißt, daß ich der Herr über alles bin, wird sich das Wasser in Blut verwandeln. Die Fische werden sterben, und der Strom soll stinken. Ihr werdet dieses Wasser nicht trinken oder zum Waschen nehmen können.‹« Er fixierte Thut mit einem glühenden Blick.

»Alles was euer unzivilisierter ›El‹ kann, bringen die großen Magier Ägyptens mit Leichtigkeit zustande. Den Fluß, die Quelle alles Lebens in Ägypten, in Blut verwandeln? Das werden die Götter nicht zulassen!« Er erbleichte, als er sah, wie der Fluß hinter Ramoses zu brodeln begann, als hätte ihn etwas verwundet.

Plötzlich trieben Fische mit dem Bauch nach oben an die Wasseroberfläche und verfingen sich im Schilf am Flußufer. Seine Höflinge glotzten mit großen Augen und tuschelten aufgeregt untereinander. Er drehte sich zu seinen Priestern und der Phalanx von Magiern um.

»Ihr unfähigen Tölpel«, zischte er. »Wollt ihr warten, bis der Nil aufhört zu fließen, oder werdet ihr etwas unternehmen? Macht diesem Spuk augenblicklich ein Ende!« Auf seiner breiten Stirne stand der Schweiß, und plötzlich schien ihn sein schwerer Kopfputz zu erdrücken. Er klatschte in die Hände und sah Ramoses an.

»Nachdem dir die gewünschte Zeit gewährt worden ist, werde ich nun mit meinen Morgengebeten fortfahren, Apiru. Ich werde weder dich noch dein Volk in die Wüste ziehen lassen. Niemals! Und nun geh mir aus den Augen!« Mit diesen Worten streckte er die Arme aus, um sich für das Gebet mit Wasser übergießen zu lassen. Der Priester hob den Krug an und ließ ihm das Wasser über die Schulter laufen.

Die atemlose Stille wurde von lauten Schreien zerfetzt, als das reine Wasser auf Thuts Hände fiel und sich dort in frisches Blut verwandelte, dick, glitschig und noch warm. Entsetzt schaute Thut auf seine Hände.

Das Blut Ägyptens.

Als er auf den Boden blickte, sah er, daß sich alles Wasser in Blut verwandelt hatte, sobald es seinen Körper berührte. Da Ramoses bereits verschwunden war, fuhr Thut zu seinen Magiern herum – um so furchterregender in seiner hoheitsvollen Haltung, als Blutspritzer seinen weißen Schurz und Goldkragen bedeckten und die ersten Tröpfchen bereits auf seinem Gesicht zu dunkeln begannen.

»Bei allen Göttern! Unternehmt etwas! Soll der Ruhm Ägyptens –« Er korrigierte sich. »Soll der *Gefährte* des Ruhmes Ägyptens dem Zauberspruch eines Ausländers erliegen?« Er atmete tief ein und zischte durch zusammengebissene Zähne: »Gebietet diesem Sakrileg Einhalt!« Die Fische fingen bereits an, in der warmen Sonne zu verrotten, und Thut war klar, daß schon mittags niemand mehr am Fluß würde arbeiten können.

Sein ägyptischer Magus Menekrenes trat vor. »Ich kenne den Zauberspruch, Majestät.« Thut deutete auf die Amphoren. Menekrenes wandte sich den immer noch mit Wasser gefüllten Krügen zu und begann mit halb geschlossenen Augen zu singen. Die Sklaven brachten einen weiteren Wasserkrug herbei. Immer noch singend, beugte sich der Magier vor und schöpfte mit einer schnellen Bewegung eine Handvoll Wasser.

Es verwandelte sich noch in seiner Hand zu Blut. Mit einem Wutschrei machte Thut kehrt und wandte sich zum Palast. Ein verängstigter Priester kam angelaufen. »Prinz! Ihr müßt die Gebete zu Ende sprechen! Heute ist es wichtiger denn je, daß sie vollendet werden.« Menekrenes stand wie versteinert da und starrte auf das trocknende Blut in seinen Händen. Die anderen Magi wichen vor ihm zurück.

Thut trat ans Wasser und blickte auf den roten, wallenden Fluß, dessen Gestank ihm den Atem raubte. Die blutbespritzten Arme hoch erhoben, rezitierte er vor der eingeschüchterten Priesterschar und den sterbenden Fischen: »Herr über alle Lebewesen mit Flossen...« Thut hörte sich selbst und übersprang einen Teil der Liturgie. »*Wenn der Nil schwach ist, leidet die ganze Welt und liegt darnieder.*« Thut hoffte, daß sich das nicht als Prophezeiung erweisen würde. »*Der Opfer sind wenige, und die* Rekkit *müssen darben. Wenn er-sie steigt, springt Freude von den Lippen der Menschen, die des Lebens frohlocken. Unser Schöpfer und Erhalter, er-sie, der dem Land Reichtum bringt, frohlockt. Herr des grünenden Lebens, der das Böse ertränkt und das Gute nährt. Der dem Vieh das Leben gibt und jedem* Neter *Opfergaben. Der dem Leben neuen Reichtum schenkt und neue Kraft – der die Armen nährt. Der die Bäume zum Wachsen bringt in Erfüllung der allergrößten Wünsche, so daß den Menschen ihrer nicht mangelt.*« Thut beendete das vorgeschriebene Gebet, doch dann fügte er, was es noch nie gegeben hatte, seine eigenen Worten hinzu: »*Er, der den Gott der Sklaven besiegt und Ägypten reich an Land, Nahrung und Bäumen macht. Er, der den Fluch des Fremden abweist und den treuen Gläubigen belohnt. Vater-Mutter Nil, wir rufen dich an!*« Ohne sich um das aufgeregte Wispern zu kümmen, das sein Nachtrag hervorrief, trat Thut mit zusammengekniffener Nase vom Nil zurück.

Dann entließ er seine Entourage und kehrte zu seinen Gemächern zurück. Gewiß erstreckte sich der Fluch dieses unerträglichen Apiru, Israeliten oder was immer er sein mochte, nicht auf seine privaten Bäder und Becken. Die Priester hatten sich verstreut, und nur drei tapfere Höflinge, höchstwahrscheinlich Spione von Hat, folgten ihm in einigem Abstand.

Die Gruppe kam an den untersten in einer Treppe von Lotosteichen, und Thut blieb unvermittelt stehen. »Diese hier sind noch sauber und klar.« Er trat an einen Teich, winkte einem der Höflinge, ihm die Sandalen auszuziehen, und stieg in den Tümpel. Doch kaum war er ins Wasser getreten, als sich von seinen Füßen aus rote Schlieren durch das klare Wasser zu schlängeln begannen. Mit einem Fluch riß er die Füße aus dem Wasser, glitschiges, warmes Blut an seinen Zehen.

»Gib mir deinen Schurz, Nakht«, knurrte er denjenigen unter Hats Spionen an, den er am wenigsten leiden konnte. Der unglückliche Adlige errötete, gürtete jedoch das fein gewobene Leinen auf und reichte es Thut, den Kopf trotz seiner Nacktheit hoch erhoben. Thut wischte sich die Füße sauber und trocken und warf Nakht das Leinen wieder zu. Dann verkündete Thut kühl: »Meine Majestät wird sich in meine Gemächer zurückziehen.« Er wies auf den Teich. »Ich will diesen Schlick nicht sehen.«

Sein Gefolgsmann fragte: »Sollten wir das Große Haus warnen?«

Thut fing seinen Blick auf. »Glaubst du wirklich, dieser Zauber hat den ganzen Nil erfaßt? Das wäre ein Ding der Unmöglichkeit! Ich weiß nicht, wie der Israelit das fertiggebracht hat, aber ich glaube, daß es möglicherweise ein Fehler war, seine Zauberkünste zu unterschätzen. Ich bin überzeugt, daß das nur zu unserem Nutzen war. Der Zauber wird schnell vorübergehen. »Die Große«, erklärte er mit zunehmender Sorglosigkeit, »hat Wichtigeres zu tun, als ihre wertvolle Zeit und Kraft auf einen Streit mit den Sklaven hier am Ort zu verschwenden. Wir wollen sie nicht behelligen.«

Mit diesen Worten wandte er sich um und beschritt den Privatweg zu seinen Gemächern. Er hatte fest vor, feiernd, fechtend und fickend abzuwarten, bis dieses Blutbad aufgehört hatte. Insgeheim hoffte er, daß dieser Zauber der königlichen Nutte unter der Doppelkrone gehörig zu schaffen machte.

Mit einem grimmigen Lächeln rief er seinen Leibdiener. »Ich werde ausschließlich Wein trinken und in Milch baden. Sorge dafür.«

Die Sonne schien heiß auf das Holzdeck, und Chloe starrte müßig auf das blaugrüne Wasser. In der Luft lag ein erdiger Duft nach ungewaschenen Menschen, stehendem Wasser und fruchtbarem Boden. Cheftu hatte sie am Morgen mit einem gekünstelten Lächeln begrüßt, und Chloe hatte geschworen, freundlich, aber auf Distanz zu bleiben. Daß sie das Blut in ihren Ohren dröhnen hörte, als sein Blick auf ihren Lippen zu liegen kam, erleichterte die Sache nicht eben. Danach hatte er sich in sein Zelt zurückgezogen, um seine Medizin und seine Schriftrollen zusammenzupacken, denn bald würden sie in Avaris anlegen. Gott allein wußte, wie sie ihr Gewand ohne eine Sklavin glätten und falten sollte. Ach, Nylon.

Ein Schrei zerriß die Luft.

»Blut!«

Chloe sprang auf, doch sie spürte Cheftus starke Hand auf ihrer Schulter. Er hielt sie von dem kreischenden, fluchenden Sklaven fern. Unmengen von Blut bedeckten das Deck und begannen in der brütenden Sonne ekelerregend zu stinken. Cheftu schlug ein Tuch vor sein Gesicht, drückte Chloe auf ihren Sitz zurück und ging zu dem Sklaven. Dort schaute er sich um, mit eigenartiger Miene und leichenblaß unter seiner braunen Haut.

Er sucht nach einem Leichnam, dachte Chloe. Obwohl nur ein Pferd so bluten könnte. Sie blickte hinaus auf den Nil, auf den blauen Himmel, die grünen Büsche, das rote Wasser ... Langsam stand sie auf.

Der Nil war rot. Es war ein fettes, klebriges Rot, und noch während sie hinsah, trieben tote Fische an die Oberfläche. Sie öffnete ihren Mund zu einem Schrei, doch sie brachte keinen Laut heraus.

Immer lauter wurde das Stimmengewirr hinter ihr auf dem Deck, wo Cheftu versuchte, Sinn in das Kauderwelsch des Sklaven zu bringen. Sie drehte sich zu ihm um, doch er hatte nur Augen für den Sklaven.

Allein ein Blitz würde ihn ablenken können, dachte Chloe. Sie wandte den Blick von ihm ab, doch in diesem Moment fiel ihr etwas ins Auge, das ihr so vertraut war wie ein Telefon, aber viel leichter zugänglich. Einen Bogen und einen Köcher voller Pfeile. Sie sah noch einmal auf Cheftu, doch der bemühte sich nach wie vor vergeblich, irgend etwas zu verstehen.

Chloe bückte sich nach dem Bogen und zog einen Pfeil aus dem Köcher. Dabei entdeckte sie die Oberkante einer Papyrusseite. Sie zog das Tuch beiseite, mit dem der Köcher ausgeschlagen war, und blickte auf mehrere Schriftrollen, die an der Köcherwand lagen. Wieso trug Cheftu Schriftstücke in seinem *Köcher?* Sie warf einen zweiten Blick darauf; die oberste Seite war mit schwarzer Tinte bedeckt. Wahrscheinlich seine Zaubersprüche, dachte sie.

Ein Schrei rief sie in die Gegenwart zurück, und sie spannte den Pfeil ein, zog die Sehne zurück und ließ los. Mit einem leichten Seufzen flog der Pfeil über Cheftu hinweg ... in den Nil. Cheftu sah ihm erstaunt nach, und einen Moment verstummte das ganze Schiff in atemlosem Schweigen, während die gesamte Mannschaft auf den blutigroten Fluß hinausstarrte. Dann bellte er, mit vor Grauen heiserer Stimme: »Gute Isis, Mutter der Götter!«

Die entsetzten Schreie der Matrosen mischten sich in seine, und Chloe drehte sich um und sah hinaus auf das ... was immer es war. Dann fuhr sie auf dem Absatz herum.

Kein Wasser. Wenn der Nil vergiftet war, dann gab es kein Trinkwasser mehr. Ohne zu essen, konnte ein Mensch zwar eine ganze Weile überleben, aber Wasser war unersetzlich, vor allem unter Res sengenden Strahlen.

Sie ging hinüber zu Cheftu, der mit ausdrucksloser Miene und riesigen Augen auf den Nil sah. Sie wedelte mit der Hand vor seinem Gesicht herum, und er sah sie an, wie betäubt vor Fassungslosigkeit. Sie zog ein Stück Papyrus heraus, zapfte RaEms Erinnerung an und schrieb die schlichte Hieroglyphe nieder, die für sie alle Leben oder Tod bedeutete. Wasser. Als sie ihn wieder ansah, war sein Blick klar geworden und sein Mund entschlossen zusammengekniffen.

»Haben wir Wasserkrüge an Bord?« fragte er Seti.

»Jawohl, Herr«, antwortete der Kapitän, dessen Hände nervös den Saum seines Schurzes befingerten. »Was für ein Fluch hat

Ägypten nur heimgesucht, Herr? Bist du nicht ein großer *Hemu neter?* Kannst du das Wasser nicht reinigen?«

Cheftu sah ihn grimmig an. »Falls dies tatsächlich ein Werk der Götter ist, glaubst du wirklich, ich als einfacher Mensch könnte etwas an ihren Wünschen ändern? Wenn diese Erscheinung natürliche Ursachen hat, dann können wir sie vielleicht entdecken und korrigieren«, meinte er. Er brauchte nicht eigens zu erwähnen, daß Ägypten einer Katastrophe entgegensteuerte, falls das nicht gelang.

Sklaven brachten die Wasserkrüge heraus, und Cheftu sah zu seiner Erleichterung, daß sie für die nächsten Tage genug Wasser zum Trinken hatten, vorausgesetzt, es wurde rationiert. RaEm hatte sich bereits darangemacht, stillschweigend die Besatzung aufzulisten und festzulegen, wieviel Wasser jeder bekam. Cheftu sah kurz zu ihr hin, in einem Strudel von Gefühlen gefangen: Mißtrauen, Bewunderung, Zweifel... und Begierde. Er spürte, wie sich sein Leib anspannte, und konzentrierte sich wieder auf andere Dinge. Die Frau, die er zu sehen glaubte, war nur eine Illusion. Aus welchem Grund auch immer hielt RaEm es im Moment für zweckmäßig, hilfsbereit zu erscheinen. Laß dich nicht irreführen, ermahnte er sich.

»Wir müssen anlegen und im Sumpfland noch mehr Wasser aufnehmen.« Er entließ die Matrosen und folgte Seti an die Ruderpinne, um gemeinsam mit ihm nach einer geeigneten Stelle Ausschau zu halten, wo sie die benötigten paar Stunden von Bord gehen konnten. Als sie in eine winzige Bucht steuerten, warf Cheftu einen Blick über seine Schulter.

Als hätte RaEm seinen Blick gespürt, hielt sie in ihrer Schreibarbeit inne und hob den Kopf. Cheftu sah in ihre strahlendgrünen Augen, wahrhaftig von der Farbe des Kanaanitsteins, aber glasklar. Sie zwinkerte ihm zu, und er wandte sich mit einem Lächeln ab.

Sie gingen vor der von Fackeln erhellten Ufertreppe des Palastes in Avaris vor Anker. Die Nacht hatte sich herabgesenkt, und Chloe war perplex, wie dunkel es war. Wenigstens war auf diese Weise das verpestete Wasser nicht mehr zu sehen.

Cheftu gab Befehl, ihr Gepäck an Land zu bringen, dann traten sie an den Kai, wo der schwere Duft nachtblühender Blumen den Verwesungsgestank der toten Fische überdeckte.

Der oberste Herold verkündete das Eintreffen Thutmosis' III. Da Thutmosis noch nicht Pharao war, verzichtete man auf den Zusatz »ewig möge er leben!« – der jedesmal genannt werden mußte, sobald ein Pharao, ob lebendig oder tot, erwähnt wurde. Das müßte es eigentlich leichter machen, über ihn zu sprechen, dachte Chloe. Vor ihm mußte man sich auch nicht zu Boden werfen. Sie und Cheftu erwarteten ihn stehend. Ein kleiner, untersetzter Mann mit eindeutig militärischem Auftreten kam auf sie zu. Er trug die rote Krone Unterägyptens und war in Gold gekleidet: einen goldumrandeten Schurz und einen Goldkragen, dazu unzählige Armreifen und Ringe. Selbst die Schminke um seine Augen war golden und spiegelte den Schein Dutzender Fackeln wider. Er blieb ein paar Schritte vor ihnen stehen, damit er nicht zu ihnen aufsehen mußte.

Cheftu neigte den Kopf. »Sei gegrüßt, Horus-im-Nest. Leben! Gesundheit! Wohlergehen! Deine königliche Tante-Mutter, Pharao Hatschepsut, ewig möge sie leben!, schickt dir ihre Hoffnung, daß der ruhmreiche Amun-Re über dich wacht.« Thuts braune Knopfaugen erinnerten an Kiesel im Schlammwasser, fand Chloe.

Thut lächelte verkniffen und erkundigte sich kühl: »Wie geht es ihr? Ihr unter der Doppelkrone?« Ohne eine Antwort abzuwarten, wandte er sich an RaEm und reichte ihr die Hand. »Dies ist also die bezaubernde Priesterin?«

Als Thut sie berührte, durchfuhr Chloe ein brennender Schmerz. Sie fuhr sich mit der Hand an die Kehle, stieß einen Entsetzensschrei aus und schlug sich die vergoldeten Fingernägel in die Brust. Ihre Kehle stand in Flammen! Sie bekam keine Luft mehr! Sie versuchte, das Feuer wegzukratzen, doch Cheftu hielt ihre Handgelenke fest, ehe das Kratzen ihr Erleichterung bringen konnte.

Er sah in ihre aufgerissenen, panischen Augen, deren Pupillen vor Angst und Schmerz so groß waren, daß sie wie schwarze Teiche wirkten. Sie schrie immer noch, in einem durchdringenden, herzzerreißenden Ton.

»Was in Osiris' Name ist denn los?« brüllte Thut. Dann brach Chloe genauso abrupt, wie ihr Ausbruch begonnen hatte, ohnmächtig zusammen.

»Ist die Herrin vom Wahnsinn befallen?« fragte Thut.

»Ich weiß nicht mehr als du, Prinz«, erwiderte Cheftu tonlos, während er ihren Leib auf seine Arme lud. »Bitte zeig mir den Weg zu den Gemächern der Herrin und laß ein Bad bereiten.«

Thut rief einen Sklaven herbei, der sich um Cheftu kümmern sollte. »Aber Eure Majestät«, protestierte der Sklave angsterfüllt, »wie soll sie ohne Wasser baden?«

»Ich überlasse es dir, welches zu finden«, knurrte Thut.

Nur das ferne Flackern einer Fackel spendete etwas Licht, als Chloe erwachte. Auf der Matte neben ihrer Liege sah sie ein dunkelhaariges Mädchen liegen, neben dessen Hand ein Krug stand. Eine rauhe Stimme durchbrach die Dunkelheit und ließ das Mädchen aufschrecken.

»Die Herrin braucht Flüssigkeit«, sagte Cheftu, und Chloe sah das Weiß seines Schurzes gespensterhaft auf sie zuschweben. Er nahm die Schale, schenkte etwas hinein und setzte sich dann neben Chloe. Sanft schob er seine Hand unter ihre Schultern und hielt ihr das Getränk an die Lippen. Es war kühl, so kühl, und sie stürzte es durstig hinunter.

Im Dunkeln hörte sie ihn leise lachen. »Bei Isis, Priesterin, es gibt noch mehr.«

Chloe wischte sich mit der Hand über den Mund und spürte augenblicklich, wie sich in ihrem Körper Mattigkeit breitmachte. Er hatte ihr ein Schlafmittel gegeben, doch im Moment war ihr das egal. Der Schmerz war vergangen ... dafür nahm sie alles in Kauf. Cheftu drückte sie zurück auf ihre Liege, dann flatterten seine Finger in einer kräftigen, zärtlichen Liebkosung über ihr Gesicht. Sie schmiegte sich mit einem Seufzer in seine breite Hand, dann schlief sie ein.

Chloe erwachte von einem lauten Pochen unter ihrem Ohr, dessen Intensität sofort abnahm, wenn sie den Kopf bewegte. Sie schob die Hand unter ihre Wange und schlug überrascht die Augen auf, als sie warmes, festes Fleisch spürte. Cheftu lag neben ihr, einen Arm über das Gesicht gelegt, während der andere von der Liege baumelte. Sie hatte den Kopf auf seine glatte Brust gebettet und ein nacktes Bein über seines geschlagen. Sie konnte nicht sagen, ob ihr das nun eher peinlich oder eher angenehm war.

Er muß todmüde sein, dachte sie und tappte auf Zehenspitzen zum Nachttopf. Sie sah über die Schulter zurück und betrachtete ihn kurz: Die starken, entschlossenen Gesichtszüge wirkten gelöst, sein muskulöser Körper lag entspannt da. Jedenfalls zum größten Teil.

Das Wasser war lauwarm, trotzdem ließ sie sich hineingleiten und begann sich zu waschen. Stille lag über dem Palast, und draußen hörte sie die ersten Vögel zwitschern. Nebenan begann Cheftu zu brummeln, und Chloe erstarrte. Was war gestern geschehen? Was sollte sie unternehmen? Was hatte das alles zu bedeuten? Schweigend sann sie darüber nach, dann hörte sie, wie leise die Tür geschlossen wurde. Er war gegangen. Sie wusch sich ab und kehrte in ihr Zimmer zurück, wo Basha alles für die Parfümierung des Mundes vorbereitete.

Die Dienerin kreuzte den Arm vor der Brust. »Willkommen in Avaris, Herrin. Brauchst du irgend etwas heute morgen? Dein Magen? Geht es ihm gut? Wie ich sehe, hat meine Herrin bereits gebadet.«

Chloe fiel Bashas herablassender, aufsässiger Tonfall auf, ein Tonfall, den RaEm bestimmt nicht durchgehen lassen würde. Aus Angst davor, durchschaut zu werden, tat Chloe, was RaEm ihrer Einschätzung nach getan hätte. Sie ging zu ihrem Koffer, hob ihn hoch und schüttete die ganze Kleidung darin auf den Boden. Mit einem Tritt, der RaEms würdig gewesen wäre, verteilte sie die Sachen über das ganze Zimmer und sah, wie Bashas hochnäsige Miene in sich zusammenfiel.

»Natürlich, Herrin«, beeilte sich Basha zu sagen. »Ich werde mich um die Wäsche kümmern.« Basha raffte die Kleider zusammen, während Chloe dabeistand und mit einem Fuß auf den Boden klopfte. Basha bewegte sich schnell und voller Grazie, und Chloe lächelte und lachte still in sich hinein, nachdem sie die Tür hinter sich geschlossen hatte. Damit müßte klar sein, daß RaEm immer noch so widerwärtig und arrogant war wie eh und je.

Ergo war sie dieselbe Person.

Die Morgensonne tränkte den Himmel mit lavendel-, orange- und rosafarbenen Schleiern, ein pastellfarbenes Abbild des *Atmu.* Chloe zog sich die Augen mit Bleiglanz nach und trat in die wärmer werdende Morgendämmerung. Während die Sonne höher stieg, beendete Chloe ihr Morgenmahl und spazierte durch den nicht besonders gepflegten Garten. Offenbar hatte Thut für solchen Firlefanz wie sauber abgegrenzte Blumenbeete nicht viel übrig.

Da sie niemanden in ihrer Nähe sah, kniete sie nieder und begann, Unkraut zu jäten, in Gedanken bei Mimis vielen Rosengärten. Ein knospender Feigenbaum wurde fast vollkommen von hochzüngelndem Efeu erstickt, und Chloe ließ sich im Schneidersitz auf dem Boden nieder, um dem Baum etwas Platz zum Wachsen zu schaffen. Es war verblüffend, wie zufrieden sie sich fühlte, als sie nach langer Anstrengung den Bereich um die Baumwurzeln und einige der leeren Beete komplett freigejätet hatte. Sie lächelte. Zum ersten Mal, seit sie in Hathors Kammer erwacht war, fühlte sie sich gelöst und ausgeruht.

»Wieso sitzt die liebreizende Lotosblüte RaEmhetepet in der heißen Mittagssonne? Wird sie als wahre Blume der Nacht nicht welken?« Aus der tiefen Baßstimme klang unüberhörbarer Sarkasmus. Chloe fuhr herum und sah Thutmosis in einem staubigen Schurz und mit blau-weißem Lederhelm an einer Dattelpalme lehnen. Sie konnte den Schweiß und Staub auf seiner Haut riechen. Sie wollte vor ihm niederknien, doch er streckte die Hand aus und packte sie an der Schulter.

»Bitte, Herrin, mühe dich nicht mit höfischen Gebräuchen ab. Du wirst feststellen, daß wir, die wir in dieses feuchte Land verbannt wurden, nicht so ...«, er hielt inne und fuhr dann mit glänzenden Augen fort, »zeremoniell sind, wenn wir uns grüßen. Da ich mich geehrt fühlen würde, einen Becher mit dir zu trinken, solltest du mir etwas anbieten.« Er gab ihren Arm so behutsam frei, daß es fast wie eine Liebkosung wirkte, und sie fragte sich, was er hier so ganz allein tat. Hatte ein Prinz denn keine Leibwächter oder Begleiter?

Sie stand auf und schenkte ihm einen Becher Wein ein. Obwohl er ganz offensichtlich Durst hatte, nippte er nur vorsichtig daran und musterte sie dabei unter seinen buschigen schwarzen Brauen hervor. Sein Blick wanderte von ihrem kurzen, struppigen Haar abwärts über die runden, schweißigen Brüste und die schützend vor dem leicht gewölbten Bauch gefalteten Hände bis zu den langen Beinen, die sich unter dem dünnen Leinen abzeichneten. Entschlossen, sich durch seine wohlgefällige Prüfung nicht aus der Fassung bringen zu lassen, schluckte Chloe mühsam und stellte sich seiner Musterung. Er grinste und entblößte dabei gelbe, vorstehende Zähne.

»Ich fürchte, ich habe vergessen, wie man die idiotischen romantischen Spiele treibt, die man am Hof von Waset so liebt. Ich bin eher ein Mann der Tat. Du bist nicht schön«, sinnierte er. »Dir fehlt es an fraulicher Sanftheit. Du hast die Augen eines *Khaibit,* doch dein Reiz ist legendär. Wirst du heute abend mit mir spielen?«

Chloe kochte vor Wut angesichts dieses wenig schmeichelhaften Vergleiches mit einem blutsaugenden Geist und lächelte ihn grimmig an.

»Die Herrin hat den strikten Befehl, Ruhe zu halten und sich zu erholen«, erklärte eine samtige Stimme hinter ihr. Cheftu trat furchtlos vor Thut hin und deutete auf Chloe. »Hatschepsut, ewig möge sie leben!, hat das besonders herausgestellt. Sie war zwar nicht der Meinung, daß dies der geeignete Ort für eine Dame ist, doch ich habe sie davon überzeugt, daß du als Prinz unter Prinzen ihre Erholung nach Kräften fördern würdest, damit die Priesterin bald in die Silberne Kammer Hathors zurückkehren kann. Sie ist die alleinige Schutzpriesterin der dreiundzwanzigsten Stunde.«

Angesichts Cheftus kaltblütiger Lüge blieb Chloe der Mund offen stehen; Hatschepsut hatte sie hierher *verbannt.* Doch als Thut grummelnd zustimmte und abzog, war sie beeindruckt von Cheftus Rettungsmanöver. Er neigte höflich den Kopf vor dem Prinzen, und Chloe studierte diesen antiken Edelmann. Er wirkte ausgesprochen lebendig an diesem Morgen. Röte schoß ihr ins Gesicht, als ihr wieder einfiel, wo sie aufgewacht war, und plötzlich erinnerte sie sich nur allzu gut an den Geruch und die Wärme seiner Haut.

Mit schnellen Schritten floh sie zu ein paar überwucherten

Weinstöcken. Sie kniete nieder und begann zu jäten. Cheftu setzte sich neben sie; seine Nähe machte sie nervös. Fast berührte sein bereifter Arm den ihren. Fühlte er irgendwas? Vor Nervosität rann Schweiß über Chloes Rücken.

»Auf ein Wort, Herrin«, sagte er leise. »Da dein Gedächtnis dich im Stich gelassen hat, möchte ich dich daran erinnern, daß hier keinem zu trauen ist. Um deiner Sicherheit willen wäre es gut, wenn du eine Leibwache bekommen könntest.« Sie warf ihm einen Blick zu. Sie konnte selbst auf sich aufpassen; das letzte, was sie brauchte, war jemand, der sie rund um die Uhr beobachtete. Das würde sie endgültig zum Wahnsinn treiben.

»Ist das, was du gefürchtet hast, bereits eingetreten?«

Chloe sah ihn an, eine Braue fragend hochgezogen.

»Heiliger Osiris!« fluchte er. »Muß ich zu dir sprechen wie zu einer Metze?« Er wandte den Blick ab, und Chloe bemerkte die hellen Falten um seinen Mund. Wieder hatte er sich nicht so gut in der Gewalt, wie es den Anschein hatte. »Trägst du ein Kind in dir?« platzte es aus ihm heraus.

Entrüstet sprang Chloe auf. Sie klappte den Mund auf, um ihm die Leviten zu lesen, als plötzlich Zweifel in ihr aufkeimten. Sie wußte nicht, wie sie sich fühlen würde, wenn sie schwanger wäre, und obwohl sie glaubte, an einigen der typischen Symptome zu leiden, konnte sie nicht sicher sein. Jedenfalls hatte sie noch nicht ihre Tage bekommen. Chloe fuhr sich mit der Zunge über die Lippen und zog die Schultern hoch. Was wußte sie denn schon?

Cheftu wandte den Blick ab, doch da hatte sie den Ekel in seinen Augen bereits bemerkt. Lange blieb es still, dann sagte er: »Also gut.« Er machte einen Schritt auf sie zu, und sie wich vor ihm zurück. »Ich werde dir nicht weh tun, aber Osiris soll mein Zeuge sein, daß du mir vertrauen mußt.« Sein Blick war nicht zu deuten, sein Gesicht tiefernst. Er schien es aufrichtig zu meinen, doch andererseits war er ein Diplomat, ein Höfling. Das war sein Beruf. Sollte sie ihr Leben in seine Hände legen? In die Hände eines Mannes, der sie bereits bei ihrer ersten Begegnung beschuldigt hatte, ein Flittchen zu sein? Daß er es aufrichtig meinte, war nicht eben wahrscheinlich.

Schweigend sah sie ihn an. Natürlich, dachte sie. Ich werde dir erzählen, daß ich aus der Zukunft komme, damit du mich dann verbrennen oder auspeitschen oder einsperren läßt oder was auch immer die Ägypter mit ihren Verrätern und Verrückten gemacht haben! Kopfschüttelnd ging Cheftu davon, mit in der Sonne glänzendem, gestreiftem Kopfschmuck.

Der Rest des Tages brachte für Chloe keine weiteren Aufregungen. Sie werkelte im Garten, wo sie jätete und dabei ihr Leinengewand ruinierte, bis Basha sie ermahnte, sich auszuruhen. Erschöpft von ihrer eigenartigen Ankunft am Vorabend, schlief sie bis nach Einbruch der Nacht.

Als Cheftu zum Abendessen nach ihr schickte, ließ sie ihm ausrichten, daß sie auf ihrem Zimmer speisen würde. Als Thut einen Sklaven aussandte, um sie zu seinem Festmahl abzuholen, lehnte sie erneut ab. Nach einem langen Bad (im alten Badewasser) spazierte sie gemeinsam mit Basha ans Flußufer. Im Sternenlicht sah das Wasser dick und schwer wie Öl aus. Der ätzende Gestank versengte ihr die Nasengänge und erinnerte sie an etwas anderes, an eine andere Gelegenheit, bei der ihr dieser Geruch in der Nase gebrannt hatte. Blut, jede Menge Blut. Es tut nichts zur Sache, schob sie den Gedanken von sich.

Chloe hätte sich zu gern erkundigt, wie sich das Wasser – oder besser der Wassermangel – auf das Land auswirkte, doch sie hatte keine Lust, umständlich ihre Fragen aufzuschreiben, auf die wahrscheinlich ohnehin nur Cheftu oder Thut eine Antwort wußten. So trottete sie zurück in ihr Zimmer und fiel in einen traumlosen Schlaf.

Zwei Tage verbrachte sie in aller Stille. Sie gärtnerte, zeichnete und aß. Sie schlief viel. Ihr Haar wuchs langsam nach; in wenigen Tagen würde es wahrscheinlich wieder anliegen.

Am folgenden Tag berichtete Basha, daß die Apiru Thut gefragt hätten, wann der Fluch vom Nil genommen werden solle, und Thut ›morgen‹ geantwortet hatte. »Warum er nicht ›heute‹ gesagt hat, Herrin, ist mir jedoch ein Rätsel, fürchte ich«, kommentierte Basha. Chloe war ganz ihrer Meinung. Ein Bad wäre *wirklich* angenehm gewesen. Obwohl es noch nicht sommerlich heiß war, schien im pflanzen- und wasserreichen Avaris die Luft wärmer und feuchter, als sie in Wirklichkeit war. Ähnlich wie in Houston.

Chloe spazierte in den langsam dahinwelkenden Garten und fragte sich, wie sie die kommenden Wochen oder Monate überstehen sollte. Wann würde ihre Stimme zurückkehren? Wann würde sie heimkehren können? Und wie?

Der Gestank vom Nil her war atemberaubend. Zu Hunderten lagen die Fische tot am Ufer und verrotteten. Chloe sah, daß die Sklaven Ordnung schafften. Trotz der Aufseher mit ihren langen Peitschen und dem kurzen Geduldsfaden arbeiteten sie mit spürbar wenig Begeisterung.

Chloe kehrte in den Palast zurück, blieb aber stehen, weil jemand sie rief.

»Herrin! Herrin!« Chloe drehte sich um und sah Cheftus Apiru. »Gesundheit! Leben! Wohlergehen! Mein Herr Cheftu läßt fragen, ob sich die Herrin wohl genug fühlt, heute abend mit ihm zu speisen? Er sagt auch, daß dies hier für dich bestimmt ist, und bittet dich um Vergebung, daß es nicht eher überbracht wurde.«

Chloe nahm die kleine Schriftrolle entgegen und brach das Siegel. Die Nachricht war in hieratischen Schriftzeichen hingekritzelt worden. »Du erzürnst mich, RaEmhetepet. Dein kindisches Verhalten wird langsam lächerlich. Ich erwarte, daß du mich anders empfängst, wenn wir uns wiedersehen.« Die Botschaft war nicht unterschrieben, doch sie drehte die Schriftrolle um. Das Siegel war das von Nesbeks Haus. Was hatte das zu bedeuten? Sie sah sich nach allen Seiten um, dann rollte sie den Papyrus zusammen und steckte ihn unter ihre Schärpe. Sie hatte es satt, nicht zu begreifen, was in ihrem adoptierten Leben gespielt wurde, doch die »andere« schwieg unheilverheißend.

Plötzlich hatte sie das Gefühl, nicht allein zu sein.

»Wenn es der Herrin so gutgeht, daß sie in der Hitze des Tages spazierengehen kann, dann kann sie doch gewiß auch heute abend das Brot mit mir teilen?« Chloe hörte ihm an, daß er keine Bitte stellte... das war ein Befehl. Thutmosis sah sie an. »Herrin?«

Chloe hatte nicht die geringste Lust, mit diesem Mann zu essen, der sie mit Blicken auszog, als stünde sie ebenfalls auf der Speisekarte, doch sie wußte, daß sie keine andere Wahl hatte. Wie so oft in letzter Zeit. Sie erklärte sich mit einem Nicken einverstanden und wandte sich ab. Selbst wenn er der Prinz ist, wir sind hier in meinem Garten, dachte sie verdrossen.

Herrisch klatschte sie nach Basha. Nachdem sie hastig eine Nachricht hingekritzelt hatte, schickte sie das Mädchen zu Cheftu. Vielleicht konnte er sie aus diesem Schlamassel befreien. Oder seine eigene Begleiterin mitbringen.

Doch die Vorstellung, daß Cheftu mit einer anderen Frau auftauchen könnte, verdroß sie noch mehr.

Sie saß in ihrem kühlen Zimmer, als Cheftu eintrat. Sie reichte ihm ihre knappe Notiz, in der sie Thuts Forderung schilderte.

»Die Herrin hat eine Einladung aus der Königsfamilie erhalten«, sagte er. »Hast du Bedenken, sie anzunehmen?«

Wütend, weil sie sich nicht verständlich machen konnte, starrte Chloe ihn an. War es möglich, daß sie Thuts gierige Blicke und seine Einladung überbewertete? Cheftu beobachtete sie aus leicht zusammengekniffenen Augen. Im Zeitlupentempo schüttelte sie den Kopf. Sie würde schon irgendwie zurechtkommen.

»Fühlt sich die Herrin in der Gesellschaft von Horus-im-Nest nicht, ähm, sicher?« fragte er ernst.

Verlegen und unsicher zog sie die Achseln hoch. Cheftu dachte kurz nach, ohne daß der Blick seiner langwimprigen Augen auch nur eine Sekunde ihr Gesicht verlassen hätte. »Ich werde dir eine Wache mitgeben.« Er hielt inne; kurz huschte ein Ausdruck äußerst menschlicher Verwirrung über sein Gesicht, dann erklärte er, kühl wie immer: »Ich muß gestehen, daß ich deine Bedenken nicht verstehe, RaEm. Seit Jahren wolltest du zu Thutmosis vordringen, wieso spielst du jetzt die Ängstliche? Dies ist die Gelegenheit, nach der du dich so lange verzehrt hast; oder spielst du nur um meinetwillen das schüchterne Mädchen? Sei versichert, daß das nicht nötig ist.« Chloe wandte das Gesicht ab. Seine Worte und sein Auftreten waren eine einzige Beleidigung. RaEm hatte es in diesen Dingen wohl nicht so genau genommen, aber sie, Chloe hatte da andere Maßstäbe.

Ungeachtet der Tatsache, daß sie einen Fremden im Schilf und auf den Pyramiden ihren Feind küßte.

Cheftu packte sie und zog sie an sich, wobei er ihr schmerzhaft den Arm zusammenquetschte. Seine Augen waren keineswegs mehr undurchdringlich, sondern starrten ihr mit loderndem Abscheu ins Gesicht, doch gleichzeitig war sein Griff warm. Sobald er seine so hochgeschätzte Selbstbeherrschung wiedergefunden hatte, schleuderte er sie weg und stolzierte eilig aus dem Zimmer.

»Das kannst du dir schenken!« hätte sie ihm am liebsten nachgeschrien. Seine bissigen, verletzenden Kommentare ... in allen anderen Dingen schien er vernünftig und berechenbar zu sein, nur nicht, wenn es um RaEm ging. Basha stürzte ins Zimmer. »Herrin!« sagte sie bange und mit aufgerissenen Augen, »wie sollen wir in so kurzer Zeit fertig werden?« Chloe trat ins Bad und erblickte frisches Wasser. Offensichtlich waren Thuts Apiru-Sklaven außerordentlich mächtig. Sie ließ sich von Basha ausziehen und stieg dann dankbar in das geflieste Becken, wohl wissend, daß ihr stundenlanges Frisieren und Schminken bevorstanden.

Der Mond war bereits aufgegangen, als sie in Thuts Privatgemächer geführt wurde. Fackellicht flackerte über die mit Blattgold überzogenen und mit Hatschepsuts Triumphen bemalten Wände.

Thut stand in einer Ecke, den Ringerkörper in goldumrandetes Leinen gehüllt. Über seinen breiten Schultern lag ein roter Lederkragen, der zu der rot-goldenen *Henhet*-Krone mit der Kobra und dem Geier aus massivem Gold paßte. Mit ausgestreckten Armen kam er auf sie zu.

Obwohl Chloe ihn fast um Haupteslänge überragte, war die Kraft, die Thut ausstrahlte, überwältigend. Sie begann sich zu fragen, ob ihr unter einer Haube versteckter Leibwächter, so groß und muskulös er auch war, irgend etwas ausrichten konnte, falls Thut beschloß, daß er mehr als nur ihre Gesellschaft genießen wollte.

»Komm zu mir, Herrin des Silbers. Wie ich sehe, hast du dich deinem Namen entsprechend gekleidet.« Chloe ergriff seine warme, fleischige Pfote, während er sie von Kopf bis Fuß begutachtete. Ein halbdurchsichtiger, silberner Schleier umhüllte ihren Leib, dazu trug sie als Schmuck einen filigranen Silberkragen und eine weiße Blume im Haar. Sie hatte ihre Augen schwarz nachgezogen, jedoch keine weitere Schminke und keinen Duft aufgelegt, trotz Bashas offensichtlicher Versuche, sie so betörend herzurichten wie nur möglich.

Da ihr Haar aussah wie im Endstadium der Räude, hatte Basha ihr ein weiß-silbernes, gefälteltes Kopftuch aufgesetzt. Eine Perücke kam nicht in Frage. Die »andere« hatte sie wissen lassen, daß eine Perücke zum Abendessen etwa so war, als würde sie einem Mann ein Sortiment von Kondomen anbieten, wenn er sie an ihrer Haustür abholte. Kein Signal, das Chloe auszusenden gedachte.

So sah sie sich im Raum um und wich Thuts schlammbraunem Blick so gut wie möglich aus. Auf einer Seite war mit einem Vorhang ein weiterer Raum abgetrennt, aus dem sie ein leises Rumoren hörte. Sie sah den Prinzen an; was war das für ein Geräusch?

Er senkte den Blick und rief, plötzlich nervös wirkend, nach Wein. Das Geräusch verstummte, und etwas Schweres fiel zu Boden. Ein Mensch stöhnte. Hatte sich jemand verletzt? Unverzüglich stand sie in dem Durchgang, den Vorhang halb über der Schulter.

Es war ein Atelier. Ein Töpferatelier.

Chloe blinzelte und sah Thut an. Er richtete sich auf, ohne sie anzusehen. »Das ist mein Hobby«, erklärte er steif.

Sie trat ein. Er war Handwerker? Die schlichten, weißgekalkten Wände waren zu Zeichentafeln zweckentfremdet worden. Rohentwürfe waren darauf skizziert und von derselben Hand korrigiert worden. Auf einem hohen Regal standen aufgereiht Schalen, Statuetten und Gußformen. Zwei große Töpfe waren mit noch flüssigem Gips bekleckert, auf einem Tisch warteten noch unvollendete Werke.

Chloe nahm einen Krug mit zwei Henkeln hoch und drehte sich zu Thutmosis um. Er nahm ihn ihr aus der Hand und erklärte, die Griffe seien noch feucht. Chloe blickte auf ihre Hände, auf denen die fein gearbeitete Zeichnung eines Widderhorns blasse Flecken hinterlassen hatte. Neben einer Theke stand ein hoher Hocker mit einer halbfertigen Skulptur. War das eine Bast-Statue?

Sie betrachtete seine Malereien, und ein deutliches, körperliches Verlangen ergriff von ihr Besitz. Mit zitternden Fingern fuhr sie über seine Palette. Sie war aus geschnitztem Elfenbein, rechteckig und hatte in den Vertiefungen für die einzelnen Farben Hieroglyphen-Gravierungen. Ocker, Azur, Kadmium, Weiß, Malachit, Gold und Schwarz. Sie zerrieb die Farbe zwischen den Fingern, um die Konsistenz zu prüfen. Ein winziges bißchen mehr Flüssigkeit, und sie wäre wie geschaffen für Papyrus. Ach, malen! In Farbe arbeiten zu können!

Thut räusperte sich, und Chloe merkte, daß sie mit der Respektlosigkeit einer Dreijährigen durch seine Privatgemächer gewandert war. Sie spürte, wie sie rot wurde, und drehte sich, auf eine Rüge gefaßt, um. Thuts Blick lag starr auf einem Punkt links von ihrer Nase. »Die Arbeiten in der Brennerei sind bereits fertig, wenn du sie sehen möchtest …?«

Chloe lächelte, das erste aufrichtige Lächeln seit Tagen, wie ihr schien. Sie gingen nach hinten, wo die Luft schwerer und heißer wurde. Durch die flirrende Hitze hindurch erblickte sie große Krüge in dem gleichen doppelhenkligen Design sowie flache Teller mit Malereien in der Mitte. Sie beugte sich über einen, um ihn genauer betrachten zu können.

»Herrin …«

Chloe machte auf dem Absatz kehrt und eilte nach draußen, wobei sie geistesabwesend die Töpferscheibe bemerkte. Sie hatte das Gefühl, von Kopf bis Fuß in Flammen zu stehen, so peinlich war ihr die Situation. Pornographische Töpferwerke! Das Bild, über das sie sich gebeugt hatte, war nicht leicht zu entschlüsseln gewesen … angesichts der … gymnastischen Übungen, die das Paar darauf vollführte. Sie schüttete ein Glas Wein hinunter.

Aus dem Augenwinkel sah sie ihren Leibwächter. Er stand aufrecht da, die braune Haut im Fackelschein schweißglänzend, das Gesicht unter der ledernen Kapuze verborgen. Ihr fiel auf, daß sein Bizeps blaß war … fast als würde er Armreifen tragen, was jedoch nur die Adligen taten.

Als Thut ihr eine Hand auf den Rücken legte, wirbelte sie herum und stolperte einen Schritt zurück.

»Überrascht es dich, daß ein Prinz nicht immer nur regieren und erobern will?« Seine Nase bebte, und Chloe begriff, daß sie ihn beleidigt hatte. Sie schüttelte den Kopf.

»In deinen Augen, silberne Herrin, wollen wir Männer wohl

immer nur zerstören? Vernichten? Töten? Glaubst du, wir leben nur für den Kampf? Glaubst du, das Schöne im Leben, das Lächeln eines Kindes, ein schönes Wandgemälde, ein sehnsüchtiges Gedicht... all das wäre uns fremd?«

Sie wich weiter zurück.

»Ein Mann kann ein Eroberer sein und trotzdem die Kunst schätzen.« Er faßte an seinen Gürtel und zog ihn ab, so daß der goldlederne Streifen mit einem sanften Klatschen auf dem Boden aufschlug. »Obwohl es mir gar nicht gefiele, wenn du an meinem Wort zweifeln würdest.« Er stürzte sich auf sie, und Chloe rannte los, um die Säulen herum und über die Matten schlitternd. Er packte sie mit schraubzwingenfester Hand am Gelenk und drehte ihr den Arm auf den Rücken, bevor er sie mit dem Ingrimm eines tief getroffenen Egos küßte.

Seine Zunge preßte sich gegen ihre Zähne, während sich Chloe wand und drehte. Sie war groß, doch er war stark – und wütend. Schmerzhaft quetschte er ihre Brust zusammen, daraufhin rammte Chloe ihm das Knie zwischen die Beine. Knurrend schleuderte er sie weg und zwinkerte heftig. »Wie kannst du es wagen, meine königliche Aufmerksamkeit zurückzuweisen!« zischte er zwischen zusammengebissenen Zähnen hervor.

»Wie kannst du es wagen, eine Priesterin Hathors zu entehren!« gab sie zurück. »Deine Manneskraft steht hier nicht zur Debatte, Horus, nur dein Anstand!«

Chloe vermochte nicht zu sagen, wer von beiden überraschter war, sie sprechen zu hören.

Thut starrte sie mit offenem Mund an, und ihr Leibwächter strauchelte im Näherkommen. Sprach sie diese seltsame Sprache mit ihrer eigenen Stimme? Sie umklammerte mit einer Hand ihren Hals. Thut wich einen Schritt zurück, und sie rannte aus seinem goldenen Gemach hinaus, gefolgt von ihrem Leibwächter. Überglücklich drehte sie sich um. »Wo ist Cheftu, dein Herr? Ich muß noch heute abend mit ihm sprechen!«

Er schüttelte heftig den Kopf und sagte mit eigenartig gepreßter Stimme: »Ich werde ihm von dem gütigen Geschick meiner Herrin berichten, nachdem ich dich sicher in deine Gemächer gebracht habe.«

Chloe zuckte mit den Achseln. Er ließ sie an ihrer Tür allein, und sie trat pfeifend in ihr Zimmer. Basha kam aus ihrem Nebenzimmer angelaufen.

»Herrin?«

»Basha, ich kann sprechen, ich kann sprechen! Meine Stimme ist mir wiedergegeben worden!« Chloe klatschte glücklich in die Hände, packte Basha und tanzte mit ihr durch das Zimmer, wobei sie dem Mädchen unzählige Male auf die Füße trat. »Ich kann reden, ich kann singen, ich kann schwatzen, ich kann plaudern –« Sie schaute auf und erblickte Cheftu, der sie von der Tür aus anstarrte. Er wirkte fassungslos, und auf seinem Leib glänzte der Schweiß. Chloe blieb stehen und stieß Basha von sich.

»Meine Stimme ist zurückgekehrt, Cheftu, edler Herr.«

Sie sah, wie sein Puls sprang, während er ihr ein breites, höfliches Lächeln schenkte. »Das muß dich sehr freuen, RaEm. Die Küsse Seiner Majestät müssen Thots heilende Kräfte in sich tragen.«

Chloes Gesicht gefror. »Der Leibwächter war also ein Spion?«

»Horus-im-Nest läßt dir dieses Geschenk hier überreichen, Herrin«, sagte Cheftu. »Er hat den Sklaven angewiesen, dir die Dankbarkeit und das Wohlgefallen Seiner Majestät auszurichten.« Er pikste sie mit einem eingewickelten Paket, einer schmalen Schachtel, um die jemand hastig ein Band geschlungen hatte.

»Ich habe nicht –«

Er packte sie am Arm und sagte laut: »Laß uns in den Garten gehen, Herrin.« Als sie neben dem Brunnen in der Mitte des Lotosgartens standen, sah Cheftu sie an. »Du bringst uns alle in Lebensgefahr, RaEm! Schon zu dieser Stunde wissen die Priester von hier bis Waset von deinem schändlichen Verhalten! Das wird dem Großen Haus gar nicht gefallen. Jetzt kann dein ungeborenes Kind entweder zu einer Inkarnation Amuns oder zum Sohn von Horus-im-Nest erklärt werden! Daß du wieder sprechen kannst, kaum daß du Thut ›gesehen‹ hast, wird dem Großen Haus wie Verrat erscheinen. Wir leben in unsicheren Zeiten. Du bist in Gefahr. Bete, daß Thut großzügig zu dir ist!«

Chloe zog ihren Arm aus seinem Griff. Jetzt erkannte sie, was der Schmerz bei ihrer Ankunft hier bedeutet hatte. Ihr Hals und ihre Brust hatten sich angefühlt, als hätten sich Myriaden von Feuerameisen darin breitgemacht – es war derselbe brennende Schmerz gewesen wie damals, als sie kurz nach ihrer Ankunft im alten Ägypten in anderen Körperteilen das Gefühl wiedergewonnen hatte. Sie konnte also schon seit mehreren Tagen wieder sprechen, hatte es aber nie ausprobiert. *Haii-aii!* Doch unterschied sich ihr Zorn auf sich selbst ganz eindeutig von dem Zorn auf diesen überheblichen Kerl, der nie zufrieden mit ihr war, ganz egal was sie tat.

Sarkastisch gab sie zurück: »Ich bitte dich vielmals um Vergebung, daß meine Stimme in einem so unglücklichen Moment zurückgekehrt ist. Ich habe nichts Falsches getan. Jetzt kann ich in Sicherheit zum Großen Haus zurückkehren, dort meine Taten erklären und mich von neuem meinen Aufgaben widmen. Was geht dich die Sache überhaupt an? Für dich bin ich doch nur eine weitere Kerbe in deinem Thot-köpfigen Stab! Deine Position ist nicht in Gefahr. Ich bin geheilt, und ich bin in Sicherheit!«

Cheftus Gesicht lag im Mondschatten, doch sein bestimmender Griff um ihre Taille und die langfingrige Hand, die gegen ihren festen Bauch drückte, sprachen eine deutliche Sprache. »In Sicherheit, Herrin? Wo in diesem Augenblick der Beweis für deinen Meineid in dir wächst? Wo dein Verlobter Nesbek, dein früherer Geliebter Pakab oder der Soldat Phaemon als Väter in Frage kommen, von denen dich jeder sofort verraten könnte? Oder war es ein anderer deiner verkommenen Edelmänner?« Er rüttelte sie sanft. »Bist du von Sinnen?«

Chloes Gedanken überschlugen sich. Für einen Sekundenbruchteil blitzte vor ihren Augen das Gesicht eines Mannes auf; sein Mund stand offen, und seine Augen waren ungläubig aufgerissen. Bevor das Bild verblaßte, sah sie Blut aus seinem Mund sprudeln. Zwei Hände, Frauenhände, waren mit seinem Blut überzogen. Sie verfluchte RaEm in ihre ganz persönliche Hölle, weil sie ihre Erinnerungen nicht besser sortiert hatte. Wer war das? Wieso war er ihr erschienen?

Cheftu hatte beängstigend gute Argumente, was den Vater ihres Kindes anging. Sie legte ihre Hände auf seine. »Falls ich ein Kind bekomme, soll es nicht für meine Sünden leiden müssen.«

»Dann erklärst du es am besten zum Abkömmling Amun-Res, Priesterin. Behaupte, es sei ein Götterkind, das Prinzessin Neferurra heiraten und ihr helfen soll, über Ägypten zu herrschen. Pharao wird dich zwar hassen, doch dafür hast du den Schutz Hapusenebs. Oder du wirst es los. Am Ufer des Nils wachsen Kräuter –«

Sie schnitt ihm das Wort ab. »Nein. Es ist ein Leben. Ich werde eine Möglichkeit finden, es zu beschützen.« Selbst wenn es nicht mein Kind ist, dachte sie benommen. Falls es *überhaupt* eines ist.

»Doch bis dahin brauchst du Schutz vor –« Cheftus Griff wurde weicher, dafür aber vertraulicher.

»Vor Thut«, unterbrach sie ihn. »Er hätte mich heute abend bestimmt nicht gehen lassen, hätte ich ihn nicht derart erschreckt.«

»Vielleicht vor Thut, aber auch vor mir«, murmelte er und drückte seine Lippen auf ihre. Sein Kuß unterschied sich von Thuts bestialischem Grunzen wie die Sonne vom Schlamm. In Chloes Kopf begann sich alles zu drehen, während sie sich an ihn schmiegte, die feste Wärme seines Leibes spürte und die Arme um seinen Hals schlang, um ihn noch fester an sich zu drücken und seinen berauschenden Duft einzuatmen. Sie öffnete den Mund und spürte einen elektrisierenden Fluß, sobald sich ihre Lippen trafen. Als er sich von ihr löste, ging sein Atem schwer, und seine Augen glänzten in der Dunkelheit wie die eines wilden Tieres.

»Was ist das für ein Zauber, RaEm?« Er hob eine bebende Hand, mit der er über ihre Wange und dann so zart über ihre Lippen fuhr, daß sie die Berührung kaum spürte. »Wie kann ich dich im gleichen Atemzug begehren und verachten? Ich kenne dich so gut, und doch verzehre ich mich danach, mehr über dich zu erfahren. Hast du mich verzaubert?« Als Chloe schwieg, ließ er die Hand sinken und verbeugte sich unvermittelt. »Ich wünsche dir einen guten Abend, Herrin«, sagte er und verschwand durch den dunklen Garten.

Chloe blieb stehen und versuchte, wieder zu Atem zu kommen, zu vergessen, wie sich sein begehrender Leib angefühlt hatte, und dabei keinen anderen Gedanken an diesen unglaublichen Abend zuzulassen.

Immer noch hielt sie Thutmosis' Geschenk in der Hand. Langsam wickelte sie es aus.

Es paßte genau in ihre Hand. Die Farben waren immer noch feucht, und die feinen Pinsel lagen in der geschnitzten Mulde unter dem Deckel, auf dem eine Kartusche prangte. Seine Farbenpalette.

7. Kapitel

Die Morgensonne kroch bereits über den bemalten Boden, als Chloe aus dem Schlaf hochschreckte. Bald würde Basha hereinkommen, um die Parfümierung des Mundes zu bringen. Gott sei Dank gab es nur Milch und Obst, denn allein die Erinnerung an Rührei, Speck und Kaffee ließ sie aus dem Bett springen und zu ihrem Nachttopf eilen.

Ein paar Minuten später lehnte sie mit schweißkaltem Gesicht an der weißgekalkten Wand. Lange genug hatte sie die Anzeichen ignoriert. Alles Wünschen der Welt würde nichts an den Tatsachen ändern.

Ganz offenbar war sie schwanger, und wenn diese ständige Übelkeit und Müdigkeit von ihrer Schwangerschaft herrührte, dann war Schwangersein *beschissen.* Chloe glaubte nicht, daß sie je in ihrem Leben soviel geschlafen hatte. Wer war der Vater? Wie ihre Mutter immer gesagt hatte: »Zum Tangotanzen braucht man zwei.«

Als Produkt größtenteils konservativer Länder betrachtete Chloe die sexuellen Sitten in ihrem eigenen Land mit einer Mischung aus Entsetzen und Fassungslosigkeit. Sie dagegen war noch Jungfrau. Die Entscheidung war nicht immer leicht gewesen, doch sie hatte sie nie bereut.

Zum Teil war diese Entscheidung auf ihre persönlichen Umstände zurückzuführen. Ihre männlichen Schulfreunde waren meistens ebenfalls Soldatenkinder gewesen, die keine festen Bindungen eingehen wollten, da jedermann jederzeit mit einem einzigen Telefonanruf aus seinem gewohnten Leben gerissen werden konnte. Die Angst vor einer Schwangerschaft war sehr real. Unverheiratet ein Kind zu bekommen kam nicht in Frage; im Nahen Osten würde ein junges Mädchen in so einem Fall von ihren männlichen Verwandten umgebracht, da es den Familiennamen entehrt hatte. Ebensowenig wollte sie ihre Eltern beschämen. Sie erwarteten von ihren Töchtern nur das Beste.

Der Hauptgrund war allerdings Chloes Wissen, daß sie es nicht ertragen würde, so vertraut mit jemandem zu werden und ihn dann zu verlieren. Möglicherweise aufgrund ihres Lebensstiles hatte sie nie das Gefühl gehabt, daß ein sexuelles Verhältnis das damit verbundene Risiko aufgewogen hätte: sich nicht nur nackt auszuziehen, sondern auch das Herz zu entblößen, um danach den Laufpaß zu bekommen. Und nach allem, was sie von ihren Freundinnen und Cammys kurzlebiger Ehe wußte, schien dieses Ende unvermeidlich. Allein und sitzengelassen aufzuwachen würde sie umbringen, das wußte Chloe. Folglich ging sie mit Männern aus, amüsierte sich mit ihnen und behielt sie, statt mit ihnen ins Bett zu gehen, als Freunde. Vielleicht war das feige. Trotzdem war es für sie die einzig mögliche Lösung.

Nur mit Joseph war die Sache ernster gewesen. Joseph war ein Amerikaner italienischer Abstammung, den sie auf einer Studienfahrt durch Italien kennengelernt hatte. Er war orthodoxer Jude und studierte auf der Ponte Vecchio das Goldschmieden, ehe er seinen Platz im Familienbetrieb einnehmen wollte. Ihre Beziehung war weniger erotisch als romantisch gewesen. Picknicks (mit nichtkoscherem Essen), Spaziergänge durch die schmalen Straßen, ruhige Abendessen. Sogar Lyrik. Natürlich hatte es zwischen ihnen geknistert, doch er war bereits verlobt gewesen, darum hatten sie sich beide in Selbstbeherrschung geübt.

Ihnen war klar gewesen, daß ihre Beziehung keine Zukunft hatte, dennoch war Chloe bezaubert gewesen. Ihr ganzes Leben hatte sie Schlechtes über Israel und die Juden gehört, schließlich zählten Saudi-Arabien und die anderen arabischen Staaten, in denen sie aufgewachsen war, nicht zu den Fans Israels. Dann plötzlich war dieser Mann in ihrem Leben aufgetaucht, überlebensgroß und mit einem Durst nach Schönheit und Ausdrucksmöglichkeiten, der sich mit ihrem eigenen messen konnte. Er hatte phantastisch ausgesehen – Michelangelos David im schwarzen Anzug, mit breitem Lächeln und sanftem Gemüt.

Und so war sie entweder dank ihrer Stärke, Schwäche oder Feigheit immer noch Jungfrau.

RaEmhetepet hingegen nicht. Sie hatte ganz offensichtlich gegen die heiligen Gesetze ihrer Priesterschaft verstoßen. Sie mußte schon schwanger gewesen sein, bevor Chloe in ihre Haut geschlüpft war. Irgendein Kerl kannte demnach bereits die ganze Geschichte und wartete nur darauf, daß sie... was? Chloe schüttelte den Kopf, denn alles Grübeln führte ständig an denselben Punkt zurück. Die Verbannung war die Strafe für die Missetaten, die RaEm mit ihrem Geliebten begangen hatte. Aber wieso gab er sich nicht zu erkennen? Vielleicht gab es zu viele Möglichkeiten, als daß er wirklich sicher sein konnte? Wieder blitzten vor ihrem inneren Auge das Gesicht – das Blut, die Frauenhände auf.

Sie zuckte zusammen, weil sie Sandalen im Gang hörte. Verdammt, bin ich nervös, dachte sie, und hoffte, daß da nicht der zürnende Prinzregent heranrauschte. Er hatte ihr die Palette überbringen lassen, vielleicht hatte er ihr ja vergeben? Basha kam ins Zimmer, ein großes Tablett mit Obst, Bier und süßem Gebäck balancierend. Der bloße Anblick ließ Chloes Magen rebellieren, und sie wandte sich ab.

Später, während sie auf einem Tisch lag und sich mit nach Zitrone duftendem Öl massieren ließ, spürte sie eine winzige Bewegung tief in ihrem Inneren, minimal, wie das Beben einer durchsichtigen Hand und bezeichnend wie das Öffnen einer Tür ins Jenseits. Sie schickte die Sklavin fort, setzte sich auf und blickte fassungslos auf ihren braunen Bauch.

Es bewegte sich erneut. In ihr war Leben! Schützend deckte Chloe beide Hände auf den Bauch, während ein Schwall unbekannter, ungestümer Gefühle sie überflutete. »Ich passe schon auf dich auf, mein kleiner Fremder«, flüsterte sie auf englisch.

»Irgendwie kriegen wir das schon hin.« Sie streichelte die feste Masse unter ihrer eingeölten Haut; sie fühlte sich an wie ein winziger Ball, der zwischen und über ihren Beckenknochen saß. »Ich werde dich beschützen«, flüsterte sie ehrfürchtig.

Kurz darauf saß Chloe vor ihrem Frisiertisch, als ein Besucher angekündigt wurde. Basha warf sich zu Boden, und Chloe beobachtete verwundert, wie eine zierliche Frau mit dem Gehabe einer Göttin ins Zimmer trat. Fünf weitere Frauen folgten ihr, alle gleichermaßen in weiße Umhänge und Silberkragen gekleidet.

Chloe stand auf, nahm die feine Hand, die ihr entgegengestreckt wurde, und durchforstete ihr Gehirn nach irgendwelchen Anhaltspunkten. »Leben, Gesundheit und Wohlergehen«, sagte sie, ehe sie in die Hände klatschte und Basha anwies, Stühle und Erfrischungen zu bringen. Ihr entging nicht die Überraschung auf einigen Gesichtern, als offensichtlich wurde, daß sie sprechen konnte. Basha kehrte zurück, erklärte den Apiru-Sklaven, wo sie Tische und Stühle aufstellen sollten, und stellte Wein und Obst darauf ab.

Die Führerin – Chloe konnte sich an keinen Namen erinnern – hatte nicht aufgehört, Chloe anzustarren, und musterte ihre Erscheinung bis ins letzte Detail. In Anbetracht ihrer neuesten Entdeckung machte das Chloe ausgesprochen nervös.

»Meine Schwester hat sich erholt. Das erfreut mich ebenso wie unsere Mutter Hathor«, setzte die Frau mit tiefer, melodiöser Stimme an. »Heute abend wirst du deinen Dienst vor der Mutter wieder aufnehmen, RaEmhetepet.«

Chloe lächelte und versuchte, wenigstens nach außen hin Ruhe zu bewahren. Wie sollte sie der Mutter »dienen«? Wenn es schon heute abend soweit war, wie sollte sie sich darauf vorbereiten? Um Zeit zu gewinnen, nahm sie einen tiefen Schluck, während sich ihre Gedanken überschlugen. Eines der anderen Mädchen beugte sich vor, um der Führerin – *wie hieß sie noch?* – aus dem Umhang zu helfen, und Chloe verschluckte sich hustend.

An einer fein gearbeiteten Silberkette um ihren Hals baumelte Chloes silberner Ankh. Nicht Chloes, um genau zu sein, aber einer, der fast genauso aussah.

Als sich die Frau vorbeugte und um Wasser bat, konnte Chloe

die Gravur auf ihrer Halskette lesen. »Kleine Sonne«, der Spitzname für fünf Uhr nachmittags. Chloe zwang sich zur Ruhe und sah sich um. Alle Frauen trugen die gleiche Kette, auch wenn Chloe nicht alle Namen lesen konnte.

Heiliger Osiris, dachte sie. Dann setzte schlagartig die Erinnerung ein. Sie war eine der Priesterinnen, die während der Nacht beteten und mit ihren Lobgesängen und Huldigungen den geschwächten Re durch seinen dunklen Gang geleiteten, indem sie die Göttin der Liebe anflehten, ihm zu helfen. Eine Schutzpriesterin.

Von dem Zeitpunkt an, an dem der Mond voll war, bis zu dem Punkt, an dem er nur noch ein dünnes Horn war, würde sie die Nächte von elf Uhr bis Mitternacht damit zubringen, vor der silbernen Statue der Göttin zu tanzen und zu singen.

In einigen der anderen Nächte würden alle Priesterinnen zusammengerufen, um Prophezeiungen abzugeben; dann würden sie die »Milch der Göttin« trinken und in die Zukunft schauen. Heute war so eine Nacht, und ohne RaEm konnten die anderen die Zeremonie nicht durchführen. Dies war aufgrund ihres Geburtsdatums und ihrer Ahnen RaEmhetepets Bestimmung.

In Sekundenschnelle erfüllte diese Erkenntnis ihren Geist; plötzlich kannte sie jede der Frauen im Zimmer, die sie größtenteils selbst ausgebildet hatte. ReShera, fünf Uhr nachmittags; Ruha-et, sechs Uhr; Herit-tshatsha-ah, sieben Uhr; AnkhemNesrt, acht, RaAfu, neun; Gerchet, zehn; und Chloe als RaEmhetepet war elf. Die kleine ReShera war die zweitmächtigste Priesterin und ebenfalls Mitglied der geheiligten Schwesternschaft, die alle Tempel überwachte. Außerdem war sie die Zwillingsschwester des vermißten Phaemon, auch wenn Chloe sich an ihn nicht erinnern konnte.

Chloes Blick kam auf dem blauen Band zu liegen, das ReShera um ihre Taille trug. Ein Trauerband. »Mein Beileid zu deinem Verlust«, sagte sie und deutete dabei auf den Gürtel. Einen winzigen Moment flammte leidenschaftliches Gefühl in ReSheras Augen auf, und die anderen Priesterinnen hielten allesamt den Atem an. Basha ließ einen Trinkbecher auf den Steinboden fallen.

ReShera senkte den Blick. »Ich bin überzeugt, daß die Götter sich meiner und Phaemons annehmen werden«, murmelte sie. Ihr Blick traf auf Chloes. »Wegen heute abend...«

»Ich kann es kaum erwarten, mit der Göttin zu sprechen«, sagte Chloe. »Allerdings ist mir ihr Tempel hier nicht vertraut.«

Die Priesterin lächelte und sagte: »Es ist ein geheimer Tempel. Ich werde dir eine Sänfte schicken, ehe Re den Horizont überschreitet, Schwester. Die heutige Nacht ist von großer Wichtigkeit. Der Wüstengott der Apiru stört die Ma'at, und wir müssen herausfinden, was die Mutter von uns erwartet. Vielleicht gibt es eine Unreine unter den Priesterinnen, und dies ist unsere Strafe dafür. Wir müssen darauf vorbereitet sein.« Sie erhob sich, und die anderen jungen Frauen mit ihr. »Bis zum *Atmu*«, sagte sie und ging. Während Basha sich wieder zu Boden warf.

Cheftu speiste mit ihr zu Mittag, in sich verschlossen, aber kurzweilig. Sie spielten ein paar Runden *Senet,* von denen Chloe tatsächlich eine gewann. Als sie die Steine zusammenräumten, fragte Chloe: »Wenn du kein Heiler wärst, was wärst du dann am liebsten?« Sein Gesicht verzog sich überrascht, ehe er wieder seine höfische Miene aufsetzte.

»Wieso fragst du?«

»Tut das was zur Sache?« Sie zuckte mit den Achseln. »Wahrscheinlich weil ich Thutmosis und seine Liebe zur Töpferei gesehen habe. Man sollte nicht meinen, daß Pharaonen sich mit derartigen Kleinigkeiten abgeben.«

Cheftu schaute sie an, und für einen kurzen Moment sah sie sein wahres Gesicht. »Ich wäre gern Schreiber.«

»Auf dem Marktplatz, wo du Briefe für die einfachen Leute schreibst?«

»Nein.« Er wandte den Blick ab, und ein trauriges Lächeln umspielte seine Lippen. »Ich wäre gern ein Schreiber der Zeiten. Der die Regierungszeiten, die Traditionen, die Kriege Ägyptens erfaßt.« Sein Ton wurde sardonisch. »Und du, RaEm? Wärst du gern die Frau von fünfzehn Männern?«

Chloe erstarrte. Dieser Kretin! Sie versuchte, Frieden zu stiften, und was tat er?

»Herrin, ich muß mich entschul –«

Sie schnitt ihm das Wort ab. »Einen guten Tag, Cheftu. Ich muß mich auf die Pflichten vorbereiten, die mein Amt mir heute abend auferlegt.« Mit steifen Schultern stakste sie davon ... ihr blieben nur noch zwei Stunden.

Als die Sänfte eintraf, war sie bereits angekleidet. Nach zwei heißen und einem eiskalten Bad hatte Basha die Klinge geschärft, mit der sie Chloes Kopf rasieren wollte. Auf gar keinen Fall. Ob sie nun in RaEms Körper steckte und RaEms Gene austrug oder nicht, Chloe würde auf gar keinen Fall das Risiko eingehen, sich noch einmal die Haare abschneiden zu lassen. Es war eben erst wieder frisierfähig geworden, und sie wußte, daß es ewig dauern würde, bis es wieder auf die alte Länge nachgewachsen war. Es kam gar nicht in Frage, daß sie wie ein Strahlungsopfer in die Neuzeit zurückkehrte. Sie hatte auch so schon genug zu erklären. Und sie *würde* zurückkehren.

Basha war verstört, aber sie packte gehorsam Rasiermesser und Schere weg. Statt dessen brachte sie die geplättete weiße Tunika, die Chloe tragen sollte, und dazu einen langen, fransenbesetzten Schal. Nachdem sie die Tunika über den Kopf gestreift hatte, band Basha den Schal fest, so daß er Chloes Hüften und Schenkel verdeckte.

Warum kann ich nicht jeden Tag so was anziehen? dachte Chloe. Es war natürlich keine Unterwäsche, aber es verhüllte den Leib genausogut. Der Schal hatte blaue und weiße Streifen, die mit silbernen Fäden durchschossen und mit winzigen Hörnern und Ankhs bestickt waren, und war wunderschön.

Basha brachte die Schmuckschatulle, und Chloe entschied sich, nachdem sie die »andere« zu Rate gezogen hatte, für einen silbernen Reif mit Hörnern, einer Scheibe und einer Filigranfeder sowie für einen Armreifen aus Malachit und Silber. Dann band Basha ein Kopftuch aus gewebtem Silber um Chloes Kopf, dessen Falten ihr über die Schultern und bis auf den Rücken fielen. Zum Schluß setzte sie ihr den Reif auf und verbeugte sich.

»Die Herrin ist bereit?«

Chloe wunderte sich, daß sie keinerlei Schminke tragen sollte, doch als Basha sie in einen Kapuzenumhang hüllte, dämmerte ihr, daß das unerheblich war. Sie hörte winzige Glöckchen im Gang klingeln, dann ging die Tür auf, und sie sah eine ähnlich verhüllte Gestalt davor warten.

Ihr fiel auf, daß die andere keine Sandalen trug und daß sich Basha, als sie sich zu ihr umdrehte, wieder zu Boden geworfen hatte. Wer ist das, daß Basha sich so benimmt? dachte Chloe, vergaß die Frage aber wieder, als man ihr in die wartende Sänfte half und die Vorhänge zugezogen wurden.

Sobald sie drinnen saß, wurde sie von einem mächtigen süßen Duft eingenebelt und mußte durch den Mund atmen, um nicht zu würgen. Sie wurden durch endlose Straßen getragen, bis das Licht, das unter den Vorhängen hereindrang, beinahe verblaßt war.

Als sie anhielten, mußte Chloe als erste aussteigen und wäre beinahe hingefallen, als sie merkte, daß sie auf einen anderen Menschen trat. Sie befanden sich vor der Tür zu einem kleinen Tempel, dessen halb verfallene Säulen von Efeu und Schlingpflanzen überwuchert waren – ein deutlicher Unterschied zu der vorrückenden Wüste um alle anderen Tempelbauten.

Sie schritt durch die Säulenhalle, denn der Tempel war nach dem Grundriß von Karnak erbaut. Die Farbe an den Wänden der Gänge war längst verblichen, und aus den Abbildungen Hathors und ihrer verschiedenen Mythen waren die Edelsteine entfernt worden.

Auf der Wand gegenüber wurde gezeigt, wie Hathor nach Nubien reiste, wo sie die Gestalt einer Wildkatze annahm und vollkommene Zerstörung brachte, bis der Gott Thot in der Verkleidung eines Pavians sie mit seinen Schmeicheleien nach Ägypten zurücklockte.

Chloe konnte jedes Wort lesen und sah in ihrer Erinnerung das verschwommene Bild eines Schulraumes, wo sie diese Geschichte unzählige Male niedergeschrieben hatte, zur Strafe für … wofür? Na super, dachte sie. Die nächste Frage ohne Antwort.

Einen Weg durch den dichten Wald von Hathor-köpfigen Säulen suchend, gingen sie bis zur Rückwand des Tempels. Sie traten in die Kammer der Göttin, und Chloe blickte sich um. Früher waren die Wände mit Silber überzogen gewesen, verriet ihr die »andere«, doch das meiste davon war entfernt worden, so daß nur noch hie und da ein Splitter des heiligen Metalls glänzte.

Die Barke, in der die silberne Statue residieren sollte, war leer, doch vor der am besten erhaltenen Abbildung Hathors stand ein niedriger Tisch mit den rituellen Opfergaben an Getreide und Bier. Als Göttin der Musik, des Tanzes, des Lachens, des Trunks und der Liebe verkündete sie auch die Zukunft der Kinder, und zwar in der Gestalt sieben außergewöhnlich schöner Frauen. Jede der Dienerinnen hier war das physische Gegenstück zu einer der sieben Hathors. Und das Kind, dessen Zukunft sie weissagen würden, hieß Ägypten.

O Camille, dachte Chloe, das würdest du mir nicht *glauben!*

Sie setzten sich an die im Raum verteilten Tische, die mit Kelchen und Tellern gedeckt waren. Chloe las ihren Namen, RaEmhetepet, im Silber eingraviert, und setzte sich auf den Stuhl davor. Nacheinander nahmen die Priesterinnen Platz, wobei ReShera neben ihr zu sitzen kam. In einer flüssigen Bewegung setzten alle gleichzeitig die Kapuzen ab und ließen die Umhänge fallen.

Die sechs Hathors blickten sie an, und Chloe mußte zugeben, daß es die bestaussehenden Frauen waren, die ihr in Ägypten begegnet waren, Hatschepsut eingeschlossen. Keine einzige war geschminkt, wodurch die fein gemeißelten Züge noch deutlicher hervortraten. Manche waren groß und gertenschlank, andere, wie ReShera, klein und zierlich. Alle trugen die silbernen Tücher und Reifen. Nur ihrer hatte Hörner und Scheibe und die Feder der Wahrheit. Sie waren wie eine antike Schwesternschaft, dachte Chloe amüsiert.

Es schien ihre Aufgabe zu sein, den Anfang zu machen. Noch während sie ihren Blick um den Tisch wandern ließ, brachte ein Kind einen silbernen Dolch und legte ihn vor ihr ab. Chloe ackerte ihr Gehirn durch, auf der Suche nach einem Hinweis in RaEms Erinnerung, doch abgesehen von einigen Gesängen für ein Apis-Fruchtbarkeitsritual förderte sie nichts von Bedeutung zutage.

Mit großen Augen sah sie zu ReShera hinüber. »Schwester?« bat sie.

Mit einem milden Lächeln legte ReShera die Hand auf ihr Handgelenk. »Die Mutter versteht dich, RaEm. Ich werde die Aufgabe übernehmen. Darf ich den heiligen Dolch haben?«

Erleichtert reichte Chloe ihn weiter und beobachtete, wie Re-

Shera an einen fernen Alkoven trat. Sklaven führten eine weiße Kuh heraus, die dort versteckt gewesen war. Sie mußte ein Betäubungsmittel bekommen haben, dachte Chloe, denn sie blieb einfach stehen und blickte mit fast menschlichen Augen auf den Dolch.

Chloe sah sich um. Die Priesterinnen weinten. Lautlose Tränen rannen über ihre makellosen Gesichter, während sie zusahen, wie ReShera im flackernden Fackelschein, der sich in den silbernen Fäden in ihrem Schal und Kopftuch brach, auf die Kuh zuging.

Vor der Kuh blieb sie stehen und hob langsam den Dolch. Mit zurückgeworfenem Kopf begann sie zu beten, in hohem, heulendem Singsang, der durch den leeren Tempel hallte und die Geister zum Lobpreisen freisetzte.

»O Mutter Hathor, Göttliche Schwester Amun-Res, die Du alle Schönheit liebst, Beschützerin des Heiligen Auges, bitte erscheine uns. In inständigem Flehen um Dein Wohlgefallen suchen wir das Fleisch dieses Tieres. Nähre durch sein Blut und seine Milch die Deinen. Führe die Deinen, damit auch in Zukunft die Ma'at, das heilige Gleichgewicht des Universums, erhalten bleibt. Gib den Deinen die Kraft von Löwinnen, damit sie erkennen, was den Heiligen Orden der Priesterschaft schwächt. Mutter, gewähre uns Deine Macht, Deine Unerbittlichkeit, Deinen alles sehenden Blick.«

Sie stieß das Messer in die Kuh, deren verängstigtes Muhen sich mit dem Heulen ReSheras und dem der Priesterinnen mischte. Blut sprudelte aus der Wunde in der Flanke der Kuh, und sofort kamen Sklavinnen angelaufen, um den roten Strom in Kannen aufzufangen. Sobald die Kannen gefüllt waren, nahm ReShera ihren Schal ab und stillte die Wunde. Die Kuh wurde weggeführt, und ReShera brachte die Kannen an den Tisch.

Chloe begann zu schwitzen; das hier nahm immer seltsamere Formen an. Eine Sklavin schenkte das dampfende Blut in ihre Kelche, und Chloe widerstand dem innigen Wunsch, ihren Kelch mit der Hand abzudecken; das wagte sie nicht. Gerchet klatschte in die Hände, woraufhin Sklavinnen vortraten und etwas an die Tische brachten, das wie ein Eintopf aussah, aber wie gestockte Milch roch. Sie schöpften jeder Priesterin eine Portion auf den Teller;

Chloe mußte würgen. Es war eine Art Fleischtopf, aber in Milch gekocht.

ReShera hob ihre Hände himmelwärts. »*O liebreizende Hathor. Segne die Deinen, die wir unser heiliges Mahl verzehren. Bereite die Deinen vor auf das Feld des Schilfes, bereite sie vor in der Milch, die Du uns gegeben hast, so wie dieses Kind in der Milch seiner Mutter auf die Ewigkeit vorbereitet wurde. Segne uns, Mutter Göttin.*«

Die Priesterin ließ die Hände sinken und erhob ihren Kelch. »Heute abend brauchen wir ganz besonders die Hilfe der Mutter. Wir müssen unsere täglichen Sorgen vergessen und allein für ihr Wissen leben.« Sie wandte sich mit ausgestreckter Hand an Chloe. »Die Phiole, meine Schwester.«

Chloe sah sie mit großen Augen an. Phiole? Sie schloß die Augen, und plötzlich fiel ihr ein winziges, ablösbares Teil ein, das über ihren Haarreif gestreift worden war. Langsam faßte sie nach oben und ertastete die silberne Scheibe. Sie wollte sich nicht lösen lassen. »Du gestattest, meine Schwester«, sagte ReShera, erhob sich und zog die fünf Zentimeter große Scheibe heraus.

Durch ein schnelles Klopfen mit ihrem langen Fingernagel klappte sie den Deckel auf und gab dann eine Prise des Pulvers darin in ihren Kelch mit warmem Blut. Heilige Scheiße! dachte Chloe. Worauf habe ich mich da eingelassen? Vom Bluttrinken oder irgendwelchen Drogen hat Camille nie etwas erzählt! ReShera reichte ihr die Phiole, und Chloe blieb nichts anderes übrig, als ebenfalls eine Prise in ihr »Getränk« zu geben. Herit-tshatshaah begann drauflos zu schmausen, zog dabei das Fleisch von den Knochen und tränkte es in der Milch, ehe sie es verschlang. Chloe tat es ihr nach und gab sich alle Mühe, keinen Gedanken daran zu verschwenden, was sie da aß. Es konnte kaum schlimmer sein als Heuschrecken in Schokolade. *Hoffte* sie wenigstens.

Schließlich waren Fleisch und Milch verspeist, und ReShera erhob ihren Kelch. Die Priesterinnen, Chloe eingeschlossen, folgten ihrem Beispiel und leerten die Becher. Chloe schluckte mühsam, das Gesicht hinter dem Kelchrand zu einer Grimasse verzerrt.

Jede Frau setzte ihren Becher wieder ab, ohne den makabren Schnurrbart von ihrem Gesicht zu wischen. Chloe merkte, wie das

Blut in ihrem Gesicht zu trocknen begann, doch auf Tischmanieren schien man hier keinen besonderen Wert zu legen.

Die Sklavinnen räumten die Teller ab, dann trugen sie den Tisch hinaus, und gerade als Chloe beinahe zu Boden gefallen wäre, brachten sie Kissen. Sie fühlte sich merkwürdig leicht, als sie so zur Decke aufstarrte. RaAfu begann zu heulen, dann stimmten die anderen Frauen mit ein. Zu Chloes Leidwesen klangen sie in ihrem neuzeitlichen Gehör nicht unbedingt harmonisch, aber etwas in Chloe befahl ihr, den Mund zu öffnen. Mit den Wölfen muß man heulen...

AnkhemNesrt stimmte ein Gebet an. Alle fielen mit ein, wenn auch nicht zur selben Zeit und ganz eindeutig nicht in derselben Tonlage. Chloe sang ebenfalls, allerdings ohne daß sie sich an die Worte erinnerte, die aus ihrem Mund kamen, oder sie auch nur verstanden hätte. Es klang so ähnlich wie daß sie in die Zukunft sehen und Ägypten beschützen sollten... aber sicher war Chloe da nicht.

Verschwommene Erinnerungen stiegen in ihr auf. Sie sah sich selbst mit einem arabischen Mann zusammen, die Leiber wie Bänder ineinander verflochten, sich windend, auf der Suche nach Lust. Camille stand in der Tür, das Gesicht vor Entsetzen entstellt. Der Araber kam ihr irgendwie vertraut vor und zog sich wieder an. Chloe ließ sich nackt und ohne jede Scham in ihrem Bett zurücksinken, mit großen und feindseligen braunen Augen.

Ruha-ets schrilles Jaulen riß Chloe aus ihrer Träumerei. Gerchets Heulen hatte sich zu einem Schreien gesteigert, und als Chloe sich mühsam in halbsitzende Position hochgekämpft hatte, sah sie ReShera mit weit aufgerissenen Augen und riesigen Pupillen durch den Raum taumeln und geloben, daß sie Hathors Hand der Rache sein und die Priesterschaft reinigen würde, damit Ägypten den Wüstengott der Sklaven verjagen konnte.

Dann kippte ReShera seitlich nach hinten weg wie ein Kreisel, der an Schwung verliert, und schlug der Länge nach auf den Boden, wo sie mitten im Wort verstummte. Auf einen Ellbogen gestützt, an dessen Existenz sie sich nur mit Mühe erinnerte, beobachtete Chloe die wirren, schlangengleichen Tänze dreier Priesterinnen – sieben, acht und zehn Uhr, wie Chloe glaubte, doch das war verflucht schwer zu sagen, wo alle die gleichen Sachen anhatten und überhaupt…

Sie begann, hysterisch über die drei Frauen zu lachen, die herumtapsten wie eine antike Version der drei Bären, die ineinanderliefen, gegen die Wände krachten und über ihre eigenen Füße stolperten. Sie mußte immer lauter lachen, als sie aufstand und ihnen nachtaumelte. Es war wie Autoscooter-Fahren, nur nicht so schmerzhaft, da sie nicht das geringste spürte.

Das Fackellicht fing ebenfalls an zu tanzen, das orangefarbene Flackern verblaßte zu Weiß und verwandelte sich dann in… Gene Kelly! Was hatte er im alten Ägypten zu suchen? Er sah so jung aus!

Sie machte schon den Mund auf, um ihn zu fragen, doch ehe er antworten konnte, hatte er sich bereits in ein riesiges schnauzbärtiges Comicwesen mit einem Stern im Bauchnabel verwandelt, den Starbelly Sneech von Dr. Seuss. Als sie die Hand ausstreckte, um den Bauch der Comicfigur zu berühren, wurde sie am Arm gepackt und weggezogen. Man ließ sie los, doch Starbelly war verschwunden, und vor ihr stand statt dessen ein riesiger, flammender Kohlenrost.

Sie sah sich im Raum um. Die anderen Frauen waren zusammengebrochen und lagen wie Haufen schmutziger Wäsche auf dem Boden. Chloe gähnte. Es sah wirklich gemütlich aus, darum folgte sie mit der Eleganz einer gefällten Eiche dem Beispiel der anderen.

Chloe erwachte in ihrem eigenen Zimmer. Es war immer noch dunkel, was großes Glück war, da selbst der Widerschein des Mondes auf den Leintüchern in ihren Augen stach. Das Dröhnen in ihrem Schädel verlieh dem Wort »verkatert« eine völlig neue Dimension. Äußerst behutsam, damit der Raum nicht allzu schnell rotierte, hievte sie sich aus dem Bett.

Was habe ich gestern abend nur getrunken? Die Erinnerung an den nach Kupfer riechenden Cocktail ließ sie in Richtung Bad stürzen. Unglücklicherweise war ihr eine Wand im Weg. Der Aufprall ließ Chloe einknicken und Basha schreien: »Herrin, Herrin!«

Laut stampfend wie ein Dinosaurier aus *Jurassic Park* kam die

Sklavin auf sie zugerannt. *»Ist alles in Ordnung, Herrin?«* kreischte sie. Chloe preßte die Hände gegen den Kopf und lehnte sich gegen die Wand.

Ganz leise, aber sehr deutlich, flüsterte sie: »Mein Kopf explodiert gleich. Ich werde gleich sterben. Wenn du noch einen Laut von dir gibst, lasse ich dich bei lebendigem Leibe häuten.«

Basha blieb vor Schreck der Mund offenstehen. Offensichtlich hatte das Sklavenmädchen keinen Sinn für Humor. Chloe wurde zu ihrem Nachttopf geführt, wo man sie alleine ließ.

Die Morgensonne strich über Chloes Gesicht, woraufhin sie die Decke höher zog und dem Licht den Rücken zudrehte. Verblüffenderweise ging es ihr gut, wenigstens verglichen mit letzter Nacht. Ihr fiel die gräßliche Brühe wieder ein, die Basha ihr eingeflößt hatte, doch wenigstens blieb ihr Magen dort, wo er hingehörte.

Und was gestern nacht anging – ihr sollte noch mal jemand was von Halluzinationen erzählen! Als ihr der Starbelly einfiel, mußte sie laut lachen. Ich war schon immer ein Fan von Dr. Seuss, dachte sie kichernd. Doch die anderen Erinnerungen? Das war ganz bestimmt nicht ich, vor allem würde ich Cammy bestimmt nicht zuschau –

Verflucht noch mal, begann es in Chloes Gehirn zu arbeiten. Was ist, wenn ich keine Erinnerung und keinen Traum, sondern die Zukunft gesehen habe? Wir *haben* darum gebeten, in die Zukunft zu schauen. Aber wieso sollte ich braune Augen haben? Die Antwort traf sie mit solcher Wucht, daß sie rückwärts auf die Liege kippte. RaEmhetepet hatte braune Augen gehabt; nun hatte sie grüne. Was ist, wenn RaEm ihre eigenen Augen behalten hat und in meine Haut geschlüpft ist ... im zwanzigsten Jahrhundert! Was würde sie mit meinem Leben anrichten?

Ist es möglich, daß diese Drogen meinen Geist so weit geöffnet haben, daß ich 3500 Jahre in die Zukunft blicken konnte? Auch wenn ich nicht an diese alten Götter glaube, was ich da getrunken habe, war wirklich heftiger Stoff. Ist es möglich, daß es so gewirkt hat? Was hätte es sonst sein können? Was stellt sie mit meinem Leben an? Camille hat so bekümmert ausgesehen, daß ich sie kaum wiedererkannt habe. Was war das für ein Kerl? Wieso schläft er mit RaEm? Er weiß nicht, daß sie RaEm ist. Er denkt, ich bin es! Verdammt!

Basha hatte sich verzogen, und Chloe eilte an die Truhe, um nach dem Reif zu suchen, den sie am Vorabend aufgehabt hatte. Er war nirgendwo zu finden. Wütend kramte sie in den anderen Kisten, schleuderte Schurze, Schärpen, Kragen und Sandalen in einem kunterbunten Haufen auf den glänzenden Boden. Der Reif war nicht mehr da.

Ein Klopfen riß Chloe aus ihrer Suche. Da Basha nicht bei ihr war, lief sie selbst durch das Zimmer und öffnete die Tür. Vor ihr stand Cheftu, eindrucksvoll und durchaus ansprechend in seinem schlichten Schurz, dem Kopfputz und dem Fayence-Kragen. Seine goldenen Augen weiteten sich für einen Moment, und Chloe meinte in seinem Mundwinkel sogar den Anflug eines Lächelns zu entdecken.

Dann verwandelte er sich wieder in Cheftu. Den verwirrenden, irritierenden, arroganten Wachhund und Oberaufpasser. Cheftu, der ihren Olivenzweig ins Feuer geworfen hatte. »Herr?« wollte Chloe in ihrem herablassendsten »Ra-Em«-Tonfall wissen.

Er neigte den Kopf. »Leben, Gesundheit und Wohlergehen! Der Prinz hat uns eingeladen, mit ihm in den Marschen auf die Jagd zu gehen.« Er sah an ihr vorbei ins Zimmer. »Mir war nicht klar, daß du heute morgen, ähm, indisponiert sein würdest.«

Chloe senkte den Blick. Sie trug ein kurzes Nachthemd, und das Haar stand ihr in struppigen Büscheln vom Kopf ab. Der Wunsch, Cheftus offensichtliches Vorurteil zu widerlegen, sie würde den ganzen Tag nur zetern und in Ohnmacht fallen, war übermächtig.

»Es geht mir ausgezeichnet, Herr, und ich würde sehr gern einen solchen Ausflug machen. Wenn du nur ein paar Minuten warten möchtest, dann werde ich mich umziehen und dir Gesellschaft leisten.« Sie trat zurück, um ihn hereinzulassen, und bemerkte zufrieden seine überraschte Miene, die er augenblicklich zu verbergen suchte. Nach einer Sklavin klatschend, ging sie ihm voran.

»Sieh zu, daß dem Herrn die Parfümierung serviert wird«, befahl sie, »und laß mein Bad ein.« Mit einem ihrer Meinung nach einzigartig huldvollen Lächeln ließ Chloe Cheftu auf dem zierlichen Weidenstuhl Platz nehmen, während sie in ihr Schlafzimmer eilte, entschlossen, der bereits eingeschüchterten Basha den Hals umzudrehen.

In Rekordzeit für eine ägyptische Adlige kehrte Chloe in den Wohnraum zurück. Cheftu erhob sich, von neuem überrascht. »Herrin ...?«

Chloe setzte sich auf den Stuhl ihm gegenüber und bat ihn, wieder Platz zu nehmen. »Auch ich muß etwas essen. Bitte leiste mir dabei Gesellschaft.« Schweigend vertilgten sie knusprige Brötchen und saftiges Obst. Lediglich die frische Milch, die Cheftu ihr anbot, wies Chloe schaudernd zurück.

Immer wieder sah er sie verstohlen an. Chloe mußte sich ein Grinsen verkneifen. RaEm war kaum jemals vor dem Mittagessen aufgestanden, das wußte sie. Sie brauchte mindestens zwei Stunden zum Anziehen. *Den* Rekord habe ich mit links geschlagen, dachte sie, und kaute triumphierend drauflos.

Cheftu war überrascht. Sei ehrlich, sagte er sich, du bist überrascht. Der Prinz hatte RaEms Teilnahme gewünscht, und Cheftu hatte erwidert, die Sache sei hoffnungslos, aber er würde dennoch fragen. Vorausgesetzt, sie würde nach dem gestrigen Tag überhaupt noch mit ihm sprechen. Bei der Feder, was hatte sie ihm für eine eigenartige Frage gestellt!

Als er vor ihrer Tür gestanden hatte, hatte RaEm ihm persönlich geöffnet, allem Anschein nach direkt von der Liege eines Geliebten aufgestanden, und ihn wissen lassen, daß sie mitkommen würde. Dann war sie, nur ein paar Minuten später, strahlend wie die Sonne selbst wieder ins Zimmer getreten, in einen kurzen Schurz gekleidet, der über ihren schlanken, wohlgeformten Beinen schwang, sowie ein Leinenhemd, in dem sich eine Bescheidenheit ausdrückte, wie er sie lange nicht mehr an RaEm festgestellt hatte. Eine Bescheidenheit, die er ganz eindeutig anziehend fand.

Sie beendete ihr Mahl und starrte hinaus in den Garten, die Beine übereinandergeschlagen und mit einer Sandale wippend. Sie trug keinerlei Schmuck in ihrem kurzen Haar, und abgesehen von etwas Bleiglanzpulver um ihre Augen war sie ungeschminkt. Sie war attraktiver, als Cheftu es sich je ausgemalt hätte.

»Eine Perle für deine Gedanken«, sagte er leise.

Ein bittersüßes Lächeln huschte über ihre Lippen. »Meine Familie.«

»Hast du etwas von Makab gehört?«

»Makab?« Sie sah ihn überrascht an. »O nein. Er ist kein großer Briefeschreiber«, erwiderte sie schnell.

Zu schnell, dachte Cheftu und runzelte die Stirn. Der Makab, den er kannte, schrieb ausgesprochen oft. Er sah zu, wie sie ein paar Datteln verspeiste und dabei mit langen Fingern elegant die Kerne herausschälte – irgend etwas paßte einfach nicht zusammen. Ihre Fragen, ihre Marotten, ihre Bewegungen, ihre Einstellung. *Haii,* heilige Isis, ihre Küsse!

Die Wirkung, die sie auf ihn hatte, war vernichtend. Er kam sich vor wie ein grüner Junge, nervös und verunsichert. Ihm war wichtig, wirklich wichtig, was sie dachte. Bei den Göttern! War er wahnsinnig? Er wußte doch, was für eine Frau sie war. Sie langweilte sich und saß in der Verbannung, und natürlich würde sie seinen Wünschen nachkommen, wenn er es darauf anlegen würde; sie konnte es nicht ertragen, allein zu sein. Doch sobald sie wieder in ihrer gewohnten Umgebung war, würde sie erneut die Krallen ausfahren. Vergiß das nicht, alter Narr, schalt er sich selbst. Sie wäre keine gute Schwindlerin, wenn sie dich nicht hinters Licht führen könnte.

Der Ausflug fand zu Ehren der sieben Hathor-Priesterinnen statt. Sie verließen nur sehr selten Waset oder ihre Heimat-Gaue. Außerdem feierte man dadurch die Rückkehr des Wassers. Obwohl es nur noch gefährlich wenig Leben darin gab, zeigte der Nil sein gewohntes schlammiges Blaugrün. Das Blut hatte nicht nur die Fische getötet, auch die Krokodile und ein Großteil der Wasservögel waren verhungert. Die übriggebliebenen Vögel wurden von den Ägyptern gejagt. Tolle Naturschutzmethoden, dachte Chloe ironisch.

Thut hatte drei Boote vorbereiten lassen und zusätzlich einige Höflinge und Soldaten eingeladen, damit genug Gäste an Bord waren. An jeder der goldenen Barken flatterte das rote Banner der Armee mit Thuts aufgestickter Kartusche. Stühle und Tische standen in Gruppen auf dem Deck und nahe einer geschützten Ruhenische, die durch ein Stoffdach von der sengenden Sonne abgeschirmt war. Der Proviant folgte auf einem eigenen Beiboot, und die Brise trug den Duft nach backendem Brot und frisch gebrautem Bier zu ihnen her.

Die Sieben-Uhr-Priesterin war ausgesprochen angetan von Cheftu. Chloe merkte das sofort und spürte zu ihrer Überraschung einen Stich – *ich bin doch bestimmt nicht eifersüchtig*. Ein schlanker junger Adliger gesellte sich zu Chloe, und Cheftu entschuldigte sich. Nachdem er sich eine Weinamphore geholt hatte, faltete er seinen großen Körper zu Sieben-Uhrs Füßen zusammen und flirtete nach allen Regeln der Kunst mit ihr.

Chloe konzentrierte sich auf den Mann vor ihr. Er war erst Mitte Zwanzig, doch die festen Linien seines Gesichts waren vom zügellosen Leben weich geworden. Er nahm ihr den Wurfstock aus der Hand und gab ihr einen sanften Klaps damit. »RaEm, mein Lieblingsschützling. Du fehlst mir so, seit du nur noch mit Nesbek spielst. Darf sonst niemand mehr mit dir spielen? Oder willst du mich bestrafen, indem du andere deine Talente kosten läßt?« Seine Stimme war die eines greinenden Kindes, doch sein Blick jagte Chloe Schauer über den Rücken. Noch einer von RaEms abgelegten Liebhabern. Pakab. Erneut versetzte er ihr einen Schlag mit dem Stock, diesmal weniger sanft. »Hat Bastet deine Zunge gestohlen?«

Als er den Stock zum dritten Mal erhob, fing Chloe ihn noch in der Luft ab. Pakab sah sie überrascht an, dann breitete sich auf seinem Gesicht ein schmieriges Lächeln aus, das seine vollen, sinnlichen Lippen noch weiter hervortreten ließ. Einen Moment lang lag ein Glitzern in seinen Augen. »Schon gut, Priesterin. In *seiner*«, er betonte das Wort, »Gegenwart sollten wir lieber mit offenen Karten spielen.« Pakab beugte sich vor und flüsterte ihr ins Ohr: »Es ist so schön, daß du wieder in Goshen bist. Bitte verzeih mir, ich kann es kaum erwarten, wieder mit dir zu spielen.« Er steckte seine Zunge in ihr Ohr, und Chloe zuckte zusammen, doch Pakab entfernte sich bereits, einen Arm um eine der älteren »Damen« am Hof gelegt.

Chloe spürte ReSheras Blick, und das Blut gefror ihr in den Adern, als sie den Tadel und das Entsetzen in den Augen der anderen sah. Chloe versuchte zu lächeln, doch ReShera wandte sich ab. Mit einemmal verdüsterte sich der wunderschöne Tag. Gelegentlich sah Cheftu zu ihr herüber, beinahe wie ein Kindermädchen, ansonsten konzentrierte er sich jedoch ganz und gar auf die eleganten Züge und ausdrucksvollen Hände von Sieben-Uhr. Chloe gab sich nicht einmal die Mühe, sich ihren Namen auf ägyptisch in Erinnerung zu rufen.

Thutmosis war der übliche Draufgänger und hatte den Wurfstock mehr in der Luft als in der Hand, während ihn die nackten Serviererinnen umschwärmten wie Bienen den Lotos. In regelmäßigen Abständen sah er zu Chloe hin, machte aber keine Anstalten, sich zu nähern.

Endlich begriff Chloe, was es bedeutete, ganz allein unter vielen zu sein.

RaEm beherrschte den Wurfstock nur mäßig – diese Information war problemlos abrufbar –, und Chloe hatte nicht den Mut, ihre Fähigkeiten auszuprobieren. Die ständige Schauspielerei, diese endlose Scharade, selbst die fehlende Unterwäsche machten ihr schon genug zu schaffen. Das Wissen, daß RaEm möglicherweise in ihrer Haut steckte und ihr Leben ruinierte ... und jetzt mit einem Kind im Bauch ... Chloe weigerte sich, den Gedanken weiterzuverfolgen. Irgendwann würde sie fliehen oder sich verstecken müssen. Als Hathor-Priesterin war es ihr nicht erlaubt, außerhalb des Ehegelübdes ein Kind zu bekommen. Natürlich hätte sie genaugenommen noch Jungfrau sein müssen, doch dieses Gesetz hatte man abgemildert, so daß sie jetzt nur noch während ihrer Zeit im Tempel »rein« bleiben mußte.

Chloe besah sich die anderen Priesterinnen, diese wunderschönen und scheinbar so tugendhaften Frauen aus den allerbesten Familien. Trug irgendeine von ihnen ein ähnliches Geheimnis in ihrem Leib? Sie bezweifelte, daß es im alten Ägypten eine Entbindungsklinik gab, wo sie anonym gebären konnte. Sie hielt sich an der Bootsreling fest und beobachtete, wie eine der vielen dressierten Katzen in den Sumpf sprang und einen Vogel apportierte, den Thuts Stock gefällt hatte.

Chloe rüttelte sich auf und beobachtete, wie ein Vogel nach dem anderen aus dem Himmel geholt wurde – immer weniger im Laufe des Tages und mit zunehmendem Alkoholpegel der Jäger. Cheftu amüsierte sich königlich; er lag mit dem Kopf im Schoß von Sieben, während Zehn seine Füße streichelte. Chloe kam sich vor wie unsichtbar. Also gut, sie war eifersüchtig. Und einsam. Knochenmalmend, herzzerreißend einsam. Wann würde sie endlich heimkehren können? Sie würde alles darum geben, wieder unter Cammys miserablem Farbsinn zu leiden und Mutter zuzuhören, wie sie sich über irgendeine Neuerwerbung ausließ oder über jene Technik und ach! dieses phantastische Wasweißich deines Vaters... alles, was Vater anpackte, war in Moms Augen phantastisch. Zu sehen, wie Vater seine Pfeife stopfte...

Das Grünblau des Nils verschwamm vor ihren Augen.

Chloe spürte eine warme Hand auf ihrer Schulter.

Thutmosis stand hinter ihr. »Ich hoffe, daß du heute abend mit mir speist, silberne Herrin. Es... wir hatten keinen guten Anfang miteinander. Ich würde mir wünschen, daß du mir Gelegenheit gibst, alle falschen Eindrücke auszuräumen, die du bekommen haben magst.« Chloe fühlte sich gerührt von der für ihn strapazierenden und demütigen Rede, die er mit all dem Charme vorgetragen hatte, dessen er mächtig war.

»Ich würde mich überaus geehrt fühlen, Prinz«, log sie. Eine Weile standen sie verlegen schweigend nebeneinander, bis der Lärm einiger Frauen, die sich zum Umkleiden zurückzogen, Chloe die Gelegenheit gab, auf die sie gewartet hatte. Sie mischte sich unter diese delikaten Blumen der ägyptischen Gesellschaft und wechselte auf das zweite Boot, wo man Leinenvorhänge gespannt hatte, damit sich die Frauen umziehen konnten. Ihr entging nicht, daß die Vorhänge nur zu gut erahnen ließen, was dahinter vorging, und sie merkte auch, daß die Männer auf Thuts Boot sich plötzlich weniger für die Jagd als vielmehr für das Zuschauen interessierten. Was wahrscheinlich der Zweck des ganzen Manövers war.

Die sieben Hathors versammelten sich, und Chloe fiel auf, daß sie, abgesehen von den notwendigsten Mitteilungen, so gut wie nie miteinander sprachen. Im Gegenteil, die Gruppe wirkte ausgesprochen angespannt, und in der Luft lag eine Feindseligkeit, die man mit dem Wurfstock hätte schneiden können.

Als Chloe endlich umgezogen war, ging es in ihrem Kopf drunter und drüber. Sie faßte nach ihrer Kette und drückte sie mit aller Kraft. Es war das einzige, was in ihrem Leben unverändert geblieben war. Und doch hatte auch die Kette sich verändert. Sie sah an sich herunter. Das Bild der braunäugigen Chloe sprang ihr vor Augen. Eine braunäugige Chloe mit einem Ankh-Anhänger an einer silbernen Kette, auf dem ebenfalls Ra-Emphetepet stand. Sie ließ den Ankh an seiner Malachit-Lapis-Perlenkette auf ihre Brust fallen. Er sah aus wie ihrer, aber es war RaEms. Ihre eigene Halskette war verschollen, genau wie ihr ganzes Leben. Ersetzt durch ein unvollständiges Abziehbild der Wirklichkeit.

Sie kehrte mit den übrigen auf die Barke zurück, wo das Fest stattfand. Auf dem Deck war alles wie für eine Theateraufführung vorbereitet, auf der einen Seite saßen die Damen, auf der anderen die Edelmänner. In der Mitte hatte man eine runde Fläche für Thuts viele Gaukler freigeräumt. Über das gesamte Boot waren Lotosgirlanden gespannt, und alle Gäste bekamen eine blaue Lilie zu ihrem Kostüm gereicht. Wie die meisten anderen Frauen trug Chloe ihre in der Perücke, und zwar so, daß der Blütenkelch direkt über ihre Stirn hing und sie die ganze Zeit den Duft einatmete.

Auf kleinen Tischchen warteten Körbe mit Obst und Blumen, und über den Köpfen der Zuschauer erhoben sich zauberhaft gemalte falsche Säulen, so daß man sich in einem Säulengang wähnte, der über den Nil trieb. Chloe fiel auf, daß man zwischen den Säulen Wassersäcke in der Luft aufgespannt hatte, und die »andere« erklärte ihr, daß damit die Moskitos abgehalten werden sollten.

Lichtschalen spiegelten ihren Schein in metallenen Becken, und der Wind ließ die Schatten über dem Gefolge und dem stillen Wasser hin und her schießen. Hoch über ihnen prangten die Sterne, deren Funkeln sich im Nil brach und damit die Nacht doppelt erglänzen ließ.

Perücken tragende Sklavinnen mit strategisch geschickt umgehängten Perlenschnüren schritten zwischen den Gästen hindurch und verteilten Kegel mit Duftwachs, die man sich auf den Kopf setzte. Im Lauf des Abends würde das Wachs schmelzen, so daß der Duft in die Perücken und auf die Kleider tropfte und den wichtigsten aller ägyptischen Sinne reizte, den Geruch. Chloe fand das Gefühl eklig – lange, fettige Finger, die über ihren Nacken glitten und dann weiter über ihre verschwitzte Haut rannen – doch da sie an diesem Abend eine Galaperücke trug, war ihr die Sauerei ziemlich gleichgültig.

Alles roch: das Parfümwachs, die Blumensträuße, die man an allem befestigt hatte, was einigermaßen ruhig blieb, der Schweiß der herumeilenden Apiru und der erregten Gäste, der Wein, das Bier und vor allem der Gestank der Nilmarschen. Chloe wurde es von neuem übel.

Jeder Gast hatte einen gläsernen Kelch. Junge Burschen mit rasierten Körpern und Bändern in ihren Jugendlocken schlängelten sich durch die Gesellschaft und füllten die Gläser mit Dattelwein oder Bier. Nach etwa drei Schluck des unerwartet kräftigen Weines spürte Chloe, wie ihre schwere Perücke noch schwerer wurde und ihr Magen sich protestierend zusammenzog. Zwar war sie halb am Verdursten, doch gab es kaum etwas anderes zu trinken, deshalb gab sie sich damit zufrieden, immer wieder Wasser nachzuschenken.

Plötzlich verstummte die Menge.

Thuts Auftritt wurde angekündigt, und wie alle Gäste kreuzte auch Chloe den Arm vor der Brust. Sobald Thut seinen Platz eingenommen hatte, huschte ein Sklave zu Chloe herüber, um sie einzuladen, Horus-im-Nest Gesellschaft zu leisten. Überrascht stellte sie fest, daß der Sklave kein Ägypter war, sondern einer fremden, hellhäutigeren Rasse angehörte. Man hatte ihn einfach dunkel angemalt, damit er ägyptischer aussah. Die Vorstellung begann. Chloe spürte, wie ihr Leib sich unwillkürlich zum Schlag des Sistrums und dem Klagen der Doppelflöte zu wiegen begann.

Sie schenkte Thut ein unsicheres Lächeln, als er sich vorbeugte und ihr eine Lotosblüte ins Gewand steckte, genau zwischen ihre Brüste. Dann traten die Tänzerinnen auf, die in einem Orkan von Düften und nackter Haut herumwirbelten und in deren juwelenbesetzten Gürteln und Kragen die Fackeln funkelten. Es waren keine Ägypterinnen; verdutzt bemerkte Chloe, daß die Truppe von einer Rothaarigen angeführt wurde, die ihr langes Haar in Tausende winzige Strähnen geflochten hatte. Die Tanzenden kreiselten wie die Derwische, sprangen übereinander weg und hüpften hoch in die Luft. Die »andere« erkannte sie als Kefti. Dann wurde der Tanz langsamer. Als sich das Wirbeln in ein verführerisches Wiegen verwandelt hatte, fiel Chloe auf, daß so gut wie alle Gespräche verstummt waren und daß eine ganze Reihe von Parfümkegeln zu schmelzen begonnen hatten. An ihrer Seite hörte sie Thuts schweres Keuchen, der sich keine Bewegung der Rothaarigen entgehen ließ.

Nur Cheftu konnte Chloe nirgendwo entdecken.

Sie tat so, als wäre ihr das gleich, und versenkte sich in die kunstvollen Bewegungen des Tanzes wie in die tiefen Klänge der Harfen. Erneut steigerten die Tänzerinnen das Tempo, und die Zuschauer, Chloe eingeschlossen, klatschten im Takt dazu.

Schließlich sanken die Mädchen vor Thut in einer eleganten Verbeugung nieder, mit schwer gehendem Atem nach dem anstrengenden Tanz. Die Zuschauer jubelten ihnen begeistert zu, und zwar ganz besonders, als die Rothaarige nach vorne gewinkt wurde und Thut ihr einen Ring von seinem Finger überreichte.

Sie war eine winzige Person, dachte Chloe, gerade einmal einen Meter fünfzig groß, und das meiste davon verschwand unter ihren flammendroten Zöpfen. Als das Mädchen kurz zu Horus aufblickte, erkannte Chloe, daß ihre braunen Augen unter schweren Wimpern verborgen lagen – und daß sie Horus mit jedem Knochen ihres feingliedrigen Leibes haßte. Augenblicklich senkte die Tänzerin den Blick wieder und verbeugte sich nochmals, doch da hatten zwei von Thuts Edelmännern bereits einen Blick miteinander getauscht und die Hand an ihre Dolche gelegt. Einige der Mädchen wurden auf verschiedene Schöße gezogen, während sie durch das Publikum hindurch von der Bühne abgingen. Die Rothaarige blieb unbehelligt; der Anspruch, den Horus auf sie erhoben hatte, war endgültig.

Als nächstes kamen die Ringer, die Lieblinge der Ägypter. Sie umkreisten einander auf der kleinen Freifläche, die breiten Leiber nur in die durchbohrten Lederschurze der Fischer gehüllt. Die Rücken waren tätowiert, aber nicht mit ägyptischen Motiven, sondern in eleganten, geschwungenen Linien, die sich zu Blumen, Gärten, Vögeln und Fischen aus Tinte und Haut zusammenfügten. Umjubelt von der weinseligen Menge, sprangen sie einander an und hielten einander umklammert wie Liebende. Die Feiernden wurden mit jeder Minute lauter und fröhlicher und schlugen ihre Gläser auf den Tisch. Chloe fiel auf, daß die anfangs streng getrennten Geschlechter sich immer mehr vermischten. Selbst ein, zwei Priesterinnen saßen nun neben juwelenbehangenen Edelmännern.

Die Feier wurde unterbrochen, als der Mundschenk Rekhmire Thutmosis die gefüllten und gerösteten Vögel präsentierte. Die Ringer lösten sich voneinander, verbeugten sich vor Thut und gingen ab. Nacheinander wurden auf dem niedrigen Tisch vor Thut die Speisen aufgebaut. Als keine weitere Platte mehr darauf paßte, bellte Thut: »Serviere meinen Getreuen das Mahl, Rekhmire!« Der Mundschenk verbeugte sich unter dem Jubel der berauschten Menge und begann, die knusprigen Vögel auszuteilen.

»Deinen habe ich ganz besonders zubereiten lassen«, sagte Thut zu Chloe, als der Mundschenk ihre Portion brachte. Sie schluckte schwer. Die »andere« überflutete ihr Gehirn mit Informationen. Daß Thut für sie einen Vogel tötete und braten ließ, war eine gängige Form der Brautwerbung. Sie würden das Tier gemeinsam verspeisen, sich möglicherweise sogar gegenseitig mit den leckersten Bissen füttern. Dies war keine widerliche Anmache, dies war der erste Schritt in Richtung Ehe.

Chloe sah sich um. Thuts Frau Isis war nicht da; wahrscheinlich hütete sie seinen Sohn Turankh, den Thronerben und Thuts Augapfel. »Herrin? Sagt er dir zu?« Sie schaute in Thuts unergründliche Augen, dann senkte sie den Blick auf den knusprigen Braten. Er sah ausgesprochen lecker aus, wenn man verkohlte Haut mochte. Der Duft von gebackenem Honig und Feigen stieg davon auf, und sie streckte die Hand danach aus.

Thut legte eine Hand auf ihre. »Warte auf den Vorkoster, Herrin des Silbers.« Er winkte einen der wartenden Sklaven herbei, der den Arm über der Brust kreuzte und ein Stück von Chloes gebratener Ente entgegennahm. Der Vorkoster kaute und schluckte, während die Gesellschaft argwöhnisch seine Bewegungen verfolgte, denn dieses Spektakel war wesentlich aufregender als die sich langsam wiegenden Musiker. Der Vorkoster verbeugte sich erneut und ging davon, doch Thut behielt Chloes Hand fest in seiner.

Mit einem Lächeln, das aus der Tiefe seiner braunen Augen kam, reichte er ihr seinen Becher. »Warte noch ein wenig, Herrin«, meinte er, während er ihr beim Trinken zusah.

Ein weiterer Sklave wurde ausgewählt, der die gleiche Prozedur für Thut durchführen sollte, doch als er eben ein Stück Fleisch vom Knochen gerissen hatte, erscholl von der anderen Seite des Decks ein Schrei. Sofort lief Rekhmire hin. Der Sklave, der das Essen aus Chloes Hand entgegengenommen hatte, lag zusammengekrümmt auf dem Deck, eine Hand auf den Magen gepreßt, schwer atmend und am ganzen Leib bibbernd.

Thut rief nach einem Arzt. Die Gäste beobachteten neugierig den Sklaven, doch niemand machte Anstalten, ihm zu helfen. Chloe sah Schmerzenstränen über sein Gesicht rinnen, während sein Körper verzweifelt versuchte, das Essen wieder auszuwürgen. Ein Schweißfilm überzog ihren Körper und rann in eisigen Tropfen über ihren Rücken, der abendlichen Hitze zum Trotz. *Das war ihr Essen gewesen.* Die Welt zog sich von ihr zurück, bis sie nur noch Thuts Zetern hörte, wer für die Zubereitung des Essens verantwortlich gewesen sei. Wie war es möglich, daß ihm so schnell übel wurde? War er allergisch? War er vergiftet worden? fragte die »andere«.

Der Sklave fiel in Ohnmacht, und die im Schatten liegende Gestalt schien mit der Dunkelheit zu verschmelzen. Stumm beobachteten die Gäste, wie Cheftu über das Deck gelaufen kam und vor dem Leib des Sklaven in die Hocke ging. Zitternd trat Chloe vor.

Der Mann lag mit dem Gesicht nach unten. Chloe rümpfte die Nase wegen des Gestanks, der von seinem mit Blut und Schleim vermischten Mageninhalt auf dem Deck aufstieg. Thut stand neben ihr, angeekelt die Zähne bleckend. »Ich will wissen, wer versucht hat, mich umzubringen!«

»Mein Prinz«, sagte Cheftu, »er kann deine Fragen nicht hören.«

»Dann weckt ihn auf!« spie Thut.

Offenkundig verärgert fuhr Cheftu sich mit der Zunge über die Lippen. »Mein Prinz, der Mann ist krank. Niemand hat versucht, dich umzubringen. Er ist einfach nur krank; das kommt manchmal vor, wenn man in der Hitze Res ein Mahl zubereitet.«

Thut zog die Brauen zusammen. »Dann bring ihn zurück nach Avaris und laß ihn dort beobachten. Ich will wissen, wann er erwacht… und was dieses Essen bei ihm angerichtet hat.« Er klatschte in die Hände und wandte sich an seine Gäste. »Der edle Herr Cheftu wird sich um diesen Sklaven kümmern. Laßt uns weiterfeiern!« Gehorsam kehrten alle auf ihre Plätze zurück. Die Musiker begannen zu spielen, und die Sklaven säuberten unauffällig das Deck.

Chloe beobachtete, wie Cheftu in eines der kleinen Beiboote stieg und die Sklaven anwies, ihren Gefährten zu tragen. Sein Schurz glitzerte im flackernden Fackelschein, und Chloe begriff bestürzt, daß er weder Juwelenschmuck noch Schminke trug, wie es jeder Ägypter tat. Und auch kein Kopftuch. Sein Haar, das sie noch nie zu Gesicht bekommen hatte, war dicht und schwarz und glänzte bläulich im Fackellicht. Er hatte so vertraut ausgesehen… und so verletzlich.

Schnell überflogen ihre Augen das Deck des anderen Schiffes, das bereits Segel setzte, als sie den größeren weißen Fleck entdeckte – ein Umhang –, der mit dem Weiß von Cheftus Schurz verschmolz.

Chloe riß ihren Blick wieder los. Sieben war nirgendwo zu entdecken; bedrückt erkannte Chloe, daß die Priesterin der Grund dafür gewesen war, daß Cheftu so ungeschminkt aus der Versenkung aufgetaucht war. Chloe setzte ein falsches Lächeln auf, warf schlagartig ihren früheren Entschluß über den Haufen und nahm den großen blauen Glasbecher, den das Sklavenmädchen ihr anbot. Thut war in eine Unterhaltung mit seinen Edelmännern vertieft, und so kippte Chloe ihr Glas hinunter, entschlossen, den heutigen Abend vollkommen zu vergessen. Und zwar so schnell wie möglich.

Erneut erwachte sie mit einem Kater und ohne zu wissen, wie sie ins Bett gekommen war. Ich darf das nicht zur Gewohnheit werden lassen, dachte sie und steckte den Kopf unter die leinene Decke, um Res hellen Strahlen zu entkommen.

Basha schlich in ihr Zimmer und stellte flüsternd ein Tablett mit Milch und Obst vor ihr ab. Chloe nahm einen Schluck Milch und eilte sofort darauf zum Nachttopf, eine Hand gegen die Stirn gepreßt, die andere gegen den Magen. Jemand klopfte an die Tür, und ihr Magen krampfte sich noch fester zusammen. Scher dich weg, dachte sie mit tränenüberströmtem Gesicht. Basha blieb eine ganze Weile lang weg, und als sie zurückkehrte, wich sie Chloes Blick aus. Mit sanftem Griff führte sie Chloe an den Massagetisch und begann, eine kühlende Minzlotion in ihre erhitzte Haut zu reiben. Während sie Chloes Schläfen massierte, dachte Chloe über die vergangenen Nächte nach. War das RaEms Stil? Die ganze Nacht durchzufeiern und bis zum Nachmittag zu schlafen? Daran mußte sie unbedingt etwas ändern, falls – nein, *weil* – sie schwanger war. Chloe schloß die Augen, halb in den Schlaf gewiegt von Bashas Massage.

»Es ist Monatsanfang, Herrin«, sagte Basha. Ihre Stimme klang unsicher. »Soll ich dir einen Seher rufen?«

Chloe durchforstete RaEms Erinnerung, und die Informationen, die sie zutage förderte, waren beängstigend. Wie die meisten adligen Ägypter hatte sich RaEm fast täglich ihr Horoskop werfen lassen, und wie die Stäbe fielen, bestimmte all ihre Handlungen und Entscheidungen. Doch Chloe sah auch, daß es durchaus normal gewesen war, sich während der vergangenen Monate das Horoskop nicht lesen zu lassen, da sie schließlich »nicht in der Gunst der Götter« gestanden hatte. In RaEms abfälligstem Ton erwiderte Chloe: »Natürlich, du dummes Ding. Was mußt du da noch fragen? Tu das, und zwar sofort.«

Basha lief aus dem Zimmer und hinterließ auf Chloes Rücken eine klebrige Pfütze. »Ich meinte doch nicht *sofort* sofort«, sagte Chloe in das leere Zimmer hinein.

Basha lief aus den Gemächern der Herrin RaEmhetepet, auf der Flucht vor dem Zorn der Herrin. Sie war so schwer zu begreifen. Die meiste Zeit war sie nett – anstrengend, weil ihr oft unwohl war, aber dankbar. Ganz im Gegensatz zu früher. Doch dann bekam sie einen ihrer Ausbrüche und verwandelte sich zurück in die verhaßte Herrin, die Basha geschlagen und mißhandelt hatte, bis sie unter den Schutz der Schwesternschaft gekommen war.

Das Mädchen blieb stehen und nahm unter einem Baum Zuflucht vor Res Hitze. Hier in Avaris war es so schwül, ganz anders als in der reinen, trockenen Hitze Wasets. Es war niemand zu sehen, und so zog Basha vorsichtig die Papyrusrolle heraus, die an ihre Herrin adressiert war. Ein Leibgardist des Großen Hauses persönlich hatte sie überbracht. Der Bote hatte lange darauf beharrt, sie der Herrin persönlich zu überreichen, und Basha hatte zu einer Lüge greifen müssen – RaEm leide an einer ansteckenden Krankheit –, um Zeit zu gewinnen. Sie mußte erst in den geheimen Tempel und die Nachricht ihrer Geliebten zeigen. Sie lächelte still in sich hinein und malte sich aus, wie zufrieden die Herrin mit ihr sein würde. Sie drückte den Rücken gegen den Baumstamm; wie würde wohl ihre Belohnung aussehen?

»Basha?«

Abrupt richtete sie sich auf, zerknüllte dabei den Papyrus in ihrer Hand und versteckte ihn hinter ihrem Rücken. Der edle Herr Cheftu! »Herr.« Sie wußte, daß ihre Stimme bebte. Er lächelte sie an und erkundigte sich nach RaEm, wobei seine hellen Augen die hinter dem Rücken versteckte Hand bemerkten. Er machte sie nervös, dieser große, zurückhaltende Mann. Ihre Geliebte meinte, ihm sei nicht zu trauen; er habe das Große Haus hintergangen.

»Was hast du da?« fragte er lächelnd. Zu spät begriff Basha, daß sie ihm nicht zugehört hatte.

»Herr?«

»Eine Süßigkeit vom Tablett deiner Herrin?« Er lächelte freundlich und trat einen Schritt näher. »Ich werde dich nicht verraten. Läßt du mich einmal beißen?«

Der Rand seines Kragens berührte ihre bloße Brust, und sie zuckte zurück. Sein Fleisch stank fremdartig und dumpf. »Keine Angst, meine Kleine, ich werde dir nichts tun.« Er war ein guter Lügner, dachte sie. Sein Blick lag fest auf ihrem, und seine Lippen bewegten sich unter seinen Lügen. ReShera meinte, Männer könnten nichts als lügen. Dann schoß seine Hand vor, packte sie am Handgelenk und zog Basha heran, so daß er den Papyrus sah.

Er las und begann, unverständliche Worte zu murmeln. Es war kein Ägyptisch. Dann stieß er sie von sich, bleich unter seiner braunen Haut. Basha wartete seine Erlaubnis gar nicht erst ab, sondern floh. Sie wußte nicht, wo der geheime Tempel lag, aber sie würde irgendwo eine Kontaktperson auftreiben. Wenn diese Botschaft sogar einen *Erpa-ha* erbleichen ließ, dann mußte ihre Geliebte unbedingt davon wissen.

8. Kapitel

Chloe saß in ihrem friedvollen Garten und schaute zu, wie der Wind die blauen Lotosblüten und die fuchsienroten Bougainvillea zum Schaukeln brachte, als Basha angelaufen kam und sich vor ihr auf den Boden warf wie die Heldin in einem Melodram.

»Was ist denn?« fragte Chloe und setzte sich auf.

»Herrin, sie haben sie getötet! Sie hat gestanden, und sie haben sie getötet!«

»Wen getötet? Was redest du da?« Doch Basha plapperte weinend irgend etwas von Schuld und Unschuld und davon, daß sie an allem schuld sei. Chloe zog das Mädchen auf die Füße und versetzte ihr eine saftige Ohrfeige, das einzige sofort wirksame Heilmittel gegen einen hysterischen Anfall, das ihr einfiel.

Basha verstummte augenblicklich, und aus ihren dunklen Augen sprühte Haß, den sie nicht zu verhehlen versuchte.

Chloe ließ ihre Sklavin los und sank in ihren Stuhl zurück. »Was ist passiert?« Sie versuchte zu lächeln, doch was sie in den Augen des Mädchens sah, jagte ihr einen eisigen Schauer über den Rücken.

»Die Tänzerin hat gestanden, daß sie versucht hat, Horus-im-Nest zu töten, indem sie eure Ente vergiftet hat«, verkündete Basha mit gesenktem Kopf. Sie war ausgesprochen kurz angebunden, doch Chloe hatte nicht den Mut oder das Herz, sie deswegen zurechtzuweisen.

»Die Tänzerin?«

»Die Kefti-Tänzerin.«

Natürlich! dachte Chloe. Der offensichtliche Haß des Mädchens auf Thut, der nicht nur ihr aufgefallen war. »Sie hat gestanden?«

»Nach zwei Tagen Verhör«, antwortete Basha dumpf. »Erst hat sie geleugnet, aber man hat sie überzeugt, daß sie schuldig ist. Sie hat erklärt, sie hätte dein Essen vergiftet, weil es unmöglich war, an seines heranzukommen.«

»Wie –?«

»Von den vier Lieblingshengsten Seiner Majestät gevierteilt.« Bashas Stimme klang hohl, und sie hatte zu zittern begonnen. Schock, verzögerter Schock. Aber wieso?

»Basha«, sagte Chloe, doch das Mädchen hörte sie nicht mehr. Chloe stand auf und ging neben ihr in die Hocke.

»Basha?« Sie hob die Hand und verzog das Gesicht, als das Mädchen zusammenzuckte und das Gesicht mit der Hand abschirmte. »Ich habe dir nur eine Ohrfeige gegeben, weil du solche Angst gehabt hast«, erklärte sie leise. »Basha?«

Die Sklavin war wie erstarrt, mit zu Boden gesenktem Blick und zusammengezogenen Schultern, als wollte sie einen Schlag abwehren. Aus ihrem viel zu kurzen Psychologieunterricht an der Schule wußte Chloe, daß das Mädchen höchstwahrscheinlich in irgendeiner Hinsicht ein Opfer war, doch damit war sie schon am Ende mit ihren Vermutungen. Sie zog Basha auf die Füße, ganz behutsam und langsam, und führte sie in ihre spärlich eingerichtete Kammer. Dort rollte sich Basha sofort in Embryonalstellung zusammen, und Chloe zog eine leichte Decke über ihren Leib. Cheftu würde wissen, was zu tun war.

Sie hörte Schritte im Wohnraum und trat hinaus. Dort stand Nesbek und funkelte sie wütend an. »Spielst du wieder deine alten Spielchen mit den Sklavinnen? Wieso vergeudest du derart dein Talent, Herrin?«

Langsam trat sie in den Raum, die Augen fest auf diesen widerwärtigen Fremden gerichtet, den sie, RaEmhetepet, in nicht einmal drei Monaten heiraten sollte. Wieso sie vom ersten Moment an einen so übermächtigen Haß auf ihn empfunden hatte, blieb ihr unergründlich. Dennoch stieg er wie ein Fieber aus jeder Pore ihres Leibes auf. Sie würde diesen Menschen um fast jeden Preis meiden.

Er verbeugte sich knapp über ihrer Hand, und Chloes Haut kribbelte, als er ihre Handfläche nach oben drehte und ableckte. Zwei Palastdiener beobachteten jede ihrer Regungen, deshalb kämpfte Chloe den Drang nieder, die Hand zurückzureißen und ihn abzuschütteln wie eine lästige Kakerlake. Das wäre ein strategischer Fehler – er hatte irgend etwas gegen sie in der Hand, und sie mußte wissen, was das war. Trotzdem konnte sie nicht anders, als angeekelt die Lippen zu verziehen. Er bemerkte ihre Miene, und seine Augen verdüsterten sich unter einer namenlosen Leidenschaft.

»Meine Berührung bringt deine Blütenblätter zum Welken, Lotos? Früher hat sie dich zum Erblühen gebracht.« Chloe zog ihre Hand zurück und wischte sie heimlich an ihrem Kleid ab. Sie schickte die Diener fort, dann spazierte sie in den Garten und suchte dabei fieberhaft nach einer diplomatischen Möglichkeit, ihm zu erklären, daß sie eher den krokodilköpfigen Gott Sobek heiraten würde als ihn. Sie blickte zu Boden, der Inbegriff der Unschuld, wie sie hoffte.

»Nein. Das hat nichts mit dir zu tun, Herr. Ich finde jeden derartigen Kontakt unangenehm.« Sie bemerkte ihren Fehler zu spät und spürte, wie ihr das Blut ins Gesicht schoß.

»Wem hast du sonst noch gestattet, dich zu berühren, Heilige Priesterin?« Seine Frage klang zwar höflich, doch mit jedem Wort spie er ihr Gift ins Gesicht. Er kam auf sie zu und packte sie mit knochenbrechend festem Griff an beiden Handgelenken. »Ich kenne deine kleinen Geheimnisse, RaEm«, zischte er. »Und ich weiß auch, aus welchem Grund du dich so zierst.« Er ließ ihre Hände los und trat zurück. »Hast du es jetzt auf den Prinzen abgesehen? Er würde dein wahres Wesen nicht ertragen. Die Liebhaber, mit denen ich dich in meiner Großzügigkeit teile, müßten einsam in ihren Betten frieren.« Nesbek lächelte und ließ seine Goldzähne aufblitzen. »Er wäre entsetzt, wenn er von deiner

Schwäche für geschundene Sklavinnen wissen würde. Sei nicht dumm, RaEm! Er würde deinen Tod fordern und dich ohne Begräbnis und unbetrauert sterben lassen.«

Die Ägypterin in Chloe erbleichte bei dem Gedanken. Man würde sie in dieser und in der nächsten Welt vergessen. Bis in alle Ewigkeit würde ihr körperloses *Ka* ruhelos durch Raum und Zeit fliegen... Nesbek duldete es, daß RaEm weitere Liebhaber hatte? Was für eine eigenartige Beziehung. Und das Fleisch geschundener Sklavinnen? Das erklärte vielleicht, warum sich Basha so zusammengekauert hatte. Chloe brachte ein wackliges Lächeln zustande. »Ich stehe unter dem Schutz des Thrones. Ich habe nichts zu befürchten.«

Nesbek lachte, ein ekelhaftes Geräusch, wie das Grunzen eines Schweines. »Heute abend werde ich eine kleine Feier veranstalten, und du bist mein Ehrengast.« Sein Blick schoß kurz an ihr vorbei, dann beugte er sich vor. »Selbst dein kostbarer Prinz wird anwesend sein, und er wird wissen, daß diese Feier dir gilt.« Nesbeks Gesicht war dicht vor ihrem, doch Gott sei Dank wandte er sich von ihren Lippen ab! »Du fehlst mir, Lotos.«

Er drückte sein Gesicht an ihren Hals. »Wieso bist du so kalt zu mir? Ich hoffe, du wirst dich wieder für mich erwärmen, wenn du die jungen Dinger siehst, die ich für dich besorgt habe.«

Chloe verzog das Gesicht, konnte sich aber nicht aus dem schraubzwingenfesten Griff um ihre Handgelenke winden. Sie kreischte erschrocken auf, als er seine Zähne in ihre nackte Schulter senkte.

»*Haii,* RaEm, deine Schreie wieder zu hören... *Aiii,* jawohl, du wirst an deinen Geschenken Gefallen finden. Apiru.« Mit Tränen in den Augen und vor Ekel verkrampftem Magen fragte sich Chloe, ob er wohl gegen Tollwut geimpft war. Sein Griff lockerte sich, und sie befreite sich daraus.

»Ich glaube, du wirst uns heute abend vorzüglich unterhalten, Priesterin«, sagte er, dann schoß seine reptilienhafte Zunge heraus und leckte die hellrote Schmiere von seinen Lippen. »Wenn du erst wieder dort bist, wo du hingehörst, wirst du wieder zu deinem alten Feuer finden. Du wirst für uns tanzen... und uns an deinen anderen Fähigkeiten teilhaben lassen. Ich werde zum vierundzwanzigsten Dekan nach dir schicken.« Er lächelte noch mal und sagte dann mit einer Stimme so kalt wie Stein: »Solltest du mich enttäuschen, wird dir die Strafe nicht gefallen.« Er hauchte ihr einen Kuß zu und glitt davon. Chloe sank auf den Hocker, den Kopf in den Händen vergraben, das Gesicht fleckig vor Zorn und Angst.

Was war das für eine Beziehung zwischen ihnen beiden? Erpreßte er RaEm? Hatten sie ein Abkommen? Bisweilen erweckte er den Eindruck, als wäre seine Grobheit nur gespielt, als würde sie das von ihm erwarten. Ihr unterkühlter Empfang war ihm durchaus aufgefallen; merkte er denn nicht, daß sie nicht RaEm war?

Sie blickte auf das bereits blau anlaufende Fleisch an ihren Handgelenken und auf den Biß in ihrer Schulter. Worauf hatte sie sich da eingelassen? Dies hatte nichts mit dem zu tun, was Cammy über Ägypten erzählt hatte. Was sollte sie nur unternehmen? Sie hatte niemanden, der ihr helfen würde, keinen Freund, niemanden, an den sie sich wenden konnte, nicht einmal, um sich trösten zu lassen.

Sie dachte an Cheftu, an den unübersehbaren Haß, den er auf sie hatte und der sich mit physischer Begierde paarte. Oder an den Grafen Makab, der zwar ihr einziger Verwandter war, aber RaEm genausowenig leiden konnte wie Cheftu. Oder an Basha, die sie insgeheim haßte.

Niemand. Sie war auf sich allein gestellt.

Wie sollte sie dic Annäherungsversuche eines zukünftigen Königs und seiner lüsternen Höflinge zurückweisen? Ihr blieben nur wenige Stunden, um einen Plan zu schmieden. Vielleicht sollte sie fliehen … aber wohin. Was sollte sie mit dem Baby in ihrem Bauch machen? Es heimlich zur Welt bringen und es irgendeiner Familie überlassen, um sich dann unter dem gewöhnlichen Volk zu verstecken?

Sie trieb praktisch tot im Wasser. Als Krokodilsköder. RaEm hatte von nichts auch nur die leiseste Ahnung, außer vom Rumkommandieren und von den Aufgaben einer Hathorpriesterin. Chloe war lernfähig, aber sie sprach nicht einmal dieselbe Sprache wie die *Rekkit*.

Es mußte eine Alternative geben. Sie sackte zusammen, den Kopf in die Hände gestützt. Ein diskretes Räuspern schreckte sie auf. Cheftu. Einen Moment lang überkam sie dasselbe Gefühl wie am Vortag, als sie ihn in der Umarmung mit ihrer Priesterinnen-Schwester gesehen hatte. Er wirkte ganz normal, kühl und unnahbar wie eh und je.

»Herrin. Leben, Gesundheit und Wohlergehen. Wie geht es dir heute nachmittag?«

»Es geht mir gut«, log sie.

Cheftu betrachtete sie schweigend, wobei seine langen, goldenen Augen von dem Biß in ihrer Schulter zu ihren fleckigen Wangen wanderten. Sein Kiefer spannte sich an, und er sagte: »Da es Monatsanfang ist, wollte ich nur wissen, ob du dein Horoskop gelegt haben möchtest.«

Chloe zuckte mit den Achseln. Nur wenn darin die Telefonnummer für den Heimflug stand.

Er verbeugte sich knapp und wandte sich zum Gehen.

»Edler Herr Cheftu«, sagte Chloe ängstlich.

Er drehte sich halb wieder um. »Herrin?« Einen Augenblick wirkte er fast zugänglich. Dann glitt wieder eine abweisende Maske über sein Gesicht, und nach einem knappen Kopfnicken schritt er von dannen.

Bis Cheftu in seinen Gemächern ankam, war sein Zorn bereits wieder erloschen. RaEm blieb RaEm. Diese neue Verletzlichkeit war nur ein neuer Trick aus ihrem unerschöpflichen Vorrat an intriganten Künsten.

Auf ihn wartete ein Soldat. Nach den gebührenden Grußformeln las er Thutmosis' Nachricht vor: eine Einladung, die Armee zu einem kurzen Manöver in der Wüste zu begleiten. Eine Ablehnung kam nicht in Frage, und Cheftu begann sich zu fragen, ob Horus auf diese Weise seine Konkurrenten um RaEms Gunst unter Kontrolle halten wollte.

Daß er mit ihr seine Jagdbeute teilen wollte, hatte wie ein Blitz eingeschlagen. Nachdem Hatschepsut, ewig möge sie leben!, RaEm ihre Gunst entzogen hatte, brauchte sie einen mächtigen Beschützer. Leider erschien ihr ein Hofmagier da nicht verlockend genug.

Der Leibgardist wartete, bis Cheftu seine Kleider zusammengesucht hatte, um ihn dann zu Thutmosis zurückzubegleiten. Wer würde auf RaEm aufpassen? Seit wann brauchte sie jemanden dazu? fragte er sich höhnisch, während Ehuru seine Sachen packte. Wie paßte das Sklavenmädchen ins Bild? Offensichtlich spionierte sie für Hat – aber wieso sollte sie eine Nachricht von Hat stehlen, wenn sie bereits davon wußte?

Diese Fragen, vervielfacht unter der sengenden Sonne, gingen Cheftu immer noch im Kopf herum, als er in seinen Streitwagen stieg und Thutmosis mit seiner Kompanie in die Wüste folgte.

Als der Abend dämmerte, wurde Chloe eindeutig zappelig. Sie wanderte durch ihre Gemächer, hob irgendwelche Gegenstände auf und stellte sie wieder ab. Cheftu war nicht zurückgekehrt, und bald würde sie entweder fliehen oder frech versuchen müssen, den Abend möglichst unbeschadet zu überstehen.

Beides erschien ihr wenig verlockend. *So* schlimm würde es schon nicht werden, redete sie sich zu. Es war nur eine Feier. Vielleicht würde sie sich Nesbek vom Leibe halten müssen, aber sie hatte einige Übung darin, liebestolle Betrunkene auf Distanz zu halten. Andererseits glaubte sie nicht, daß sich Nesbek so leicht manipulieren ließ wie ein junger Student. Und wenn der Prinz irgend etwas versuchen sollte –

Als Basha sich ihr näherte, schoß sie hoch, grimmig vor Angst und Furcht. »Verflucht seist du, *Kheft!*« brüllte sie. »Dich wie Sobek anzuschleichen, um mich zu vernichten!«

Basha versteifte sich, als hätte Chloe sie erneut geohrfeigt. »Ich erfülle nur die Wünsche der Ma'at«, erwiderte sie mit gesenktem Blick und zitternder Hand.

Chloe hatte Bashas kryptische Antworten und ihre Nervosität satt. Sie schnappte sich den zögernd gereichten Becher. »Aus meinen Augen!«

Sie kippte das Getränk wie einen klaren Schnaps hinunter und verzog das Gesicht angesichts des griesigen Nachgeschmacks. Genau wie das ägyptische Brot, dachte sie angeekelt. Wütend und aufgebracht schleuderte sie den Alabasterbecher an die Wand. Auf der Stelle fühlte sie sich besser und rief Basha, damit sie ihr beim

Anziehen half. Sie würde einfach alle überlisten müssen – irgendwie.

Vor Erschöpfung fühlte sich Cheftu wie ausgepeitscht, und nach wie vor stellte sein Geist Fragen über Fragen. Der Papyrus, den er nur eine Sekunde lang in Bashas Hand gesehen hatte, stammte vom Großen Haus. In der Schriftrolle hatte Hatschepsut, ewig möge sie leben!, RaEm davon in Kenntnis gesetzt, daß ihr Verhalten untragbar sei und sie auf einen Abgrund zusteuere. Bestimmt hatte dieser Brief RaEm einen gehörigen Schrecken eingejagt, dennoch hatte sie das nicht daran gehindert, Nesbeks brutalen Liebesbeweis über sich ergehen zu lassen.

Cheftu wälzte sich auf seinem steinigen Bett herum, ohne die sternenklare Nacht oder das dröhnende Schnarchen der Hundertschaften um ihn herum wahrzunehmen. Es war höchste Zeit, eine Entscheidung zu fällen. Wieso konnte er sich nicht dazu durchringen? Sich gegen Pharaos Wünsche zu stellen fiele keinem wahren Ägypter auch nur im Traum ein. Doch für Cheftu war das für RaEm bestimmte Gift, das Hatschepsut, ewig möge sie leben!, in seine Hand gedrückt hatte, nichts anderes als Mord.

Er wollte einfach nicht glauben, daß RaEm all die Wahrheiten der Schwesternschaft verraten hatte, die sie zu glauben vorgab, doch ihr fester, runder Bauch war der letzte notwendige Beweis dafür. Falls sie die Fehlgeburt überlebte und der Vorfall geheim blieb, konne RaEms Position allem Anschein nach unbehelligt bleiben. Er hatte geglaubt, daß Hat dies wünschte.

Oder sie konnte sterben. Er fürchtete, daß dies Senmut wünschte. Hatte sich Hat seinem Wunsch angeschlossen?

Daß RaEm Mutterinstinkt gezeigt hatte, als sie sich über das ungeborene Kind unterhielten, hatte Cheftu völlig überrascht. Doch selbst die hinterlistigste Kreatur, die Chonsu erschuf, hatte ein paar ansprechende Züge, ermahnte er sich. Seit er erfahren hatte, was für ein Leben seine ehemalige Verlobte führte, betrachtete Cheftu sie als äußerst gefährliches Raubtier. Dennoch sprühten schon bereits bei der Erinnerung daran, wie ihr weicher Mund unter seinem lag, in seinen Adern Funken.

Diese Frau war das reine Gift. Das war ihm klar. Wenn er sich nicht in acht nahm, würde sie ihn anstecken und ins Verderben reißen. Trotzdem brachte er es nicht übers Herz, sie oder das unschuldige Kind zu töten, das sie in ihrem Bauch trug. Statt dessen würde er ihr etwas verabreichen, das ähnliche Wirkungen hervorrief wie das Gift, aber ohne bleibenden Schaden anzurichten.

Und was war mit dem unglücklichen Sklaven, der in der Nacht erst Blut gespien hatte und dann gestorben war? Seine nur allzu menschlichen Schreie gellten noch in Cheftus Ohren. Hatte da jemand versucht, den Kronprinzen zu töten? Gut, die Tänzerin hatte gestanden, doch welcher Sterbliche würde nach zwei Tagen unter Folter noch irgend etwas abstreiten wollen? Was noch wichtiger war, sie hatte keine Komplizen genannt. Das paßte nicht zusammen.

Hatschepsut würde niemals, nicht einmal unter den widrigsten Umständen, zulassen, daß Horus-im-Nest etwas angetan wurde, das wußte er. Sie hatte Achtung vor dem Blut ihres Vaters, das durch Thuts Adern floß. Wäre er ihr eigener Sohn, säße er mit Sicherheit bereits auf dem Thron. Doch das war er nicht, und darum konnte sie die Macht nicht aus ihren Händen geben. Dennoch würde sie niemals seinen Tod anordnen oder billigen.

Im Geist ging Cheftu ihre Vertrauten durch. Würde Hatschepsuts treuer Leibwächter Nehesi so etwas ohne ihre Erlaubnis unternehmen? Bestimmt nicht. Er würde niemals gegen den Wunsch seiner Oberkommandierenden handeln. Hapuseneb? Nein, denn Thut III. war der Abkömmling Amun-Res, und Amun-Res Hohepriester würden niemals das Risiko eingehen, den ewigen Zorn des Gottes auf sich zu ziehen oder die Ma'at aus dem Gleichgewicht zu bringen.

Damit blieb noch Senmut, Hatschepsuts geliebter Großwesir. Er war als einfacher Bauernsohn in das zweithöchste Amt im Lande aufgestiegen. Cheftu lächelte in der Nacht. Senmut hatte allein dreißig Titel, darunter auch den des *Erpa-ha,* des Erbprinzen. Hoffte er etwa, Thut zu töten und dann an Hatschepsuts Seite zum Tempel zu schreiten, wo er sich zu Senmut I., ewig möge er leben!, krönen lassen würde?

Nein, auch Senmut würde den Wünschen Pharaos keinesfalls

zuwiderhandeln. Wäre er darauf ausgewesen, hätte er schon vor Jahren handeln können. Jahre vor dem Wunder.

Cheftu erinnerte sich noch gut an jenen Tag. Er war einer der vielen Schüler aus der Palastschule gewesen, die sich in den Hof des Tempels geschlichen hatten, um einen sehnsüchtigen Blick auf Amun-Re in seiner goldenen Pracht zu werfen. Es war einer der vielen Feiertage im ägyptischen Jahreslauf gewesen, an denen der Gott in seiner goldenen Barke von Karnak aus flußaufwärts auf einen Besuch zum Luxor-Tempel reiste.

Hatschepsut hatte zu jener Zeit bereits ihre einzigartige Regentschaft angetreten, aber Thut III. noch nicht offen verstoßen. Sie hatte ihn lediglich in den Tempel geschickt, wo er zum Priester ausgebildet wurde, so wie es einem Knaben geziemte, der irgendwann ein Gott werden sollte. Überrascht hatte Cheftu, der bereits in viele der Tempelmysterien eingewiesen war, beobachtet, wie Amun-Res Barke vor einem der vielen *Sem*-Priester auf den Tempelstufen anhielt. Vor einem Priester allerdings, der das blau-weiße Band des Königshauses in seiner Jugendlocke trug.

Unter den entgeisterten Augen ganz Ägyptens hatte der Gott seinen Kopf geneigt, während seine Worte in dem aufbrandenden Jubel der Menschenmenge untergingen. Der junge Thut III. war auf die Knie gefallen, und die Priester um ihn herum hatten sich zu Boden geworfen. Schließlich waren auch Hatschepsut, ewig möge sie leben!, und Hapuseneb aus dem Tempel getreten, gerade rechtzeitig, um das Wunder noch mitzubekommen. Thut war aufgesprungen, hatte seine damals schon fleischigen Fäuste in den Himmel gestreckt und gebrüllt: »Amun-Re hat mich zum Pharao erklärt!«

Die Menge warf sich ehrfurchtsvoll zu Boden, so daß die »Thutmosis Makepre, ewig möge er leben!«-Rufe vom Dreck erstickt wurden. Cheftu war so dreist gewesen, den Kopf zu heben und einen Blick auf die gegenwärtige Regentin zu wagen. Hatschepsut hatte sich für die Feier den Kopf rasiert. Unter den Lanzen der sengenden Sonne sah sie aus wie die Verkörperung Amun-Res in all seiner ehrfurchtgebietenden Macht.

Ihre Haut war golden bemalt, und genau wie aus dem goldenen Gewebe ihres Schurzes schien daraus die Macht der Sonne selbst zu strahlen. Sie hatte beide Hände erhoben, um ihre leise, gefällige Stimme zu verstärken. »Mein Vater Amun-Re hat gesprochen. Er hat gezeigt, daß er Horus-im-Nest wohlgesonnen ist. Thutmosis soll mir folgen, sobald ich zu Horus und Osiris geflogen bin.« Ihre Stimme war während des Sprechens immer lauter geworden. In Bann geschlagen durch den Anblick dieser reifen und sinnlichen Mann-Frau, eines fleischgewordenen Gottes und des Beschützers Ägyptens, hatte die Menge gerufen: »Heil, *Heru watt* Hatschepsut Ma'atkepre, ewig möge sie leben!« bis die Rufe zwischen dem verhüllten Tempel und den Klippen am Nil hin und her geworfen wurden und dabei immer mehr an Kraft und Feuer gewannen.

Auch Cheftu hatte mitgejubelt, überwältigt vom Mysterium und von der Macht dieser goldenen Erscheinung und gefangen in der heldenhaften Ekstase des Augenblicks und der ansteckenden Begeisterung der Menge. Thut hatte sich mitsamt den übrigen *Sem*-Priestern davongestohlen, und Cheftu hatte keine Sekunde daran gezweifelt, daß Hapusenebs Spitzel die Verantwortlichen für diesen Zwischenfall bald gefunden hätten. Bei Anbruch der Nacht wären sie bereits im Haus der Toten – wenn ihnen die Gnade gewährt wurde, einbalsamiert zu werden, und sie nicht gleich Sobek zum Fraß vorgeworfen wurden.

Er seufzte, während die Erinnerung an jenen strahlend-goldenen Tag in Waset in der Dunkelheit verblaßte. Wo waren sie alle geblieben? Der Junge war zum Mann herangewachsen, zu einem wahrhaften Eroberer Ägyptens – wenn seine Tante ihn nur ließe. Doch Hat klammerte sich nach wie vor am Thron fest und gab sich alle Mühe, ihre sanftmütige Tochter Neferurra für ihre Nachfolge zu interessieren. Dabei hatte bereits der gesamt Hofstaat erkannt, daß Neferrura viel lieber an der Seite ihres Cousins bleiben und ihn als seine Gefährtin begleiten würde.

Jede Minute seiner einunddreißig Jahre lastete schwer auf Cheftu. Alles, was in diesen gelebten Jahren lag, verhärtete sich plötzlich zu Schmerz und Pein. Entkräftet und einsam begann seine Seele zu weinen. Wieso konnte er kein einfacher Arzt sein? Oder die Ländereien seiner Familie übernehmen und die feinsten Weine in ganz Ägypten keltern? Würde er jemals eine liebe, sanfte Frau haben, um sie in seinen Armen zu halten, mit ihr Re nachzuschauen, bevor er am Horizont verblaßte, und über den Rand seines Bechers hinweg Blicke mit ihr zu tauschen? Und Kinder? Jemanden, in dem sein Blut weiterfließen würde? Er merkte, wie überdrüssig er der höfischen Intrigen war, wie leid er es war, wie eine Fackel an beiden Enden zu brennen, während er sich krampfhaft in der Mitte zu halten versuchte. Er seufzte müde. Wenigstens blieb sein Magen ruhig.

Er vermißte Alemelek, das Vertrauen, die Furchtlosigkeit. Ihr Verständnis füreinander.

Es gab keinen Grund, besonders schnell zum Palast zurückzukehren. Bestimmt lag RaEm fest in Nesbeks Armen. Mit aller Gewalt vertrieb er das Bild ihrer reizenden braunen Glieder in der Umklammerung dieses Skorpions aus seinen Gedanken. Würde er sich jemals ganz von ihr befreien können? Gerade als er sich damit abgefunden hatte, daß er in seiner Jugend nur ein Hirngespinst geliebt hatte, war er ihr wiederbegegnet. Obwohl sie nicht mehr dieselbe Frau war. Oder doch?

Tränen in den überreizten Augen, zwang er sich, ruhig liegenzubleiben. In der Ferne hörte er die Wachen, die sich beim Wachwechsel leise unterhielten. Dann schlief er ein.

Chloe atmete tief durch und stieg aus ihrer Sänfte. Nesbeks hiesiges Haus lag wie ein großer weißer Klotz inmitten eines Dickichts wuchernder Pflanzen, und schon von hier aus konnte sie in der schwül duftenden Luft heiseres Männerlachen hören. Sie schritt den Pfad hinauf und trat in den Hof.

Vor ihren Augen waren nichts als Leiber. Engumschlungen. Männer mit Frauen mit Frauen mit Männern mit Männern. Heilige Scheiße! *Das hier war eine richtige, waschechte Orgie!* In ihrem Schlund stieg brennende Magensäure auf, und das Blut schoß ihr ins Gesicht. Wo war sie hier gelandet? Angst brodelte in ihr hoch wie Fieber, und auf ihrem Rücken und ihrer Oberlippe bildeten sich Schweißperlen.

Nesbek lagerte faul auf einer Bettstatt und ließ sich von einem unterwürfigen Buben die Zehen lecken, während eine dick geschminkte Frau schamlos mit seinem Gemächt spielte. Nesbeks Hände lagen währenddessen auf einem Sklavenmädchen, das nicht viel älter als zehn Jahre sein konnte. Als er Chloe sah, schubste er alle drei von sich und rief um Ruhe. Seine Goldzähne glitzerten im Fackelschein.

Die sich windende, wogende Fleischmasse hielt kurz in ihrer hemmungslosen Suche nach Befriedigung inne.

»Die Herrin RaEmetepet, meine Verlobte«, rief er aus. »Sie soll uns mit ihren einzigartigen Fähigkeiten beglücken!« Er warf ihr einen schwarzen Blick zu und knurrte: »Ich nehme doch an, du hast diesen abweisenden Geist ausgetrieben? Beschäme mich nicht, RaEm. Tu mir weh.« Dann lächelte er.

Chloe schluckte schwer. Einen Sekundenbruchteil hörte sie dieselben Worte – »Tu mir weh« – in einer anderen Stimme, und sie sah blutige Hände über einem Männergesicht. Das Bild blitzte eine Tausendstelsekunde lang in ihrem Kopf auf, doch Nesbeks wollüstiger Blick überdeckte die Vision.

Showtime.

Sie versuchte, den Blick von jenem Gewirr aus Körperteilen abzuwenden, die größtenteils im Besitz anderer Leiber schienen. Doch es gab nichts, worauf sie ihre Augen hätte richten können. Es war ohnehin schwer genug, klar zu bleiben. Sie mußte an den Rat ihrer Sprachtrainerin in der High School denken und stellte sich die Versammelten in langen Unterhosen vor. Sie selbst hatte die meisten dieser Menschen noch nie gesehen, doch die »andere« erkannte sie alle. Verflucht, die wahre RaEm hätte jeden hier beim Namen nennen können, auch wenn der Prinz persönlich fehlte.

Chloe hörte einen dünnen, flötenartigen Ton anschwellen und wußte, noch ehe die »andere« sie antrieb, daß dies das Signal für ihren Auftritt war. Mit zusammengebissenen Zähnen ließ sie den Umhang fallen. Erwartungsvolle Stille senkte sich über den Raum. Chloe spürte, wie lüsterne Blicke ihren Leib abtasteten. Der mit Türkisen besetzte Silberkragen reichte ihr nur bis zu den silbern bemalten Brustwarzen. Die Perlenkette um ihre Hüften empfand sie als zusätzliche Demütigung. Auch wenn das in dieser Kultur erlaubt war, kam sie sich *nackig* vor – verkommen und dekadent. Lieber Gott, dachte sie, bitte laß Mimi das nicht sehen! Sie hob die Arme und ließ behutsam RaEms Geist ein.

Ein überwältigender Machtrausch erfaßte sie, und Chloe begriff überrascht, daß ihre Tanzkünste RaEms größter Stolz waren. Ihre Leidenschaft dafür war so groß, daß das Gefühl zu einem Bruchteil sogar in ihr rationales Gedächtnis gesickert war. Aus Angst, daß sie mitten unter den Feiernden enden könnte, wenn sie der anderen freie Bahn ließ, übernahm Chloe RaEms Führung nur in kleinen, knapp bemessenen Dosen. Logischerweise war Chloe danach auch weniger sinnlich und einfallsreich als RaEm. Zum Glück waren die meisten der Gäste auf irgendeinem antiken Amphetaminrausch, deshalb glaubte Chloe nicht, daß man ihre Hochstapelei durchschaute.

Je mehr sich das Tempo steigerte, desto schneller drehte und schlängelte sie sich, wirbelte und kreiselte sie herum. Der Raum drehte und schlängelte sich, wirbelte und vor allem kreiselte mit ihr. Tatsächlich begann er Dinge anzustellen, denen sie nicht mehr zu folgen vermochte. Sie hörte auf zu tanzen und landete wenig elegant auf dem Boden. Der Applaus hielt sich in Grenzen. Als sie aufblickte, merkte sie, daß das »Publikum« gespannt auf die Eingangstür sah.

Schwer keuchend sah sie, was oder besser wer die Aufmerksamkeit der Gäste auf sich gezogen hatte. Zwei Apiru-Sklaven wurden nackt und gefesselt zu ihr geführt. Chloe schloß für einen Moment die Augen. Sie hatte Schwierigkeiten, klar zu sehen, und sie mußte sich darauf konzentrieren, wieder auf die Füße zu kommen, ohne daß ihre bereits schiefe Perlenschnur noch weiter verrutschte. In ihrem Kopf dröhnte es, und auf ihrer Brust lastete ein qualvoller Druck. Ihre Beinmuskeln zuckten unkontrollierbar. Sie lehnte sich an eine Säule und versuchte, das Gleichgewicht zu halten. Dann trat Nesbek zu ihr auf die erhöhte Bühne und reichte ihr eine Peitsche. Er küßte sie auf den Mund und quetschte ihre Brust zusammen, was Chloe allerdings kaum spürte. »Tu, was du so gut beherrschst. Wir haben lange darauf gewartet«, flüsterte er, dann zog er eine perlenbesetzte Peitsche über ihren Hintern.

Sprachlos starrte sie auf die schweren Lederriemen, die sich in unzählige Enden verzweigten. Aus Angst, daß sie möglicherweise inzwischen doppelt sah, versuchte Chloe, die Riemen zu zählen. Als sie zum zweiten Mal bei zehn angelangt war, gab sie auf. Verflucht noch mal, wo zum Teufel war sie hier? Was wurde von ihr erwartet?

Nesbek wandte sich betrunken und gestützt auf zwei nackte, eingeölte junge Männer von den gefesselten Sklaven ab und seinen Gästen zu. »Und nun, meine hochgeschätzten Liebenden, laßt beginnen, worauf wir so lange gewartet haben. Entflamme uns, RaEm«, rief er und trat zurück.

Chloe sah auf die Sklaven und versuchte, das verschwommene Blickfeld klar zu bekommen. Ein Junge, wahrscheinlich fünfzehn oder sechzehn Jahre alt, und ein etwa gleichaltes Mädchen wurden mit Armen und Beinen zwischen zwei Pfosten festgebunden. Keiner von beiden sagte ein Wort. Mit gesenktem Kopf und dem Rücken zum Publikum standen sie da und fügten sich in ihr Los. Diese Kinder gehören auf einen Schulabschlußball, nicht auf eine Orgie, dachte Chloe, auch wenn sie wußte, daß die beiden für altägyptische Verhältnisse bereits über das heiratsfähige Alter hinaus waren.

Ein Schmerzbogen durchschoß sie. Vor ihren Augen wurde es schwarz. Der Schmerz reichte von ihrem Rücken bis in ihre Brust, und sie krümmte sich zusammen, wobei das Peitschenende durch die Luft zuckte. Das Apiru-Mädchen schreckte furchtsam zusammen, und ihre Angst entlockte der Menge ein wohlgefälliges Murmeln. Die Gier der Feiernden umfing Chloe wie giftiger Smog, die weihrauchschwere Luft schien von sexueller Spannung geschwängert. Kleine, tierische Laure drangen an ihr Ohr; die »andere« erklärte ihr, was sie zu bedeuten hatten. Wieder mußte Chloe brennende Magensäure hinunterschlucken.

Ein zweiter Krampf packte sie. Chloe blieb reglos stehen und biß die Zähne zusammen, während ihr ganzer Leib zu einem Tummelplatz für scharfe und spitze Stiche, Stöße und Knüffe wurde. Das Apiru-Mädchen begann zu weinen, und der Junge flüsterte ihr etwas in seiner Sprache zu. Er versucht wohl, ihr Mut zu machen, dachte Chloe benebelt. Sie schnappte nach Luft, fiel auf die Knie und ließ die Peitsche fallen, gepackt von einem weiteren Krampf. Hinter ihren Lidern zuckten rote und schwarze Blitze, deren Muster sich so schnell änderte, daß ihr ganz schwindlig wurde. In einem klaren Moment schlug sie die Augen wieder auf.

Die Gäste murrten, und Nesbek starrte sie mit aschfahlem Gesicht an. »Mach mir keine Schande«, flüsterte er lautlos und mit solcher Geringschätzung, daß Chloe sie sogar durch die immer schlimmer werdenden Qualen in ihrem Leib spürte. Sie preßte die Hände vor den Bauch und sank zu Boden. Durch stroboskopartige Blitze in strahlendem Rot, chartreusegrüne Flecken und schwarze Striche hindurch sah sie Nesbek mit weit ausgebreiteten Armen über ihr stehen, um die Menge zurückzuhalten. Sie spürte, wie sie unter Schreien von: »Laßt sie, sie ist krank!« in einem Handgemenge hochgezogen wurde. Nach einer kurzen Ohnmacht wurde *sie* zwischen die Pfosten gespannt, Nesbeks »Nein«-Schreien zum Trotz, die durch ihren Leib bebten. Sie konnte nichts mehr sehen, nichts mehr hören, doch den Zorn der enttäuschten Gäste fühlte sie nur zu gut.

Die Krämpfe trieben sie zu Boden, sie kauerte sich über ihren Knien zusammen und versuchte, ihre Angst einzudämmen. Sie biß sich in die Lippen und schmeckte Blut. Halb besinnungslos begriff sie, daß die erstickten Schreie, die sie hörte, aus ihrem Mund kamen. Der Schmerz in ihrem Leib war so schneidend, daß sie den ersten Tritt oder Schlag kaum spürte.

Scheinbar eine Ewigkeit lang wurde sie zerrissen von neuen, immer stärkeren Schmerzen in ihrem Leib und jenen überall sonst an ihrem Körper. Vergebens versuchte sie zu sprechen, doch ihr Flüstern ging im blutdürstigen Lärmen der auf sie eindringenden Gäste unter. Schließlich senkte sich schmerzlose und friedvolle Dunkelheit über sie. Chloe empfand nichts mehr.

Cheftu wälzte sich auf seiner Liege herum. Re strömte hell durch die Türen zum Garten; offensichtlich war es bereits nach dem Mittagsmahl. Immer noch schlaftrunken erinnerte er sich an das harte Steinkissen in der vergangenen Nacht und rekelte sich genüßlich in den sauberen Leintüchern. Der klare blaue Himmel und die im Wind wogenden Palmwipfel hoben seine Laune; er fühlte sich zufrieden. Thutmosis hatte ihm nur halb abgenommen, daß Cheftu aufgrund einer »Vorsehung« nach Avaris zurückkehren müsse, ein schlichter Trick, den Cheftu angewandt hatte. Ein Seher zu sein, hatte seine Vorteile. Die Vorzeichen waren tatsächlich düster gewesen, Cheftu hatte nur die Kontraste etwas verstärkt. Seine Lüge hatte ihm die Rückkehr zum Palast und vier Tage ohne Thut oder einen anderen Soldaten eingebracht, von der Palastwache einmal abgesehen.

Ein Scharren an der Tür zum Garten störte ihn auf. Er zog sich das Laken über den nackten Leib und rubbelte einmal fest mit der Hand über sein Gesicht, dann ging er hinaus.

Sein Israelit Meneptah, ein Geschenk Alemeleks, stand vor ihm. Cheftu streckte die Hand aus und gab ihm einen Klaps auf die Schulter. »Ich freue mich, dich zu sehen, mein würdigster Schüler.«

Meneptah kreuzte respektvoll den Arm vor der Brust. »*Hemu neter.* Gesundheit, Leben und Wohlergehen!«

Cheftu sah ihn an. »Wieso hast du Ehuru nicht gesagt, daß du kommst? Es ist schon spät, aber würdest du die Parfümierung des Mundes mit mir teilen?«

Meneptah senkte die braunen Augen. »Nein, *Hemu neter.* Ich komme zu dir, weil …« Er hielt inne. »Bitte, Meister, du mußt mitkommen.«

Da Cheftu wußte, daß Meneptah ihn nie derart dreist bitten würde, wenn es nicht sehr dringend wäre, kehrte er in sein Zimmer zurück, zog sich an und folgte dem Israeliten mit ausgreifenden Schritten durch die engen Gassen, bis sie auf eine breite Straße kamen. Re brannte heiß auf ihre unbedeckten Häupter, und Cheftu spürte, wie die Stecker seiner goldenen Ohrringe in der Hitze zu brennen begannen. »Meneptah, wenn ich gewußt hätte, daß wir zu Fuß nach Noph laufen, hätte ich meinen Streitwagen genommen«, meinte er halb ironisch.

»Es ist nicht mehr weit, *Hemu neter.*« Eine Weile eilten sie unter drückendem Schweigen weiter, dann bog Meneptah von der Straße ab und folgte einem Trampelpfad durch das dichte grüne Unterholz. Cheftu zog einen Wedel aus seinem Gürtel und versuchte, die Schwärme blutgieriger Moskitos zu verscheuchen. Schließlich kamen sie auf eine Lichtung, und Cheftu sah dicht beisammenkauernde Lehmziegelhäuser. Ein Apiru-Dorf.

Meneptah eilte zum zweiten Haus und schleuderte die Tür auf.

Cheftu folgte ihm durch ein düsteres Gehege von Zimmern. Neben einem Strohbündel auf dem Boden kniete Meneptah nieder und zog den Vorhang vor dem Fenster zurück. Cheftu fühlte sich, als hätte Seths Hand seine Kehle gepackt und würde alle Luft aus ihm herausquetschen. Im stechenden Sonnenlicht sah er eine zerschundene Gestalt auf der Matte liegen, schlammbedeckt, blaugeschlagen und in ein loses Leinentuch gehüllt. *RaEmhetepet.*

»Wo hast du sie gefunden?« knurrte Cheftu Meneptah an. »Und wie lang ist das her?«

Eine behelfsmäßige Sänfte schaukelte zwischen Meneptah und einem seiner Cousins hin und her, während sie zum Palast zurückkehrten. Cheftu steckte die Hand in einer beruhigenden Geste aus. RaEms Haut glühte, ein sicheres Zeichen dafür, daß ihr *Ka* gegen einen Eindringling kämpfte. Je länger Cheftu über Meneptahs Schilderung nachsann, desto heller und heißer brannte sein Zorn. Den Göttern sei Dank, daß einer der Israeliten sie am Morgen gefunden hatte.

Wo war sie wohl gewesen, daß ihr Abend in einem Bewässerungsgraben hinter einem Apiru-Dorf geendet hatte? Wer hatte eine Priesterin halbtot liegenlassen? Ganz offensichtlich nicht der Prinzregent. Phaemon war verschwunden, Pakab war in Waset, also blieb nur noch Nesbek. Ihre anderen verlotterten Liebhaber hockten alle weit entfernt von hier in Oberägypten.

Die Gruppe bog auf die Straße ein, und Cheftu überlegte, ob er RaEm in ihre eigenen Gemächer bringen sollte. Er kam zu dem Schluß, daß sie bei ihm sicherer aufgehoben war; wieso war Basha nicht zu ihm gekommen? Sie wußte, daß er für die Priesterin verantwortlich war. Nein, er und Meneptah würden RaEm abwechselnd bewachen, bis Cheftu die Sache aufgeklärt hatte. Hier paßte einiges nicht zusammen.

Er sah auf die schaukelnde Sänfte. Ihre braune Haut war unnatürlich gerötet, und um ein Auge zog sich ein dunkler werdender Ring ... es würde einige Zeit dauern, bis sie es wieder ganz öffnen konnte. Dicht neben ihrem Kiefer zog sich eine Schwiele über ihr Gesicht. Ein wenig höher, und ihr hätte das Ohrläppchen abgerissen werden können. Cheftu spürte, wie ihm das Essen von gestern hochkam, als er daran dachte, welches Instrument derartige Verletzungen zufügte. Er wußte, daß RaEm einen Hang zu wenig appetitlichen Vergnügungen hatte; zählten dazu auch mißhandeln und mißhandelt zu werden?

Er mußte daran denken, wie er einst mit seinem älteren Bruder zu einem billigen Bordell gezogen war. Zwar hatte er nach Unmengen von billigem Wein sein Essen wieder von sich gegeben, doch hatten einige der älteren Jungs von einer schwarz gekleideten Frau erzählt, die ihre Kunden um der gesteigerten Lust willen und für einen gesteigerten Lohn auspeitschte.

Kurz huschte ein Grinsen über sein Gesicht, als er daran dachte, wie er als Junge gewesen war. Wie naiv. Nur Ägypten hatte er sich gewünscht, nur für Ägypten hatte er gelebt, nur Ägypten hatte ihn interessiert. Was für eine Ironie, daß er nun nichts mehr hatte außer diesem Ägypten.

Sie waren kurz vor den schwer bewachten Palasttoren, und Cheftu schüttelte den Kopf, um die Erinnerungen zu vertreiben. Sie hatten keinen Platz mehr in seinem Leben. Er war Cheftu *Sa'a* Khamese, Arzt Pharaos und Erbe seines Familien-Gaus.

Sie *brauchte* ihn. Zum ersten Mal in ihrem Leben.

Das drängendste Problem war, sie in den Palast zu schaffen, ohne daß jemand sie sah und Meldung machte. Ein vertrauter Ruf bewirkte, daß er die Apiru hinter ein paar Büsche winkte und sich allein dem Tor näherte.

Der Kommandant lächelte, als er ihn wiedererkannte. Dann sah Cheftu das Lächeln dahinschwinden, als der Kommandant das blutige *Shenti,* die fehlende Schminke und den fehlenden Kragen an einem der *Erpa-ha* Ägyptens bemerkte. Ameni sprang von seinem Streitwagen und befahl den anderen Wachen, sich zurückzuziehen. »Leben, Gesundheit und Wohlergehen, *Hemu neter.*«

»Du mußt mir Verschwiegenheit schwören, Soldat.«

Ameni kreuzte den Arm vor der Brust. »Du hast meinen Eid, *Hemut neter.*«

»Die Priesterin, die sich hier aufhält, wurde verletzt und halbtot liegengelassen. Wir müssen sie gesund pflegen und dafür sorgen, daß niemand sie in ihrer Schwäche sieht. Hatschepsut persönlich, ewig möge sie leben!, wird erfahren wollen, wie das geschehen ist und wer es gewagt hat, die mächtigste Mondpriesterin Hathors zu töten.«

Das Gesicht des Soldaten blieb starr, doch Cheftu sah, wie bleich er geworden war. Ameni verbeugte sich hastig. »Ich werde dir für das Wohl Ägyptens dienen, Herr.«

Cheftu lächelte knapp. »Das ist gut zu wissen, mein Freund. Ich muß sie ungesehen in den Palast bringen.«

Er verbeugte sich. »Es soll geschehen, Herr.«

»Die Tore sind offen, beeilt euch«, sagte Cheftu zu den Apiru. Er wies Meneptah an, vorauszueilen und Ehuru ein Zimmer für die Herrin vorbereiten zu lassen. Außerdem sollte er eine vertrauenswürdige Sklavin unter Meneptahs Volk suchen.

Sie trugen RaEm hinein und legten ihren Leib in einem Nebenzimmer auf einem Bett ab. Cheftu sammelte seine Instrumente, um mit der Untersuchung zu beginnen. Das wichtigste war, genau hinzusehen; ihr Haar war verfilzt und verklebt mit einer Mischung aus dem Schlamm im Graben und dem Fett eines Parfümkegels... Er besah sich die Schwiele an ihrem Hals genauer. Sie war vergrindet und schlammverkrustet. Offensichtlich war sie ihr zugefügt worden, *bevor* man sie in den Graben geworfen hatte. Er zog die Überreste des Lakens von ihrem Leib. Der wütende Biß in ihrer Schulter eiterte. Cheftu verzog angewidert die Lippen.

Dann riß er ihr das Leinen vollends vom Körper.

Cheftu spürte, wie ihm das Blut aus dem Gesicht wich und sein Magen sich zu drehen begann. RaEm war halbtot geprügelt worden. Ihr Bauch war rot und lila angelaufen, die Beine und das Geschlecht waren schwarz und blau. Er konnte die Spuren der vielschwänzigen Peitsche verfolgen, die sich um ihren Leib wanden. Da war die Schwiele an ihrem Hals. Gegenüber, auf ihrer Taille, war eine weitere, eine dritte an ihrem Oberschenkel.

Bei den Göttern! Cheftu schluckte den Ekel hinunter, der, angesichts der so eleganten und nun angeschwollenen und verfärbten Glieder, die mit Strömen Blutes verkrustet waren, aus seinem Magen aufstieg.

Meneptah brachte einen Krug mit frisch abgekochtem Wasser, und Cheftu wusch ihr vorsichtig das Blut aus den Wunden. Er strich eine Kräutersalbe auf die offenen Stellen, damit sich keine Infektionen bildeten, und deckte RaEm mit einem Laken zu, damit sie nicht auskühlte.

RaEm lag in tiefer Bewußtlosigkeit, und doch zuckte sie von Zeit zu Zeit, als wäre sie wie ein Kinderspielzeug an unsichtbaren Fäden festgebunden. Cheftu reinigte die Schwielen von dem verschlammten Grind und gab eben einen letzten Kräuterumschlag auf die Schwiele an ihrem Hals, als ihm der Geruch von frischem Blut in der Nase stach. Er rief Meneptah zu, neue Tücher zu holen, dann riß er erneut das Leinen von RaEms Leib.

Sie lag in einer Pfütze von frischem Blut und wurde sichtbar bleicher, je mehr Leben aus ihr herausfloß.

Säure brannte in seinem Magen. Er verfluchte sich und suchte hastig nach weiteren Anzeichen. RaEm hatte ein Gift genommen oder verabreicht bekommen, das als Abtreibungsmittel wirkte. Er kannte die Wirkung bereits. Der arme Sklave, der vor ein paar Tagen gestorben war – er hatte kein Kind zum Abtreiben gehabt und war darum innerlich ausgeblutet, bis er schließlich an seinem Blut und seinem Erbrochenen erstickt war.

Hatte Pharao irgendwie erfahren, daß er, Cheftu, ihr das Gift nicht verabreichen würde? Hatte sie einen anderen Komplizen gefunden? In seiner Erinnerung blitzte kurz ihre letzte Zusammenkunft vor seiner Abreise aus Waset auf. »Eine vertrauliche medizinische Mission«, so hatte sich Pharao ausgedrückt, als Senmut ihm das Päckchen mit giftigen Kräutern überreicht hatte. Die eigenartigen Umstände, unter denen man RaEm im Tempel aufgefunden hatte, hatten noch mehr Fragen aufgeworfen und das Feuer von Hatschepsuts Paranoia zusätzlich angefacht. Das Blut an RaEms Händen war das eines Fremden gewesen, aber wessen?

Und jetzt *dieses* Blut. Hatte sie selbst Hand an sich gelegt? Hatte RaEm sich wie so oft für den leichtesten Ausweg entschieden, oder war die vergiftete Ente neulich abends nicht für den Prinzen, sondern für sie bestimmt gewesen?

In einer Nische seines Geistes nahm er die betenden Priester wahr, deren ansteigende und wieder fallende Gesänge durch die Gänge hallten. Jemand hatte sie herbeigerufen. Selbst sie wußten, daß die Frau im Sterben lag. Oder hatten sie damit gerechnet? Wo waren die Priesterinnen Hathors?

Blut ergoß sich aus ihr, und bald würde ihr ungeborenes Kind folgen. Wenn er nur ein wahrer Magus wäre, wenn er über Kräfte verfügen könnte, die größer waren als seine eigenen ... dann hätte er sie retten und sich ein Leben lang in ihrer Dankbarkeit sonnen können. Cheftu gab sich im Geist eine Ohrfeige. Ganz gleich, wie sehr sich RaEm verändert hatte, sie würde wahrscheinlich eher ihr Leben damit zubringen, vor seinen Augen ihre Gesundheit mit anderen Männern zu ruinieren, als ihm zu danken.

Wenn Cheftu in ihre nun grünen Augen schaute, hatte er jedesmal den Eindruck, daß ihn ein neuer Mensch anblickte. Jemand, dessen Schönheit sich nicht nur auf Kleidung und Schmuck beschränkte, sondern auch Charakter und Güte umfaßte. Ihre Verunsicherung, wenn er von der Vergangenheit sprach, war nicht gespielt. Und ihre Berührung! Wieso reagierte sie plötzlich so anders auf ihn? Und er auf sie? Da war mehr im Spiel als nur körperliche Begierde – auch wenn er gegen die ununterbrochen ankämpfen mußte –, da war auch ein tiefes, elementares Wiedererkennen. Bei den Göttern, er wußte nicht, was es war.

Cheftu biß die Zähne zusammen und zwang sich in die Gegenwart zurück. Verprügelt *und* vergiftet. Jemand war fest entschlossen, RaEm zu töten. Handelte er auf Pharaos Befehl? Pharaos Befehl zuwiderzuhandeln war gleichbedeutend mit dem Tod und für einen Ägypter undenkbar. Er lächelte grimmig. Ptah sei gelobt, daß dies auf ihn nicht zutraf.

Meneptah kam hereingerannt, einen weiteren von Cheftus Medizinkörben auf der Schulter und frische Tücher in der Hand. Cheftu riß ihm das Leinen aus der Hand und begann, den Blutfluß zu stillen. Er wusch das Blut mit warmem Wasser weg, und seine Augen brannten, als er an das Kind dachte, das, bei der Feder, er sich einst von ihr gewünscht hatte.

Er nahm ihre Hand und kniete neben der Liege nieder.

»RaEm, kannst du mich hören?« Ihre Augäpfel bewegten sich hinter den fest geschlossenen Lidern. Er liebkoste ihre schlanken Finger in seiner festen Hand. »RaEm, es ist verboten, dich zu berühren. Eine reine Priesterin darf nur von ihren Schwestern behandelt werden. Doch die sind nicht hier.« Und du bist nicht rein, ergänzte er in Gedanken. »Du mußt mich wissen lassen, was du empfindest. Du verlierst dein Kind, RaEm. Hast du etwas eingenommen? Hat dir jemand etwas gegeben? Ich muß wissen, welches Gift dich in seinem Griff hat, RaEm. Du mußt mir erzählen, was passiert ist.«

Sie stöhnte leise und glühte vor Fieber. Er rief nach kälterem Wasser und badete sie dann stundenlang, um ihre Temperatur zu senken. Bei einer Fehlgeburt konnte Fieber tödlich sein.

»Hast du etwas getrunken? RaEm, wo bist du gewesen?« Wie in einer Litanei wiederholte er die Fragen, während er in schwachem Wein Alraunwurzel auflöste und ein Leintuch damit tränkte. Geduldig tröpfelte er den Trunk in ihre Kehle. Die Kräuter würden die Schmerzen lindern, wenn sie aufwachte. Falls sie aufwachte.

Die ganze Nacht hindurch badete Cheftu seine Patientin, oder er gab ihr zu trinken. Durch den Weihrauchnebel konnte er ihr zugeschwollenes Auge und die weißen Leinenverbände auf ihren Wunden sehen. Draußen im Gang schwoll der Gesang an und wurde dann wieder leiser, ein monotones Raunen, das ihn einzulullen drohte.

Meneptah ließ seine Cousine D'vorah holen, und zu zweit halfen sie, RaEm auf die Gebärsteine zu setzen, als sich ihr Leib unter den verfrühten Wehen zusammenzog. Sie konnte sich nicht aufrecht halten, deshalb packte jeder der Israeliten einen Arm und stellten ihre Waden zu beiden Seiten des Steines ab, vor dem Cheftu kniete und auf das Ungeborene wartete. Irgendwann während der endlosen Nacht wurde unter RaEms erschöpftem Stöhnen und Schreien ein kleines Fleischpäckchen aus ihrem Leib gepreßt. Cheftu gab Meneptah dem Befehl, einen winzigen Sarkophag zu suchen, dann wandte er sich ab, die Lippen zu einem dünnen Strich zusammengepreßt. Schließlich reinigte er ihren Leib, um die Infektion auszuwaschen. Wenn es Amun gefiel, würde ihr Fieber bald wieder sinken.

Wer war der Vater gewesen? RaEms Beziehung zu Phaemon war allgemein bekannt; ReShera hatte sie miteinander bekannt gemacht. Hätte ein Leibgardist, der zu den Zehntausend zählte und Bruder einer Priesterin war, RaEm während ihrer Priesterzeit berührt? Wo war Phaemon jetzt? Wie konnte er zulassen, daß sie die Schwangerschaft allein durchstehen mußte?

Als Re endlich die Welt begrüßte, hatte RaEm zu schwitzen angefangen, und Cheftu hatte das Gefühl, das Schlimmste überstanden zu haben. Er befahl, die Tücher von den Fensteröffnungen zu nehmen, damit sich der drückende Weihrauchnebel verzog, der von den Priestern im Gang in die Kammer waberte.

RaEm schlief den ganzen Tag und schreckte nur ab und zu schreiend und mit unverständlicher Stimme bettelnd hoch, bis Cheftu jedesmal ihre Hand nahm und sie mit leisen Worten beruhigte.

Am Ende des zweiten Tages trat Meneptah neben ihn und riß ihn aus einem der vielen Bast-Nickerchen, die er gemacht hatte.

»Herr, rühre dich und nimm ein Bad.«

»Das kann ich nicht, ich wage es nicht, sie allein zu lassen. Sie wird Angst bekommen, wenn sie aufwacht. Sie wird das Zimmer nicht wiederkennen«, krächzte Cheftu. Meneptah gestattete sich ein verstohlenes Lächeln und warf einen Blick zu Ehuru im dunklen Gang.

»Wenn sie aufwacht und dich sieht, wird sie glauben, sie ist unter die *Khaibit* gefallen«, sagte er und holte einen Bronzespiegel hinter seinem Rücken hervor. Cheftu mußte ihm recht geben. Trübe, blutunterlaufene Augen starrten ihn aus einem fetten Klecks verlaufenen Bleiglanzpulvers heraus an. Der dunkle Schatten tagealter Stoppeln maskierte sein Gesicht. Seine Brust und sein Schurz waren mit Blutflecken verkrustet, und seine Finger waren vom Zerquetschen der Kräuter dunkelgrün angelaufen. Er stöhnte. Selbst die Haare taten ihm weh.

»Du hast völlig recht«, antwortete er langsam mit einem Blick auf RaEm. Inzwischen schlief sie ganz friedlich.

»Meine Cousine D'vorah wird auf sie aufpassen«, schlug Meneptah vor.

Cheftu stolperte durch den Empfangsraum in seine eigene Kammer. »Ich bin gleich wieder da«, murmelte er, während Ehuru befahl, ein Bad einzulassen. Dann fiel er schnarchend auf seine Liege.

In einem lichtüberfluteten Raum öffnete Chloe die Augen. Einen Moment lang schaukelten verwirrende Bilder durch ihren Kopf. Dann schlug sie die Augen vollends auf. Ein Auge, besser gesagt. Das andere war zugeschwollen. Dankbar, daß sie nicht kurzsichtig war, sah sie sich um.

Wo war sie hier? Das hier war nicht ihre Wohnung in der Amber Street, soviel stand fest. Sie blickte auf die Frau, die ihr gegenübersaß, und die Erinnerung an ihre Reise durch die Zeit schoß ihr durch den Kopf wie MTV im Zeitraffer. Sie spürte, wie ihr Puls sich auf das Doppelte beschleunigte, als ihr klar wurde, daß sie RaEmhetepet, die Hathor-Priesterin, war. Noch dazu eine in Ungnade gefallene und – den Botschaften nach zu urteilen, die ihre Nervenenden an ihr Gehirn übersandten – schwerverletzte Priesterin. Mit einer dicken Kruste auf Bauch und Busen. Langsam wurde ihre Umgebung klarer.

Ihre Hand wurde von einer schönen jungen Frau mit haselnußbraunen Augen und welligem Haar gehalten. Hinter ihr stand ein fülliger junger Mann mit Bart und einem über die Schulter geschlungenen Gewand, der ihr irgendwie vertraut vorkam. Cheftus Protegé Meneptah. Ein zaghaftes Lächeln, das von seinen Mundwinkeln ausging und schließlich seine Augen zum Leuchten brachte, begrüßte sie.

»Herrin! Wie fühlst du dich?«

Chloe spürte ein Dutzend Wunden zugleich pochen, doch sie zog die Achseln hoch. Ihre Stimme war heiser. »Besser. Was ist das für ein Zeug auf meinem Bauch?«

»Es freut mich, daß es dir wieder bessergeht«, sagte Cheftu von der Tür aus. Sie drehte sich zu ihm um, und die junge Frau ließ Chloes Hand fallen und kreuzte ehrfürchtig den Arm vor der Brust. »Ein Heilmittel gegen deine Krankheit«, antwortete Cheftu. »Eine Mischung aus Schwalbenleber, Bierbrot und Heilkräutern.« Zwar stach Chloe die beschriebene Mixtur in der Nase, doch sie war vollkommen geblendet von seiner fremdartigen Pracht.

Die Magusrobe hing von seinen Schultern bis auf den Boden und umrahmte seinen bronzenen Körper und den frisch geplätteten weißen Schurz. Wie üblich war seine Perücke makellos, die Augen warem ummalt, und auf seiner Brust hingen ehrlich gesagt übertrieben viele Juwelen. Aus unerfindlichen Gründe nahm Chloe es ihm übel, daß er so perfekt aussah, während sie praktisch in Einzelstücken vor ihm lag.

»Du läßt dich herab, eine entehrte Priesterin zu besuchen, Herr?« fuhr sie ihn an. Sie war wütend, weil er sie nicht vor Nesbeks Neigungen gewarnt hatte, auch wenn ihr verstandesmäßig bewußt war, daß er keinen Anlaß gehabt hatte, sie zu warnen. Ra-Emhetepet war nicht weniger verkommen als ihr Verlobter. Doch dieses Wissen milderte ihren Zorn nicht. Aufgebracht funkelte sie ihn aus einem Auge an.

Er wurde rot unter ihren Worten, und Meneptah mischte sich entsetzt ein.

»Nein, Herrin! Der edle Cheftu hat sich während der vergangenen Nächte um dich gekümmert. Er selbst hat das Blut abgewaschen …« Seine braune Haut rötet sich vor Verlegenheit, und Chloe sah Cheftu ungläubig an. Als sie ein Auge zusammenkniff, entdeckte sie Sorgenfalten um seinen Mund und violette Schatten unter seinen Augen. Stocksteif stand er da, und sein Blick ging einfach durch sie hindurch; aus jeder Faser seines angespannten, muskulösen Körpers sprach Empörung. Chloe schämte sich und verstummte kurz.

»Herr«, setzte sie an.

»Ich habe es für deine Familie getan, Weib«, erwiderte er eisig, dann stolzierte er hinaus. Sie war bestürzt über ihr eigenes Verhalten.

»Hat die edle Herrin Hunger? Oder dürstet sie?« fragte die junge Frau, um das Thema zu wechseln, nachdem sie einen erschrockenen Blick mit Meneptah gewechselt hatte.

»Ja, rufe meine Sklavinnen«, erwiderte Chloe, um sich hinter RaEms Persönlichkeit zu verstecken.

Meneptah sah verlegen zu Boden. »Der edle Herr Cheftu hat Anweisung gegeben, daß du von seinen Sklaven betreut werden sollst«, meinte er betreten.

»Wieso?« fauchte sie.

»Der edle Herr bezweifelt, daß deine Sklaven wirklich in deinem Interesse handeln. Du bist vergiftet worden, und Basha ist geflohen. Das hier ist D'vorah«, dabei deutete er auf die Frau. »Sie wird dir dienen.« Gleich darauf verschwand er, gefolgt von D'vorah, mit einer knappen Verbeugung in die Küche.

Chloe verzog das Gesicht unter den Schmerzen und Qualen, die sich bemerkbar machten, seit sie wieder bei Besinnung war. Sie versuchte sich die Ereignisse des vergangenen Abends ins Gedächtnis zu rufen. In ihrem Kopf lief eine Szene ab, die aus einem S&M-Video zu stammen schien, und angewidert schaltete Chloe ab. Was für einen grotesken Abklatsch RaEms hatte sie da abgegeben?

Als Cheftu zurückkehrte, sah er, wie RaEm ihren flach gewordenen Bauch in den Händen hielt. Sie preßte die zitternden Hände dagegen und sah mit feuchtem Blick zu ihm auf. Die Auseinandersetzung wenige Minuten zuvor war vollkommen vergessen.

»Das Kind hat nicht überlebt.« Das war eine Feststellung, so als würde sie seine Erwiderung fürchten.

Cheftu nickte widerstrebend und ohne sich ihrem Blick zu stellen. »Wir ... wir konnten nicht feststellen, was es war.«

Sie sah ihn verständnislos an.

»Ob ein Junge oder ein Mädchen«, murmelte er.

»Ja.« Sie schloß die Augen und schluckte schwer. »Wie weit – ich meine, wie alt war es?« Ihre Stimme war kaum noch ein Hauch, und Cheftu mußte sich über RaEm beugen, um sie zu verstehen.

Er wandte sich ab. »Hundertvierundzwanzig bis hundertvierunddreißig Tage, würde ich schätzen. Etwa die Hälfte seiner Zeit bei dir.« Er fuhr sich über die Lippen und sah auf sie herab. »Wer ist der Vater, RaEm? Er hat ein Recht darauf, es zu erfahren.«

Sie wollte sich aufsetzen und stöhnte sofort vor Schmerz. »Erst gestern, das heißt, wenn das gestern war, habe ich begriffen, daß ich ein Kind bekommen werde.« Die Worte kamen in einem Schwall, halb dahingeflüstert, gläsern und zittrig. »Basha muß mich vergiftet haben, aber ich war zu sehr mit anderen Dingen beschäftigt, um das zu realisieren. Ich hatte Angst und war nervös, ohne eigentlich zu wissen, warum. Eine Vorahnung. Vielleicht hätte ich mir *doch* ein Horoskop legen lassen sollen.«

Cheftu sah, wie die verschiedensten Gefühle über ihr Gesicht jagten. Als letztes blieb ein zu Herzen gehendes, trauriges Lächeln. Sie fuhr sich mit der Zunge über die spröden Lippen und schluckte, während ihre Hände sich in den Leintüchern verkrampften. Er sah, wie sie sich auf die Unterlippe biß, und kämpfte gegen den unwillkürlichen Drang an, sie an seine Brust zu drücken und sie zu trösten.

Langsam ließ sie sich auf das Kissen zurücksinken, mit einer Hand ihren Anhänger streichelnd, dann schlug sie beide Hände vor das Gesicht. RaEm gab keinen Laut von sich, doch ihre braunen, bandagierten Schultern begannen zu zittern. Überzeugt, daß sie ihr Kind betrauerte, wollte er sich davonschleichen, um ihre Erinnerung an das Ungeborene nicht zu stören. Er winkte die wartenden Apiru-Sklaven fort.

»Cheftu«, flüsterte sie mit gebrochener Stimme, »bitte ...«, und damit streckte sie eine zitternde Hand nach ihm aus.

Vorsichtig trat Cheftu an ihre Seite und ließ sich auf dem Rand ihrer Liege nieder. Er legte eine zärtliche Hand auf ihre Schulter. Und dann warf sie sich in seine Arme, die Beine angezogen, so daß sie halb auf seinem Schoß lag, den Kopf an seiner Brust geborgen.

Cheftu war wie vom Donner gerührt. Wer *war* das? Zu weinen? In der Gegenwart eines anderen Menschen? Etwas jenseits von ihr Selbst sich *so* zu Herzen nehmen, daß sie deswegen weinte? Dies war eine ganze andere RaEm. Liebevoll strich er über ihr verklebtes schwarzes Haar, wiegte sie wie ein Kind, während seine Worte und seine Stimme in ihren herzzerreißenden Schluchzern untergingen. Die Paste auf ihrem Leib schweißte sie zusammen.

Nur mit Mühe schaffte er es, sie durch die aufstoßenden Tränen hindurch zu verstehen. »Ich habe versprochen, es zu beschützen«, weinte sie. »Wie konnte ich nur so versagen? Erst gestern habe ich es begriffen. Wie konnte ich das nur tun?«

Cheftu sank unter den Qualen in ihrer Stimme zusammen. »Süßer Mondstrahl, zur Liebe gehört auch Schmerz«, flüsterte er. »Der Gott wird dich beschützen. Keine Angst. Du wirst noch ein Kind bekommen. *Asst.* Dies hier war nur dein erstes.« Denn er wußte, wenn sie später einmal zwei erwachsene Kinder haben wollte, dann wäre dies hier nur die erste von zehn oder mehr Schwangerschaften. Das Leben war hart zu den Schwachen und Schutzlosen.

So hielt er sie, eine in Schande gefallene, entstellte Priesterin, und fragte sich, wofür sie sich wohl entscheiden würde, wenn sie eine einzige Sache in ihrem Leben ändern könnte. Sie hätten dieses Kind gemeinsam zeugen können, dann wäre ihre Trauer nicht ganz so tief, denn er würde sie mit ihr teilen. Ihr Haar war völlig verfilzt, dennoch streichelte er es, über ihre Wechselhaftigkeit staunend. Stark und doch verletzlich. Hatte er RaEm je wirklich kennengelernt? Konnte er sie jetzt kennenlernen?

Oder war es dafür zu spät?

Später knabberte Cheftu an dem gebratenen Geflügel auf seinem Teller, in Gedanken immer noch bei der Wärme und Leidenschaft, die RaEm so unerwartet gezeigt hatte. Ehuru trat ein, doch Cheftu winkte ihn fort, denn er wollte mit seinen Gedanken allein sein. Ehuru rührte sich nicht vom Fleck. »Herr«, sagte er mit bebender Stimme.

»Ja?« wollte Cheftu unwirsch wissen.

»Er ist weg, Herr«, platzte Ehuru heraus. Cheftu sah, wie verkrampft die Miene des Alten war, wie beklommen er die Augen gesenkt hielt.

Langsam und leise fragte Cheftu nach: »Wer ist weg?«

»Der Köcher, Herr.«

Sein Bauch krampfte sich zusammen und begann zu brennen. Die Papyri. Die Notizbücher. Das Wissen. »Seit wann?«

»Ich weiß nicht, Herr. Ich habe ihn nicht mehr gesehen, seit du nach Pi-Ramessa gereist bist.«

»Fehlt sonst noch etwas?«

»Nein! Nein, Herr. Deine Juwelen, dein Gold, deine Zaubermittel, alles ist noch da.«

»Bis auf den Köcher?«

»Wieso sollte jemand deinen Köcher stehlen, Herr?«

Cheftu ballte die Fäuste und zwang sich zur Ruhe. Eine gute Frage – wieso?

Doch nur, um ihn zu vernichten.

Basha bibberte in der Morgenluft. »Es ist vollbracht, Herrin«, sagte sie leise zu der sitzenden Gestalt. »Ich weiß auch, daß der edle Herr Nesbek eine Feier veranstaltet hat, auf der sich RaEm wieder einmal ihren lasterhaften Vergnügungen hingegeben hat.«

Die Frau lachte. »Nesbek ist ein Musterbeispiel für die Schwäche und Roheit der Männer. Er kann sich nur dadurch erregen, daß er anderen Schmerzen zufügt oder welche zugefügt bekommt.« Basha legte einen Köcher und einen Stapel zusammengerollter Papyri auf den kleinen, mit Einlegearbeiten verzierten Tisch.

»Wie RaEm? Auch sie fügt anderen gern Schaden zu.«

»Nein, meine Teure, RaEm ist anders. Sie kämpft gegen ihre inneren Dämonen, aber nicht nur gegen jene, die durch Schmerzen an Macht gewinnen. Sie fürchtet sich davor, allein zu sein, und wird jeden Preis für Gesellschaft zahlen. Sie sollte die Göttin suchen oder die Priesterinnen, die man ihr zur Seite gestellt hat, doch sie sucht nur Männer, die keine Ahnung von der Kraft Sechmets haben. Toren, die glauben, die Welt zu regieren.«

Basha setzte sich auf einen Hocker zu Füßen ihrer Geliebten und spürte, wie die beringten Finger durch ihr Haar fuhren, genauso trostspendend wie früher, als sie noch ein Kind gewesen war. »Wenn sie mit Nesbek verlobt ist, wieso hat RaEm dann mit Phaemon gesch–?« Zu spät begriff Basha, daß sie ihre Geliebte damit erzürnt hatte. Allerdings würde die Priesterin sie nicht schlagen, sondern Basha statt dessen ignorieren und ihr das Gefühl geben, das unbedeutendste Sandkorn in ganz Ägypten zu sein. »Geliebte, es tut mit so leid!« Sie drehte sich um und sah Phaemons wunderschöne Zwillingsschwester flehend an.

»Dafür wird sie bezahlen«, schwor die in Silber gekleidete Frau leise. »Er ist verschwunden, sie hat ihn durch ihre Bosheit ausgelöscht, und dafür wird sie sehr, sehr teuer bezahlen.« Wenn ihre Geliebte so sprach, bekam Basha jedesmal Angst. Dann zogen sich die Lippen der anderen Frau zurück, und ihr Blick richtete sich nach innen, während sie geheimnisvolle, gifttriefende Worte flüsterte. Stundenlang konnte ihre Herrin so sitzen, und das machte Basha Todesangst. Da waren ihr RaEms Wutausbrüche noch lieber, selbst wenn Basha bisweilen gebrochene Knochen und Narben davontrug.

Basha stand auf, um zu verschwinden, und schlich leise aus dem Zimmer, als würde ihre Herrin beten.

»Du mußt hierbleiben und dich verstecken; du kannst nicht zurück. Ich werde dich beschützen.« Basha wirbelte herum und sah sie an. Die Farbe war in ihr Gesicht zurückgekehrt, und sie sah völlig normal aus. »Sobald deine Aufgabe erfüllt ist, wird dies hier dir gehören«, sagte die Priesterin und überreichte Basha ein kleines Paket.

Basha öffnete die Schachtel. »Wie schön!« Im schwachen Licht funkelnd, drehte sich der goldene Skarabäus an einer dünnen Kette. »Wirst du ihn mir anlegen?« fragte sie und streckte ihn ihrer Geliebten hin.

Kurz verzogen sich die makellosen Züge der Frau zu einer Grimasse. »Nein. Das kann ich nicht. Du kannst ihn erst tragen, wenn ...« Sie ließ Basha wie ein ungezogenes Kind die Kette zurück in die Schachtel legen. »Ich werde sogar noch ein ganz besonderes Gebet für dich eingravieren lassen«, versprach die Priesterin, während sie die Schachtel wegstellte. »Bist du dankbar?«

Basha klammerte sich an die Schöne und stammelte vor Dankbarkeit: »Ich liebe dich mehr als das Leben selbst, Herrin!«

Die Frau lächelte, den Blick wieder nach innen gerichtet, und Basha spürte einen Schauer der Angst, ehe sie sich in der Leidenschaft eines Kusses verlor.

9. Kapitel

Cheftu schlich hinter dem fremden Magier in den Audienzsaal. Er hatte am Morgen noch nach RaEm gesehen; infolgedessen kam er zu spät. Der lange, schmale Raum war bereits voller Soldaten und Höflinge, im Vorraum drängten sich die Bittsteller. Man munkelte, ein Stamm unter den Apiru würde Ägypten mit Plagen bedrohen, sollte ihnen nicht gestattet werden, ihrem Gott in der Wüste zu huldigen. Cheftu wußte, daß sich Hatschepsut für alle Einzelheiten interessieren würde.

Er kam gerade noch rechtzeitig.

Die Apiru sahen nicht gerade eindrucksvoll aus… Augen, Haut und Haare waren bei ihnen ebenso dunkel wie bei der übrigen ägyptischen Bevölkerung. Durch ihre unhygienischen Bärte, die Körperbehaarung und die einschultrigen Gewänder hoben sie sich ab. Sie durchquerten den gesamten Raum, und nur das Schwert eines Soldaten hielt sie davon ab, dem Prinzen zu nahe zu kommen.

Einer der Männer, dem der mit weißen Strähnen durchsetzte Bart fast bis auf den Bauch reichte, verbeugte sich. Er sprach mit melodiöser Stimme: »Horus-im-Nest, der Herr der Schöpfung spricht: ›Lasset mein Volk ziehen, so daß es mir dienen kann. Wenn du dich aber weigerst, sie ziehen zu lassen, werde ich euer ganzes Land mit Fröschen plagen…‹«

Cheftu wurde von dem hinterhereilenden Hofstaat mitgezogen. Die zwei Sklaven marschierten durch den bemalten und mit Säulen bestandenen Hof und von dort die Stufen zum Nil hinunter, immer dicht gefolgt von Thuts Entourage. Unten blieben die beiden Apiru an einem kleinen Nebenlauf stehen, einem der vielen Bewässerungskanäle, die zu Horus' privaten Gärten führten.

Ramoses sagte etwas zu Aharon. Als er ihm seinen schön gearbeiteten, ungewöhnlichen Wanderstab reichte, stieg unruhiges Gemurmel aus der Menge auf. Cheftu drehte sich um und sah Thutmosis, der, umringt von seinen Leibwächtern, das Schauspiel verfolgte. Aharon streckte den Stab über das Wasser und wandte sich dann ab. Die Isrealiten bahnten sich eilig einen Weg durch die Menge, die sich bereitwillig vor ihnen teilte.

Alle Augen blieben auf das Wasser gerichtet. Es wurde absolut still. Die Sekunden verstrichen, während Cheftu sein klopfendes Herz zu beruhigen versuchte. Konnte der Isrealit wirklich vollbringen, was er behauptet hatte?

Plötzlich wurde die Stille von einem lauten »Quaaak!« durchbrochen, und ein riesiger, getüpfelter Frosch sprang hinter Thutmosis hervor; überrascht zog Thut den Dolch und spießte den Frosch damit auf, ehe er noch eine Elle weiterhüpfen konnte. Plötzlich zerriß lautes Gequake die Luft.

Cheftu drehte sich um. Ramoses und Aharon standen an einem der Zierteiche und beobachteten, wie eine braungrüne Flut aus dem Nil aufstieg. Hunderte von Fröschen in allen Größen und Farben hüpften übereinander hinweg und auf alles, was in ihrer Nähe war.

Die Ägypter waren zwar an Frösche gewöhnt, dennoch reagierten sie mit Verblüffung auf diese plötzliche Invasion. Es kam zum Chaos, die Soldaten versuchten, Thut zu beschützen, Frauen kreischten, alle anderen wichen ängstlich vor dieser lebenden Parodie auf die jährliche Überschwemmung zurück.

Thut wandte sich an die beiden Apiru und vergaß vor Wut seine prinzliche Würde. »Wir werden schon sehen, wer hier größer ist!« brüllte er. »Was euer lächerlicher Wüstengott zustande bringt, vermögen die edlen Götter Ägyptens schon lange!« Der Arzt in Cheftu bemerkte Thuts lila angelaufenes Gesicht und die pochende Ader in seiner Schläfe. Er sollte auf sich aufpassen.

Belhazar, der oberste Magus, war bereits an einen der Zierteiche getreten und zauberte nun Frösche aus dessen Tiefen hervor. Überraschenderweise hüpften die Frösche nicht auf oder über die beiden Apiru. Alle anderen Magier hatten ebenfalls begonnen, Frösche heraufzubeschwören.

Cheftu mußte beinahe lachen, so grotesk war die Situation. Jetzt vergifteten die Ägypter ihre eigenen Teiche! Zuvor war nur der Nil voller Frösche gewesen. Doch das Lachen blieb ihm in Halse stekken, als er sah, wie Thut haßerfüllt auf seine Magier sah.

»Ihr unfähigen Weiber!« tobte er. »Ihr habt diesen billigen Zaubertrick zu einer wahren Plage vervielfacht!« Er schnappte sich ein Schwert und trat auf zwei unglückselige mandeläugige Magier zu. Einen durchstach er mit dem Schwert. Der andere löste sich in safrangelben Rauch auf.

Cheftu schlängelte sich durch das Getümmel, auf der Suche nach den Apiru. Sie waren verschwunden.

Sehr klug.

Den Schurz zwischen den Knien hochgezogen, machte sich Cheftu eilig auf den Rückweg zu seinen Gemächern, die schnellen Schritte vorsichtig zwischen die hüpfenden Frösche setzend.

Chloes Augen öffneten sich in absoluter Dunkelheit. Druck lastete auf ihrem Kopf und ihrer Brust. Es war so stickig! Die Luft selbst bebte. Ganz langsam setzte sie sich auf und versuchte, ihre leichte Übelkeit unter Kontrolle zu halten. Sie hatte sich immer noch nicht an die völlige Dunkelheit gewöhnt. Sie tastete sich vor an die Tür zum Garten und lehnte sich lauschend dagegen. Das friedliche Zirpen der Zikaden war verstummt. Ein anderer Lärm hatte es übertönt, ein Lärm, den sie nicht einzuordnen vermochte.

Sie sah auf, und in ihrem Kopf wurde es ein wenig klarer. Die Fensteröffnungen, die den Raum so angenehm machten, waren verrammelt. *Komisch.* Nachdem sie die Tür zum Garten geöffnet hatte, rieb sie ihre Augen und versuchte, das, was sie sah, mit dem in Einklang zu bringen, was sie zu sehen glaubte.

Bevor sie das geschafft hatte, strich ein kaltes, schleimiges *Etwas* an ihrem nackten Bein vorbei, dann noch eines. Chloe quietschte auf, lief zu ihrer Liege und trat dabei auf etwas Weiches, Feuchtes.

Ihre Schreie riefen Meneptah herbei, der das Zimmer mit Licht überflutete. Chloes Blick klärte sich, und sie erkannte, daß der Boden voller Amphibien war. Für Meneptah machten sie den Weg frei.

»Herrin«, sagte er, »nimm meinen Arm, dann führe ich dich hinaus.«

Chloe stand auf ihrer Liege und trat die Frösche hinunter, die es wagten, zu ihr heraufzuspringen. Ekelhaft! Meneptah bot ihr seine Hand an, und vorsichtig ließ sie sich hinab. Behutsam bahnten sie sich einen Weg zur Tür, und Chloe stellte fest, daß die Frösche nicht in Meneptahs Nähe kamen, aber sich dafür um so lieber auf sie stürzten. Es mußten Hunderte sein!

Sie blickte zur offenen Tür zum Garten und sah noch mehr Frösche hereinhüpfen. Chloe und Meneptah gesellten sich im froschverstopften Gang zu Ehuru und suchten sich langsam einen Weg zu Cheftus froschfreien Gemächern. Sie versuchte, nicht mit nackten Füßen auf die Tiere zu treten, aber die waren einfach überall. Das matschige Gefühl zerquetschter Amphibien ließ sie jedesmal aufschreien. Chloe schrieb ihre Reaktion dem Schock zu. Jedenfalls versuchte sie sich das einzureden. In Wahrheit war es die Größe der Frösche, die sie verunsicherte, verbunden mit den trotzigen Augen der Tiere, die Chloe scheinbar provozieren wollten, auf sie zu treten. Sie fühlte sich momentan nicht in der Verfassung dazu, jemanden niederzustarren, am allerwenigsten einen Frosch. So biß sie die Zähne zusammen, klammerte sich an Meneptah fest und ging auf Zehenspitzen.

Sie kamen an Cheftus Tür, vor der sich Meneptah breitbeinig aufbaute, so daß er sie mit seinem Leib blockierte. Die Frösche sprangen nicht an ihm vorbei. Chloe duckte sich unter seinem Arm hindurch und schlüpfte ins Zimmer.

Kein Frosch zu sehen. Meneptah schloß die Tür hinter ihnen.

Sie sah sich in Cheftus Gemächern um. »Wo ist der edle Herr Cheftu?«

»Er ist mit den Apiru und dem Prinzen im Audienzsaal«, antwortete Ehuru. »Thutmosis bittet die Apiru soeben, bei ihrem Gott ein Wort einzulegen und die Frösche wegzunehmen. Mein Herr«, fuhr er fort, »behauptet, daß dieser Gott sie auf Bitte des Prinzen wegnehmen wird.«

Chloe nickte.

»Und nun, Herrin«, sagte er, »ruhe dich bitte im Zimmer nebenan aus, ich werde dich wecken, sobald er zurückgekehrt ist.«

Chloe gähnte und folgte ihm ins Nebenzimmer. Nachdem sie tagelang nur gelegen war, hatte sie der Spießrutenlauf durch die Frösche erschöpft. Sie war so müde, daß sich sogar die hölzerne Kopfstütze gemütlich anfühlte.

Cheftu betrat die kleine, von Fackeln erhellte Kammer. Die Wände waren mit der traditionellen Darstellung Pharaos beim Niederschlagen der Feinde bemalt, wobei Thut allerdings Hatschepsut, ewig möge sie leben!, durch seinen toten Vater ersetzt hatte. Eine kleine, aber vielsagende Abweichung, dachte Cheftu. Er verbeugte sich knapp vor den anderen Adligen, die sich im Raum versammelt hatten. Nachdem er einen Becher mit Dattelwein von einer mit Perlenschnur bekleideten Dienerin entgegengenommen hatte, die sich mit gesenkten Augen durch die versammelten Männer bewegte, gesellte er sich zu den übrigen, die alle auf Thutmosis warteten. Die sieben Tage der Froschplage waren grauenvoll gewesen. Zum Glück war niemand an irgendwelchen Giften gestorben, die manche Frösche besaßen. Die Plage war einfach nur lästig gewesen.

Noch nie in seinem Leben waren so viele Frösche aus dem Nil gestiegen, obwohl es durchaus vorgekommen war, daß sie sich ungehemmt vermehrten und dann kleinere Gebiete überrannten. Aber das geschah nur selten und war somit nicht von Bedeutung. Diese Frösche waren jedoch größer und aggressiver gewesen als alle, an die er sich erinnern konnte: eine mutwillige Verhöhnung Henhekets, der ägyptischen Göttin der Schöpfung und Fortpflanzung, die oft als Frosch dargestellt wurde.

Sie erhoben sich, als Thut in den Raum trat, mit all seinen Titeln angekündigt von einem jungen Soldaten, der ihm zugleich als Zeremonienmeister diente. Cheftu fand es bezeichnend, daß Thut im Nachtgewand war – eine weitere Demonstration seiner Geringschätzung gegenüber den Apiru –, auch wenn er um ihre Gnade bitten mußte.

»Prinz Thutmosis«, sagte Belhazar, »was soll geschehen?«

Thutmosis setzte sich und ließ sich Wein bringen. »Ich habe das Wort der Apiru, daß vom morgigen Tag an nur noch im Nil Frösche sein werden.«

Die Gesichter der Magier erhellten sich zu einem Grinsen. Einer von Thuts Vertrauten meinte: »Sie waren nicht erfreut, daß du sie nicht ziehen läßt, ihrem Gott zu opfern. Wie willst du weitere Flüche abwenden?«

Thut nahm einen tiefen Schluck aus seinem Becher und wischte sich mit dem Handrücken über die Lippen. »Ich werde mich weigern, sie zu sehen.«

Diese Ankündigung wurde mit zustimmendem Gemurmel aufgenommen.

»Immer wenn dieser Gott uns beschämt hat, hat er es in der Gestalt von Ramoses und Aharon getan. Also werde ich mich schlicht weigern, sie zu empfangen.« Es wurde still. »Das eigentliche Problem«, fuhr Thut fort, »werden die sterbenden Frösche sein. Wir müssen ein Mittel finden, sie zu beseitigen.«

Er winkte einem Schreiber mit einer Karte der Umgebung herbei. Die restliche Nacht wurden Pläne gemacht und Anweisungen an alle Adligen in dem umliegenden Gauen verschickt, wie sie vom morgigen Tag an Millionen toter Frösche zu beseitigen hätten.

Waset

Hatschepsut drehte sich in Senmuts Armen herum. Res Strahlen reisten bereits über den goldenen Boden, und vor den Türen konnte sie Hapuseneb und seine Priester beten hören, so wie jeden Morgen, seit sie sich zum Pharao gekrönt hatte.

»Erwache in Frieden, Gereinigter, in Frieden!
Erwache in Frieden, du Wiedergeborener Horus, in Frieden!
Erwache in Frieden, du Östliche Seele, in Frieden!
Erwache in Frieden, Harachte, in Frieden!
Du schläfst in der Barke des Abends,

Du erwachst in der Barke des Morgens,
Denn du bist der, der sich über die Götter erhebt.
Kein anderer Gott erhebt sich über dich!«

Senmut schlug die dunklen Augen auf.

»Gottes Gruß entbiete ich dir, mein teurer Bruder«, sagte sie leise. Seine Lippen verzogen sich zu einem verschlafenen Lächeln, dann zog er ihr Gesicht an seines und erforschte genüßlich ihre Lippen. Einen Moment lang erwiderte sie halbherzig seinen Kuß. Dann setzte sie sich abrupt auf. »Bruder! Was hörst du?«

Er konzentrierte sich einen Augenblick und sagte: »Nichts außer der Leidenschaft, die in meinen Adern braust. Komm auf die Liege.«

Sie sprang vom Bett und trat an die Tür zum Garten. Vorsichtig schob sie sie auf. Stille. »Die Frösche schweigen!« Nachdem sie die Dienerinnen gerufen hatte, klopfte sie an die Tür und teilte den wachhabenden Soldaten mit, daß sie und Senmut an diesem Morgen eine Fahrt im Streitwagen unternehmen würden.

Als sie wieder zurückkam, war er nicht mehr da.

Senmut traf Hatschepsut bei den Ställen, wo ihre Pferde schon ungeduldig stampften. Er bemerkte ihren kurzen Schurz und den roten Lederkragen, der gerade eben die Spitzen ihrer goldbemalten Brüste überschattete. Dazu trug sie passende Sandalen, Handschuhe und eine engsitzende Krone mit der in Gold geprägten ägyptischen Kobra und dem Geier. Er sprang behende neben ihr auf den goldenen Streitwagen, dann fuhren sie los, Hatschepsut an den Zügeln.

Sie eilten hinaus aus Waset und weiter nilaufwärts. Es war ein unbeschreibliches Gefühl, Re im Rücken zu spüren und die Freiheit des Augenblicks zu genießen. Weit hinter Waset bog Hatschepsut ab in die Wüste, wo der kleine Streitwagen Sand hochschleuderte und wild auf dem unebenen Grund dahinschaukelte. Senmut beugte sich vor und küßte den angespannten Muskel in ihrem linken Arm, dann lehnte er sich zurück und gab sich der langen Fahrt durch die Hitze hin. Die Wüste zischte an ihnen vorbei, blasser Sand in welligen Dünen, überdacht vom Azurblau des endlosen Himmels. Erst Stunden später, als sie sich der riesigen Felsklippe näherten, ließ sie die Pferde langsamer laufen.

Ein Lächeln auf den vollen Lippen, drehte sie sich zu ihm um. »Zeig mir, welche Fortschritte du gemacht hast, Architekt!« Er stieg vom Wagen und ging zu Fuß um den Felsen herum, wo er einen Steinhaufen beiseite räumte, bis Hatschepsut die dunkle Öffnung dahinter erkennen konnte. Sie folgte Senmut die Leiter hinab, die man in den Fels geschlagen hatte, dann umgab sie vollkommene Dunkelheit. Nur der rhythmische Gesang einiger Arbeiter in einem anderen Raum ließ erahnen, daß dies keine gewöhnliche Höhle war. So standen sie, während sich Hats Lippen zu einem süßen, leidenschaftlichen Kuß auf seine legten, fest umschlungen in der Dunkelheit.

In ihrem gemeinsamen Grab.

Auf der Rückfahrt übernahm Senmut die Zügel, und Hat lehnte an der Brüstung. »Was ist, Geliebte?« fragte er. In ihren Augen standen Tränen.

»Ich habe an das Gemälde gedacht.«

Es war sein Werk, eine Vision ihres gemeinsamen Nachlebens, sein Geschenk an sie. Danach hatte sie ihn im dunklen Staub geliebt, langsam und geduldig, und genauso ehrfurchtsvoll wie beim ersten Mal, als er nach dem Tod ihres Gemahls und Halbbruders Thutmosis II. zu ihr gekommen war.

Der Gestank schlug ihnen entgegen, noch ehe sie das Wasser zu Gesicht bekamen. Die Frösche. Es war, als hätte Amun-Res Hand sie auf einen Streich berührt, so daß sie allesamt verendet waren – all die verschiedenen Rassen, in den verschiedenen Wachstumsstadien. Schon lebte neues Leben in ihren Kadavern, schon wuselten dort Maden und Fliegen, die sich in Windeseile zu einer tödlichen Epidemie auswachsen konnten. Senmut schlug die wimmelnden Fliegen mit der Lederpeitsche, seinem Amtszeichen, von seinem Gesicht weg.

Die *Rekkit* hatten die Kadaver zusammengefegt und ließen sie jetzt in der Sonne verrotten. Der Gestank verschlug ihnen den Atem. Senmut sah zu Hat hinüber und bot ihr sein parfümgetränktes Tuch an.

Sie sah ihn kühl an. »Ganz Ägypten muß leiden; wieso sollte ich meine Nase hinter einem parfümierten Fetzen verstecken? Fahr langsamer!«

Sie kamen durch zahlreiche kleine Dörfer am Nilufer, und in jedem lagen Haufen von verfaulenden Fröschen. Bis sie die Palasttore erreicht hatten, hatten sie sich an den Gestank gewöhnt.

Goshen

Die Teilnahme am Fest war Pflicht. In einem Versuch, die angegriffene Moral zu heben, hatte Thut eine berauschende Feier geplant. RaEm lag immer noch im Bett und mußte sich erholen, doch Cheftus Anwesenheit war offiziell erwünscht. Sein Blick wanderte von einem Tisch voller Adliger zum nächsten. Er war sicher, daß irgendeiner von ihnen Basha darauf angesetzt hatte, RaEm zu töten, ganz zu schweigen von ihrem ungeborenen Kind. Cheftu nahm einen Schluck aus seinem Becher. Wer war der Vater? Wo mochte er sein? War er geflohen? Verfluchtes feiges Schwein, dachte Cheftu. Sie erst zu schwängern und sie dann mit den Folgen allein zu lassen.

Er sah, wie ein Diener eintrat und Thut eine wunderschöne Glasphiole überreichte. Der Raum war voll und überall schmolzen Parfümkegel, deren süßer Duft sich mit Hunderten von frischen Blumensträußen mischte. Unter lautem Lachen und Zechen öffnete Thut das Gefäß, offenbar ein Geschenk, und leerte es aus.

Staub.

Cheftu sah die Körner noch durch die Luft wirbeln, als sie plötzlich zum Leben erwachten und vom Tisch ausschwärmten. Adlige wie Sklaven begannen, nach den winzigen Insekten zu schlagen, um sie zu vertreiben.

Thut sah zu seinen Magiern hinüber. »Unternehmt etwas!« bellte er. Belhazar, bei weitem der fähigste unter seinen Magi, sah sich im Raum um. Niemand nahm mehr Notiz von den Speisen und Getränken, alle kämpften gegen die angriffslustigen Insekten.

»Prinz Thutmosis«, sagte Belhazar ruhig, »dagegen kann ich nichts tun. Dies ist wahrhaftig ein Fingerzeig Gottes.«

Thutmosis stand auf, worauf die gesamte Gesellschaft aufsprang, und schleuderte seinen goldenen Becher nach Belhazar. »Raus!« brüllte er. »Bis zur Morgendämmerung hast du Ägypten verlassen, sonst ist dein Leben verwirkt!«

Belhazar verbeugte sich tief und verließ den Raum. Thut ließ sich schwer in seinen Stuhl fallen. »Wir feiern, Freunde!« Das war ein Befehl. Cheftu beobachtete, wie sich die Adligen wieder setzten und zu essen und zu trinken begannen... um sich schlagend und sich kratzend.

Im Verlauf der Woche verwandelte sich die Mückeninvasion in eine Fliegenplage. Die Hitze war erbarmungslos, doch Chloe ging es zunehmend besser. Sie begann sogar zu glauben, daß sie überleben würde. Das Fieber nach der Fehlgeburt hatte sie völlig ausgezehrt, doch die blauen Flecken waren verblaßt, und die Wunden waren verschorft und verheilten. Die »andere« raste vor Wut über Bashas Falschheit, und Chloe hatte nach wie vor keinen Hinweis darauf bekommen, wer der Vater war. Inzwischen war sie gesund genug, um wieder ihren Pflichten als Priesterin nachzukommen. Cheftu blieb distanziert; der fürsorgliche, zärtliche Heilkundige, den sie so kurz zu Gesicht bekommen hatte, hatte sich wieder zu dem kühlen, methodischen Arzt zurückverwandelt, der ihren Leib akribisch und emotionslos untersuchte. Dafür war D'vorah ständig an ihrer Seite, liebevoll und bleich, und machte mit ihrem süßen Lächeln seine Grobheit wieder wett.

Chloe marschierte auf Thuts Geheiß hin durch den Palast und stellte dabei fest, daß diese Fliegen nicht einfach nur riesige ägyptische Fliegen waren, die sich den Menschen in die Augen setzten, sondern *Beißfliegen*. Sie war in mehrere Schichten von Leintüchern gehüllt, aus denen nur die Augen, mit dicken Bleiglanzringen ummalt, und die in hochgeschnürten Sandalen steckenden Füße hervorsahen. Die Fliegen bissen durch die Leintücher hindurch, immer und immer wieder, bis Chloe vor Zorn am liebsten laut aufgeschrien hätte. Unter dem Leinen begannen Beulen zu wachsen.

Sie wurde in einen Raum eingelassen, in dem sich lauter ähnlich gekleidete Menschen versammelt hatten. Einen Moment lang mußte sie grinsen. Sie sahen aus wie eine Ansammlung wandelnder Mumien. Ein paar Gesichter erkannte sie von ihrem Debüt als Tänzerin wieder. Kein Cheftu. Thut wandte sich ihr zu. Er war damals nicht dabeigewesen und wußte nichts von der ganzen Sache, so hatte es den Anschein. Nesbek hatte Thuts Namen nur als Köder benutzt, dem sie nicht widerstehen konnte. Mochte Sobek ihn in den Hintern beißen! Sie hätte wissen müssen, daß ein Mann, der den Drang und die künstlerische Ader hatte, Tonwaren zu bemalen, nichts für Nesbeks lasterhafte Hobbies übrig hätte.

Thut wandte sich an die Versammelten. »Ihr gehört zu den mächtigsten Dienern der Götter in Unterägypten. Ihr gehört zu den Adligen mit den größten Ländereien in Unterägypten. Ich habe euch zusammengerufen, weil eine bösartige Gottheit Ägypten zu zerstören versucht. Was sich hier ereignet hat, so berichten mir meine Kuriere, hat sich im ganzen Land ebenfalls ereignet. Pharaos Hof in Oberägypten ist in Aufruhr, und das Große Haus bringt ganze Tage damit zu, den Menschen in Karnak Linderung zu verschaffen. Ich brauche eure Weisheit. Ägypten braucht eure Weisheit.«

Ein Magus meldete sich zu Wort. »Du mußt diese Iraeliten ziehen lassen, damit sie ihrem Gott opfern können. Es gibt keine andere Lösung. Schließlich gehört nur ein Teil der Apiru zu ihnen. Sie haben sich seit jeher abgesondert, und vielleicht werden sie nach ihrer Rückkehr eher gewillt sein, Ägypter zu werden und sich unseren Sitten anzupassen.«

Leises Murmeln signalisierte Zustimmung zu diesem Vorschlag. Thut wanderte vor ihnen auf und ab wie ein wildes Tier im Käfig.

»Wenn sie nicht gehen, wird Ägypten zugrunde gehen!« rief ein Adliger.

Ein wohlhabender Landbesitzer fiel ihm ins Wort. »Aber was machen wir ohne die Apiru oder die Israeliten oder wie diese erbärmliche Bande auch heißen mag? Wir werden wieder wie vor Urzeiten arbeiten müssen, in denen wir nur während der Überschwemmungen und nur mit unseren eigenen *Rekkit* bauen konnten. Dann wird es wieder Jahrzehnte dauern, bis ein Tempel repariert oder ein Grab erbaut ist.« Seine aufgebrachte Erwiderung wurde mit Applaus bedacht.

Menkh, Verkünder der Wahrheiten in On, sprach; seine hohe

Stimme klang ruhig, doch was er sagte, war beunruhigend. »Wir nüssen es hier mit einem Gott zu tun haben, der sich über unsere Götter lustig macht. Erst trifft er Hapi, die Göttin des Nils. In der Lebensader Ägyptens fließt plötzlich Blut, das jedes Leben raubt. Die Fische, einer unserer größten Schätze, sterben zu Tausenden. Das allein genügt, um eine Hungersnot auszulösen. Wir feilschen hier mit einem mächtigen Gott.« Alles blieb still, als er sich wieder setzte. Einige der Anwesenden rutschten bei dem Gedanken an einen zornigen, mächtigen unbekannten Gott nervös auf ihren Sitzen herum.

Khabar, ein Geschäftsmann aus Zarub, tätschelte sich den Bauch, während er sich erhob, und sprach sich dafür aus, alle Unruhestifter hinzurichten und sich keine weiteren Sorgen zu machen.

Mit seinen Worten erntete er vereinzelt Applaus, doch Thut zog die Stirn in Falten. »Ich werde meine Hände nicht durch den Mord an einem Propheten oder Priester beflecken, so unbedeutend er auch sein mag. Ich werde nicht töten, nur weil es mir dienlich erscheint. Woher wissen wir, daß dieser Gott, wenn es ihn gibt und er auch über uns Macht hat, uns nicht mit einer noch stärkeren Plage straft?«

Die Gruppe saß schweigend da, geteilt in jene, die weiteren Plagen vorbeugen wollten, indem man die Sklaven behielt und die Anführer tötete, und jene, die sie im Tausch gegen Frieden ziehen lassen wollten.

Eine vertraute Stimme durchbrach das Schweigen. Chloe drehte sich um und sah Cheftu an der Wand hinter ihr lehnen. »Majestät«, sagte er, »wenn wir diese Plagen weiterhin über uns kommen lassen, werden sie unser Untergang sein. Bislang hat der zu Blut gewordene Nil die Fische vergiftet und getötet. Deren tödliche Überreste haben die Frösche ans trockene Land getrieben. Dort sind sie gestorben und verrottet, und aus ihren Kadavern sind diese Fliegen geschlüpft.« Er kam nach vorne, mit dunklem Gesicht unter den vielen Schichten seines Leinenüberwurfs. »Diese Fliegen werden unser Vieh vergiften und damit eine Hauptquelle für unser Fleisch sowie ein wichtiges Arbeitsmittel töten. Selbst wenn Ägypten daran nicht zugrunde geht, wird es doch Generationen brauchen, bis es sich erholt hat.« Er wandte sich der Versammlung zu. »Jeder dieser Flüche war schlimmer als der vorangegangene. Wie lange können wir noch warten, ehe dieses Land völlig zerstört ist?«

Totenstille war die Antwort. Djer, ein Priester aus Aiyut, ergriff das Wort, das alte, verwitterte Gesicht zu einer listigen Miene verzogen. »Majestät, vielleicht können wir uns mit diesen Israeliten einigen. Wir könnten ihnen in ganz Ägypten drei Tage lang unsere Tempel öffnen.«

Thut schnaubte.

»Drei Tage lang können sie darin opfern, tanzen und ihrem Gott huldigen, wie es ihnen gefällt«, fuhr Djer fort. »Auf diese Weise wird ihrer Bitte entsprochen, und zugleich behalten wir unsere Arbeiter. Wenn es nötig sein sollte, können wir sie sogar mit steinernem Zubehör oder ähnlichem beschenken.«

Thut kaute auf seiner Unterlippe. »Ich bin einverstanden.« Er sah auf die ganze Gruppe. »Ägypten dankt euch für eure Mühen. Bis auf die Priester unter euch könnt ihr gehen.«

Chloe verbarg sich vor Nesbeks lauerndem Blick, indem sie sich auf einen Stuhl hinter einem großen Topf mit einem Zitrusbaum sinken ließ. Cheftu war bereits verschwunden. Sie seufzte. Man bekam ihn so schlecht zu fassen wie eine Fliegenpatsche in diesem verfluchten Land. Noch während sie das Leinen um ihr Gesicht fester zog, spürte sie, wie die Bisse auf ihrer Stirn und Nase zu schwellen und zu jucken begannen.

Der Prinz sah sie an. »Die Israeliten warten nebenan auf mich. Seid darauf vorbereitet, Boten zu euren Tempeln zu schicken, damit man alles für die Nutzung ihrer heiligen Räume vorbereitet.« Er ging ab, eskortiert von zwei Soldaten zu beiden Seiten.

Der zweite Unterpriester Amuns aus Noph kochte vor Grimm, als er sich neben Chloe niederließ. »Herrin!« brach es aus ihm heraus. »Wird die Schwesternschaft ein solches Sakrileg zulassen? Es ist undenkbar, daß ein niedriggeborener Fremder sich in Amuns Gegenwart aufhalten darf! Das wird die Ma'at vollkommen aus dem Gleichgewicht bringen! So etwas hat man noch nie gehört! Kein Wunder, daß Pharao ihren Neffen nicht auf den Thron läßt«, flüsterte er. »Er kennt keinen Anstand, keinen Respekt. Das hier ist ungeheuerlich.«

Chloe fuhr sich mit müder Hand über das Gesicht und handelte sich für ihre Mühen zwei zusätzliche Bisse auf dem Handrücken ein. »Es kommt überraschend«, sagte sie.

»Willst du etwa zulassen, daß in Hathors geheiligten Hallen so etwas vonstatten geht?«

Sie zuckte mit den Achseln. »Falls wir es nicht zulassen, wird es bald niemanden mehr geben, der dort huldigen könnte. Die Menschen werden sterben, vergiftet, krank oder verhungert. Wir müssen entscheiden, welches von beiden Übeln das schlimmere ist. Wir sitzen zwischen dem hungrigen Sobek und Seth selbst.«

Widerwillig den Kopf schüttelnd, mußte er ihr recht geben. »Wir–«

Thut, der wieder hereinstolziert kam, brachte ihn zum Verstummen. »Die Fliegen werden verschwinden«, verkündete er. »Doch sie haben sich geweigert, in unseren Tempeln zu beten. Sie haben behauptet, man würde sie dafür steinigen, und damit haben sie nicht unrecht.« Er seufzte schwer. »Ich habe ihnen erlaubt, in die Wüste zu gehen, aber nur eine gewisse Entfernung.«

Einer der Priester meldete sich zu Wort. »Horus-im-Nest hat also vor ein paar Sklaven gekuscht?«

Entsetzt sah Chloe den Sprecher an. War er verrückt? Wie konnte er es wagen, so zu sprechen? Thuts Gesicht war rot angelaufen, doch seine Miene wirkte zerknirscht.

Der Priester fuhr fort. »Ich bin ein alter Mann und habe viele Überschwemmungen miterlebt, deshalb kann ich frei sagen, was ich denke. Was ist, wenn die anderen Stämme unter den Apiru versuchen, sich ihre Freiheit auf dieselbe Weise zu erpressen? Dann könnte Ägypten fast menschenleer zurückbleiben! Meine Majestät Hatschepsut, ewig möge sie leben!, wird gar nicht erfreut darüber sein, daß du mit Sklaven verhandelt hast.«

Thuts Lippen gefroren zu einem dunklen Strich. »Meine hochgeschätzte Tante wünscht sich vor allem Frieden. Sie würde eher mit Sklaven vorliebnehmen, als daß alle zehn Tage ein neuer Fluch über das Land kommt. Ich habe hier die Macht. Und mein Entschluß steht fest.« Er machte auf dem Absatz kehrt und verschwand.

Der alte Priester folgte ihm, den dünnen, gebrechlichen Leib in ellenlanges Leinen gehüllt, über das er das Leopardenfell seines Amtes ausgebreitet hatte. Die Versammlung löste sich allmählich auf, und die Priester kehrten wieder in die verschiedenen Tempel Unterägyptens zurück.

Chloe schlüpfte neben einer Säule an der Seite aus dem Saal und stellte überrascht fest, daß Re beinahe verschwunden war. In der Luft lag ein fettes Surren, und sie floh im Laufschritt zurück zu ihren Gemächern, gepeinigt von den Fliegen, die wütend durch ihre Leinenlagen stachen. Fluchend unter dem ärgerlichen Juckreiz, bog sie um die Ecke, hinter der ihre Räume lagen. Die Wachen, die üblicherweise jeden Durchgang bewachten, waren verschwunden, und sie handelte sich ein paar weitere Stiche ein, weil sie den Blick senkte und feststellte, daß ihre Sandale aufgegangen war. Ich bin gleich drinnen, dachte sie hastig.

Und stolperte prompt. Wegen der eng gewundenen Leinengewänder konnte sie sich nicht abfangen und stürzte auf das Gesicht. Augenblicklich rollte sich Chloe beiseite, um den unzähligen Fliegen am Boden zu entgehen und keines der Insekten ins Auge zu bekommen. Herzhaft fluchend rappelte sie sich wieder hoch und probierte Gelenke und Arme aus, um sicherzugehen, daß ihr nichts passiert war. Dann drehte sie sich mit zusammengezogenen Brauen und zusammengebissenen Zähnen um.

Nesbek stand vor ihr, den rundlichen Körper in das leuchtende Rot gewickelt, das er so liebte. Chloe zischte ihn an. Sie war zu wütend, um Angst zu haben.

»Herrin.«

Sie brüllte ihn nicht an, doch ihr Tonfall schnitt tief ins Fleisch. »Ich bin nicht deine Herrin. Bleib mir vom Leib, du Sohn eines *Khefts!* Ich weiß nicht, welche Geheimnisse du über mich hast, doch ich bin fertig mit dir! Deine Gegenwart ist übler Gestank in meiner Nase! Ich finde deine Lebensweise genauso abstoßend wie deinen Anblick.« Sie lächelte, denn sie genoß den Ausbruch, nachdem sie monatelang die einfältige hilflose Priesterin gespielt hatte. »Wenn du mich jemals wieder berühren oder mit mir Verbindung aufnehmen solltest, werde ich dafür sorgen, daß du gepfählt wirst!«

Sein Gesicht lief lila an, und er hatte die Hand zum Schlag erhoben. »Ach, RaEm! Du bist zu mir zurückgekehrt!«

Plötzlich war es ihr vollkommen egal, wer sie beobachtete oder was er von ihr halten würde. Sie schleuderte ihr Gewand von sich.

Chloe bog ihm das Handgelenk nach hinten und trat um ihn herum, ohne auf die Fliegen oder die zunehmende Dunkelheit zu achten. Ihre Hände schnellten in Verteidigungshaltung vor, als er sie ansprang. Sie wich ihm geschickt aus, und Nesbek landete hart auf dem fliegenbedeckten Boden. Leicht irritiert erhob er sich. »Dein neues Spiel gefällt mir, RaEm. Ist auch hier der Verlierer der Gewinner?«

»Was?« Seine Worte ergaben keinen Sinn.

Er drehte sich wieder zu ihr um, und sie stellte mit leiser Beunruhigung fest, daß er jetzt einen Dolch mit juwelenbesetztem Heft in der Hand hielt. »Du setzt sehr viel aufs Spiel, Lotos.«

Sie kniff die Augen zusammen. Er stürzte mit erhobenem Dolch auf sie zu. Sie duckte sich unter dem Messer weg, packte ihn am Arm und warf ihn über ihre Schulter. Er landete flach auf dem Rücken, vollkommen außer Atem und mit dem Messer außerhalb seiner Reichweite. Während Nesbek keuchend Luft zu holen versuchte, schnappte sie sich die Waffe.

»Das werde ich behalten«, sagte sie. »Falls du jemals wieder in meine Nähe kommen solltest, stoße ich es dir in dein...« Chloe ließ den Satz unvollendet, blickte aber vielsagend auf Nesbeks Schurz. »Und ganz egal, was du gegen mich in der Hand zu halten glaubst, du wirst es vergessen. Die RaEm, die du heiraten wolltest, gibt es nicht mehr.«

Seine Augen wurden groß. »RaEm? Was willst du damit –«

»Unsere Verlobung ist aufgelöst. Gib mir dein Einverständnis, sonst gehe ich zum Prinzregenten persönlich und vertraue ihm an, was du für Feste veranstaltest. Ich bin sicher, deine Vorlieben werden ihn schaudern lassen. Ich weiß, daß Pharao dir dafür den Kopf von den Schultern trennen würde.« Sie ging neben ihm in die Hocke und zielte mit dem Messer auf sein Gesicht, das ein kränkliches Graugelb angenommen hatte und aus dem im Halbdunkel Augen wie schwarze, spiegelnde Teiche zu ihr aufsahen. Mit giftigem Lächeln sagte sie: »Haben wir uns verstanden?«

Nesbek grunzte zustimmend, denn er hatte Angst, den Kopf zu bewegen, falls es ihr einfiel, Hatschepsuts Strafe sofort auszuführen. Was war geschehen? Wo war seine abenteuerlustige, für alles aufgeschlossene Verlobte geblieben? RaEm erhob sich, steckte den Dolch in die Schärpe um ihre Taille, schnappte sich ihren Umhang und spazierte davon zu ihrem Gartentor.

Er blieb auf dem Boden liegen und versuchte, wieder zu Atem zu kommen, gleichermaßen verwirrt wie zornig. Ein Schatten legte sich über ihn, und er sah zu Cheftu auf. Das Gesicht des *Hemu neter* war überschattet, doch sein zischelndes Flüstern war ebenso unmißverständlich wie das Schwert, mit dem Cheftu auf Nesbeks Intimbereich zielte.

Nesbek wappnete sich und spürte, wie ihm am ganzen Leib kalter Schweiß ausbrach. RaEms Verhalten hatte ihn überrascht und durchaus erregt. Vielleicht war das ein völlig neues Spiel?... Sie hatten schon mit Messern, Gerten, Peitschen und Sklaven gespielt, und doch konnte er sich nicht vorstellen, wie das hier ins Bild passen sollte. Sie hatte absolut unnachgiebig geklungen. Wollte sie ihn necken? Ihn anheizen? Vielleicht hatte sie es gar nicht so gemeint?

Cheftu hingegen war ein ausgezeichneter Sportler und einst mit RaEm verlobt gewesen. Inzwischen war er ihr Leibarzt und ihr, soweit Nesbek das sehen konnte, immer noch verbunden.

»Ich glaube, unsere Herrin RaEmhetepet ist dein Werben leid, Herr«, sagte Cheftu gelassen. »Ich meine, daß die Bestrafungen, die sie dir für die Zukunft angedroht hat, durchaus angemessen sind, und ich würde mich *daran weiden,* sie persönlich durchzuführen.«

Er kauerte neben Nesbek nieder, der die Augen vor Furcht fest zugekniffen hatte. Cheftus kühle Arroganz machte nun einem bis ins Mark gehenden Gift Platz. »Wenn du es auch nur wagst, die Herrin anzusehen, solange du lebst, werde ich dich persönlich auf einer Barke durch die Unterwelt schicken.«

Nesbek wich vor Cheftu zurück. Er hätte ihm gern etwas erwidert, doch er fürchtete, Cheftu damit einen willkommenen Vorwand zu liefern.

Als könnte er Nesbeks Gedanken lesen, erklärte Cheftu: »Bei den Göttern! Ich hoffe, ich sehe dich heute nacht an der Gartenmauer herumschleichen, damit ich deine Leiche den Fliegen überlassen kann.«

Nesbeks Magen begann zu rebellieren.

»Weißt du, was Fliegen mit einer Leiche anstellen können? Ich bezweifle, daß Osiris dein stinkendes, verpestetes Fleisch willkommen heißen würde. Wie konntest du deine eigene Verlobte in den Straßengraben werfen lassen, als wäre sie Müll? Was für ein Abschaum bist du eigentlich?« Cheftu setzte das Messer an Nesbeks Kehle. »Was hast du zu deiner Entschuldigung vorzubringen?«

Nesbek schluckte und zuckte zurück, als er spürte, wie die scharfe Klinge dabei seine Haut ritzte. Er bekam eine Erektion.

»Sprich, du Flußratte!«

»Es war nicht meine Schuld! Die Gäste, sie waren wütend und enttäuscht. Sie hatten zuviel getrunken.«

»Und?« Cheftu setzte die Klinge an einer neuen Stelle an. Nesbek spürte eisigen Schweiß unter seinem Schurz, und die Todesangst vor diesem mächtigen Adligen würgte schlagartig jede Leidenschaft ab.

»Ich habe sie weggeschafft, bevor sie mit dem Auspeitschen angefangen haben. Ich habe sie zum Dorf deines Israeliten gebracht.« Er zuckte zusammen, als er hinter seinem Ohr klebriges Blut spürte. »Ich habe gewußt, daß man sie finden würde.«

Cheftu regte sich nicht. »Du hast sie also im Graben liegenlassen, weil du gehofft hast, auf diese Weise deinen gelbhäutigen Hals zu retten? Und wenn sie dort gestorben wäre?«

»Ich ... ich habe jemanden dort gelassen, der aufgepaßt hat, daß sie gefunden wird. Es durfte doch niemand erfahren, daß sie bei mir gewesen war. Meine Schwester kürzt mir sonst –«

Der goldene Adlige lachte leise und gehässig. »Deinen blutsaugerischen Unterhalt? Oder dieses impotente Etwas, das zwischen deinen Beinen baumelt?« Cheftu stand auf und schnüffelte an Nesbeks Blut auf seinem Messer. »Selbst der Schleim, der durch deine Adern fließt, stinkt nach Feigheit. Scher dich fort und wage dich nie wieder in RaEms Nähe. Falls doch, dann frage ich mich, wie deine Schwester auf den Brief reagieren wird, den ich ihr dann schreibe.«

Nesbek setzte sich auf. »Bitte, Herr. RaEm ist die einzige, die versteht, was Schmerz mir bedeutet ... das ist die einzige Möglichkeit –«

Cheftu trat ihm leicht gegen die Brust und preßte ihn mit einem Fuß auf den mit Fliegen bedeckten Boden. »Du kannst nur Erfüllung finden, wenn du anderen weh tust. Das habe ich bereits gehört. RaEm ist daran nicht mehr interessiert. Such dir ein anderes Opfer.«

Er trat jetzt fest auf Nesbek, und eine Sekunde lang lastete sein volles Gewicht auf Nesbeks Brust, ein beklemmendes Gefühl, das gefährlich nach Tod schmeckte. »Noch bevor Re den Horizont erklimmt, wirst du hierher zurückgekehrt sein. Du wirst all deine elendigen Besitztümer bei dir haben und mir einen Grund für deine Abreise nennen, mit dem ich vor den Prinzen treten kann. Oder es wird der letzte Sonnenaufgang sein, den du je zu Gesicht bekommst.«

Nesbek krabbelte davon, verängstigt und wütend, aber auch erleichtert, noch am Leben zu sein.

Cheftu wischte sich die Fliegen von Gesicht und Augen und schlug den Weg zu RaEms Unterkunft ein. Er sah Licht brennen und wünschte, sie würde ihn willkommen heißen, und sei es nur auf einen Becher Wein und eine Runde *Senet*. Er würde die ganze Nacht wach bleiben und nach Nesbek Ausschau halten. Er glaubte nicht, daß Nesbek RaEm etwas antun würde. Auf seine schwächliche, selbstverliebte Art, die Cheftus Magen zum Brennen brachte, schien er sie zu mögen. Doch nur für den Fall, daß er sich irrte ...

Cheftu schlang den Leinenumhang fester um sich und wedelte dabei vergeblich die Fliegen fort, dann ließ er sich auf dem Boden nieder und machte sich auf eine lange Nacht gefaßt. Fett und voll stieg der Mond auf und ergoß sein beinahe taghelles Licht über den Garten. Cheftu machte es sich unter einer der vielen Sykomoren bequem, wo er beobachtete, wie die weißen Rankengewächse ihre weißen Blüten öffneten und die Luft mit ihrem betörend süßen Duft erfüllten. Ein Nachtvogel begann zu singen und zwitscherte die Tonleiter hinauf und hinunter. Nach einer Weile machten Cheftu die Fliegen kaum mehr zu schaffen.

Cheftu leerte sorgfältig seinen Geist, lockerte dabei die verschiedenen Muskeln in seinem Körper und besiegte so die Anspannung, unter der er wie eine Bogensehne gestanden hatte; er wünschte nur, auch das Feuer in seinem Magen würde erlöschen. Als er sah, wie bei RaEm das Licht gelöscht wurde, kämpfte er bereits gegen den Schlaf an. Es waren weniger Fliegen geworden.

Mühsam erhob er sich, als er sah, wie RaEms Gartentor geöffnet wurde und eine weißgekleidete Gestalt hinausschlüpfte. Es war RaEm, deren federleichter Gang plötzlich zielstrebig geworden war. Sie ging direkt auf den Fluß zu, und er folgte ihr dichtauf. In regelmäßigen Abständen blieb sie stehen und lauschte, dann setzte sie ihren Weg fort. Sobald sie das verlassene Ufer erreicht hatte, nahm sie auf einer Lehmziegelmauer Platz. Aus ihrem Umhang zog sie drei zu einem Dreieck gebundene Stöcke mit einem weiteren Stock dahinter, der die gesamte Konstruktion abstützte. Sie legte ein Stück Papyrus darüber und begann, Tinte zu mischen.

Sie zeichnet wieder, dachte er. Er war mit ihrer nächtlichen Gewohnheit vertraut geworden, während sie den Nil heruntergefahren waren. Damals hatte er diese Beschäftigung eigenartig gefunden, doch andererseits war es ihr tagsüber so elend gegangen, daß dies ihre einzige Form der Unterhaltung gewesen war. Er hatte sich eindeutig wie ein Esel benommen. Doch hier malte sie wieder, mitten in einer Fliegenplage, mitten in der Nacht, nachdem sie dem Mörder ihres Kindes ein Messer an die Kehle gesetzt hatte. Er beobachtete, wie sie mit ein paar schnellen Strichen die Szenerie einfing, fast als wäre dieser Augenblick in der Zeit erstarrt. Offenbar war dies nicht einfach nur ein Zeitvertreib, dem sie gelegentlich nachging. Würde er jemals schlau aus ihr werden?

Ihn verwirrten die Widersprüche, die RaEmhetepet in sich vereinte, und seine Verwirrung steigerte sich exponentiell, als er sie jetzt beobachtete. Er hätte sie für herzlos gehalten, hätte er sie nicht in seinen Armen gewiegt, als sie begriffen hatte, daß ihr Kind verloren war. Hätte er nicht die Panik in ihrer Stimme gehört, hätte er sie heute nacht als herzlose Schlange abgestempelt. Doch da er all das wußte, empfand er Ehrfurcht vor ihrer Mühe, ihrer Energie und dem Durchhaltevermögen, das sie an den Tag legte.

Der Mondschein strich über ihre kurzen schwarzen Haare,

brachte ihre grünen Augen zum Glühen wie die einer Katze und küßte ihre vollen Lippen. Er spürte ein Ziehen in seinem Unterleib, einen blindmachenden Rausch. Diese physische Reaktion auf RaEm war ihm nicht neu, doch diesmal spürte er zugleich, wie ihm das Herz eng wurde, als er überlegte, wie zäh diese Frau war. Hatte er sie jemals richtig gekannt? Im Grunde war sie noch ein Kind gewesen, als er sich damals in der Nacht aus dem Harem Pharaos geschlichen und sich mit ihr im Garten getroffen hatte. Sie war so schön und zerbrechlich gewesen, und zugleich so ängstlich vor allem um sie herum. Jetzt überdeckte die Erinnerung an ihren Kuß auf der Pyramide jene verblaßten Momente und steigerte zusätzlich den bereits prekären Druck unter seinem Schurz.

Was war mit jenem jungen Mädchen passiert? Was hatte sie derart verdorben? Es war zu leicht, alles nur auf Nesbek oder Pakab zu schieben. Es mußte auch einen inneren Antrieb geben, der sie das Verbotene suchen ließ. Woher wollte er wissen, was das war? Er hatte sie jahrelang nicht mehr gesehen, bis sie schließlich auf Hats Feier offiziell miteinander bekannt gemacht wurden und RaEm ihn auf ihr Gut in Goshen eingeladen hatte. Würde er es jemals erfahren? Er lehnte sich gegen einen der vielen Bäume am Ufer und nickte, den Blick fest auf RaEm gerichtet, ein.

Chloe betrachtete die Zeichnung. Sie hatte den Weg des Mondes über den Nil oberhalb der Baumgruppe festgehalten, obwohl das nicht leicht war ohne eine feinere Spitze. Mit einem zufriedenen Seufzen packte sie die Tuschepinsel ein und faltete die behelfsmäßige Staffelei zusammen. Mit dem noch trocknenden Werk in der einen Hand und der vollen Leinentasche in der anderen machte sie sich auf den Rückweg zum Palast. Im Osten verblaßte der Horizont bereits zu leichtem Grau.

Beim Anblick der im Gras liegenden Hand blieb ihr fast das Herz stehen. Das Licht der nahenden Dämmerung ließ sie aus dem Dunkel hervortreten, zeichnete die eckigen Fingerkuppen elfenbeinfarben nach und verlieh dem Skarabäusring mit dem Tigerauge ein dämonisches Leuchten. Chloe unterdrückte einen Schrei und ließ ihre Sachen fallen. Herzklopfend schlich sie um den Baum herum.

Cheftu.

Das Blut wich ihr aus dem Gesicht, sie fiel auf die Knie und bedeckte sein Gesicht mit Küssen, die Kehle zugeschnürt von Tränen, bis ihr aufging, daß er noch atmete und lebendig war.

Und wach, ausgesprochen wach.

Seine starken Arme umschlangen sie, zogen sie auf seinen Schoß, an seine hungrigen Lippen und an die von der Nacht verdunkelten Augen. Sie spürte, wie ihr das Blut in den Schläfen pochte, fuhr sich nervös mit der Zunge über die Unterlippe und sah Cheftu mit großen Augen an. Sein Blick zuckte zu ihren Lippen hin. Wie ein Hase in der Falle hing sie halb über ihm, vollkommen erstarrt.

Er streckte einen Finger hoch und fuhr unendlich zart ihre Lippen nach. Nachdem er die Feuchtigkeit von ihren Lippen auf seiner bebenden Fingerspitze gesammelt hatte, leckte er ihn langsam ab. Sein schwerlidriger Blick brannte sich in ihren. Chloe stockte der Atem. Seine nackte Brust und die bloßen Beine versengten sie, und sie beugte sich vor, den Kopf voller wirrer Gedanken. Verdammt, dachte sie benommen. Zum ersten Mal störte es sie nicht im geringsten, daß er schon seit Tausenden von Jahren tot und begraben war. Plötzlich zählten nur noch die in ihr brodelnde Hitze, die Schwere in ihren Brüsten, das Pulsieren in ihrem Leib.

Sie senkte den Kopf, als Cheftu aufsah. Abrupt setzte er sich auf, so daß sein Kopf gegen ihren prallte. Schmerzhaft.

»RaEm«, meinte er überstürzt und verwirrt, »der Tag bricht bald an. Ich muß los... Ich... habe noch eine Verabredung.«

Chloe, die sich den pochenden Kiefer rieb, bemerkte, daß er ihrem Blick auswich und daß er eher hastig als elegant auf die Beine sprang.

»Wo sind deine Malsachen?« fragte er und klopfte sich dabei tote Fliegen von Schurz und Umhang. Erstaunlicherweise schienen in der Luft keine Fliegen mehr zu sein.

Chloe hob ihre Tasche auf und rollte behutsam den trocknenden Papyrus ein, denn sie wollte nicht, daß Cheftu noch mehr erfuhr, als er ohnehin schon wußte. Sie sagte kein Wort, ignorierte dabei die Proteste ihres immer noch betörten Körpers und verfluchte die Kommentare, die ihr verwirrtes Hirn von sich gab. Mit schnellen Schritten und ohne jeden weiteren Hautkontakt gingen sie davon. Die Luft zwischen ihnen entlud sich bereits bei der leisesten Berührung ihrer Arme. Cheftu bedeutete ihr, voranzugehen, und sie setzten ihren Weg im Gänsemarsch fort. Bald waren sie am Gartentor angekommen. Cheftu hielt es ihr auf, und sie ging mit hoch erhobenem Kopf an ihm vorbei, bemüht, die Abfuhr – oder das Desinteresse – zu vergessen, die sie sich mit ihrem versuchten Kuß eingehandelt hatte.

»RaEm«, sagte er heiser, »zwar haben im Moment andere Geschäfte Vorrang, doch ich hoffe, daß wir unsere –«, er zauderte kurz, »*Unterhaltung* zu einem späteren Zeitpunkt fortsetzen können. Womöglich heute abend?«

Zutiefst getroffen durch diese Bemerkung, hielt Chloe den Kopf abgewandt. Als »Unterhaltung« bezeichnete er also ihr mondsüchtiges Spiel? Spröde beschied sie ihm: »Das glaube ich nicht, Herr. Was ich zu *sagen* hatte, ist weder von Bedeutung noch von Belang.« Nimm das, dachte sie. »Ich hätte es auf der Stelle bereut.«

Der Granitgriff um ihren Arm zwang sie, ihn anzusehen. »Wenn du mir ein zweites Mal vor meinem Tod die Eingeweide aus dem Leib zerren mußt«, knurrte er, »dann solltest du wenigstens den Anstand haben, mir dabei ins Gesicht zu sehen, RaEm.«

Chloe starrte seine Brust an. Sie spürte seinen Zorn. Seine langfingrigen Hände brannten sich durch das Leinen auf ihren Armen, und plötzlich spielten die Spannung, der Zeitpunkt, die Ausflüchte keine Rolle mehr. Es war ihr gleich, was er sagte oder tat... sie wollte ihn. Sie wollte, daß dieser langsam dahinwandernde Finger sie auf magische Weise berührte und daß die elegant geschnittenen, sinnlichen Lippen sich in absoluter Verzückung zurückzogen. Ganz zu schweigen von seinem Körper... nun ja...

Cheftu spürte die Veränderung, die in ihrem Körper vorging. Was vorhin noch fest wie Stein gewesen war, wurde weich wie geschmolzenes Metall, und mit einemmal schien ihm RaEm in die Arme zu springen. Mit flammendgrünen Augen sah sie zu ihm auf, und Cheftu blieb der Atem im Halse stecken. Vielsagend und langsam fuhr ihre Zunge über ihre Unterlippe, und sein Magen begann sich zu überschlagen, während ihm zugleich alles Blut aus dem Gehirn floß. Reglos stand er vor ihr. Die Einladung in ihrem Blick war in Gold gefaßt, doch er blieb starr stehen, zweifelnd, ob er einen Schritt vor tun sollte, aber ebensowenig gewillt, zurückzutreten und zuzulassen, daß sich die Tür zwischen ihnen schloß.

Unwillkürlich packte er sie fester, und sie schmiegte sich enger in seine Umarmung. Hilflos sah er mit an, wie sie sich vorbeugte und ihre Lippen auf den pochenden Puls an seinem Hals setzte. Er hörte, wie jemand unvermittelt nach Luft schnappte, als sie mit der Zunge über die Stelle fuhr und dann den Mund öffnete, um sanft daran zu saugen.

Benebelt begriff er, daß die abgehackten Atemzüge aus seinem Mund kamen. Wie von selbst fuhren seine Hände ihren Rücken auf und ab, umschmiegten ihren Leib und drückten RaEm fester gegen seinen Körper. Sie war wie ein Blitz, der jede Faser seines Leibes mit Leben erfüllte und verbrannte.

Ohne den Lanzen der Morgensonne Beachtung zu schenken, sanken sie auf den Boden, mit hektisch suchenden Händen und fieberhaft forschenden Lippen. Cheftu war immer noch eher Beobachter als Beteiligter, als ein lauter Ausruf sie aufschreckte.

Er kauerte vor RaEm, ihre Handgelenke in einer Hand und bereit, sie zu beschützen. Vor ihnen stand Kommandant Ameni, der mit einem einzigen Blick seiner blauen Augen RaEms rosige Brustwarze und Cheftus hervorstehenden Schurz erfaßt hatte. Ameni schien unter seiner Bräune zu erröten und fixierte einen Punkt seitlich von Cheftu. RaEm ignorierte er vollkommen.

Cheftu blickte sich angeekelt um und sah die Szene durch die Augen des Kommandanten. Alles war mit toten Fliegen bedeckt. Beide waren sie verdreckt, RaEms Kleid war bis fast zur Taille aufgerissen, und die Taschen mit ihren Malsachen lagen über den gesamten fliegenbedeckten Rasen verstreut.

Er errötete, als ihm aufging, welch kümmerliches Maß an Zurückhaltung er demonstriert hatte, gemessen an dem Ideal, das alle ägyptischen Männer anstrebten: stets beherrscht, respektvoll, höflich zu bleiben und sich vor allem nie von seinen Gefühlen und Leidenschaften übermannen zu lassen. Er war entsetzt über sich selbst. So also behandelte er die Frau, die er liebte? Er bestieg sie wie ein Tier in der Brunftzeit im öffentlichen Park eines Palastes?

Automatisch distanzierte er sich von seinen Gedanken und verlangte von Ameni zu wissen, was er von ihm wollte.

Er nahm die mit einer Kartusche verzierte Nachricht entgegen und scheuchte den Soldaten mit aller Überheblichkeit weg, die er aufbringen konnte. Erst als er außer Sichtweite war, wandte er sich RaEm zu. Die Hitze der Leidenschaft war verflogen. Sie hatte sich bedeckt und sah mit dem gleichen Ekel wie er auf die vielen Fliegen.

Er kam auf die Füße, arrangierte seinen Schurz so gut es ging und überreichte RaEm die Depesche. Dann zupfte er seinen zerknitterten Umhang vom Boden auf und bürstete die toten Fliegen ab. Mit ernster Miene starrte RaEm auf das Blatt, dann ließ sie den Papyrus fallen, als wäre er eine Giftschlange.

Cheftu hob die Nachricht auf. Es war ein Brief von Hatschepsut, ewig möge sie leben!, an Thutmosis: Cheftus Magen begann zu brennen, als er sie las.

»Mein liebster und alleredelster Neffe. Leben! Gesundheit! Wohlergehen! Wie großzügig ist Dein Erbieten, um die Hand der Priesterin RaEmhetepet anzuhalten. Meine Majestät zweifelt nicht daran, daß der allergenialischste Herr Nesbek nicht zögern wird, für Dich auf RaEm zu verzichten, so wie es Meine Majestät wünscht. Bitte vollziehe die Hochzeit binnen kurzem. Meine Majestät erwartet die Nachricht von RaEmhetepets Wachsen. Mögen Isis und Nephthys Eure Verbindung segnen.«

Cheftu las die an den Rand gekritzelte Notiz. »Herrin RaEm. Der glückliche Augenblick soll heute abend sein. Komm beim *Atmu* zu mir.« Unterzeichnet war sie mit der Kartusche Thutmosis' III. RaEm stand neben ihm, das Gesicht so weiß wie ihr Umhang.

Mit totenmaskensteifer Miene überreichte Cheftu die Botschaft und verbeugte sich. »Hier sind wohl Glückwünsche angebracht, Herrin.«

RaEm sagte nichts, sondern fingerte gedankenversunken an dem Schlitz in ihrem Kleid herum, durch den man ihr braunes Bein in seiner gesamten Länge sehen konnte und der es ihr ermöglichte, ebenso große Schritte zu machen wie er. »Bedeutet das, ich werde königliche Gemahlin, wenn er zum Pharao ernannt wird?« fragte sie, während sie zu ihren Gemächern eilten.

Abscheu stieg in Cheftu auf wie brennende Magensäure. *Sie war nach wie vor dieselbe alte RaEm.* Wie konnte er nur etwas anderes geglaubt haben? Gut, in gewisser Weise war sie sanfter geworden, sie hatte sich auch in den Jahren, die sie einander nicht gesehen hatten, einige neue Angewohnheiten zugelegt, doch sie war zweifelsfrei immer noch die ränkeschmiedende, intrigante, besitzergreifende, ehrgeizige *Kheft*-Maid seiner Träume und Alpträume.

Bar jeder Begierde sah er sie an. »Herrin, du weißt ebensogut wie ich, daß du nur zu Thuts Harem und den anderen Frauen zählen wirst, die er bereits besitzt, solange er sich nicht dazu herabläßt, dich zu seiner königlichen Gemahlin zu erheben. Eines Tages wird Thutmosis seine Cousine Neferurra heiraten, um seinen Anspruch auf den Thron zu legitimieren. Sie wird seine göttliche Gemahlin werden.«

Was sich da in ihren Augen zeigte, war doch bestimmt keine Überraschung über seine Worte? Doch andererseits war es durchaus möglich, daß sie in ihrer engstirnigen Gier die Ma'at und das gesamte Gleichgewicht der Schöpfung vergaß! Er seufzte. »Falls ...« Er hielt inne, weil er an ihre Fehlgeburt denken mußte. Wäre sie in der Lage, bald wieder ein Kind zu empfangen? Das wußten nur die Götter. »Falls«, wiederholte er, »du bald dicker zu werden beginnst und einen Sohn gebärst, dann könntest du möglicherweise königliche Gemahlin und damit die Mutter des nächsten Pharaos nach Prinz Turankh werden.«

Sie waren an der Tür zu ihren Gemächern angekommen. Es überraschte Cheftu nicht im geringsten, daß bis auf einen kleinen Koffer ihre gesamten Besitztümer verschwunden waren. RaEm war entsetzt. »Wie kann er es wagen, meine Sachen abzuholen, bevor ich mich überhaupt mit dieser Hochzeit einverstanden erklärt habe? Dieses Schwein! Dieses unerträgliche Männerschwein!«

»Nicht so laut, Herrin. Durch Beleidigungen wirst du dich kaum bei deinem Gemahl einschmeicheln. Bestimmt hat er das nur getan, um es dir heute einfacher zu machen.«

Noch während er das sagte, wußte Cheftu, daß er log. Thut hatte ihre Besitztümer wegbringen lassen, um ihr die Unausweichlichkeit ihrer Lage vor Augen zu führen. Sie hatte keine Wahl. Pharao hatte es so beschlossen, und jeder vom niedersten Sklavenmädchen aufwärts bis zu Cheftu selbst gehörte ihr und würde ihr jeden Wunsch erfüllen. Sein Blick zuckte zu RaEm hinüber, die vor dem Bronzespiegel saß und wie hypnotisiert auf ihr Spiegelbild starrte.

Er schloß die Tür und stellte sich neben sie. »Herrin, es war ein Schock –«

RaEm unterbrach ihn mit lustloser Stimme: »Wieso nennst du mich ›Herrin‹? Heute nacht hast du mich noch RaEm genannt... oder hast du das nur getan, weil ich mich an deinen Hals geworfen habe?« Sie stockte, und Cheftu hatte schon den Mund geöffnet, um ihr zu antworten, klappte ihn aber wieder zu, als sie fortfuhr: »Was für ein grausiges Schicksal – mit einem längst toten Fremden verheiratet zu werden, dem vollkommen egal ist, wer sich hinter dem schwarzen Haar und der goldenen Haut, die er sieht, verbirgt.«

Cheftu sah sie verblüfft an, bemerkte die auf dem Tisch geballten Fäuste wie auch die überkreuzten und verschlungenen Beine, als sie sich vorbeugte und auf die Unterarme stützte. Sie schien vollkommen vergessen zu haben, daß er da war. Doch nur ganz kurz.

Mit panischer Angst in den grünen Augen sah sie ihn an. »Ich muß weg hier! Ich kann diesen Mann nicht heiraten! Ich kann nicht in die Geschichte eingreifen!« Sie sprang auf, packte ihn an beiden Händen und flehte ihn an: »Ich bitte dich inständigst, bitte hilf mir zu entkommen! Ich muß noch vor heute abend verschwinden!« Ihre Leidenschaftlichkeit überraschte ihn.

»Herrin RaEm, du weißt nicht, worum du da bittest.« Er wand seine Finger aus ihrem Griff. »Du bist überreizt. Du hast vergangene Nacht nicht geschlafen, und du mußt dich immer noch von deinen, ähm, Leiden erholen.« Er wandte die Augen ab, weil er nicht mit ansehen konnte, wie sich ihr Blick vor ihm verschloß. »Ich werde Meneptah mit einem Mittel zu dir schicken. Das sollte deine Ängste vor heute abend mildern.« Er löste sich von ihr und zog sich an die Tür zurück. »Du solltest baden und dich vorbereiten, Herrin. Wo ist D'vorah?«

RaEm drehte sich wieder zu ihrem Spiegel um, das Gesicht in den Händen verborgen, und antwortete mit erstickter Stimme.

»Vielleicht hast du recht, Herr. Ich werde das Mittel nehmen und mich ausruhen. Bitte laß mich jetzt allein.«

Ihr plötzliches Einverständnis irritierte Cheftu, doch vielleicht war er einfach zu mißtrauisch. Er verbeugte sich knapp, ließ sie allein und schloß die Tür. Dann zog er seinen Schurz zwischen den Beinen hoch und rannte zu seinen Gemächern, in der Hoffnung, daß Nesbek dort mit gepackten Koffern wartete.

Chloe wartete, bis der Klang von Cheftus davoneilenden Schritten verhallt war. Dann trat sie an den Koffer, den Thut ihr dagelassen hatte. Allmählich verlor sie jede Kontrolle über ihr Leben, und selbst wenn sie sich dazu durchgerungen hatte, dieses Jahrhundert so gut wie möglich zu nutzen, so war dabei die Heirat mit einem Prinzen – der nicht so schrecklich war, wie sie ursprünglich geglaubt hatte – nicht inbegriffen. Es mußte eine andere Lösung geben. Doch allen Bemühungen zum Trotz fiel ihr keine machbare Alternative ein. So saß sie schweigend da und starrte vor sich hin, bis jemand an ihre Tür klopfte.

Zwei Diener traten ein, ein starres Gebilde balancierend. Chloe schickte sie fort und begann, das Leinen auszuwickeln. Darunter kam eine Kiste von zwei Ellen Seitenlänge zum Vorschein. Sie hob den Deckel ab, die Wände klappten zur Seite, und zum Vorschein kam eines von Thutmosis' Werken.

Es war elegant und ausgesprochen groß. Chloe betrachtete die detailreiche Bemalung und spürte, wie ihr das Blut in die Wangen schoß. »Er hat gesagt, er würde mich schon noch bekommen, und er hat mich bekommen«, flüsterte sie. War dies eine Darstellung dessen, was sie in ihrer Hochzeitsnacht erwartete?

Die Bilder waren zweidimensional, aber dadurch wirkten die Darstellungen noch viel graphischer. Rund um die Vase vergnügten sich die verschiedensten Paare, und Chloe warf einen schnellen Blick über ihre Schulter, als würde sie erwarten, dort Mimi und ihre Mutter stehen zu sehen. Zitternd und mit hochrotem Kopf warf sie das Leintuch wieder über die Vase. Das *Kama Sutra* als Töpferarbeit.

Wieder klopfte jemand.

Meneptah trat ein, mit gesenktem Blick und einer Phiole in der

Hand. »Seine edle Herrschaft Cheftu läßt dir ausrichten, wenn du die Hälfte dieses Mittels mit Wein mischst, müßtest du dich heute nachmittag ruhiger fühlen.« Er wich rückwärts zur Tür zurück, als könnte er es kaum erwarten zu verschwinden. »Eines noch, Herrin«, sagte er. »D'vorah ist in ihr Dorf gegangen und wird bald zurück sein, um dir zu dienen.«

»Bitte danke ihr und richte ihr aus, daß das nicht nötig ist. Ich soll heute abend verheiratet werden.«

Wie vom Blitz getroffen sah Meneptah sie an. »Mein ... mein ... Herr hat nichts davon gesagt«, stammelte er.

»*Haii!* Nun, es sieht so aus, als hätte Thutmosis erst heute Antwort vom Großen Haus erhalten.«

Meneptah zog die Stirn in Falten. »Thutmosis?«

»Ganz recht. Er hat Hatschepsut, ewig möge sie leben!, meine Verlobung mit dem edlen Herrn Nesbek für nichtig erklären lassen.«

Sein Blick fiel zu Boden, und seine Stimme klang plötzlich wieder ruhig. »Ich wünsche dir Glück, Herrin. Was für eine große Ehre.«

Sie trat vor ihn und hob sein Kinn mit einem langen Finger an. »Es liegt keine Ehre darin, jemanden zu heiraten, den ich weder kenne noch liebe. Ich hatte in dieser Angelegenheit nichts zu bestimmen.« Sie wandte sich ab und flüsterte: »Heiliger Osiris!«

»Grenzenlos ist Pharaos Macht, Herrin.«

Chloes Stimme klang erpreßt und angespannt. »Geh jetzt, Israelit. Bete für mich zu Gott, denn ich brauche seine Hilfe.«

Er ging, und Chloe wunderte sich über ihre eigenen Worte. Theoretisch glaubte sie schon an Gott, sie hatte jedoch nie angenommen, daß er sich auf der privaten Ebene in das Leben der Menschen mischte. Dort blieb das Individuum auf sich gestellt. In diesem Fall sie selbst.

Der Garten lockte sie. Es war ein wunderschöner ägyptischer Tag, einer, an den sie sich noch lange erinnern würde, so wie es aussah. Im Geiste schüttelte sie die Schicksalsergebenheit ab, die sie hier von allen Seiten zu bedrohen schien. Irgendwie würde sie ihren Kopf schon aus der Schlinge ziehen.

Sie kniete neben dem Koffer nieder und sah die Kleider und Juwelen durch, die man ihr dagelassen hatte. Es reichte aus, damit sie für ihre Hochzeitsnacht angemessen gekleidet war. Sie zog die »andere« zu Rate, denn es gab ein rituelles Gewand, in dem eine Priesterin zu heiraten hatte. Vielleicht konnte sie ein paar Tage zusätzlich herausschinden, wenn das entsprechende Kleid nicht da war? Auf diese Weise blieb ihr mehr Zeit, Fluchtpläne zu schmieden. Zu ihrer Entäuschung fand sie den Brustschmuck ihres Amtes und den dazugehörigen Kopfschmuck in Form zweier Hörner und einer Scheibe. Sie konnte völlig legal heiraten.

Es war erst Mittag. Chloe tigerte in ihrem Zimmer auf und ab und überlegte, wie sie den restlichen Tag nutzen konnte. Was hätte sie nicht für ein Buch gegeben, für irgend etwas, mit dem sie den nächsten Stunden entfliehen konnte.

Die ägyptische Seite ihres Geistes wußte sehr wohl, welche Gunst ihr da zuteil wurde. Sobald Thutmosis sie geschwängert hatte, würde sie ihr Leben gestalten können, wie es ihr gefiel – indem sie eigene Gemächer verlangte oder die Tage in relativem Luxus mit Zeichnen verbrachte. Sie konnte sogar eine Sklavin einstellen, die sich um das Kind kümmern würde, sobald es da war. Falls sie schwanger werden konnte. Sie ballte die Fäuste. Ausgerechnet mit Thutmosis intim werden zu müssen... O Gott, bitte, laß es doch *bitte* jemand anderen sein!

Zischelnd flüsterte ihr RaEms Geist ein, diesen leichtesten aller Wege einzuschlagen, wisperte ihr zu, es würde schon nicht so schlimm werden. Sobald sie erst ihm gehörte, würde der Prinz sie anders behandeln.

Doch ihr moderner Geist sträubte sich mit aller Kraft gegen die Vorstellung, einem Mann zu gehören, gleichgültig von welchem Rang, ohne daß sie dabei mitzureden hatte.

Sie hatte nie heiraten wollen, aber andererseits war sie nicht sicher, ob sie je wirklich verliebt gewesen war. Ihr ganzes Leben hatte man ihr erzählt, daß sie eines Tages Mr. Right treffen und umgehend eine dauerhafte Beziehung würde haben wollen. Oder wäre es der edle Herr Right? *Diesem* Gedanken versetzte Chloe unverzüglich einen herzhaften Tritt. Cheftu hatte nicht den geringsten Zweifel daran gelassen, daß sie Thutmosis heiraten sollte.

Sie durchquerte das Zimmer und nahm die immer noch sonnenwarme Phiole.

Ich gehöre nicht hierher. Wenn ich hier eingreife, könnte das für alle Zeiten die Geschichte verändern, dachte sie. Zwar glaubte Chloe nicht, daß *sie* persönlich so wichtig war, doch war in jedem Buch und jedem Film über Zeitreisen, an das oder den sie sich erinnern konnte, großer Wert darauf gelegt worden, daß nicht in die Geschichte eingegriffen wurde. Wenn jeder Mensch wie ein Stein war, der in einen Teich geschleudert wurde ... die Wellen konnten ein Boot zum Schaukeln bringen, wenn es nur weit genug entfernt war. Was für Wellen könnte ich durch meine Anwesenheit hervorrufen? Ich kann so nicht weitermachen – egal was es kostet. Sobald ich eine Möglichkeit zum Verschwinden entdecke, muß ich sie ergreifen.

10. Kapitel

Bis Sonnenuntergang hatte Chloe sich angekleidet. Eine neue Dienerin war gekommen; Chloe hatte sich nicht einmal die Mühe gemacht, sie nach ihrem Namen zu fragen. Sie starrte ihr ägyptisches Spiegelbild an; sie stand im Begriff, Horus-im-Nest zu heiraten, den zukünftigen mächtigen Stier der Ma'at. Dann war die Sklavin wieder verschwunden und hatte Chloe ein paar Minuten allein gelassen, bevor der Streitwagen eintraf, der sie wegbringen sollte.

Sie sollten in einem kleinen Tempel am Ufer des Nils verheiratet werden. Abgesehen von dem heutigen Abend gab es nichts, was man als Flitterwochen bezeichnen konnte. Thutmosis wollte auf keinen Fall wegfahren, solange die Situation mit den Israeliten so verfahren war. Bis auf die Nächte würde sie die ganze Zeit im Harem bleiben.

Sie trank von der Phiole, die Meneptah ihr gebracht hatte, und spürte, wie das Mittel durch ihre Adern lief.

Cheftu hatte vorgeschlagen, nur die Hälfte zu nehmen, doch sie hatte die Phiole auf einmal geleert. Hoffentlich hatte das keine tragischen Folgen. Jetzt war es wesentlich einfacher, einen Schritt zur Seite zu treten und sich selbst zu beobachten; sie fühlte sich beinahe ätherisch. Mit geschlossenen Augen atmete sie den Duft der Blumen vor ihrer Tür ein. Das silberweiße Bild im Spiegel schlug erneut die Augen auf. Chloe lächelte, und die Priesterin RaEmhetepet lächelte zurück.

Jemand klopfte an ihre Tür, und Chloe drehte sich um. Als Cheftu eintrat, spürte sie den vertrauten Blitz durch ihren Körper schießen. Er war in Weiß und Blau gekleidet, und der lange Amtsumhang fiel von seinen Schultern bis auf die lederbeschuhten Füße. Sein Blick glühte hinter lapis-bemalten Lidern hervor, und in den Lapis-Steinen an seinen Ohren brach sich das Licht der Fackeln.

Er blieb dicht vor ihr stehen, so dicht, daß sie seinen warmen Atem auf ihrem Gesicht spüren konnte. Geschwächt hob RaEm ihren Blick und sah seine distanzierte Miene. »Der hohe, mächtige Edelmann Cheftu«, verkündete sie gedehnt. »Hat deine Mutter dir nie erzählt, daß man Falten kriegt, wenn man dauernd die Stirn runzelt?« Sie sah, wie sich die kantigen Kiefermuskeln unter der hinuntergeschluckten Antwort anspannten.

RaEm hob eine Henna-bemalte Hand und strich damit über seine glatte Wange. »Weißt du, daß ich an einer Hand abzählen kann, wie oft ich dich lachen gesehen habe? Und ich kann mit geschlossener Faust abzählen, wie oft du mich angelächelt hast. Ich möchte dich lächeln sehen, mächtiger Herr.« Sie hatte es sich in den von Rauschmitteln getrübten Kopf gesetzt, seine säuerliche Miene zu vertreiben. Eine silbern bemalte Braue boshaft hochgezogen, griff sie Cheftu zwischen die Beine. Seine Miene änderte sich tatsächlich – sie war erst überrascht, dann entsetzt und wütend und schließlich, als sie ihn unter seinem Schurz festhielt, bis sie ihn länger und härter werden spürte, reumütig und sehnsüchtig.

Sie warf lachend den Kopf zurück, und Cheftus Gesicht wurde dunkel vor Zorn. »Ich bin nicht dein Spielzeug, RaEm«, knirschte er durch zusammengebissene Zähne. Mit harter Hand packte er sie am Handgelenk und verstärkte den Druck auf die Knochen, bis sie gezwungen war, von ihrem Preis abzulassen. Ohne ihr Handgelenk loszulassen, sah er ihr in die Augen.

»Ach, selbst jetzt würdest du einen anderen Mann nehmen? Du würdest zu deinem Gemahl gehen, während mein Samen noch auf deinen Schenkeln klebt?« Sein Lächeln war ohne jede Freude. »Ich wäre vorsichtig, Priesterin; ich war damals jung, und Nesbek war zu übersättigt, doch nun heiratest du einen Mann, der irgendwann einmal Pharao sein wird. Er wird dich töten, wenn du ihm untreu bist. *Das* wäre nur gerecht.«

Er stand schweigend vor ihr, mit hart atmender Brust und mühsam darum ringend, ein Mindestmaß an Selbstbeherrschung aufzubringen. »Ich bin gekommen, um dich zum Tempel zu eskortieren, da es unziemlich wäre, wenn Thutmosis das persönlich täte. Ich weiß nicht, warum er nicht einfach nur mit dir ins Bett will, so wie fast ganz Ägypten.« Sein Blick war düster vor Ekel. »Es ist ein Trauerspiel, mitanzusehen, daß ein Mann mit solchem Potential sich von seinen Gelüsten auf eine solche Metze leiten läßt. Aber er ist auch nur ein Mann. Ich, das ist gewiß, bin ebenfalls nicht die Feder der Wahrheit, was dich betrifft!«

In seiner Stimme lag eine Bitterkeit, die der Priesterin tief unter die Haut drang. Der scharfe, verletzte Ton traf Chloe sogar durch ihren Drogenrausch hindurch. Innerlich krümmte sie sich zusammen. Was für RaEm selbstverständlich war, blieb ihr unvorstellbar. Leider hatte sie es trotzdem getan – sie hatte dem Impuls nachgegeben, seine Aufmerksamkeit auf sich zu lenken. Und das mit Erfolg, verdammt noch mal.

Die Ägypterin in ihr war fassungslos. Was der edle Herr Cheftu da gesagt hatte, war Blasphemie! Jeder Pharao war viel eher ein fleichgewordener Gott als ein Mensch. Cheftus Worte konnten ihm den Tod bringen.

Chloe merkte, wie tiefe Schamesröte sich über ihr Gesicht und ihre nur notdürftig bedeckte Brust legte. Sie zuckte vor dem Ekel in Cheftus Gesicht zurück; sie konnte spüren, wie sein Fleisch sich vor ihr zurückzog. In seinen Augen war sie ein Monstrum; er wäre bestimmt froh, wenn er sie endlich los war.

Mit einem Mal wurde Chloe schmerzhaft klar, daß er ihr fehlen würde. Jeder Tag, an dem sie ihn nicht sah, war düster, bei jedem Wiedersehen bröckelte ein wenig mehr von der einschüchternden Maske ab, die er ihr gegenüber aufsetzte, und darunter kam ein Mann zum Vorschein, den sie sehr bewunderte… und sehr gern hatte.

Sie machte auf dem Absatz kehrt; sie mußte es versuchen. »Es tut mir so leid, Cheftu! Ich weiß nicht, was ich dir für Qualen bereitet habe. Ich wünsche – ach, ich wünsche, die Dinge könnten anders liegen! *Hai-Hai!* Bei Isis' Liebe, hilf mir!« Beschämt und entsetzt über ihren Ausbruch stakste Chloe steif davon, insgeheim betend, der Boden möge sich unter ihr auftun und sie verschlingen.

Cheftu starrte RaEms beinahe nackten Rücken an. Im Fackelschein glühte ihre Haut wie warmer Bernstein. Das schlichte weiße Gewand schmiegte sich um ihre runden Hüften und wurde an ihrer wieder schlank gewordenen Taille von einem silbernen Tuch gehalten. Sie trug eine zeremonielle, geflochtene Perücke, deren Zopfspitzen in Silber getaucht waren. Die silbernen Hörner, Insignien ihres Amtes, erhoben sich eine Elle über ihr und bewirkten, daß ihre gesamte Erscheinung noch größer und schlanker wirkte, als sie ohnehin schon war.

Er schloß die Augen und holte tief Luft. Sie trug kein schweres Parfüm mehr; jetzt war es leicht und frisch und erinnerte ihn an grüne Gärten voller Lachen und Freude… einen Garten, den sie nur ein einziges Mal gemeinsam betreten hatten. Er biß die Zähne zusammen. Bei den Göttern, das war wahrhaftig keine Hilfe. Unter seinem blau-weiß-gestreiften Kopftuch machte sich Kopfweh breit. In seinem Magen blubberte die Säure wie *Rekkit*-Suppe. Diese Höllennacht hatte noch nicht einmal begonnen; Kopfschmerzen waren da kein gutes Omen. Noch einmal richtete er seine Gedanken auf die silberne Statue am anderen Ende des Raumes.

Das ergab alles keinen Sinn. RaEm trieb ihn noch zum Wahnsinn! Nie konnte er voraussehen, wie sie sich verhalten würde. Einerseits war sie draufgängerisch, derb und für jeden Mann zu haben, was sie in Cheftus Augen nicht eben auszeichnete. Aber andererseits…? RaEm drehte sich zu ihm um, sah ihn ausdruckslos an, und Cheftu sah sie zum erstem Mal an, wirklich an.

Jahre waren vergangen, seit er RaEm gesehen hatte, seitdem… nun, einfach seitdem. Viele Überschwemmungen des Reisens und neuer Erfahrungen. In jener Zeit war er gereift und erwachsen geworden, er war nicht länger der unsichere, schlaksige Junge von damals. Bestimmt hatte RaEm sich in all den Jahren ebenfalls verändert? Und inwieweit war diese Veränderung mit Reife gleichzusetzen? Er hätte beim heiligen Bullen Apis schwören können, daß sich ihr Gesicht verändert hatte – es war nicht nur fülliger geworden, nein, die Knochenstruktur selbst war anders. Zu schade, daß die alten Ägypter keine Porträts anfertigen ließen, dachte Cheftu. Hapuseneb hatte ihm erklärt, daß sie anders aussähe, doch damals war Cheftu zu beschäftigt mit Alemeleks Enthüllungen und seinem Tod gewesen und hatte Hapusenebs Worten keine Beachtung geschenkt.

Das Licht legte sich auf ihre Gesichtszüge, ihre lange, gerade Nase, ihre leicht schrägen Wangenknochen, die winzige Furche in ihrem Kinn. Cheftu blinzelte und versuchte, den Nebel der Zeit und seiner Voreingenommenheit zu durchdringen. Ihre Lippen waren voller, ihre Stirn weniger breit, ihre Züge nicht mehr so flach. Er kam sich vor, als versuche er, durch einen Schleier hindurch ein Gesicht zu erkennen.

RaEm schien sich wieder gefaßt zu haben, und Cheftu schreckte auf, als er merkte, daß die Standarten-Träger an die Tür hämmerten. RaEm kam auf ihn zu, und Cheftu begriff, daß sie größer war als früher. Sie war früher schon größer gewesen als die meisten Frauen – sogar als die meisten Männer. Früher hatte sie Cheftu bis ans Kinn gereicht, doch nun standen sie einander beinahe Auge in Auge gegenüber. *Viel größer.* Wieviel davon war der Reifung eines unerfahrenen, unschuldigen Backfisches zu der abgebrühten Frau vor ihm zuzuschreiben?

Plötzlich wurde er aufgeregt und gestattete sich einen leisen Zweifel. War es möglich? Konnte sich seine sehnliche Hoffnung, nicht der einzige zu sein, nicht allein zu sein, erfüllt haben? Hastig ging er in Gedanken sein jüngstes Zusammentreffen mit ihr durch. Die Möglichkeit erschien ihm immer plausibler. Dadurch ließe sich so vieles erklären: angefangen von der veränderten Augenfarbe bis zu ihrer offenkundigen Unkenntnis über ihre frühere Verlobung, ihr Tanz mit Basha, als sie ihre Stimme zurückgefunden hatte, die physische Lockerheit, die ihr zuvor vollkommen abgegangen war, ganz zu schweigen von ihren neu entdeckten Talenten. Wie konnte er sichergehen? Es war die einzige logische – oder unlogische, je nach Perspektive – Erklärung.

Sie war *nicht* RaEmhetepet.

Du bist ein Phantast, ermahnte er sich. Du hast dich nie ganz von ihr lösen können, und jetzt gaukelst du dir etwas vor, indem du die unmöglichsten Theorien durchspielst. Es ist nicht vollkommen ausgeschlossen, widersprach etwas in ihm. Er versuchte, sich ins Gedächtnis zu rufen, wo man sie gefunden hatte, bevor sie seine Patientin wurde. War das in Hathors Silberkammer gewesen? War das möglich? Was hatte Hapuseneb gesagt?

Sie gingen durch die Korridore und stiegen schließlich in den neuen, für drei Personen ausgelegten Streitwagen des Prinzen. Cheftu warf einen verstohlenen Seitenblick auf die neben ihm stehende Frau. Jetzt, als er sie ansah, fragte er sich, wie er je hatte glauben können, daß sie RaEm war. Ich habe gedacht, daß sie RaEm ist, weil ich nichts anderes erwartet habe. Genau wie jeder andere. Wir sehen nur, was wir zu sehen erwarten, und sie hat das Spiel mitgespielt und alles Nötige unternommen, um uns in unserem Glauben zu lassen.

Gehörten ihre hungrigen Küsse mit zu diesem Spiel?

Er verfluchte sich als blinden Toren und begann zu überlegen, wie er sie von hier fortbringen konnte. Sie mußten miteinander sprechen. Alles, was über ein Gespräch hinausging, war zu abwegig, als daß er es sich wünschen könnte. Jedenfalls durfte sie Thutmosis nicht heiraten, das stand fest.

Cheftus Verstand arbeitete fieberhaft, während die Pferde sie dem Tempel näher brachten, in dem diese Frau in die Annalen der Geschichte eingehen würde. Mit aller Kraft klammerte sie sich an der Seitenverkleidung des Streitwagens fest, bis das Silber ihrer Ringe tief in ihre Finger schnitt. Er überlegte, wie er die Fassade durchbrechen konnte, wie er ihr mitteilen konnte, daß sie beide dasselbe Schicksal teilten.

Plötzlich schrien die Pferde auf, Cheftu und RaEm wurden zur Seite geworfen, der Streitwagen schlitterte über den unebenen Boden, und sie wurden gemeinsam auf die sandige, steinpockige Straße geschleudert. Instinktiv streckte Cheftu den Arm nach *ihr* aus und versuchte, sie noch im Fallen vor dem Aufprall abzuschirmen. Als sie mit Wucht auf ihm landete, stellte er fest, daß diese Frau auch mehr wog als RaEm. Während sie sich aufrappelten, blickte er sich um, und in seinem Kopf arbeitete es wie verrückt. Der Streitwagen des Standartenträgers schloß schnell auf.

Der Lenker kam nach vorne, eine verdutzte Miene auf dem rundlichen Gesicht. »Herr, ich kann es mir nicht erklären, aber das Pferd scheint zu sterben.« In seiner Stimme schwang tiefe Bestürzung, doch Cheftu jubilierte insgeheim.

Der andere Streitwagen hielt an, und Cheftu ging hinüber, den Arm um die widerstandslose Priesterin gelegt. Inzwischen war es fast vollkommen dunkel; kein Mond, nur die Sterne würden in dieser Nacht am Himmel stehen. Er verkündete, es sei unerläßlich, die »Herrin des Silbers« vor dem Gottesdienst zum Tempel zu bringen. Es sei von größter Wichtigkeit, daß sie sich vorbereite, bevor sie ihren Dienst an Hathor beendete und in die Schwesternschaft Sechmets eintrat, so wie es alle diese hohen Priesterinnen taten.

Mit einem stillen Dankgebet an Amun-Re, daß in diesem Streitwagen nur zwei Leute Platz hatten, ließ er den Lenker wie auch den Standartenträger aussteigen und erklärte, er werde persönlich RaEm dem Prinzen überbringen.

Heimlich flehend, daß diese Pferde von allem verschont bleiben mochten, was die anderen Tiere befallen hatte, peitschte er sie durch die dunklen Straßen, doch nicht in Richtung Flußufer, wo der von Fackeln erhellte Tempel und der Prinz warteten, sondern zu einem Apiru-Dorf, das versteckt in einem kleinen Hain lag.

Cheftu zog die Tür hinter sich zu und drehte sich bedächtig zu Chloe um, die halb schlafend auf der Liege saß. »Wir können bei den Apiru bleiben, sie werden uns verstecken. Wenn sie fortziehen, können wir mitkommen.«

Chloe ließ erleichtert den Kopf hängen. »Den Göttern sei Dank!«

Cheftu fuhr sich nervös mit der Zunge über die Lippen. »Es gibt allerdings ein paar Bedingungen.« Er brachte nicht den Mut auf, sich ihrem trüben Blick zu stellen. »Du darfst mit niemandem über die Göttin Hathor sprechen. Der Wüstengott ist ihr einziger Gott und äußerst eifersüchtig. Darauf legen sie besonderen Wert, weil viele der Israeliten sich zu Hathor bekannt haben, was Probleme verursachen könnte. Selbst jetzt, wo ihr unbekannter Gott die Ägypter straft, drängen sich die Apiru vor Hathors Tempeln und kaufen ihre Amulette und Statuen.«

Chloe zuckte mit den Achseln. Es wäre eine Erlösung, nicht mehr so tun zu müssen, als fühle sie sich einer leblosen Silberstatue verpflichtet.

Cheftu setzte sich auf den Klappstuhl ihr gegenüber und faßte nach ihren Händen. Ihren hitzigen Wortwechsel von vorhin schien er völlig vergessen zu haben, statt dessen gab er sich alle Mühe, ihr zu helfen. Beklommen sah er sie an. »Zweitens und vor allem anderen müssen wir heiraten.«

Chloe riß ihre Hände aus seinem Griff und sprang von der Liege. »Heiraten? Wieso denn?« Sie tobte innerlich, daß sie in diesem Leben offenbar nicht um die Fesseln der Ehe herumkommen sollte. Zumindest war Cheftu eine deutliche Verbesserung gegenüber den ersten beiden Angeboten, auch wenn er sie für eine Hure hielt. Schließlich habe ich mich wie eine aufgeführt, sagte sie sich im stillen, während sie mit einem Schauder an die pochende Lanze dachte, die sie in der Hand gehalten hatte.

Cheftu hob seine Hände zu einer beinahe europäischen Geste der Resignation. »Das ist eben ihre Kultur. Ein Mann und eine Frau können nicht zusammenleben, wenn sie nicht verheiratet sind. Dadurch wollen sie hauptsächlich ihr Volk schützen.«

»Wovor?«

Er schmunzelte. »Vor der Verbindung mit irgendwelchen Götzenanbetern. Wenn wir verheiratet sind, verringert das die Gefahr, daß wir jemand anderen vom rechten Pfad abbringen. Sie sind mißtrauisch – eine mächtige Priesterin und ein *Erpa-ha*, die sich zu ihrem Haufen gesellen? Trotzdem werden sie uns aufnehmen, aus Dankbarkeit für Meneptahs Ausbildung.«

»Was ist alles damit verbunden?« erkundigte sich Chloe, die nicht sicher war, ob sie bei Leuten bleiben wollte, die ihr nicht über den Weg trauten. Nicht daß ihr irgendwer im Palast getraut hätte. Sie seufzte.

»Erst gibt es ein ...«, Cheftu suchte nach dem richtigen Wort, »ein Ritual. Dann werden wir acht Tage in einem Zimmer eingesperrt. Danach können wir bei ihnen bleiben, und sie werden uns verstecken, so gut es ihnen möglich ist.«

Chloe starrte auf die abblätternde, weißgekalkte Wand. Mit einem kurzen Seitenblick auf Cheftu stellte sie fest, daß er sie ansah, seine Miene ein Bild des Gleichmuts.

»Wir haben wohl keine andere Wahl, oder?«

Er stand auf und stellte sich neben sie. Dann sah er sie an und sagte leise: »Nein.« In seinen goldenen Augen las sie Schicksalsergebenheit, Furcht und einen Funken Hoffnung.

Sie wandte sich ab. »Wann?«

»Auf der Stelle.«

»Sie sollen alle Vorbereitungen treffen.«

Er nickte knapp und verschwand. Chloe starrte aus dem großen Fenster, das auf einen ummauerten Hof ging. Sie sah an sich herab auf ihre Gewänder. Offenbar sollte dies tatsächlich ihr Hochzeitsgewand sein, auch wenn der Bräutigam gewechselt hatte.

Die Tür ging auf, und Apiru-Frauen drängten ins Zimmer, die eine Schulter unbedeckt, aber dafür ihr Haar verschleiert hatten. Mit einem Glühen in den haselnußbraunen Augen schloß D'vorah sie in die Arme und dirigierte dann die anderen. Chloe spülte in dem Sitzbad den Staub von ihrer Haut, dann legte sie wieder ihr Leinenkleid an. D'vorah schwärzte Chloes Augen mit Bleiglanz und färbte ihre Lippen mit einer Ockerpaste, danach legte sie wieder das Silbergeschmeide an, Kopfputz und Brustschmuck eingeschlossen, wodurch diese Hochzeit zu einem offziellen Akt wurde.

Und wodurch Cheftus Todesurteil besiegelt wurde. Was genau wäre wohl die Strafe dafür, daß er die Braut des Prinzen heiratete? Geköpft werden? Lebendig gepfählt werden? Glühende Zangen? Chloe schauderte. Hatte sie denn eine andere Wahl? Sie mußten zusammen bleiben, damit sie mit den Israeliten fortziehen konnten. Zum Palast zurückkehren konnten sie auf keinen Fall. Wenn sie andererseits acht Tage lang mit diesem phantastischen, unwiderstehlichen Körper in einem Zimmer eingesperrt wäre, das hatte ihr der gestrige Tag überdeutlich vor Augen geführt, würde das unweigerlich mit Sex enden. Basta. Sie *wollte* sich auch gar nicht zieren. Wo war die Angst? Würde er sie verlassen? Würde sie mit einem Fremden intim werden, nur um dann sitzengelassen zu werden?

Den Kopf in die Hände gestützt, hielt sie Ausschau nach einem einzigen angenehmen, trostspendenden Gedanken.

Sie mußte an Cammys Hochzeit denken, ganz in Weiß mit orangenfarbenen Blüten; zugegeben, die Ehe hatte nicht lange gehalten, dennoch war es eine bezaubernde Feier gewesen. Tränen stiegen ihr in die Augen. Cammy fehlte ihr mit ihren Ratschlägen, um ihr nach amerikanischer Sitte für die Hochzeit etwas Neues, etwas Altes, etwas Geborgtes und etwas Blaues zu organisieren. Chloe schniefte.

Betrachten wir das Glas als halbvoll, sagte sie sich. Der Bräutigam konnte als alt gelten, ihre Hautfarbe als geborgt, die silberne Schärpe war mit blauen Ankhs bestickt... aber etwas Neues besaß sie nicht. Sie wischte die Tränen weg, bemüht, dabei die dicke Bleiglanzschicht nicht zu verschmieren.

Jemand klopfte an die Tür. Sie stand auf, um zu öffnen.

»Ist die Herrin bereit?« erkundigte sich eine Frau mit riesigen Augen, die sich als Elishava vorgestellt hatte. Sie erklärte, daß D'vorah ihr von diesem Punkt an nicht mehr beistehen konnte, da sie noch Jungfrau war.

Chloe zuckte mit den Achseln. Schlimm genug, daß Cheftu das Schlechteste von ihr dachte, aber könnte sie weiterleben, wenn sie sein Leben auf dem Gewissen hatte?

Chloes Arm haltend, führte Elishava sie über eine schmale Treppe in den Hof, wo sich bereits eine Menge versammelt hatte. Den Apiru war es gelungen, ein paar Lotosblüten zu sammeln und sie in einer Vase zu arrangieren, die mitten im Hof unter einem kleinen Baldachin aus gestreiftem Stoff stand.

Elishava hielt Chloe mit einer Hand am Arm zurück, während sie mit der anderen in ihrem Umhangärmel herumfummelte und schließlich einen Armreifen zutage förderte. Neugierig nahm Chloe ihn entgegen. Er war eine exquisite Arbeit.

Das Band bestand aus drei Reihen Malachit, Lapis, Türkis und Glasperlen, die zwischen drei silbernen Abstandhaltern aufgefädelt waren. Als Verschluß diente ein Malachit-Skarabäus mit der Inschrift: »Liebe deine Gemahlin von Herzen. Fülle ihren Bauch und kleide ihren Rücken. Öl heile ihren Leib. Erfreue ihr Herz, solange du lebst. Denn sie ist ihrem Herrn ein einträgliches Feld.«

Etwas Neues.

Chloe legte sich die Hand auf die Stirn. Ihr war so warm.

Wie konnte Cheftu gleichzeitig so abweisend und so zärtlich sein? Offenbar stammte dieses Geschenk von ihm; kein Apiru würde derart fein gearbeitetes Geschmeide besitzen. Wem war es ursprünglich zugedacht gewesen? Sie öffnete den Verschluß und legte den Reifen an, dessen Farben im Fackelschein zu glühen begannen.

So wartete sie darauf, daß man sie rief. Bald mußte der Morgen dämmern. Zwar hatte Cheftu den Weg gekannt, trotzdem hatte es mehrere Stunden gedauert, bis sie hier angekommen waren. Vielleicht würde Thut auf vergleichbare Schwierigkeiten stoßen. Vielleicht würde sie überleben. Chloe gähnte hinter vorgehaltener Hand; ihre Augen brannten, und ihr Kopf wog mindestens eine Tonne.

Apirumänner und -frauen tummelten sich im Hof. Das karge Leben und die schwere Arbeit hatten sie vorzeitig altern lassen. Nichtsdestotrotz waren sie jetzt fröhlich und munter, tranken Bier und versammelten sich, um die großen Ereignisse in ihrem kleinen Dorf mitzubekommen.

Als sie Cheftu erblickte, stockte ihr der Atem. Er trat aus einem Haus gegenüber, flankiert von Meneptah und einem anderen, älteren Israeliten. Cheftu sah atemberaubend aus.

Sein weißer, um den harten, flachen Bauch gebundener Leinenschurz ließ die bronzefarbenen Muskeln und Sehnen seiner Beine und seines Oberkörpers hervortreten. Ein Hitzeschauer überlief Chloe. Die Steine in seinem Kragen, an seinen Armen und Ohren fingen das Licht der Fackeln ein und warfen es zurück. Sein Gesicht war ernst und ausdruckslos, doch sie meinte zu sehen, wie sein Puls schneller ging, als er sie entdeckte.

Natürlich geht sein Puls schneller, dachte sie, schließlich steht er seiner Henkerin gegenüber! Chloe wurde zu ihm geführt und ihre Hand in seine gelegt. Sie sah ihm in die Augen, und er zwinkerte ihr zu. Sie war verblüfft. Zwinkerte man auch im alten Ägypten?

»Du siehst wunderschön aus«, flüsterte er, dann schob er ihre Hand unter seinen Arm und lächelte, als er den Armreif daran bemerkte.

War das noch derselbe Mann wie zuvor? Der sie als Hure bezeichnet und ihr erklärt hatte, ihr Bräutigam täte ihm leid? Der behauptet hatte, es wäre nur gerecht, wenn sie sterben müßte?

Der alte Führer baute sich vor ihnen auf und sagte hastig: »Getreu den Worten Moshes und des Stammes Israel sollt ihr fortan einander geweiht sein.«

Cheftu nahm ihre Hände in seine und blickte ihr suchend in die Augen. »Bei allem, was heilig ist«, wiederholte er die Worte des Führers, »nehme ich dich, RaEmhetepet, zur Frau, jetzt und immerdar, im Himmel und auf Erden.« Er stockte und schluckte. »Ich gelobe dir nie endende Ergebenheit.«

Der Schreiber überreichte ihnen ein Schriftstück, auf das Chloe völlig durcheinander einen kurzen Blick warf, ehe sie es in hieratischen Zeichen mit ihrem Namen unterschrieb. Cheftu tat es ihr nach, dann wurden sie unter Anleitung des grinsenden Meneptah von den singenden Apiru umringt.

Eine Hand um ihre Taille gelegt, küßte Cheftu sie auf die Stirn, bevor sie zurück zum Haus geführt wurden. Unter den Segenswünschen unzähliger Kinder und »Gute-Nacht«-Rufen wurden sie in denselben Raum wie zuvor geschubst und bekamen ein eilends zusammengestelltes Tablett hereingereicht, ehe die Tür hinter ihnen verriegelt wurde. Chloe war überzeugt, daß die ganze Prozedur keine Stunde gedauert hatte – und doch war sie nun *verheiratet.*

Sie saßen im zweiten Stock fest, und die einzige Fluchtmöglichkeit hätte in einem Sprung aus dem Fenster bestanden. Das größte Problem aber war, daß es keinen Ort gab, *wohin* sie fliehen konnten. Schließlich hatten sie Thutmosis eine Korb verpaßt und mußten nun seinen Zorn fürchten. Jetzt würde Cheftu dafür bezahlen müssen. Wenigstens, so hoffte sie, murkste sie auf diese Weise nicht in der Geschichte herum.

»Komm, Herrin«, sagte er. »Laß uns Wein trinken und reden. So viele Überschwemmungen sind ins Land gegangen, und wir haben acht Tage, um noch einmal jeden Augenblick zu durchleben.« Er schenkte zwei Becher voll, und beide nahmen einen Schluck. *Er* wirkte aufgekratzt.

Man erwartete also von ihr, daß sie die Vereinigung mit einem Fremden vollzog, der 3500 Jahre lang tot gewesen war, bevor sie auf die Welt kam? Wo blieb da die wahre Liebe und Romantik? Zitternd nahm sie einen Schluck von ihrem Becher.

Cheftu schenkte ihr Wein nach. »Bitte, hab keine Angst vor mir«, sagte er leise. »Ich weiß, daß du das hier nicht gewollt hast. Es tut mir leid, aber ich konnte dir keine andere Möglichkeit bieten.« Sie blickte in seine Augen, die im matten Licht noch dunkler wirkten. Langsam kam er näher. »Mondschein, ich werde dir nichts tun. Ich habe auf dich aufgepaßt, dich beschützt, und auch wenn das hier unerwartet kommt, können wir es für uns zum Guten wenden. Was ich gesagt habe, tut mir leid; wir sollten es vergessen.« Er sah sie sehr aufmerksam, mit prüfenden, goldenen Augen an. »Laß uns ganz von vorne anfangen, als zwei neue Menschen.«

Chloe versuchte, ihm zu antworten, doch ihre Stimme klang fremd in ihren Ohren, und ihre Zunge fühlte sich an wie in Watte gepackt. »Mir tut es ebenfalls leid«, brachte sie heraus. »Du bist gezwungen, eine Frau zu heiraten, die dich einst betrogen hat...« Sein Finger auf ihren Lippen brachte sie zum Verstummen.

»Das ist vergessen. Wir leben heute. Heute sind wir zusammen, und ich hoffe, daß wir inzwischen stärker sind. Dir wird nichts passieren. Vor allem darauf kommt es mir an.« Die Zärtlichkeit in seinem Blick raubte ihr den Atem. Er streckte die Hand nach ihren Bechern aus. Beide kippten den Inhalt hinunter, als tränken sie Tequila und nicht Honigwein.

Chloe schloß die Augen, während sich die Wärme in ihrem bibbernden Körper ausbreitete und sich mit den Drogen vermischte, die sie vorhin zu sich genommen hatte. Als sie die Lider wieder aufschlug, sah sie, daß Cheftu ans Fenster getreten war und hinaussah, so daß sich sein gemeißelter Körper als schwarzes Relief abzeichnete. Sie ging zu ihm und gab ihm einen Kuß auf die Schulter. Er schmeckte warm, fest und ein wenig salzig. Sie küßte ihn noch mal, diesmal mit weiter geöffnetem Mund, um mehr von seiner satinweichen Haut zu schmecken.

Berauscht von den Empfindungen, die sie durchliefen, gab sie ihm eine ganze Reihe von Küssen auf den Arm, knabberte an den deutlich geschnittenen Muskeln, leckte an seiner Haut. Cheftu blieb reglos und mit zusammengebissenen Zähnen stehen. »Wenn du heute nacht alles tun könntest, was du wolltest, Cheftu, was würdest du dann machen?« fragte sie ihn und fuhr dabei mit den Fingern über seine angespannten Arme.

Er atmete tief aus. »RaEm.« Er schluckte. »RaEm, ich würde dich ins Bett – o nein. Ich würde dafür sorgen, daß du –« Er zuckte zusammen und fuhr sich mit der Hand an den Bauch. Auf seiner Wange entdeckte sie winzige Schweißperlen. Auf Zehenspitzen stehend küßte sie sein Gesicht, bis der Salzgeschmack auf ihren Lippen prickelte. Cheftu hatte die Augen geschlossen und die Zähne zusammengebissen. »Es tut mir leid, daß ich dir so weh getan habe«, flüsterte sie. Unbeholfen betastete sie seine Brust, die warme Bronzehaut unter ihren Fingerspitzen. »Weißt du, was ich heute nacht möchte?«

»Was?« knirschte er.

»Ich möchte, daß du die Augen öffnest, damit ich deine Gedanken sehen kann.«

Er schlug die Augen auf. Die bernsteinfarbene Tiefe schien warm, aber auch argwöhnisch. Er tastete sie mit Blicken ab. Dankbar ergab sie sich in ihr Schicksal, mit ihm zusammenzusein, streckte sich und berührte seine Lippen mit ihren. Auch wenn sie fest zusammengepreßt blieben, so waren sie doch warm und nachgiebig. Behutsam fuhr sie mit der Zungenspitze die Lippenränder nach. Er stieß einen lauten Seufzer aus, kam aber nicht näher an sie heran.

Seine Reaktion hätte nicht ermutigender sein können, deshalb fuhr sie mit den Händen über seine glatte Brust, über die Muskel- und Sehnenstränge, die unter ihrer Berührung pulsierten. Chloe ließ die Stirn an seine Brust sinken. »Ich habe dich schon immer schön gefunden, Herr«, sagte sie. »Wir waren grob zueinander –«

Er legte einen Finger auf ihre Lippen. »Das ist vorbei, RaEm.«

»Ehrenwort?«

Er zögerte. *»Asst...«*

»Gibst du mir einen Kuß darauf?« Geradezu tollkühn warf sie sich diesem alten Ägypter an die Brust. Chloe spürte, wie ihr das Blut ins Gesicht schoß. Er hatte sie geheiratet, um ihre Haut zu retten. Eigentlich begehrte er sie gar nicht. So viele Jungs hatten sie ins Bett schleifen wollen, und ausgerechnet der *eine,* mit dem sie wollte... Beschämt wandte sie sich ab.

Sein Griff um ihr Handgelenk war so fest, daß es schmerzte. Dann lag sein Mund auf ihrem, fest und suchend – wütend, frustriert, mühsam beherrscht. Chloe schlang die Arme um seine feste Taille, unter der die Energie pulsierte. Cheftu löste sich und bestimmte rauh:

»RaEm, du hast so viel Schlafmittel genommen, daß du halb von Sinnen bist! Du weißt nicht, was du tust. Du weißt nicht, was du *mir* antust.« Sein Blick glitzerte im Halbdunkel. »Bitte, nimm es mir nicht übel. Leg dich einfach auf die Liege und ruh dich aus. Morgen, nachdem du aufgewacht bist, können wir, ähm, darüber sprechen.«

Chloe fuhr mit dem Finger die Windungen seiner Ohrmuschel nach. »Möchtest du, daß ich aufhöre, Cheftu?« flüsterte sie. »Findest du mich so abstoßend, daß du deine Hochzeitsnacht lieber allein in der Kälte verbringen möchtest?« Seine Hände verkrallten sich im Stoff ihres Kleides.

»RaEm, ich gebe mir alle Mühe, ehrbar zu bleiben«, brach es aus ihm hervor. »Ich will...« Seine Stimme erstarb, als sie ihm eine Reihe von Küssen auf seinen festen Hals gab.

»Was willst du?« Ihre Hand fuhr die Umrisse seines Schenkels nach, fühlte das feine, weiche Leinen in der Handfläche, das seine Haut gewärmt hatte. Chloe spürte, wie Cheftu sich mit jedem Muskel von Kopf bis Fuß zurückzuhalten versuchte. Sein Atem ging schneller. Heiser fuhr er sie mit schnellen, zornigen Worten an:

»Das ist deine letzte Chance, Mondschein. Wenn du mich noch einmal berührst, dann mache ich uns zu Mann und Frau.« Er packte ihr Kinn mit der Hand und zwang sie, in seine Augen zu schauen. »Ich werde mich *nicht* scheiden lassen. Entweder du rufst sofort eine Sklavin, die uns auszieht, und ich werde jeden anlügen, was die Gültigkeit dieser Ehe betrifft, oder du läßt dich von mir ausziehen, und wir werden uns in Fleisch und Geist vereinen. Ohne Geheimnisse, ohne jede Beschränkung.«

Zitternd machte Chloe einen Schritt zurück.

Alles war wirklich: dieser Mann, diese Zeit, diese Hochzeit. Die Falten um Cheftus Mund waren weiß vor Anspannung, und seine Augen dunkel und überschattet. Seine Haltung wirkte argwöhnisch, und die Hände zuckten zu beiden Seiten. Ein dünner Schweißfilm überzog seinen Rumpf, und der goldene Kragen um seinen Hals und über den breiten Schultern hob und senkte sich schwer unter seinem Atem. Wieso RaEm ihn je abgewiesen hatte, war Chloe unerfindlich. Cheftu war so wirklich und dreidimensional und lebendig, wie es überhaupt möglich war. Sie schluckte und sagte mit vor Erregung rauchiger Stimme:

»Willst du das?« Unbeirrt sah sie zu ihm auf. Hitze durchlief ihren Körper, schwer und schnell wie flüssiges Blei. Aus diesem Blick sprach nicht der geringste Zweifel.

Chloe faßte hinter ihren Kopf und hakte den schweren Silberkragen auf, der ihr über die kaum bedeckten Brüste hing. Dann löste sie ihre Schärpe und öffnete schließlich den Rest ihres Leinenkleides, das über ihre Rippen hinabfiel auf ihre Hüften. Atmete er überhaupt noch? Sie setzte den Silberreif ab, dessen filigrane Hörner zu beben schienen, eine solche Spannung lag in der Luft. Das glänzende schwarze vollends nachgewachsene Haar fiel ihr offen über den Rücken. Sie trat dicht vor Cheftu hin, so daß er in der Kühle des Raumes ihren warmen Körper spüren konnte.

»Darf ich dich entkleiden, mein Gemahl?«

Er stöhnte auf und zog im nächsten Moment Chloe an sich, um sie auf das Gesicht, auf die Augen, auf Lippen, Haar und Hals zu küssen. Chloe schnappte nach Luft, während sein Mund an ihrem Körper abwärts wanderte und seine zitternden Hände sie liebkosten. Er war still, aber gründlich, und er löste in ihrem Geist eine Flut von Empfindungen aus. Schließlich trat er zurück, die großen, dunklen Augen auf sie gerichtet, als würde er eine Entscheidung fällen. Ungeduldig nestelte er sich aus seinem Schurz und seinen Sandalen. Endlich hatte er alles abgelegt bis auf Kragen und Kopftuch, die Chloe ihm vom Leib zerrte, bevor sie einen Schritt zurücktrat.

Cheftu sah aus wie eine Statue.

Er war aus lebender Bronze gegossen und mit weichem, schwarzem Haar versehen. Mit einem kaum spürbaren Angstschauder sah sie ihn an und überlegte kurz, was ein Liebesratgeber wohl in einer solchen Situation empfahl, doch im nächsten Moment hatte er sie auf die Hochzeitsliege gezogen und jeden Gedanken ausgelöscht. Er würde sie nicht allein lassen; soviel war ihr klar.

Kein Gedanke existierte mehr für sie, es gab nur noch Cheftus

Hände, die über ihren Leib auf und ab wanderten. Er küßte sie, erst mit rauher, dann wunderbar weicher Zunge, die ahnen ließ, was noch folgen würde. Das Blut pochte ihr in den Schläfen, kribbelte in ihren Fingerspitzen, wusch durch ihren Leib und sammelte sich in der Mitte. Sie foppten und fingen und folterten einander, bis Chloe ganz außer Atem war.

Sie beobachtete sein ruheloses Gesicht, dessen Bernsteinaugen zu ihr aufblickten und ihre Knochen zu Honig schmelzen ließen. Cheftus Hand tastete sich von ihrer Taille aus tiefer. Ein leises Murmeln drang aus seinem Mund an ihre Lippen, während er sich ganz der Lust des Erforschens hingab. Chloe drückte den Rücken durch, ihre Haut fühlte sich an wie unter der Oberfläche versengt. Sie erklomm einen Berg der Verzückung, und jedes Streicheln führte sie weiter bergan. Sie zog ihn auf sich, wand sich unter ihm, verloren in einem Universum neuer Empfindungen.

»Bist du bereit?« fragte er heiser.

Sie stammelte etwas Unverständliches, und Cheftu beugte sich vor, um sie zu küssen, während er gleichzeitig in sie drang. Er erstarrte, als er spürte, wie ein Widerstand in ihr nachgab. Sie stieß einen Schrei in seinen Mund aus und verspannte sich plötzlich.

»Bei den Göttern«, keuchte er. »Das ist doch nicht möglich! Das kann nicht sein!« rätselte er mit rauher Stimme. Er küßte ihr Gesicht ab und gab sich alle Mühe, sich nicht zu bewegen. Tränen rannen ihr aus den Augenwinkeln, und ihr leises Keuchen war keineswegs Ausdruck ihrer Lust. Sie hatte Schmerzen und Angst. Er hatte ihr das angetan. Schweiß rann ihm über den Rücken, während er sich überlegte, was er jetzt tun sollte; woher hätte er das wissen sollen? Dann löste sich ihre Anspannung, und sie schloß die Augen. Ihre vollen Lippen verzogen sich zu einem Lächeln.

»Das ist schön«, murmelte sie, und als sie sich zu bewegen begann, wehte sie mit ihrem schnellen Atem seine mühsam aufrechterhaltene Selbstbeherrschung aus. Um seine Reaktion zu beschleunigen, streichelte sie die angespannten Muskeln in seinen Schultern und Armen.

Cheftu gab sich alle Mühe, zu versteinern und die enge Umschlingung nicht zu spüren, während er verzweifelt überlegte, was er jetzt tun sollte. Dies war die Antwort, die ihm gefehlt hatte. Dies war mehr, als er zu hoffen gewagt hatte. Jetzt war alles anders. Sie war nicht RaEm... aber wer war sie? Jedenfalls nicht die Gemahlin eines anderen, soviel stand fest. Ihre Stimme war rauh vor Begierde, die Liebkosung ihrer Hände versetzte ihn in Brand. Was konnte er noch unternehmen? In wenigen Augenblicken wäre die Antwort hinfällig. Mit überraschender Kraft schlang sie die Beine um seine Taille und zog ihn tiefer. Cheftu stöhnte auf und gab ihr nach.

Plötzlich drückte Cheftu sie mit geschlossenen Augen an sich, während er ihren Körper von innen und außen streichelte. Noch einmal führte er sie den Berg hinauf, immer höher, bis Chloe in besinnungsloser Verzückung gefangen war, die alles außer seinem Gesicht im Dunkel verschwinden ließ. Sie spürte, wie sich sein Körper anspannte und dann losließ, dann legte er sie wieder nieder und ließ sie in den letzten Ausläufern ihrer Lust treiben.

Ein paar Minuten später brachte er ihr ein in warmes Wasser getauchtes Leinentuch. Liebevoll lächelnd drückte er es zwischen ihre Beine. »Damit sollte das Zittern aufhören.« Dann legte er sich neben ihr auf die mit Blütenblättern bestreute Liege.

An seine Brust geschmiegt, fiel Chloe in tiefen Schlaf.

Chloe wachte auf, als Cheftu mit einem Tablett ins Zimmer trat. Die Morgensonne legte einen breiten Streifen über den Boden. Mit dem Fuß stieß er die Tür hinter sich zu, und Chloe errötete. Es war eine ausgesprochen intime Geste, durch sie er sie gemeinsam und allein hier einschloß. Plötzlich fiel ihr wieder ein, daß er ein Fremder aus grauer Vorzeit war, und sie wurde verlegen.

»Wie geht es dir heute morgen?« Er ließ sich an ihrer Seite nieder.

Die Erinnerung ließ sie erröten... und lächeln. »Mein Mund fühlt sich an, als hätte ich Papyrusstengel gekaut.«

Er grinste. »Das ist das Mittel. Du hast alles genommen?«

»Ja.«

»Das habe ich mir fast gedacht.« Er reichte ihr einen Kelch mit Bier und küßte sie, nachdem sie davon getrunken hatte. Nach einer langen Pause löste er sich wieder von ihr.

»Mondschein, wir müssen uns unterhalten.« Seine Stimme klang rauchig, doch seine Augen blieben ernst. Er zog sich auf den Stuhl gegenüber der Liege zurück und beobachtete sie aus safrangelben Augen, aus denen trotz seiner bebenden Hände tiefer Nachdruck sprach.

Er schenkte ihnen beiden Milch ein. »Du warst gestern zum ersten Mal mit einem Mann zusammen.« Es war eine Feststellung, keine Frage. »Und doch hast du hundertvierundzwanzig Tage lang ein Kind in deinem Bauch getragen.«

Chloe biß in ein hartes Brötchen und gab sich alle Mühe, so langsam wie möglich zu kauen.

»Welcher Zauber bewirkt, daß eine Frau zugleich schwanger und unberührt sein kann?«

Verflucht noch mal... das hatte sie vollkommen vergessen. Nicht die Schwangerschaft, aber daß sie es war, die angeblich schwanger geworden war und zugleich gestern nacht ihre Jungfernschaft verloren hatte. Sie schluckte und suchte fieberhaft nach einer Antwort. Die Wahrheit? Na klar. Cheftu schien zwar aufgeschlossen für Ideen zu sein, die über seine Sinne hinausgingen, aber wie *konnte* er die Wahrheit glauben? Die Vorstellung einer Zeitreise war dem ägyptischen Denken vollkommen fremd.

»Jungfräuliche Empfängnis?« schlug sie mit schwachem Lächeln vor. Er wirkte beleidigt, obwohl sie sich nicht recht vorstellen konnte, warum, wo doch Hatschepsuts gesamte Regentschaft auf der Annahme beruhte, daß ein Gott einen Menschen befruchtet hatte.

»Ich würde annehmen, *vor allem* ein Gott würde das Tor der Jungfernschaft niederreißen«, erwiderte er sarkastisch. »Du bist meine Frau. Du hast dich dafür entschieden, selbst nachdem ich dir die einzige Alternative gelassen habe, die mir blieb. Sieben Tage werden wir noch hier verbringen... bis zum Wochenende. Offensichtlich haben wir einander noch viel zu erzählen. Ich will eine Ehe ohne Geheimnisse und Beschränkungen. Ich werde dich ebensowenig hintergehen. Ich habe dir Treue gelobt, und ich werde mein Gelübde erfüllen.«

Chloe schluckte beklommen. Sie hatte von Frauen in der Wüste gehört, die jedesmal wie eine Jungfrau waren. Aber was wäre mit dieser Ausrede, wenn sie es nach sieben Tagen nicht mehr war? Ganz ehrlich, sie wollte sowieso keine sieben Tage warten. Cheftu sah sie neugierig an, den Blick voller ... was?

»Cheftu ... bitte glaube mir ... ich kann dir das jetzt nicht erklären.«

»Aber irgendwann?« Er sah sie kurz an, dann stand er auf und reckte sich, wieder vollkommen entspannt. »*Asst*, als ich zu dir gekommen bin, um dich zu heilen, bist du im Tempel gewesen, richtig?«

»Ja.«

»Was ist dort passiert?« Er drehte sich zu ihr um. »Hat dich der Gott Amun besucht und dir ein Kind gemacht?«

»Nein. Ich weiß nicht, was dort passiert ist.«

Er ging in die Knie, bis sein Gesicht sich auf gleicher Höhe mit Chloes befand. »Du bist sicher, daß du nicht weißt, was damals geschehen ist? Woher das Blut kam? Es hat dir am ganzen Leib geklebt. Deine Kleider waren zerfetzt, doch die Priesterinnen aus dem Nebenraum haben erklärt, du seist mit dem *Atmu* dort gewesen. Wo ist der junge Soldat, mit dem du dich dort getroffen hast? Was ist mit Phaemon passiert? Was ist dein Geheimnis?«

Chloe schluckte schwer. *Er wußte Bescheid*. Irgendwie wußte er Bescheid, und nun gab er ihr Gelegenheit, alles zu erklären. Selbst wenn sie das mit dem Blut nicht erklären konnte. Wieder blitzte vor ihrem inneren Auge das gepeinigte Gesicht eines Mannes auf. Das des Soldaten? Phaemons?

Sie hätte RaEm umbringen können.

Cheftu stand auf und ging seufzend davon. Chloe beobachtete, wie er im Zimmer auf und ab marschierte und mit seinen kräftigen Schritten den fransigen Rand seines Schurzes über den muskulösen Schenkeln zum Wippen brachte. Ihr Blick wanderte über seinen Brustschmuck hinab auf den muskeldurchsetzten Bauch. Nachdem sie ein paar Minuten lang beobachtet hatte, wie sein bronzefarbener Körper sich an- und entspannte, kam sie eindeutig in Fahrt. »Herr?« Sie schlug das Laken zurück.

Die physischen Empfindungen waren berauschend ... und doch blieb er innerlich auf Distanz, während er zu ihr zurückkehrte. Chloe küßte ihn mit aller Hingabe, während ihr zugleich Tränen in die Augen stachen. Er war ihr Gemahl, und doch waren sie verheiratete Fremde in einer Welt, in der nur sinnliche Empfindungen zählen konnten. Er sah sie nicht einmal an. Schließlich rollte Cheftu sich auf den Rücken und zog sie über sich.

»RaEm?« Seine Stimme war heiser, sein Ton hoffnungsvoll.

Chloe ließ sich das Haar ins Gesicht hängen und überließ sich ganz ihren Sinnen und Hormonen. Er wollte immer noch RaEm. Dies hier übertraf ihre schlimmsten Ängste um Längen. Sie hatte ihr Herz verloren, und er kannte noch nicht einmal ihren richtigen Namen.

Chloe erwachte als erste und kuschelte sich enger an Cheftu. Sie betrachtete seine breite Stirn, die geschwungenen schwarzen Brauen und mandelförmigen Augen. Mit schmetterlingshaft leichter Hand fuhr sie sein Kinn nach, die lange, gerade Nase und die breiten Lippen, die selbst jetzt in der Lage waren, Schauder durch ihr empfindsames Innerstes zu jagen. Den Kopf auf seine Brust gebettet, schmiegte sie sich an ihn. Die hektische Begierde von gestern abend war abgeflaut. Es war wirklich etwas dran, daß man nach dem Sex entspannter war. Nicht nach der Liebe, ermahnte sie sich, sondern nach dem Sex.

»Du siehst aus wie die Katze vor der Milch.«

»Eher wie die Katze voller Milch«, erwiderte sie. Er lachte leise und gab ihr einen liebevollen Kuß auf die Stirn. Dann drehte er sich auf den Bauch und sah sie an.

»Schau mich an, meine schöne Katze.« Seine Stimme war weich, sein Blick flehend. »Bitte, erklär mir das mit dem Garten. Wieso hast du das gesagt? Wieso hast du mir so weh tun wollen?«

»Ich dachte, die Vergangenheit sei vergangen, Herr«, antwortete sie ausweichend. Wie konnte er nur glauben, daß sie RaEm war? Weil er sich das wünschte. Er liebte RaEm.

»Sie ist vergangen, RaEm«, bestätigte er. »Sie spielt keine Rolle mehr, nicht wirklich, aber trotzdem bin ich neugierig.«

Chloe befingerte die Leinendecke und rang sich zu einer Antwort durch. Sie lebte sowieso nur eine Lüge, was tat da eine weitere zur Sache? »Wir waren so jung. Wir haben nichts vom Leben gewußt und brauchten mehr Zeit, um uns sicher zu sein.«

Cheftu senkte den Blick, woraufhin die Sonne blaue Glanzlichter in seinem Haar entzündete. »Wir haben im Garten nicht miteinander gesprochen, RaEm. Entsinnst du dich nicht? Dies war unsere einzige Unterhaltung.« Er beugte sich vor, legte seine Lippen, leicht wie Luft und sehr weich, auf ihren Mund, bis ihre Lippen schmolzen. Sie schnappte mit offenem Mund nach Luft, und Cheftu erforschte bedacht und provokativ das Innere. Als Chloe innerlich zu Quecksilber zerflossen war, löste er sich von ihr. »Entsinnst du dich jetzt?«

»Wenn wir uns nicht unterhalten haben, wie kannst du mir dann vorwerfen, ich hätte Grobheiten zu dir gesagt?« fragte sie.

Cheftu löste sich von ihr. »Auch das hast du vergessen, Mondschein?«

Chloe zog die Achseln hoch und wandte den Blick ab. »Ich erinnere mich an so viele Dinge vor dem Unfall nicht mehr.«

»Es ist schwer, sich zu erinnern, wenn man nicht derselbe Mensch ist, *haii?*« Seine Miene blieb ernst, und sein Blick war offen und liebevoll. »Wer bist du? Woher kommst du? Bitte verrate es mir.«

»Wieso willst du noch mehr wissen? ... Ich bin die Priesterin der –«

»Nein«, fiel er ihr ins Wort. »Ich weiß, daß du das nicht bist.«

»Weshalb willst du das wissen? Für dich soll ich doch RaEm sein. Für dich wäre meine Geschichte reine Tollheit. Du würdest mir kein Wort glauben«, fuhr Chloe fort, das Gesicht halb abgewandt.

Er zog ihr Kinn zurück, so daß sie ihn ansah. »O meine schöne Schwester, ich werde dir glauben ... und zwar alles! Ich habe mein Leben aufs Spiel gesetzt, um dich zu beschützen. Ich verdiene dein Vertrauen. Laß mich die Wahrheit hören!«

»Was ist denn wahr?«

Cheftu sah sie eindringlich an, strich ihr das lange Har aus dem Gesicht, streichelte mit dem Daumen ihre Unterlippe. Chloe mußte darum kämpfen, in seiner Umarmung ruhig zu atmen. »Wahr ist, daß ich RaEm gekannt habe.« Er atmete tief durch. »Und zwar sehr gut. Sie hat mich zum Mann gemacht.« Chloe versuchte, sich ihm zu entwinden, doch Cheftu drückte sie an seinen Leib, preßte ihr Gesicht gegen seine Brust.

Seine Stimme dröhnte durch ihren Körper. »Du siehst ihr ähnlich – wahrhaftig, ihr könntet fast Bauch-Schwestern sein. Doch eure Körper sind verschieden. Eure Münder sind verschieden«, erklärte er und zog dabei ihren Kopf zurück, bis sie ihm ins Gesicht sah. »RaEmhetepet hat von den Männern immer nur genommen. Sie hat nie etwas gegeben.« Er lächelte. »Du gibst mir etwas, selbst wenn du Schmerzen dabei leidest. Du bist so schön, in deiner Gestalt und in deinem Wesen. RaEm hatte bloß einen schönen Körper, auch wenn ich das erst herausgefunden habe, als ich schon fast mit ihr vor dem Altar stand.« Seine Finger fuhren ihre Gesichtszüge nach, und Chloe blickte ihn mit Tränen in den Augen an. Er fing eine Träne mit dem Finger auf, bevor sie sich lösen konnte, und strich schwer atmend die salzige Flüssigkeit über ihre Lippen. Sein Blick war eindringlich, doch auch abwägend. Erneut atmete er tief durch. »Auch weil deine Augen anders sind. Sie sind so rein und frisch, genau wie deine Seele. Doch sie sind auch kritisch und aufmerksam... und grün wie die Wiesen in *ma belle France.*«

Dritter Teil

11. Kapitel

Nachdem sie monatelang ausschließlich eine fremde Sprache gehört hatte, die sie sowohl verstehen wie auch sprechen konnte, trafen sie die französischen Worte aus Cheftus fein gemeißeltem Mund wie ein eisiger Windstoß.

Chloe riß sich von ihm los. »*Was hast du gesagt?*« fuhr sie ihn auf englisch an.

Er stürzte sich auf sie, bernsteinfarbenes Feuer in den Augen. Ein paar Sekunden lang sprudelte zusammenhangloses Zeug aus seinem Mund, dann sagte er, in kaum verständlichem Englisch: »Mein Liebling, du bist auch gereist? Woher kommst du?«

Chloe blickte ihm ins Gesicht; er ließ seiner Aufregung freien Lauf, sie konnte sie nur zu deutlich spüren. War es die Folge von zuviel Sex, zuwenig Schlaf und sehr wenig zu essen? Oder der Nachhall des Schreckens, einen französischen Satz aus dem Mund ihres altägyptischen Gemahls zu hören? Vielleicht fiel ihr auch einfach keine andere Reaktion ein? Aus welchem Grund auch immer, Chloe erwiderte, mit eindeutig amerikanischem Akzent: »Heilige Scheiße«, und fiel in Ohnmacht.

»RaEm, RaEm«, sagte eine rauhe Männerstimme. »*Plaire à Dieu,* wieso wachst du nicht auf?«

Ihre Lider klappten hoch. Über ihr kniete Cheftu, wedelte ihr frische Luft ins Gesicht und rief sie teils mit altägyptischen Namen, teils mit französischen Beschwörungsformeln. Ihre Gedanken langsam ordnend, hob Chloe eine Hand, um sein Gesicht zu berühren. Sofort küßte er ihre Fingerspitzen.

Wort für Wort fragte sie ihn auf englisch: »Verstehst du mich?«

Sein Gesicht verlor etwas von seiner Röte. *»Oui, ma chérie.«*

»Sprichst du Englisch?«

»Ja. Ich spreche über zwanzig Sprachen – fast alle sind tot.«

Ihre Hand erstarrte, weil die unzähligen Fragen, die sie ihm stellen mußte, sich in ihrem Kopf nicht zusammenfügen wollten. Sie setzte sich auf, und er blickte ihr mit weit aufgerissenen Augen und ohne seine Masken als Edelmann, Priester, Heiler oder Magier ins Gesicht.

»Wie heißt du?« fragte er langsam und Silbe für Silbe. »Du bist englisch?«

»Chloe, und ich bin Amerikanerin. Größtenteils.«

»Woher?«

»Aus den Vereinigten Staaten«, antwortete sie.

Seine Brauen zogen sich verwirrt zusammen.

Sie versuchte es auf französisch. *»Des États-Unis.«*

Er wedelte ihre Auskunft beiseite. »Das ist Nebensache. Aus welchem Jahr?«

»Neunzehnhundertfünfundneun ...« Sie kam nicht zum Ende; sein Gesicht ergraute.

»Aus dem zwanzigsten Jahrhundert?«

»Oui.«

Er ließ ihre Hände fallen, wandte sich ab und schlug die Hände vors Gesicht. *»Haii, mon Dieu ...«* Er schüttelte mehrmals den Kopf.

Chloe saß schweigend hinter ihm. »Cheftu, was ist oder war dein früherer Name?«

Durch die Hände gedämpft, hörte sie die Antwort: »François.« Er blieb mit dem Gesicht zur Wand stehen und senkte die Hände. »Ich habe meine Zeit achtzehnhundertsechs verlassen.« Dann drehte er sich zu ihr um. »Sagt dir der Name Napoleon etwas?«

»Natürlich. Er wurde achtzehnhundertfünfzehn bei Waterloo von den Briten besiegt.«

Verständnislos sah er sie an. Sie streckte die Hand aus, um ihn zu berühren, um die Verwirrung aus seinen Augen zu vertreiben.

»Damals im Tempel, als du dich an nichts erinnern konntest, da bist du also durchgekommen?« fragte er.

»Ja. Ich weiß nur nicht, *wodurch* ich gekommen bin. Als ich hier angekommen bin, habe ich anfangs gedacht, ich bin krank oder träume... aber dann... ist mir klargeworden, daß ich irgendwie das Raum-Zeit-Kontinuum durchquert habe und hier gelandet bin.« Ihre hastig gesprochenen englischen Worte landeten in einem chaotischen Haufen vor seinen Füßen.

Er starrte sie an, als hätte sie zwei Köpfe auf ihren Schultern. Mit brechender Stimme fragte er: »Die Hieroglyphen, sind sie entschlüsselt worden? Kann man sie lesen?«

Chloe zog die Stirn in Falten. »Natürlich.«

»Wer hat die Formel erstellt?«

»Ein Kerl namens...« Sie biß sich vor Konzentration auf die Lippen, während sie sich den Namen ins Gedächtnis zu rufen versuchte, den sie so oft aus Cammys Mund gehört hatte und der in so vielen ihrer Bücher aufgetaucht war.

»Haii?« Aus Cheftus Gesicht sprach gespannte Erwartung.

Chloe schnippte mit den Fingern. »Champignon... nein, warte, aber so ähnlich. Ähhm...«

Cheftu stand auf und trat mit eckigen Bewegungen ans Fenster. »Champollion?« fragte er monoton.

»Genau. Der.«

»Il l'a decouvert sans moi«, stellte er verärgert fest. Er blickte in die schwarze Nacht, die Arme auf den Fensterrahmen gestützt.

Chloe verharrte wie versteinert, während sich in ihrem Kopf alles zu drehen begann. Wer hatte was ohne ihn entdeckt? Aber was noch wichtiger war – er war wie sie! Er wußte, wie es war, wenn man ohne jede Vorwarnung von allem weggerissen wird! Da er nach wie vor hier war, hatte er offenbar keinen Rückweg gefunden. Sie starrte auf seinen bronzefarbenen Rücken und versuchte, sich an diese Erkenntnis zu gewöhnen. Achtzehnhundertsechs ... Er war über hundertfünfzig Jahre älter als sie, aber gleichzeitig auch gleich alt mit ihr.

Es war tröstlich, daß der Mann, den sie liebte, keiner völlig fremden Rasse und Mentalität angehörte. Er war Europäer ... auch wenn sie nichts über ihn wußte, nicht einmal, wie lange er bereits hier war. Sie sah ihn an und begriff, daß sie Cheftu ungeachtet seines Alters, seiner Nationalität oder seines Namens liebte. Nicht dafür, woher er stammte, sondern dafür, was er war, welches Risiko er einging, wie sehr er sich um andere Menschen kümmerte. Was für Gefühle er in ihr weckte.

Sie trat neben seine reglose Gestalt. Dann nahm sie seinen Arm und führte ihn zur Liege. »Setz dich, geliebter Bruder«, sagte sie mit einem Blick in seine ausdruckslosen, ratlosen Augen. Was war los mit ihm? Hatte er eine Art Schock? Leise ägyptisch auf ihn einredend, drückte sie ihn auf die Liege nieder und fragte sich zugleich, was sie tun sollte, falls er tatsächlich krank wurde. Er starrte mit leeren Augen an die Decke.

»Cheftu, Cheftu, erwache, begrüße die Nacht, begrüße RaEmhetepet«, sagte sie. Keine Reaktion. Sie nahm seinen Puls. Er raste, und Cheftus Atem ging in kleinen, tierähnlichen Stößen. Was hatte ihn nur so mitgenommen? Daß Napoleon den Krieg verloren hatte? Daß jemand anderer den Schlüssel zu den Hieroglyphen entdeckt hatte? Was tat das hier und jetzt zur Sache?

Sie hob den neben der Liege stehenden Weinkrug auf und sprenkelte etwas Wein auf sein Gesicht. Er blinzelte nicht einmal. Sie klatschte ihm Wasser ins Gesicht. Niente.

Vor Reue auf der Unterlippe kauend, versetzte sie ihm eine Ohrfeige. Er reagierte nicht, er zuckte nicht einmal. Sie sank auf den Stuhl, dachte nach und bekam allmählich Angst. Wieso war er so ausgeflippt? Zu guter Letzt brüllte sie ihn auf französisch an »François, François, wach auf, Champollion schafft es ohne dich!«

Augenblicklich war er hellwach, fluchend und schimpfend, doch mit wirrem Blick. Chloe packte ihn am Arm, um ihn zu besänftigen, und er riß sie an sich, vor Zorn knurrend und verloren in seiner ganz eigenen Welt. So aufgewühlt, daß er zitterte, preßte er sie mit dem Rücken gegen die Wand, küßte sie, bis ihre Lippen schmerzten, und erfüllte sie mit seiner dämonischen Energie. Seine Hände drückten sie an seinen Leib, gegen seine Nacktheit und seine Kraft war unmöglich anzukommen.

Chloe wartete, bis er Luft holen mußte, dann rannte sie los. Noch ehe sie zwei Schritte weit gekommen war, hatte er sie eingeholt und riß sie rücklings gegen seine Brust. Ihre verzweifelten Versuche, ihm davonzulaufen, erzürnten ihn noch mehr, und dann spürte sie seine Hitze und seine Härte in ihrem Rücken.

In heiserem Französisch verfluchte er jemanden dafür, daß er ihn betrogen habe, daß er nicht an ihn geglaubt habe, daß er nicht auf ihn gewartet habe. Er schien zu glauben, sie sei ein Werkzeug desjenigen, der ihn so hintergangen hatte, und röchelte ihr ins Ohr, was für ein Vergnügen es ihm bereiten würde, Rache zu nehmen. Chloe wehrte sich nach Kräften, doch er drückte sie an seinen Körper, ohne daß seine Hände sie auch nur einmal losgelassen hätten und ließ mit seinen Lippen und seiner Zunge ihr Hirn zu einem Haufen rotglühender Asche schmelzen.

Dann begann er, sie zu streicheln, und Chloe spürte, wie sie sich an ihn zu schmiegen begann. Seine Berührungen waren sanfter geworden, und seine liebkosenden Hände brachten schließlich doch den Stein ins Rollen. Mit seiner rauhen Wange an ihrer Schulter fielen sie gemeinsam auf die Liege. Sie bebte, glühte und war rasend hungrig auf ihn. Dann zog er sich unvermittelt zurück.

Wieder starrte er blind in die Luft.

Sie fuhr mit ihren Fingernägeln über seine nackte Brust. Von einer anderen Frau hatte er nichts gesagt. Alle anderen Fragen konnten warten. »Wage es nicht, mich so hängenzulassen«, zischte sie.

Mit einem Knurren manövrierte er sie auf Hände und Knie, dann legte er einen Arm um ihre Taille. Sie spürte seine Berührung, als er sie auszufüllen begann und, vor Erregung stöhnend, ihren Hals und ihre Schulter küßte. Es war eine umfassende Erfahrung, so als hätte er sich mit einemmal in einen Oktopus verwandelt und würde all ihre Bedürfnisse gleichzeitig befriedigen. Er preßte sich an sie und bewegte sich bestrickend langsam in ihr. Ihre Ohren brannten unter seinen Worten, die von seinen Händen und Lippen noch bekräftigt wurden.

Chloe fühlte sich erschöpft und gleichzeitig energiegeladen, lebendiger und ursprünglicher als je zuvor. Der intime Geruch von Schweiß und Sex hüllte sie ein, bis die Empfindungen sie trunken machten. Die Welt bestand einzig und allein aus Hitze und den süßen Schwingungen, die sich wie ein Fieber in ihr steigerten. Dann zog er sie hoch, packte sie mit beiden Händen an der Taille und drang so tief, daß sie überzeugt war, er war an ihre Gebärmutter gestoßen. Cheftus Namen schluchzend, zerfiel sie in hundert, nein, tausend Stücke, dann brach er über ihr zusammen und wischte dabei das verschwitzte Haar und die salzigen Tränen aus ihrem Gesicht.

Als Chloe aufwachte, fühlte sie sich wie ein Erdbebenopfer am Morgen danach. Alle Grenzen, die Wände und der Boden hatten sich verschoben. Nichts war so, wie sie geglaubt hatte. Sie war froh, daß niemand bei ihr war und sie allein die Konsequenzen abwägen konnte. Cheftu war Franzose. François. Ein Schauer durchlief sie ... vor Wollust und Angst. Was würde jetzt geschehen? Gezeichnet durch ein Sortiment von überstrapazierten Muskeln und bereits blau anlaufenden Flecken, humpelte sie zum Nachttopf.

Cheftu war nicht da.

Sie lief ans Fenster, bedacht, daß man sie nicht nackt sah. Nur das übliche Treiben im Hof, hin und her eilende Menschen ... kein gut gebauter, kräftiger, deplazierter Franzose. Er hatte sie doch gewiß nicht verlassen? Nein, selbst wenn sie keine fünf Sachen über ihn wußte, so wußte sie doch, daß er ein Ehrenmann war und daß er sie haben wollte. Er würde zurückkommen. War er traurig, daß sie nicht RaEm war? Chloe kehrte langsam zu ihrer Liege zurück und ließ sich darauf fallen, um in dem Gefühl des kühlen Leinens auf ihrer Haut zu schwelgen.

Sie erwachte, weil jemand leise die Tür öffnete. Cheftu trat ein, mit einer Trauermiene wie auf einer Beerdigung. Ohne sie auch nur anzusehen, offenbarte er ihr in seinem schwer verständlichen Englisch: »Mein Verhalten gestern nacht war unverzeihlich. Dich als Sündenbock für meinen Zorn zu nehmen, ist schändlich. Ich weiß nicht einmal, wer du bist, und doch habe ich dich wie eine Hure behandelt.« Seine Bernsteinaugen blickten in ihre. »Schlimmer als eine Hure.« Er schluckte. »Seit ich dir begegnet bin, habe ich dich die ganze Zeit nur für die Vergangenheit bestraft, eine Vergangenheit, die du nicht einmal kennst.«

Chloe saß wie vom Blitz getroffen da. Das war in keiner Hinsicht der distanzierte, aber schöne Mann, den sie bislang kennengelernt hatte. Er richtete den Blick auf einen Punkt irgendwo hinter ihr. »So verhalte ich mich gewöhnlich nicht.« Er fuhr sich mit der Zunge über die geschwollenen Lippen. »Gestern nacht sind mir mehrere unerwartete Dinge widerfahren.« Sie schwieg. »Auch wenn das mein Verhalten nicht entschuldigt.« Er blickte ihr ins Gesicht und hielt den Atem an, als sie mit den Fingern durch sein Haar fuhr.

»Was für unerwartete Dinge?« erkundigte sie sich und errötete gleich darauf, da er eine Braue hochzog. »Abgesehen von den offensichtlichen.«

Er biß sich auf die Lippe. »Es gibt nichts mehr in meinem früheren Leben, was jetzt noch Bedeutung für mich hätte. Meine Berufung, meine Träume, meine Familie –« Seine Stimme brach. »Seit Hunderten von Jahren dahin.« Er sah zu ihr auf. »Für mich zählt nur noch das Jetzt. Dich aus der Gefahr zu bringen, diesen politischen Sturm zu überstehen.« Er stand wieder auf und sah sie mit glühenden Augen an.

»Das Überraschendste gestern nacht war – daß ich begriffen habe, wie sehr ich dich liebe.« Ohne auch nur Luft zu holen, fuhr er fort: »Du warst noch unberührt, aber ich habe dich wie ein Tier genommen.« Stöhnend rieb er mit der Hand über sein Gesicht. »Ich kann nicht glauben, was ich da getan habe. Noch nie habe ich so die Beherrschung verloren.«

Chloe zog seine Hand weg und blickte in seine goldenen Augen. »*Was* hast du gesagt?«

»Daß ich dich liebe. Das Gelübde, das ich abgelegt habe, kam von Herzen.«

»Liebst du mich oder RaEmhetepet?«

»Dich. Das Mädchen aus dem zwanzigsten Jahrhundert. Das immer fragt: ›Was wäre wenn‹, und das in der Nacht malt.« Er erbleichte unter seinen Worten.

»Ich kann es immer noch nicht glauben«, flüsterte er.

»Seit wann?«

»Was?«

»Seit wann liebst du mich?«

Cheftu lachte leise. »Seit ich deinen bezaubernden *derrière* gesehen habe.«

»Bezaubernd?«

»Mmm, *oui.*«

»Und was kam dann?«

»Dann habe ich gesehen, wie elegant du mit Hatschepsut, ewig möge sie leben!, fertig geworden bist.«

»Ich bin kurz darauf zusammengeklappt. Geschichte war noch nie meine Stärke.« Tut mir leid, Mom, entschuldigte sie sich im Geist.

Er wand eine Strähne ihres Haares um seinen Finger. »Ich habe deinen Leib auch begehrt, als du mich um ein Haar erschossen hättest.« Sie sah ihn verständnislos an. »Mit dem Pfeil«, erläuterte er.

»Ich kann ausgezeichnet zielen«, beschied sie ihm. »Der Schuß ging genau über den Bug und ins Wasser.«

»Mmm«, sagte er. »Aber vor allem bin ich dir verfallen, wenn du ›Warum?‹ gefragt hast.«

»Warum?«

Er schob seine Hände unter ihre Arme, packte sie dann um die Taille und drückte sie an seinen Bauch. »Warum dies, warum das. Was würde ich tun, wenn... deine zahllosen Fragen haben mich Wort für Wort verführt. Ich konnte dir in die Seele sehen. Und ich habe einen Menschen erblickt, der Fragen stellt und Dinge erschafft. Da war mir klar, daß ich dich liebe... und zwar ausschließlich dich, *chérie.*«

»Du hast deine Gefühle ausgezeichnet verborgen«, murmelte Chloe ganz außer Atem.

»Ich hatte gehofft, meine Taten würden für sich selbst sprechen. Ich habe versucht, mich um dich zu kümmern, dich zu beschützen, dir die nötige Zeit zu geben, dich wieder an mich zu gewöhnen.« Er lächelte grimmig. »Ich mußte dafür sorgen, daß du die auserwählten Herren und Soldaten, die sich wie Fliegen um dich scharen, nicht allzusehr in Verzückung bringst!« Er küßte sie so zärtlich, daß seine Lippen kaum die ihren berührten. Dann sagte er, seinen Mund auf ihrem: »Als ich dir in jener Nacht vom Boot gefolgt bin, hast du so geweint, daß mir fast das Herz gebrochen wäre. Und als ich dich dann berührt habe, bist du sofort mit mir verschmolzen, so als würdest du mich brauchen und begehren.« Wieder küßte er sie, diesmal hungriger. »Ich war RaEm schon einmal verfallen. Ich konnte nicht begreifen, wieso ich dein Fleisch nicht wiedererkannte. Im Gegenteil, du hast mich besser gewärmt als jedes Feuer.«

Chloe umarmte ihn und spürte unter ihren Händen den steten Schlag seines Pulses. »Ich habe es schön gefunden, Cheftu«, flüsterte sie. »Ich habe damals jede Sekunde schön gefunden, genauso wie –«, ihr stockte der Atem, als sie sich an ihre Verzückung erinnerte, »gestern nacht auch.«

Er zog ihren Kopf zurück, bis sie ihm in die Augen sah. »Alles?« Leidenschaft loderte in seinem Blick auf, während ihre Hände den Saum seines Schurzes anhoben.

»Ich glaube, sich zu lieben ist ein bißchen wie Eiscreme, *glace*«, sann sie nach. »Es gibt viele verschiedene Geschmacksrichtungen für viele Gelegenheiten.«

Cheftu zog sie an der Hand zurück zur Liege. »Geschmacksrichtungen? *Haii?*« Er lächelte. »Wie Minze oder Orange oder Honig?«

Lächelnd löste sie seinen Schurz. »Ich werde dir von einer Eisdiele in Houston erzählen ... dort gibt es eine lange Theke mit über dreißig Töpfen ...«

Viel später drehte sich Chloe in seinen Armen um. »*Hai*... Mokka-Sahne ist einfach wunderbar.«

Cheftu lachte, daß sie über seiner Brust durchgerüttelt wurde. »Einunddreißig Sorten ist eine ehrfurchtgebietende Anzahl, *chérie*. Erzähl mir nicht, daß ich sie ganz allein erfinden muß.«

»Nein ... ich werde dir Unterstützung geben. Allerdings ist meine Lust auf Süßes gestillt.« Sie zögerte einen Moment. »Vorerst.«

»Isis sei gelobt!«

Sie versetzte ihm einen liebevollen Puff auf den Oberarm. »Sprich mit mir. Ich vermisse es so, daß jemand mit mir englisch oder französisch spricht oder was immer du vorziehst.«

»*Bien.* Was soll ich dir erzählen?«

Schlagartig hellwach, setzte sie sich auf. »Alles! Deine Vergangenheit, wie du hier gelandet bist, wie das für dich war. Von deiner Familie, deiner Arbeit, was für ein Gefühl es war, vom Franzosen zum Ägypter zu werden.«

Cheftu schwieg lange, während es im Zimmer stetig dunkler wurde. »Ich war sechzehn. Mein Bruder gehörte zu Napoleons Armee von Wissenschaftlern und Forschern. Ich war als Gehilfe mitgekommen. Keine Arbeit war zu niedrig für mich: ob Tragen oder Graben. Ich lernte soviel wie möglich über Ägypten, obwohl ich damals bereits ein studierter Linguist war.« Er lachte. »Ich habe sogar eine Stelle an einer Universität abgelehnt, um mitreisen zu können. Ich war in Liebe entbrannt zum Alten Ägypten mit all seinen Mysterien und Geheimnissen. Ich wollte es ganz und gar kennenlernen.« Er legte eine Hand auf Chloes Brust und hielt sie in der Dunkelheit, während unter seinen Fingern ihr Herz schlug.

»Ich hatte es mir zur Gewohnheit gemacht, mich nach Einbruch der Dunkelheit aus dem Lager zu schleichen, wenn wir in der Nähe großer Monumente waren. Dann spazierte ich durch die Ruinen und malte mir aus, wie sie früher wohl ausgesehen hatten. Eines Nachts bin ich durch Karnak geschlendert. Ich bin in Hathors Kammer getreten und in einen Mahlstrom der Sinne geraten. Da war noch jemand anderer, ein zweiter Junge, der genauso alt war wie ich. Ich habe ihn gepackt, obwohl es viel zu –«, er suchte nach dem richtigen Wort, »zu neblig war, um irgendwas zu sehen. Aufgewacht bin ich in den Kleidern eines *W'rer*-Priesters in Hathors Silberkammer.

Tagelang konnte ich nichts sehen, und die Ärzte meinten, ich würde unverständliche Dinge murmeln. Als Cheftu, der Junge, aufwachte, war er in einer anderen Familie, einer anderen Welt gelandet. Einer Welt, in der ich als Mann galt. Als Kopf des Haushalts. Aufgrund meiner ›Erfahrung‹ sagte man, ich sei dem Großen Gott geweiht, und so wurde bestimmt, daß ich den *Neter*-Priestern diente und deren Geheimnisse lernte.«

Schweigend saß sie da. Sie würde ihn *nicht* fragen.

»Zwei Jahre lang habe ich das Haus des Lebens kein einziges Mal verlassen. Mein Leben bestand nur noch aus Körpersäften, Kräutern, Zaubersprüchen, chirurgischen Eingriffen. Dann durfte ich wieder gehen und als Heiler arbeiten.« Er seufzte. »Ich war jung und dumm.« Seine Finger spielten in Chloes Haar. »Meine Familie gehörte zur Aristokratie. Zu den Adligen Ägyptens. Es war an der Zeit, mir eine Frau zu suchen. Höchste Zeit, um genau zu sein. Ich hatte RaEm ein einziges Mal in einem Garten geküßt, obwohl ich damals nicht wußte, wer sie war. Später begegnete ich ihr auf einem Fest Pharaos wieder.« Er senkte den Blick. »Sie, oder eher ihr, habt euch immer nahegestanden. Sie war eine von Hats wenigen Freundinnen.«

RaEm fand mich attraktiv, und da sie nicht verheiratet war und damals auch gerade nicht im Tempel gedient hat, lud sie mich ein, sie in ihrem Landhaus im Delta zu besuchen. Sie war von Kindheit an Priesterin gewesen, deshalb war sie viel erwachsener als ich, ohne Obhut und ohne feste Regeln. Sie war zwar jünger, aber sehr begabt. Ich war heißblütig, und mich leitete nur mein... Nun gut, bevor ich begriff, was ich da tat, hatte ich sie schon ins Bett gezogen.« Er hielt kurz inne, und Chloe spürte die Spannung in seinem Körper. »Oder eher sie mich.«

Ein paar Sekunden saß er schweigend da und starrte in die Nacht vor dem Fenster hinaus. »Ich eilte heim, beschämt, verängstigt, und wollte um ihre Hand anhalten. Ich hatte das Gefühl, das sei meine Pflicht. Der Franzose in mir hatte keine andere Wahl, doch mir war klar, daß die Ehe etwas sehr Ernstes ist. Anders als in meinem Land wird Ehebruch hier nicht geduldet. Also wandte ich mich an meinen Vater, der sich an ihren Vater wandte, und der Ehevertrag wurde aufgesetzt.

Da wir beide der Oberschicht angehörten, sollte ein großes Hochzeitsfest stattfinden. Ihre Familie, ihre Freunde, meine Familie und Freunde kamen. Selbst Pharao schickte ein Geschenk. Nur RaEmhetepet tauchte nicht auf.« Er sagte das sachlich und ohne sich den Zorn und die Scham von damals anmerken zu lassen.

Chloe durchsuchte ihr zweites Gedächtnis nach einem Schlüssel, einem Wort, einem Anhaltspunkt, mit dem sie dem Mann an ihrer Seite RaEms Handlungsweise erklären konnte. »Und?«

Cheftu preßte die Lippen zu einer dünnen Linie zusammen. »Natürlich wurde die Sache immer peinlicher, je weiter die Nacht voranschritt. Später habe ich gehört, daß sie mit dem Grafen des

Anubis-Gaus auf der Jagd war. Sie hat den Vorfall nie aufgeklärt oder sich dafür entschuldigt. Es war ihr einfach entfallen.«

»Was ist mit ihren Eltern?«

»Sie fühlten sich entehrt. Eine derartige Respektlosigkeit den eigenen Eltern gegenüber ist einem Ägypter unvorstellbar. Aber im Grunde war sie selbst ihren Eltern fremd. Man hatte sie noch vor ihrem zweiten Geburtstag in den Tempel gebracht. Ich kannte sie besser als ihre eigenen Eltern.«

»Hast du sie geliebt?« Augenblicklich verabscheute sich Chloe für diese Frage.

»Ich habe es geglaubt. Falls Liebe bedeutet, daß man seine Verantwortung übernimmt und seine Pflichten erfüllt. *La vérité est,* daß sie geradezu bedrohlich begehrenswert war. Wohlhabend, wunderschön, wild. Sie machte mich stolz.« Er lachte leise. »Bis sie mich auf dem Fest sitzenließ. Da habe ich erfahren, wie leicht man sich in seinem Stolz täuschen kann. An dieser Lektion lerne ich seitdem.«

Er küßte sie auf die Schulter und verfolgte seine Hände auf ihrem Weg über ihre Haut. »Ich werde dich lieben, Chloe – ›jung und grünend‹ – was für ein passender Name«, murmelte er. »Wenn ich dich ansehe, frage ich mich jedesmal, wie ich je glauben konnte, sie sei schön. Als wir uns geliebt haben, Chloe, war das nicht nur eine fleischliche Vereinigung, es war *Liebe,* und seither weiß ich, daß ich nie zuvor Leidenschaft oder Erregung oder wahre Verbundenheit empfunden habe.«

Chloe stiegen Tränen in die Augen, als Cheftu sich zu ihr herabbeugte, um ihre Lippen zu küssen. Sein Mund liebkoste sie mit einer Zärtlichkeit, die sie bis in die Seele erschütterte. Als er sich wieder von ihr löste, war sein Blick glasig.

»Jemanden zu haben, der wahrhaft versteht, wer ich bin … und woher ich komme. So lange habe ich mit niemandem sprechen, meine Gedanken und Gefühle mit niemandem teilen können. Ach, *ma chérie.*«

»Was für ein Geschmack war das?« fragte er mit träger Stimme.

»Ich glaube, das nennen wir Erdbeere«, flüsterte Chloe gegen seine abkühlende Haut.

»*J'aime la saveur fraise!*«

»Wenn du noch mal ganz von vorn anfangen müßtest, Cheftu, würdest du es wieder tun?«

Er lachte. »Welchen Teil, *chérie? Fraise* oder –«

»Alles. Von einem der entscheidenden Wendepunkte ab.«

»*Aii,* ob ich noch einmal alles aufgeben würde, um ein neues Leben in dieser Zeit anzufangen?« Sein Körper war steif geworden, und sie schlug die Augen auf.

»Was ist los?«

Er zuckte mit den Achseln, eine so französische Geste, als trüge er eine Baskenmütze. Wieso war ihr das nicht früher aufgefallen? Sie hatte nicht darauf geachtet. Es nicht erwartet. Er schwieg so lange, daß sie bereits wieder eingedöst war.

»Das kann ich nicht sagen.« Er hörte ihr fragendes Gemurmel und wurde deutlicher. »Ob ich hierbleiben oder dorthin gehen würde. Ob ich Linguist oder Arzt sein möchte... in Ägypten oder Frankreich... ich muß einfach davon ausgehen, daß *le bon Dieu* gewußt hat, was geschehen würde, und mich deshalb hierher gebracht hat. Den Gedanken weiterzuspinnen wäre ein gefährliches Techtelmechtel mit dem Wahnsinn und der Depression.«

Ein schüchternes Schaben an ihrer Tür ließ sie von der Liege hochschießen, Leinen um ihre Leiber wickeln und das Haar zurechtrücken.

»Herr?«

»Meneptah?« Cheftu hatte die Tür aufgerissen, noch ehe Chloe richtig angezogen war. Sie schlang das Leinenlaken fester um ihren Leib. Der Israelit war mit Puder bedeckt und stank nach Rauch. Cheftu zündete die Fackel an. »Setz dich und berichte uns, was dich hergeführt hat.«

»Leben, Gesundheit und Wohlergehen, Herr«, beeilte sich Meneptah zu sagen. »Erst einmal will Thutmosis deinen Kopf, Herr. Er ist außer sich vor Wut und zutiefst gekränkt, weil du seine Braut gestohlen hast. Der ganze Hof zieht den Kopf ein. Wenn deine Götter dich nicht beschützt hätten, dann hätte er dich wohl schon gefunden und dir den Kopf abgetrennt, ganz gleich, welche Achtung du in Waset genießt.«

Cheftu verzog das Gesicht. »Ich glaube nicht, daß man mir dort noch große Achtung entgegenbringt, mein Freund. Was hat ihn davon abgehalten, nach mir zu suchen?«

»Elohim hat ihn mit einer weiteren Plage geschlagen.«

Cheftu und Chloe wechselten einen verdutzten Blick. »Die Viehpest«, murmelte Cheftu verwundert vor sich hin.

Meneptah sah ihn verblüfft an, gab ihm aber recht. »Unser Anführer, Moshe – ihr nennt ihn Ramoses –, hat den Prinz gewarnt, er solle das ganze Vieh in die Häuser holen. Thutmosis hat aber nicht auf ihn gehört, nun sind fast alle Tiere tot, die er besessen hat. Diese Berichte hört man überall aus dem Delta. Nur unsere Tiere leben noch.«

»Wie lange hat diese Plage gedauert, oder ist sie noch nicht vorbei?« fragte Cheftu.

»Der Prinz hat augenblicklich nach Moshe schicken lassen und ihn gebeten, bei seinem Gott Fürbitte für die Sicherheit der Mizrayim einzulegen.«

Chloe sah Cheftu verständnislos an. Er antwortete ihr lächelnd: »Das ist hebräisch für Ägypter. Ist sonst noch etwas vorgefallen?«

Meneptah grinste breit. »O ja, Herr«, bestätigte er. »Der ganze Hof, in Waset wie in Avaris, wurde mit Blattern geschlagen. Selbst Magus Shebenet persönlich war nicht in der Lage, in Moshes Nähe zu bleiben. Außer uns hat sich jeder in Ägypten angesteckt.«

Das schien Cheftu noch mehr zu interessieren. »Blattern? Welche Symptome gibt es?«

»Diesen Staub«, sagte Meneptah und deutete auf die Asche, die seinen Umhang und sein Haar überzog. »Es ist aus einem Staub gekommen, den Moshe in den Himmel geworfen hat. An manchen Stellen liegt er mehr als eine Elle tief. Wenn die Ägypter damit in Berührung kommen, bekommen sie Beulen und offene Wunden. Die Wunden beginnen zu faulen und nässen Blut, Eiter und eine graue Flüssigkeit. Was ist das, Herr? Ich muß wissen, wie ich die Leute behandeln soll.«

Cheftu bürstete sich etwas davon auf seine Hand und hielt sie ins Fackellicht. Ein Schwielenstreifen brach auf seiner Handfläche aus. »Hat euer Anführer noch mehr Prophezeiungen gemacht?«

»Bald wird ein tödlicher Hagel fallen. Wir sollen alle in unseren Häusern bleiben. Moshe hat das auch dem Prinzen erklärt, aber wir werden ja sehen, ob er auf ihn hört. Du mußt an einem sicheren Ort bleiben, Herr. Du mußt hierbleiben.«

»Was auf euch herabgefallen ist, war Vulkanasche«, beschied ihm Cheftu. »Sag, hat man laute Geräusche unter dem Boden vernommen, oder gab es Berichte über große Wellen auf dem Großen Grün? Über Feuer im Himmel?«

Meneptah erbleichte unter seiner braunen Haut. »An der Mündung des Nils wurden drei Fischerdörfer ins Meer geschwemmt. Die Priester von On haben erklärt, das Feuer sei ein Zeichen für Amuns Zorn gegen Elohim… aber von einem großen Lärm weiß ich nichts, Herr.«

»Meneptah, wenn dieser Staub ellentief auf dem Boden liegt, dann muß die Insel im Großen Grün explodiert sein, so wie es prophezeit wurde. Der Hagel, den euer Moshe vorhersagt, wird sich mit der Asche mischen und auf diese Weise doppelt tödlich sein.«

Nachdem Cheftu Meneptah unterwiesen hatte, wie er eine Heilsalbe mischen und die Stämme auf den nahenden Hagelsturm vorbereiten sollte, wünschten sie ihm gute Nacht und fielen ins Bett, nicht ahnend, daß es bereits Morgen war.

Hufgeklapper und Räderquietschen rissen Chloe aus dem Schlaf. Cheftu war bereits aufgestanden und am Fenster, wo er dem Dekret lauschte, das in *Rekkit* verlesen wurde.

»Der Herrscher, Thutmosis der Dritte, läßt euch mitteilen, daß die Drohungen eures Propheten euch nichts nützen. Niemand soll mit seinem Besitz oder seiner Familie Ägypten verlassen. Wer den Wunsch hat, das Land ohne seine Herden, Frauen oder Kinder zu verlassen, muß sich im Palast melden, wo seine Bitte geprüft wird.«

Chloe eilte ans Fenster und sah die Soldaten in ihren blauweißen Helmen abmarschieren. »Das sind äußerst harte Auflagen.«

»Thut ist in seinem Stolz getroffen. Deine Flucht hat ihn beschämt, und das läßt er jetzt an Ägypten aus«, erklärte ihr Cheftu grimmig.

Chloe trat hinter ihn. »Ich bin daran schuld?«

»Nicht wirklich… du lieferst ihm den Vorwand, sich wie ein Schulbub aufzuführen.«

»Danke, jetzt fühle ich mich gleich viel besser«, erwiderte sie sarkastisch.

»Was er tut, ist eine Katastrophe. Mit diesen Bedingungen verurteilt er Ägypten zum Untergang. Ich sollte zu Thut zurückkehren, ihn um Vergebung dafür bitten, daß ich dich geheiratet habe, und versuchen, ihn von diesem zerstörerischen Pfad abzubringen.« Cheftu klang keineswegs begeistert.

Chloe drehte ihn herum, damit er ihr ins Gesicht sah. »Das ist gefährlich! Das ist Wahnsinn! Wieso solltest du das wollen?«

An die Wand gelehnt und mit starrem Blick begründete Cheftu: »Bist du mit der Geschichte der Juden vertraut?« Er wartete ihre Antwort gar nicht erst ab. »Das sind die Plagen aus der Bibel.«

Blinzelnd ließ Chloe sich auf die Liege sinken. »Der Exodus?«

»*Oui*. Das glaube ich wenigstens. Auch wenn ich geglaubt habe, daß damals ein anderer Pharao auf dem Thron saß.« Er lachte kurz. »Ich habe sogar einen Artikel darüber verfaßt...« Damit ließ er es bewenden. »Egal. Wenn ich mich richtig erinnere, folgt als nächste Plage...« Er zählte es an seinen Fingern ab. »Wir hatten Blut, Frösche, Mücken, Fliegen –« Er sah sie an. »Es war wohl die Viehpest, an der unsere Pferde auf dem Weg zum Tempel gestorben sind.« Er kam auf Chloe zu und schloß sie in die Arme. »Ich danke Gott dafür.«

»Die Vulkanasche muß die nächste Plage sein«, sagte sie.

»*Oui*, das ist wohl die Plage der Beulen.« Er stand wieder auf. »Ich muß Thutmosis um Gnade bitten. Wenn das so weitergeht, wird Ägypten zugrunde gehen.« Er bückte sich, um seinen verknitterten Schurz aufzuheben.

Chloe erhob sich ebenfalls. »Wenn du ihn überredest, spielst du dann nicht Gott? Dieser Exodus wird für alle Zeiten das Urgestein des jüdischen Glaubens darstellen!«

Cheftu sah sie mit einem grimmigen Lächeln an. »Ich glaube nicht, daß meine Bemühungen ausreichen werden, Gottes Pläne zu ändern. Aber ich glaube, daß ich meine Pflicht als Ratgeber Ägyptens erfüllen muß, indem ich es versuche. Thut wird mich nicht töten lassen. Ich stehe in der Gunst des Großen Hauses. Selbst er muß sich in acht nehmen, schließlich hat er es mit einem der Erbprinzen Ägyptens zu tun.«

Chloe sah ihm fassungslos zu. Er kniete bereits am Boden und schnürte seine Sandalen. »Was ist mit den Apiru? Sollen wir nicht mit ihnen fliehen?« wollte sie wissen.

Er hielt inne, senkte den Kopf und blickte zu Boden. »Die Antwort darauf ist nicht mehr so einfach, Chloe«, gab er zurück, und die Deutlichkeit, mit der er ihren Namen aussprach, jagte ihr einen Schauer über den Rücken. Er sah sie an, mit einem Blick wie flüssiges Metall in den goldenen Strahlen des Morgens. »Wir können uns später unterhalten, jetzt muß ich handeln.« Er faßte nach seinem schweren Gürtel.

Chloe schnappte sich ihr Gewand vom Boden. »Wir gehen gemeinsam oder gar nicht.«

Sein Blick tastete sie ab. »Wenn du Französin wärst, dann wärst du jetzt zu schwach von *l'amour,* um während einer Plage über Land reisen zu wollen.«

Sie wollte sich schon ereifern, doch dann bemerkte sie das Zucken in seinen Mundwinkeln. »Amerikanische Frauen sind härter im Nehmen.« Er half ihr, die Träger ihres Gewandes zu richten und ihren Kragen anzulegen.

Liebevoll gab er ihr einen Kuß in die Halsbeuge. »Ich werde diese faulen Tage mit dir vermissen, Herrin. Was auch kommen möge, du sollst wissen, daß mein Herz dir gehört. *Je t'aime.*«

Sie lehnte sich mit dem Rücken gegen seine warme Brust und spürte ihr Herz im Hals schlagen. Cheftu gab ihr einen Kuß auf den Kopf, dann löste er sich von ihr und nahm seinen Umhang. »Cheftu, machen wir uns damit nicht völlig unglaubwürdig bei den Apiru? Wir werden uns fortschleichen müssen. Wir brechen mit ihren Traditionen, nachdem wir sie erst um ein Obdach angefleht haben.« Mit von zahllosen Hotelaufenthalten geschärftem Blick sah sie sich nach möglicherweise vergessenen Sachen um. »Gehören diese Armbänder dir?«

»Sie sind eine kleine Entschädigung für jene, die ihr Leben für uns aufs Spiel gesetzt haben. Vielleicht werden sie es den Apiru ermöglichen, unseren gesellschaftlichen Fauxpas zu vergessen. Wenn sie uns nicht abreisen sehen, dann kann auch niemand sie fragen, wohin wir gegangen sind. Thut wird sie nicht bestrafen können.«

Theoretisch, dachte Chloe.

Die Tür ging direkt auf einen Innenhof, wo man sie sofort bemerken würde. Dieser Weg war ihnen versperrt. Cheftu trat ans Fenster und blickte hinaus auf den verlassenen äußeren Hof. »Das ist der einzige Weg.« Er gab ihr einen knappen Kuß. »Ich werde dich so bald wie möglich nachkommen lassen.«

Sie sah aus dem Fenster. Es ging tief nach unten, doch in der abbröckelnden Hausmauer hatten sich Nischen und Spalten gebildet, in denen Hände und Füße Halt finden konnten. Sie zerrte energisch an ihrem Kleid und riß die untere Hälfte des Rockes ab, so daß er kurz über ihren Knien endete, dann schwang sie sich blitzartig über den Fenstersims.

Sie hoffte, daß sie nicht alles aus ihrem kurzen Kletterseminar vergessen hatte. Über ihr protestierte Cheftu aufgebracht aus dem Fenster heraus, doch sie war entschlossen, mitzukommen. Sie schob Hände und Füße über die Wand und tastete sich von einer Nische zur nächsten vor, bis sie nur noch mannshoch über dem Boden war. Sie ließ sich fallen und machte einen Purzelbaum, um den Aufprall mit einer Rolle vorwärts abzuschwächen. Cheftu landete dicht neben ihr, packte sie an der Hand und duckte sich in den halbdunklen Schatten des Gebäudes.

»Sollte ich noch etwas wissen?« zischte er. »Außer *glace* und deinen arachniden Neigungen?«

Sie huschten durch das Dorf, von einem Schatten in den nächsten flüchtend. Das leise Wiehern eines Pferdes lenkte Cheftus Aufmerksamkeit auf sich, und kurz darauf standen sie in einem Unterstand vor einer hübschen braunen Stute, aber ohne Streitwagen.

»Kannst du reiten?« fragte er auf französisch.

»Nicht besonders«, antwortete sie auf ägyptisch. »Diese Pferde sind nicht eingeritten. Ist das nicht gefährlich?«

»Nicht gefährlicher als alles, was wir sonst getan haben«, beschied er sie trocken.

Cheftu legte die Arme um den Pferdehals und saß rittlings auf. Mit lautem Wiehern tänzelte die Stute durch den Stall, kam aber offenbar zu dem Schluß, daß sein Gewicht auch nicht schlimmer war, als einen Streitwagen ziehen zu müssen. Chloe sah zu Cheftu auf, eingeschüchtert angesichts des riesig wirkenden Tieres. Während sie sich nach einem Schemel umsah, von dem aus sie aufsteigen konnte, erklärte ihr die »andere«, daß die Ägypter nie auf ihren Pferden *ritten*. Wenn sie Cheftu so sahen, würden sie nicht mehr daran zweifeln, daß er ein Zauberer war. Er streckte die Hand herunter und zog Chloe mit einem Ruck, der ihn selbst fast vom Rücken des Pferdes geworfen hätte, auf den schmalen Platz hinter ihm, wo sie sich sehnsüchtig Unterwäsche wünschte, während sie die Überreste ihres Kleides zu arrangieren versuchte.

Das Pferd war nicht begeistert von den beiden Passagieren und begann zu bocken, um die ungewohnte Last abzuwerfen. Cheftu verwob seine Hände in die Mähne und preßte die Knie gegen den Rumpf des Pferdes. Chloe hielt sich mit aller Kraft bei ihm ein, während sie durch den Stall hoppelten. Die Stute trat mit einem Hufschlag die Wände des Unterstandes ein und galoppierte hinaus, Cheftu und Chloe auf ihrem Rücken. Unter den lauten Schreien der Apiru zog Cheftu den Kopf des Tieres zur Seite und lenkte es so in Richtung Avaris. Entschlossen, sich von der Last zu befreien, galoppierte die Stute los.

Als sie schließlich langsamer wurde, war Chloe vollkommen erschöpft. Cheftu hockte gekrümmt über dem Pferderücken und lenkte die Stute, indem er an ihrer Mähne zog. Das gefiel ihr gar nicht, doch Chloe wußte, daß es keine andere Möglichkeit gab, das Pferd zu leiten – es war nicht eingeritten. Sie brachen gerade aus dem überwucherten Dickicht und waren auf einer kleinen Straße angelangt, als Chloe auffiel, daß es Nacht wurde.

Wenigstens sah es auf den ersten Blick so aus, dabei stand die Sonne immer noch hoch am Himmel. Cheftu brüllte etwas über seine Schulter hinweg, das der aufbrausende Wind mit sich forttrug. Als er dem Pferd einen Schlag auf den Rumpf versetzte und es erneut lospreschte, konnte sich Chloe nur mühsam festkrallen. Der Wind begann zu heulen, wütend das Laub zu peitschen und Staub aufzuwirbeln. Als ein Blitz den Himmel zerriß, bäumte sich das Pferd auf. Chloe konnte sich mit letzter Kraft an Cheftu, ihrem Anker, einhalten.

Die Welt verwandelte sich in eine einzige Kakophonie, während der Himmel von Minute zu Minute dunkler wurde. Bald würden sie die Hand nicht mehr vor Augen sehen. Mit einem riesigen Paukenschlag öffnete sich der Himmel, und es begann zu hageln. Chloe krümmte sich unter der Wucht der Naturgewalten zusammen und kauerte sich dichter an Cheftus Rücken. Zwischen dem strömenden Regen fielen auch kleine, erbsengroße Hagelkörner. Wundersamerweise traf sie kein einziges Hagelkorn.

Als sie auf eine breitere Straße einbogen, die nach Avaris führte, stockte Chloe der Atem. Überall brannte es, während der Hagel stärker vom Himmel fiel. Die Körner waren größer geworden; glühendheiße Steine von der Größe ausgewachsener Orangen prügelten auf die Bäume ein. Chloe sah die zerschundenen Kadaver wilder Hunde auf den menschenleeren Straßen liegen. Cheftu steuerte das Pferd auf den Palast zu. Sie hielten direkt vor den Toren an, und er ließ sich vom Rücken des Tieres gleiten, um Einlaß zu verlangen. Er drückte gegen das schwere Zederntor ... das einfach aufschwang. Kein Soldat hielt Wache. Chloe sprang zu Boden, das Pferd bäumte sich auf und schlug mit den Hufen aus, dann ergriff es unter dem bleiernen Himmel die Flucht.

Chloe und Cheftu liefen auf den überdachten Gang zu. Sobald sie das schützende Dach erreicht hatten, warf sie einen Blick auf die plötzlich fremd gewordene Welt. Die Hagelkörner waren nun noch größer: Chloe zweifelte nicht daran, daß es inzwischen einem Todesurteil gleichkam, wenn man getroffen wurde. Ihr fiel auch auf, daß beim Auftreffen der Hagelkörner kleine Flammenblitze über den Boden züngelten, die sich trotz der Luftfeuchtigkeit zu Grasbränden ausbreiteten. Sie schauderte, und Cheftu zog sie an seinen Körper.

Ohne daß ihnen jemand in den Weg getreten wäre, marschierten sie durch die verlassenen Gänge und Säulengalerien des Prinzenpalastes. Als sie vor dem Audienzsaal standen, konnten sie von drinnen Stimmen hören. Cheftu bedeutete ihr stehenzubleiben, und so lauschten sie schamlos der Unterhaltung.

»Ich kann nicht anders!« donnerte eine Stimme, die Chloe als jene von Thutmosis erkannte. »Allein in Avaris sind über hundert Menschen gestorben! Du mußt ihn herbeirufen! Ich habe keine andere Wahl!« Die Worte seines Gegenübers waren nicht zu hören, der kaum verhohlene Hohn in seiner Stimme dagegen nur zu gut. Thut schnitt ihm das Wort ab. »Genug! Ich habe gesprochen!«

Sie warteten einen Moment, doch niemand kam durch die hohen Türen heraus, auch sonst war nichts weiter zu hören. Cheftu zog die Schultern zurück, trat vor und stieß die Türflügel auf.

Thut wirbelte herum und nahm ihr Erscheinen mit einer hochgezogenen Braue zur Kenntnis. »*Haii-aii!* Die Flüchtlinge kehren zurück.« Er marschierte weiter auf und ab. Eine angenehme Überraschung, dachte Chloe, die mit Tod oder Gefängnis gerechnet hatte.

Cheftu kreuzte ehrerbietig den Arm vor der Brust. »Schon wieder eine Plage, Prinz?« fragte er ruhig.

Thut sah ihn unter zusammengezogenen Brauen an. »Ganz recht, Magus. Hast du irgendeinen Rat für das Ägypten, das du verraten hast?« Seine Stimme klang kalt, und seine Bewegungen waren abgehackt.

»Jawohl, Prinz. Der Gott, gegen den du kämpfst, wird gewinnen.«

Thut blieb wie angewurzelt stehen und sah Cheftu an. »Bist du zu ihrem Glauben übergetreten, daß du das so überzeugt vorbringst? Oder hast du gemeinsam mit meiner Tante-Mutter diesen Plan ersonnen, um meinen Anspruch auf den Thron zu untergraben?«

»Keines von beiden, Prinz. Dafür aber habe ich –«, Cheftu rang kurz um die richtigen Worte, »in die Zukunft gesehen. Wenn du weiter so hartherzig bleibst, dann wirst du darin keinen Platz mehr haben.«

Argwöhnisch kam Thut auf ihn zu. »Du meinst also, Horus-im-Nest sollte einen unbedeutenden Gott, der weder einen Tempel noch einen Schatz, noch Priester hat, um Gnade anflehen?«

Cheftu sah ihm fest in die Augen. »Es ist ein allmächtiger Gott, dem die Weite und Breite der Zeit als Tempel dient und dessen Schätze alle nur vorstellbaren Reichtümer umfassen. Eines Tages wird seine Priesterschaft den ganzen Erdkreis beherrschen.«

Chloe hörte die Überzeugung in Cheftus Stimme. Thut mußte sie ebenfalls gehört haben. Mit hängenden Schultern wandte er sich ab. »Ich habe bereits nach Ramoses schicken lassen.« Er trat an seinen Thron auf dem Podest. »Es sieht so aus, als sei Pharao Hatschepsut, ewig möge sie leben!, ebenfalls auf dem Weg hierher.« Er deutete auf die Stühle zu seiner Linken. »Bitte setzt euch und leistet mir Gesellschaft, während ich mit einem Schäfersklaven um das Leben Ägyptens feilsche. Sobald ich mit ihm fertig bin, werde ich mich mit euch befassen. Es war klug von euch, abzuwarten, bis mein Zorn sich abgekühlt hat.« Er warf Chloe einen bitteren Blick zu.

Cheftu drehte sich kurz zu Chloe um, und sie folgte ihm zu den vergoldeten Hockern auf dem Boden zu Thuts Füßen. Schweigend saßen sie da. Chloe sah sich in dem Raum mit den schlichten Steinböden und behauenen Alabastersäulen um. Hinter Thut befand sich ein riesiges Wandgemälde, auf dem Pharao seine Feinde niederschmetterte, das gleiche Bild, das jedes Pharaonengrab schmückte, ebenso wie die seit Anbeginn der Dynastien verwendete Liste, auf der aufgezählt wurde, wer alles getötet worden war. Die Liste veränderte sich nie, ganz gleich, wer auf dem Thron saß. Für das ägyptische Volk war es keine Frage, ob Pharao gewinnen würde – es war eine unumstößliche Tatsache.

Je mächtiger der Pharao war, desto mächtiger war auch der gemeine Mann. Deshalb kämpfte Thut so verzweifelt gegen diesen »Wüstengott«. Er glaubte tatsächlich, daß sein Handeln für den Ruf Ägyptens ausschlaggebend war, begriff Chloe.

Die Türen gingen auf, zwei bärtige Männer in langen Umhängen kamen herein und standen Sekunden später vor dem Thron. Sie verneigten sich knapp vor Thut und warteten darauf, daß er das Wort an sie richtete. Thut wartete unerträglich lange. »Ich entbiete euch den Gruß des goldenen Gottes, Ramoses und Aharon.«

Der größere Mann trat vor. »Nenn mich nicht länger Ramoses, wie es meine ägyptische Mutter tat, denn ich kenne keinen Amun-Re mehr. Nenn mich fortan Moshe.«

Chloe verschluckte sich beinahe vor Aufregung. Moshe? Das war Moses! De Mille hatte gar nicht so falsch gelegen, was sein Aussehen anging, obwohl selbst Charlton Heston sich blaß ausnahm gegen dieses Charisma.

Thuts Gesicht verdüsterte sich vor Zorn, doch er hatte sich absolut in der Gewalt. Ohne auf Moshes Bitte einzugehen, sagte er: »Ramoses, nimm diese Plage von uns.« Er sprach mit einer Autorität, die Hatschepsut mit Stolz erfüllt hätte.

Moshe antwortete ihm, keineswegs arrogant, doch mit einer Zuversicht, die den Verstand betäubte. »Ich bin nicht Gott. Er hört nur die Gebete. Nicht ich befehle ihm, er befiehlt mir. Läßt du uns ziehen? Oder wirst du mit deinem Zorn noch länger dieses Land zerstören, das dir anvertraut wurde?«

Thut seufzte aus tiefstem Herzen. Allmählich sah man seinem fleischigen Gesicht die Belastung der vergangenen Monate an. »Bitte«, sagte er, wobei der untertänige Tonfall von seinen Lippen höchst eigenartig klang. »Betet zu eurem Gott, daß er diese Plagen von mir nimmt. Ich...« Er hielt inne, und die Sekunden dehnten sich zu Minuten, während er nach nie zuvor ausgesprochenen Worten, nach einer ihm bis dahin unverständlichen Einsicht suchte. »Diesmal habe ich meine Grenzen überschritten.« Mit überraschter Miene hielt er inne. »Euer Elohim ist im Recht. Ich und mein Volk aber, wir sind schuldig. Bitte für uns bei deinem Gott, dann will ich euch ziehen lassen, denn wir hatten genug. Ihr braucht nicht länger in Ägypten zu bleiben.« Als er verstummte, wirkten seine schlammfarbenen Augen in der beinahe vollkommenen Dunkelheit des Audienzsaales fast schwarz.

Moshe antwortete ihm, und Chloe konnte sehen, wie Cheftu die Lippen zu Moshes Worten bewegte. Kannte er die Bibel so gut? »Wenn ich zur Stadt hinauskomme, will ich meine Hände ausbreiten zum Herrn. So wird der Donner aufhören und kein Hagel mehr fallen, damit du innewirst, daß die ganze Erde des Herrn ist, selbst Ägypten. Ich weiß aber: Du fürchtest dich noch nicht vor Gott dem Herrn und achtest immer noch nicht seine Macht.«

Thut erwiderte nichts darauf, und ohne jede weitere Bezeugung ihrer Ehrerbietung Thut gegenüber verließen die Apiru den Raum. Das Klicken der goldverzierten Tür rüttelte alle wach.

Thut sah Cheftu an. »Nun, Magus, hat Horus genug gebettelt? Wirst du jetzt meinem Pharao berichten, daß ich nicht zum Regieren geschaffen bin, weil mir die Zerstörung meines Landes zu Herzen geht? Oder sollte ich deinem Leben lieber ein Ende setzen, ehe du noch einmal Gelegenheit hast, mich zu betrügen?«

Elegant warf sich Cheftu in einer Demutsgeste Thut zu Füßen. »Du hast die größte Katastrophe abgewendet, die Ägypten je widerfahren wird, und dir damit ein Nachleben in Frieden gewonnen, Pharao«, sagte er.

Thut sah ihn erschrocken an; Chloe war wie gelähmt. Cheftu gelobte dem Thronanwärter die Treue? Das war Hochverrat, für den er hingerichtet werden konnte. Ihr Blick tastete die Schatten ab, die den Raum verdüsterten. Dort konnte sich jederzeit ein Spion aufhalten, der Cheftus Worte in seinem Gedächtnis speicherte, um sie vor Pharao wiederzugeben.

Thut trat vor Cheftu, der immer noch am Boden lag, hob dann einen Fuß und stellte ihn auf Cheftus Hals. »Ich habe deinen Eid erhört, Hoher Herr Cheftu *Sa'a* Khamese, Wesir des Oryx-Gaus. Wirst du mir dienen und Ägypten dienen, solange du atmest und lebst?«

»Jawohl, Meine Majestät«, antwortete Cheftu, das Gesicht auf den Boden gepreßt.

»Dann erhebe dich, Magus.« Cheftu richtete sich auf und nahm einen Ring entgegen, den Thut von seiner rechten Hand abgezogen hatte. »Wieso tust du das, Cheftu? Du, der du zeit meines Lebens Hats Freund und Ratgeber warst?«

Cheftu nahm den Ring und steckte ihn an den kleinen Finger der linken Hand. »Weil du dein Wort halten mußt. Jetzt bin ich dein Ratgeber, dem du vertraust, deshalb wirst du auf mich hören. Du mußt deinen Schwur gegenüber diesem Gott in Ehren halten, Pharao.«

Thut schnaubte. »Nenn mich nicht ›Pharao‹, wenn du uns nicht alle in Gefahr bringen willst. Und um Osiris' willen, sei nicht so kleinlich wie ein Papyrusharker. Ich habe gesagt, sie dürfen gehen, und das können sie – allerdings unter meinen Bedingungen.« Er lächelte bösartig. »Ich bin nicht so töricht, sie für alle Zeiten ziehen zu lassen, Cheftu.« Er klopfte seinem neuen Gefolgsmann auf den Rücken. Cheftus Miene wurde wieder grimmig.

»Du kannst nicht gewinnen, wenn du diesem Gott trotzt, Majestät.«

Thut sah ihn erbost an. »Ich bin Horus-im-Nest. Mein Wort ist Ma'at.«

»Wirst du dein Wort halten, Meine Majestät?«

»Wenn es mir beliebt, Herr.«

Angewidert wandte Cheftu das Gesicht ab. »Können meine Gemahlin und ich hier Obdach finden?« Er provozierte Thut, indem er seine Beziehung derart betonte. Chloe trat an seine Seite.

Thut knurrte, und aus seinen Augen sprühte Zorn. »Das könnt ihr, aber solltest du jemals erneut meinem Willen zuwiderhandeln, dann werden die Schakale sich an deinem Fleisch weiden, Magus. Bring diese befleckte Priesterin aus meinen Augen und halte dich von meinen Gemächern und meinen Gärten fern. Ich werde nach dir schicken lassen, wenn deine Anwesenheit erforderlich ist.«

Cheftu wie Chloe verbeugten sich steif, dann eilten sie lautlos und barfuß über den Steinboden. Sobald sie draußen waren, stellten sie fest, daß der Himmel sich aufhellte. Und genau wie Moshes Gott versprochen hatte, hatte der Hagel aufgehört.

Die Zerstörung war unglaublich. Die Außengebäude waren dem Erdboden gleichgemacht. Wen das Unwetter draußen überrascht hatte, der lag jetzt erschlagen unter basketballgroßen Hagelsteinen. Die Gärten lagen in Trümmern, die Kletterpflanzen waren von den Mauern weggerissen worden, und in der rauchgeschwängerten Luft hing der Duft von zerschmettertem Lotos.

Sie durchquerten den gesamten Palast, ohne einen anderen Menschen zu Gesicht zu bekommen. Als sie in Cheftus Suite traten, fanden sie dort Ehuru, der auf seiner Matte lag und aus dessen offenen Stellen ein Fäulnisgestank aufstieg, der Chloe würgen ließ. Cheftu kniete neben seinem getreuen Diener nieder und befahl Chloe, Wasser, Tücher sowie seine Kräuter zu bringen. Ein Tuch vor den Mund gepreßt, trat Chloe in Cheftus Schlafgemach. Sie schnappte sich zwei gut gefüllte Papyruskörbe voller Phiolen und Töpfe, riß das Leintuch von Cheftus Liege und holte Wasser aus dem Bad.

All das legte sie neben Cheftu nieder, bevor sie sich wieder erhob, um die Diener zu rufen. Niemand kam. Sie trat in den schmalen Dienstbotengang, der durch den gesamten Bau verlief, wo ihr ein atemberaubender Gestank nach verfaulendem Fleisch entgegenschlug. Nachdem sie eine Fackel entzündet hatte, entdeckte sie, daß überall im Gang kranke Ägypter lagen, aus deren aufbrechenden Beulen Eiter auf den Lehmziegelboden sickerte. Angewidert und wütend, daß Gott so etwas zuließ, lief sie zu Cheftu zurück.

Cheftu hatte Ehuru verbunden und war gerade dabei, eine Heilsalbe zu mischen. Der Diener war noch nicht aufgewacht, aber er atmete bereits leichter. Chloe packte Cheftus Arm und ein paar weitere Leintücher. »Da sind noch mehr, Cheftu. Ein ganzer Gang voller Kranker, die deine Hilfe brauchen.« Damit zog sie ihn in den Dienstbotengang. Einen Fluch knurrend, kniete er neben dem nächsten Opfer nieder.

Stunden später taumelte Chloe ins Bad. Das Wasser war kälter, als ihr lieb war, doch zusammen mit dem Duftsandstein wirkte es erfrischend und reinigend. Cheftu folgte ihr nach, mit den unterschiedlichsten widerwärtigen Flüssigkeiten besprenkelt und vor Erschöpfung taumelnd. Er versank im Wasser, und Chloe paddelte zu ihm hin, um die verkrampften Muskeln in seinem Nacken zu massieren. Sie wusch seinen Rumpf, bis die blankpolierte Haut im Fackelschein glänzte. Cheftu ließ sich am Rande des Beckens nieder und zog Chloe an sich. Sein Gesicht in ihrer Halsbeuge verborgen, hielt er sie fest.

Sie lehnte sich gegen seinen Leib, bis sie jeden Zentimeter seiner vom Wasser aufgeweichten Haut spürte, vom Spann seines Fußes aufwärts über seine kräftigen Schenkel bis zu seinem flachen Bauch und den festen Armmuskeln. Sie spürte seinen gleichmäßigen Herzschlag und fuhr mit den Fingern durch sein dunkles, nasses Haar.

»Ich liebe dich«, flüsterte sie ihm leise ins Ohr.

Als Antwort drückten seine Arme sie fester an seinen Körper. »Damit gibst du mir Luft zum Atmen, Chloe«, murmelte er. Seine Arme entspannten sich, und gleich darauf ging sein Atem tief und regelmäßig. Chloe löste sich von ihm; er war eingeschlafen. Sie stieg aus dem Becken und tippte dann Cheftu auf die Schulter, wodurch sie ihn lang genug wach machte, daß er ihr ins Schlafzimmer folgte. Dort reichte sie ihm ein Gewand und schnappte sich eine Decke, bevor sie gemeinsam auf die Liege sanken.

Cheftu wurde durch Rufe aus dem Zimmer nebenan geweckt. Er blickte auf Chloe, die zusammengerollt wie eine Katze in den Laken schlummerte, eine Hand unter das Gesicht geschoben. Er stopfte die Decke unter ihr fest, dann ging er in den Wohnraum und schloß die dünne Tür hinter sich.

Ehuru lag auf seiner Strohmatte und versuchte, sich zu rühren. Zwei Soldaten warteten im Raum. Ein schwacher Krankheitsgeruch ging von ihnen aus, und keiner von beiden hatte wahrhaft militärische Haltung angenommen. Sie kreuzten die Arme vor der Brust, und einer ergriff das Wort: »Horus-im-Nest erwartet dich im Audienzsaal, Herr. Wir warten, bis du dich gewaschen und angezogen hast.«

Cheftu deutete auf die Stühle am Tisch. »Dann setzt euch bitte, bevor ihr noch umfallt. Ich würde euch Erfrischungen bringen lassen, doch die Diener sind alle krank.« Die Soldaten setzten sich, und Cheftu verschwand in seinem Bad, wo er sich wusch und sein Unterkleid anzog. Ohne Chloe aufzuwecken, richtete er sich für eine offizielle Audienz her, allerdings in Blau, um seine Trauer um die Gestorbenen zu zeigen. Nachdem er einen Ledergürtel und -kragen angelegt hatte, ging er nach nebenan, unrasiert und ohne die erforderliche Schminke. Es war ein eigenartiges Gefühl, der Welt auf diese Weise gegenüberzutreten, und ein Verstoß gegen die Etikette, doch dies war ein nationaler Notfall.

Und er würde sich zu einer nationalen Katastrophe ausweiten, wenn Thut sein Wort nicht hielt.

Während er den Wachen durch die verwahrlosten, ungefegten Säulengänge folgte, erkannte Cheftu, daß der Palast in Trümmern lag. Sie traten durch eine Seitentür in den Audienzsaal. Es erstaunte ihn, daß so viele Menschen gekommen waren, doch alle waren krank. Die offenen Wunden der vorangegangenen Plagen verheilten zwar allmählich, doch sie waren kein schöner Anblick. Niemand war rasiert, und nur die wenigsten hatten sich der ausgefeilten Toilette unterzogen, die am Hof erwartet wurde.

Thut war in Kriegskleidung, von dem blau-weißen Lederhelm bis zu den ledernen Beinschützern. Er ließ sich auf seinem Stuhl nieder und vertiefte sich in eine Depesche. Cheftu verbeugte sich vor ihm und wollte sich schon zurückziehen, als Thut ihn zu sich rief. »Wie es aussieht, hat meine Tante-Mutter von meinen Taten gehört«, sagte er mit anklagender Stimme. »Neuigkeiten reisen allzu schnell.« Er sah Cheftu ein paar Sekunden wutentbrannt an, dann wedelte er ihn weg. »Doch immer noch erhoffen die Israeliten mein Wohlwollen.«

Cheftu setzte sich zu den anderen Adligen, lauschte den Berichten von verschollenen oder verletzten Bekannten und davon, wie die Plagen jeden getroffen hatten, von Hapuseneb über Nesbek bis zu den Papyrussammlern in den Sümpfen. Einige waren wütend und verlangten Vergeltung. Andere wollten die »unverschämten Apiru-Söhne Seths« töten. Wieder andere wollten die Sklaven mitsamt ihren Herden und Familien ziehen lassen, auf daß sie nie, nie wieder ins rote und schwarze Land Kemts zurückkehrten.

Der Zeremonienmeister, der am anderen Ende des Saales auf seinen Stab gestützt wartete, schlug damit auf den Boden und verkündete mit schwacher Stimme die Ankunft von Moshe und Aharon.

Die Türen flogen auf, und beide traten ein – größer, kräftiger und weitaus gesünder aussehend als alle Ägypter im Saal zusammen, fand Cheftu. Sie näherten sich Thut und deuteten eine kurze Verbeugung an.

»Ihr habt diese Audienz verlangt, Sklaven?« Offenbar würde er sie heute nicht mehr so anbetteln wie gestern.

Moshe wirkte keineswegs überrascht, sondern sprach mit tragender Stimme die Worte, die François in einer der unzähligen Katechismus-Stunden bei Père André auswendig gelernt hatte.

»Du brichst dein Versprechen, Prinz, darum spricht Elohim, der Gott der Israeliten, zu dir: ›Wie lange willst du dich weigern, dich vor mir zu demütigen? Laß mein Volk ziehen, daß es mir diene. Weigerst du dich aber, mein Volk ziehen zu lassen, siehe, so will ich morgen Heuschrecken über dein Land kommen lassen, daß sie das Angesicht der Erde bedecken. Und sie sollen fressen, was nach dem Hagel noch übrig und verschont geblieben ist, und sollen alle Bäume kahlfressen, die wieder sprossen auf deinen Feldern. Sie werden dein Haus und die Häuser deiner Beamten und aller Ägypter füllen, wie man es nicht gesehen hat seit den Zeiten Menes-Ahas, des Vereiners Ägyptens, bis zu dieser gemeinsamen Regentschaft von Pharao Hatschepsut und Thutmosis dem Dritten.‹«

Wie hypnotisiert starrte der gesamte Hofstaat Moshe und Aharon hinterher, als die beiden aus dem Saal schritten und die Tür mit einem endgültig klingenden Schlag hinter sich zuzogen. Fast als wäre damit der Bann gebrochen, begannen alle, aufgeregt durcheinanderzureden.

Thut stampfte mit einer Sandale auf den Boden. »Ruhe! Ihr führt euch auf wie eine Herde gackernder Gänse in den Sümpfen!« Er hob die Hand. »Das hier hat mir Pharao Hatschepsut, ewig möge sie leben!, geschickt!« Die Menge verstummte. »Sie befindet sich bereits auf dem Weg nilabwärts, um uns zu Hilfe zu kommen. Sie befiehlt«, hallte seine Stimme durch den Saal, »daß die Israeliten zur Räson gebracht werden.« Sein schlammbrauner Blick blieb auf Cheftu liegen. »Ihr mißfällt, wie ich diese Sache geregelt habe. Sie will, daß die Sklaven bleiben. Sie sagt, ›Amun-Re ist stärker und wird diese barbarische Wüstengottheit auslöschen oder uns einverleiben‹. Das sind ihre Worte.«

Die Adligen begannen wild zu diskutieren, und Cheftu als einer der wenigen, die ohne fremde Hilfe stehen konnten, erhob sich. »Prinz«, flehte er, »der Hagel hat großen Schaden angerichtet. Er hat unsere Jahresernten an Flachs und Gerste vernichtet. Weizen und Dinkel haben noch nicht gekeimt und waren dadurch geschützt. Dieser Gott hat uns eine Möglichkeit zum Überleben gelassen. Laß sie ziehen!«

In Thuts Gesicht spiegelte sich sein innerer Widerstreit: Sollte er so handeln, wie es am besten für Ägypten war, und sich dadurch Hatschepsuts Geringschätzung aussetzen, oder sollte er sich für Hats Gunst und die Heuschreckenschwärme entscheiden? Cheftu setzte sich. Es gab keinen Zweifel, was die Oberhand behalten würde. »Zur Hölle mit Thut und seinem verdammten Stolz«, knirschte Cheftu mit zusammengebissenen Zähnen.

Sennedjim, ein wohlhabender Adliger und Kaufmann aus dem weit abgelegenen Mediba, erhob sich. Er war jung und gesund und hatte den Ruf eines Gerechten und Ehrenmannes. Die Gruppe wurde still. »Thutmosis, mein Freund«, sagte er, »wir haben Seite an Seite gekämpft, wir haben uns Geschichten von unseren Frauen erzählt, und unsere Kinder haben miteinander gespielt.« Er wandte sich an die übrigen. »Mein Sohn Senenbed ist zwar erst acht Sommer alt, doch wünscht er nichts sehnlicher, als General in Thuts Armee zu werden, wenn Pharao zu Osiris aufsteigt.« Die versammelten Männer grinsten und dachten an die Familien, die ihre Rückkehr erwarteten. Der junge Adlige sah wieder auf seinen Freund, den Prinzen, und erhob in einer Geste der Ergebenheit beide Hände.

»Thutmosis, wie lange willst du noch zulassen, daß dieser Mann uns wie ein Jäger in seiner Falle gefangenhält? Wir haben keinen Schutz, und sein Gott hat ein scharfes Schwert, das unsere Knochen bis aufs Mark durchdringen kann. Laß diese Leute ziehen, damit sie ihrem Gott dienen. Begreifst du nicht, daß Ägypten am Boden liegt?« Senedjim sah Thut eindringlich an, und die Höflinge um ihn herum applaudierten ihm zu seiner Beredtheit und seinem Mut. Er setzte sich schweigend, und Thut winkte den einzigen Sklaven im Raum zu sich. »Bring die Brüder herein«, sagte er. Die Atmosphäre im Raum veränderte sich, denn plötzlich fühlten sich die Adligen wieder im Einklang mit ihren Taten. Wieder traten die Apiru ein und kamen mit klatschenden Weidensandalen auf Thut zu.

Auf halbem Weg zum Thron ließ Thut sie mit erhobener Hand anhalten. »Geht eurem ›Elohim‹ dienen«, schnauzte er. »Aber sagt mir, wer mit euch ziehen wird.«

Cheftu kniff sich in den Nasenrücken und rieb sich müde die Augen. Die Katastrophe wäre nicht mehr abzuwenden. Er brauchte Moshes Antwort und Thuts um so hitzigere Erwiderung gar nicht erst zu hören, um zu wissen, daß ihnen eine noch größere Plage bevorstand.

Durch einen Schleier der Resignation sah er, wie die beiden Soldaten, die sich noch auf den Beinen halten konnten, ihre Schwerter zogen und die Apiru aus dem Saal jagten. Verflucht seien deine Augen, Thutmosis III., grollte er. Ohne daß Thut ihn entlassen hätte, schlüpfte Cheftu aus dem Audienzsaal und eilte zurück in seine Gemächer.

Jedermann erholte sich so allmählich, stellte er fest. Die Gänge waren gefegt, und in der heißen, sonnendurchglühten Luft lag der Duft von frischgebackenem Brot. Er trat in seine Kammer und erblickte Ehuru, der sitzend und mit klarem Blick zwei junge Israeliten unterwies, wie sie Essen aus der Küche zu holen und wohin sie die Laken zu bringen hatten, damit sie gewaschen wurden. Meneptah saß zusammen mit Chloe am Tisch, und beide bedienten sich von einem Tablett mit angematschtem Obst. Meneptah kreuzte respektvoll die Hand vor der Brust, grinste Cheftu aber breit dabei an.

Chloe eilte, offenbar durch seine Miene alarmiert, zu ihm hin. »Was ist? Was gibt es für Probleme?«

Cheftu wartete ab, bis er saß und einen Schluck Wein genommen hatte. Dann erklärte er in seinem schweren Englisch: »Weißt du, wieso die Juden das Passahfest feiern?«

»Ja«, sagte Chloe und erbleichte, während sie kurz auf den verwirrten Meneptah blickte.

»Es sieht so aus, als würde es stattfinden. Der Prinz hat nicht nachgegeben. Er ist entschlossen, Ägypten zu vernichten.«

Chloe begann, eine Orange zu schälen. »Was kommt als nächstes?«

»Heuschrecken, morgen.« Cheftu nahm die Hälfte entgegen, die sie ihm hinstreckte, und sah Meneptah an. »Mein Freund«, sagte er auf ägyptisch, »hör mir genau zu. Euer Prophet Moshe hat geweissagt, daß morgen Heuschreckenschwärme einfallen und das Land verwüsten werden. Ihr müßt alles für eure Reise in die Wüste vorbereiten.«

»Die Plagen haben uns bis jetzt immer verschont«, protestierte Meneptah.

»Diesmal hat Gott nicht gesagt, daß die Plage euch nicht treffen wird«, belehrte ihn Cheftu. »Ihr müßt euch schützen. Ruf alle zusammen, die du finden kannst, und gehe mit ihnen über die Felder und an den Fluß. Knoblauch und Zwiebeln sind beinahe reif, und die Bäume sind voller Obst; pflückt alles ab. Bevor ihr euch heute abend ins Bett legt, schließt euer Essen gut ein. Laßt nur Brot und Bier draußen liegen. Dann werdet ihr immer noch Obst und Gemüse haben, nachdem die Heuschrecken wieder verschwunden sind. Geh jetzt, mein Freund.«

Meneptah stand auf. »Wirst du und die Herrin RaEm mit uns reisen?« Er sah sie beide an.

Gleichmütig antwortete Cheftu: »Das haben wir noch nicht entschieden, aber wir haben auch noch Zeit.«

Der Israelit trat an die Tür zum Garten. Cheftus Ruf hielt ihn noch einmal auf. »Komm nicht in den Palast zurück, solange ich nicht nach dir schicke. Ägypten ist aufgebracht, und du trägst die Kleidung deines Stammes. Du bist in Gefahr.«

Den Nachmittag verbrachten sie so, wie Cheftu es auch den Sklaven empfohlen hatte: Sie ernteten Zwiebeln, Salat, Obst und Kräuter am Flußufer. Bis Re am Abend den Feuertod starb und der Himmel sich zinnoberrot und golden überzogen hatte, paddelte Cheftu ihr kleines Beiboot durch den moskitoschweren Abend.

Als sie in den Palast zurückkehrten, bestellte Cheftu etwas zu essen und ein Bad, dann schickte er Ehuru in den Speisesaal für die Bediensteten. Er schenkte Chloes Weinkelch voll und hielt ihn ihr an die Lippen. Sie nahm einen Schluck der zu schwerer Süße vergorenen Datteln und spürte ein Kribbeln, als sie den Blick in Cheftus Augen bemerkte. »Die nächsten Tage werden wie von Seth sein«, sagte er. »Wir sollten uns amüsieren, solange es noch geht.«

»Dein Wunsch ist mir Befehl«, erwiderte sie schelmisch. Ein bandagierter Sklave brachte ein Tablett mit Brot und honiggeröstetem Geflügel herein, und Cheftu schickte ihn mit einem Lächeln wieder fort. Er zog Chloe zu sich her und an seine Brust, bis sie zwischen seinen Schenkeln saß.

Einen Arm um sie gelegt, riß er Fleischstücke aus dem toten Vogel und fütterte sie damit, ohne sie auch nur eine Sekunde aus den Augen zu lassen. Sie versuchte, es ihm gleichzutun, doch er drückte sanft ihre Hände in ihren Schoß zurück. »Du gestattest, mein Leben?« Schweigend aßen sie weiter, und Chloe schwelgte in dem Gefühl ihrer sich berührenden Körper, das ihre Spannung ins Unerträgliche steigerte.

Sie schnappte ein weiteres honigtriefendes Stück aus Cheftus Fingern, doch diesmal leckte sie dabei den Honig von seinen Fingerspitzen und spürte einen wohligen Schauder, als sie ihn scharf Luft holen hörte. Er fütterte sie weiter, doch nicht mehr so behende wie zuvor; seine Hände zitterten.

Noch einmal leckte Chloe den Honig von seinen Fingern und erfreute sich insgeheim an Cheftus ersticktem Stöhnen. Er beugte sich vor und tunkte die Finger in die klebrige Masse, dann schob er seine Hand unter ihre Leinenrobe und verstrich den warmen Honig auf ihrer Haut. Sie schnappte nach Luft und legte den Kopf in den Nacken. »Was für ein Geschmack ist das?« fragte sie außer Atem. Er hatte inzwischen beide Hände mit der klebrigen Soße überzogen und streichelte sie, von der Schulter beginnend abwärts über den Bauch, überzog ihre Schenkel mit Honig und ließ seine Hände schließlich wieder aufwärts wandern, bis sie sich über ihrer pochenden Mitte trafen. »Bitte«, hauchte sie.

»Geduld, Geliebte.« Vorsichtig löste er sich von ihr und trat an den Tisch, um sich ein Glas Wasser zu nehmen. »Dies hier soll alles überdauern, Chloe. Morgen bricht die Hölle los, und ich weiß nicht, wann wir wieder gesund und satt zusammenkommen. Wir werden diese Erinnerung brauchen, sie wird uns erhalten.« Er stellte den Kelch ab. »Die Schrecken fangen erst richtig an.«

Er drehte sich um. Chloe saß schwer atmend vor ihm, und auf ihrer braunen Haut malten die Honigspuren glänzende Muster. Neben ihr niederknieend, hob er ihr Kinn mit einem Finger an und kostete ihre Lippen. Sie schmeckten honigverklebt und hungrig. Er erhitzte sie mit langen Küssen und wob seine Finger in ihr schwarzes Haar. »Leg dich hin, Geliebte«, sagte er und drückte sie von sich weg. Wortlos legte sie sich hin, das Gewand um die Taille gerafft und mit glühendgrünen Augen.

Halb betäubt vor Begierde, füllte er seinen Mund mit süßem, warmem Honig. Unter dem klebrigen Überzug war ihre Haut weich und nachgiebig, und die fest angespannten Muskeln bebten leise unter seinen Fingern. Ihre Hände wanderten über seinen Rücken und preßten ihn gegen ihren Leib. Cheftu stemmte sich hoch, doch bevor er sich auf sie legen konnte, war sie davongerobbt in Richtung Tablett. Schwer atmend verfolgte er, wie sie ihr Gewand löste und beide Hände in die Honigsoße tauchte.

Sie kam auf die Knie und drückte sich die Hände auf den Körper, um sie mit sinnlich verklärtem Blick langsam, unendlich langsam abwärts zu führen. Ihr Kopf fiel in den Nacken, ihre Augen schlossen sich, und er hörte sie leise nach Luft schnappen, als der warme Honig über ihre erhitzte Haut rann.

Immer rascher ging ihr Atem, während sie ihre Brüste streichelte und dann die Hände über ihren Bauch zwischen ihre Beine führte. Automatisch bewegte er seine Finger im Rhythmus mit, so als könnte er sie spüren. Noch einmal beugte sie sich über die Honigschüssel und goß den Rest der Soße über ihre Hände, dann wandte sie sich ihm zu. Er löste seinen Schurz und ließ den Stoff mitsamt Unterschürze zu Boden fallen, den Blick fest und wie hypnotisiert auf ihre verklebten, triefenden Hände gerichtet.

Seine Schenkel an ihren Schenkeln, seinen Bauch an ihren Bauch geschmiegt, küßte Cheftu sie und fuhr mit den Fingern die warmen Bäche auf ihrer Haut nach. Als ihre Lippen über seine Brust zu wandern begannen, biß er die Zähne zusammen. Sie nahm eine honigvolle Hand und goß die Flüssigkeit über seinen Rumpf, wo die Masse wie in einem unendlich langsamen Wasserfall über seine breite Brust und den flachen Bauch floß. Er stöhnte auf, als die andere honigvolle Hand seine Hoden umfaßte und von dort aus aufwärts strich, bis sein langes, hartes Glied ganz in Honig getaucht war.

Chloe folgte den Honigspuren über seine Brust bis zu den flachen Warzen, an denen sie ausgiebig knabberte und lutschte. Seine Hände umfaßten ihren Hintern und drückten sie damit an seinen Körper. Mit einem glühendheißen Lächeln entwand sie sich seinem Griff und fuhr mit ihrer Kuß-Wallfahrt fort. Cheftu sank auf sein Gesäß zurück; sein Leib glitzerte unter einem Gemisch von Schweiß und Honig. Dann war Chloes Mund über seinem Geschlecht, und er ließ sich auf die Unterarme zurückfallen, wo er blind zur Decke hochstarrte, während ihre Zunge ihn streichelte, umflatterte, umkreiste. Bebend versuchte er, die Beherrschung zu behalten, während seine nackte Liebesgöttin ihn hinter einem Schleicher schwarzen Haares und honigbedeckter Haut verwöhnte.

Verzweifelt bemüht, sich nicht unmannhaft zu zeigen, begann er heimlich, die Traubenarten in seinem Weinberg aufzuzählen, und zwar auf ägyptisch, französisch *und* englisch. Hilflos kratzten seine langen Finger über den Boden, während die Sinnenlust ihn in einer Woge nach der anderen überrollte. »Aurelia, Lenoir, Blanc du Bois, Champanel, Chardonnay, Chenin Blanc...«. Ihr tiefes Stöhnen war nicht gerade eine Hilfe. Sie rangen um seinen Leib und seine Gefühle. »Fredonia, Concord...«

Chloe beugte sich über ihn. »Willst du uns beide auf die Folter spannen, Cheftu?« flüsterte sie. »Wieso läßt du nicht los?« Er spürte das höchst angenehme Gewicht ihres Körpers auf seinem, und die klebrige Masse zwischen ihren Leibern heizte sein bereits rotglühendes Hirn noch zusätzlich an.

»Ich möchte nicht die Beherrschung verlieren, während du –«

Sie lächelte ihn mit aufreizender Offenherzigkeit an. »Das möchte ich aber. *Tout est doux en amour.*«

Seine Augen wölbten sich vor, während glühende Blitze durch seine Adern schossen. *Haii-aii!* In der Liebe war fürwahr alles süß! Heiser flüsterte er ihr zu und drängte sie, seine Leidenschaft freizusetzen. Statt dessen legte sie sich auf ihn und trieb ihn mit ihren Bewegungen, Lippen und Händen fast zum Wahnsinn. Doch sobald er die Hand nach ihr ausstreckte, entwand sie sich schlangengleich.

»Geduld, Geliebter«, flüsterte sie boshaft lächelnd. »Du mußt Geduld haben.«

Er, der edle Herr Cheftu, dessen Geduld und Selbstbeherrschung wenn schon nicht legendär, so doch weit bekannt und geachtet waren. Als er hinter seinen geschlossenen Lidern nur noch rot sah und seine Arme sich anfühlten wie aus geschmolzenem Metall, spürte er, wie ihr Gewicht von seinem Leib genommen wurde und ihr weiches Haar auf seinen Bauch fiel. Sie nahm ihn erneut in ihrem hitzigen Mund auf, und Cheftu bebte wie ein Baum im Kamsin, während in ihm die Spannung anstieg, bis er, die Finger in Chloes Haar verkrallt, explodierte.

Als sein *Ka* schließlich zu ihm zurückkehrte, spürte er, wie sich Chloe an seine Seite gekuschelt hatte und wie kühl und klebrig der Honig geworden war. Sie beugte sich über ihn und gab ihm einen Kuß.

»Und was für eine Sorte war das?« murmelte er.

»*Assst.* Für dich eine Doppelportion Walnußsplitter-Karamel mit Sahne und Schokoladenstreuseln. *Für mich* Vanille.« Cheftu blieb reglos neben ihr liegen und spürte, wie sich sein Herzschlag allmählich wieder normalisierte. »Schläfst du?«

»Neeee...«, murmelte er.

Er hörte sie lächeln. »Schlaf ruhig. Zu etwas anderem bist du jetzt sowieso nicht zu gebrauchen.«

Sie wachten frierend und zitternd kurze Zeit später im dunklen Zimmer wieder auf.

»Komm, Geliebte«, sagte Cheftu mit rauher Stimme, und dicht aneinandergepreßt stolperten sie in das Schlafgemach, wo sie sich bibbernd und verklebt auf der Liege aneinanderschmiegten. Dann zog Chloe Cheftu zärtlich über sich und begann, ihn mit Mund und Gliedern anzubetteln. Als Cheftu zum Höhepunkt kam, merkte er, daß ihr Tränen übers Gesicht rannen. »Wieso weinst du, Geliebte?« fragte er. »Ich habe dir doch nicht weh getan, oder?« Er drückte sie an sich und küßte ihr Haar und ihr Gesicht.

»Nein, ich weine, weil deine Lust auch meine Lust ist, wenn wir uns lieben. Für mich ist es wie ein Geschenk, wenn du so verletzlich bist.« Sie wischte sich die Augen trocken. »Irgendwie kann ich kaum glauben, daß wir zusammen sind. Daß wir uns in diesem Chaos von Zeit und Raum gefunden haben. Ich schätze, es gibt doch einen Gott.«

»Ja. Er hat uns zusammengebracht. Wir werden uns nie mehr trennen.«

»Nie mehr.«

Hellwach fuhr Chloe hoch. Reglos versuchte sie in der Dunkelheit zu erlauschen, wodurch sie aus dem Schlaf gerissen worden war. Cheftu schlief noch, seine Beine zwischen ihren Schenkeln. Dann hörte sie es wieder, ein hohes, trauriges Heulen, und erleichtert stellte sie fest, daß es der Wind gewesen war, der durch die Belüftungstürmchen an den Ecken auf dem Dach des Palastes fuhr. Diese Aufsätze dienten dazu, die Zimmer zu kühlen, und bei starkem Wind pfiff es gespenstisch in ihren Röhren.

Sie legte sich wieder hin und schmiegte ihren Körper an Cheftus. Selbst im Schlaf schlossen sich seine Arme besitzergreifend um sie und hielten sie mit festem Griff umfangen. Chloe kuschelte sich enger an ihn und spürte, wie die Haare an seinen Beinen sie an ihrem nackten Hinterteil und an den Schenkeln kitzelten. Schläfrig küßte Cheftu ihr die Schulter, und Chloe lag ganz still neben ihm, um dem Wind zuzuhören. Zum ersten Mal in ihrem Leben war sie absolut zufrieden.

Von dieser Zufriedenheit war am nächsten Morgen nur noch wenig zu spüren. Sie hatte von Camille geträumt, die durch die Tempelruinen von Karnak gewandert war und nach einem Anhaltspunkt für den Verbleib ihrer kleinen Schwester gesucht hatte. Cammy hatte geweint und sich Vorwürfe gemacht, was dazu geführt hatte, daß Chloe irritiert aufgewacht war, weil ihre Schwester sich solche Vorwürfe machte. Wenn irgend jemand daran schuld ist, daß ich mich in dieser verzwickten Lage befinde, dachte sie, dann bin ich das selbst. Wenn ich je zurückkehren sollte, werde ich bestimmt nie wieder irgendwohin gehen, wo ich nicht hingehen darf.

Selbst Cheftus forschende Finger und sein warmer Leib machten sie nervös. Sie sprang von der Liege auf, und Cheftu erwachte augenblicklich, denn ihm entging nicht, daß dies nicht mehr die leidenschaftliche Göttin vom Abend zuvor war.

Nachdem sie ein paar Sklaven herbeizitiert hatte, verschwand sie im Bad. Cheftu blieb liegen und starrte aus dem hohen Fenster. Der Himmel wirkte gelblich – klar, aber brüchig. Er legte einen Schurz an und ging in den Garten. Es war schwer zu sagen, wie spät es war; die Sonne war nicht zu sehen. Weit im Osten konnte er eine schimmernde safranfarbene Wolke ausmachen. Obwohl er noch nie einen Heuschreckenschwarm gesehen hatte, war er überzeugt, daß sich dort einer näherte. Er lief wieder ins Haus, rief die Sklaven zu sich und traf alle Vorbereitungen, zu denen er noch in der Lage war.

Schließlich trat er ins Bad und rief: »Komm aus dem Wasser und zieh dich augenblicklich an, RaEm!«

Als Chloe, ein wenig ausgesöhnter mit der Welt, aus dem Bad kam, war Cheftu bereits gegangen. Das Zimmer hatte sich verändert. Schon roch die Luft abgestanden und muffig. Die Fenster waren mit Lehmziegeln versiegelt worden, genau wie die Lüftungstürmchen auf dem Dach. Der Rauch der Fackeln an der Wand brannte ihr in den Augen. Selbst die Gartenfenster waren zugemauert und die zierlichen Alabasterrahmen mit Lehmziegeln verstärkt worden. »Jedenfalls hat er ganze Arbeit geleistet«, meinte Chloe zu sich selbst.

Ehuru erschien in der Tür. »Komm, Herrin«, bat er. »Der edle Herr Cheftu erwartet dich im Garten.«

Chloe folgte ihm durch den langen Gang auf die säulenbestandene Veranda, wo sich auch die anderen Adligen aus dem Palast versammelt hatten. Die meisten davon erkannte ihr »anderes« Gedächtnis wieder, allerdings nicht den Mann, der sich eben eindringlich mit Cheftu unterhielt. Zu Chloes Überraschung trug er ein Baby auf dem Arm, das eng gewickelt war, doch bereits die Jugendlocke eines jungen Ägypters trug. Cheftu warf ihr einen skeptischen Blick zu, und Chloe zwinkerte ihm zu, denn sie bereute bereits ihre Bissigkeit von vorhin.

»Geliebte«, sprach er sie an, »das ist Graf Sennedjim aus dem Ibis-Gau.« Zu dem Grafen sagte er: »Meine Gemahlin, die edle Dame RaEmhetepet der Göttin Hathor.« Sennedjim lächelte ihr zu, halb der Unterhaltung lauschend und halb die drei jungen Knaben im Auge behaltend, die durch den verwüsteten Garten tollten. Das Baby in seinen Armen schlief tief und fest, und Chloe spürte, wie sich ein Kloß in ihrer Kehle festsetzte, als sie in das knubblige Gesichtchen mit den geschwungenen schwarzen Brauen und dem feuchten rosa Mund sah.

Plötzlich lag statische Elektrizität in der Luft, und Sennedjim brach mitten im Satz ab, um nach Osten zu sehen, wohin auch alle übrigen blickten. Thut hatte sich vor ihnen aufgebaut, die Papyrusrolle mit der Nachricht Pharaos immer noch in der Hand. Der brüchig-gelbe Himmel wurde von einer riesigen, metallisch aussehenden Wolke überzogen, die so dicht und groß war, daß mit einem Schlag die Dämmerung anzubrechen schien. Chloe blieb wie angewurzelt stehen und legte den Kopf in den Nacken, um durch die Wolke hindurchzuschauen. Mit bedrückter Miene zog Cheftu sie an seinen angespannten Körper. Der Wind wurde stärker, fuhr durch die umgeknickten Bäume, wirbelte die Schurze hoch, fegte Perücken von den Köpfen. Und riß den Papyrus aus Thuts Hand.

Die Gruppe zog sich unter das schützende Vordach zurück, um von dort aus weiter zuzuschauen. Der Wind begann, Teile der Wolke zu verwehen, und kurz darauf wurde das Tosen des Sturmes von einem lauten Surren überlagert. Nur Thut stand noch im Garten, nun ohne goldenen Kragen und Perücke, die Beine breit gegen den Boden gestemmt, um den anbrandenden Windböen standzuhalten.

Die Wolke begann, vom Himmel zu fallen. *Es regnete Heu-*

schrecken! Chloe kreischte auf, als die Tiere klickend mit ihren Panzern am Boden aufschlugen. Sie waren riesig. Chloe hatte schon viele Heuschrecken gesehen, hatte einmal sogar welche gegessen, um eine Wette zu gewinnen. Die hier allerdings verschlugen ihr den Atem! Vom Appetit ganz zu schweigen.

Heuschrecken gehören zur Familie der Geradflügler, memorierte sie, haben zwei kräftige Sprungbeine und sind grün, gold und braun gefärbt. Allerdings waren diese Mistviecher hier nicht mit den üblichen, drei Zentimeter langen Grashüpfern zu vergleichen, sondern sieben bis zwölf Zentimeter lang und schwarz-gelb gestreift. Schon hatten sie mit laut dröhnenden Kaugeräuschen das Gras vom Erdboden abgefressen. Zu Tausenden waren sie vom Himmel gefallen und marschierten jetzt wie eine riesige Armee durch den Garten, um alles Lebende in Reichweite zu verzehren.

Es war, als würde man einen Farbfilm anschauen, der plötzlich zu Schwarz-weiß verblaßt.

Mit vorgeschobenem Unterkiefer und schmalen Lippen sah Cheftu zu Chloe herüber. Sie las Kummer und Reue in seinen goldenen Augen. Die Menschen verzogen sich hastig in ihre Gemächer, selbst Thut wich nun unter das Vordach zurück. Mit jeder Minute fielen mehr Heuschrecken vom Himmel. Sie krabbelten übereinander hinweg, machten sich über die Pflanzen her, erkletterten die Mauer, um die restlichen Kletterpflanzen zu verschlingen, erklommen Bäume, fraßen sich durch die schützende Borke und verspeisten die knospenden grünen Blätter. Chloe wurde es übel.

Cheftu war zu Thut getreten. Der Prinz starrte hinaus in seinen braunen, blattlosen Garten, während die Heuschrecken in die Beete nebenan weiterzogen.

»Meine Majestät«, setzte Cheftu an, und Thut fuhr mit einem Ruck zu ihm herum. Er hat nicht einmal gemerkt, daß wir hier sind, dachte Chloe. »Wäre es nicht besser, hineinzugehen, Prinz?« fragte Cheftu.

Thuts langgeschminkte Brauen zogen sich zusammen. »Nein. Ich werde mit meinem Streitwagen über die Felder fahren. Wir müssen erfahren, welche Zerstörung in Ägypten angerichtet wurde.« Cheftu verbeugte sich und wandte sich ab, und dann hörte Chloe, wie Thut leise ergänzte: »Schließlich sind wir dafür verantwortlich.«

Nicht alle hatten ihre Gemächer auf die Heuschreckeninvasion vorbereitet, darum verbrachten Chloe und Cheftu fast den ganzen Tag damit, von Zimmer zu Zimmer zu ziehen, alle Fenster und Lüftungslöcher zu versiegeln und den Sklaven aufzutragen, die übriggebliebenen Heuschrecken zu töten. Das war keine leichte Aufgabe, denn die Insektenkörper steckten in einem festen Panzer. Schließlich waren die meisten Heuschrecken vernichtet, und den Bewohnern wurde aufgetragen, die versiegelten Öffnungen nicht wieder zu öffnen. Das Wetter war ihnen keine Hilfe. Es war unerträglich heiß und trocken, und bei Anbruch der Nacht lagen alle Nerven bloß.

Es kursierte das Gerücht, daß Thut den ganzen Tag im Heuschreckenregen verbracht hatte und durch das gesamte Delta gereist war, um das Ausmaß der Zerstörung in Augenschein zu nehmen. Er hatte Kuriere nilaufwärts geschickt, die Hatschepsut, ewig möge sie leben!, abfangen sollten – es sah so aus, als wären die Heuschrecken überall. Gleich nach seiner Rückkehr in den Palast hatte Thut alle seine Gefolgsleute weggeschickt und sich schweigend in seine Gemächer zurückgezogen.

12. Kapitel

Als am nächsten Morgen die Sonne aufging, war Cheftu bereits aufgestanden. Chloe quälte sich aus dem Bett und schleppte sich in den Wohnraum. Er kniete an der Tür zum Garten und flickte die trocknenden Lehmziegel im Türrahmen. Von draußen war ein hohes Quietschen zu hören. Sie hielt sich die Ohren zu. »Was ist das?« rief sie.

»Die Heuschrecken. Sie schreien in der Sonne.« Er zeigte auf den Tisch. »Steck dir Wachs in die Ohren.«

Nachdem Chloe den fettigen Talg zwischen den Fingern weichgeknetet hatte, stopfte sie sich die Masse in die Ohren; das nervenzerreißende Pfeifen wurde leiser, doch die Vibrationen der Abermillionen Heuschrecken spürte sie trotzdem. Sie stieg in ihre Sandalen und trat in den Gang. Dort wimmelte es von Wanderheuschrecken. Mit zusammengebissenen Zähnen machte sie sich auf den Weg und zermalmte dabei unzählige Heuschrecken zu Brei, während andere über ihre Füße krabbelten. Bis sie in der Küche angekommen war, konnte sie sich nicht mehr vorstellen, auch nur einen Bissen hinunterzuwürgen, trotzdem wollte sie genau wissen, was sie heute essen würden. Ein paar Sklaven waren im äußeren Hof zugange, und aus dem wabenförmigen Ofen stieg dicker Qualm und der Duft nach gebackenem Brot auf.

Die Köchin war überrascht, eine Adlige in der Küche zu sehen, schien sich aber über die Unterstützung zu freuen, da sie so knapp an Personal war. Alle hatten Wachs in den Ohren und mußten sich per Zeichensprache verständigen. Angewidert beobachtete Chloe, wie einer der Sklaven Heuschrecken als Brennstoff in den Ofen schaufelte. Sie legte ein paar Laib Brot in ihren abgedeckten Korb und nahm sich einen Krug mit Milch. Als sie wieder bei ihren Räumen ankam, war die Milch mit Heuschrecken bedeckt.

Ich fände sie nicht ganz so eklig, dachte sie, wenn sie mir nicht dauernd ins Gesicht fliegen und mich anspucken würden. Der Gang durch den Garten war wie eine Szene aus einem Hitchcock-Film. Um sie herum hörte sie den millionenfach widerhallenden Lärm der kauenden, beißenden, reißenden, alles vernichtenden Heuschrecken. Sogar ihr Kleid war von Insekten bedeckt, und mühsam verkniff sie sich einen Schrei, als sie spürte, wie die Tiere unter ihrem Rock an ihren Beinen hinaufkletterten und sich in ihrem Leinengewand einnisten wollten.

Als sie den Gang erreicht hatte, bürstete und stampfte sie die Heuschrecken von ihrem Körper, schöpfte die krabbelnden Viecher aus der Milch, schüttelte sie aus ihren Haaren und ihren Kleidern und trat schließlich in ihre Gemächer. Sie hatte den größten Teil des Vormittags verpaßt sowie auch Cheftu und Ehuru. Chloe entzündete eine der qualmenden Fackeln, setzte sich hin, legte die Füße auf den Stuhl gegenüber und schlang den Rock so fest wie möglich um ihre Beine. Sie riß ein Stück Brot ab und aß es, dann schenkte sie etwas von der warmen Milch in ein Glas, brachte aber keinen Schluck mehr davon herunter, nachdem sie ein abgerissenes Heuschreckenbein ausgespuckt hatte.

Die Heuschrecken fraßen an dem feuchten Ziegellehm, und Chloe konnte im matten Fackellicht erkennen, daß die Schutzmauer nicht mehr lange halten würde. Mit sinkendem Mut floh sie ins Schlafzimmer – knirsch, stampf, knirsch – und holte ihren Notbehelf von einem Skizzenbuch heraus.

Mit geschlossenen Augen versuchte sie, sich den Alptraum draußen auszumalen. Die eben erst knospenden Bäume waren bis unter die Borke abgefressen, alle Mauern waren kahl und sämtliche Wasserflächen von Heuschrecken bedeckt. Sie rief sich das resignierte Entsetzen auf den Gesichtern der wenigen Menschen vor Augen, die ihr draußen begegnet waren.

Das Licht erlosch im Fackelhalter, und Chloe blieb in absoluter Dunkelheit zurück. Fluchend schlüpfte sie in ihre Sandalen, erstickte einen Schrei, als ihr Fuß eine Heuschrecke aufspürte, und machte sich dann vorsichtig auf die Suche nach einer neuen Fackel. Alle waren abgebrannt – bei allen war das Öl verfeuert, so daß nur noch der trockene, strohähnliche Stummel zurückgeblieben war. Sie blickte in Richtung Gartentür und hielt Ausschau nach Lichtstrahlen, die durch die Spalten im Holz hereindrangen, doch dort war nichts zu sehen. Ich habe doch bestimmt nicht den ganzen Tag gezeichnet, dachte sie. Dennoch schien das immer wahrscheinlicher.

Mit zusammengebissenen Zähnen, um das Flattern und Flügelschlagen der aufgeschreckten Heuschrecken zu ertragen, schlurfte sie zu der Tür zum Gang. Dort angekommen, drückte sie das Türblatt auf und starrte in die schummrigen Tiefen. Sie zog sich einen Wachsklumpen aus dem Ohr. Himmlische Stille! Am anderen Ende des Ganges funzelte eine einsame Fackel, und dahinter blickte Chloe in die sternlose Nacht. Was würde ich nicht geben für eine Uhr, dachte sie. Fast soviel wie für eine Zigarette oder einen anständigen Bleistift!

Dann verscheuchte sie die unproduktiven Gedanken und musterte den Gang auf und ab, wo sich jedoch nirgendwo ein Lebenszeichen zeigte, abgesehen von den Abermillionen glubschäugiger Freßmaschinen natürlich, die sich über ganz Ägypten hinwegwälzten. Sie ging nach draußen – knirsch, spratz, knack. Ihr Gewand war von Heuschreckenspeichel überzogen, braunen Flekken, die sich im trüben Licht wie Blut ausnahmen. Bibbernd schlang sie die Arme um ihren Körper und sah sich um.

Die Zerstörung trieb ihr die Tränen in die Augen. Das Gelände war vollkommen flach; jeder Baum und Busch, der zuvor aufgeragt hatte, war nun eins mit dem Boden. Dann hörte Chloe das tiefe, surrende Dröhnen der fressenden Insekten. Sie wischte die Tiere von ihrem Gesicht und ihren Armen und drehte sich auf der Suche nach einem Lebenszeichen zum Palast um. Das Gebäude war fast vollkommen dunkel, und Chloe fragte sich, ob die Bewohner des Palastes einfach zu Bett gegangen waren, oder ob sie in ihren Landvillen und Stadthäusern abwarteten, bis die Plage ausgestanden war.

Mechanisch die Insekten von ihrer Haut und ihren Kleidern pflückend, kehrte sie zurück zu ihrem Zimmer und nahm dabei die einzelne Fackel aus dem Gang mit sowie eine Ersatzfackel, die hinter dem Halter klemmte. Als sie in ihren Räumen war, warf sie als erstes die Milch weg, die in der stickigen Hitze gestockt war, zerquetschte noch ein paar Insekten und ließ sich dann bei trocken Brot und einem Becher heuschreckenverseuchten Wassers zu einer Nacht des Zeichnens nieder.

Als sie in der Morgendämmerung aufstand und sich streckte, war Cheftu immer noch nicht zurückgekehrt. Wo zum Teufel steckte er? Sie füllte ihren Wasserkrug nach, diesmal heuschrekkenfrei, da sie ihn klugerweise abgedeckt hatte, und kaute etwas altes Brot. Mit einem schnellen Blick nach draußen erkannte sie, daß die Sonne bereits aufgegangen war und hoch und hell am Himmel stand. Sie zuckte vor der Helligkeit und den unzähligen Heuschrecken zurück, die nach wie vor alles abfraßen, was von der Vegetation übrig war. Hastig verstopfte sie sich wieder die Ohren. Erschöpft stolperte sie über die Heuschrecken hinweg in Richtung Liege, schüttelte die Decke aus, um sicherzugehen, daß sie sauber oder wenigstens heuschreckenfrei war, und ließ sich ins Bett fallen, wo sie sofort in tiefen, traumlosen Schlaf sank.

Sie sprang auf, als etwas ihren Ellbogen berührte. Als sie sich umdrehte, sah ihr Cheftus Diener Ehuru ins Gesicht. »Bei den Göttern! Was ist mit dir passiert?« Er war rauchgeschwärzt, seine Augen waren rot und tränten, und er hatte widerwärtige Verbrennungen an Händen und Armen. Seine Augenbrauen waren versengt, und erst jetzt erkannte Chloe, daß er kahlrasiert war, seine Perücke war wohl irgendwo auf der Strecke geblieben.

Er beschränkte sich auf eine knappe Andeutung seiner sonst üblichen Verbeugung und erklärte mit kratzender Stimme: »Wir waren die ganze Nacht bei den Apiru, Herrin. Der edle Herr Cheftu hat sich Sorgen gemacht, du könntest dich um ihn ängstigen, deshalb hat er mich hergeschickt.«

Chloe stand auf und zwang ihn, sich auf der Liege auszustrekken. »Ruh dich einen Moment aus«, sagte sie, ohne seine Proteste gelten zu lassen.

»Auf der Liege meines Herrn? Das ist undankbar, Herrin!«

»Du legst dich hin, Ehuru. Das ist ein Befehl.«

»Herrin, ich –«

»Ehuru!«

»Das ist für dich, Herrin«, sagte er schließlich und überreichte ihr dabei eine Papyrusrolle, bevor ihm die Augen zufielen und sein leises Schnarchen das Zimmer erfüllte.

Chloe ging in den Empfangsraum, wo sie das Siegel des Oryx-Gaus erbrach und die in hieratischen Zeichen hingekritzelte Botschaft las. »Geliebte – es hat einen Brand gegeben, viele sind verletzt. Verzeih mir, daß ich dich allein gelassen habe, aber ich muß nach besten Kräften helfen. Ich werde zu dir zurückkehren, sei guten Mutes, dies hier wird nicht lange dauern.« Darunter stand nicht sein ägyptischer Name, sondern in flüssigen, fließenden Buchstaben »François«. Lächelnd fuhr Chloe die Buchstaben mit der Fingerspitze nach und dachte kurz an ihre Liebesnacht zurück, ohne auch nur einen Gedanken an irgendwelche Heuschrecken zu verschwenden.

Doch falls ihr halb altägyptischer, halb Empire-französischer Ehemann erwartet hatte, daß sie Heim und Herd hüten würde, bis die Männer von der Arbeit heimkehrten, dann hatte er sich geschnitten. Ein Großbrand war eine Katastrophe. Obdachlose und Hungernde, Desorganisation und Chaos waren ihr Spezialgebiet. Die Opfer würden von Cheftu versorgt, doch wer kümmerte sich um die verwirrten Überlebenden?

Chloe lächelte insgeheim. Hier kommt das zukünftige Rote Kreuz – nein, der Rote Ankh. Wäre Cheftu damit einverstanden? Nein. Würde Ehuru sie mitnehmen? Nein. Tat das etwas zur Sache? Chloe zwirbelte ihren – RaEms – Ankh-Anhänger zwischen den Fingern. Nein.

Tatsächlich ließ sich Ehuru leichter überreden, als Chloe erwartet hatte. Er glaubte nicht, daß ein brennendes Dorf der geeignete Aufenthaltsort für »meine Herrin« sei, doch ihm traten Tränen in die Augen, als er zugab, daß, ja, die Apiru sehr wohl Hilfe brauchten.

Am Nachmittag machten sie sich auf den Weg, einen grauenhaften, postapokalyptischen Marsch. Nirgendwo war auch nur ein grüner Halm zu sehen. Wo früher einmal Bäume gestanden hatten, ragten struppige Stummel obszön aus dem nackten, staubigen Erdboden auf. Alle Mauern waren mit Heuschrecken bedeckt, die die restlichen Kletterpflanzen und Blumen fraßen und alles mit eintönigem Tabakbraun überzogen. Die reizvollen weißgekalkten Gebäude, die selbst bei den *Rekkit* ordentlich und sauber wirkten, waren nur noch farblose Verschläge.

Der Himmel mit seinem messingklaren, fremdartigen Blau stand in hartem Kontrast über der wogenden, lebenden schwarzgelben Erde. Chloe weinte, die Lippen fest zusammengepreßt, um nicht eine der vereinzelt umherfliegenden Heuschrecken zu verschlucken.

Unbeirrt zogen sie weiter, Insekten zertrampelnd, zerquetschend und Füße wie Knöchel mit Heuschrecken-Eingeweiden bespritzend wie bei einem makabren Winzertanz. Sie war überzeugt, daß ihre Beine taub waren, denn selbst die Heuschrecken, die unter ihrem Kleid hochkrabbelten, fegte sie lediglich gedankenverloren wieder weg. Hathor sei Dank, daß sie eine feste, undurchdringliche Binde angelegt hatte.

Sie erreichten ihr Ziel nach dem *Atmu,* und Chloe stockte der Atem, als sie das Dorf sah. Es war eine Szene wie von El Greco: gespenstischer grauer Qualm vor dem Nachthimmel, gequälte Gestalten und im Hintergrund geisterhaft glühende Flammen.

In einem Zelt an der Seitenwand des letzten noch stehenden Hauses hatten Cheftu und Meneptah eine behelfsmäßige Krankenstation eingerichtet. Hinter den rauchfleckigen Flachsvorhängen glomm Licht, weswegen die Heuschrecken von außen hochkrabbelten und den Stoff beschwerten.

Auf dem von Heuschrecken bedeckten Boden lagen Leichen. »Wir haben sie nach Familien geordnet«, erklärte Ehuru tonlos.

Chloe war froh, daß es dunkel war, obwohl die weiß leuchtenden nackten Knochen und die entsetzliche Stille deutlich genug von den vielen Toten zeugten. Der Gestank verbrannten Fleisches hing wie eine Trauerwolke über den schwelenden Ruinen, und Chloes Magen hatte sich bereits geleert, noch bevor sie auf den Hauptplatz traten.

Dort hockten dicht gedrängt die Überlebenden. Jene, die zum Überleben zu schwach waren, hatten Schmerzmittel bekommen und warteten nur noch darauf, daß sie starben und ihrem zornigen Gott gegenübertraten. Jene, die relativ unbeschadet davongekommen waren, saßen apathisch da und starrten vor sich hin. Die Sklaven waren vollkommen planlos: Wasser stand in Krügen knapp außerhalb der Reichweite von Menschen, die kurz vor dem Verdursten waren.

Alles und jeder war von Heuschrecken bedeckt. Sie begruben die Toten unter sich, sie vergifteten die Verwundeten, sie krabbelten auf den Lebenden herum.

Genau so stellte sich Chloe die Hölle vor. Sie hatte Angst, ihr war schlecht, und sie wünschte sich von Herzen, sie wäre nie hergekommen. »Der Brunnen ist voller Heuschrecken«, erklärte Ehuru. »Wir haben kein Wasser.«

»Herrin?« Die rauhe Stimme, tränenvoll und entfernt weiblich, ließ Chloe erstarren. Ihr Blick tastete sich durch die Dunkelheit, über die Berge sich bewegenden und totenstillen Fleisches.

»D'vorah?«

Das Israelitenmädchen trat vor, und Chloe unterdrückte einen Aufschrei. Sie hatte schwere Verbrennungen; Haare, Brauen und Wimpern waren abgesengt und hatten dunkle, verkrustete Wunden hinterlassen, die ein grauenvolles Relief auf dem rußigen Gesicht des Mädchens bildeten. Ihre Hände waren bandagiert, doch auf ihren geplatzten, blutigen Lippen lag ein Lächeln. »Wieso bist du gekommen, Herrin? Dies ist kein Ort für dich.«

Chloe biß sich auf die Lippen, um ihren Ekel zu unterdrücken. Medizin war nie ihre Stärke gewesen – sie war nicht einmal in der Lage gewesen, im Biologieunterricht einen Frosch zu sezieren. Selbst auf ihrem eigenen Körper empfand sie Schnittwunden und blaue Flecken als etwas Fremdes und Abstoßendes. Ihren Erste-Hilfe-Kurs hatte sie erst im dritten Anlauf bestanden, und selbst da war ihr hinterher noch übel gewesen. Trotzdem, dies hier war D'vorah, die junge Frau, die Chloe bei ihrer Fehlgeburt beigestanden hatte. Die ihre Hand gehalten hatte, als Chloe plötzlich in Tränen ausgebrochen war. Es war nicht irgendein kranker, vergrindeter, verletzter Fremder. Es war eine Freundin.

Tränen strömten ihr über die Wangen. Ganz behutsam schloß Chloe ihre Freundin in die Arme und erspürte D'vorahs feine Knochen unter der pergamenttrockenen Haut. Das Mädchen schluchzte in tiefen Seufzern, die dazu führten, daß Blasen schwarzen Schleims auf ihre Lippen traten. Chloe war zwischen Mitleid und Entsetzen hin und her gerissen. »Was ist mit deiner Familie?«

»Sie sind tot, Herrin. Alle sind tot.«

Sie sanken auf den heuschreckenbedeckten Boden, während um sie herum aus dem tiefen Dröhnen der Zerstörung heraus Trauerklagen aufstiegen. Chloe hielt das Mädchen in den Armen und hörte ihr einfach zu. Um die Felder ihres Herren von den Heuschrecken zu befreien, denn er war ein guter Mann, hatten die Apiru Feuer entzündet und versucht, die Insekten durch eine Rauchwand abzuhalten. Zwar war ihr Vorarbeiter verschwunden, trotzdem war das bei einem Heuschreckensturm eine oft gewählte Schutzmaßnahme.

Alles war gutgegangen, bis der Wind plötzlich gedreht hatte. Innerhalb weniger Sekunden war das Lehmziegeldorf mit seinen Dächern aus getrocknetem Schilf in Flammen aufgegangen.

»Ich habe unten geschlafen«, sagte D'vorah. »Mit den Kindern – Ari, der fünf Jahre alt ist, und Lina, die acht ist.« Sie preßte sich eine blasenbedeckte Hand auf den Mund. »Die beiden sind nicht einmal aufgewacht!« Sie hustete wieder, und Chloe blickte mit verzogenem Gesicht auf den schwarzen Schleim, der sich mit dunklem Blut vermischte.

»Ich bin von einem lauten Knall aufgewacht.« Sie verschränkte die Arme über den Knien und sah auf die Heuschrecken, die über ihre verbrannten Hände krabbelten. »Ich habe die Kinder zum Fenster getragen, aber ich konnte sie nicht nach draußen heben! Das Fenster war zu hoch, und ich war zu schwach.«

D'vorah erzählte, während sie dort gestanden und versucht habe, ihre am Rauch erstickten Geschwister durch die Fensteröffnung zu zwängen, sei das Dach eingestürzt, und geschmolzene Ziegel seien zusammen mit den verkohlten Leichen ihrer Eltern und der älteren Geschwister auf sie herabgeregnet.

Meneptah hatte von draußen den Fenstersims eingeschlagen und D'vorah hinausgezerrt, aber genau da war ein Krug explodiert, der ihr Haar in Brand gesetzt und ihr das Gesicht versengt hatte.

Chloe wiegte das verletzte Kind in den Armen, streichelte ihr über die Schultern und zupfte die Heuschrecken von ihren Brandwunden.

»Herrin RaEm?«

Chloe schlug die Augen auf und erblickte eine schwarze Gestalt, die sich im Dämmerlicht über sie beugte. Sie und D'vorah lagen Seite an Seite, die Arme umeinander gelegt. Chloe drehte sich zur Seite, um das Mädchen abzuschirmen. »Was willst du?« fuhr sie die Gestalt verschlafen und verängstigt zugleich an.

Hastig trat der Mann zurück und kreuzte den Arm vor der Brust. »Ich bin es, Meneptah, He–«

»Meneptah! Es tut mir leid! Bitte, ich habe geschlafen. Komm, wirf einen Blick auf D'vorah.«

Der Israelit beugte sich über das schlafende Mädchen. Seine Hände waren sauber, aber sie waren auch das einzige an ihm, das nicht rußgeschwärzt war. Rührend zärtlich und behutsam berührte er D'vorah, und als Chloe sein Gesicht und den Ausdruck seiner Augen sah, bezweifelte sie, daß D'vorah lange ohne Familie bleiben würde. Sie zog sich zurück und besah sich zum ersten Mal das ganze Ausmaß der Zerstörung.

Es war ein viel größeres Dorf gewesen als jenes, in dem sie geheiratet hatten. Vierzig bis fünfzig zweistöckige Häuser hatten sich um enge, ungepflasterte Wege gedrängt, die alle zu dem Brunnen in der Dorfmitte und zum Hauptplatz führten.

Außer dem Verschlag am Dorfrand, wo Cheftu seine Krankenstation eingerichtet hatte, stand kein einziges Gebäude mehr. Nur verkohlte Quadrate und Rechtecke zeugten noch von den Häusern, die an den Straßen aufgereiht gestanden hatten. Wie viele Menschen hatten hier gewohnt? Wie viele hatten überlebt?

Die Sonne brannte bereits in Chloes Nacken, und sie konnte nicht einmal entfernt nachvollziehen, welche Qualen die Verbrannten leiden mußten. Diese Menschen brauchten vor allem ein Dach über dem Kopf, Wasser und etwas zu essen.

Sie brauchte Ehuru. Sie brauchte ein paar Sklaven. Chloe biß sich auf die Unterlippe; sie sehnte sich danach, Cheftu zu sehen, doch sie hatte Angst, ihn zu stören. Mit seiner Arbeit rettete er Menschenleben; sie konnte warten.

Chloe sammelte fünf trauernde Apiru-Frauen um sich, die allesamt eine Ablenkung gebrauchen konnten, und schickte sie, angeführt von Ehuru, in den Palast.

Solange die Frauen unterwegs waren, machte sie sich gemeinsam mit drei leichtverletzten, halbwüchsigen Knaben daran, den Brunnen zu säubern, indem sie der Reihe nach in die Tiefe stiegen, um körbeweise Heuschrecken von der Wasseroberfläche zu sammeln. Chloe war überzeugt, daß mindestens vierzigtausend Heuschrecken in den Brunnen gefallen waren. Es war eine grausige Arbeit, in der feuchtklammen Tiefe und inmitten der krabbelnden Insekten mit beiden Händen die Leichen der ertrunkenen Heuschrecken in Körbe zu schaufeln, die dann nach oben gezogen wurden.

Als der Brunnen einigermaßen sauber war – in anderen Worten, mit nur noch dreißig Prozent Heuschrecken –, befahl Chloe den zurückgekehrten Frauen, aus den vom Palast mitgebrachten Laken eine Abdeckung für den Brunnen zu fertigen.

Sie und die drei Jungen machten sich währenddessen auf den Weg und kehrten bald darauf mit einigen kahlgefressenen Baumstämmen zurück. Aus Schlamm, Salpeter und zermahlenen Heuschrecken mischten sie einen Zement, mit dem sie die Bäume im Boden verankerten. Dann spannten sie Leinentücher in mehreren Schichten über die vier Stämme. Anschließend trugen sie die Überlebenden behutsam auf Tragen aus Ästen und Leinwand in den Schatten.

Als eine der Frauen vor Hunger zusammenbrach, begriff Chloe, daß sie etwas zu essen brauchten. Ehuru hatte die Palastküche geplündert und war mit Fett, Geflügel, Honig und Mehl zurückgekehrt. Obwohl sie nicht die Sprache der Frauen sprach, verständigten sie sich in der internationalen und zeitlosen Sprache aller kulinarischen Vagabunde. Mehl und Eier landeten in einer Suppe, einer Art Mischung aus Hühnerklößen und verlorenem Ei, wie

Chloe fand, und schließlich grillten sie Heuschrecken und servierten sie mit Honig, ein bittersüßer Leckerbissen für die Apiru.

Chloe war der Auffassung, daß sich der Heuschreckengeschmack mit Schokolade besser übertünchen ließ, doch sie empfand eine gewisse niederträchtige Schadenfreude, wenn sie die kleinen Monster zerbiß, von denen sie seit Tagen rund um die Uhr terrorisiert wurde; es geschah ihnen ganz recht, daß sie ihnen jetzt Beine und Flügel ausriß, bevor sie gebraten wurden.

Als die Menschen von den brennenden Feldern heimkamen, wo Ägypter Seite an Seite mit den Apiru gekämpft hatten, sorgte Chloe dafür, daß sie erst Wasser zum Waschen und Trinken und dann Suppe und Heuschrecken bekamen. Drei Tage lang arbeitete sie, ohne Cheftu zu Gesicht zu bekommen, allerdings hatte sie Ehuru beauftragt, darauf zu achten, daß er etwas Suppe aß. Ein weiteres Dorf am Rande des großen Gutes war in Flammen aufgegangen, und auch dort verarztete Cheftu die Opfer, während Chloe die Versorgung der Überlebenden organisierte. Bald gab es nur noch Heuschrecken zu essen, doch wenigstens war das Wasser aus dem Brunnen wieder trinkbar.

Die Tiere fielen nicht mehr vom Himmel, dafür lagen sie immer noch meterhoch überall, wo einst Gras gewachsen war. Stoisch trampelte sie durch die Insekten, das Gesicht zu einer ständigen Maske des Ekels verzerrt. Das Lärmen der ständig mahlenden Kiefer bildete eine Art statisches Hintergrundrauschen; sie hörte es nicht mehr, doch ihr war klar, daß das Geräusch ständig da war.

Daß sie in Ohnmacht gefallen war, begriff sie erst, als sie aufwachte und einem rußigen, wütenden, stolzen *Hemu-neter*-Gemahl ins Gesicht blickte. Sie hatten alles getan, was in ihren Kräften stand; es war Zeit heimzukehren.

Thutmosis' Palast war verlassen, abgesehen von den Sklaven und den allgegenwärtigen Heuschrecken.

Gedankenverloren stampften Chloe und Cheftu auf dem Weg zu und durch ihre Gemächer die Tiere in den Boden. Cheftu war graugesichtig unter der Rußschicht, weigerte sich aber, schlafen zu gehen, ehe er sich gewaschen hatte. Chloe fürchtete, daß er ertrinken würde, wenn er alleine im Bad blieb, also führte sie ihn an das

Badebecken und half ihm, Schurz und Sandalen zu lösen, bevor sie ihn auf einen Stuhl setzte und die Heuschrecken aus dem Wasser fischte.

»Es ist weder frisch noch warm«, warnte sie Cheftu, doch der krächzte nur in der erbärmlichen Kopie eines Lachens.

»Alles ist sauberer, als ich es bin, und Hitze habe ich bis an mein Lebensende genug abbekommen.« Er ließ sich gleichgültig ins Wasser sinken, und Chloe fing an, Ruß und Schmutz abzuwaschen. Sein Körper war mit Kratzwunden überzogen, und die schwarzen Haare auf seinen Armen waren versengt, so daß nur noch die Wurzeln wie kleine Stoppeln aus der Haut ragten. Sein Haar war an den merkwürdigsten Stellen und in lauter kleinen Flecken abgebrannt, auf denen kleine, sich schälende rosa Hautflecken zurückgeblieben waren. Als Chloe sein Gesicht wusch, bemerkte sie die Bartstoppeln und gab sich alle Mühe, nicht die zornigroten wunden Stellen zu reizen, die aussahen wie von Klauen und Fingernägeln geschlagen. Seine Hände waren von Hitzeblasen bedeckt; Chloe fragte sich, wie er mit derart verletzten Händen die Kranken hatte verpflegen können. Die Fingernägel waren rissig und brüchig und die kleinen schwarzen Härchen auf seinen Fingern verkohlt. Seine Augenbrauen waren abgesengt, doch er hatte keine schweren Verletzungen erlitten.

Dann sah sie seinen Rücken. Offenbar hatte er damit zum Feuer gestanden, dachte sie. Die Blasen waren prall mit Wasser gefüllt und sahen so aus, als wäre ihm ein brennender Ast auf die Schulter gefallen, der ihn oben am Rücken und am Hintern getroffen hatte. Cheftu war im kühlen Wasser eingeschlafen, schreckte aber augenblicklich hoch, als Chloe ihn berührte.

»Was ist passiert, Cheftu? Wie war es für dich? Erzähl es mir«, bat sie leise.

Er stöhnte und flüsterte leise, denn auch seine Lungen hatten etwas abbekommen. »Alles hat geschrien, Menschen sind in Flammen herumgerannt und haben nach Rettung gesucht. Die Häuser sind fast explodiert, so daß alle gestorben sind, die noch geschlafen haben.« Er seufzte schwer. »Ich bin zu spät gekommen; ich konnte nichts mehr unternehmen. Meneptah und seine Mutter waren bei Verwandten gewesen. Sie haben es nur ihrem Gott zu verdanken, daß sie wach und auf dem Dorfplatz waren, als sich der Wind gedreht hat und die Funken in Richtung Dorf geflogen sind.« Er fuhr sich mit der Hand übers Gesicht. »Du hast ja gesehen, daß die meisten Überlebenden ihre Haare oder Augenbrauen verloren und Brandblasen haben. Die mit den schweren Verbrennungen sind gestorben, was eine Gnade ist. Wir konnten ihnen nicht helfen.«

Cheftu blickte auf seine Hände, die im Fackelschein formlos unter dem Wasser wirkten. »Meine Hände machen mir Sorgen. Sie sind mein, unser Leben, damit verdiene ich unser Brot.« Er zog eine Hand aus dem Wasser und betrachtete sie genauer. »Die Verbrennungen gehen nicht tiefer als bis unter die oberste Hautschicht. Mit etwas Öl müßten sie bald wieder heilen.«

»Was ist mit deinem Rücken?«

»Das ist egal. Ich habe keine Medizin mehr.« Er zuckte mit den Achseln und verzog in derselben Sekunde das Gesicht. »Bring mir Öl und eine Feder. Du streichst mich mit Öl ein, dann können wir nur noch das Beste hoffen.« Er hörte auf, den schwarzen Ruß von seiner Haut zu schrubben, und zog sich mühsam aus dem Becken. Noch bevor sie aus dem Wasser gestiegen war, hörte sie ihn nebenan schnarchen.

Jemand klopfte an die Tür, und Chloe öffnete, aus dem Schlaf gerissen und mit nur halb geschnürtem Gewand. Vor ihr stand ein königlicher Leibgardist, der Chloe mit einem knappen Nicken eine Schriftrolle überreichte und ihr auftrug, sie sofort an den edlen Herrn Cheftu, *Erpa-ha*, weiterzugeben.

»Er wurde verletzt und braucht Ruhe.«

Die Anweisungen lauteten, die Botschaft unverzüglich zu öffnen, erklärte ihr der Leibgardist. Also kehrte sie widerstrebend ins Schlafzimmer zurück, kniete neben Cheftu nieder und küßte ihn liebevoll auf die Stirn. »Geliebter, du mußt aufwachen.« Sie berührte ihn an der Schulter und zuckte erschrocken zurück, als er aufsprang und losfluchte, weil ihm die Schulter weh tat. Sein Haar stand in versengten Büscheln vom Kopf ab, und seine Miene war zutiefst entrüstet; als er Chloe sah, legte er sich beruhigt wieder hin.

»Hab' geträumt, daß mich jemand aufgeweckt hat«, murmelte er schon wieder im Halbschlaf.

»Ich habe dich geweckt. Das ist für dich. Vom Prinzen.« Sie streckte ihm den Papyrus hin.

Das Kinn auf eine Hand gestützt, las er schweigend die Botschaft durch. »Ramoses ist zum König gerufen worden und hat sich die Bitte des Prinzen angehört, daß die Heuschrecken verschwinden sollen. Thut schreibt, Ramoses hätte keine Gegenleistung dafür verlangt, daß die Plage aufhört. Er hat seine Bitte um Freiheit nicht wieder vorgebracht. Im Gegenteil, die Sache schien ihm leid zu tun.« Cheftu rollte den Papyrus zusammen und ließ das Gesicht in das ölgetränkte Laken sinken. Die Temperatur im Zimmer stieg mit jeder Minute, und Chloe spürte, wie ihr Gewand an ihrer Haut zu kleben begann.

»Wie geht es dir heute morgen?« fragte sie ruhig. »Ich wußte nicht, ob ich deinen Rücken zudecken oder lieber frei lassen sollte.«

Cheftu drehte sich zu ihr um, so daß genau ein Auge über den Rand der Liege hinweg zu sehen war. »Hast du mich mit Öl eingerieben?«

»Ja.«

»Dann können wir nur darauf warten, daß der Körper von selbst zu heilen beginnt. Ich sollte mir unbedingt ein Amulett fertigen; vielleicht eine Bitte an Sechmet, den Schmerz zu lindern«, sinnierte er.

»Würde ein weiteres Bad helfen?«

»Das wäre himmlisch«, er fegte eine vorwitzige Heuschrecke von der Liege, »aber dadurch würde die Haut so weich, daß mir jeder Verband wie Lehm am Rücken kleben würde. Und jedesmal, wenn man die Wunde reinigt, müßte man ihn wieder abreißen.«

»Das ist barbarisch!« befand Chloe. »Gibt es keine andere Lösung?«

»Es gibt keine Lösungen! Genau das würde ich jedem meiner Patienten raten. Mehr steht auch mir nicht zur Verfügung. Es gibt kein bewährtes ›Heilmittel‹ für Brandwunden.« Chloe goß noch etwas Öl auf seinen Rücken, und Cheftu seufzte, als es die Wunde kühlte und vorübergehend den Schmerz linderte. »Was würde ich jetzt für eine gute Flasche Cognac geben«, sagte er.

Sie lächelte seinen Hinterkopf an. »Cognac habe ich keinen, aber die Frau in der Küche hat mir eine Flasche mit irgendwas mitgegeben, als sie gehört hat, daß du Verbrennungen hast.« Sie ging in den Wohnraum hinüber und holte sie dort vom Tisch.

Cheftu schnüffelte an der Öffnung. »Irgendein *Rekkit*-Wasser.«

»Kannst du nicht am Geruch erkennen, was darin ist?«

»Jede Menge Alkohol«, antwortete er und lachte kurz. Er nahm einen Schluck, und Chloe beobachtete, wie sich sein Mund angeekelt verzog, doch er setzte die Flasche nicht ab. Als er sie zurückreichte, war sie zur Hälfte leer.

Sie legte sich neben ihn, wenngleich mit ein paar Zentimetern Abstand. »Möchtest du darüber reden?«

»Nein. Es sind viele Menschen gestorben, und es tut nichts zur Sache, ob es Apiru waren oder nicht.«

»Ehuru hat gesagt, du hättest einige gerettet.«

»Ehuru übertreibt. Gott hat sie gerettet, ich bin bloß dazugekommen und habe sie aufgesammelt.« Seine Stimme klang gedämpft, denn er sprach ins Bettlaken.

»Wo hast du dir die Verbrennungen geholt?« fragte Chloe leise.

»Als wir hinkamen, sprangen die Flammen in wenigen Sekunden von Haus zu Haus. Ich rannte los zum letzten Haus. Ein kleiner Junge war darin, vielleicht fünf Sommer alt, der ängstlich in einer Ecke hockte. Um ihn herum brannte alles, und ich habe seine Schreie durch das Prasseln der Flammen gehört. Alles war voller gebackener Heuschrecken. Ich bin zu ihm gelaufen und habe ihm zugeschrien, er soll auf den Tisch steigen und zu mir springen. Die Flammen waren noch nicht allzu hoch. Schließlich hat er es getan, und ich habe ihn in den Armen gehalten, doch als ich mich umdrehen und zur Tür hinauslaufen wollte, stand die bereits in Flammen. Also bin ich zu der Fensteröffnung gerannt.

Ich weiß nicht mehr, wie wir ihn rausgeschafft haben, aber Ehuru hat mir erzählt, der Balken hätte mich getroffen, als ich gerade durch das Fenster krabbeln wollte. Ich bin wohl in Ohnmacht gefallen.« Er verstummte.

»Der Junge?«

»Der kleine Caleb? Der hat etwas Ruß in den Lungen, aber ansonsten geht es ihm gut.« Schweigend lagen sie nebeneinander, bis sie ihn wieder tief und regelmäßig atmen hörte. Chloe stahl sich vom Bett, schüttelte die Heuschrecken aus ihren Sandalen und ließ ihn allein im Zimmer.

Die nächsten drei Tage schlief Cheftu mehr oder weniger durch. Er wachte nur auf, um etwas Hühnersuppe und Wasser zu schlürfen. Am zweiten Tag kam Ehuru in den Palast, und von da an kümmerten sie sich abwechselnd um Cheftu. In ihrer freien Zeit beschäftigte sich Chloe entweder mit ihren Zeichnungen und Skizzen, oder sie schlief. Eines Tages besuchte sie auch das Dorf, das schon wieder aufgebaut wurde, diesmal aus Heuschrecken-Lehm-Ziegeln. D'vorah ging es allmählich besser, doch sie hatte alle Hände voll mit den Dorfkindern zu tun. Ihr Herr und der Vorarbeiter waren noch nicht zurückgekehrt.

Die Heuschrecken waren nach wie vor überall, aber wie von Moshe prophezeit, hatten sie aufgehört zu fressen. Sie waren einfach nur *da*. Dann erwachte Chloe eines frühen Morgens vor Sonnenaufgang, und als sie nach draußen ging, mußte sie sich die Augen reiben, um sich davon zu überzeugen, daß sie nicht träumte. Der Boden lebte! Wie ein schwarz-goldener Teppich zogen die Heuschrecken weiter, hinweg über die verwüsteten Gärten und den Palast, geradewegs nach Westen.

Plötzlich, als folgten sie dem Fingerzeig einer riesigen Hand, breiteten sie die Flügel aus und erhoben sich in die Luft, alle miteinander, um auf dem Westwind in Richtung Meer zu reiten. Chloe zog den Kopf ein, um jenen auszuweichen, die um sie herum den Abflug probten, und verfolgte mit großen Augen, wie die sternenübersäte Nacht von einer glitzernden Masse verdeckt wurde. Stundenlang stand sie da und beobachtete, wie die Wolke kleiner und kleiner wurde. Nur die alten und kranken Heuschrecken waren übriggeblieben, und selbst die humpelten mühsam nach Westen.

Fast eine Woche lang blieb alles normal, dachte Chloe.

Soweit etwas normal sein konnte, wenn man durch die Zeit in die vorchristliche Vergangenheit stürzte, sich dort verliebte, heiratete und einen Hochverrat plante. Ganz zu schweigen von dem Bluttrinken und von dem psychedelischen Trip aus prähistorischem Peyote. Also, wenn das unter »normal« fiel, dann lief im Augenblick alles ziemlich cool.

Die Sklaven waren zurückgekehrt, der Palast war sauber, und alle trafen Vorbereitungen für die Ankunft Hatschepsuts, ewig möge sie leben! In drei Tagen sollte ein riesiges Fest stattfinden, und die Friseure wie auch die antiken Couturiers wurden von der anreisenden Adelsgesellschaft, die ihre Dienerschaft zu Hause gelassen hatte, mit Beschlag belegt.

Cheftu war schon wieder auf den Beinen und trug ein lockeres Leinenhemd. Und er nahm nicht mehr gar so viel von dem Getränk aus der Küche zu sich. Seit sich die Dinge wieder normalisiert hatten, war Chloe nicht mehr in der Küche gewesen. Cheftu hatte eine Menge von Patienten behandelt, von den adligen Damen, die nach den langen Flußreisen krank waren, bis zu den Sklaven mit ihren Brandwunden, die Meneptah unter der Anleitung des *Hemu neter* versorgte. In fünf Tagen war Cheftu nicht ein einziges Mal vor der fünften Wache heimgekehrt. Der Arztberuf hatte sich in den letzten Jahrtausenden nicht wesentlich verändert, dachte Chloe. Immer noch verbrachten sie fast ihre gesamte Zeit in ihrer Praxis.

So spazierte sie allein durch die von Heuschrecken verwüsteten Gärten, in denen bereits in vergeblicher Anstrengung grüne Gräser sprossen, die allesamt für Hats Ehrenfeier abgepflückt würden. Es war bald Zeit für das Mittagsmahl, dachte Chloe, während sie auf den Palast mit dem flachen Dach zuging.

Plötzlich plumpste wie ein schwerer Amboß die Nacht auf sie herab. Stirnrunzelnd blickte Chloe nach oben. Nur noch mit Mühe war die Sonne hinter der grenzenlosen schwarzen Wolke auszumachen, die jetzt zwischen Himmel und Erde hing. Dann wurde es noch dunkler, und Chloe merkte, daß sie in der Dunkelheit nicht einmal mehr ihr weißes Gewand sehen konnte. Aus dem Palast hörte sie Schreie, mit denen Re angerufen wurde. Je dunkler es wurde, desto schriller wurden die Gebete. Doch Chloe wußte, daß der goldene Gott in Waset so wenig mit dieser plötzlichen Dunkelheit zu tun hatte wie ihre Schwester Camille.

Es war die letzte Plage vor dem Passahopfer.

Fast konnte sie den Tisch der Familie ihres alten Freundes Joseph in Florenz vor sich sehen, die fein gekleideten nahen und fernen Verwandten, die silbernen Teller und fein gearbeiteten Kelche aus blauem venezianischem Glas mit Goldrand, in die jeder einen Finger getaucht hatte, während im Chor die Plagen rezitiert wurden. »Blut, Frösche, Mücken, Fliegen, Vieh, Blattern, Hagel, Heuschrecken, Dunkelheit, Tod des Erstgeborenen Sohns.«

Jeder Tropfen des rubinroten Weines hatte dabei für eine der Strafen gestanden, durch die Gott Ägypten in die Knie gezwungen und die Juden befreit hatte. Chloe blickte zum Himmel auf.

Sie konnte nicht das geringste erkennen. Selbst ihr Orientierungssinn schien verwirrt, so daß sie nur mit größter Mühe zurückfand. Die ängstlichen Schreie als Bojen nehmend, machte sie sich auf den Weg in Richtung Palast. Die weißgekalkten Wände könnten ebensogut mit Pech überzogen sein, dachte sie, soviel nützen sie mir. Die Hände vorgestreckt, setzte sie einen Fuß vor den anderen. Dann berührte sie etwas Festes und tastete es ab. Eine Tür. Sobald sie eintrat, wurden die zuvor schwachen Schreie ohrenbetäubend laut. Männliche und weibliche Stimmen hallten durch die Lehmziegelmauern; es klang wie das Geschrei einer in Panik versetzten Armee.

»Warum zündet denn niemand eine Fackel an?« fragte sie laut, um festzustellen, ob irgendwer in ihrer Nähe war. Nachdem sie alles abgetastet und dabei mehr als einmal ins Stolpern gekommen war, kam sie zu dem Schluß, daß sie in ihren Gemächern war, oder jedenfalls in Gemächern, die den ihren so ähnlich waren, daß es keinen Unterschied machte. Sie tastete die Wand nach einer Fackel ab und zündete sie an. Wenigstens glaubte sie das. Die Geräusche waren allesamt zu hören, das Prasseln, mit dem der Funke übersprang und die Flamme aufleuchtete. Doch es gab kein Licht. Nichts.

Bestürzt rief sich Chloe die Einrichtung ihres Gemaches ins Gedächtnis. Sie stieß mit ihrem Schienbein gegen einen Stuhl und setzte sich, um nachzudenken. Wie lange dauerte diese Plage? Sie versuchte, sich an jenes eine Passahfest zu erinnern; was hatten sie über die Plage der Dunkelheit gesagt? Verdammt! Hätte ich doch damals nur genauer zugehört, fluchte sie, statt mir den Kopf darüber zu zerbrechen, was Joseph von mir hält... Na gut, wenn es sein mußte, würde sie eben hier sitzen bleiben, bis alles vorüber war. Keine der Plagen hatte allzu lange angedauert, allerdings hätten halb soviele Heuschrecken für eine ordentliche Landplage auch ausgereicht. Trotzdem war Gott bis jetzt einigermaßen gnädig gewesen, urteilte sie sachlich.

Chloe lächelte in die Dunkelheit hinein, erleichtert, daß sie ausnahmsweise einmal wußte, was hier vor sich ging. Ihr Lächeln verblaßte, als sie das Entsetzen in den Stimmen um sie herum hörte. Schreie und Rufe, die Re anflehten, sie nicht im Stich zu lassen.

Ihr Herz begann mit diesen Menschen zu leiden – in ihren Augen war ein Gott gestorben. Zaghaft, weil sie sich vor dem Schwall an Informationen fürchtete, den sie erhalten mochte, schaltete sie die »andere« ein. Ihr blieb gerade noch Zeit, die geistige Tür wieder zu verriegeln, ehe sie in den hereinbrechenden Gedanken ertrank. So saß sie sorgsam analysierend im Dunklen und betrachtete die Welt aus RaEms Perspektive.

Sie sah nichts als Chloe.

Die Ma'at war niedergeworfen. Das zeitlose Gleichgewicht des Universums war gekippt. Es gab weder Gesetzmäßigkeiten noch Verstand, nur noch Qualen, Verwirrung, Betrug. Selbst RaEm, die einen Hang zu sadistischen Sexualpraktiken und ihre Religion betrogen hatte, war wie betäubt.

Für RaEm waren dies die dunkelsten Tiefen der ägyptischen Hölle, die Pfade durch die Unterwelt. Überall, wo kein Licht hinkam, warteten Düsternis, Wesen, die die Menschheit vernichten wollten, Ungewißheit und Tod. Dies war nicht einfach eine Sonnenfinsternis oder was auch immer Chloes moderner Verstand sich zurechtlegte. Dies war das Ende der Welt. Unvorstellbare Schrecken waren wahr geworden. Die Ägypter waren abergläubisch. Wie die meisten Ur-Gesellschaften setzten sie die Dunkelheit mit dem Bösen und das Licht mit dem Guten gleich. Diese Plage war das Böse schlechthin – und die nackte Angst, die sie in jeder ägyptischen Seele weckte, reichte aus, jeden zum Wahnsinn zu treiben.

RaEms Verstand rief verzweifelt die von ihr entehrte Göttin und die nicht mehr sichtbare Sonne an. Sie tobte und heulte und verkroch sich, sie bettelte und flehte um Licht. Chloe schloß die geistige Tür. RaEms panische Fassungslosigkeit war zuviel für sie. Die Angst, das Entsetzen waren einfach zu allumfassend.

Die Dunkelheit war wie etwas Lebendiges, schwer wie eine Wolldecke und genauso beklemmend. Chloe hob die Hand und vermochte sie nicht vor Augen zu sehen. Ihre angeborene Ungeduld würde sie nicht ruhen lassen, während sich ganz Ägypten tagelang verkroch. Wo steckte Cheftu? Langsam erhob sie sich und arbeitete sich Schritt für Schritt zur Tür zum Garten vor. Draußen erwartete sie frischere Luft, und sie spürte, wie sich der Boden unter ihren Füßen änderte.

Es war nicht mehr das Frühlingsgras von vor wenigen Wochen, doch die nackte Erde war immer noch nachgiebiger als das Steinpflaster. Sie legte den Kopf in den Nacken und hielt nach irgendwelchen Lichtern Ausschau: Sonne, Mond, Sterne, UFOs, ganz egal. Nichts war zu sehen. So legte sie sich im Geist einen Lageplan des Palastes zurecht und schlug vorsichtig den Weg in Richtung Audienzsaal ein.

Inzwischen war es ruhiger geworden – Chloe spürte niemanden um sich herum, im Gegenteil, es war gespenstisch still. Sie stolperte über die Kante eines gepflasterten Weges und folgte ihm. Wenn sie sich korrekt erinnerte, würde sie auf diese Weise zu Thuts privatem Audienzsaal kommen. So tastete sie sich Schritt für Schritt und mit schützend vorgestreckten Armen vorwärts.

Ein durchdringender Schrei von Osten her ließ Chloe zusammenzucken und fluchen. Ein zweites Mal gellte er durch die Luft, hoch und durchdringend, fast eine Art Warnung. Chloe hörte schnell näher kommende Schritte und drückte sich an eine Wand, irgendeine Wand, dann hörte sie einen Läufer vorbeilaufen, mit tiefen, gleichmäßigen Atemzügen, direkt auf Thuts Gemächer zu.

Woher wußte er, wohin er mußte? fragte sie sich und trat von der Wand weg. Auf halbem Wege durch den langen Gang – wenigstens nahm sie an, daß es der lange Gang war – hörte Chloe das donnernde Echo der Türen, die gegen die Außenmauern schlugen, dann das Klirren von Rüstungen und das Klatschen unzähliger Sandalen. Brummelnde Männerstimmen schwappten um sie herum hoch, so daß sie sich zurückzog, je näher die Stimmen kamen, jedoch ohne abschätzen zu können, wie nahe sie tatsächlich waren.

Wenig später drang Thuts offenkundig mißbilligende Stimme an ihr Ohr. »Der Zeitpunkt hätte nicht ungünstiger sein können. Als ich mir heute morgen das Horoskop gelegt habe und darin stand, daß mir heute ein roter Hahn schreit, hätte ich ahnen können, daß das eine Katastrophe bedeutet! Diese Apiru-Gottheit ist fest entschlossen, Ägypten in die Knie zu zwingen. Das wird vielleicht eine Überraschung für Ramoses, wenn Hatschepsut, ewig möge sie leben!, ihm gegenübersteht!«

Aii! Offenbar war Pharao eingetroffen.

Chloe preßte sich gegen die Wand, als die Gruppe auf sie zukam. Sie konnte nicht das geringste erkennen, die Dunkelheit war undurchdringlich. Als sein Gefolge in einen Seitengang einbog, klang Thuts Stimme befehlshaberisch wie gewohnt.

»Ruft diesen Moshe und seinen Bruder in den großen Saal. Dann sucht Ameni und meine Wachen! Diesmal werden sie Ägypten in all seinem Glanz erleben!« Seine Stimme war schneidend. »Der Thron der ruhmreichen Hatschepsut, ewig möge sie leben!, soll auf dem Podest stehen. Ihr werdet dafür Sorge tragen!« Thuts weitere Befehle gingen in dem Trampeln zahlloser Sandalen unter, das durch die Gänge hallte. Wo mochte Cheftu nur stecken? Chloe tastete sich weiter vor in Richtung Audienzsaal. In der Dunkelheit müßte es ihr doch möglich sein, sich in einer Ecke zu verstecken und alles mitzuhören, was dort gesprochen wurde.

Langsam löste sie sich von der Wand und ging ein paar Schritte zurück, auf der Suche nach jenem Quergang, der sie zum Audienzsaal bringen würde.

Der edle Herr Cheftu ging vor Pharao, ewig möge sie leben!, auf und ab.

»Was fürchtest du denn, Magus?« fragte Hat. Nur die etwas höhere Stimme verriet ihr Entsetzen über diese mittägliche Mitternacht.

»Meine Majestät, seit vielen Wochen hat dieser Gott Ägypten mit Plagen heimgesucht. Nur wenn wir diese Menschen ziehen lassen, werden wir mit dem Leben davonkommen.«

Hat rutschte in ihrem Sitz herum. Cheftu konnte sie nicht sehen, nicht einmal im Fackelschein, doch das Rascheln von Leinen über Gold und das Klopfen ihrer spitzen Nägel auf den Armlehnen verriet, wie gereizt und ungeduldig sie war. »Seit du fort bist, edler Herr, habe ich die Dienste eines anderen Magus in Anspruch genommen. Er ist nicht so tüchtig wie du, doch er hat eine Erklärung für diese Plagen. Er sagt, sie haben so gut wie nichts mit diesem Propheten zu tun. Und nun ist mir zu Ohren gekommen, daß die edle Dame RaEm ihre Stimme wiedergefunden und den Bastard in ihrem Bauch verloren hat. Stimmt das?«

»Jawohl, Meine Majestät.« Cheftu fragte sich, aus welcher Quelle sie das hatte.

»Gut. Sie ist jetzt mit Thut verheiratet, auf diese Weise sollte er mir eine Weile vom Leibe bleiben.«

»Meine Majestät –«, setzte Cheftu an.

»Es genügt, Magus. Gehen wir zu dem Audienzsaal in Thuts erbärmlich kleinem Palast, um diesen Propheten auf seinen Platz zu verweisen.«

»Aber Meine Majestät –«

»Fall mir nicht ständig ins Wort, Cheftu!« Sie klatschte in die Hände. Als die langsamen Schritte einer Sklavin zu hören waren, sagte sie: »Lege meinen goldenen Schurz und den goldenen Rock zurecht. Sie wollten mit Ägypten verhandeln, und das sollen sie auch!«

Cheftu seufzte leise. Das Unabänderliche würde seinen Lauf nehmen. »Wo ist der edle Senmut?« fragte er. Hatschepsut reiste nur selten ohne ihn. Es wurde beängstigend still.

»Er arbeitet an einem ganz besonderen Projekt. Erst schließt er die Arbeiten am Grab seiner Eltern ab. Er stammt zwar aus einer armen Familie, doch er ist ein ehrbarer Mann vor der Ma'at.«

Cheftu verbeugte sich, eine witzlose Geste angesichts der undurchdringlichen Dunkelheit.

Hat fuhr fort: »Er braucht seine Arbeit nicht im Stich zu lassen, um ein paar aufmüpfige Sklaven zurechtzuweisen.«

»Ein ganz besonderes Projekt?« fragte Cheftu. »Hat Senmut mit seinem Totentempel in Deir El-Bahri Meiner Majestät nicht das erhabenste aller Bauwerke geschaffen? Wie könnte selbst ein einzigartiger Künstler wie Senmut das übertreffen?«

»Diesmal erschafft er nicht etwas Schönes, er erschafft etwas Göttliches und Ewiges.« Ihr Tonfall ließ keine weiteren Fragen zu. »Meine Majestät ist Pharao von Ägypten, ewig möge ich leben! Ich habe diesem Land Frieden und Wohlstand gebracht. Meine Majestät hat es nicht nötig, sich vor irgend jemandem zu rechtfertigen.«

»Sehr wohl, Meine Majestät. Allerdings ist der Frieden, den du dem Land gebracht hast, in Gefahr, in Goshen wie im Süden. Die Kushiten legen es wieder einmal auf eine Machtprobe an. Es wäre doch bestimmt besser, wenn du die Armee aussendest und diesen Aufstand erstickst, bevor er sich ausbreiten kann? Wäre das Gold auf diese Weise nicht besser genutzt?«

Hats Tonfall war eisig. »Meine Majestät weiß sehr wohl, daß das Land nach Blut lechzt. Meine Majestät weiß, daß die Männer in den Krieg ziehen wollen und daß die Söhne, deren Leben ich in dieser langen Friedenszeit geschützt habe, ihrer Sicherheit überdrüssig sind. Trotzdem wird Meine Majestät nicht die Hoffnungen und Freuden der Mütter Ägyptens aufs Spiel setzen, nur um die Bedürfnisse ihrer gelangweilten männlichen Untertanen zu erfüllen! Du überraschst mich, Cheftu! Aus dir hat stets die Stimme der Vernunft gesprochen. Selbst als ich dich ein einziges Mal in die Schlacht zerren wollte, hast du dich geweigert zu kämpfen und dich statt dessen um die Gefallenen auf beiden Seiten gekümmert. Hast du dich in der zornerfüllten Gegenwart meines Neffen-Sohnes derart verändert? Oder bedeutet dein Vorschlag nichts anderes, als daß Meine Majestät vom Thron abtreten und Horus-im-Nest die Doppelkrone überlassen soll?«

Cheftu versuchte, sich seine Angst nicht anhören zu lassen. In seinen Eingeweiden rumorte und tobte es. Wußte sie von dem Treueid, den er Thut geschworen hatte? Oder war sie einfach nur wütend, weil sie keine Kontrolle darüber hatte, was mit ihrem geliebten Ägypten geschah?

»Meine Majestät«, begann er vorsichtig, »ich will nur das Beste für Ägypten. Ich habe mein Leben dem Dienst an unserem Land geweiht. Es macht mir Sorgen, daß die Menschen unzufrieden mit dem Frieden und dem Wohlstand sind, die du ihnen in der Weisheit der Götter hast zukommen lassen. Wäre es nicht klüger, eine kleine Armee zusammenzustellen und die Kushiten niederzuschlagen? Würdest du damit den Wünschen des Volkes nicht besser gerecht werden als mit noch einem Bauwerk? Du hast schon so vieles von dem wieder aufgebaut, was während der Zeit der Hyksos in Ägypten verlorengegangen war; genügt das nicht?«

»Nein.«

Sie saßen in der Dunkelheit, Cheftu voller Angst angesichts der Kälte in Hats Stimme. »Hast du mir stets all deine Geheimnisse offenbart, *Hemu neter*? Mein Verschwiegener?«

In der Dunkelheit zog Cheftu die Stirn in Falten. »Das habe ich, Meine Majestät.«

»Du hast mir nie etwas verheimlicht? Keine magischen Formeln, keine geheimen Sprachen?«

Cheftu, in die Enge getrieben, antwortete ruhig, obwohl es in seinem Magen brodelte. »Nein, Meine Majestät. Mit meinen Fähigkeiten habe ich dir ganz allein gedient.«

»Schwörst du das?«

»Ja.« Hoffentlich fiel ihr das kurze Zögern nicht auf.

»Bei allem, was dir heilig ist?«

»Ja«, wiederholte er verwirrt. So verhielt sich Hat sonst nie. Was war los?

»Beim *Ka* deines Freundes Alemelek?«

Säure schwappte ihm in die Kehle, und er schluckte schwer, bemüht, den kalten Schweiß zu ignorieren, der ihm am ganzen Leib ausbrach. »Ich bitte um Vergebung, Majestät!«

»Alemelek. Du besitzt Zeichnungen, die er angefertigt hat. Skizzen und Zeichnungen, die mit nichts zu vergleichen sind, was mir je vor Augen gekommen ist. Und mit einer derart fremdartigen Schrift versehen, daß sie von den Ufern der Nacht stammen muß, denn nicht einmal Seth würde die Bilder der Götter beiseite schaffen.«

Dahin waren seine Zeichnungen also verschwunden. Um nur zwei Dinge hatte Alemelek ihn gebeten, und bei einem hatte er versagt. Was für die Zukunft bestimmt war, hatte man bereits jetzt entdeckt. Was würde diese Entdeckung noch nach sich ziehen?

»Wer spioniert für dich, Majestät?«

»Dieselbe, die mir berichtet hat, daß du der Herrin RaEmhetepet nicht helfen wolltest, ihr Amt wieder einzunehmen, indem du sie von ihrem Kind befreist, und die das darum selbst in die Hand nehmen mußte!«

Asst, dachte Cheftu. Die kleine Dienerin Basha. Sie war seit der Nacht von Chloes Fehlgeburt untergetaucht, und seither waren auch seine Schriftrollen verschwunden.

»Ihr wißt wohl alles, Majestät?«

»Ganz im Gegenteil, Zauberer. Nachdem man diese Dinge in deinen Gemächern gefunden hatte, wurde beschlossen, auch deine Häuser in Waset, Gebtu und Noph zu durchsuchen. Weißt du, was wir dort gefunden haben?«

Wie erschlagen stand Cheftu vor ihr. Es war alles vorbei.

»Noch mehr von diesen *Kheft*-Schriften. Seitenweise zusammengebunden. Sind das Zaubersprüche, Magus? Oder Flüche? Aus dieser Welt oder einer anderen? Hast du eine vernünftige Erklärung, warum du absichtlich deinen Pharao täuschen solltest?«

Fieberhaft nachdenkend stand Cheftu in der Dunkelheit. Sie hatte seine Bücher entdeckt, die vielen Seiten voller Notizen, die er in den ersten Jahren hier verfaßt hatte, in der Hoffnung, sie eines Tages bei seinen Forschungen verwenden zu können. Die Dunkelheit war unheilverkündend, und er fragte sich, wo in diesem nachtschwarzen Raum sich seine Freundin Hat gerade befand.

»Ich erwarte deine Erklärung, *Hamu neter*«, wiederholte sie mit frostiger Stimme. Er hörte, wie sie auf ihn zukam. »Jahrelang habe ich mir deine Ratschläge zu Herzen genommen. Mein Leben lang habe ich dir vertraut.« Ihre Stimme brach. »Es sieht so aus, als hätte ich eine Kobra an meine Brust gedrückt.« Zornig flüsterte sie: »Entweiche, Magus. Wenn dieser Zauber so düster ist, daß du ihn nicht erklären kannst, dann will ich dich nicht mehr um mich haben. Nimm deine Zaubersprüche und Bilder und kehre in das dunkle Loch zurück, aus dem du geschlüpft bist. Ich gebe dir eine Woche, Ägypten zu verlassen, und solltest du je wieder zurückkehren, werde ich persönlich deinen Leib und deine Bosheit auslöschen.«

Cheftu war bis ins Mark getroffen. Ägypten verlassen? Wohin? Wozu?

»Mein Beschluß soll für alle Zeiten gelten. Gleichgültig, wer

Pharao ist, dieser Beschluß ist Gesetz. So wie mein Vater den verräterischen Prinzen, der sich gegen seine eigene Familie mit den Sklaven verbündete, in die Verbannung geschickt und beschlossen hat, daß sein Name nie wieder ausgesprochen werden soll, so verbanne ich auch dich!«

Hat schleuderte die Papyrusrollen und seine Notizbücher in seine Richtung. »Hinweg mit dir!«

Cheftu krabbelte auf dem Boden herum, um seine jahrelangen Aufzeichnungen aufzulesen. Sie hatte den Raum verlassen; er konnte hören, wie sich ihre Schritte entfernten und sie nach draußen aufs Deck trat. Er sammelte seine Sachen zusammen und bewegte sich unsicher durch den Raum, auf der Suche nach einem helleren schwarzen Fleck, der ihn in die Welt draußen führen würde. Verbannt. Aus Ägypten. Er schluckte schwer und dachte an seine Weingärten, seine ergebenen Diener ... seine Frau.

Ohne daß ihn irgend jemand daran gehindert hätte, gelangte Cheftu über das Deck. Die Stimmen, die er hörte, waren schwach wie das Miauen verlorengegangener Kätzchen. Mit der Sandale unter seinem Fuß ertastete er die abschüssige Rampe, die an Land führte, und Zentimeter um Zentimeter arbeitete er sich über das Holz vor, die Papyrusrollen in seinem Gürtel, in einem Arm die kleinen Notizbücher, den anderen ausgestreckt. Dann spürte er nachgiebigen Sand unter seinen Füßen und seufzte erleichtert.

Soviel Hat auch wußte, von seiner Hochzeit mit RaEm hatte sie offenbar noch nicht erfahren. Würde sie RaEm ebenfalls verbannen oder sie statt dessen hierlassen, um sein Herz noch weiter zu zerfetzen? Wie von selbst schlug Cheftu den Weg durch die Gärten zum Palast ein. Er mußte an Ramoses denken. Er, Cheftu, mußte dabei sein, wenn Hat ihm gegenübertrat, doch gleichzeitig wollte er Chloe nur ungern allein lassen. Er kam ans Tor, und eine verängstigte Wache bemerkte sein Kommen.

»Wer ist da?« Die Stimme des Soldaten bebte vor Furcht.

Nutz es aus, solange du noch kannst, dachte Cheftu. »Der hohe Herr Cheftu! Öffne das Tor, Wache!«

Cheftus autoritäre Stimme verfehlte ihre Wirkung auf den Soldaten nicht. Cheftu durchschritt das Tor und tastete sich so schnell wie möglich vor in Richtung Audienzsaal. Er mußte dort kurz vorbeisehen, ehe er zu Chloe zurückkehrte.

Man konnte die Menschen im Raum fast schmecken. Ihre Angst lag in der Luft wie ranziges Parfüm. Jedesmal, wenn irgendwer schnaufte, riefen sie: »Wer ist das?« Die Angst vor der Dunkelheit und den damit verbundenen Übeln war offensichtlich ein wesentlicher Bestandteil des ägyptischen Bewußtseins, dachte der Gelehrte in ihm zerstreut. Er wandte sich an die ganze Gruppe. »Wann sollen die Israeliten eintreffen?«

Ihm antwortete ein Gewirr von Stimmen, die den Tod der Apiru forderten oder die Götter anflehten und unter denen einige wenige ihm mitteilten, daß man die Sklaven noch nicht gefunden hatte. »Wo ist der Prinz?« fragte er und stieß mit dieser Frage auf vollkommene Ratlosigkeit. Es gab Gerüchte, daß er in seinem Zimmer betete oder daß er eine Armee zusammenstellte, die alle Israeliten töten sollte. Alle schienen zu wissen, daß nur die Israeliten in die Wüste ziehen wollten und daß die Mehrheit der Apiru in Ägypten bleiben würde, selbst wenn die Israeliten abwandern würden.

Er machte sich auf den Rückweg zu seinen Gemächern. Er mußte mit Chloe sprechen.

Chloe hatte eben den Gang zu ihren Gemächern erreicht, als sie hörte, wie jemand ihren Namen, ihren ägyptischen Namen, zischte. Sie wirbelte herum und versuchte, die Stimme zu orten.

»Schwester«, sagte die Stimme, »die Priesterinnen sind zusammengerufen worden. Wir müssen Res Aufmerksamkeit gewinnen. Er ist krank und braucht unsere Hilfe. ReShera wollte schon deine Aufgabe übernehmen, aber wir haben nicht gewagt, das zuzulassen. Sie sieht nur mit dem rachsüchtigen Blick Sechmets, nicht mit dem gnädigen Auge Hathors. Komm mit, Herrin, bitte.«

Chloe gab sich alle Mühe, mit ihren Blicken das Tuch der Dunkelheit zu durchdringen, doch das war unmöglich. Die »andere« identifizierte die Stimme als die von AnkhemNesrt, acht Uhr. Im Gegensatz zu RaEm glaubte Chloe nicht, daß sie die Priesterin je hatte sprechen hören.

»Wirst du kommen, Priesterin? Ich habe Angst ...« Die leise Stimme verstummte zu einem Schluchzen unter verschluckten Tränen.

Chloe drückte sich mit ausgestreckten Armen von der Wand weg. »Natürlich, Schwester«, sagte sie und spürte gleich darauf einen schlanken Körper in ihren Armen.

Das Mädchen schluchzte still vor sich hin. »Wie konnte das geschehen, große Herrin? Wieso haben uns die Götter verlassen? Die Ma'at ist zerstört!«

In der Stimme des Mädchens schwang Hysterie. »Sie wird sich wieder einfinden, AnkhemNesrt«, versicherte Chloe mit fester Stimme. »Doch wir müssen die Forderungen des Israelitengottes erfüllen. Er allein kann uns durch diese Zeit hindurchhelfen.«

Das Mädchen schwieg, während sie sich durch den Gang tasteten. »Wie kann er mächtiger sein als Amun-Re?« fragte sie laut. »Nie, nie zuvor ist uns Res Macht verborgen geblieben! Nicht in allen Dynastien aller Pharaos vor uns. Nicht einmal in der Zeit der Hyksos! Was ist das für ein Gott?« Aus ihrer Stimme klangen Argwohn und Respekt.

»Er ist das Ende und der Anfang. Was war und ist und kommen wird.« Die Worte fielen ihr wie von selbst von der Zunge, und Chloe erkannte, daß es Worte waren, die sie ihr Leben lang in der Kirche gehört hatte. Dann begriff sie, daß sie tatsächlich daran *glaubte.* »Komm, Schwester, wir müssen schnell zum Tempel.«

Leichter gesagt als getan. Die Straßen waren leer, doch die Atmosphäre war gespenstisch, denn überall waren die versteinerten Angstschreie eines überwältigten Volkes zu hören. Die Welt war auf den Kopf gestellt, und Chloe spürte die Angst durch die Gassen schleichen. So schnell wie möglich eilten sie durch die absolute Dunkelheit, geleitet von AnkhemNesrts Orientierungssinn. Chloe fürchtete, daß in Kürze ein totales Chaos ausbrechen würde. Die Menschen hatten zuviel Angst. Um ein Haar hätte ein junger Mann mit schnellem Schwert sie aufgespießt. Es war eindeutig gefährlich, draußen zu sein, wo sich eine Katastrophe zusammenbraute.

Chloes Beine begannen bereits zu schmerzen, als AnkhemNesrt unvermittelt stehenblieb. »Wir sind eine Straße zu weit gegangen.«

Sie machten kehrt und fanden nach langem Suchen den Tempel. Von drinnen konnten sie das Heulen der Priesterinnen hören, die Hathor anflehten, Amun-Re zu Hilfe zu kommen. Sie traten in den

Hauptraum, und AnkhemNesrt begann, an Chloes Kleidern zu ziehen.

»Was machst du da?« flüsterte Chloe.

Entsetzt hielt das Mädchen inne. »Ich ziehe dich aus, Herrin. Natürlich, wenn du lieber eine höhere Priesterin willst, die –«

»Natürlich«, fiel ihr Chloe ins Wort, die sich am liebsten geohrfeigt hätte. Wann würde sie lernen, die »andere« zu konsultieren, ehe sie den Mund aufmachte! »Wir müssen nackt vor der Göttin tanzen, damit sie ebenfalls ihre Kleider ablegt und auf diese Weise Re erfreut, bis er aus seinem Versteck hervorkommt.« Chloes Meinung nach war das eine eher absurde Vorstellung, doch es war sicher besser, als gar nichts zu tun, denn der altägyptische Teil ihres Gehirns ging vor Ratlosigkeit und Entsetzen geistig die Wände hoch.

In RaEms Welt geschah nie etwas, das in den vergangenen tausend Jahren nicht schon einmal passiert war. Man verehrte die Wiederholung, das stetige, immer wiederkehrende, sich niemals ändernde und bis ins letzte vorgezeichnete Leben. Von Spontaneität hielten die alten Ägypter gar nichts. Vor Veränderungen scheute man zurück. Individualität war nicht gern gesehen. Verbesserungen waren unvorstellbar.

Teil des menschlichen Kreislaufs von Geburt, Leben, Ehe, Kindern und Tod zu sein wie auch des Kreislaufs des Landes – Überschwemmung, Wachstum, Ernte, Ruhe: dies waren die heiligen Rhythmen; alles, was davon abwich, wurde gefürchtet und mit Mißtrauen bedacht und mußte so schnell wie möglich aus dem Gedächtnis gestrichen werden. In diesem Moment ging Chloe auf, daß dieser Sonderfall in der ägytischen Geschichte nie aufgezeichnet werden würde.

Diese Plagen, diese Krise würden vergessen werden; schließlich waren sie nur ein einziges Mal geschehen.

Die Luft drückte schwer in Chloes Nacken, als sie auf die anderen zugingen. Die Priesterinnen rieben einander mit Asche ein, um den Verlust des Angelpunktes ihrer Existenz zu betrauern: Amun-Re.

ReShera hatte geschwiegen, seit Chloe eingetreten war; nun reichte sie das silberne Sistrum energischer als nötig an Chloe weiter. Chloe ließ ihren Verstand ein wenig von RaEm leiten und begann im Takt des Sistrums zu tanzen, mit langsamen Bewegungen ihre Muskeln dehnend, während ihr die Worte der anderen Priesterinnen in den Ohren klangen.

»O Hathor! Rette uns aus der ewigen Nacht!
O Herrin! Bring uns die Sonne zurück!
Bring die Ma'at wieder ins Gleichgewicht!
Erfülle uns mit deinem Glanz!
Laß die Dunkelheit nicht siegen!
Sondern bringe uns wieder zu deinem Leben!
O Re! Kehre zu uns zurück!
O Amun! Verlaß uns nicht!
O Götter! Errettet uns aus der Dunkelheit!
Laßt uns in eurem ewigen Licht leben!«

Chloes Stimme war tränenrauh, als sie die Frauen im Kreis flehen hörte. Was als Gesang begonnen hatte, steigerte sich zu einem Heulen – verloren, schmerzerfüllt, hoffnungslos. Stundenlang sangen und tanzten sie, streuten Asche auf ihre Häupter und rissen sich an den Haaren, um die Göttin mitleidig zu stimmen, damit sie ihrerseits Re überredete, wieder zu leuchten.

Doch die Nacht wurde nicht heller, nicht leichter. Schließlich sank Chloe, am ganzen Leib zitternd, zu Boden. Schweiß rann in Bächen über ihren Leib und vermischte sich mit der Asche zu einer klebrigen Paste. Sie fuhr sich mit der Hand durchs Haar und schob sich die Strähne aus dem Gesicht. Ihr Kopf war leer, betäubt von RaEms wachsendem Entsetzen und ihrem eigenen Mitleid für die Frauen, die sie umgaben.

AnkhemNesrt sank neben ihr zu Boden. »Wir werden uns jetzt ausruhen, Herrin. Vielleicht ist es ja Nacht, und der Gott erhebt sich morgen früh wieder?« Sie legte eine warme Hand auf Chloes nacktes Bein. »Möchtest du in der weißen Kammer schlafen, Herrin?«

Chloe wollte auf gar keinen Fall wieder aufstehen, nicht einmal, wenn man ihr ein Zimmer im Hilton versprochen hätte. »Nein, Schwester. Schlaf du dort, wenn du willst.«

»Der Prinz wird heute nacht kommen, Herrin. Bist du sicher? Es ist deine Aufgabe.«

Etwas in AnkhemNesrts Stimme ließ Chloe trotz ihrer Müdigkeit die »andere« um Rat fragen. Nach ein paar Sekunden urteilte sie fest: »Nein. Du mußt der Göttin dienen, AnkhemNesrt. Es sei denn, du wünschst, daß eine andere geht?«

AnkhemNesrt brach vor Erleichterung fast zusammen. »Re-Shera vielleicht?«

»Gut. Ruf sie und sage es ihr bitte«, befahl Chloe und war in der nächsten Sekunde schon eingeschlafen.

Cheftu versuchte, seine Panik zu zügeln. Daß Chloe nicht da war, mußte nicht unbedingt heißen, daß etwas geschehen war. Zum dritten Mal in ebenso vielen Minuten schritt er durch sein Zimmer. Ehuru war da und lauschte ängstlich in die Dunkelheit. Sie hatten mehrere Fackeln angezündet; das glaubten sie wenigstens. Es machte nicht den kleinsten Unterschied.

Das Geräusch eilender Schritte im Gang ließ ihn innehalten. Die hohe, panische Stimme eines Kindes verkündete, daß die Propheten in sechs Dekanen vor Thut und Hat (als wäre er der Ranghöhere von beiden) erscheinen würden und daß ein Kurier verkünden werde, wann der Hof zusammentrat.

Ehuru regte sich. »Soll ich ein Bad bereitmachen, Herr?«

Cheftu mußte unwillkürlich lachen. »Ja, Ehuru. Falls du irgendwo Wasser findest, könnte ein Bad nicht schaden.«

Ehuru stimmte in sein Lachen ein. »Wenn mein Herr ein Bad braucht, werden wir ihm eines bereiten.« Cheftu hörte, wie die schlurfenden Schritte seines Haushälters den Raum verließen. Er blieb wie erschlagen auf seinem Stuhl sitzen. Die Hände ineinander verkrampft, beugte er sich vor. Was konnte er nur tun? Bald hätte er die Dinge nicht mehr in der Gewalt.

Erstens mußte er für jene Vorsorge treffen, die ihm so treu gedient hatten, darunter auch Ehuru. Zweitens mußte er Chloe finden und ihr erklären, was alles vorgefallen war – und sie vor möglichen Gefahren warnen. Er mußte soviel wie möglich von seinen Besitztümern flüssig machen und Gold besorgen. Sie mußten alles für ihre Abreise vorbereiten. Mit dem Schiff? Würden sie es nach

Kallistae schaffen? Nein, das war in einem Vulkanausbruch untergegangen. Retenu? Hatti? Wo waren sie sicher? Was hatte diese Katastrophe überstanden? Wo wären die bevorstehenden Hungersnöte am wenigsten zu spüren? Er fuhr sich mit der Hand über die blinden, geröteten Augen und den Schorf auf seinem Gesicht. Sie mußten packen.

Mit langen Fingern auf seine Hüften trommelnd, durchmaß er wieder und wieder und wieder das dunkle Zimmer.

Chloe schreckte aus dem Schlaf hoch und spürte einen schrecklichen Zug in ihrem Nacken. Sie lehnte an einer Wand und hatte die Arme um die Knie geschlungen, so daß ihr Kopf auf einer Art Kissen ruhte. Sie hätte sich für ihr Leben gern ausgestreckt, doch vor ihren Füßen spürte sie AnkhemNesrts Leib wie den eines Kätzchens, das sich an seine Mutter schmiegt. Schließlich bekam Chloe einen Krampf in den Beinen, und sie stand mühsam auf, sich an der Wand abstützend, damit sie nicht umfiel. Es dauerte ein paar Sekunden, ehe der Krampf nachließ. AnkhemNesrt setzte sich auf und begann, im Dunkeln zu wimmern.

Alle Beschwörungsformeln und Gebete und Gesänge hatten nichts gefruchtet. Es war immer noch dunkler als in der tiefsten Nacht, und Chloe mußte sich beherrschen, um nicht laut loszubrüllen vor Frustration. Statt dessen zog sie AnkhemNesrt hoch und führte sie, einen Arm um das nackte Mädchen gelegt, zum Hauptraum. Der nächste Aerobic-Einsatz, dachte Chloe. Sie hatte keine Ahnung, wie lange sie geschlafen hatten, doch sie hörte, wie sich die anderen regten.

Sie suchte nach dem Sistrum und brauchte ein paar Minuten, bis sie es gefunden und aus ihren Kleidern gefummelt hatte. Das Klingeln weckte die übrigen, und bald tanzten sie wieder im Kreis, doch diesmal blieben ihre Gebete unausgesprochen, wenn auch nicht weniger flehentlich, herzzerreißend und hoffnungslos.

Das Klirren von Rüstungen, Schwertern und Sandalen ließ sie unvermittelt innehalten. Schritte näherten sich. Eine dröhnende Stimme, die Chloe als die von Ameni erkannte, tönte durch die Kammer.

»Der mächtige Pharao, vollkommen in der Ma'at, Kind des Sonnenaufgangs, Tochter Hathors, Hatschepsut Makepre Re, ewig möge sie leben!, befiehlt alle Herrinnen des Silbers noch heute morgen in ihren Audienzsaal.« Er wartete ein paar Sekunden. »Wir sind gekommen, um euch dorthin zu führen.« Chloe spürte, daß die übrigen Frauen in ihre Richtung blickten. Wo war ReShera? »Wir kommen sofort, Kommandant«, sagte sie. »Gestatte uns, unsere Waschungen durchzuführen und uns anzukleiden.«

»Wie du wünschst, Herrin RaEmhetepet.« Die Schritte kehrten in den Gang zurück.

»Ist es schon Morgen, RaEm?«

»Was will Pharao, ewig möge sie leben!, von uns, Herrin?«

»Wie sollen wir uns anziehen, Herrin?«

Die Fragen prasselten auf sie herab, und Chloe nahm ihren besten Befehlston an, um die Ängste zu beschwichtigen und dafür zu sorgen, daß die Priesterinnen die Asche abwuschen und sich anzogen, so gut das eben ohne Spiegel, Dienerinnen oder auch nur den Blick eines Fremden ging. Dann rief Chloe die Priesterinnen der Reihe nach auf. ReShera war nicht aufgetaucht. Niemand hatte Lust, den stockfinsteren Tempel nach ihr abzusuchen, und RaEm fehlte jede Erinnerung an diesen Ort. Auch recht, dachte Chloe. Sie kann genausogut hierbleiben. Die Frauen reichten einander die Hände und spazierten in einer langen Kette hinaus zu ihrer Eskorte.

In der Dunkelheit des Saales lag die drückende Atmosphäre mehrerer hundert Anwesender. Cheftu konnte niemanden sehen, doch er hörte das ängstliche Gewisper, das Rascheln von Leinen und roch vor allem den scharfen Angstschweiß. Er bewegte sich auf die Stelle zu, an der seit jeher sein Platz gewesen war, und entschuldigte sich dabei bei allen, mit denen er zusammenrumpelte oder denen er auf die Füße trat.

Weder Hatschepsut noch Thutmosis hatten den Raum bis dahin betreten, und er gab sich alle Mühe, nicht darüber nachzudenken, wo Chloe sein mochte und warum sie nicht im Palast war. Woher wußte er, daß sie nicht hier war? Wäre er in der Lage, in dieser absoluten Dunkelheit ihre Anwesenheit zu spüren? Waren bereits drei Tage vergangen? Würde es jemals wieder Licht werden?

Der Zeremonienmeister schlug mit seinem schweren Stab auf den Boden. Seine Stimme war wieder so kräftig wie früher, auch wenn Cheftu ein ängstliches Beben darin zu hören meinte. »Heil, Horus-im-Nest«, rief er aus. »Erbe des Thrones! Prinz von Ober- und Unterägypten, Geliebter Thots, Sucher der Ma'at, Heerführer der Truppen Pharaos, ewig möge sie leben!« Cheftu hörte, wie ein Paar Füße sich einen Weg durch die Menge suchten und dann die Stufen erklommen, bevor sich Thut auf dem leise knarzenden Thron niederließ.

Noch einmal schlug der Zeremonienmeister seinen Stab auf den Boden. »Heil! Heil! Pharao Hatschepsut, ewig möge sie leben! Königin des Roten und Schwarzen Landes! Verteidigerin der Ma'at! Geliebte der Göttin! Tochter der Sonne! ...« Der Rest der Litanei ging in lautem Rascheln unter, weil alle sich zu Boden warfen. Selbst der Zeremonienmeister schwieg, während Hat mit leise klickenden Sandalen den Raum durchschritt. Sobald sie das Podest erstiegen und sich gesetzt hatte, hörte Cheftu den gleichmäßigen Tritt ihrer kushitischen Leibwächter, die ihre Positionen rund um den Thron einnahmen.

»Man möge sich erheben!« bellte der Zeremonienmeister, und Cheftu stand gemeinsam mit allen anderen wieder auf.

»Adlige Ägyptens!« Sinnlich und gebieterisch hallte Pharaos Stimme durch den Raum. »Die ihr euer Blut gegeben habt, um die Unversehrtheit unserer Götter und unseres Landes zu gewährleisten! Meine Majestät spricht euch ihren Dank aus. Meine Majestät gewährt euch Ehren, und Meine Majestät fordert eure Treue ein!« Was eigentlich Applaus hätte ernten müssen, wurde mit eisigem Schweigen aufgenommen. Hat fuhr fort: »Die Plagen, mit denen man uns die Seele stehlen wollte, wurden uns von keinem anderen Gott gesandt!« Ihre Erklärung ging in aufgeregtem Gemurmel unter. »Meine Majestät hat aus dem Tempel Amun-Res in Waset den größten Magus Ägyptens mitgebracht!«

Cheftu spürte, wie sich alles in ihm zusammenzog. Also war es tatsächlich so: In den Augen des Thrones war er kein Ägypter mehr. Zu seiner Verblüffung spürte er nach dem ersten Schock keine Trauer darüber.

»Ich stelle euch Iri, meinen Magus, vor!«

Vereinzelt wurde applaudiert. Cheftu hörte Gemurmel im Hintergrund, dann das Schaben eines Stuhles weiter vorne.

»Meine Majestät, meine Adligen«, setzte Iri an.

Cheftu zermarterte sich das Gehirn in dem Versuch, der Stimme ein Gesicht zu geben, jedoch ohne Erfolg. Das Gemurmel der Zuhörer hatte sich zu einem tiefen Raunen gesteigert, und Hat verlangte kühl zu erfahren, was vorgefallen war.

»Die Priesterinnen, die du sehen wolltest«, antwortete der Zeremonienmeister. »Die Israeliten sind ebenfalls eingetroffen.«

»Schick sie alle herein, Zeremonienmeister«, befahl Hat mit tragender Stimme. Cheftu hörte Metalltüren quietschen, dann das leise Tapsen von Schritten, die an ihm vorbeigingen. Ein leichter Hauch nach Asche zog durch die Luft.

»Apiru!« Hats Stimme war laut geworden.

»Sehr wohl, Hatschepsut.« Wie vor den Kopf geschlagen verstummte der gesamte Hofstaat angesichts dieser vertraulichen Anrede: *Hatschepsut* hatte Pharao geheißen, als sie lediglich die zweite Tochter des Pharaos und ohne jede Hoffnung auf den Thron gewesen war. Hat schwieg, und Cheftu meinte beinahe, die Herzen um ihn herum pochen zu hören.

»Ramoses?« Sie klang verdutzt.

»Ganz recht, Schwester. Obwohl man mich jetzt Moshe nennt.« Das Entsetzen war greifbar wie eine über dem Raum zusammenschlagende Welle. Man hörte, wie Hat die Stufen herunterkam.

»Schwester?« Ihre Stimme bebte. »Erst hintergehst du meinen Vater, der dich mehr geliebt hat als all seine Söhne, obwohl du nicht einmal der Sproß seiner Lenden warst! Dann verbündest du dich mit einem Sklaven gegen das wachsende Ägypten, indem du unseren Cousin, meinen Verlobten, ermorden läßt! Jetzt verwüstest du unser Land mit Plagen, und du wagst es, mich *Schwester* zu nennen!« Ihre Stimme hatte sich zu blankem Zorn gesteigert. »Geht und opfert eurem ›El‹, eurem Gott! Nehmt eure Familien und Kinder mit! Aber eure Schafe und Rinder bleiben hier!«

Hats Zorn war wie ein eigenständiges Wesen, und Cheftu

spürte, wie die Menschen in seiner Nähe unter ihrer Wut die Köpfe einzogen. So paßt also alles zusammen, dachte er. Moses hatte nicht nur einen Ägypter ermordet, um einen Israeliten zu verteidigen, er hatte nicht nur jemanden getötet, in dem königliches Blut floß. *Einen Cousin.* Er hatte Hatschepsuts Verlobten umgebracht!

Moshe hatte sich schweigend ihre Forderungen angehört. »Nein, das können wir nicht. Du mußt uns erlauben, Opfertiere und Brandopfer mitzunehmen, die wir Elohim darbringen können. Unser Vieh muß mit uns ziehen; kein Huf soll zurückbleiben. Einige davon brauchen wir für unsere Opfer an Elohim, und vor unserer Ankunft wissen wir nicht, was unser Gott von uns verlangt.«

Man konnte Hats gepreßten Atem hören. »Du gehst über Treibsand, Verräter. Wann wird diese Dunkelheit ein Ende nehmen?«

Schweigen, so düster wie die Dunkelheit, hüllte den Raum ein.

Moshe antwortete: »Jetzt.«

Als würde ein schwerer Mantel vom Fenster weggezogen, wurde es plötzlich hell im Raum. Die Sonne blinkte in den Gewändern der Adligen und wärmte das Alabaster an Mauern und Boden. Das riesige Gemälde eines Pharaos, der seine Feinde niederwarf, erglühte mit neu erwachtem Leben. Ein ehrfürchtiges Raunen erhob sich, als der Tag immer heller wurde, bis hinter den Fensteröffnungen der türkisblaue Himmel zu sehen war und Vogelgezwitscher voller Dankbarkeit die Luft erfüllte.

Cheftu kniff die Brauen vor der plötzlichen Helligkeit zusammen, bis sich seine Augen darauf eingestellt hatten. Drei Ellen von Moshe entfernt stand Pharao, an deren Kostüm sich das Gold erwärmte und an deren hoher Doppelkrone die Juwelenaugen der Kobra und des Geiers zu glitzern begannen.

Ihre Augen weiteten sich, als sie ihren Halbbruder Ramoses sah, der einst Thronerbe gewesen war. Seine Mutter hatte sich so sehnlich ein Kind gewünscht, daß sie einen Knaben aus dem Nil geborgen und ihn als ihr eigenes Kind ausgegeben hatte, als sie trotz aller Gebete und des für Hathor errichteten Tempels ein totes Kind geboren hatte. Ramoses war doppelt so alt wie Hat, doch seine blendende Gesundheit strafte die weißen Strähnen in seinen Haaren und die Sonnenfalten um seine Augen und seinen Mund Lügen.

Schwarzer Blick traf auf schwarzen Blick und erstarrte.

Cheftu sah, wie Hat die zitternden Hände zu Fäusten ballte, nachdem sie Krummstab und Geißel auf dem Thron zurückgelassen hatte. Sie machte auf dem Absatz kehrt und stieg erneut die Stufen hoch, um sich auf dem goldemaillierten Sessel niederzulassen, wo sie mit beiden Händen die Symbole ihrer Macht ergriff.

»Höre, Sklave, wie mein Magus dich als Scharlatan entlarvt! Erst hast du den Prinzen gespielt, und nun spielst du den Erlöser?« In ihrer Stimme mischte sich Skepsis mit Ekel. »Sprich, Iri!«

Iri erbleichte. »Seit vielen Jahren ist uns im Großen Grün ein riesiger Ausbruch geweissagt worden. Schon zweimal ist es seit dem Chaos zu einer solchen Katastrophe gekommen. Mit jeder katastrophalen Explosion sind Omen verbunden, die ihr, wie ich meine, sehr interessant finden werdet. Hört zu, wie sie sich auf Ägypten ausgewirkt haben.« Je mehr er sich für sein Thema erwärmte, desto weniger nervös wirkte er. »Die Strömung hat eine rote Pflanze zu uns gebracht, die das Wasser überzogen und die Fische getötet hat. Da das Wasser auf diese Weise verseucht wurde, sind die Frösche geflohen und an Land gewandert. Je giftiger das Wasser, desto mehr Frösche. Sie leben nicht lang, und sie haben nicht genug Nahrung gefunden, deshalb sind sie in Massen verendet und haben auf diese Weise die Insekten, die vielen Fliegen, Flöhe und Schnaken, die es in unserem Lande gibt, genährt und vermehrt.«

Cheftu blickte in Thuts düsteres Gesicht und las wachsenden Zorn darin. Iri fuhr fort: »Die Insekten haben das Vieh angesteckt, das daraufhin gestorben ist. Währenddessen haben sich draußen auf dem Meer die Winde gedreht, was bei uns zu ungewöhnlichem Wetter geführt hat. In diesem Fall zu einer Heuschreckenwolke, die dem Land auf höchst natürliche Weise Schaden zugefügt hat. Dann folgte der Hagel als Vorläufer der nächsten Katastrophe, die sich im Großen Grün ereignete. Der Vulkan spie schwarzen Rauch, Asche, Feuer und heiße Steine aus. All das hat sich mit dem Hagel vermischt, der zu entzündeten Stellen, Krankheiten und in manchen Fällen sogar zum Tod führte, als er hier fiel.«

Im Saal war es vollkommen still, während jeder Soldat, Priester, Adlige und Diener dieser Analyse der vergangenen Monate lauschte. Alles hätte sich so zutragen können, das war richtig. Doch einem Volk, dessen Leben so eng mit der Religion verknüpft war wie das eines Matrosen mit dem Wasser, fehlte in dieser Erklärung der göttliche Funke, der sie glaubwürdig machte. Jeder der Anwesenden hörte sich die Theorie an, erwog sie und verwarf sie schließlich.

Da die Götter über alles geboten, konnte dies nicht ohne ihre Zustimmung oder Einwirkung geschehen sein. Cheftu stand da und beobachtete Hats Gesicht. Die Religiosität ihres Volkes wäre ihr Untergang. Es gab kein Leben ohne einen festen Zweck und ohne eine unsichtbare Hand, die es leitete. Etwas anderes würden die Menschen hier nicht glauben. Das ist der Unterschied zwischen der griechischen und der orientalischen Gedankenwelt, dachte der Gelehrte in Cheftu. Das ist der Schlüssel.

Iri verbeugte sich vor Hat und zog sich auf seinen Sessel zurück.

»Magus!« rief ihn jemand aus der Menge. »Wenn all diese Dinge tatsächlich so geschehen sind, wie du gesagt hast, welcher Gott hat dann befohlen, daß sie stattfinden sollen? Ihrer oder unserer?« Zwanzig Stimmen fielen in die Frage mit ein, auf der Suche nach einer begreifbaren Antwort auf ihre Verwirrung.

Iri hob beide Hände. »Es war nicht die Hand eines Gottes, es war ein Spiel der Natur«, doch seine Worte gingen in den ungläubigen Protesten der Ägypter unter.

Auf Hats Befehl hin schlug einer der Soldaten laut mit dem Schwert gegen seinen Schild. Der Lärm hallte durch den Raum und ließ die Menschen verstummen. Glitzernd und zornig, den Blick fest auf Moshe gerichtet, saß Hat auf ihrem Thron. Ohne die Augen auch nur einmal von ihm zu nehmen, rief sie nach ihren Priesterinen. Sie hatten sich zusammengedrängt, die grau bestäubten Roben im strahlenden Glanz des ersten Lichtes verborgen.

Sie traten vor, und Cheftu beobachtete entsetzt, wie Pharao gleichzeitig mit ihm Chloe erkannte. Hat schickte einen fragenden Blick in Thutmosis' Richtung, und Cheftu fiel wieder ein, daß sie glaubte, Thut hätte Chloe zur Frau genommen. Groß und stolz stand Chloe vor der Gruppe, trotz der Asche in ihrem schwarzen Haar und der Flecken und Falten in ihrem Gewand.

»Was sagt die Göttin, Herrin RaEmhetepet?« fragte Hat. »Da

du immer noch vor mir stehst, nehme ich an, daß die Dunkelheit gebrochen wurde, bevor dieser –«, sie wies mit ihrer Geißel auf Moshe, »dieser Sklave Re mit einem Zaubertrick wieder enthüllt hat.« Sie wandte sich an Thutmosis. »Was sagst du, Neffe; hat uns deine Braut Hilfe gebracht?«

Ruhig erwiderte Thut Hats Blick. »Als ich heute morgen den Tempel verließ, habe ich das Leben der Priesterin genommen, so wie es mir befohlen ist. Diese Herrin war nicht jene Priesterin, und sie ist auch nicht meine Braut.«

Hat wirbelte zu Chloe herum. »Herrin...« Aus ihrer Stimme sprach Todesverachtung. »Hast du eine andere an deiner Stelle gesandt? Das Recht und die Pflicht obliegen dir! Du hast jemand anderen geopfert? Wer ist gestorben?«

Cheftu spürte, wie ihm kalter Schweiß über den Rücken rann. Chloe war im Tempel gewesen. In den schlimmsten Notzeiten mußte die Hohepriesterin vor der Göttin tanzen und sie anflehen und dann entweder vor Pharao oder Horus-im-Nest treten, die menschlichen Verkörperungen Res. Sie sollte das Wohlgefallen der beiden gewinnen, um auf diese Weise das Wohlgefallen Res zu gewinnen. Wenn der Bann nicht gebrochen wurde, war es die Pflicht des Herrschers, die Priesterin zu opfern, um Ägypten zu retten. Statt dessen hatte Thut die Nacht mit einer anderen verbracht und den heiligen Dolch in deren Brust gesenkt, während ihr Leib noch warm von ihrer Vereinigung war.

Chloe trug die Verantwortung für die tote Priesterin! Er schloß seine Augen zu einem kurzen, von Herzen kommenden Gebet. Still wie eine Statue stand Chloe da. Cheftu hatte grauenhafte Angst, daß sie keine Erinnerung daran hatte, was von ihr erwartet wurde. Sie hatte ihm erzählt, sie hätte keine emotionalen Erinnerungen. Und genau dort müßte sich diese Information befinden.

»ReShera. Ich habe ReShera geschickt«, antwortete Chloe ohne jedes Gefühl.

Hats stählerner Blick heftete sich angewidert und enttäuscht auf Chloe. »Du hast also dein Gelübde gebrochen, eine heilige Schwester verraten und meinen Erlaß mißachtet, den Prinzen zu heiraten!« Schweigend stand Chloe vor ihr. Hat atmete tief ein und ließ steif verlauten: »Also gut, Priesterin. Um deiner Familie, des

Grafen Makab und der Stellung willen, die du in meinem Herzen und an meinem Hof eingenommen hast, wirst du Thut heiraten, eine neue RaEmhetep-Priesterin empfangen und sie gebären, um dann der Schwesternschaft überstellt zu werden, damit sie dich hinrichte, so wie es einer entehrten Priesterin geziemt. Enthebt sie ihre Amtes, und bringt sie mir aus den Augen!«

Cheftu wollte vortreten, doch Thutmosis hatte Hats Aufmerksamkeit bereits auf sich gezogen. »Nein, Pharao. Sie ist vermählt. Ich kann nicht eines anderen Mannes Weib ehelichen.«

Mit haßtriefender Stimme fragte Hat: »Wessen Weib?«

Thut deutete auf Cheftu, der nach vorne ging und vor den Thron trat. »Du!« kreischte sie. »Du Verräter und nochmaliger Verräter!« Offensichtlich verwirrt blickte Thut von Cheftu auf Hat. »Du brauchst dein Weib nicht zu vermisssen! Du bist verbannt! Mögt ihr euch an den Gestaden der Nacht wiederbegegnen!« Ihre Stimme war schrill, und Cheftu sah zu Chloe hinüber. Sie war bereits in der Gewalt von zwei Soldaten, und der abgerissene Ankh-Anhänger, Emblem ihres Amtes, lag in Stücken vor ihren Füßen.

Angsterfüllt leuchteten ihre grünen Augen aus dem ascheverschmierten Gesicht. Er lief auf sie zu und stieß einen Schmerzensschrei aus, als einer der kushitischen Leibwächter ihn zurückschleuderte. Er kämpfte mit aller Kraft, die ihm sein Zorn und seine Angst verliehen, und ohne sich um seinen blutigen Rücken zu kümmern. Strampelnd und zappelnd wurde Chloe halb aus dem Saal getragen und halb geschleift. Dann sah er nur noch die Decke über sich, denn man hatte ihm ein Bein gestellt, und ein Speer drückte auf sein schwer atmendes Brustbein.

So lag er da, keuchend, in lähmender Angst und ohne an etwas anderes denken zu können als an das Entsetzen in Chloes Augen, als sie ihm entrissen wurde.

Hat nahm wieder ihren Platz ein, und mit mühsam beherrschter Stimme wandte sie sich an Moshe: »Nehmt euer Vieh mit. Dafür werdet ihr das älteste Kind aus jeder Familie als Geisel dalassen. Als Pfand dafür, daß die Familie zurückkehrt. Jeder Familie, die nicht zurückkommt, wird das Kind ermordet. Ich werde Schreiber über die Dörfer schicken, die jeden Israeliten in Ägypten auflisten werden.« Sie lachte trocken, aber zuversichtlich. »Ich sehe Angst in deinem Gesicht, Moshe. Du tust gut daran, dich vor dem Thron Ägyptens zu ängstigen.«

»Ich fürchte nicht dich, Hatschepsut. Ich fürchte um dich. Du hast eben das Todesurteil über dein eigenes Volk gesprochen.«

»Aus meinen Augen!« zischte sie. »Und hüte dich, daß du mir je wieder zu Gesicht kommst! Denn an dem Tag, da du mir vor Augen kommst, sollst du sterben.«

Moshes Stimme dröhnte mächtig über die Anwesenden hinweg und grub sich für alle Zeiten in ihr Gedächtnis ein. »Wie du gesagt hast; ich werde dir nicht mehr vor Augen kommen.

Doch hört, was Elohim spricht: ›Um Mitternacht will ich durch Ägyptenland gehen, und alle Erstgeburt in Ägyptenland soll sterben, vom ersten Sohn des Pharao an, der auf seinem Thron sitzt, bis zum ersten Sohn der Magd, die hinter ihrer Mühle hockt, und alle Erstgeburt unter dem Vieh. Und es wird ein großes Geschrei sein in ganz Ägyptenland, wie nie zuvor gewesen ist, noch werden wird; aber gegen ganz Israel soll nicht ein Hund mucken, weder gegen Mensch noch Vieh, auf daß ihr erkennet, daß der Herr einen Unterschied macht zwischen Ägypten und Israel‹«, sagte Moshe. »Dann werden zu mir herabkommen alle deine Großen und mir zu Füßen fallen und sagen: ›Zieh aus, du und alles Volk, das dir nachgeht!‹ Und daraufhin werde ich ausziehen.«

Er kehrte ihnen den Rücken zu und durchschritt den lichtdurchfluteten und doch so düsteren Raum. Mit tränenüberströmtem Gesicht hörte Cheftu, wie Moshes Schritte verhallten.

Das Schlimmste stand ihnen noch bevor.

Chloe wurde in einen dunklen Raum geworfen. Es stank nach Urin, und sie bibberte, als sie das leise Rascheln der Ratten und Mäuse hörte. Wieder einmal saß sie im Dunkeln, nur daß es diesmal ein feuchtes Dunkel und um so schrecklicher war, da sie wußte, daß irgendwo über ihr die Sonne schien und ganz Ägypten wieder in ihren Strahlen badete. Cheftu … Sie schluckte ihre Tränen hinunter und zog die Schärpe um ihre Taille enger. Der Gedanke an die Angst in seinen bernsteinhellen Augen setzte ihr zu. War er verletzt? Wenn er Hats Günstling war, wie sie geglaubt hatte, wieso war Pharao dann so grausam zu ihm? Was war vorgefallen?

Jetzt war sie der Schwesternschaft ausgeliefert. Sie bezweifelte, daß Hat ihren Neffen zwingen würde, sie zu heiraten, und damit hatte sie mindestens neun Monate ihres Lebens verloren. Und außerdem hatte sie ReShera getötet – ohne es zu wissen, aber sie war dennoch tot.

Chloe wischte die Tränen ab, die ihr über die Wagen flossen. Sie dachte an die schicksalhaften Minuten zurück. Als AnkhemNesrt sie gebeten hatte, in die Weiße Kammer zu gehen, und Chloe die »andere« zu Rate gezogen hatte, da hatte sie nur erfahren, daß in dieser Kammer staatlich sanktionierter Sex stattfinden würde. *Nichts* von Tod und Opfer. Zweifellos befand sich dieses Wissen dort, wo immer sich die wahre RaEm eben befinden mochte.

Hatten sie Plätze getauscht? Hatte RaEm jetzt Chloes Faktengedächtnis? Würde es ausreichen, um durchs zwanzigste Jahrhundert zu kommen? Nicht daß das einen Unterschied gemacht hätte. Chloe hatte keine Ahnung, wie sie in die Zukunft zurückkehren konnte, und sie war nicht einmal sicher, ob sie das überhaupt wollte. O Cheftu, weinte sie. Was hatten sie mit ihm gemacht?

Würde sie ihn je wiedersehen?

Sie sank auf den Boden und faßte nach ihrer Halskette. Doch die war nicht mehr da, die lag zerrissen und zerschlagen vor den Soldaten auf dem Boden des Audienzsaales. Ach Cheftu, dachte sie. Bitte vergib mir! Ihretwegen würde man ihn verbannen. Dieses Land, das er so liebte und in das er eben erst zurückgekehrt war, für immer verlassen zu müssen! Wieso hatte Thut ihn nicht in Schutz genommen? Weil es wahrscheinlich alle beide den Kopf gekostet hätte, wenn er zugegeben hätte, daß Cheftu ihm Treue gelobt hatte. Chloe vergrub den Kopf in den Händen und ließ ihren Tränen freien Lauf.

13. Kapitel

Cheftu legte den Pinsel beiseite, mit dem er eben sein Gesinde und seine Besitztümer an Graf Makab überschrieben hatte. Makab wäre entsetzt über diese Wendung der Ereignisse. Er war nicht besonders klug in Gelddingen, doch er war gerecht und würde dafür sorgen, daß die Sklaven freigelassen würden und einen Lohn für ihre treuen Dienste erhielten.

Die Sonne fiel in einem breiten Streifen durch die offene Tür zum Garten. Das Licht strömte durch einen gläsernen Weinkrug neben Cheftu und überzog das Zimmer mit einem Honigwabenprisma an Rottönen. Wie Blut, dachte Cheftu trübsinnig.

Am Morgen hatte man den dünnen Leichnam einer Ägypterin bei ihm abgeliefert. Im Austausch für seine Frau, wie der Gardist erklärt hatte. Man hatte ihr das Gesicht bedeckt, doch ihr Anblick hatte Cheftu zutiefst getroffen. Er war ReShera nur wenige Male begegnet, soweit er wußte – die Frau hatte nicht den Eindruck erweckt, als würde sie sich etwas aus ihm machen. Der Leichnam hatte einen silbernen Ankh-Anhänger mit ReSheras Namen getragen, es mußte also sie gewesen sein, doch er war nicht völlig sicher. Ohne Chloes grüne Augen sah eine schwarzhaarige, braunhäutige Frau fast aus wie die andere.

Cheftu und Ehuru hatten sie in das örtliche Haus der Toten gebracht, um sicherzustellen, daß sie ein anständiges Begräbnis bekam.

Thut hatte gute Arbeit geleistet, sie schnell getötet und sie dann ausbluten lassen. Insgeheim erleichtert, daß es nicht Chloe getroffen hatte, hatte Cheftu den zierlichen Leib in ein Leinengewand gehüllt. Zumindest hatte es Chloe nicht erwischt.

RaEm. Chloe. Tränen schnürten ihm die Kehle zu. Was er empfand, ging weit über bloße Liebe hinaus. Chloe war die Frau, der er vertraute, die Frau, die er respektierte, die Frau, die seinem eigenen *Ka* entsprungen war. Die jetzt weiß Gott wo war.

Er widmete sich wieder seinem Brief. Er mußte ihre gemeinsamen Besitztümer zusammensuchen und eine Schiffspassage buchen, und dann mußte er Chloe finden und retten.

Ehuru trat in den Raum. »Herr, du hast einen Besucher.« Cheftu sah ihn an. Ehuru war über Nacht gealtert. Nichts wünschte sich Cheftu im Moment weniger als Gesellschaft, doch es führte kein Weg daran vorbei. Er ließ ein geisterhaftes Lächeln aufscheinen. »Führ ihn herein.«

Makab trat in den Raum, in glänzendweißes Leinen gehüllt, doch mit abgezehrtem, verhärmtem Gesicht. Cheftu stand auf und streckte ihm beide Arme entgegen.

Makab umarmte ihn. »Leben, Gesundheit, Wohlergehen, mein Freund.«

»Dir ebenfalls. Bitte nimm Platz. Hast du gegessen?«

»Mir ist nicht nach...« Makabs Stimme war leise. »Wie geht es meiner Schwester, Cheftu? Welche schwarze Magie geht hier vor?« Ehuru erschien in der Tür, und Cheftu bat um Wein und irgend etwas Eßbares aus der Küche für seinen Freund.

»Du weißt es also?«

Makab ließ sich in einen Stuhl sinken. »Was?«

»Wieso bist du hier?« fragte Cheftu in dem Versuch, seinen Freund nicht zu verängstigen.

»Ich habe eine Depesche erhalten, daß RaEm Thut heiraten sollte, also habe ich mich auf die Reise gemacht. Erst sind uns auf dem Weg zum Fluß die Pferde gestorben. Wir mußten mehrere Tage lang zu Fuß gehen. Dann habe ich mehrere gute Gefolgsleute in einem Feuerhagel verloren. – Ich muß gestehen, so etwas habe ich noch nie gesehen! Wir haben von der Hand in den Mund gelebt, bis die Heuschrecken über uns herfielen. Sie haben alle Bäche verstopft und alles Grüne abgefressen. Nur weil wir sie gegessen haben, haben wir überlebt. Dann sind wir am Fluß angekommen und hätten nur noch wenige Tagesreisen vor uns gehabt, als sich eine schwarze Nacht über uns senkte und alle Leute in Panik gerieten. Es kam zu einer Meuterei, bei der wir den größten Teil der Mannschaft und den Kapitän verloren haben. Wir sind eben erst angekommen. Von meinen zwanzig Mann Begleitung sind nur noch fünf übrig.« Er seufzte und nahm Ehuru einen Weinkelch ab. »Die Schrecken an den Gestaden der Nacht können nicht schlimmer sein.«

»Bist du sofort zu mir gekommen?«

»Ganz recht, mein guter Freund. Ich weiß, daß man dir den Auftrag gegeben hat, auf sie aufzupassen, nachdem ...«, er stockte. »Auf sie aufzupassen, nachdem sie hierher verbannt worden war. Ich habe gedacht, sie wollte Nesbek heiraten, aber nun soll sie statt dessen Thut heiraten ... Ich weiß nicht, was hier gespielt wird.«

»Sie hat mich geheiratet.«

Makab lachte. »Sie haßt dich!«

Cheftu grinste und zog eine Braue hoch. »So wie ich sie gehaßt habe!«

Makab schrubbte sich mit der Hand übers Gesicht, kippte dann den Rest des Weines hinunter und reichte Ehuru den Becher zum Nachfüllen. »Wie?«

Cheftu seufzte. »Es würde Tage und dazu wesentlich mehr Wein brauchen, um das zu erklären. Beschränken wir uns darauf, daß sie eine Staatsgefangene ist, daß mir weniger als eine Woche bleibt, um Ägypten ein für allemal zu verlassen, und daß die schlimmste Plage von allen uns noch bevorsteht.«

Makabs Miene war haßerfüllt. »Eine Staatsgefangene? Ein verbannter Erbprinz? Plagen? Das mußt du mir erklären, Cheftu. Nenn mir einfach die Fakten. Wieso ist sie eine Gefangene?«

»Sie hat versehentlich an ihrer Stelle eine andere Priesterin zu einem Tempelritual geschickt. Das andere Mädchen wurde als Opfer getötet.«

»Ein Opfer? Ein Menschenopfer? Das ist barbarisch! Seit dem Chaos haben wir Ägypter keine Menschenopfer mehr gebracht!«

»Seit dem Chaos ist auch die Sonne ohne Ausnahme jeden Morgen zum Himmel aufgestiegen. Im Gegensatz zu den vergangenen Tagen.«

Makab wandte den Blick ab. »Gut.« Er blickte Cheftu über den Rand seines Bechers hinweg an. »Also hat sie eine andere geschickt?«

»Ja. So sicht cs aus.«

»Du klingst, als hättest du Zweifel.«

Cheftu kratzte sich an der Brust. »Die habe ich auch. Irgendwie reimt sich das nicht zusammen. Hat hat ihr Urteil zu schnell gefällt. Sie ist Pharao, doch sie handelt nicht in Abstimmung mit den Hohepriestern. Sie hat RaEm sogar von *Soldaten* ihrer Priesterwürde entheben lassen.«

»Von einfachen Soldaten? Nur ein Hohepriester kann einem anderen die Priesterwürde nehmen. Hapuseneb mag zwar einen Großteil der Priesterschaft für Pharao, ewig möge sie leben!, eingenommen haben, doch ich kann mir nicht vorstellen, daß er diese Befugnis abgegeben hat.«

»So ist es«, bekräftigte Cheftu. »Es reimt sich einfach nicht zusammen.«

Makab leerte einen weiteren Becher Wein. »Und wieso hat man dich verbannt? Das stimmt doch nicht, oder?«

»Doch.« Er reichte Makab den Brief, den er wenige Augenblicke zuvor versiegelt hatte. »Ich habe dir geschrieben, weil ich dich bitten wollte, für meine Diener und meinen Besitz zu sorgen.«

Makab sah ihn an. »Ist Hatschepsut, ewig möge sie leben!, verrückt geworden? Sie kann dich nicht in die Verbannung schicken! Deine Position wurde dir über viele Generationen hinweg vererbt, genau wie mir die meine! Was hat sie für Gründe?«

Cheftu senkte den Blick. Wie sollte er diesem Musterknaben an altägyptischer Standfestigkeit erklären, daß er ein Hochstapler war, und zwar seit fünfzehn Jahren? Daß Makabs Schwester in Wahrheit eine Frau aus der Zukunft war, die mit einem Bogen schießen und ohne Sattel auf dem Pferderücken reiten konnte?

Makab sah ihn an, bis sein Gesicht von Verständnis erhellt wurde. »Es geht hier um RaEms *Ka,* nicht wahr?«

»Das ist die einfache, aber zutreffende Betrachtungsweise.«

»Sie hat das Ritual nicht begriffen, und deshalb mußte die andere Priesterin sterben, richtig?«

»Ja, das entspricht in etwa der Wahrheit.«

Makab stand auf und stellte sich an das Fenster zum Garten. »Ich habe gewußt, daß ihr irgend etwas fehlt, als ich sie in Karnak gesehen habe. Noch nie habe ich so grüne Augen gesehen. Es waren die Augen einer Fremden, und wir waren ihr genauso fremd wie sie uns. Wie konnte das passieren?«

Cheftu fuhr sich mit der Hand durchs Haar. »Es hat etwas mit Hathors Silberkammer zu tun. Ich weiß es noch nicht. Sie hat es nicht verdient, für einen solchen Irrtum zu sterben, aber das kann ich Pharao kaum klarmachen.«

Makab drehte sich wieder zu ihm um. »Woher weißt du all diese Dinge, Cheftu? Wieso hat sie ausgerechnet dir vertraut?«

Cheftu erhob sich zu voller Größe und sah Makab lange an. »Du hast mich doch schon als Kind gekannt?«

»Natürlich. Wir waren beide *W'rer*-Priester und haben als älteste Söhne unsere Zeit im Tempel abgeleistet, bis man uns nach Hause gerufen hat, damit wir für unsere Familien sorgen.«

»Genau.«

Makab sah ihn eindringlich an, die dunklen Augen angestrengt zusammengekniffen. Mehrere Minuten verstrichen, dann stolperte er plötzlich einen Schritt zurück. »Wer bist du?«

»Wieso fragst du das?«

»Du warst ein kränkliches Kind. Du konntest weder schnell laufen, noch konntest du jagen. Du hattest Schwierigkeiten beim Lesen. Jetzt bist du schneller als eine Katze, ein Jäger und ein Gelehrter, der sich innerhalb weniger Tage die Schriftrollen im Tempel einprägt.« Makab atmete tief ein und zog die Stirn in Falten. »Eines Tages hat man dich in Hathors Kammer auf dem Boden gefunden. Tagelang warst du krank.« Seine Hand schloß sich um das Amulett um sein Handgelenk. »Was bist du?«

»Ich bin dein Freund, Makab. Aber«, er hielt inne, »ich war auch ein junger Mann mit glänzender Zukunft und einer liebenden Familie, der nach Ägypten gereist war, um die Hieroglyphen zu entziffern.« Cheftu seufzte, als er sah, wie Angst die Miene seines Freundes entstellte. Er setzte sich wieder. Dann reichte er seinem Freund Makab seinen Dolch, das Heft voran. »Wenn ich für dich ein *Kheft* bin, mein Freund, dann töte mich. Ohne Chloe hält mich ohnehin nichts mehr in diesem Leben. Oder du wartest einfach ab. Ich bin der Erstgeborene, also habe ich sowieso nicht mehr lange zu leben.« Er lächelte traurig.

Makab nahm den Dolch und sah seinen Freund an.

Cheftu beobachtete ihn mit absolut ausdruckslccrcm Gesicht. Völlig gelassen hob er die Hand, riß den Kragen seines Leinenhemdes auf und legte die braune, haarlose Brust eines Adligen frei. »Tu es oder hilf mir, damit Chloe am Leben bleibt.«

»Sie heißt Klo-e?« Makab stolperte über die Silben, ohne auch nur einmal den Blick abzuwenden.

»Ja.«

»Kommt ihr aus derselben...?« Makab ließ die Frage offen.

»Nein. Sie stammt aus einem anderen Land und aus einer Zeit viele Jahre nach der meinen.«

»Nimmst du sie mit zurück?«

Cheftu seufzte und ließ die Hände sinken. »Ich weiß nicht, wie. Ich weiß nicht, ob das überhaupt möglich ist. Doch wenn sie der Schwesternschaft nicht entkommt, und zwar bald, dann wird es keine Chloe mehr geben und auch keine RaEm.«

Makab schob den Dolch in seinen Gürtel und setzte sich Cheftu gegenüber. »Weißt du, wo man sie gefangenhält?«

»Wirst du mir helfen?«

Makabs brauner, fester Blick verband sich mit seinem. »Ja, mein Freund. Ich werde euch helfen, in eure Welt zurückzukehren, wenn ihr das wünscht. Wir brauchen einen Plan.«

Seufzend packte Cheftu Makabs Hand. Er spürte ein kurzes Zögern, dann wurde sein Griff erwidert. »Ich werde dir alles erzählen, was ich weiß.«

Hats Strafen und Drohungen immer noch in den Ohren, ließ sich Thut auf sein Ruhebett fallen. Sie würde nach Waset zurückkehren, aber mit dem nächsten Schiff wieder herkommmen, sobald sie sich von den Fortschritten bei Senmuts Projekten überzeugt und sich als Erlöserin hatte feiern lassen, die der Welt Res Licht zurückgebracht hatte.

RaEm hatte Hat bei ihm gelassen. Die Schwesternschaft sandte eine Vertreterin, die RaEm in die westliche Wüste begleiten sollte, wo sie, wenn sie Glück hatte, auf der Stelle sterben würde. Wie das arme Mädchen, das ich umgebracht habe, dachte Thut bedrückt. Vollkommen sinnlos. Während mein Samen eben in ihr Wurzeln schlug und ihr jungfräuliches Blut noch auf meinen Lenden war. Vollkommen sinnlos. Es hatte nur ein Wort von Moshe an seinen Gott gebraucht, und schon waren Licht und Leben zurückgekehrt.

Moshe war also der Onkel, von dem er hatte flüstern hören. Den sein Vater zu hetzen gelobt hatte – vergeblich. In irgendeiner Nacht würden um Mitternacht die erstgeborenen Söhne sterben. Eine ganze Generation an Männern. Thut schloß die Augen und wünschte, er könnte die Gedanken abschütteln, die seinen Geist marterten. Jetzt würden er und jeder Ägypter, der etwas Verstand hatte, voller Entsetzen in die untergehende Sonne blicken und sich fragen, ob sie möglicherweise das letze Mal ihr Licht gesehen hatten. Ob dies die Nacht des Todes sein würde.

Und ob sie ebensoviel Zerstörung bringen würde wie diese Dunkelheit. Innerhalb von drei Tagen war mehr als ein Fünftel der Stadtbevölkerung umgekommen, zumeist vor Angst. Alte Männer hatten in der Dunkelheit um sich gestochen und ihre Familien und Nachbarn getötet. Junge Frauen hatten ihre Kinder schützen wollen, doch ihnen nichts zu essen verschaffen können, weil sie solche Angst vor der Dunkelheit gehabt hatten. Ganze Familien hatten Selbstmord begangen, weil sie glaubten, daß Amun-Re gestorben war. Erschöpft fuhr er sich mit der Hand über das Gesicht. In den Straßen stand Blut. In der Luft lagen die Trauerschreie der Menschen, die von ihrer Schuld zerfleischt wurden. Sie hatten in Panik getötet, ohne zu wissen, wen sie trafen.

Gut, er konnte dieses Volk bestrafen – die Apiru, die Israeliten: sie schlagen, sie noch tiefer in die Sklaverei zwingen, sie sogar töten lassen. Doch welchen Preis würde ihr zorniger Gott dafür einfordern? Wenn ich die Konsequenzen nur auf meine Schultern nehmen könnte, dachte Thut. Um jene zu schützen, die den Thron und die Götter lieben und ihnen dienen.

Doch ein Gott stellte sich nicht mit den Menschen auf dieselbe Stufe. Inzwischen war Thut fest davon überzeugt, daß sie es mit einem Gott zu tun hatten. Es gab keinen Zweifel, daß er mächtig war; offenbar kannte sein Volk nicht einmal seinen Namen und nannte ihn deshalb Elohim, »ihren Gott«. Hieß der Sonnengott Amun-Re nicht »der Verborgene«? Zwei nicht erkennbare Gottheiten rangen um das Land Ägypten. Offenbar hatte Amun-Re zur Zeit anderes zu tun und kümmerte sich nur wenig um sein Volk. Thutmosis wagte nicht einmal zu glauben, der Gott könnte angegriffen oder tot sein. Mit aller Kraft setzte er sich auf und stellte beide Füße auf den Boden.

Dann war da noch Cheftu, sein jüngster Gefolgsmann, dem das Herz aus den Augen gesprochen hatte, als er mit ansehen mußte, wie RaEm aus dem Raum geschleift wurde. Immer noch bewachten Hats kushitische Leibwächter RaEms Zelle. Cheftu hatte Thut nicht in Gefahr gebracht, indem er ihn angefleht hate, ein Wort für RaEm einzulegen. Diese Schuld würde Thutmosis ihm eines Tages vergüten.

Thut stand auf; er hatte das Gefühl, seine Frauen oder Kinder seit Wochen nicht mehr gesehen zu haben. Die Kinder, die er womöglich noch heute nacht verlieren würde. Die Angst verlieh seinen Füßen Flügel, und fast laufend erreichte der Prinzregent die Türen zu seinem Harem.

Dunkelheit senkte sich über Cheftu, Makab, Meneptah und den Kommandanten Ameni, der Cheftu seit einer Schlacht in Kush sein Leben schuldete. Cheftu spürte nassen Schweiß auf seiner Hand, als er sie um das Heft seines Dolches schloß. Heute nacht würde er töten, wenn es sein mußte, und niemand konnte ihm dafür die Absolution erteilen oder ihm vergeben, denn er würde es mit voller Absicht tun. Er betete nur, daß Gott ihm Chloe zurückgeben würde. Verglichen damit, sie zu verlieren, war der Verlust seines ägyptischen Erbes nur eine Kleinigkeit. Der Mond stand im zweiten Viertel; morgen wäre er voll. Meneptah warnte sie, daß morgen die Nacht des Todes käme. Er hatte ihnen beschrieben, wie sie sich schützen konnten, doch zu Cheftus Enttäuschung hatten weder Makab noch Ameni so aufmerksam zugehört, wie es angebracht war. Sie glaubten es *immer noch nicht.*

Diese düsteren Gedanken würden ihn heute nacht nicht weiterbringen. Heute nacht – wo es in seiner Verantwortung lag, diese Männer sicher vor der Morgendämmerung nach Hause zu bringen, bevor der Alarm ausgelöst würde und er und Chloe auf einem schnellen Boot in Richtung des Großen Grüns unterwegs wären. Er hatte Gold, Juwelen, Essen und etwas anzuziehen dabei. Eine kostbare Ladung Gewürze hatte er bereits vorausgeschickt. Finanziell wären sie auf jeden Fall abgesichert.

Leise schlichen sie durch das Laub und kamen im Schatten des großen verlassenen Tempels wieder zusammen. Gestern nacht hatte sich AnkhemNesrt in seinen Garten gestohlen und ihm erzählt, was sie von RaEms Wachen im Tempel erlauscht hatte. Sie hatte ihm einen Plan der Tempelanlage skizziert und verschiedene Stellen gekennzeichnet, an denen es unterirdische Kammern und Räume geben mochte. Cheftu hatte sich die Skizze sofort eingeprägt und gebetet, daß sie korrekt war.

Der Mond legte schwarz-silberne Umrisse um alles. Aus dem Gebäude heraus hörte man die Stimmen der verbliebenen Priesterinnen. Nirgendwo war ein Wachtposten zu sehen. Hatschepsut würde damit rechnen, daß er etwas unternahm, und Vorbereitungen treffen, das wußte er. Daß er nicht in der Lage war, ihre Maßnahmen zu erkennen, ließ seinen Magen rebellieren; doch er hatte keine Wahl. Er kroch vorwärts.

Sie trugen keine Sandalen, denn sie wollten lautlos durch die steinernen Kammern gelangen. Cheftu zuckte zurück, als sie an einen Quergang kamen und er die unverkennbaren Umrisse eines kushitischen Wachpostens ausmachte. Um ihn herum loderten mehrere Fackeln, und sein Schwert war bereits gezückt. Das Licht spiegelte sich auf seiner ebenholzschwarzen Haut, die im Kontrast zu seinem weißen Schurz und Lederkragen noch dunkler wirkte. Zusätzlich trug er ein Messer in seinem Schienbeinschutz, eine weitere Klinge außen am Oberarm und einen Köcher um die Brust. Der dazugehörige Bogen lag auf einem Tisch hinter ihm.

Cheftu fluchte still in sich hinein. Der Mann war bewaffnet wie ein Straßenräuber. Was sollten sie tun? Er spürte einen Druck auf seinem Arm und sah sich um. Ameni stand hinter ihm, einen kleinen Dolch in der Hand wiegend, den er in den richtigen Winkel zu bringen versuchte. Sie hatten nur einen einzigen Versuch. Cheftu wich in den Schatten zurück. Ameni verfehlte sein Ziel nicht, und der glücklose Wachposten sank langsam in die Knie, bevor er vornüber kippte und den Dolch damit noch tiefer in seine Brust trieb.

Sie warteten unendlich lange Sekunden ab. Der Wachposten war ganz leise umgekippt, doch Cheftu wurde fast wahnsinnig vor Angst. Wie Geier den Leichnam umkreisend, stellten sie seinen Tod fest und nahmen ihm seine Waffen ab. Er hatte vor einer Gabelung im Gang Wache gestanden, deren einer Zweig zu einer Falltür wurde, während sich der andere im Dunkel verlor. Diesen Gang hatte AnkhemNesrt nicht auf ihrem Plan eingezeichnet. Sie teilten sich auf; Meneptah ging mit Cheftu, Makab mit Ameni.

Als sie die Leiter unter der Falltür hinabstiegen, mußte sich Cheftu beherrschen, um Meneptah nicht fortzuschicken. Es war möglich, daß er heute nacht sterben würde, der nächste Tote, der auf Cheftus Schultern lastete. Seine Gedanken verpufften, als er leise, verstohlene Schritte hinter sich hörte. Er sprang von der Leiter und wirbelte zu seinem Gegner herum. Ihm stockte der Atem, als die ausgestreckte Klinge in den Unterleib des Wachpostens fuhr, doch danach nahm er nichts mehr wahr, während er den Kushiten niederrang, ihm die Luft abdrückte und ihn erst wieder losließ, als er seinen Körper schlaff werden spürte. Er prüfte den Pulsschlag: nicht tot. Nach einem Moment des Zögerns winkte er Meneptah zu sich her, und sie rannten mit fliehenden Füßen durch den abschüssigen Gang.

Chloe fuhr aus dem Schlaf hoch, denn sie hatte ein Geräusch gehört, das weder von den raschelnden Ratten noch von ihrem knurrenden Magen oder dem schnarchenden Wachposten neben ihrem Verschlag stammte. Sie setzte sich auf, zog dabei an ihrer Kette und weckte ihn dadurch auf. Er grunzte kurz und legte sich wieder hin. Es war ein teuflisch ausgetüfteltes Arrangement, dachte Chloe. Sie befand sich in einer kleinen Kammer und war mit den Fußgelenken an einen Wachposten in der äußeren Kammer gefesselt, allerdings mit einer Tür zwischen ihnen beiden. Er bekam jede ihrer Bewegungen zu spüren – und fast immer wachte er davon auf. Sie seufzte tief. Wenn jemand in die Zelle blickte, würde er nur eine Einzelzelle mit einem Gefangenen – dem Wachposten – sehen und weitergehen. Bestimmt würde er nicht hinter eine allem Anschein nach massive Mauer blicken, in der nur unten ein kleiner Spalt für ihre Ketten freigelassen worden war. Sie starrte an die Wand, als sie das Geräusch erneut hörte, Metall, das auf Metall prallte. Ihr Wachposten fuhr hoch und öffnete die Tür zum Gang. Sie hörte ihn schreien und spürte, wie sein Körper sich nach vorn bewegte, wodurch sie automatisch an ihrer Fußgelenkfessel mitgerissen und gegen die Wand geschleudert wurde. Mit ersterbender Stimme rief sie nach Cheftu... und glitt in die Dunkelheit.

Der Mann war tot, der Raum leer, nirgendwo war eine weitere Tür zu entdecken. Ameni besah sich das Gemetzel, die blutbespritzten Wände, die enthaupteten und verstümmelten Leichen der Männer, die nur ihre Pflicht getan hatten. Ihm war übel. Meneptah übergab sich auf den Boden, und Cheftu war so verzweifelt, daß es ihn kaum auf den Beinen hielt. Ameni versetzte dem Leichnam einen Tritt und schloß die Tür. Erschöpft führte er den kleinen Trupp nach oben und hinaus in die anbrechende Morgendämmerung... Sie hatten versagt.

Cheftu wurde von einem Klopfen aufgeschreckt, denn er fürchtete, daß Hat vor seiner Tür stehen würde. Doch dann besann er sich, daß sie höchstwahrscheinlich nicht erst anklopfen, sondern gleich die Tür eintreten lassen würde. Zu seiner Erleichterung kam Ehuru herein, gefolgt von Meneptah. Ohne ein Wort zu sagen, ließ sich Meneptah an Cheftus Tisch nieder und starrte auf das dünne Brot und den Wein darauf. Cheftu wandte den Blick ab. Das Schiff hatte ohne sie abgelegt. Chloe verschmachtete ohne Hoffnung auf Rettung irgendwo in den Tiefen dieses verfluchten Tempels, und Thut hatte vor einem halben Dekan eine Vertreterin der Schwesternschaft empfangen. Durch die Sanduhr in seinem Geist rieselte Korn um Korn. Bei Gott, es mußte doch eine Lösung geben!

»Kommst du mit uns, Herr?« fragte Meneptah und holte Cheftu damit in die Gegenwart zurück. »Wir können dein Wissen brauchen, und du könntest auf diese Weise das Land verlassen.

Vom Kai legen keine Boote mehr ab; das ist eine königliche Verfügung.«

»Ich kann nicht weg, ehe ich weiß, daß ich RaEm nicht mehr helfen kann. Ich muß noch mal versuchen, sie zu finden. Vielleicht wird sie nicht mehr so schwer bewacht, wenn man sie erst in die Wüste bringt.« Er klammerte sich an einen Strohhalm, das war ihm bewußt, doch er wagte nicht, weiterzudenken. »Eine Angehörige der Schwesternschaft hält sich hier in Avaris auf. Vielleicht könnte einer von uns sich für sie ausgeben…«

Meneptah schüttelte den Kopf. »Ich glaube nicht, daß sich die Angehörigen der Schwesternschaft beim *Atum* rasieren müssen. Das würde uns verraten.«

Cheftu zeigte den Schatten eines Lächelns. »Ja, natürlich.«

Sie saßen schweigend beisammen, als Ehuru eintrat, die Augenbrauen bis zur Perücke hochgezogen. »Eine Nachricht für dich, Herr.«

Es waren knappe Worte, in Makabs klarer Handschrift verfaßt. »Die Herrin ist auf dem Boot *Göttin des Horizonts*. Sie wird jetzt dorthin gebracht und wird dort bis Mitternacht mit nur zwei Sechmet-Priesterinnen als Wache bleiben. Danach wird die Hohepriesterin zurückkehren, und sie werden sofort Segel setzen. Ich wünsche Dir und der Herrin eine sichere Reise, wohin Ihr auch fahren mögt.« Wortlos reichte Cheftu die Botschaft an Meneptah weiter.

Der Israelit las sie durch und sah ihn dann mit furchterfüllten braunen Augen an. »Mein Herr, mein Freund. Du weißt, was heute nacht passieren wird! Du mußt in einem deiner Häuser bleiben, wenn dir nichts passieren soll. Du darfst kein Risiko eingehen!«

Cheftu sah ihn mit einem traurigen Lächeln an. »Ich wage es nicht, weniger zu tun.«

Chloe wurde hochgerissen. In ihrem Kopf dröhnte es, und der Zorn in der Stimme des kushitischen Wachpostens war nicht zu überhören. Die Tür zwischen den beiden Zellen ging auf, und Chloe stieg in eine kühle, klebrige Pfütze, bevor sie nach draußen trat. Man schnitt ihr die Fesseln von den Füßen, dann wurde sie den abschüssigen Gang hinaufgezerrt. Ein spitzes Messer im Rücken, erklomm sie eine Leiter. Sobald sie sich im eigentlichen Tempel befand, sah sie sich um. Der Wachposten schubste sie auf das Licht am Ende eines Ganges zu, und Chloe hätte beinahe vor Erleichterung geweint, als sie die Sonne sah. Sie war bereits im Sinken begriffen, doch zum ersten Mal seit Tagen wurde es Chloe warm, und sie konnte ihr Los und ihren Hunger vergessen. Nur Cheftu nicht.

Sie biß die Zähne zusammen.

Man stieß sie grob auf einen Streitwagen, dann wurden ihre Hände um die breite Taille des Wagenlenkers gefesselt, der daraufhin mit ihr durch die ärmeren Viertel der Stadt auf das Flußufer zuhetzte. Der Duft von Blut und bratendem Fleisch hing in der Luft, und Chloe mußte kurz daran denken, wie oft sie für Nudeln oder Fisch auf ein Steak verzichtet hatte. Eine Sekunde lang blitzte das Bild eines durchgebratenen T-Bone-Steaks, einer dampfenden Folienkartoffel mit Sauerrahm und Käse, eines frischen Gartensalates und eines leichten Merlots in ihrem Kopf auf. Dann verblaßte die Vision wieder, die ihr inzwischen vorkam wie eine unwirkliche Filmszene, nicht wie ein Teil ihres früheren Lebens.

Die Sonne stand tief über dem Horizont, und der Himmel war in kupferne und violette Streifen geschmiedet. Unvermittelt hielten sie vor einem einsamen Schiff an. Chloe war klar, daß dies ihre letzte Gelegenheit zur Flucht war. Sie spannte die Beine an und versuchte, ihre Kraft abzuschätzen, während der Wachposten ihre Hände losband. Sobald die Fesseln gelockert waren, zog sie die Hände mit aller Kraft nach hinten. Entweder würde sie ihm mit dem Seil die Luft abschnüren, oder es würde reißen, und sie konnte loslaufen. Plötzlich befreit, sprang sie aus dem Wagenkorb.

Die schützenden Bäume waren nur noch wenige Schritte entfernt, als der Wachposten mit vollem Gewicht von hinten in ihre Beine krachte und sie flach auf den Bauch stürzte, daß ihr der Atem wegblieb. Er zerrte sie wieder hoch. Ihre Beine bibberten, und sie schnappte nach Luft. Er rief den Mann auf dem Deck zu Hilfe, und Chloe wagte, nur wenige Schritte von der Freiheit entfernt, ihren letzten Fluchtversuch. Sie hörte ein Brüllen, dann wurde es dunkel um sie herum.

Cheftu schmeckte Magensäure, als er mitansehen mußte, wie der Kushit Chloe ohnmächtig schlug. Sie hatte sich tapfer gewehrt, und Cheftu war entsetzt, wie elend sie mittlerweile aussah. Selbst im fahlen Abendlicht konnte er das Blut auf ihren Knöcheln erkennen, die blauen Flecken in ihrem Gesicht, wie dünn und bleich sie war. Nicht mehr lange, dachte er. Dann gehörst du wieder mir! Und diesmal werde ich dich bis zum letzten Atemzug verteidigen.

Der Rohling hatte sie an Bord gebracht und verbrannte jetzt Federn, um sie mit dem beißenden Gestank aufzuwecken. Cheftu beobachtete, wie sie den Kopf schüttelte und sich dann zusammenkrümmte. Eine Gestalt in einem Kapuzengewand trat zu ihr hin, und Chloe wich zurück. Cheftu reckte den Kopf, um mehr zu erkennen, doch die Dunkelheit war zu weit fortgeschritten. Er sah den Vollmond langsam in den Himmel steigen und mußte an die Menschen denken, die er beschworen hatte, heute abend dem Beispiel der Israeliten zu folgen. Chloes Schreie ließen ihn aufspringen. Durch die abendliche Stille hörte er Leder auf Fleisch klatschen. Auf ihr Fleisch. Säure tanzte in seinem Magen. Er würde den Kushiten und diesen Kapuzenkerl umbringen. Er würde sie alle beide umbringen.

Die Schreie brachen ab, und das Licht der Fackeln fiel auf den Kapuzenmenschen. Es war eine Frau, und die Stimme, mit der sie die Sechmet-Wächterinnen auf dem Boot herbeirief, klang irgendwie vertraut. Dann waren sie und der Kushit verschwunden, und das Rattern ihres Streitwagens verhallte im Dunkel.

Der höher steigende Mond überflutete die Szenerie mit seinem Licht. Cheftu lauschte gespannt. Er hörte nichts, also schlüpfte er aus seinen Sandalen, stahl sich durch die Schatten und kroch auf das Boot zu, das Schwert in der Hand und den Dolch zwischen den Zähnen. In seinem blauen Trauerschurz verschmolz er fast völlig mit der Dunkelheit und konnte die erste Sechmet-Wachpriesterin mit Leichtigkeit außer Gefecht setzen.

Ohne ein Geräusch sank ihr Leib zu Boden, seinen juwelenbesetzten Dolch zwischen den Rippen. Er zog die Klinge wieder heraus, sah mit zusammengebissenen Zähnen das Blut aus der Wunde hervorquellen und schluckte den Geschmack von Erbrochenem in seinem Mund hinunter. Dann wischte er die Klinge an ihrem Schurz ab. Wieder tauchte er ein in die grauen Schatten der Nacht.

Die zweite Wächterin war nicht so leicht zu überwältigen, sie lieferte ihm einen lautlosen Kampf, ehe Cheftu die Klinge in ihr Fleisch stoßen konnte, um sie dann wie ein Liebhaber in den Armen zu halten, bis sie sich nicht mehr bewegte. Diesmal machte er sich nicht die Mühe, den Dolch wieder herauszuziehen. Endlich war er bei Chloe angekommen, die man an den Mast gefesselt hatte, und löste ihre Handgelenke. Das Mondlicht schien auf die Schwielen auf ihrem Rücken. Man hatte sie geschlagen, doch nicht bis aufs Blut. Ihr Puls war kräftig.

Nachdem er eine Hand auf ihren Mund gepreßt hatte, zog er eine verkohlte Feder unter ihrer Nase hindurch. Sie zuckte hoch und wollte schon Luft zum Schreien holen, doch Cheftu preßte seinen Mund auf ihren und erstickte damit jedes Geräusch.

Als sie sich schließlich in seinen Kuß schmiegte, löste er sich wieder von ihr. »Kannst du stehen?«

Sie sah ihn benommen an. »Ja. Wie bist du hierhergekommen?«

»Später, Geliebte. Wir müssen weg.« Er sah zum Mond auf, der riesig und orange am Himmel stand wie ein Erntemond. Eine Seelenernte, dachte er grimmig. »Heute nacht ist das Passah-Opfer. Kannst du gehen?«

Langsam und schwankend kam sie auf die Füße. Er half ihr eher hastig als elegant die Leiter hinunter. Einen Moment blieb Chloe über der leblosen Gestalt der Wächterin stehen, dann blickte sie auf die Füße der ungewöhnlich großen Frau. »Sie hat tatsächlich meine Schuhgröße«, flüsterte sie, kniete nieder und band die Sandalen der Frau auf. Als Cheftu mitbekam, was sie tat, trieb er sie zur Eile an. Sie nahmen die Schuhe mit und hasteten in den Schutz der Bäume.

Cheftu nahm seinen Beutel mit Medizin und rieb hastig Salbe auf Chloes Fußgelenke, während sie ihr schmutziges Gewand von sich warf und in das blaue Kleid stieg, das er mitgebracht hatte. Er preßte sie an sich und genoß eine Sekunde lang nur diesen Augenblick. Dann kniete Cheftu über einer Sandale, während sie die andere festschnürte. Sobald Chloe angekleidet war, reichte er ihr einen Korb und zog sie hinter sich her durch die Straßen der Stadt.

Thut stand auf der Brustwehr und sah den Mond aufgehen. Dies also war die Nacht des Todes. Seine Elitewachtruppen waren nutzlos, ihren starken Leibern und blitzenden Schwertern zum Trotz. Bald würden sie blutleer als Opfer für den Stolz des ägyptischen Throns am Boden liegen.

Der Mond wurde immer röter, je höher er in den Himmel stieg, bis er die ganze Stadt in die Farben des Todes tauchte. Weiß für die Leichen, die heute nacht ihre Reise in die Nachtwelt antreten würden. Rot für das Blut der Kinder, die sterben würden, ohne je richtig gelebt zu haben. Blau für die *khaibit*-Schatten mit ihren Fängen und Krallen in jenen dunklen Straßen und für die Farbe, die ganz Ägypten ab morgen siebzig Tage lang tragen würde.

Mit bitterer Freude fiel ihm ein, daß Senmut ebenfalls ein erstgeborener Sohn war.

Chloe und Cheftu hasteten schweigend durch die dunklen, stillen Straßen. Die Nacht war gespenstisch, die Stille war wie unheilverheißender Lärm. Der Mond hing tief und voll am Himmel ... in einem Kreis so rot wie Blut. Chloe blieb stehen, um Atem zu holen, und schnaufte, eine Hand auf die Brust gepreßt: »Wieso ist niemand unterwegs? Es ist mitten unter der Woche, aber alle Straßen sind verlassen.«

»Heute ist das Passah-Opfer. Hast du ältere Geschwister?« Seine Stimme klang belegt und schroff.

Chloe überlegte einen Moment. »Natürlich, Camille und Makab.« Dann begriff sie die Bedeutung ihrer Worte. »O gütiger Gott. Makab?«

»Ich habe ihm gesagt, wie er sich schützen kann. Ihm dürfte nichts passieren.« Hoffentlich, ergänzte Cheftu insgeheim.

»Und du?« Ihre Stimme war das Echo eines Flüsterns.

Er schwieg, während ihre eiligen Schritte durch die Straßen hallten. »Ich habe einen Bruder, Jean-Jacques.« Er holte Luft. »Hier bin ich jedoch der Älteste.«

Seine Worte trieben sie von neuem an, und so flohen sie weiter in das Viertel der Apiru.

»Cheftu, sieh nur!« flüsterte sie mit vor Angst bebender Stimme.

Er wußte, was sie sehen würden. Dennoch wollte er nicht glauben, daß dies die richtige Zeit war; es paßte nicht zu dem, was die Geschichtsforscher berichteten. Ramses war der Pharao des Exodus. Ramses, der die Kinder Israels an Pi-Ramessa hatte bauen lassen, der sie Lehmziegel ohne Stroh machen ließ. Offenkundig war nicht alles richtig, was François als Geschichte gelernt hatte. »Auf Türsturz und Türstöcken ist Blut?«

»Genau.« Chloe wandte sich langsam ab und sah zu dem aufgeblasenen, roten Mond auf. »Heute nacht geht der Engel durch die Straßen und trennt die Gläubigen von den Ungläubigen. Hast du das nicht gesagt?« Ihr Blick war immer noch auf den Mond gerichtet. »Er scheint ständig größer und röter zu werden.«

Cheftu spürte, wie sie unter dem dünnen Umhang zitterte. »Stimmt. Wir müssen uns beeilen. Meneptah wird auf uns warten. Er hat gewußt, was ich heute nacht vorhatte, und wenn wir nicht auftauchen, wird er sich Sorgen machen.« Er gab ihr einen schnellen Kuß auf die Stirn, dann eilten sie weiter die dunkle Straße entlang, mit schnellen, doch behutsamen Schritten.

Die schmalen Gassen wanden und teilten sich in mitternachtsblaue Sackgassen, düstere Irrwege und vollkommene Verwirrung. Plötzlich blieb Chloe stehen. Ihr Mund war wie ausgedörrt. »Wo sind wir, Cheftu? Wieso ist kein Licht in den Häusern?« Angst stand in ihren mondbeschienenen Augen, als sie ihn ansah. »Ich glaube, wir finden nicht mehr rechtzeitig hin, Cheftu«, prophezeite sie mit wackliger Stimme und sah zum Himmel auf. »Dieser Fehler kostet uns vielleicht...«

Er legte einen Finger auf ihre Lippen. »Denk gar nicht erst daran.« Der Mond war hinter den windschiefen Behausungen verborgen. Ein paar Häuser von ihnen entfernt erkannte Cheftu ein verlassenes Gebäude ohne Dach. Er packte Chloe an der Hand, und sie liefen darauf zu. Drinnen stiegen sie die brüchige Treppe hinauf und blickten nach oben.

»Es wird spät«, sagte er. »Bald wird Thutmosis Moshe zu sich rufen und ihm befehlen, in die Wüste zu ziehen. Bis dahin müssen wir bei den Israeliten sein. Das ist unsere einzige Chance, hier herauszukommen.« Er sah nach unten in die schwarze Straße.

»Bestimmt würde uns jemand für eine Nacht Obdach geben«, schlug Chloe vor.

Cheftu sah sie an: In ihrem blauen ägyptischen Kleid, über dem eine rosenbespitzte Brust hervorlugte, mit seinem Hochzeitsarmband um ihr Handgelenk und dem einen Ohrring sah sie aus wie Hathor selbst. »Für sie sind wir Ägypter.«

Chloe nickte traurig. Sie schaute zum Himmel auf, und Cheftu sah ihre Augen vor Entsetzen glasig werden. Er wirbelte herum und spürte, wie ihm das Blut aus dem Gesicht wich.

Wie ein phosphoreszierendes Spinnennetz breitete sich die herabsinkende Dunkelheit über die Stadt, lief in unzähligen Fäden über den Mond und sank dann nieder, bis sie ganz allmählich Himmel und Sterne bedeckte, so weit das Auge reichte. »Es ist ein Netz des Todes«, flüsterte Chloe.

Er packte ihre Hand, sie stolperten die Treppe hinunter, die Angst ließ sie straucheln. Dann flohen sie aus dem düsteren Apiru-Viertel, über den Marktplatz hinweg zu ein paar alten Verkaufsständen, die kaum mehr waren als windschiefe Verschläge, aber zumindest notdürftig Schutz boten.

Cheftu schubste sie in einen hinein und befahl ihr, ganz hinten zu bleiben.

»Nein! Du bist derjenige, der in Gefahr ist! Laß mich das machen!« Nachdem sie wertvolle Sekunden mit Streiten verloren hatten, tauschten sie die Plätze.

Chloe rannte zu einem Müllhaufen direkt beim Apiru-Viertel. Dort lagen zahllose blutfleckige Äste, von denen sie mehrere zusammenlas. So beladen rannte sie zurück über den menschenleeren Markt und verlief sich prompt, als sie aufblickte und sah, daß der Mond fast völlig von den Fäden überzogen war und sein grausiges rotes Leuchten von dem Netz noch zusätzlich erhellt wurde.

Qualvolle Minuten später fand sie den Verschlag und versuchte vergeblich, etwas von dem verbliebenen Blut auf die Türstöcke zu streichen. Es war völlig eingetrocknet. Chloe geriet in Panik. Cheftu konnte jeden Augenblick sterben.

»Chloe«, rief ihr Cheftu zu, »du mußt sie gegen den Rahmen lehnen.« Fieberhaft begannen sie zu arbeiten, versuchten, die Äste am Umfallen zu hindern, und banden schließlich die Zweige mit Chloes Schärpe am Rahmen fest. Dann schlüpften sie hinein, und Cheftu nahm ihre beiden Umhänge, um sie auf die Holzstifte zu spießen, so daß sie wenigstens eine Vorhangtür hatten. Besser konnten sie sich nicht schützen. Zitternd hielten sie sich in den Armen. Chloe roch Cheftus Angst und hörte sein Herz pochen. Vielleicht würde er heute nacht sterben.

»Ich bete zu Gott, daß er darüber hinwegsieht, wie viele seiner Anweisungen wir nicht befolgt haben«, sagte Cheftu. »Wir haben kein Lamm, keine Kräuter, kein ungesäuertes Brot. Laß uns beten, daß er uns gnädig ist.« Sie ließen sich in einer Ecke nieder, kuschelten sich in der Dunkelheit eng zusammen und lauschten.

Chloe dachte an die vielen Türen ohne Blut, die sie gesehen hatte, und weinte leise an Cheftus seidigweicher Brust. Er strich ihr mit schlotternder Hand übers Haar. »*J'aime et j'espère,* Chloe.«

Ich liebe und ich hoffe.

Ein naher Schrei zerfetzte die Nacht. Sie faßten einander fester. Ein paar Straßen entfernt stieg klagendes Heulen auf. Bald wurde die Luft von Trauer-, Furcht- und tiefstem Angstklagen zerrissen. Chloes Tränen versiegten, als sie dem Lärm um sie herum lauschte.

»Dieser Schmerz«, hauchte sie. »Wie kann man nur zu einem solch grausamen Gott beten? Ich habe mir nie wirklich Gedanken über Gott gemacht, ich meine, so ganz persönlich. Doch in den letzten Wochen, als sogar Thut und seine Priester Beulen bekamen, ohne daß sie irgend etwas dagegen unternehmen konnten, habe ich angefangen, mir Fragen zu stellen.«

Cheftu hob ihr Kinn an und sah sie in der Dunkelheit mit seinen bernsteingelben Augen an.

»Wie bösartig muß ein Gott sein, derart zu strafen...« Ihr versagte die Stimme.

Cheftu sah sie tiefernst an. »Gott hat das nicht aus Bösartigkeit getan. Immer wieder hat er durch Moshe gesprochen, doch Thutmosis wollte ihm einfach nicht zuhören. Er hat sich so vor Hatschepsuts Zorn und ihrer Verachtung gefürchtet, er hatte solche Angst, sein Gesicht zu verlieren, daß er ständig seine Meinung geändert hat. Er hat mit Gott gehandelt und sein Wort nicht gehalten, Chloe. Thutmosis selbst hat wider besseres Wissen gehandelt. Außerdem«, dabei wurde sein Ton noch eindringlicher, »war

Hat diejenige, die beschlossen hatte, die Erstgeborenen der Israeliten als Geiseln zu nehmen. Gott hat ihr einfach ins Herz gesehen und Moshe darauf vorbereitet. Also hat Pharao selbst diese Plage über Ägypten gebracht, nicht Gott.«

Er blickte nachdenklich zu ihrer Vorhangtür hin. »So wie Thut viele Male bereits die Entscheidung getroffen hat, wann die jeweilige Plage enden sollte, so hat das Große Haus entschieden, worin diese letzte Tragödie bestehen soll, und zwar durch einen einzigen Satz aus ihren goldenen Lippen.«

Die Schreie um sie herum wurden schlimmer und schienen ständig lauter zu werden. Chloe preßte sich fester an Cheftu und betete inständig zu Gott, der ihr plötzlich als größte Macht im Universum erschien. Die ihr in einem Atemzug Cheftu nehmen konnte. Mit tränennassem Gesicht klammerte sie sich an ihm fest, voller Zorn auf und Furcht vor dem Engel, der ihr Cheftu vielleicht rauben würde.

»Wir erleben die biblische Geschichte«, sagte Cheftu mit belegter, fassungsloser Stimme. »Das größte Wunder kommt erst noch.« Schweigend saßen sie da, bis die Nacht um sie herum still wurde. Ein qualvoll naher Schrei brachte ihre Herzen wieder zum Klopfen. In Chloes Nacken stellten sich die Haare auf, als ihre notdürftige Tür in einer unvermittelt aufkreischenden Windbö wütend zu flattern begann. Ein Schmerz durchfuhr sie wie eine Sonde. Sie starrte in die Türöffnung und erblickte eine angstgebietende Erscheinung. Cheftus Körper spannte sich an, und Chloe versteckte voller Entsetzen ihr Gesicht an seiner Brust. *Bestimmt hatten ihre Augen sie getäuscht!*

Doch Cheftu atmete immer noch.

Die Nacht wurde wieder ruhig, und sie schliefen in den Armen des anderen ein. Als Cheftu aufwachte, schmerzten seine steifen Muskeln. Er stand auf, trat an die Vorhangtür und wagte einen Blick hinaus.

Der Himmel war samtschwarz, ohne daß irgendwo der Mond zu sehen war, doch im Osten konnte er den rosigen Schimmer der nahenden Morgendämmerung ausmachen. Chloe stellte sich zu ihm und drückte ihren angespannten, warmen Körper in der kühlen Nachtluft gegen den seinen. Kein Mensch war auf der Straße, und doch schien über allem ein sanfter Friede zu liegen.

Er zog die Umhänge herab, bemerkte dabei die Risse im Stoff, und nahm Chloes Arm, um sie wegzuführen. Sie gingen durch die kurvenreiche Gasse, ohne an irgendeinem Eingang Blutflecken zu entdecken. Sie gingen einfach weiter, doch an der Mündung der Straße drehte sich Cheftu um und sah zurück.

An jeder der nicht mit Blut gezeichneten Türen war ein sacht glühendes Zeichen zu sehen, als hätten die leuchtenden Klauen eines riesigen Raubtieres daran gekratzt. Neugierig eilte er zu ihrer Hütte am Marktplatz zurück. Kein Zeichen. Er lief ein paar Schritte in das Apiru-Viertel hinein. Keine Zeichen.

»Der Allgewaltige ist an uns vorübergegangen«, murmelte er vor sich hin, und mit neuer Kraft erfüllt lief er los, um zu Chloe und gemeinsam mit ihr zu dem warmen, wartenden Heim ihrer Freunde zu gelangen.

Schon waren die Straßen voller Menschen, die ihre wenigen Habseligkeiten zusammenpackten, während Moshe die Reichtümer unter ihnen verteilte. In der Stunde vor dem Anbruch des neuen Tages hatte ein weinender und gebrochener Thutmosis der Versammlung der betenden Apiru den Leichnam seines erstgeborenen Sohnes gebracht. Thut hatte ihnen seine Schätze und die Spenden zahlloser Adliger überreicht und war dann davongegangen, um sein lebloses achtjähriges Kind Anubis' Armen zu übergeben.

Chloe erblickte D'vorah und umarmte sie. Dann wurde Chloe von Elishava abgestellt, beim Beladen der Esel zu helfen und die Kinder einzusammeln, während Cheftu zu Meneptah stieß, um mit den Übrigen die Vorräte zu verstauen.

Moshe hatte die riesige Menge in zwölf kleinere Stämme aufgeteilt, die jeweils durch eine Farbe und Standarte repräsentiert wurden. Innerhalb jedes Stammes gab es zwölf Männer, deren Aufgabe es war, die Ordnung in ihrem Stamm und die Verbindung zu den anderen Stämmen aufrechtzuerhalten.

Auf ihrem Weg in die Wüste würden noch mehr Gruppen von Israeliten zu ihnen stoßen: Familien aus den Häusern der Adligen entlang dem Fluß; andere Familien, die auf abgeschiedenen Gehöften lebten; jene, die verstreut in den Dörfern zwischen Zarub und Aiyat wohnten.

Es war unheimlich, so in der kühlen Morgendämmerung abzuziehen. Ägypter säumten die Straßen, blau gekleidet, mit offenem Haar, die Gesichter mit Asche beschmiert. Ein geschlagenes Volk bot sein Gold und seine Juwelen den Fremden dar, die durch das eigene Land zogen: Fremden mit einem mächtigen, rachsüchtigen Gott; Fremden, die noch nach vierhundert Jahren ihre eigene Sprache sprachen, ihre eigenen Verwandten heirateten und die einschultrigen Gewänder aus der Zeit vor zwei Dutzend Monarchien trugen.

Aus allen Straßen war Trauergeheul zu hören. In regelmäßigen Abständen sah man Familien, die rasende Mütter zurückhielten, während sie mit ansehen mußten, wie jene, die einst ihre Freunde und Nachbarn gewesen waren, davonzogen, den Tod in ihrem Gefolge.

Die Israeliten durchschritten die Stadttore, und die Sonne schien mit all ihrer Pracht auf sie. Moshe ließ kurz haltmachen, und die Menschen sammelten sich um ihn. Chloe empfand ein unwiderstehliches Gefühl von Bestimmung. Cheftu sah zu ihr, während sie ein Stück Papyrus herauszog und eilig die Gesichter skizzierte, die sie als Künstlerin bis dahin nie zu fassen bekommen hatte. Die Striche flossen in einer Linie und vollkommen ungezwungen von ihrem Auge in die Hand.

Sie zeichnete den auf seinem Stab lehnenden Großvater, das Kind mit den Gänsen und ihren Geliebten, die markanten Züge seines Gesichts und das Feuer in seinen Augen, mit dem er sie über die Schulter hinweg ansah. Zitternd betrachtete sie das Bild … das Camille einst finden würde.

Was hatte das zu bedeuten?

Moshe blies ins Horn, und sie zogen weiter, eine Lumpenbande von Siegern, die abgesehen von ihren Gebeten nie zu einer Waffe gegriffen hatten. Chloe und Cheftu verschmolzen mit der langsam dahinschreitenden Menge: Alten, Kindern, jungen Müttern und ihren Hirtenmännern. Chloe schulterte den Korb mit ihren wenigen Kleidern, ihrer Palette, einer Schale ungesäuertem Brot und anderen notwendigen Dingen sowie dem Gold, das man ihnen vor ihrer Abreise gegeben hatte. Inzwischen war die Zollstation weit hinter ihnen, und Chloe mußte entgeistert lächeln, als ihr aufging, daß sie an dem Auszug des Volkes Israel aus Ägypten teilnahm.

Der Urquell der israelitischen Nation – der von den Ägyptern nirgendwo erwähnt wurde, da er ja nur ein einziges Mal stattgefunden hatte. Ein einziges Mal waren sie von herbeibefohlenen Plagen besiegt worden. Ein einziges Mal hatten sie unter einem blutigen Mondgewebe ihre Erstgeborenen verloren. Ein einziges Mal hatten ihre Sklaven Ägypten in Trümmern zurückgelassen. *Nur ein einziges Mal.*

Chloe drehte sich um, das Blickfeld eingegrenzt durch die Staubwolken, die diese sechstausend Familienverbände aufwirbelten. Das Rufen und Brüllen tausender Tiere und Kinder mischte sich mit dem Geplapper der Frauen und den aufgeregten Unterhaltungen der Männer zu ohrenbetäubendem Krach.

Moshe ließ sie nicht zur Ruhe kommen, denn er wußte um die psychologische Wichtigkeit, die riesigen Pylone, auf denen Hatschepsuts Triumphe aufgeschrieben waren, hinter sich zu lassen. Zum ersten Mal seit über vierhundert Jahren waren sie frei! Die Begeisterung um sie herum belebte alles, trotz der Erschöpfung nach dieser ersten Etappe von vielen *Henti.*

Gegen Mittag des nächsten Tages stand die Sonne hoch und heiß am Himmel, ließ die Stämme langsamer werden und vor Erschöpfung verstummen. In der Abenddämmerung drängten die Israeliten dann wieder voran, alle angestrengt lauschend, ob sie nicht die Räder von Pharaos Streitwagen hinter sich hörten.

Am folgenden Mittag legte Moshe Halt ein, und die Tausende sanken erleichtert auf den glühendheißen Sand, aßen ungesäuertes Brot und fielen sofort in einen besinnungslosen Schlaf.

Chloe war so erschöpft, daß sie kaum denken konnte. Cheftu hatte aus ihren Körben und Umhängen einen Sandschutz gebaut, hinter dem sie augenblicklich einschliefen, um erfrischt in der kalten Nachtluft zu erwachen.

Nachdem sie ihre Umhänge gegen die Kälte umgelegt hatten, aßen sie Datteln und Trauben, die Meneptahs Familie ihnen abgegeben hatte, um schließlich wieder ihre Körbe zu schultern. Als sich die Stämme um Moshe versammelt hatten, Abrahams Sterne millionenfach über sich, senkte sich Schweigen über die Menge.

Moshe warf sich zu Boden, und die Stämme taten es ihm gleich, denn hinter Moshe stieg eine Flammensäule auf, die bis in den Himmel reichte, sich windend und Flammen speiend, doch ohne irgend etwas zu verbrennen oder Wärme abzugeben.

Der ehemalige ägyptische Prinz erhob sich und rief über die ehrfürchtig gesenkten Köpfe hinweg: »Höre, o Israel! Elohim ist der eine Gott! Er geht uns voran! Sehet das Feuer seiner Macht, seiner Weisheit und seines Ruhmes! Erhebt euch!« Wie ein Mann erhoben sie sich und folgten dem Flammentornado.

Cheftu blieb wie angewurzelt und mit aschfahlem Gesicht stehen. »Ist dir klar, wohin wir gehen, Geliebte?« fragte er. »Wir sehen so große Wunder und werden doch so bald vergessen.«

»Wann erwarten wir Thut?« fragte Chloe ruhig.

Er drehte sich um und antwortete: »Es sind schon mehrere Tage vergangen. Wenn sie jetzt noch nicht da sind, dann werden sie vielleicht erst nach den siebzig Tagen kommen, die man zur Einbalsamierung braucht. Damit hätten wir siebzig Tage, um ans Meer zu gelangen.«

Chloe nickte und hatte erneut das Gemetzel in Ägypten vor Augen. Die zahllosen Toten, die einbalsamiert, begraben und betrauert werden mußten. Die vielen Menschen, auf die Ägypten wegen eines sturen Königs und eines allmächtigen Gottes würde verzichten müssen. Sie schleppte sich an Cheftus Seite weiter, während ihr Geist wie ein psychotischer Schmetterling von einem Ereignis zum nächsten taumelte.

Goshen

»Pharao, ewig möge sie leben! ist hier eingetroffen«, rief Ameni Thut zu.

Er saß in seinem braunen, kahlen Garten, wo die Brunnen bis auf ein paar dunkle Stellen ausgetrocknet waren, ein Überbleibsel des Blutes, das sie einst gefüllt hatte, bis der Israelit auf Thuts Bitte hin dieser Plage ein Ende gemacht hatte.

Thut war unrasiert, in sein blaues Trauergewand gekleidet, und seine Augen waren rot von den Qualen der Menschen, die ihn besucht hatten. Seine Magier hatten ihn, ihre Kinder oder Geschwister am Arm haltend, für die Sturheit verflucht, die ihre Angehörigen das Leben gekostet hatte.

Er war nicht bereit, Pharao gegenüberzutreten, nicht solange er zugeben mußte, daß die Israeliten, diese unwissenden, ungehorsamen Sklaven, ihn besiegt hatten. Vielleicht war er *tatsächlich* nicht geeignet für den Thron, dachte Thut. Im Grunde wollte er nur, daß er und sein Volk in absoluter, vollkommener Sicherheit leben und beten konnten.

Er fuhr sich mit zittriger Hand über das Gesicht. Sie würde das nicht verstehen.

Herbeieilende Sklaven warnten Thut vor der bevorstehenden Schlacht. Müde erhob er sich, den Blick zu Boden gesenkt.

»Heiliger Osiris!« hörte er sie sagen. »Selbst im Garten des Gottes hat dieses Unheil zugeschlagen?« Aus ihrer Stimme sprachen Entrüstung und mehr als nur leise Angst. Sie sah nicht gut aus.

Ihr einst glänzendes schwarzes Haar war matt geworden und hing ihr in dünnen Zöpfen über den Rücken. Sie trug eine Tunika mit Schurz und zeigte ihren königlichen Rang nur durch den Brustschmuck zwischen ihren vollen Brüsten. Der Bleiglanz um ihre Augen hob die dunklen Schatten darunter noch hervor. Sie fixierte Thut, und er senkte den Kopf, ohne auch nur einen Gedanken daran zu verschwenden, ob sie zufrieden war oder nicht.

Sie wandte sich zu ihrem Gefolge um. »Bringt meinem Neffen und mir Bier und etwas zu essen!« verlangte sie. »Dann laßt uns allein.« Hat setzte sich auf die Bank ihm gegenüber und ließ den Blick über die blattlosen, knorrigen Weinranken und die winterlich laublosen Bäume wandern, deren Stämme nicht einmal mehr von Borke umhüllt waren. Jeder Grashalm, jedes Papyrusrohr, jede Blüte in dieser so fruchtbaren Gegend... weggefressen.

Spürt sie wenigstens ein Beben in ihrer Seele, fragte er sich, wenn sie ihr verwüstetes Land und ihren Neffen sieht, der nur noch eine leere Hülle ist? Er hatte seit Tagen nicht mehr gebadet, und sein Gewand schlotterte ihm am Leib. Hat streckte eine mit Henna bemalte Hand aus und legte sie auf sein Bein. »Ich spüre deine Trauer, Thut. Auch ich habe niemanden.« Ihre Stimme brach, und sie richtete sich auf. »Ich habe niemanden mehr, der mir beisteht.«

Er sah sie scharf an. »Selbst in diesem Augenblick der Trauer kannst du nur an deine Macht und an die Thronnachfolge denken, Hatschepsut?« Seine Stimme klang tränenrauh. »Hast du nicht das Herz einer Frau? Dein Liebhaber ist tot! Mein erstgeborener Sohn ist gestorben!« Sein Ausbruch versiegte, und er blickte stumpf auf seine Hände hinab.

»Vierzehn Mal war dieser Prophet an meinem Hof«, sagte er. »Vierzehn Mal! Als der Nil sich in Blut verwandelte, war ich überrascht, aber ich habe mir nicht allzu viele Sorgen gemacht. Als dann die Plagen genauso eintrafen, wie der Prophet prophezeit hatte, packte mich die Angst, doch ich war zu wütend, um die Worte zurückzunehmen, die der ›mächtige Horus-im-Nest‹ gesprochen hatte.«

Schweigend saß sie da.

»Als meine eigenen Ratgeber, Cheftu eingeschlossen, mich anflehten, die Sklaven ziehen zu lassen, habe ich das nicht über mich gebracht. Mein Stolz stand auf dem Spiel. Ich habe nicht an Ägypten gedacht, nur an meinen verletzten Stolz.

Als ich Moshe das letzte Mal gesehen habe, stand ich vor ihm wie eine leere Hülle und habe ihm gedroht. Inzwischen ist mir klar, daß der Tod für ihn keine Bedrohung sein konnte. Er hat mich nicht gefürchtet, denn sein Wüstengott hat stets gewußt, was ich tun würde.

Doch erst als ich Graf Makab tot daliegen sah, als ich meinen Freund Sennedjim tot daliegen sah und meinen Erstgeborenen Turankh leblos meinen Armen hielt – mein Weib Isis hat sich vor Gram das Leben genommen –, erst da habe ich begriffen, wie folgenschwer meine Entscheidung gewesen war.«

Er deutete auf die zur Stadt hinweisende Brustwehr. »In jener Nacht stand ich dort. Res schwaches Auge war wie Blut und schien sich über das ganze Volk zu ergießen. *Haii-aii,* Hatschepsut! Die Trauernden, die mir die Sicherheit ihrer Kinder anvertraut hatten! Mir! Einem Gott! Ich bin für alles verantwortlich.« Die Trauer in seiner Stimme war scharf wie eine zweischneidige Klinge.

»Mein Stolz hat eine ganze Generation das Leben gekostet.«

Thut vergrub das Gesicht in den Händen und stemmte sich mit den Schultern gegen die Tränen, die ein Gott nie vergießen durfte. Lange blieben sie so sitzen in jenem verwüsteten Garten, voller Reue der eine … voller Rachdurst die andere.

Vierter Teil

14. Kapitel

Der Sinai

Die Tage und Wochen verschwammen ineinander. Jede Nacht marschierten die Stämme weiter, stets der Feuersäule folgend, die sich tagsüber, während sie schliefen, in eine sanfte, schattenspendende Wolke verwandelte.

Cheftu verbrachte den Großteil seiner Zeit damit, typische Reisekrankheiten wie verstauchte Knöchel, gezerrte Muskeln oder Magenbeschwerden zu behandeln. Sie marschierten nicht mehr inmitten des israelitischen Zuges. Inzwischen bildeten sie die Nachhut. Meneptah, seine Mutter und D'vorah akzeptierten sie. Für die Mehrheit der Apiru jedoch gehörten sie zu den Ägyptern, die sie vierhundert Jahre lang unterdrückt hatten. Chloe hatte das Gefühl, daß man sie nur duldete, weil Moshe mit Cheftu gesprochen und ihm dafür gedankt hatte, daß er Caleb aus dem Feuer gezogen hatte.

Das hatte nichts damit zu tun, daß sie keine Juden waren. Hunderte andere Apiru hatten sich dem Exodus angeschlossen, Menschen, die noch nie etwas von den Kindern Abrahams gehört hatten. Es lag daran, daß sie wohlhabende Ägypter waren und der Priesterschaft angehörten, was sich auch durch ihre schlichten weißen Gewänder nicht verbergen ließ. Cheftu strahlte unwillkürlich Autorität aus, und Chloe schätzte, daß man ihr das genauso ansah. Also blieben sie unter sich und in Meneptahs kleinem Clan.

Ihre Gedanken kamen zur Ruhe, als sie wieder einmal ihre Körbe aufstellte und den Umhang darüberlegte, um etwas Abgeschiedenheit und Schutz zu schaffen. Nachdem sie eine kleine Grube gegraben hatte, legte sie mehrere Fladen ungesäuerten Teiges hinein, bedeckte sie mit Sand und zündete darüber ein Feuer an. Dann nahm sie einen Topf und stellte ihn ins Feuer, um die Suppe zu bereiten, die sie bislang am Leben erhalten hatte. Elishava kam in den Schatten, ließ sich in den heißen Sand plumpsen und fächerte sich wild mit beiden Händen Luft zu.

»Wie geht es dir heute morgen?« fragte sie freundlich. »Der Marsch war gut, oder?«

Der Dialekt der älteren Frau war nicht leicht zu verstehen, doch Chloe lächelte und antwortete, daß er gut gewesen sei. Sie sah zu, wie Elishava etwas Wasser über ihre Hände goß und ihr Gesicht damit benetzte. Cheftu hatte ihr zwar erklärt, daß die jüdischen Reinheitsgebote noch nicht geschrieben worden seien, doch während der langen Zeit in Ägypten waren die Israeliten zu einem reinlichen Volk geworden. Immer mehr Menschen versammelten sich um ihr Feuer, D'vorah kam von den kleinen Mädchen, die sie Lieder singend und Geschichten erzählend begleitete, danach tauchten Cheftu und Meneptah auf, die Tag für Tag in einem der Wagen für die Kranken arbeiteten. Chloe reichte das Wasser herum, mit dem sich alle wuschen, dann gab sie jedem Suppe und Brot. Wie vor jeder Mahlzeit sprach Meneptah ein kleines Gebet zu dem Gott, dem sie das alles verdankten. »Danke, o Gott, der du auf dem Felde Brot wachsen läßt.«

Nach einem gemurmelten Dankeswort begannen alle, über ihren Tagesablauf zu berichten. Allein Chloe hatte keine weitere Aufgabe, als sich um das Zelt und um das Essen zu kümmern, zeitaufreibende Arbeiten, die einige Organisation erforderten, aber keinen Kontakt zu anderen Menschen erlaubten. Aharon war der Ansicht gewesen, die ehemalige Hathor-Priesterin solle sich möglichst unauffällig verhalten, da es bereits Probleme mit den Stämmen gab, die über eingebildete Gefahren jammerten und in diesem Lager des Einen Gottes andere Götter anbeten wollten.

Die Sonne stand hoch und heiß am Himmel, um sie herum war nichts als Ödnis. Die Heuschrecken hatten auch hier gewütet. Was später einmal Golf von Suez genannt werden sollte, befand sich rechts von ihnen, bewacht von Patrouillen ägyptischer Soldaten, die ihre Landesgrenzen verteidigten – und die höchstwahrscheinlich als Erstgeborene gestorben waren. Chloe kaute müßig auf ihrer Unterlippe, während um sie herum gegessen wurde. Links von ihnen befand sich die Wüste des Sinai, deren himmelhohe Gipfel außer Sichtweite waren, umgeben von Staub und Schmutz sowie einer grauenhaften Trockenheit, die Kopfhaut und Nase zum Bluten brachten.

Doch die Israeliten waren befreit. Es war wirklich eingetroffen. Bedächtig nahm sie einen Schluck des kostbaren Süßwassers und beobachtete, wie Meneptah, den Blick auf D'vorah gerichtet, zu essen vergaß. Sie erholte sich gut. Die schrecklichen Verbrennungen auf ihrem Gesicht und ihren Händen waren verheilt. Sie war nicht mehr die jugendliche Schönheit von früher, aber Meneptahs verträumtem Blick nach zu urteilen, tat das nichts zur Sache. Sie war sozusagen in seine Familie gerutscht, geliebt von seiner Mutter, von seinen Schwestern und Brüdern geachtet, und Chloe wie auch Cheftu waren sicher, daß die beiden sich noch vor der Verkündung der Zehn Gebote unter dem Hochzeitszelt vereinen würden.

Cheftu beugte sich zu ihr herüber, als könnte er ihre Gedanken lesen. »Meinst du, er gibt mir seine Suppe, wenn er sie nicht mag? Obwohl ich gestern nacht im Traum Lachs im Teigmantel mit neuen *pommes de terre* und Schokol–«

Chloe hob eine Hand, um ihn zum Schweigen zu bringen, während vor ihrem inneren Auge eine Vision von Paella, Hummercremesuppe und Gelato al Pistaccio zu tanzen begann. »Sag nicht so was. Wir essen dieses Zeug schließlich erst seit zwei Monaten, *haii?*«

Cheftu lachte und sagte auf ägyptisch: »Mmmm … denk doch mal an gebratenes Geflügel mit Granatapfel oder an mit Nüssen gefüllte Fische …«

Chloe zuckte mit den Achseln. »Wenn ich mich recht entsinne, dürfen wir noch etwa vierzig Jahre lang Suppe essen.«

»Immerhin hat uns das Große Haus nicht verfolgt, also wird es womöglich gar nicht nötig sein, das Meer zu teilen, auf dem Berg Sinai wird es keine Probleme geben, und wir brauchen keine vierzig Jahre durch die Wüste zu ziehen.«

Chloe sah ihn an und stellte ihren Teller ab. »Glaubst du, wir haben in die Geschichte eingegriffen?« Sie sah zu den plaudernden Apiru hinüber.

»Ich weiß nicht, was ich sonst glauben soll. Thut ist ein gebrochener Mann. Ich kann mir nicht vorstellen, daß er sich anders besinnt. Er hat begriffen, daß dies kein Steingötze ist, sondern eine lebendige, atmende Gottheit. Er wollte nichts lieber, als daß wir verschwinden, auch wenn er natürlich Moshe bedroht hat, um sein Gesicht zu wahren.«

»Deshalb hat er uns ziehen lassen?«

»Es war ihm gleichgültig. Meneptah hat erzählt, sein Junge Turankh hätte in dem Streitwagen gelegen, mit rosafarbenen Wangen, als sei er noch am Leben, und mit geflochtener Jugendlocke, weil er am nächsten Tag an einem Mannschaftsspiel teilnehmen wollte. Thut hatte nur noch seine zerstörte Familie und sein zerstörtes Land im Sinn. Ich kann verstehen, daß er so um seine Familie besorgt ist. Seine Trauer kann ich mir nicht ausmalen.«

Die Sonne war blendend hell, und die Menschen wickelten sich zum Schlafen in ihre Unhänge. Chloe schirmte die Augen ab, bis die schwere Wolke, die jeden Tag den Himmel überzog, den Himmel verdunkelte und eine frische Brise vom Meer her die Luft abkühlte.

Sie stand auf und trug die getöpferten Teller in den Sand. Dort kauerte sie nieder, schrubbte alles mit Sand sauber, reinigte die poröse Oberfläche und packte alles wieder zusammen. Sie war schläfrig und legte sich im Schutz ihres Umhangs zur Ruhe, die Wange auf Cheftus gleichmäßig schlagendes Herz gebettet. »Ich bin so froh, daß du bei mir bist«, meinte er schläfrig. »Wir gehören zusammen. Nicht einmal die Zeit konnte uns trennen.«

»Wenn du dir ein Zeitalter aussuchen könntest, in das du zurückkehren könntest, Cheftu, für welches würdest du dich entscheiden?« fragte sie, die Augen im Schatten halb geschlossen.

Er stützte sich auf einen Ellbogen und streckte die Hand nach dem Wasserschlauch aus. »Woher hast du nur diese Fragen, *haii?*« Er lachte. »Aus Ägypten? Wenn ich es mir aussuchen könnte?« Er dachte kurz nach, trank dabei einen kleine Schluck und lauschte, während sich die Geräusche von vielen tausend Menschen in der Stille des Tages verloren. »Die Zeit Salomons. Den Tempel in Jerusalem zu sehen ... *aii,* das wäre wunderbar, phantastisch. Und du, *chérie?*«

Chloe blickte über die Sanddünen hinweg und zu den dahinter aufsteigenden Felsenklippen. Berge auf der einen Seite, das Meer auf der anderen. »Wenn ich durch die Zeit wandern könnte?« Sie schüttelte den Kopf. »Wenn ich die Wahl gehabt hätte, wäre ich in meiner Zeit geblieben. Geschichte hat mich nicht besonders interessiert. Fortschritt und Veränderung ... alles sollte schneller, technischer werden. Ich wäre in die Zukunft gereist.« Sie feixte. »Ich wette, da haben sie noch mehr Eiskrem-Sorten.«

»Wohin würdest du also gehen?«

Chloe biß sich auf die Lippe. Ohne dich nirgendwohin, wollte sie sagen. »Ich weiß nicht.«

Sie lachten und schmiegten ihre müden Körper aneinander. Wenig später meinte Cheftu: »Es überrascht mich, daß du eine solche Frau der Zukunft bist«, sagte er. »Du hast dich so gut in diese Welt eingefügt.«

»Indem ich Pharao vor den Kopf gestoßen habe, ein Mädchen umgebracht habe –«

»Chloe. *Non,* das war nicht deine Schuld. Du hast es nicht gewußt.«

Sie zuckte mit den Achseln. »Ich habe einen ziemlichen Schlamassel angerichtet.« Außer bei meiner Kunst, dachte sie. Meine Fähigkeiten haben sich vervielfacht. Mein Gedächtnis ist schärfer geworden. Ich bin als Künstlerin viel besser als je zuvor. Irgendwie wird Cammy meine Arbeiten finden. Ich muß die Exodus-Paneele zusammenleimen und sie verstecken.

»*Le bon Dieu* wird es schon regeln.«

»Was regeln?«

»Alles.«

Ein durchdringendes Hornblasen riß sie aus dem Schlaf, und Chloe merkte, nachdem ihr Herz erst wieder zu schlagen begonnen hatte, daß es *Atmu* war... Zeit zum Weiterziehen. Sie stand auf. Cheftu half ihr, alle Habseligkeiten zusammenzupacken und Brot und getrocknetes Obst zu verteilen, das sie jeden Tag aßen. Als sie sich umdrehte, zog er sie im violetten Rauch der Dämmerung in die Arme. »Wir werden ein neues Leben finden, Chloe. Gemeinsam.« Seine Lider senkten sich. »Nicht in der Zukunft, nicht in der Vergangenheit, sondern in der Gegenwart.« Er gab ihr einen Kuß auf die Nase. »Vergiß das nicht, wenn die Zeiten schwerer werden, *chérie.*«

Goshen

Hatschepsut, ewig möge sie leben! stürmte in den Raum. »Das muß ein Ende nehmen!« brüllte sie Thut an. »Du kannst nicht immer nur dasitzen wie ein Toter vor dem Öffnen des Mundes! Du bist Horus-im-Nest! Du mußt uns rächen!«

Er sah sie mit leeren Augen an.

»Wir werden Amun-Re um Führung bitten! Wir müssen diese Sklaven in Ketten zurückbringen!«

»Ich werde sie nicht verfolgen, Tante«, erwiderte Thut monoton. »Sie haben einen mächtigen Beschützer. An meinen Händen soll nicht das Blut von noch mehr Ägyptern kleben. Er wird uns mit Sicherheit alle vernichten.«

»Wie kannst du so etwas sagen?« zeterte sie. »Ist es dir vollkommen gleichgültig, welchen Eindruck du damit bei unserem Volk erweckst?«

»Ganz bestimmt nicht. Aber dieser Gott ist... er ist... einzigartig. Ich werde mich nicht noch einmal gegen ihn stellen.«

Sie schritt mit geballten Fäusten im Raum auf und ab. »Ich habe dich nie für einen Feigling gehalten, Thutmosis der Dritte. Wir sind das Große Haus! Wir müssen siegen! Anders zu handeln hieße, die Ma'at zu zerstören.« Sie drehte sich um, kniete vor ihm nieder und bedeckte seine schmutzigen, ungepflegten Hände mit ihren geschickten und behandschuhten. »Wir dürfen die Kräfte des Universums nicht aus dem Gleichgewicht bringen. Das ist undenkbar.«

Seine müden, braunen Augen stellten sich ihrem bekümmerten Blick. »Ich werde sie nicht verfolgen.«

Verärgert stand sie auf. »Also gut, ich muß nach Waset zurückkehren. Ich werde meinen Hohepriester Hapuseneb begraben; meinen Wachkommandanten Nehesi; meinen Großwesir... und mein Herz –« Ihre Stimme brach. Ein Augenblick verstrich, während sie tief durchatmete. »Sobald sie sicher in ihren Gräbern liegen, werde ich diese *Khaibits* persönlich verfolgen.«

Er zuckte überrascht zurück.

»Du wirst regieren bis zu meiner ruhmreichen Rückkehr als Großes Haus, das seine Truppen heimführt. Dann werde ich meinen Platz auf dem Thron wieder einnehmen, und du wirst dich dafür rechtfertigen müssen, daß du das Land, das uns anvertraut ist, so leichtfertig hast leiden lassen! Und zwar vor Amun selbst!«

Sie marschierte aus dem Raum, und Thut begriff, daß sie von ihrem Rachefeldzug nicht zurückkehren würde. »O Wüstengott der Israeliten«, flüsterte er. »Beschütze Ägypten.«

Der Sinai

Das Trommeln galoppierender Hufe dröhnte durch den heißen Sand, und Cheftu erwachte mit schmerzendem Schädel und brodelndem Magen. Er suchte den Horizont ab, konnte aber nichts entdecken... noch nicht. Er gab Chloe einen hastigen Kuß. »Wach auf, Geliebte. Was wir erwartet haben, steht uns in Kürze bevor.«

Ihre Augen flogen auf. »Das Große Haus?«

»Ja. Es verfolgt uns.«

Sie schüttelte den Kopf, um ihn klar zu bekommen, und sprang auf, um ihre Sachen zusammenzupacken. »Soll ich die anderen wecken?«

Cheftu nickte. »Ich werde zu Moshe gehen.« Er zog sie mit aller Kraft an seine Brust. »Paß auf dich auf, *chérie.*« Er suchte die Zeltstadt ab, bis er die Wimpel entdeckte, die das Zelt ihres Anführers kennzeichneten.

Der Prophet kniete im Schatten und bewegte die Lippen in einem stillen Gebet. »Pharaos Herz hat sich also wieder verhärtet?« fragte er, ohne aufzusehen.

Cheftu nickte bebend. Er sprach mit *Moses.* »Ich konnte die Verfolger noch nicht sehen, aber ich habe die Hufe ihrer Pferde im Sand gehört.«

Moshe wiegte den Kopf. »Elohim muß uns noch einmal erretten. Wir sind an einen Punkt gelangt, wo wir wieder ganz auf ihn vertrauen müssen. Vielleicht wird Israel ihn dann wahrhaft erkennen und sich von den falschen Göttern abwenden.«

»Wohin wirst du uns führen? Ich kenne das Land sehr gut, und wir sind die meiste Zeit parallel zum Inländischen Meer gewandert, wir müssen also fast das Rote Meer erreicht haben.«

Moshes schwarze Augen funkelten. »Elohim wird uns beschützen, Ägypter, doch du mußt auf Nachzügler acht geben. Warne die Menschen auf dem Weg zu deinem Lager.« Er wandte sich ab und sagte über die Schulter hinweg: »Y'shua, Junge, geh Aharon wekken und sag ihm, er soll die Stämme zum Aufbruch bereitmachen. Wir werden so schnell wie möglich zum Meer vorstoßen.«

Cheftu rannte durch die ruhende Menge und forderte dabei die Menschen auf, zu erwachen und das Lager abzubrechen. Ohne die Fragen zu beantworten, die man ihm zurief, raste er weiter, auf der Suche nach Chloe.

Die Stämme hatten es geschafft, einige *Henti* näher an das rettende Meer zu gelangen, als Cheftu schließlich die von den Streitwagen und Pferden aufgewirbelten Staubwolken entdeckte. Es war ihm unmöglich, in diesem Gedränge weißgekleideter schwarzhaariger Frauen Chloe zu finden. Zwar gehörte ihr sein Herz, doch er vermochte sie nicht zu erkennen. D'vorah, Meneptah und Elishava steckten ebenfalls in der Menge und waren nicht auszumachen. Cheftu war endlich hinten im Lager angekommen. Die Angst vor dem Großen Haus trieb die Familien an; sie bewirkte, daß sie ihre Besitztümer zurückließen und auf das Rote Meer zueilten.

Als die Vorhut der Flüchtlinge das Meer erreichte, schwappte die Kunde, welche Angst die überwältigenden Wassermassen auslösten, wie eine Flut über die Menge. Plötzlich wurde die Ungewißheit, die den Stämmen unter den Nägeln brannte, zur alles beherrschenden Kraft.

Rastlos hastete Cheftu durch die Menschen, nach wir vor auf der Suche nach Chloe.

Die Nacht hatte sich über sie gesenkt. Die Stämme saßen in der Falle zwischen der Feuersäule vor ihnen und dem Roten Meer in ihrem Rücken. Cheftu zog sich zurück, denn er fürchtete die zerstörerische Macht der Flamme, auch wenn sie vor allem Schutz und Sicherheit ausstrahlten.

Pharaos näherrückende Armee war nicht mehr zu hören, und Cheftu wußte, daß die Armee sie wegen der Feuersäule nicht sehen konnte. Sie hockten auf der äußersten Landspitze fest. Über acht *Henti* Wasser hinweg konnten sie eine weitere Wüste ausmachen. Die Menschen schrien durcheinander, und er sah Moshe hoch über ihnen auf einem Felsen stehen und die Arme in die Luft heben. Wind peitschte über die Menschen hinweg, und das brüllende Tosen des Wassers umgab sie. Der heulende Wind war so ungestüm, daß Cheftu nicht mehr von der Stelle kam. Er konnte weder vorwärts noch rückwärts. Niederkauernd zog er seinen Leinenumhang fester um sich und suchte mit tränenden Augen die Menge ab. Irgendwann fiel er in Schlaf.

Als der Wind erstarb, hob er den Kopf und stellte fest, daß die Sonne bereits aufging. Vor ihnen spannte sich eine Landbrücke, eine trockene Landbrücke. Sie war einen knappen *Henti* breit und reichte bis ans andere Ufer. Schon waren die Stämme auf dem Weg zum anderen Ufer, ihre Tiere mit sich ziehend und auf der Suche nach einem sicheren Zufluchtsort. Obwohl er die Geschichte unzählige Male gehört hatte, hatte er sie verstandesmäßig nie geglaubt … kein Wort. Selbst die Verfasser der Bibel behaupteten, »Yam Suph«, übersetzt »das Schilfmeer«, eine Marsch an der ägyptischen Nordgrenze, sei das trockene Land gewesen, das die Israeliten durchquert hätten. Hatten sie ebenso wie Cheftu daran gezweifelt, daß es das Rote Meer gewesen war? Cheftu fiel auf die Knie.

Hier war das Rote Meer, und Moses hatte es geteilt.

Mit panischem Schrecken dachte er an Chloe. Er kletterte hinab an das felsige Gestade und suchte unter den Weiterziehenden nach ihr, doch aus der Ferne waren die einzelnen Gestalten nicht voneinander zu unterscheiden.

Der Himmel war klar, und die Menschen in Cheftus Nähe liefen über den inzwischen getrockneten Strand hin zu dem Pfad in die Freiheit. Cheftu drehte sich um. Die Wolke hatte sich aufgelöst, ebenso wie die Feuersäule, und er wußte, daß Pharaos Armee in Kürze nachfolgen würde. Inzwischen waren die meisten Stämme auf dem Weg durch das Meer, doch Cheftu hielt immer noch nach Chloe Ausschau.

Aus Angst, sie könnte gestürzt sein und verletzt irgendwo liegen, suchte er die Küste des Sinai nach ihr ab. Es gab kaum einen Fleck, wo sich jemand unbemerkt aufhalten konnte, und Cheftu begann zu fürchten, daß sie das Meer ohne ihn durchquert hatte. Vielleicht war sie bereits auf der anderen Seite.

Cheftu lief ans Ufer, blieb aber stehen, als er die Rufe aus Pharaos Armee hinter sich hörte. In panischer Angst fuhr er herum und bemerkte eine Felsspalte in den Klippen entlang der Küste. Er erreichte sie eben noch, ehe Pharaos Armee den Berghang heruntergedonnert kam und vor dem Wasser haltmachte.

»Wir folgen ihnen!« hörte er Hatschepsuts schneidenden Befehl. »Sie werden mit ihrem Blut für den Schaden bezahlen, den sie unserem Land zugefügt haben! Seht nur! Selbst die Götter des Roten Meeres erkennen unser Recht auf Rache an!«

Cheftu wagte einen Blick zum Meer hin. Hat stand allein in ihrem Streitwagen, an dessen goldenen Speichen sich ebenso wie in ihrem goldenen Brustpanzer die Sonne brach. Sie gab ihren Hengsten die Peitsche und ließ sie losgaloppieren, bis der Wagen zu schaukeln und springen begann, und sie die Pferde nur noch mit äußerster Kraft lenken konnte.

Die Soldaten waren eine Elite-Einheit aus Pharaos ausgewählten Truppen. Auf jedem Arm prangte die *Wadjet*-Tätowierung. Ihm wurde übel, als er dicht hinter Hat den Kommandanten Ameni entdeckte. Mit lautem Kampfgeschrei drängten sie ins Meer. Wie gelähmt sah Cheftu ihnen zu. Er *wußte,* was geschehen würde. Genau aus diesem Grund konnte er es nicht unversehrt ans andere Ufer zu Chloe schaffen.

Die Stämme hatten fast das gesamte Meer durchschritten. Cheftu beobachtete, wie die Armee aufholte und die kleinen Gestalten, nicht mehr als Farbtupfer, schneller liefen, jedoch ohne den besten Pferden und Streitwagen der Welt entrinnen zu können. In Cheftus Bauch krampfte sich alles zusammen, als er feststellte, daß inzwischen die gesamte Streitmacht – viertausend Soldaten und sechshundert Streitwagen – auf ihrem Weg durch das Meer war.

Dann stürzten die Wasserwände ein. Sie krachten mit solcher Wucht nach unten, daß ihm die Ohren dröhnten. Cheftu lief ans Ufer und hielt vergeblich Ausschau, während sich vor seinen Augen wiehernde Pferde aufbäumten, deren Angstschrei sich mit den entsetzten Rufen der Männer mischte, die vergeblich gegen die Wassermassen anzukämpfen versuchten. Für einen winzigen Moment traf sein Blick auf Hats; die schwarze Wildheit ihrer Augen grub sich tief in sein Gedächtnis ein, bevor sie von den donnernden Wogen verschlungen wurde.

Innerhalb weniger Sekunden stand Cheftu knietief im Wasser. Eilig kletterte er auf die Felsen zurück, ängstlich bemüht, auf höheres Gelände zu gelangen. Die Angst zuckte und wand sich in seiner Magengrube wie etwas Lebendiges und fachte den Widerwillen gegen diesen so erhabenen Gott der Hebräer an – und gegen seinen eigenen Glauben. Schließlich hockte er in einer Felsspalte hoch über dem Meer.

Das tosende Wasser war voller Köpfe und Arme und Hände, die sich irgendwo festzuklammern versuchten. Die Schreie gingen im Klatschen der Wogen unter. Er stand auf, denn er suchte nach Hatschepsuts Streitwagen – und entdeckte ihn. Er dümpelte seitlich im weißschäumenden Wasser, und über einem Rad hing Hats Leiche, auf einer goldenen Radnabe gepfählt, das Gesicht eine Fratze des Hasses. Sie würde nicht mehr ewig leben …

Ägypten war tot.

In Cheftu rang der Ägypter mit dem Franzosen. Er spürte dieselbe Trauer, die der wahre Cheftu gespürt hätte, doch er empfand sie wie durch ein Prisma. Das Wissen, daß Gott wahrhaftig die Israeliten gerettet hatte, so wie es in den Büchern der Sonntagsschule gestanden hatte, stritt mit dem Bewußtsein, Hatschepsuts Leiche nicht bergen zu können, damit sie würdig bestattet werden konnte.

Die Götter würden sie vergessen, obwohl sie den beiden Ländern solchen Wohlstand und Frieden gebracht hatte. Einen Moment mußte er an die Gefährtin denken, der er seit so vielen Jahren vertraut hatte, die er respektiert und aus der Ferne geliebt hatte. Sie hatte ihn angezogen: mit ihrer Stärke, ihrer Entschlossenheit zum Frieden, ihrem Wunsch, das Land zu verschönern und den Göttern zu neuem Glanz zu verhelfen. Cheftu mußte an die Festmahle denken, bei denen sie zusammengesessen hatten, an die Lieder, die sie gemeinsam gesungen hatten, wenn sie nicht in Waset geweilt hatten, und immer wieder an die Goldene Göttin, die jedem gegenüber hatte Gnade walten lassen, bis sie an ihrer eigenen Paranoia zugrunde gegangen war.

Er fühlte sich leer; er hatte einen Anker im Leben verloren. Wer er war und was er tat, hatte er zum großen Teil ihr zu verdanken. Er hatte sie geliebt und war ihr bis fast zum Schluß treu gefolgt. Sand flog ihm ins Gesicht, als er über seinen notwendigen und doch hinterhältigen Betrug nachdachte. Hätte er den Lauf der Dinge ändern können? Hätte er diesen schändlichen Tod verhindern können?

Der Pfad war verschwunden, jede Spur davon unter *Khetus* von Wasser begraben. Mit Mühe konnte er am Horizont kleine Punkte ausmachen. Er stand an der Spitze des Sinai, und sie waren in Arabien. Doch zwischen ihnen lagen so viele *Henti,* daß es genausogut über hundert Jahre hätten sein können.

Die Israeliten waren in Sicherheit.

Er war allein.

Müde setzte er sich hin und ließ seinen Schurz in den wütenden Winden trocknen, die über das Wasser heranbrausten. Ich sollte die Leichen an Land ziehen, die ans Ufer gespült werden, dachte er, doch er rührte sich nicht vom Fleck. Die Sonne stieg in den Himmel, und ihre Spiegelung auf dem türkisen Wasser blendete ihn. Noch nie hatte er sich so einsam gefühlt. Der Geist, der im Alter von sechzehn Jahren den seinen durchdrungen hatte, schien ebenfalls verschwunden.

Chloe war verschwunden. Vielleicht wanderte sie eben jetzt auf der Suche nach ihm durch die Wüste; nun würde sie zu einer Gestalt aus der Bibel werden. Er ließ die Einsamkeit in Wellen über sich hinwegwaschen, die ebenso zerstörerisch waren wie jene, die seine Freunde, Feinde und Pharao vernichtet hatten. Er spielte mit dem Gedanken, sich in die Fluten zu stürzen und gemeinsam mit seinen Landsleuten in den blauen Wellen zu ertrinken.

Schließlich richtete er sich auf, suchte einen Weg zurück ans Wasser und versuchte, an nichts anderes zu denken als daran, die Leichen zu retten. Bald befand er sich auf dem sandigen Weg, der zu »Gottes Pfaden« geführt hatte. Der Seegang hatte sich inzwischen gelegt, die Wellen waren so hoch wie gewöhnlich am Roten Meer. Er krabbelte über die Felsen und fahndete im flachen Wasser nach Leichen.

Stundenlang suchte er so. Er spürte, wie seine Haut verbrannte. In der gleißenden Hitze quollen die erst jüngst verheilten Narben wieder auf. Ohne Bleiglanzpulver war er wie blind. Er fand keinen einzigen Toten. Schließlich verkroch er sich vor der Sonne unter einem hohen Felsen und schlief ein.

Erst die kühlende Abendbrise erweckte ihn wieder zum Leben. Ein paar Sekunden lang blieb er mit geschlossenen Augen liegen und rief sich ins Gedächtnis, wie es war, Chloe neben sich zu spüren. Als er ihren Namen murmelte, wurde er endgültig wach. Und sich bewußt, daß sie nicht mehr bei ihm war.

Ein paar Minuten lang überlegte er, wie er weiterziehen konnte, um sie zu finden. Schließlich wußte er, wo sich die Israeliten in vierzig Jahren niederlassen würden.

Zunehmend mutlos erhob er sich. In ihm brodelte Zorn, und er brüllte den Himmel im Französisch seiner wahren Eltern an: *»Noooon! Das ist ungerecht!«* Mit gesenktem Kopf und schwer atmend stand er da. »Du zeigst mir den Himmel in den Armen und in der Seele dieser Frau, nur um sie mir wieder wegzunehmen?« Er merkte, wie er die Beherrschung verlor. Mit geballten Fäusten brüllte er diesen unromantischen Gott an: *»Pourquoi, mon Dieu? Pourquoi? Pourquoi?«* Die letzte Frage klang eher nach einem Wimmern als nach Protest. Vor Angst löste sich fast das Fleisch von seinen Knochen, als er auf den Sand niedersank.

Weit hinter ihm am Strand des Sinai blinkte für einen Moment die Sonne in der Skarabäus-Schließe eines Perlenarmbandes auf, das an einem braunen Handgelenk hing.

15. Kapitel

Cheftu erwachte im Sand und davon, daß Wasser an seinen Fußgelenken leckte. Die Flut kam, und im Osten zog sich ein winziger Schimmer von Lachsrot und Gold über den Horizont, der die aufgehende Sonne ankündigte. Er setzte sich auf und wich vor dem Wasser zurück. Seine Kehle war ausgedörrt, seine Augen waren wund und kratzig. Die absolute Stille der Morgendämmerung war beängstigend. Die Einsamkeit wurde von einem Vogelschwarm durchbrochen, der mit lautem Schreien aus dem Wasser aufstieg. Ein neuer Tag. Müde erhob er sich und schüttelte halbherzig den Sand von Schurz und Umhang.

Noch einmal suchte er die Küste nach irgendeinem Lebenszeichen, irgendeinem Stück Treibgut ab, das auf die Tausende hinwies, die tags zuvor in den Fluten gestorben waren.

Nichts.

Zu erschöpft, um sich darüber den Kopf zu zerbrechen, schirmte er erneut die Augen ab und hielt Ausschau über das schäumende Meer hinweg. Irgendwo, das wußte er, suchte Chloe jetzt nach ihm, bemüht, ihn unter den hunderttausenden Männern mit dunklem Haar ausfindig zu machen. Der Gedanke an ihr tränenüberströmtes Gesicht und ihre Seelenqualen brach ihm das Herz. »RaEm«, flüsterte er bange.

Doch im Grunde rief er nicht nach RaEmhetepet, der silbernen Dame und Hathor-Priesterin. Seine Seele verzehrte sich nach einer futuristischen Liebe, die französisch sprach, mit Pfeil und Bogen umzugehen verstand wie ein Soldat, aus deren Augen die Leidenschaft sprühte und die mit ihrem Talent Papyrus zum Leben erwecken konnte.

Zornig fegte er sich die Tränen aus den Augen, wandte sich vom Meer ab und machte sich auf den langen Rückmarsch in Richtung Ägypten. Irgendwo im Hinterkopf hegte er die Hoffnung, daß er in der Wüste sterben würde, doch der Selbsterhaltungstrieb, der ihm all die Jahre gute Dienste geleistet hatte, scheute vor dem Gedanken zurück, daß seine Augen von Aasfressern ausgehackt und seine Gliedmaßen von Schakalen in Fetzen gerissen werden könnten. Ich bin *wahrhaft* ein Ägypter, dachte er trocken. Ich kann den Gedanken nicht ertragen, daß mein Körper entstellt wird. Er hatte die sandige Anhöhe erreicht und drehte sich ein letztes Mal zum Wasser um.

In Ägypten erwartete ihn nichts. Sein Amt und seine Familie hatte er verloren. Er blickte nach Osten – in den Türkisminen am Roten Meer starb ein Mann angeblich in einem Viertel seiner Lebensspanne. Und dahinter? Lagen ein Dutzend Königreiche, wohin er wandern und wo er ein neues Leben beginnen konnte. Doch wozu? Er blickte noch einmal aufs Wasser, auf die ans Ufer klatschenden Wellen.

Da bewegte sich etwas – er sah es aus dem Augenwinkel. Die Sonne stieg schnell höher, und Cheftu schirmte blinzelnd die Augen ab. Unter und östlich von ihm, genau oberhalb der Wasserlinie, lag etwas ... Er schaute genauer hin. Ein Vogel? Ein Leichnam? Er sah etwas daran glitzern, im Sonnenlicht funkeln, und hörte ein Rauschen in den Ohren, als ihn neue Hoffnung durchfuhr.

»Chloe«, hauchte er. Neue Kraft schoß durch seine Adern, als er auf sie zulief. »Chloe!« Gleich darauf hielt er sie in seinen Armen. Sie war *hier*! Er hob sie hoch und trug sie vom Wasser weg. Dann zog er seinen Umhang aus, breitete ihn unter einem Überhang in den Sand und legte sie liebevoll darauf nieder. Neben ihr kauernd, strich er ihr mit zitternden Fingern das verfilzte Haar aus dem Gesicht. Sie hatte eine häßliche Schnittwunde in ihrer Wange und Abschürfungen am Kopf.

Geleitet von seinem Instinkt, untersuchte er pedantisch ihre Wunden und prüfte ihre Augen. Sie schien eine Gehirnerschütterung abbekommen zu haben. Hier, ohne frisches Wasser und ohne jede Möglichkeit, sie zu versorgen, konnte das tödlich sein. Seine Wiedersehensfreude wurde von wachsender Furcht verdrängt.

Selbst jetzt konnte er sie noch verlieren.

Cheftu senkte den Kopf und begann zum zweiten Mal innerhalb vom vierundzwanzig Dekanen zu weinen und zu beten. Nur daß er diesmal um Klugheit und Führung betete... und voller Reue.

Gott hatte ihm Chloe zurückgegeben. Daran gab es keinen Zweifel. Elohim hatte sie nicht geraubt. Ängstlich verfolgte er das Flattern ihrer Lider, während sie darum kämpfte, wieder zur Besinnung zu kommen. Sie verlor den Kampf, und Cheftus Ängste vervielfachten sich.

Sie durfte nicht schlafen; das konnte zum Tod oder zum Wachtod führen, der noch schlimmer war, denn in diesem Fall mußten die physischen Bedürfnisse des Körpers gestillt werden, während das *Ka* zwischen zwei Welten gefangen war.

Er löste seinen Schurz und lief ans Meer. Nachdem er den Saum in das frische, morgendliche Meerwasser getaucht hatte, raste er zurück und klatschte ihn in ihr Gesicht.

Sie erwachte – und zwar augenblicklich. »Verflucht noch mal, was soll das!« brüllte sie auf englisch und fuhr hoch. Die plötzliche Bewegung ließ sie den Kopf mit beiden Händen packen und vor Schmerz aufjaulen. Doch sie lebte! Sie war bei ihm! Cheftu war es gleichgültig, ob sie ihn für eine Ewigkeit nach der anderen in alle Höllenkreise Dantes wünschte. Sie starrte ihn wütend an, dann blickte sie sich um, und ihre Miene änderte sich. Er wußte, daß sie denselben schrecklichen Verlust erlitten hatte wie er.

Sie warf sich in seine Arme, küßte ihn auf das Gesicht und zuckte dann, beide Hände gegen den Kopf gepreßt, zurück.

»Du hast dich verletzt«, sagte er und legte, nachdem er seinen Schurz wieder angezogen hatte, einen Finger auf ihre Schürfwunden. »Wie geht es dir?«

Sie sah ihn mit zusammengekniffenen Augen an und knirschte zwischen den Zähnen hervor: »Mir sprengt's gleich den Schädel.«

Cheftu nahm ihre Hand und massierte mit festen, kreisenden Bewegungen ihre Handflächen. Die Spannung in ihrem Gesicht verringerte sich, und wenig später lag sie ganz ruhig da. »Chloe!« fuhr er sie scharf an, und sie antwortete mit einem Murmeln.

»Chloe!« Er ohrfeigte sie, was sie unverzüglich wieder aufweckte.

»Was soll das?« fuhr sie ihn an und hielt sich die Wange, auf der sich der rote Abdruck seiner Hand in der sonnenverbrannten Haut abzeichnete.

Er zog sie an seine Brust. »Tut mir leid, daß ich dich geschlagen habe«, sagte er, »aber du darfst nicht schlafen. Du bist verletzt und mußt wach bleiben. Ich... ich habe gesehen, daß du gleich einschlafen würdest, und ich«, seine Stimme brach, »ich bin wohl in Panik geraten. Ich hatte Angst, daß du nicht mehr aufwachst.« Er wußte, daß sein Griff ihr Schmerzen bereitete, so drückte er auf die blauen Flecken an ihrem Rücken und ihrem Brustkorb, doch die Angst hielt ihn fest in ihren Klauen. Bittere Magensäure stieg ihm in die Kehle. So blieben sie sitzen, ungemütlich aneinandergepreßt, doch nicht gewillt, sich zu bewegen oder ihre Umarmung zu lockern. Cheftu zog sie näher an seine Brust und strich über ihr Haar, während er die vergangene Nacht ansprach. »Wie ist es dir ergangen?«

Chloe verzog das Gesicht. »Na ja, du bist losgerannt, um Moshe das mit Pharao zu sagen...« Sie richtete sich auf. Ihr Tonfall kippte. »Wo sind die Toten?«

Er fuhr mit dem Finger an ihrem Kinn entlang bis in ihr verfilztes schwarzes Haar und vergrub seine Hand darin. »Verschwunden. Die Wellen haben sie verschlungen, genau wie es in der Bibel steht.«

»Aber die Toten! Es waren doch Tausende...« Die Sonne ergoß sich in seine Augen, so daß sie wie Honig aussahen, wie klares, durchsichtiges Gold. »Verschwunden?« wiederholte sie.

»›Und sie sahen die Ägypter tot am Ufer des Meeres liegen.‹ Offenbar liegen sie am anderen Ufer.«

»Das ist doch unmöglich. Derartige Strömungen gibt es nicht«, wehrte Chloe ab.

Sie setzte sich auf und blickte auf das blaue Wasser hinaus, das friedlich gegen das Ufer leckte. Die Anhöhe über dem Meer war von tausenden Füßen fast völlig niedergetreten: von Menschen, Pferden, Gänsen, Schafen und schließlich von Pharao mit ihren Soldaten. Eine Möwe schoß mit scharfem Schrei über das Wasser. Man konnte bis zum gegenüberliegenden Ufer blicken, und in der morgendlichen Stille hörten sie ein leises Klingeln wie von einem Sistrum oder Tamburin. Im Geist ordnete sie die Stämme zu einem biblischen Gemälde wie von Doré oder Alma-Tadema. Gelegentlich wehte ein Lachen über die Wellen heran. Abgesehen davon waren sie in der Zeit erstarrt: nicht mehr Meneptah, D'vorah und Elishava – sondern nur *Die Kinder Israels am Gestade des Roten Meeres.* Flach, fast wie eine Karikatur, ohne die Lebendigkeit, Leidenschaft und den Reiz des echten Lebens.

Beinahe liebevoll wusch das Wasser über den Strand und glättete die Felsen, die jetzt hervorstanden und in Chloes Zeit nur noch Sand sein würden. Wo waren die Toten? Die Rüstungen? Das Gold von den Kragen, Zügeln und Schwertern? Hatte Gott auch diesen Beweis an sich genommen? Oder lag alles am anderen Ufer, damit man es nicht wieder einsammeln und in Ehren halten konnte? Als letzte Ohrfeige für die Ägypter?

»Eine Perle für deine Gedanken«, sagte Cheftu.

»Ich habe es gesehen.«

»Was?«

»Wie sich das Meer geteilt hat. Es war, als wären alle außer mir wie verzaubert. Zu Tausenden standen die Menschen wie Schlafwandler um mich herum. Ich konnte sehen, wie das Wasser brodelnd und kochend zwei Mauern bildete. Dann hat sich der Wind gedreht und genau zwischen den beiden Mauern hindurch geweht, quer über das ganze Meer. Ich habe nicht die geringste Brise gespürt, aber ich habe gesehen, wie der Sand trocknete und die letzten Krebse in Richtung Arabien geweht wurden. Es war wie ein Luftschlauch dicht über dem Boden. Es hat die ganze Nacht gedauert; die Sterne kamen heraus, der Mond hat geschienen, und ständig hat der Wind geweht.« Sie drehte sich zu ihm um. »Er war so laut, daß ich nach wie vor kaum hören kann.« Dann sah sie wieder auf die seichten Wellen.

»Kurz vor der Morgendämmerung sind die Menschen aufgewacht. Praktischerweise sind die am Wasser als erste aufgewacht. Sie konnten es nicht fassen!« Lächelnd erinnerte sie sich an die Familien, die ihre Sachen aufsammelten und zum Wasser hinuntergingen, um dann den Meeresboden zu beschreiten – ein Mann hatte sogar eine Handvoll Sand aufgehoben und in den Wind geworfen, wo sie sich wie Staub verteilt hatte. Kinder hatten fasziniert die Schönheit der Korallen zu beiden Seiten bestaunt, doch größtenteils waren die Menschen einfach gerannt. Die turmhohen Wasserwände zu beiden Seiten hatten den Weg überschattet. »Ich habe nach dir Ausschau gehalten«, sagte sie. »Alle waren mit ihren Familien unterwegs, also hätte es kein Problem sein dürfen, dich zu finden. Doch obwohl es immer später wurde und immer mehr Menschen an mir vorbeikamen, konnte ich dich nirgendwo entdecken.« Sie senkte den Blick. »Als Meneptahs Clan an mir vorbeizog, bekam ich allmählich Angst. Ich konnte nicht glauben, daß all das wirklich geschieht, und ich hatte den Eindruck, daß sich jedes einzelne Bild in mein Gehirn brennt, jedes Gesicht, jedes Detail. Dann habe ich die Armee gehört.« Cheftu setzte sich neben sie, zog sie, an den Überhang gelehnt, an seine Seite.

»Als Hats Truppen den Abhang herunterstürmten, habe ich dich entdeckt. Ein Chaos. Reihenweise blieben die Streitwagen im Sand stecken, und die Soldaten bibberten vor Angst, als sie die Wasserwände sahen. Ich hörte noch eine Stimme rufen: ›Pharao, ihr Gott kämpft für sie!‹ Doch sie waren diszipliniert und sind ihr gefolgt.« Cheftus Finger fuhren beschwichtigend, tröstend durch ihr Haar.

»Es müssen Tausende gewesen sein, die meisten davon in Streitwagen. Ich fing an zu schreien, als ich sah, wie die letzten in den Sand traten, doch es war zu spät. Ihre Streitwagen brachen auseinander, ihre Pferde gerieten in Panik. Ich hörte einen lauten Donner, und plötzlich sah ich nur noch Wasserschaum und Arme und Beine und Köpfe wie von kaputten Puppen darin herumhüpfen. Und der Lärm! Das Brausen füllte meinen Kopf und übertönte beinahe, wenn auch nicht völlig, ihre Schreie, ihre Beschwörungen, ihre Flüche.« Sie betastete den Schnitt an ihrer Wange. »Ich habe durchgedreht und bin zum Strand hinuntergelaufen, entschlossen, ihnen zu helfen. Dabei bin ich wahrscheinlich gestolpert. Danach kann ich mich an nichts erinnern.« Sie hielt inne. »Nur daß ich gebetet habe, du mögest hierbleiben«, endete sie leise wie ein Hauch.

»*Haii,* Chloe.« Cheftu vergrub sein Gesicht an ihrem Hals. »Meine Liebe, mein Liebling, mein *Ab*. Ich danke Gott, daß du hier bist!«

»Ich bin hier, Geliebter«, flüsterte sie. »Und ich hoffe, daß ich immer bei dir sein werde.«

Er legte sie auf den Boden, blickte ihr in die Augen, untersuchte ihren schmerzenden Kopf und drückte schließlich ihren Leib an seinen. »Schlaf jetzt. Es war lang genug«, flüsterte er in ihr Haar. »Wir müssen uns ausruhen. Und dann fliehen.«

Ihre Augen fühlten sich an wie zugeschweißt, und ihre Zunge hatte die Konsistenz eines Putzlappens. Jeder Knochen tat ihr weh, jeder Muskel schmerzte. Sie stank, und in jeder Spalte ihres Körpers steckte Sand. Doch der Wille, aufzustehen, war zu schwach. Cheftu schnarchte neben ihr. Er schnarchte nur, wenn er vollkommen erschöpft war – eine Untertreibung, was sie beide anging.

Die Sonne brannte bereits und versengte ihr die Haut. Sie zwang die Augen auf. Sie mußten Schatten finden. Über ihnen kreisten Vögel, die schreiend und rufend im Wasser nach Fisch tauchten. Fisch. Essen. Mit einem Schlag war Chloe hungrig. Müde, schmutzig, halbverhungert. »Cheftu ...« Sie stupste ihn. »Steh auf.«

Er stöhnte und wälzte sich herum. »Mach die Fackel aus und komm auf die Liege.«

Sie rüttelte ihn. »Die Fackel ist die Sonne. Cheftu, wach auf.«

Dieser ungemütliche Anfang war bezeichnend für den ganzen Tag. Sie konnten sich kaum rühren, und sie mußten all ihre Willenskraft aufbieten, um die Sachen einzusammeln, die Chloe gut versteckt hatte. Das Bad im Meer war reinigend, doch das Salz brannte in ihren Wunden und trocknete sie noch weiter aus. Eine knappe Wasserration folgte auf eine beinahe rohe Fischmahlzeit, dann schliefen sie im Sand wieder ein.

Zwei Tage später – zwei Tage, an die sich Chloe kaum erinnerte –, wachten sie auf und waren zum ersten Mal tatsächlich wach.

»Was sollen wir tun?«

»Es ist zu früh, um schon so panisch zu klingen«, frotzelte Cheftu.

»Sollen wir zurück nach Ägypten?«

Er schlug die Augen auf, rieb sich über das Gesicht und kratzte seinen Bart. »Das können wir nicht.«

»*Haii.*« Sie blickte hinaus aufs Meer. »Ich will heim.« Augenblicklich zog sich etwas in Cheftu zusammen. Chloe spürte, wie Tränen ihre Kehle verschlossen. »Ich will fernsehen und eine heiße Dusche und eine Pizza vom Heimservice. Ich will Unterwäsche und Macintoshs und Hershey-Küsse.« Sie atmete unsicher ein. Cheftu hatte sich nicht bewegt. »Ich habe es satt, immer zu schwitzen und gejagt zu werden und hungrig und müde zu sein. Und Juan fehlt mir.«

»Juan?« fragte er alarmiert.

»Mein Speichen-Leguan. Er hat mir ein kleines Vermögen eingebracht. Ich hätte inzwischen mindestens dreimal sein Kostüm wechseln sollen. Ein neues Kostüm für jedes neue Gericht«, erläuterte sie. Cheftu runzelte die Stirn. Er legte eine Hand auf ihre Stirn. »Ich bin nicht krank«, wehrte sie ab. »Ich will einfach nur heim.« Er drückte sie an seine Brust, doch Chloe löste sich wieder von ihm. Für Umarmungen war es hier zu heiß.

»Ich habe über unsere Lage nachgedacht«, wechselte er das Thema. »Ägypten ist uns verschlossen. Es gibt andere Königshöfe; als ägyptischer Arzt wäre ich überall willkommen. Tatsächlich kennt man mich an vielen. Doch ... Thutmosis kennt sie ebenfalls.«

»Wir sind immer noch auf der Flucht vor ihm. Wie wird er auf all das reagieren?«

Cheftu seufzte. »Für ihn ist das ein Geschenk Amun-Res. Thut hat nur darauf gewartet, Ägypten zu regieren; jetzt gibt es niemanden mehr außer ihm. Selbst seine Söhne sind tot, und Hats Tochter Neferurra kommt nicht nach ihrer Mutter.« Schweigend gingen sie weiter, auf das Felsengebirge zu, das knapp über dem Horizont zu erkennen war. Cheftu ließ den Blick ständig über die Ebene wandern, als erwarte er, eine Staubwolke zu entdecken, die weitere Soldaten ankündigen würde.

»*Asst,* wir spazieren also einfach in den Sonnenaufgang hinein?«

»Thut wird Soldaten aussenden. Wir sind die einzigen, die wissen, was geschehen ist. Dieses Wissen ist Macht; damit können wir handeln.«

»Wie? Sie ist tot.«

»Es gibt keine Leiche. Keinen Beweis.« Cheftu deutete nach vorn. »Wir bleiben in der Nähe des Wassers und gehen weiter, bis wir weit genug weg sind und uns ausruhen können.«

»Und dann?«

Schweigend wanderte er mit betont festem Schritt voran. »Dann bringe ich dich heim.«

»Aber –«

»Schluß jetzt!«

Der Mond war aufgegangen, und sie hatten ihre Umhänge angelegt, um den beißend kalten Wind abzuwehren. In der Ferne hörten sie den blutgefrierenden Schrei des Schakals, dessen Geheul ihnen unangenehm ins Gedächtnis rief, daß er der ägyptische Totengott war. Nur die Toten konnten hier draußen seine Schreie hören. Was *war* aus all den Leichen geworden? Tausende ausgelöschter Leben, ohne daß auch nur ein winziger Beweis dafür geblieben war. Nichts. Die Flut kam, und sie wanderten vom Strand weg weiter ins Landesinnere, von dem dauernden Meeresrauschen betäubt, bis sie fast wie Schlafwandler dahinzogen. In regelmäßigen Abständen blieben sie stehen, um etwas brackiges, nach Ziege schmeckendes Wasser zu trinken und getrocknetes Entenfleisch und Rosinen aus Chloes Proviantbeutel zu kauen.

Als der grellheiße Sonnenaufgang sie aus dem Schlaf riß, waren ihre Augen vom fliegenden Sand verklebt, und ihre Kehlen waren von zuwenig Wasser ausgetrocknet. Fluchend wälzte sich Cheftu herum und rieb sich mit den Händen über das Gesicht. »Wir müssen aus der Sonne«, sagte er, und sie klaubten ihre Sachen zusammen und schleppten sich zu einem nahen Felsen.

Als die Sonne im Zenit stand, erwachten sie erneut, verschwitzt, müde und mißgelaunt. Mit geschulterten Körben kehrten sie an die Küste zurück, wo die Wellen alle Spuren verwischten und ihre Füße kühlten. Dann wurde es wieder Nacht, und sie gönnten sich ein paar Tropfen des kostbaren Wassers, ehe sie sich unter dem Sternenbaldachin schlafen legten.

Mit der Sonne standen sie auf und setzten ihren Weg durch die Brandung fort, mit blasigen, wunden Füßen, doch stetig weiter nach Osten strebend. Sie hatten kaum noch Wasser, eben genug, um die Zunge zu benetzen, doch trotzdem schleppten sie sich weiter, mühsam einen Fuß vor den anderen setzend. Gegen Mittag kauten sie etwas Enten-Trockenfleisch, aber ohne Wasser schmeckte es gräßlich, da das Salz ihren Mund noch weiter austrocknete und ihren Durst nur noch verstärkte.

Gegen *Atmu* schliefen sie aneinandergekuschelt unter einem Felsüberhang. Als Chloe wieder aufwachte, fühlte sie sich etwas menschenähnlicher und einigermaßen ausgeruht, abgesehen von dem pergamentartigen Gefühl in ihrem Hals und ihrer Nase. Neben ihr qualmten die Überreste eines Feuers, und Cheftu lag eingerollt wie eine Kellerassel an ihrer Seite. Sie hockten im tiefen Schatten einer nach Westen weisenden hohen Felsklippe, von wo aus man links den Ozean sehen konnte. Chloe rekelte sich und stand auf.

Sowie sie aus dem Schatten krabbelte, nahm ihr die grelle Sonne die Sicht. Es mußte beinahe Mittag sein, vermutete sie und sah sich um. Nirgendwo waren Anzeichen für irgendeine Siedlung zu entdecken, deshalb ging sie vorsichtig ans Wasser. Wie viele Tage waren sie inzwischen unterwegs? Sie wußte nicht einmal mehr, ob sie nach Cheftus Angebot, sie nach Hause zu bringen, noch ein Wort gewechselt hatten. Hatte er die Vereinigten Staaten gemeint? Oder Frankreich? War ihr Zuhause ein bestimmter Ort, oder waren es bestimmte Menschen? Wie sollten sie zu zweit dorthin gelangen? Sie klatschte sich Wasser ins Gesicht, um aufzuwachen. Ein Schrei. Sie hielt inne und lauschte erneut. Es klang wie der Schrei eines Kindes, darum richtete Chloe sich auf, um das Geräusch zu orten.

Der Kieselstrand war vollkommen verlassen. In einigem Abstand zum Wasser erhob sich eine Klippe von etwa sieben Metern, mit einem Windschutz von Akazien bewachsen, durch deren stummelige, knorrige nackte Äste der Wind rauschte. So wie es aussah, hatten die Heuschrecken auch hier gehaust.

Der Schrei schien aus dieser Richtung zu kommen. Chloe wollte darauf zulaufen, doch ihre brennenden Muskeln zwangen sie, sich mit schnellem Gehen zufriedenzugeben. Sie erklomm den Felsen, bis sie auf einer Höhe mit den Bäumen war. Hier war das Schreien lauter, und sie sah sich um.

Ein struppiges Fellbündel stürzte sich auf ihre Füße und erschreckte Chloe derart, daß sie einen Satz zurück machte und sich an einem Ast festhalten mußte, um nicht hinzufallen. Das kleine Tier jammerte jetzt kläglich und rieb sich an ihrem nackten Bein. Alle Ermahnungen, keine fremden Tiere zu streicheln, die man Chloe als Kind eingetrichtert hatte, waren wie weggeblasen, als sie neben dem Tier niederkniete. Es sah aus wie eine Art Katze und schnurrte wie ein kleines Motorboot. Fragend blickten die kleinen Augen zu ihr auf, und wie ein Schlag traf Chloe die Erkenntnis, daß sie wie Cheftus' aussahen, golden und bernsteingelb. Der Kater (sie konnte sehen, daß es einer war) hatte dunkle, honigfarbene Streifen in seinem Pelz und große, spitz zulaufende Ohren mit einer Aureole aus goldenem Fell darum. Sein Schwanz war lang und glatt und mit einer langen, dunklen, honigfarbenen Spitze versehen. Er rollte sich auf den Rücken, um sich an ihrer Sandale zu reiben, und Chloe erkannte, warum er so geschrien hatte.

Auf seinem Fell war ein armreifgroßer dunkler Fleck aus getrocknetem Blut, aus dem eine mit Sand und Schmutz verklebte Wunde leuchtete. Der Kater senkte den Kopf, um daran zu lecken, und sie sah, daß seine rosa Zunge ebenfalls einen Schnitt hatte. Sie hob ihn hoch, ängstlich darauf bedacht, die Wunde nicht zu berühren.

»*Aii!* Du bist aber schwer«, sagte sie und setzte all ihre verbliebene Kraft ein, das schwere, sich windende Fellbündel festzuhalten. »Was hast du denn da, kleiner Kater?« murmelte sie und besah sich die Wunde genauer. Sein Schnurren verstummte, doch er blieb still in ihren Armen liegen, während sie behutsam die Stelle abtastete und untersuchte. Ein langer Dorn steckte in seiner Flanke. Er war abgebrochen, doch das herausstehende Ende war ebenfalls spitz – wahrscheinlich hatte er sich daran die Zunge verletzt. Der Kater beobachtete sie aus wissenden Augen, und Chloe sah ihn gerade an. »Das muß Cheftu machen«, sagte sie und wickelte ihn in ihren Umhang.

Es war ihr nicht möglich, ihn zu tragen, doch sobald er erkannt hatte, daß sie die Felsen hinunterkletterte, ging er ihr voran und wartete in regelmäßigen Abständen auf sie. Mit ein paar Kratzern und blauen Flecken schaffte sie es nach unten. Als sie wieder bei ihrem Felsen angekommen waren, schlief Cheftu immer noch, obwohl das Sonnenlicht nur noch wenige Ellen von ihm entfernt war. Chloe beobachtete, wie sich das Tier Cheftu näherte und sich neben ihn hockte. Der Kater betrachtete den schlafenden Menschen, gähnte und maunzte dann entschieden.

Cheftu fuhr mit einem Fluch auf. Chloe kicherte, als sie seine wütende Miene sah, bis sie begriff, daß er sein Messer in der Hand hielt. Der Kater, der klugerweise einen Satz rückwärts gemacht hatte, kam jetzt wieder näher, als wollte er ein Bewerbungsgespräch führen.

Cheftu ließ sich zurück in den Sand fallen. »Bei allen Göttern, Chloe! Willst du, daß ich vor meiner Zeit graue Haare kriege?« Der Kater ließ sich neben Cheftu nieder und blickte ihm ins Gesicht. »Was ist das?« krächzte Cheftu, während der Kater die Haltung einer Sphinx einnahm, wobei die ausgestreckten Pfoten in der Luft zuckten.

»Es scheint eine Art Kater zu sein, Cheftu. Er ist verletzt.«

Argwöhnisch tätschelte er das Tier und folgte dessen Bewegungen mit behutsam tastenden Fingern. »Wo ist seine Mutter?«

»Das weiß ich nicht. Wieso?«

Cheftu schrubbte sich mit beiden Händen über sein Gesicht, um endlich wach zu werden. »Weil Löwinnen es nicht so gern haben, wenn man ihre Jungen stiehlt! Wo hast du ihn gefunden?«

Chloe blickte auf das Fellbündel im Sand. »Das ist ein Löwe?«

»Ja. Aus den Bergen.« Cheftu erhob sich mühsam und zog seinen Schurz zurecht, ehe er ihre wenigen Habseligkeiten in seinen Korb packte. »Wir müssen machen, daß wir fortkommen.« Er sah sich ängstlich um. »Sonst werden wir überhaupt nicht mehr fortkommen!«

»Er ist verletzt, Cheftu! Können wir ihm nicht wenigstens den Dorn ziehen?«

Der kleine Löwe setzte sich vor Cheftu auf, der vorsichtig und mit beschwichtigenden Worten den Leib des Tieres abtastete.

»Kannst du ihm helfen?« fragte Chloe.

Cheftu zog eine Braue hoch. »Ich habe schon Gehirnoperationen durchgeführt, also werde ich wohl auch einen Dorn entfernen können.« Er öffnete seinen Medizinkoffer und machte sich auf die Suche nach einer breiten Pinzette. Schließlich gab er sich mit einer spitzen zufrieden. »Das wird ihm gar nicht gefallen. Wickle ihn bitte in ein paar Tücher und halte ihn fest.« Er reichte ihr ein medizinisches Fett, mit dem sie die Stelle einreiben sollte, damit sich der Dorn leichter herausziehen ließ.

Trotz seiner verzweifelten Gegenwehr wickelten sie das Tier in Tücher und zogen schließlich nicht einen, sondern drei Dornen aus seiner Flanke. Das Geheul des jungen Löwen war ohrenbetäubend, und mehr als einmal bekam Chloe die spitzen Zähne zu spüren, die das Tier in verschiedene Teile ihrer Anatomie versenkte.

Cheftu wusch die Wunde mit Salzwasser aus, und beide verzogen das Gesicht angesichts der Schmerzensschreie der gepeinigten Kreatur. Dann rieb Cheftu die wunde Stelle mit Salbe ein und legte einen sauberen Verband darüber. Chloe ließ den kleinen Löwen los, und er raste los, bis er fast außer Sichtweite war ... wo er begann, den Verband abzureißen.

»Ich liebe dankbare Patienten«, sagte er. Chloe lachte, wurde aber sofort wieder ernst, als Cheftu mit verzogenem Gesicht am Wasserschlauch sog. »Wir müssen heute Wasser finden.« Sie standen mühsam auf und sammelten ihre Sachen ein.

»Was meinst du, wie weit wir gekommen sind?« fragte sie.

»Nicht weit genug«, schnaubte Cheftu. »Ich weiß nicht, möglicherweise könnten sie uns nach wie vor aufspüren. Wir sind am Wasser entlanggegangen, was einen gewissen Schutz darstellen sollte, aber wir dürfen uns nicht darauf verlassen.«

Noch im Reden zog er ein Tuch aus seinem Korb und wickelte es um seinen Kopf. Chloe schaute zu, wie seine langen, schlanken Finger den Stoff aufrollten und wanden, bis er einen Turban aufhatte. Nachdem er den Rest des Stoffes über sein bronzegoldenes Gesicht gezogen hatte, waren nur noch seine bernsteingelben Augen sichtbar.

Chloe folgte seinem Beispiel; der Wind hatte aufgefrischt, und beißender Sand fuhr ihr in Augen, Nase und Mund. Er half ihr mit ihrem Gepäck und schulterte dann seinen eigenen Korb. Eine Bewegung im Himmel ließ ihn aufsehen, und er deutete landeinwärts.

»Was ist?« fragte Chloe.

»Geier.« Er blickte auf den in sicherer Entfernung hockenden kleinen Löwen. »Vielleicht hat er gar keine Mutter mehr.« Er deutete wieder in den Himmel. »Sie kreisen. Entweder speisen dort gerade Raubtiere, oder irgend etwas stirbt. Wir müssen los.«

Ein entrüstetes Jaulen ließ sie innehalten. Der Löwe spazierte von hinten um sie herum nach vorne und drehte sich dann um: Die grelle Sonne ließ die Pupillen in seinen leuchtenden Augen zu schmalen schwarzen Schlitzen schmelzen. Sein Pelz war dreckverkrustet, und sie konnten die Knochen unter dem Fleisch hervorstehen sehen, doch er stolzierte mit hoch erhobenem Schweif davon und blickte sich dann über die Schulter hinweg um wie ein Unteroffizier, der seine neuen Rekruten drillt. Cheftu und Chloe sahen einander amüsiert an und schlugen, angeführt von ihrem neuen Schoßtier, den Weg in Richtung Osten ein.

Besagtes Schoßtier führte sie nicht lange an. Sondern es spielte. Für jeden Schritt, den sie vorwärts kamen, legte es fünf zurück – eine Anhöhe hinauf und wieder hinunter, hüpfend und rennend, in der Brandung spielend. Dann setzte sich ihr Begleiter hin, während sie weiterzogen. Doch jedesmal, wenn sie überzeugt waren, daß er diesmal zurückbleiben würde, kam er hinter einem Felsen hervor oder die Klippe herabgeschossen.

Sie versuchten, soviel wie möglich am Meer entlangzugehen, wo die Wellen die dürftigen Hinweise auf die beharrlich Weiterziehenden fortspülten. Bei Einbruch der Nacht hatten beide rasenden Hunger, und Chloe merkte plötzlich, daß sie vor Enttäuschung und Erschöpfung tränenlos vor sich hin schluchzte. Erneut kampierten sie nahe den Klippen entlang dem Meer. Zu müde, um noch ein richtiges Lager aufzuschlagen, und ohne genug Wasser für eine Suppe kauten sie das letzte Stück Dörrfleisch und benetzten ihre Lippen mit ein paar warmen, brackigen Tropfen. Dann kuschelten sie sich gegen die Kälte aneinander und fielen in halb besinnungslosen Schlaf.

Chloe schaffte es nicht, die Augen zu öffnen. Sie waren wie zugeklebt. Sie versuchte, eine Hand zu heben und den Kleber wegzuwischen, doch beide Hände wurden von einem schweren Gewicht auf den Boden gepreßt. Ihr Geist flatterte von einer Wirklichkeit zur anderen. Sie konnte hören, wie jemand ihren Namen rief; Cammy? Sie drängte weiter vor und konnte ein schwaches Bild erkennen.

Es *war* Cammy. Sie saß in dem Tempel in Karnak. Ein magerer Mann mit Brille stand neben ihr und tätschelte ihr mit sanften, tröstenden Händen Schulter und Rücken. Cammy hatte das Gesicht in den Händen vergraben, ihre Schultern bebten ... und aus ihrem wunderschönen, kastanienbraunen Haar leuchtete eine weiße Strähne. Weiß? Chloe konnte nichts hören, doch die Trauer, die Cammy litt, zerriß Chloe das Herz. Der magere, irgendwie vertraut wirkende Mann erbleichte unter seiner gebräunten Haut.

Von irgendwoher wurde eine Bahre in Chloes Blickfeld gerollt. Vor dem bebrillten Mann hielt sie an. Er hob das Laken an, und Chloe schrie auf, als sie das Gesicht darunter erkannte.

Es war ihr eigenes!

Ich kann nicht tot sein! dachte sie panisch.

Plötzlich war sie naß. Tränen? Ihre eigenen? Nein. Das Wasser war überall um sie herum, lief ihr übers Gesicht, ihren Hals, sammelte sich unter ihr. Jemand schrubbte ihr Gesicht mit Sandpapier, rieb damit über den Schnitt in ihrer Wange, rieb immer weiter. Der Schmerz ließ sie endgültig wach werden. Sie schlug das Tuch beiseite und erkannte im selben Moment, daß der hellbraune Junglöwe auf ihr gelegen hatte. Sie blinzelte. Zweimal zwei goldene Augen starrten sie an. Cheftu drückte ihren nassen Kopf an seine Brust. »Ich habe schon geglaubt, ich hätte dich verloren«, flüsterte er. Sie drückte ihn weg und sah ihn an.

Sein Gesicht war grau, und seine Augen waren groß wie nie zuvor. »Was ist passiert, Chloe?« fragte er durch zusammengebissene Zähne.

Die Bilder flogen vor ihren Augen hin und her wie von einer durchgedrehten kosmischen Fernbedienung gesteuert. »Ich habe mich selbst gesehen«, antwortete sie bebend. »Ich war tot – glaube ich.«

Die Worte kamen nur als leises Quietschen aus ihrem Mund, und Cheftu schloß sie in seine Arme. »Es war grauenvoll!« sagte er in seinem schwer verständlichen Englisch. »Ich hatte den Eindruck, daß unter deinem Gesicht ein anderes Gesicht hervorschaut. Doch das schlimmste war das Messer mit dem besetzten Griff, das immer wieder zwischen deinen Rippen erschien. Jedesmal, wenn ich danach gefaßt habe, war es weg. Dann kam es wieder.« Er bedeckte ihr Haar mit Küssen. »Du warst so bleich, so still.«

Mit zitternder Hand hob er ihr Gesicht an seines. »Obwohl deine Augen fast noch schrecklicher waren. Sie waren zu, und du wolltest einfach nicht aufwachen.« Er drückte einen Kuß auf ihre Lippen. »Du hättest mich beinahe allein gelassen, Chloe.«

Sie klammerte sich an ihn, schwer und abgehackt keuchend. »Laß mich nicht gehen, Cheftu! Bitte!« Dann kamen die Tränen. Es waren nur wenige, und sie kamen in großen Abständen, doch Chloe bebte, als würde sie ein ganzes Meer vollweinen. Sie konnte die Qualen in Cammys Gesicht einfach nicht vergessen. Man hatte ihr jedes einzelne Jahr und noch einige mehr angesehen. »Wenn ich ihr nur irgendwie mitteilen könnte, daß es mir gutgeht! Daß der Rotschopf nicht mehr ich ist! Nur ihretwegen muß ich heimkehren!« Chloe brach wieder zusammen.

»Hier, *ma chérie.*« Cheftu reichte ihr den Wasserschlauch. »Trink, damit du weinen und diese giftigen Säfte loswerden kannst.« Chloe hob den Lederbeutel mit beiden Händen an und trank das süße, kühle Naß. Cheftu warnte sie: »Nicht so viel. Ohne etwas zu essen, wirst du krank davon.« Sie reichte Cheftu den Wasserschlauch zurück und ließ sich von ihm wieder behutsam auf den Boden betten.

Sein Gesicht hatte wieder etwas an Farbe gewonnen, doch er sah immer noch schrecklich aus. Pferdeschwanz und Bart, die er während ihrer Zeit bei den Israeliten hatte wachsen lassen, waren verfilzt und schmutzig. Unzählige Kratzer und blaue Flecken überzogen sein Gesicht und seinen Körper. Auf seiner Nase schälte sich die Haut, seine Lippen waren geplatzt und blutig, seine Augen gerötet, sein Leinengewand starrte vor Dreck. Doch er war am Leben.

Sie auch, trotz ihrer Abschürfungen, blauen Flecken, dreckigen Haare und des unerträglichen Schweißgestanks. »Woher hast du das Wasser?«

Cheftus hageres, dreckiges Gesicht verzog sich zu einem breiten, strahlenden Grinsen. »Der kleine Löwe.«

»Der kleine Löwe?« wiederholte Chloe verwirrt.

»Genau. Offenbar hat er ein bißchen die Gegend erkundet, während wir geschlafen haben, und als ich aufgewacht bin, hat er mit den Zähnen meine Hand gepackt und nicht mehr losgelassen, bis ich ihm gefolgt bin. Ich hab noch halb geschlafen. Zum Glück, sonst gäbe es ihn vielleicht nicht mehr.« Cheftu warf dem kleinen Löwen einen katzengleichen Blick zu, als wollte er ihm spielerisch drohen. »Er hat gleich hinter diesem Bergvorsprung eine Wasserstelle gefunden.« Er deutete in die entsprechende Richtung. »Eigentlich eine geniale Stelle. Es gibt dort Platz genug für einen Unterschlupf und außerdem eine Menge Tierspuren, ich weiß also, daß wir dort etwas zu essen finden.« Er musterte den Kater grienend. »Und zwar alle. Einen Steinwurf entfernt gibt es sogar eine riesige leere Höhle, in der man Sachen lagern kann.«

Cheftu sah begeistert aus, fand sie. »Sind wir weit genug von Ägypten weg?« fragte sie kritisch.

»Ich glaube schon. Wir befinden uns hier zwischen den Toren Ägyptens und den Tälern Kanaans. Ich habe nirgendwo menschliche Spuren entdeckt.«

Chloe setzte sich auf; das Wasser weckte ihre Lebensgeister. »Dann gehen wir.«

Sie war noch geschwächt von ihrer psychedelischen Wassermangel-Vision, deshalb mußte Cheftu sie am Fuß des Vorsprungs entlang halb tragen. Der kleine Löwe tollte in der Sonne herum und jagte reale und eingebildete Tiere. Nordöstlich und südwestlich von ihnen erstreckte sich das Rote Meer, über dessen klaren Tiefen das Sonnenlicht glitzerte, das sich in den türkisen, grünen und azurblauen Wellen spiegelte.

Cheftu nahm sein Messer und stand im Wasser, wo die Wellen sacht gegen seine Beine leckten, während er reglos wie eine Statue wartete. Der junge Löwe rollte sich zu Chloes Füßen zusammen und streckte sich dann, um ihren streichelnden Händen das hellere

Fell an seinem Bauch darzubieten. Sein Schnurren wurde so laut, daß Cheftu entrüstet über die Schulter zu ihnen hersah. Als Chloe die Hände wegzog, sprang der Kater davon ans Wasser, um gleich darauf vor den anrollenden Wellen die Flucht zu ergreifen und sich die Gischttropfen aus dem Fell zu schütteln. Cheftu blieb reglos stehen, und Chloe beobachtete, wie sein Schatten langsam weiter wanderte, je tiefer die Sonne im Westen stand.

Dann spritzte Wasser hoch, und gleich darauf kam Cheftu aus dem Meer gestapft, ein breites Grinsen im Gesicht und den zappelnden Leib eines großen, schönen Fisches in den Händen. Der kleine Löwe roch das Essen, lief zu ihm hin, und gemeinsam kehrten sie mit stolzgeschwellter Brust zu Chloe zurück. Als Cheftu ihr den Fisch in den Schoß fallen ließ, sah sie entsetzt auf.

Die Hände hinter dem Rücken versteckt, wich sie angeekelt zurück.

»Mach uns Essen!«

Chloe musterte ihn, pikiert über seinen anmaßenden Tonfall. »Wie komme ich dazu?«

»Weil du eine Frau bist. Der Mann fängt das Essen, die Frau bereitete es zu und kocht es.«

»Diese Frau nicht.« Sie rümpfte die Nase. »Es stinkt, und es ist eklig.«

Cheftu zog eine Braue hoch. »Ich soll also ganz allein für unser Essen sorgen? Wirst du mir wenigstens erlauben, es dir zu servieren?« In seiner Stimme lag unverhohlener Sarkasmus, und Chloe merkte, daß er kurz davor war, die Geduld zu verlieren. Doch plötzlich war ihr alles zuviel – zuviel Veränderung, zuviel Streß, zuviel Ungewohntes. Sie hielt es einfach nicht mehr aus.

»Ich habe dich nicht gebeten, mich zu bedienen! Ich kann für mich selbst sorgen! Ich will deinen stinkenden Fisch nicht!«

Er starrte sie an, und seine ohnehin dunkle Haut verdüsterte sich vor Zorn. »Wie Sie wünschen, Madame.« Er deutete eine Verbeugung an und kehrte ans Wasser zurück. Nach einem verwirrten Blick auf Chloe tappte der junge Löwe Cheftu und dem Essen hinterher.

»Verräter«, murrte Chloe und stand auf. Sie packte ihren Korb und ging weg, um den vorspringenden Berg herum, bis sie die

Stelle sah, die Cheftu entdeckt hatte. Sie schien perfekt. Sie musterte die niedrigen Klippen rundherum. Die Bäume waren grün belaubt – offenbar hatten die Heuschrecken es nicht bis hierher geschafft. Der kleine Strand war halbmondförmig, und die Sandsteinklippen boten einerseits Schutz vor dem Wind und andererseits Versteckmöglichkeiten. Sie hatte bereits gesehen, daß alle Felswände mit Höhlen durchbrochen waren. Mehrere dicht beieinanderstehende Palmen kennzeichneten die Flutlinie. Im Zusammenspiel mit dem azurblauen Himmel, der klaren See und dem meilenweiten Sandstrand war dies ein wahres Paradies.

Es allein und mißgelaunt zu betrachten nahm der Entdeckung etwas von ihrem Glanz. Sie trat in eine der Höhlen dem Wasser gegenüber und stellte ihre Sachen ab, wobei sie vorsichtig nach irgendwelchen Tierspuren oder anderen Hinterlassenschaften Ausschau hielt. Es schien keine zu geben, darum breitete sie ihren Umhang aus und legte sich hin. Der Schlaf kam schnell.

Ihr erster Gedanke war, daß sie gestorben und zum Großen Sonntagsbrunch eingeladen war. Das Aroma war himmlisch! Mit einiger Mühe öffnete sie die Augen in der dunklen Höhle. Draußen tönte die Sonne das Wasser rosa und orange; schon wehte ein kühlere Brise.

Sie roch das Feuer und hörte Cheftu singen… nicht die ägyptischen Lieder, die sie inzwischen auswendig kannte, sondern »Frère Jacques«. Lachend stand Chloe auf, schlang das Leinen um sich und trat nach draußen. Der Mann muß Pfadfinder gewesen sein, dachte sie verwundert.

Er hatte ein Feuer entfacht und grillte darauf den Fisch. Wenn der junge Löwe sich noch näher wagte, würde er in Flammen aufgehen, dachte Chloe. Er hatte die Augen gegen den hellen Flammenschein zusammengekniffen, ließ aber das Objekt seiner Begierde keinen Moment aus dem Blick. Sie konnte erkennen, daß am Rand der Flammen Brot backte, und sah dicht beim Feuer ein Papyruspaket stehen. »Eine Meisterleistung«, flüsterte sie.

Cheftu blickte sie ohne ein Lächeln über das Feuer hinweg an. Er hörte zu singen auf. »Danke. Und wo ist dein Essen?«

Chloe sah ihn überrascht an. Sie war vorhin ein wenig hitzig gewesen. Und nicht besonders nett. Also gut, eine wahre Kratzbürste, wie Mimi gesagt hätte. Doch schlagartig hob ihr Stolz sein häßliches Haupt. »Das muß ich noch fangen.«

»Wir teilen gerne unser«, er deutete auf den kleinen Löwen, »Essen mit dir. Die Austern kühlen schon in dem Wasser da drüben.« Er deutete auf den Gezeitentümpel südlich von ihnen.

Hoheitsvoll trat sie zurück. »Danke, aber vielen Dank, nein. Ich werde mich selbst verpflegen.« Sie stolzierte zum Strand und gab sich dabei alle Mühe, sich ins Gedächtnis zu rufen, wie man Krabben fing. Sie hatte das nur ein einziges Mal getan, doch es war ziemlich leicht gewesen. Sie brauchte dazu nichts weiter als ein bißchen Speck. Sie blieb stehen.

Leider war der just ausgegangen, was sollte sie also als Ersatz nehmen?

Cheftu rief sie zum Essen, doch Chloe drehte sich nicht einmal um. Ihr Verhalten war kindisch und lächerlich. Leider konnte sie einfach nicht anders. Als er sie berührte, wirbelte sie herum. Seine Augen waren dunkel und beinahe braun im Abendlicht. Seine Stimme war tief, samtig und liebevoll. »Komm, *ma chère*. Laß uns zusammen in unserem neuen Heim speisen, *haii?*«

Sie biß die Zähne zusammen. »Nein.«

Er fuhr sich mit der Zunge über die Lippen und sah beiseite. »Wieso nicht?«

»Weil du mich für eine Last hältst. Ich kann für mich selbst sorgen.« Ihre Stimme klang geradezu grotesk abweisend, doch das war ihr egal.

Cheftu wog seine Worte sorgfältig ab. »Es tut mir leid, daß ich...« Er sah erst weg und sie dann wieder an. »Verdammt noch mal, mir tut gar nichts leid! Es ist nicht verkehrt, dich zu bitten, daß du mithilfst! Ich jage, und du machst sauber und kochst, aber wir müssen zusammenarbeiten! Und jetzt hör auf, dich so kindisch, infantil und lächerlich zu betragen, und komm zum Essen, bevor der Löwe...« Seine Miene gefror, und er wiederholte: »Der Löwe«, bevor er zum Feuer zurückrannte. Chloe hörte sein Gebrüll über den ganzen Strand und sah ihn sein Essen verfolgen, das nun auf goldenen Pfoten vor ihm floh. Cheftus frustrierte Flüche flogen durch die Luft, dann sah sie ihn verärgert beide Hände hochreißen.

Ein paar Minuten darauf ging sie zu ihm. Er saß auf dem Boden, den Rücken ihr zugewandt, das Gesicht auf die verschränkten Arme gelegt. »Cheftu?« Er rührte sich nicht, nahm sie mit keinem Wort zur Kenntnis. Sie legte eine Hand auf seinen Nacken und spürte die verspannten, zu Knoten erstarrten Muskeln. Sie ließ sich auf die Knie fallen und begann, die Knötchen zu massieren. So saßen sie, bis es ganz dunkel war, Chloe damit beschäftigt, ihn von seinen Verspannungen zu befreien, und Cheftu mit abgewandtem Gesicht und in sich verschlossen. Sie spürte die leichten Erhebungen seiner Brandnarben und die Muskeln und Sehnen, die sie so viele Male getragen, geheilt und gerettet hatten. Sie sollte ihm dankbar sein.

Statt dessen war sie sauer.

Sie wollte nicht der schwächere Partner sein! Ihr ganzes Leben lang hatte sie in fast jeder Hinsicht mit jedem Mann mithalten können. Es war nicht leicht gewesen, gut, doch sie hatte sich Respekt verschafft, selbst bei den Draufgängern in ihrer Klasse, und das hatte sie gestärkt. Bei Cheftu hatte sie immer nur geweint, sie war in Ohnmacht gefallen, krank und schwach gewesen. Sie ließ die Hände sinken. Mit einer ungleichen Beziehung konnte sie nicht umgehen. Denn ihr stand ständig ein Beispiel für eine gleichwertige Beziehung vor Augen. Ihre Eltern hatten einander mit so viel Hingabe geliebt, daß Chloe manchmal das Gefühl gehabt hatte, eigentlich bräuchten sie gar keine Kinder. Vater arbeitete in irgendwelchen obskuren Staaten im Nahen Osten, und Mom machte dort Ausgrabungen und schmiß phantastische alkohol- und schweinefleischfreie Parties.

Chloe liebte Cheftu mit Leib und Seele, doch sie konnte und würde nicht mit ihm zusammenleben, wenn er sie nicht respektierte. Und wie sollte sie den Respekt eines Mannes aus dem neunzehnten Jahrhundert gewinnen? Selbst im alten Ägypten hatten die Frauen mehr Macht und Freiheiten als während seiner Epoche. Ganz egal, wie lange er schon in Ägypten lebte, die ersten sechzehn Jahre war er Franzose gewesen. Sie wußte nur zu gut, daß man ein Kind in ein anderes Land und andere Sitten verpflanzen konnte, doch niemals vollkommen das Land und seine Sitten in ein Kind.

Mit einem Seufzer wandte sie Cheftu den Rücken zu, hockte sich hin und starrte hinaus in die anrollende Flut. Sie hörte ein lautes Knurren und stellte peinlich berührt fest, daß das ihr Magen war.

»Wir haben immer noch die Austern«, meinte Cheftu müde. Offenbar hatte er es auch gehört.

»Ich hole sie. In welchem Tümpel?« fragte Chloe im Aufstehen.

»Dem dritten von rechts.«

Die Tümpel zählend, stieg sie über die Felsen. Der Mond stand schon am Himmel, eine schmale Sichel nur, doch das Licht reichte, um ihr den riesigen Haufen von Austern zu zeigen. Cheftu mußte getaucht haben, um so viele zu sammeln, dachte Chloe, während sie die Schalen in ihr zerfetztes Gewand hob. Dann stolperte sie zurück zum Feuer.

Es loderte jetzt hell auf, und Cheftu hatte das Brot herausgeholt. Das Papyruspaket war offen, und Chloe sah, daß gedämpfte, knackige Kräuter und Zwiebeln darin eingewickelt waren. Sie begann, die Austern mit dem Messer aufzustemmen, wobei sie sich mehrmals in den Finger stach, aber alle Flüche hinunterschluckte.

Die Austern waren delikat, ganz anders als die in Chemiebrühe gewachsenen, die Chloe im zwanzigsten Jahrhundert gekostet hatte. Sie stopften die Kräuter, größtenteils wilder Knoblauch, in das ungesäuerte Brot und schmausten mit Appetit, den Wasserschlauch schweigend hin und her reichend.

Als sie fertig waren und zwischen den leeren Austernschalen und dem niedergebrannten Feuer saßen, war Chloes Magen gespannt wie eine Trommel. Sie hatten kein einziges Wort miteinander gewechselt, und der junge Löwe hatte nicht gewagt, sich irgendwo zu zeigen. Cheftu blieb verschlossen, wich ihrem Blick aus und saß zusammengekrümmt da, den Blick aufs Meer gerichtet. Chloe gähnte zum siebten Mal, richtete sich auf und sammelte zwei Handvoll Schalen ein. Cheftu bemerkte ihre Bewegungen und sah wieder weg. Nach dreimaligem Gehen hatte sie alle Schalen entfernt und kam nun ihre Decke holen. »Machst du dann das Feuer aus?« fragte sie.

»Ja.«

Sie blieb einen Moment stehen und begutachtete, was sie mit

ihrem ungestümen Temperament angerichtet hatte. Er hatte sich solche Mühe gegeben. »Gute Nacht.«

»Ja.«

»Es tut mir leid«, sagte sie.

Er sah sie einen Moment zornig an, dann antwortete er nochmals, mit schwerer, müder Stimme: »Ja.« Chloe starrte kurz ins Feuer, dann verschwand sie in ihrer kalten, einsamen Höhle. Stundenlang lag sie bibbernd in der Kälte, während Cheftu neben dem Feuer kauerte. Nach einer Weile umhüllte sie atemberaubender Fischgeruch, und sie hörte eine sandige Zunge über weiches Fell streichen. Nachdem sich der kleine Löwe außergewöhnlich gründlich geputzt hatte, rollte er sich in Chloes Kniebeuge zusammen und schlief ein. Sie strich mit den Fingern über seinen Kopf und freute sich daran, daß sein Schnurren ihre Seelenqualen linderte. Schließlich fiel auch sie in Schlaf.

Leider hatte sich am Morgen nichts geändert. Sie waren immer noch auf Distanz. Sie aßen altes Brot, und Chloe verzehrte sich erneut nach einer Tasse Kaffee. Selbst Nescafé. Der kleine Löwe war nirgendwo zu sehen gewesen, als sie durchfroren und steif aufgewacht war. Die Sonne stieg schnell höher und schickte die ersehnte Wärme durch Chloes Körper, doch ihr Herz war nach wie vor kalt. Cheftu würdigte sie keines Blickes.

Er hatte sich irgendwann gewaschen, fiel ihr auf. Sein Haar war ordentlich aus dem Gesicht zurückgestrichen, und sein Vollbart sah sauber aus. Er hatte auch seinen Schurz geschrubbt und ihn mit einer schmalen Lederschnur zusammengebunden. Seine Arme und Beine waren zerkratzt und fleckig, doch auch damit sah er sexy aus. Chloe hatte das unangenehme Gefühl, daß er das alles gestern abend getan hatte, und spürte von neuem ihr schlechtes Gewissen. Er erhob sich, starrte über das Wasser und meinte knapp: »Ich werde uns ein paar Ziegel für ein Haus machen und einen Vogel für unser Mittagessen fangen.«

»Einverstanden«, erklärte Chloe betreten. »Aber dafür mache ich das Abendessen.«

»Wie du wünschst«, erwiderte er und stapfte zu einer anderen Höhle davon, wo er sein Zeug verstaut hatte.

Während sie aufstand und das Feuer löschte, wünschte sie, sie hätte eine Ahnung, was sie jetzt anfangen sollte. Tränen rannen langsam über ihr Gesicht, und sie vergrub es schluchzend in den Händen. Ein paar Sekunden vergingen, dann spürte sie, wie Cheftu sie umarmte, wie seine starken Arme sie drückten. »Weine nicht, Geliebte. Wir werden es schon schaffen. Ich paß auf dich auf.«

Sie schob ihn von sich weg. »Ich will nicht, daß du auf mich aufpaßt! Ich führe mich wie ein Kind auf, und ich kann mich selbst nicht leiden! Aber ich kann nicht anders!« Tränen liefen ihr über die Wangen. »Ich will dir gleich sein! Ich ertrage es nicht, daß du glaubst, ich bin schwach und nutzlos! Ich bin nicht RaEmhetepet!« Er streckte die Hand wieder nach ihr aus, doch sie wandte sich ab und weinte in ihre Hände. Der junge Löwe strich an ihrer Wade vorbei und ließ sein balsamgleiches Schnurren hören. Weinend hob sie ihn hoch und hielt ihn fest, so daß die Tränen in sein fischiges Fell fielen.

Behutsam sagte Cheftu: »Ich bin verwirrt, Chloe. Ich hatte noch nie eine derartige Verantwortung zu tragen. Dein Leben ist ein Geschenk, das ich sorgfältig hüten muß.« Er schnaubte verächtlich. »Ich habe noch nie ohne Diener gelebt – weder hier noch in Frankreich. Wie ich mich verpflegen kann, weiß ich nur von meinen Jagdausflügen und aus der Armee.«

Er drehte sie zu sich her und legte einen Finger unter ihr Kinn. »Leider weiß ich nicht, wie ich dir Sicherheit geben kann. Wir leben hier am Rande der Wüste; ich habe keine Ahnung, wo wir sind. Wir können nicht wagen, nach Ägypten zurückzukehren, weil ich verbannt bin und du eigentlich tot sein solltest. Wenn wir zu den Nomadenvölkern in der Wüste fliehen, werden sie mich umbringen, um dich heiraten zu können. Wenn wir irgendwohin gehen, um Handel zu treiben, werden wir auffallen«, er lächelte grimmig, »allein schon wegen deiner Augen. Mein einziger Gedanke ist es, dich zu beschützen und uns irgendein Leben aufzubauen. Dann will ich dich nach Ägypten und in deine eigene Zeit zurückbringen«, versprach er müde.

»Du bist nicht für mich verantwortlich, Cheftu«, widersprach Chloe. »Ich bin es selbst.«

Zum ersten Mal an diesem Morgen sah er sie wirklich an. »Ich weiß sehr gut, daß du selbst für dich sorgen kannst, doch ich bin für dich verantwortlich, weil dir mein Herz gehört. Ich kann nicht essen, wenn ich nicht weiß, daß du ebenfalls etwas zu essen hast. Ich kann nicht schlafen, wenn dein Körper nicht neben mir liegt. Du bist ein Geschenk, weil ich dich liebe. Aus keinem anderen Grund. Ohne irgendwelche anderen Bindungen oder Fesseln. Weil du meine Seele bist.«

Er wandte den Blick ab. »Du verstehst mich nicht. Ich glaube, du siehst dich als Sache, als Besitz oder als Schoßtier, um das ich mich kümmere, weil ich dich ›besitze‹ –« Seine Stimme brach. »Ich werde dich niemals besitzen, Chloe. Du kannst gehen, wann immer du willst. Du bist frei, jede Entscheidung zu treffen, die du möchtest. Ich werde dafür sorgen, daß du soweit in Sicherheit bist, daß du diese Entscheidungen treffen kannst.« Sein leidender Blick traf auf ihren. »Erlaube mir das, Chloe.«

Beschämt und betreten über seine Worte wandte sie sich ab. Sie wollte ihn umarmen, doch die Kluft schien zu tief. Sie beide waren alles, was jeder von ihnen hatte. In ihrem Kopf dröhnten unbeantwortete, schmerzhafte Fragen. Nach einer Weile strich ihr Cheftu in einer sanften Liebkosung übers Haar. »Paß auf dich auf, meine Teure«, sagte er und verschwand. Der kleine Löwe sprang in einem Satz von Chloes Schoß, um ihm zu folgen, und ließ Chloe allein unter dem strahlend blauen Himmelszelt zurück.

Sie schuftete den ganzen Tag, säuberte erst das Gelände und fegte dann die größte Höhle mit einem Palmwedelbesen aus. Als sich eine große Vogelschar auf dem Strand und auf den Akazienbäumen darüber niederließ, nahm sie ihren bemalten Wurfstock und ging auf die Jagd. Nach zwei Stunden hatte sie zwei Vögel und ein unglückliches pelziges braunes Ding erlegt, das unter den Bäumen durch das Gras gehuscht war. Das durfte Cheftu abziehen. Stolz und angeekelt zugleich hackte sie den Vögeln die Köpfe ab, rupfte sie und schnitt sie auf.

Dann gab sie ihr Frühstück wieder von sich.

Da sie nicht genau wußte, was als nächstes zu tun war, spießte sie die Tiere auf einen Stock und hängte sie über das Feuer. Blutstropfen fielen auf die Steine darunter und verbrutzelten. Chloe nahm an, daß die Vögel eine Weile brauchen würden, also ging sie schwimmen. Das Wasser war phantastisch warm und reinigend und wusch die tagealte Schmiere von ihrer Haut. Als sie wieder an Land kam, hockten um ihr Feuer herum riesige, häßliche Vögel, die an dem Fleisch auf dem Spieß herumhackten. Brüllend rannte Chloe auf sie zu, voller Zorn, daß ihr schwer erarbeitetes Essen stibitzt wurde.

Bis sie das Feuer erreicht hatte, waren die Vögel weggeflogen, wobei sie allerdings das tote braune Pelztier mitgenommen hatten. Chloe blickte zum Himmel auf: Die Sonne war bereits auf dem Weg nach Westen, bis zur Abenddämmerung waren es vielleicht noch drei Stunden. Entschlossen packte sie ihren Wurfstock, malte sich die Augen mit Holzkohle schwarz und machte sich auf, das Essen zu erlegen.

Als die Sonne unterging, saß sie wieder neben dem Feuer und drehte drei mit Kammuscheln gefüllte Vögel über den Flammen. Beim Ausnehmen war ihr wieder schlecht geworden, doch das Knurren ihres Magens hatte dazu beigetragen, ihre Übelkeit schneller in den Griff zu bekommen.

Ohne das Feuer aus den Augen zu lassen, ging sie in die größte Höhle, wo sie aus einigen Palmwedeln ein Bett auslegte, das weicher und besser gepolstert war. Sie hatte auch einen vierkantigen Stein entdeckt, den sie neben dem Bett aufstellte, dann zündete sie etwas Weihrauch an, um den Duft des vorigen Höhlenbewohners zu vertreiben. In der kleinen Höhle, in der sie die vergangene Nacht verbracht hatte, lagerte sie das Essen, jedenfalls das wenige, was davon noch übrig war, wobei sie Säcke an geknickten Ästen aufhängte, um sie vor diebischen Tieren zu schützen.

Sie hatte sogar ein paar Palmwedel zu großen, starren Tellern zusammengewoben. Dann wartete sie. Und wartete, in ihren Umhang gehüllt, während der Mond über den Himmel wanderte. Der junge Kater tauchte als erster wieder auf. Sie drehte sich um und sah Cheftus schwarze Silhouette die Klippen herunterklettern. Als er in den Feuerschein trat, erkannte sie, daß sein Körper und seine Kleider schlammbedeckt waren. Er überreichte ihr eine Faustvoll getüpfelter brauner Eier, sah wohlwollend auf das Feuer und ging sich dann waschen.

Ihre Teller brachten ihn zum Lächeln, und sie schickten ein schnelles Dankgebet zum Himmel, wie sie es getan hatten, seit sie zu den Apiru gestoßen waren, dann rissen sie das Fleisch von den zähen, übergaren Vögeln. Sie bissen auf mehr als nur eine verschmorte Feder, doch Chloe fand, daß das Mahl alles in allem genießbar war. Cheftu war offenbar ihrer Meinung – er lutschte die Knochen ab und brach sie auf, damit der kleine Löwe an das Mark kam.

»Das Tier braucht einen Namen«, meinte Chloe beiläufig.

»Wenn wir nach seinen Eßgewohnheiten gehen, wäre ›Dieb‹ ein guter und passender Name«, antwortete Cheftu, während er dem Fellbündel einen noch nicht abgenagten Knochen aus den Pfoten riß.

Chloe grinste. »Ich hätte mir etwas Netteres vorgestellt, schließlich scheint er bei uns bleiben zu wollen.«

»Wie wär's mit ›Miuw‹?«

»Ich werde doch keinen Löwen ›Katze‹ nennen! Er hat einen besseren Namen verdient, nicht wahr, mein Lieber?« gurrte sie dem schnurrenden Tier zu.

»Bast?«

»Das ist fast so schlimm wie ›Katze‹.«

»Wie wär's mit Ankh? Ich meine, er hat uns zum Wasser geführt und uns damit das Leben gerettet.«

»Wie ein Engel«, sann Chloe nach.

Cheftu schnaubte. »Wenn er ein Engel ist, dann haben die hier aber andere Regeln als zu meiner Zeit!«

»Weil er deinen Fisch geklaut hat?«

»Ganz genau. Mein Mittagessen hat er auch gestohlen. Er lebt davon.« Sie sahen den kleinen Löwen an, der auf den Hinterläufen saß und sich den Bauch leckte, entspannt wie ein nasser Lappen und dick wie ein Panda.

»Also gut, er soll ›Dieb‹ heißen«, erklärte sich Chloe einverstanden. »Aber auf englisch.«

»Thief? Eine gute Wahl«, befand Cheftu und trank einen langen Schluck.

Chloe stand auf und überließ der Raubkatze die Vogelreste. Cheftu sah Chloe an. »Willst du hier am Feuer sitzen bleiben?« fragte sie ihn.

Er kam auf die Füße und blieb ihr gegenüber stehen, den Körper von den Flammen rot umrahmt. »Soll ich?«

Chloe stockte kurz der Atem und in ihrem Leib begann es zu glühen. »Nein, Cheftu. Komm mit mir ins Bett... bitte.«

Er schwieg einen Augenblick. »Wir sind immer noch sauer aufeinander.«

»Das ist mir egal. Ich will dich.« Sie streckte die Hand aus, berührte seine warme Haut. »Bitte.« Sie packte seinen Gürtel und zog ihn näher. Er roch erdig, und Chloe wurde bewußt, daß er mit getrocknetem Schlamm überzogen war. Sie küßte einen sauberen Hautfleck dicht über seinem Schlüsselbein.

»Wollen allein genügt mir nicht.« Er packte sie bei den Schultern und hielt sie auf Abstand. »Ich habe dir alles gegeben, Chloe, ich habe alles für dich gegeben. Und immer noch willst du mehr. Immer geht es darum, was *du* willst.«

»Cheftu?« Chloe war wie vor den Kopf geschlagen. So sah er sie also? Besitzergreifend und gierig?

»Heute nacht werde ich nicht nachgeben. Ich liebe dich. Ich würde für dich sterben. Doch ich werde es nicht dulden, daß ich für dich nur ein Zeitvertreib sein soll.« Er wich zurück. »Mir ist klar, daß du nicht für alle Zeit mit mir zusammenbleiben möchtest.« Sein Blick durchbohrte sie. »Obwohl ich das gerne hätte. Auch wenn das kleinlich ist, kann ich es heute nacht nicht ertragen, dir nahe zu sein.«

Chloe stand still wie ein Xenotaph, dann sank sie langsam zu Boden.

»Ich werde einen Weg heim für dich finden«, sagte er und ging davon.

Tränen brannten sich eine Bahn durch die Maske aus Staub und Sand, die ihr Gesicht überzog. Den Begriff »Daheim« hatte sie nie mit einem bestimmten Ort, sondern stets mit bestimmten Menschen verbunden. Jetzt war sie dort daheim, wo Cheftu war. Zu dumm, daß ihr das nicht rechtzeitig aufgegangen war.

16. Kapitel

Der Morgen dämmerte, und Chloe rekelte sich genüßlich in ihren Decken. Cheftu lag neben ihr auf dem Bauch und diente ihr mit seinem Rücken als Kissen. Ein liebevoller Kuß wurde mit einem schläfrigen Grunzen belohnt. Hinter dem Höhleneingang konnte sie den Strand sehen. Es war Ebbe, und die frühmorgendlichen Wolken am Himmel waren in dezentem Violett, Rosa und Orange getönt. Das Lärmen der Vögel verwehte im Wind, und Chloe lächelte. Thief hatte sich zwischen ihnen zusammengekuschelt, sein Kopf ruhte auf Chloes Bein, sein Leib lag eingerollt auf Cheftus Waden. Chloe fuhr mit der Hand über Cheftus welligen, festen Leib, der im Schlaf vollkommen entspannt wirkte.

Er brummelte, rührte sich aber nicht, als sie ihn auf Rücken und Hals küßte, also wälzte sie sich auf den Bauch und blickte hinaus in den rosigen Morgen. Der Himmel war silbern umsäumt und die Luft voller Vogelgezwitscher.

Cheftus heiße Hand reiste über ihren Rücken an ihre Schulter. Chloe drehte sich um und genoß wenig später seine schlaftrunkenen Liebesbezeugungen. Schweigend bewegten sie sich miteinander im Takt, Cheftu mit jeder Sekunde wacher werdend. Er zog sich zurück, drückte einen ihrer Füße gegen seine Brust und küßte ihn, damit sie seine Bewegungen noch intensiver spürte.

»Sieh mich an!« befahl er heiser. Verträumt schlug Chloe die Augen auf. »Ich will, daß du mich ansiehst ... du sollst wissen, daß ich es bin. *Ich* bringe dich zum Brennen; *mein* Körper bewegt sich in dir – und während all der Jahre, die du lebst, werde *ich* stets der Erste gewesen sein. Ich habe deine Seele gezeichnet. Gib dich mir ganz, Chloe.«

Seine Worte klangen kehlig und waren kaum zu verstehen, doch Chloe sah die glühende Begierde in seinem dunklen Gesicht. Sie spürte, wie etwas in ihr brach, wie alles zerschmolz, was ihr Wesen ausmachte, wie sich alles aufzulösen begann – ihre Identität, ihre Ziele, ihr Leben. Und damit einher ging eine laserstrahlklare Wahrnehmung dieses Mannes und davon, wer er war. Was er ihr bedeutete.

Schwer atmend versuchte Cheftu, nicht die Beherrschung zu verlieren, und durchbohrte dabei ihr innerstes Selbst mit seinem Zorn, seiner Liebe, seiner Verzweiflung. »Auch wenn du mich verläßt, wirst du dich an mich erinnern ... *seulement!*«

Sie spürte den Höhepunkt in ihrem Unterleib, aufgerollt wie eine Sprungfeder, sie klammerte sich an ihm fest, keuchend und schwitzend, an ihn gefesselt durch ihre Gefühle und ihre Empfindungen. Cheftu nahm alles, was sie ihm schenkte, und gab sich selbst dafür – seine Hoffnungen, Träume und Enttäuschungen –, seine Seele. Als die Drähte schließlich aufsprangen und Chloe erlöst wurde, blickte sie in seine Augen, spürte, wie seine Hoffnungslosigkeit auf ihre traf, spürte, wie sie verschmolzen und eins wurden. Gerade als sie glaubte, es sei vorüber, trieb Cheftu sie ins Delirium. »Komm mit mir!«

Wogen der Sinneslust wuschen über sie hinweg und durchfluteten ihren dicht an Cheftu gepreßten Körper. Mit einem letzten Aufstöhnen sackte er über seinen angewinkelten, flatternden Beinen zusammen. Dann fiel er neben ihr aufs Bett und kämmte ihr das schweißverklebte Haar aus dem Gesicht, während ihr Atem allmählich wieder ruhiger ging.

Die Verlegenheit kehrte zurück.

Cheftu löste sich als erster. »Ich muß in die Schlammgrube«, sagte er und faßte nach seinem Schurz. »In ein paar Tagen haben wir ein Lehmziegelhaus.«

Chloe wollte ihn zurückhalten, ihn foppen und mit ihm lachen, doch er hatte sich bereits von ihr zurückgezogen, als wäre ihm ihre Nähe peinlich. Die zerlumpten Überreste ihres Kleides festschnürend, taumelte sie ihm hinterher. Er packte seinen Medizinbeutel, hielt im gleichen Moment inne und holte eine Handvoll Samen heraus.

»Was ist das?« fragte Chloe.

Seine Haut rötete sich, und sein Blick ging an ihr vorbei. »Gemeines Steckenkraut. Ein Verhütungsmittel; damit du kein Kind von mir bekommst.« Seine Miene war todernst. »Ich möchte nicht, daß du mit der Schande eines Babys in deinem Bauch in deine Zeit zurückkehrst. Schluck einen, nachdem ... nachdem ...« Er holte tief Luft und richtete seinen Blick lange, schweigend auf einen Punkt hinter ihr. »Damit dürfte dir nichts passieren. Paß auf, daß du sie mit viel Flüssigkeit und nach dem Essen nimmst.«

Jetzt war der Zeitpunkt gekommen, ihm zu erklären, daß sie nicht zurück wollte. Statt dessen stand sie stumm da und sah ihn fortgehen, die Klippe hinauf, während sie allein unter der blauen Kuppel des Himmels zurückblieb.

Sie nahm die Samen und überlegte, was sie jetzt tun sollte. Wie war es nur möglich, daß sie soviel gemeinsam durchgestanden hatten und nun, wo alles vorbei war, nicht mehr zueinanderfanden?

Früher war immer ihre Großmutter Mimi ihr Anker gewesen ... die Leine an ihrem Drachen, an der sie sicher fliegen und alles erforschen und frei sein konnte, ohne daß sie Angst haben mußte, verlorenzugehen. Nach Mimis Tod hatte Chloe das Gefühl gehabt, diese Leine sei gekappt. Niemand war ihr näher gewesen, hatte sie besser gekannt, hatte sie so vollkommen akzeptiert.

Als sie ins alte Ägypten katapultiert worden war, hatte Mimis Tod plötzlich einen Sinn bekommen. Mimi war das letzte Band gewesen, das sie in ihrer Zeit gehalten hatte. Sie liebte Cammy, aber dieser Verlust war längst nicht so groß. Sie wußte, daß Cammy sich vor Schuld zermarterte, und sie hätte ihre Schwester gern erlöst, konnte es aber nicht. Ihre Eltern würden überleben, solange sie nur einander hatten. Sie würden verstehen. *Hier* hatte sie die Liebe entdeckt. Sie war chaotisch und schmerzhaft, doch trotz allem Schmutz, trotz der Tränen, trotz dem Sex und dem Blut war ihr klar, daß dies das wahre Leben war. Es ging nicht darum, andere zu beobachten und aufzuzeichnen, wie sie handelten, wie sie sich kleideten, wo sie lebten, sondern darum, selbst zu leben und zu handeln und sich zu kleiden und zu lieben.

Sie war lebendig, lebendig wie noch nie. Wieso sollte sie in ein Leben von Micky-Maus, McDonald's und Maschinengewehren zurückkehren, wo sie nur Zuschauerin war? Hier gab es Cheftu; er liebte sie, sie liebte ihn. Ihr ganzes Leben, all ihre Erfahrungen hatten sie auf genau diese Liebe vorbereitet.

Sie stand auf. Er wollte eine Gefährtin, die für alle Zeiten bei ihm blieb.

Wie sie.

Die Sonne versengte seinen Leib, während Cheftu den nächsten Lehmziegel zur Seite legte. Seine Bestände erstreckten sich mittlerweile von der Ostseite der Schlammgrube bis hinüber zu dem Windschutz, hinter dem die wirkliche Wüste begann – alles in allem an die hundert Lehmziegel. Er spürte ein Prickeln auf der Haut und wirbelte herum, um die Bäume hinter ihm abzusuchen. Er konnte hören, wie sich am Schlammloch jemand bewegte.

Ganz leise legte er seinen Lehmziegel ab, packte seinen Dolch und kroch verstohlen zwischen den Bäumen hindurch. Thief lag seelenruhig da, also enspannte Cheftu sich und ließ den Blick wandern; nur zweimal hielt er inne, um den Schweiß abzuwischen, der ihm in die Augen tropfte. Offenbar war alles unberührt. Er kehrte zu seinen Ziegeln zurück und sammelte unterwegs Zweige auf.

Minuten später hörte er, während er gerade den nächsten Ziegel formte, Chloes Stimme. Ein Schauer überlief seinen Körper ... selbst ihre Stimme verwirrte ihn. Sie redete laut auf englisch vor sich hin. »Jetzt hör schon auf!« rief sie. »In einer Sekunde bin ich draußen ...«

Neugierig ging Cheftu zurück. Das Schlammloch lag im Halbschatten, und er sah an einem der Bäume die hellen Überreste ihres Kleides hängen. Dann entdeckte er sie mitten im Schlick, bis zur Hüfte feststeckend. Thief hockte mit schlammigen Pfoten neben ihr und musterte sie nachdenklich. Das schwarze Haar ging ihr knapp bis auf die von der Sonne dunkelbraun gebrannten Schultern. Sie biß sich auf die Unterlippe und wehrte sich mit kreisenden, muskulösen Armen gegen den saugenden Schlamm. Cheftu beobachtete sie aus seinem Versteck und spürte, wie er hart wurde. Sie sah aus wie eine Nymphe aus dem Wald, erdig, sinnlich und doch voller Unschuld. Was für eine *Geschmacksrichtung* wäre das wohl?

Je mehr sie gegen den Schlamm anzappelte, desto tiefer wurde sie hineingezogen. Sie kämpfte mit aller Kraft und weigerte sich eigensinnig, sich dem geduldigen, passiven Lehmbrei geschlagen zu geben; doch offenkundig würde der Schlamm gewinnen. Cheftu beobachtete schweigend, wie sie sich ein Stück nach oben arbeitete, nur um mit jeder Bewegung ein bißchen tiefer zu sinken. So ging das weiter, bis der Schlamm ihr an die Brust ging und sie aufhörte, tiefer zu sinken, sondern der glänzende Lehm ihr Gewicht trug und ihre Brüste umbettete. Ihre kleinen Schreie und ihr Quietschen ließen seine Begierde aufflammen. Das war also die Frau, die sich nicht retten lassen wollte? So wie sie aussah, gefangen, schutzlos und unaussprechlich erotisch, spielte er mit dem Gedanken, sie tatsächlich *nicht* zu retten, wenigstens nicht gleich.

»Genau da habe ich meinen Bohrstock verloren«, rief er ihr zu. »Willst du ihn mir holen? Du hast doch nachgebohrt, wie tief der Schlamm ist, bevor du reingestiegen bist, oder?«

Ihr Kopf schoß herum. »Er hat ganz fest ausgesehen, aber dann… *wusch!*«

»Ich wußte gar nicht, daß du soviel für Schlamm übrig hast«, neckte er sie. »In manchen Kulturen hält man ihn für ausgesprochen sinnlich. Wolltest du mich verführen?«

»Nein. Ich habe versucht, die verfluchte Katze rauszuholen«, fauchte sie. Er sah auf ihr am Ast hängendes Kleid. »Ich wollte mir nicht mein einziges Anziehstück ruinieren!« Sie wischte sich mit einem schlammverkrusteten Unterarm über die Stirn und schüttelte, als sie ihren Fehler bemerkte, den Kopf, daß braune Tröpfchen durch die Luft flogen. *»Asst!«*

Cheftu drehte sich zu Thief um und stellte fest, daß dessen Hinterläufe schlammverklebt waren. Dann sah er wieder auf die hilflose Frau vor ihm. Sie war eine wunderschöne, braune, lebendige Statue.

»Halte dich ganz ruhig, dann ziehe ich dich raus«, rief er ihr zu und hob seinen schlammverklebten Stab.

»Ich ... uh ... brauche ... grrrr ... deine Hilfe nicht!« Chloe nahm ihren Kampf wieder auf, fest entschlossen, sich aus eigener Kraft zu befreien. Thief ließ sich an Cheftus Seite nieder, und nebeneinander auf dem festen Erdboden sitzend, verfolgten die beiden das Schauspiel. Ihr schlanker, glitschiger Leib tauchte immer wieder eine Elle weit aus dem Schlamm auf, um gleich darauf erneut erbarmungslos im Lehm zu versinken. Cheftu spürte, wie sein Herz klopfte, als sie sich im Schlamm wand und drehte und dabei jeden schlanken Muskel und jede Sehne spielen ließ.

»Bist du sicher, daß ich dich nicht retten soll?« rief er.

Chloe war erschöpft, aber sie machte allmählich Fortschritte – ein Bein war schon halb aus dem Schlamm. Vorsichtig breitete sie ihr Gewicht auf der Schlammoberfläche aus. Das andere Bein steckte nach wie vor fest im feuchten Schlickvakuum. Nachem sie ein paar Sekunden lang versucht hatte, es freizubekommen, war sie wieder dort angelangt, wo sie angefangen hatte. Verärgert klatschte sie mit beiden Händen auf den Schlamm und verspritzte ihn meterweit.

»*Haii-aii,* Geliebte«, sagte Cheftu tröstend und mit mühsam verhohlener Erheiterung. »Warte auf mich, dann helfe ich dir heraus.«

Chloe hatte begriffen, daß sie tatsächlich feststeckte, deshalb wies sie sein Angebot kein zweites Mal zurück. Er zog seinen Schurz aus und trat in den Schlamm. Als sie seine Erregung sah, reagierte ihr Körper mit einer Hitzewelle. Schritt für Schritt kam er näher, in der Hand seinen Bohrstab, mit dem er die festen Stellen auslotete. Seine von der Sonne gnadenlos gebräunte Haut verschmolz mit dem Schlamm, so daß er aussah wie ein Wesen aus der Unterwelt, das sich eben aus den Tiefen erhebt. Sehr langsam kam er ihrer reglosen Gestalt näher. Schließlich streckte er ihr den Stock hin. Erschöpft und geschlagen befreite sie mühsam die Arme aus der klebrigen Masse und packte den knorrigen Ast. Sie beobachtete, wie sich Cheftus Armmuskeln unter der Kraft anspannten, mit der er sie behutsam aus dem widerstrebenden Lehm zog. Als sie nur noch ein paar Ellen von ihm entfernt war, hielt er inne.

»Chloe...« Seine Stimme klang tief und rauchig, und Chloe

spürte, wie sich ihre eigene Feuchtigkeit mit dem Schlamm mischte. »Willst du wirklich, daß ich dir helfe?«

Keuchend vor Anstrengung, nickte sie.

»Gefällt dir, wie es sich anfühlt?« Seine Stimme war wie geschmolzene Butter... dekadent und delikat. »Sag's mir.« Seine Augen waren dunkel, undurchdringlich, und um seinen Mund zogen sich scharfe Linien der Leidenschaft.

Sie keuchte. »Wie Schlamm... was denkst du denn?«

Er zog eine Braue hoch. »Ich weiß, daß du mehr Phantasie hast. Wenn es ein *glace* wäre«, meinte er mit einem boshaften Grinsen, »welche Sorte wäre es dann?« Er zog sie näher. Die Masse war glatt wie eine Creme, sie liebkoste jeden Zentimeter ihres Körpers, sie saugte leicht an ihren Schenkeln, sie massierte und streichelte ihren Leib. »Sch-schokolade Cappuccino Extra«, stammelte sie.

»Was heißt Extra?«

»Sahniger, sämiger, sündiger als normales Eis«, murmelte sie und sah das Feuer in seinen Augen auflodern. »Es ist so süß, daß man glaubt, man stirbt, wenn man noch einen einzigen Löffel davon ißt, aber man kann einfach nicht widerstehen. Es ist ganz glatt auf der Zunge, und wenn es schmilzt, breitet sich der Gechmack im ganzen Mund aus –« Ihre Worte endeten in einem leisen Stöhnen, als sie seinen eisernen Griff an ihren Handgelenken spürte.

Seine Augen waren nur noch dünne Schlitze, als er sie zu sich herzog. Während sie sich so an ihn festklammerte und er mit ihr vorsichtig zurückwich, merkte sie erstaunt, wie weich und fest zugleich er sich anfühlte. Sie spürte jeden angespannten, schlammbedeckten Muskel, und sie blickte ihm fest in die Augen, um ihn zu lenken, während sie sich rückwärts fortbewegten. Sobald sie nur noch knietief im Schlamm standen, zog er sie auf die Füße.

»Bist du jetzt in Sicherheit?«

»Bin ich das?« Sie spürte seine Hände auf ihrem Rücken. »Ich bin aus einem bestimmten Grund hergekommen, Cheftu.«

Ohne einen einzigen Muskel zu bewegen, zog er sich von ihr zurück. Hinter seinen Augen ging eine Klappe zu, und plötzlich bekam sie Angst. Zu spät? Hatte er sich anders entschieden? »Ich möchte bleiben.«

Er blinzelte.

Sie fuhr mit ihrer schlammigen Hand über seinen glitschigen Rumpf. »Bei dir. Wo du auch bist. In welcher Zeit auch immer. Ich gehöre dir.« Sie begann sich zu fragen, ob ihn der Schlag getroffen hatte, denn immer noch stand er wie angewurzelt vor ihr und blinzelte. »Atmest du noch?« fragte sie schließlich.

Er küßte sie mit aller Kraft. Energie, Wut und Leidenschaft, allzulange gezügelt, brachen sich freie Bahn. Unbeholfen und ungestüm stolperte er mit ihr ans schlammige Ufer. Eng an sie gedrückt, küßte er ihre Stirn und raunte Liebesworte in ihr Ohr. Erst nach mehreren Minuten begriff sie, daß er weinte.

Der Schlamm trocknete in der Hitze, wurde fest und klebrig wie Paste. Lachend und weinend kämpften sie sich aus dem Morast frei. Cheftus starke Arme hielten Chloe fest an seiner Seite. Hand in Hand stiegen sie die Klippe hinunter und liefen an den Ozean, wo sie wie Kinder lachend im flachen Wasser tollten, sich gegenseitig naßspritzten und mit bloßen Händen Elritzen zu fangen versuchten. Erst als die Sonne tief über dem Horizont stand, kamen sie wieder an Land und legten sich an den Strand, um sich von der letzten Tageswärme trocknen zu lassen.

Cheftu kochte die Eier, die sie bei Anbruch der Nacht mit dem übriggebliebenen Brot aßen. Er drückte Chloe an sich, und solchermaßen verbunden verharrten sie in den allmählich abflauenden Wellen, bis die Intensität der Stille beiden zuviel wurde und sie voller Kraft vollendeten, was so ruhig begonnen hatte.

Wie Perlen an einer langen Kette reihten sich die Tage aneinander. Jeder war anders, jeder war einzigartig, und alle zusammen ergaben sie ein Ganzes. Die ersten Tage arbeiteten sie in der Lehmgrube, formten Ziegel, aus denen sie ein Haus bauen würden, und kühlten sich nachmittags ab, indem sie sich im Schlamm wälzten. Gegen *Atmu* trugen sie ihr Tagespensum an Ziegeln herunter und legten sie aus, entsprechend dem auf dem Boden aufgezeichneten Grundriß ihres Zwei-Zimmer-Hauses mit solidem Flachdach (als Lagerfläche für die heißen Nächte) sowie einem Alkoven zum Kochen. Laut Plan sollte die Tür zu den Palmen hinzeigen. Eines Tages, prophezeite Chloe, würde sie eine Hängematte flechten, in der sie schaukeln, reden, sich lieben konnten.

Eines Morgns entdeckten sie beim Aufwachen eine Skorpionfamilie auf ihrer Schlafmatte, nur Zentimeter von Cheftus Bein entfernt. Schlaftrunken und mit klopfendem Herzen hatte Chloe den ersten Skorpion mit einem Dolch erschlagen, dann waren sie beide nackt in den kühlen Morgen hinausgerannt.

Fünf Tage nach den Skorpionen stand das Haus. Es hatte einige Mühe gekostet, die große Fensteröffnung einzubauen und sie mit Ästen abzustützen, doch dank einiger zusätzlicher Palmwedel und der Leinenfetzen, aus denen sie eine bewegliche Markise gefertigt hatten, wirkte ihre neue Behausung durchaus wohnlich – wenn es einen nicht störte, daß man keine Eingangstür hatte.

Ihre Kochkünste verbesserten sich ständig. Cheftu erklärte ihr, daß das pelzige braune Ding, das sie gefangen hatte, eine Art Hase sei. Er zeigte ihr, wie man ihn aufschnitt, ausnahm, mit in der Nähe wachsenden Kräutern füllte und dann mitsamt der Haut briet. Erstaunlicherweise löste sich die Haut von selbst, wenn das Fleisch durch war. Dank des darin enthaltenen Fettes schmeckte das Fleisch dadurch weniger trocken und zäh.

Sie suchten Austern und fingen mehr Fische. Das Mehl war ihnen ausgegangen, also gab es weder Brot noch Bier, das daraus gebraut wurde.

»Du hast mir nie etwas von deiner Familie erzählt«, sagte Chloe eines Abends. Sie hatten den Tag damit zugebracht, einen ackerfähigen Landstreifen zu bestellen, und sorgfältig die kleinen Schößlinge eingesetzt, die sie während der vergangenen Wochen gezogen hatten. Sex, ihre wichtigste Freizeitbeschäftigung, kam im Moment nicht in Frage. Die gute Nachricht war, daß die Steckenkrautsamen wirkten. Cheftu war erleichtert.

»Sie kommen aus dem Oryx–«

»Nein, nein«, unterbrach sie ihn auf englisch. »Deine französische Familie.«

Cheftu verstummte augenblicklich. »Die ist unwichtig«, verkündete er steif.

»Das ist sie ganz und gar nicht! Du hast erzählt, du hast einen älteren Bruder, richtig? Was macht er, oder was hat er gemacht?«

Cheftu stand auf. »Ich glaube, ich gehe heute nacht mit Thief jagen.«

»Schleich dich nicht einfach davon! Ich habe dich nicht nach deiner ehemaligen Geliebten gefragt, nur nach deiner Familie! Was ist denn los mit dir?«

Er packte sie an den Unterarmen. »Sie ist unwichtig. Frag nicht. Man hat mich betrogen, und ich habe keine Lust, mich daran zu erinnern.«

»Betrogen? Wer?«

»Mein Bruder. Gute Nacht.«

Mit offenem Mund starrte Chloe ihm nach, während er und Thief den Weg hinaufstiegen und hinter der Klippe verschwanden. Würde sie diesen Mann je wirklich kennen? »Soviel zu ›ohne Geheimnisse, ohne Beschränkung‹«, flüsterte sie lakonisch.

Ohne Vorwarnung wurden sie aus ihrem eben erblühenden Leben gerissen.

Der Tag unterschied sich in nichts von den vorangegangenen. Cheftu bestellte mit einer provisorischen Hacke aus Muscheln und Ästen ein zukünftiges Feld, und Chloe hatte eben einen Fisch zum Mittagessen gefangen und ihn ausgenommen, um ihn dann auf ihren Felsengrill zu legen. Plötzlich legte Thief, der sich zuvor ganz auf den Fisch konzentriert hatte, die Ohren an und bewegte sich, teils schleichend, teils rennend, auf die Klippe zu. Über dem Rauschen der Brandung konnte Chloe Kampflärm vernehmen. Wertvolle Sekunden vergingen, bevor sie eine Entscheidung gefaßt hatte und die Klippe hinaufkletterte. Oben schielte sie vorsichtig über die Kante und sah Cheftu zwischen zwei Soldaten stehen. Sie unterhielten sich, doch sie konnte kein Wort verstehen. Der Duft gebratenen Fisches wehte in ihre Richtung, darum rannte sie wieder nach unten und raste in die Höhle, um Bogen und Köcher zu holen. Sie durchkramte hastig den Korb und geriet fast in Panik, als sie Thief knurren hörte und sah, wie sich sein hellbraunes Fell sträubte.

Dann hörte sie Cheftu auf englisch schreien: »Versteck dich! Sie wissen nicht, daß du hier bist!« Er maskierte seine Worte unter anderen Schreien und Flüchen, und Chloe kauerte sich in das hinterste Ende der Höhle. Die Soldaten mochten noch nicht wissen, daß sie hier war, doch sie brauchten keine Tempelschule besucht zu haben, um zu erkennen, daß ein kochendes Essen und ein arbeitender Mann nicht zusammenpaßten. Bedächtig spannte sie den Pfeil auf die Sehne. Drei Männer waren zu sehen, allerdings konnten sich außerhalb ihres Blickfelds noch mehr verbergen. Die Soldaten hatten Cheftu ins Haus geschubst und hockten nun um das Feuer hinter dem Haus. Sie streckte den Kopf aus der Höhle; ein Mann hatte ihr den Rücken zugedreht und urinierte ins Meer. Chloe schickte den Pfeil von der Sehne und lief zum Haus, als sie den Mann auf die Knie fallen sah, während sein Todesschrei im Dröhnen der Wellen unterging und seine Hände hektisch den Rücken abtasteten.

Die Dunkelheit in der Hütte war angenehm, doch Cheftu durfte keinen Laut hören lassen. »Geliebter?« flüsterte sie auf englisch. Er stöhnte zur Antwort, und sie lief zu ihm, wobei sie um ein Haar über die fast fertige Hängematte gestolpert wäre. Er war gefesselt, konnte sich aber einigermaßen auf den Beinen halten. Chloe schnappte ihren Gürtel, den Umhang und den Bauchbeutel, dann durchtrennte sie die Flachsseile. Sie hörten, wie sich die drei Soldaten fragten, wo ihr Kamerad so lang blieb.

Mit angehaltenem Atem lauschten sie den Witzen der Soldaten über ihren Proviant aus ungesäuertem Brot und Trockenfleisch. »Ein Schluck Dattelwein würde ihm bestimmt helfen«, meinte einer, und die anderen lachten. Chloe kroch zur Tür und versuchte, einen Fluchtplan zu fassen. Thief war verschwunden, der unbekannte Geruch der Soldaten hatte seine Angst vor Raubtieren geweckt. Chloe suchte mit den Augen ihre kleine Bucht ab … wohin könnten sie nur fliehen? Es war egal – sie packte Cheftus Weidenkorb mit Deckel und warf ihr Essen und ihre Besitztümer hinein.

Sie fing im Dunkel Cheftus Blick auf, und sie gaben sich einen kurzen Kuß. Dann liefen sie quer über den Strand, an dem Sterbenden vorbei, der in einer Pfütze trocknenden Blutes lag, und um den Felsvorsprung herum zurück in Richtung Ägypten. Sobald sie die andere Seite der Klippe erreicht hatten, lauschten sie und versuchten, über dem Rauschen der Wellen etwas zu hören. Die Brise kühlte Chloes Angstschweiß, sie rückte den Weidenkorb zurecht. Cheftu sah nach oben und gab ihr einen Wink. Beide machten sich an den Aufstieg.

Schreie wehten zu ihnen herauf. Ihre Spuren waren gut zu sehen. Chloe verbiß sich einen Aufschrei, als Thief plötzlich an ihrem Bein vorbeistrich. Sie liefen ins Landesinnere, auf den Brunnen zu. Dort würden sie weitersehen.

Am Brunnen füllte Chloe mit flatternder Hand ihre Wassersäcke, während Cheftu Wache hielt. Immer noch auf trockenem Grund, schlugen sie den Weg nach Nordwesten ein, wild entschlossen, zu entkommen, aber ohne zu wissen, *wohin* sie entkommen sollten.

Sie liefen durch ein kleines Wäldchen, das parallel zu den Klippen wuchs, krachten achtlos durch das Unterholz und landeten plötzlich bei einem zweiten Brunnen, wo sechs Soldaten, drei Streitwagen und sechs Pferde Rast machten. Einen Moment erstarrten alle Beteiligten wie gelähmt, dann trennten sich Cheftu und Chloe hastig und versuchten, dem kleinen Lager auf je einer Seite auszuweichen. Der kommandierende Unteroffizier schickte Chloe vier Männer hinterher. Sie brachten Chloe zu Fall, und ihre Schreie ließen auch Cheftu anhalten. Zwei weitere Soldaten hinderten ihn daran, in ihre Nähe zu kommen, während sie auf die Füße gezerrt wurde.

Chloe spielte mit dem Gedanken, sich zu wehren, bis sie das Messer sah, das man Cheftu an die Kehle drückte. Schweiß rann ihm vom Rücken, sein Haar war klatschnaß, sein Schurz zerrissen, und seine Arme und Beine waren von Kratzern übersät. Tränen stiegen ihr in die Augen, als sie ihm ins zornentstellte Antlitz blickte. Doch als er die Resignation in ihrem Gesicht sah, wurden seine Augen weich. »Verrate ihnen nicht, daß wir Ägypter sind«, mahnte er auf englisch. »Sonst sind wir so gut wie tot.«

Miteinander englisch zu sprechen, war eine gute Idee, trotzdem wurden sie von den Soldaten mit Fragen bombardiert. Cheftu starrte den Anführer steinern und mit hoch erhobenem Haupt an. »Wieso nehmt ihr uns gefangen?«

»Bist du Israelit?« wollte der wissen.

Cheftu schüttelte den Kopf. »Nein. Wir sind Freie.«

Der Unterofffizier schlug mit seiner Geißel über Cheftus Gesicht, und Chloe biß die Zähne zusammen. »Hast du gesehen, was mit Pharao und den Soldaten geschehen ist, Sklave?« fragte er.

»Nein. Wir haben nichts gesehen.« Chloe zuckte zusammen, als Cheftu auf die andere Wange geschlagen wurde. Die Hände auf ihren Schultern hielten sie fest wie Granit, so angestrengt sie sich auch darunter herauszuwinden versuchte. Die Striemen auf Cheftus Gesicht glühten rot auf seiner sonnengegerbten Haut, und seine Augen waren golden und hungrig wie die Thiefs.

Der Anführer sah Cheftu an. »Wir bringen sie nach Avaris«, entschied er. »Irgendwo unterwegs werden wir die Wahrheit schon noch erfahren.« Er berührte das fein gearbeitete Armband an Chloes Handgelenk. »Wieso sollte ein Ägypter seine Herkunft verleugnen, es sei denn, er hätte sich den Apiru angeschlossen?« sann er nach und blickte ihr dabei ins Gesicht. Chloe biß sich auf die Lippen. Wieso hatte Cheftu gemeint, sie seien so gut wie tot? Man fesselte ihnen die Hände, und für ein paar Sekunden durften sie nebeneinander stehen.

»Es tut mir leid«, flüsterte Cheftu, ehe die Soldaten seine Hände nach vorne zogen und ihn an einen Streitwagen banden.

Die Soldaten stellten ein Zelt auf, unter dem sie Rast machten, während Chloe und Cheftu im Abstand von einigen Ellen sitzend an zwei Akazien lehnten. Cheftu hatte die Augen geschlossen, und über seinen Wangenknochen bildeten sich Wülste. Sie sah die Spannung in seinem Körper und wußte, daß er wach war. Die Soldaten nahmen die Wasservorräte mit in ihre Zelte und überließen ihre Gefangenen allein der sengenden Nachmittagshitze. Eine besondere Bewachung war nicht nötig, denn ohne Wasser würden sie es keine zwei Stunden aushalten.

»Was ist unser Plan?« flüsterte Chloe, den Blick fest auf den Soldaten gerichtet, der vor dem Zelt lag.

»Wir müssen uns ausruhen. Vor heute nacht können wir nichts unternehmen. Danach ...« Cheftus Stimme erstarb. Schweigend saßen sie da und lauschten dem eintönigen Musizieren der Zikaden in diesem Wüstental. Er schluckte und fuhr sich blitzschnell mit der Zunge über die Lippen. »Ich liebe dich, Chloe. Sie brauchen dich nicht. Wenn du fliehen kannst, werden sie sich mit mir begnügen. Thief ist in der Nähe. Er kann dich zu einer Quelle führen.«

Sie hielt den Blick auf seine Hände gerichtet. Diese beweglichen, langfingrigen, betörenden Hände. Sie hatte sie nie gezeichnet.

»Wo ist der Köcher?« fragte er leise wie ein summendes Insekt.

»Bei unserem Korb und meinem Bogen da drüben.« Sie deutete mit dem Kinn dorthin. Dann ließ sie den Kopf gegen das Holz sinken und schloß die Augen vor der grellen Nachmittagssonne. Dem Herrn sei Dank für die Holzkohle.

»Du darfst ihn nicht vergessen.«

»Was ist da drin?«

»Zeichnungen. Still: Sie wachen wieder auf.« Beide sackten in einer Parodie des Schlafes zusammen, doch wenige Augenblicke später hörten sie den Wachposten wieder gleichmäßig atmen.

»Wessen?« hauchte Chloe kaum hörbar.

»Die eines Freundes aus dem vierzehnten Jahrhundert. Ich habe ihn als Alemelek kennengelernt. Erst auf seinem Sterbebett habe ich erfahren, daß er ein Reisender ist.«

»Wodurch hat er sich verraten?«

»Er hat zu beten begonnen ... auf lateinisch.« Cheftu zog einen Mundwinkel nach oben. »Man könnte sagen, das war ein todsicherer Hinweis.«

Das mußte Chloe erst einmal verdauen. »Was soll damit geschehen?«

»Versteck sie. Sie sind wichtige Hilfsmittel für die Menschen, die nach uns Ägypten erkunden werden.«

»Ich liebe dich, Cheftu«, murmelte sie durch die Hitze und Erschöpfung.

»*Je t'aime,* Chloe«, flüsterte er zurück. Er streckte einen Fuß mit Sandale zu ihr hin und strich mit dem Außenrist über ihr Bein. Chloe schloß die Augen und spürte nur noch seine schwieligen Zehen, den erstaunlich weichen Spann und die drahtigen Haare auf seinem Knöchel und seiner Wade. Sie blickte auf und sah Cheftu halb lächeln. »Wir werden schon überleben. Ruh dich jetzt aus.«

Das Knirschen von Streitwagenrädern ließ sie wieder wach werden, und Chloe merkte, daß die Lichtfinger der Sonne inzwischen aus dem Westen kamen. Die Wachen gaben jedem von ihnen ein paar Schluck Wasser, dann wurden die Pferde vor die Streitwagen geschirrt, und Chloe mußte hinter dem einen, Cheftu hinter dem anderen herlaufen. Die Soldaten schlugen ein strammes Tempo an, und Chloe hatte das Gefühl, daß ihr die Arme aus den Gelenken gerissen wurden, bis ihre Füße sich dem Rhythmus der Pferdehufe angepaßt hatten. Eine Brise pfiff über den sandigen Boden, während Chloe Schritt zu halten versuchte. Sie waren auf dem Weg nach Westen, in das Felsengebirge des Sinai hinein.

Die Soldaten waren müde und wollten heim zu ihren Familien. Chloe war klar, daß man sie und Cheftu für unbedeutende Gefangene hielt und daß in jeden Streitwagen nur zwei Menschen paßten. Als die Sonne unterging und sie *Henti* um *Henti* zurücklegten, verwandelte sich die Reise zu einem Klumpen Schmerz in ihrer Brust und ihrem Bauch, und Chloe verfluchte ihre Peiniger. Einmal drehte sie den Kopf und sah den anderen Streitwagen neben ihrem dahinfahren und Cheftu mit ausgestreckten Armen hinterhertaumeln.

Glücklicherweise mußten nach Anbruch der Nacht die Pferde vorsichtiger gehen, um in dem pockennarbigen Boden nicht auf Schlangen, Skorpione, Wadis oder Steine zu treten, und so konnte Chloe langsamer durch die kalte Nachtluft laufen, die ihr in der Brust brannte. Der abnehmende Mond warf ein kränklich wirkendes Licht über die nächtliche Wüste, in dem Steine und Spalten nur schwer zu erkennen waren. Aus den Hügeln in der Nähe hörte Chloe das blutgefrierende Jaulen der Schakale. Die Soldaten hörten es ebenfalls und beschlossen, ein Nachtlager aufzuschlagen. Der andere Streitwagen rückte auf, und Chloe konnte erkennen, daß Cheftu genauso erschöpft war wie sie.

Es gab eine kleine Auseinandersetzung darüber, wie die Wachen eingeteilt werden sollten. Der Anführer entschied, daß Cheftu keinen Fluchtversuch unternehmen würde, solange sie Chloe gefangenhielten. Also kam sie in die übereifrige Umarmung eines jungen Soldaten, der ihr eine Hand auf die Brust legte und mit der anderen ein Messer gegen ihre Kehle drückte. Er war bestimmt nicht älter als siebzehn, aber im zwanzigsten Jahrhundert hätte er sich gut als angehender Fullback eines Football-Teams gemacht. Cheftu wurde an die Speiche eines Streitwagens gekettet, Chloe genau gegenüber.

Mit ausdrucksloser Miene beobachtete er, wie sie den widerwärtigen Avancen des jungen Soldaten auswich, der auf diese Weise Eindruck zu schinden versuchte. Er umarmte Chloe wie eine

Schlange, die Messerklinge spiegelte sich im Mondlicht, und Cheftu mußte sich zwingen, die Augen zu schließen. Es wäre bestimmt keine große Hilfe, wenn er im Morgengrauen vollkommen übermüdet zu Boden sank. Mitanzusehen, wie dieser Soldat Chloe zusetzte, zerriß ihm schier das Herz. Er wußte, wenn sie allein gewesen wäre, hätte sie gekämpft, genau wie er, doch gemeinsam waren sie zu verletzlich. Er spannte seinen Armmuskel an, den er so gern gestreckt hätte, als er etwas in seinem Rücken spürte. Er warf einen Blick über die Schulter und schluckte ängstlich, als er in zwei goldene Augen blickte. Dann verhinderte er hastig einen Freudenschrei, denn er kannte das tiefe Schnurren aus der Raubtierkehle nur zu gut.

Thief schmiegte seinen Kopf an Cheftus Schulter. Er war zwar noch jung, doch er wuchs mit jedem Tag. »*Va t'en*«, flüsterte Cheftu aus Angst, das dröhnende Schnurren könnte die Soldaten wecken. Thief ließ seinen Kopf auf Cheftus Schenkel sinken und breitete die großen Pfoten aus, die er wie ein überentwickeltes Kätzchen leckte. »Geh weg«, wiederholte Cheftu und drückte die große Katze mit seinen gefesselten Händen beiseite.

Thief streckte sich aus und wälzte sich auf den Rücken, damit sein Adoptivvater ihm den Bauch kraulen konnte. Seufzend kam Cheftu der Aufforderung nach. »Das mach ich noch, dann mußt du verschwinden. Einverstanden, Thief?« Er blickte auf und erkannte, daß in Chloes offenen Augen Tränen standen. Gedankenverloren streichelte Cheftu Thief und versuchte zugleich, über die Entfernung hinweg mit seiner Frau zu sprechen, die in der tödlichen Umarmung eines anderen Mannes gefangen war.

Sie war wunderschön, wie aus Mondlicht geschnitzt. Neben ihren Augen verblaßte die ganze Welt, fand Cheftu. Aus ihnen loderte ein grünes Feuer, sie wirkten quicklebendig, so als wollten sie ihrer momentanen Lage trotzen. Sie vertrauten ihm, auch wenn er am Nachmittag keinen Ausweg gefunden hatte. Obwohl er sie so in Gefahr gebracht hatte. In seinen Augen brannten Tränen, für die seinem Körper die Feuchtigkeit fehlte, und er spürte, wie Thief einschlief.

Chloe schloß ebenfalls die Augen, darum rollte sich Cheftu auf die Seite, ängstlich darauf bedacht, keinen Lärm zu machen, dann legte er seinen Kopf auf den massigen Brustkorb des jungen Löwen und schlief ein.

Chloe verlor jedes Zeitgefühl. Manchmal zogen sie bei Tag weiter, manchmal bei Nacht. Jede Nacht wurde sie von einem anderen Soldaten bewacht, und nur der Wassermangel und die Erschöpfung bewahrten sie davor, vergewaltigt zu werden. Sie hatte keine weitere Gelegenheit, mit Cheftu zu sprechen, doch wenn sich ihre Blicke trafen, bevor sie ihrem nächtlichen Aufpasser zugeteilt wurde, teilten seine Augen mit einem knappen Zwinkern und einem Lächeln ihr seine Liebe mit. Einmal hatte er ihr eine Nachricht in den Sand geschrieben, Worte, die sie am nächsten Morgen vor dem Aufbruch entdeckte. »*Je t'aime et j'espère.*« Ich liebe dich und ich hoffe.

Beide waren bis auf die Knochen abgemagert. Cheftus Bart blieb ungekämmt, sein Haar war dreckig und fettig. Von seinen brandblasigen breiten Schultern schälte sich die Haut, und Chloe konnte die Rippen in seinem Rücken zählen. Wasser bekamen sie genug; Pharao wollte alle Überlebenden lebendig haben, er hatte nur nicht genau festgehalten, wo die Grenze zwischen lebendig und tot verlief. Zum Glück waren abends alle zu erschöpft, um ihnen noch irgendwelche Antworten entlocken zu wollen.

Chloe spürte in jeder Ritze und Spalte ihres Körpers Sand. Ihre Brüste und ihr Hintern waren fleckig von den groben Händen der Soldaten, und ihr Hemd wie auch ihr Schurz hingen ihr in Fetzen am Leib und boten kaum noch Schutz. So stolperten sie weiter. Cheftu hütete ihre mageren Besitztümer, und Chloe wußte tief im Herzen, daß sich irgendwann eine Möglichkeit zur Flucht bieten würde; sie mußten nur bereit sein.

Die Sonne brannte alles nieder. Chloe spürte, wie ihre Haut in der ausgetrockneten Luft richtiggehend brutzelte. Ihre Nase blutete, so trocken war es, und selbst die Soldaten zeigten Anzeichen von Erschöpfung, trotz ihrer heilenden Öle und der fettreichen Ernährung. Die Wasservorräte gingen allmählich zur Neige, und die Gemüter erhitzten sich zusehends. Dann brach das Rad an Cheftus Streitwagen. Man würde mindestens zwei Soldaten brauchen, um es zu reparieren, darum sollte Chloes Gruppe mitsamt den Pferden durch die tiefen Schluchten zur Oase ziehen und von dort aus einen weiteren Trupp zurückschicken – eine Reise von nicht mehr als anderthalb Tagen.

Cheftu wurde neben sie an den übriggebliebenen Streitwagen gefesselt. Inzwischen mußten die Soldaten ebenfalls zu Fuß gehen, denn die Pferde waren dem Tode nahe. Plötzlich brach der Braune mit einem erbarmungswürdigen Schrei zusammen, und der gesamte Streitwagen kam mit dem letzten Pferd zum Stehen.

Chloe und Cheftu sahen einander an; das war ihre Chance! Der Unteroffizier lief, ägyptische Flüche ausstoßend, mit den Soldaten nach vorn. Ein paar Sekunden lang kümmerte sich niemand um Cheftu und Chloe. Cheftu schaffte es, sich aus dem schlaffen Seil zu befreien und einen Soldaten mit einem Speer außer Gefecht zu setzen.

Der Unteroffizier brüllte: Chloe drehte sich um und sah die anderen beiden Soldaten auf sie zutaumeln, sich mühsam auf den Beinen haltend, denn der Wadi war mit spitzen Steinen übersät. Cheftu drückte ihr ein Messer in die Hand, sie kniete nieder und befreite sich selbst. Noch während sie ihre Sachen und das letzte Wasser der Soldaten aufsammelte, hörte sie Kampfgeräusche. Cheftus Köcher und ihren Bogen vor der Brust, verkroch sie sich hinter dem Pferd, das nervös vor seinem toten Artgenossen zurückscheute. Um sie herum hörte sie Knochen knacken und Fleisch auf Fleisch prallen.

Cheftu und der Unteroffizier wälzten sich im Sand, die Fäuste flogen. Die anderen Soldaten kamen ihrem Kameraden zu Hilfe. Chloe setzte einen Pfeil auf die Sehne, zielte und schoß. Ein Soldat fiel tot zu Boden, der zweite suchte Schutz. Cheftu schrie auf, und Chloe sah, daß der Unteroffizier ihn in den Schenkel gestochen hatte. Das Blut färbte alle beide rot. Cheftu würde unterliegen, der tagelange Hunger und die Gewaltmärsche hatten ihn alle Kraft gekostet. Sie kreischte auf, lenkte damit den Unteroffizier für einen Sekundenbruchteil ab und ermöglichte es Cheftu auf diese Weise, seine letzte Kraft zu einem entscheidenden Schlag zu bündeln. Chloe durchschnitt das Zaumzeug des Pferdes und zog sich hoch. Das Pferd stieg auf die Hinterbeine und zertrampelte den verwundeten Soldaten. Bleich kam Cheftu auf sie zugelaufen. Stöhnend zog er sich hinter ihr auf den Pferderücken, dann ritten sie durch das gewundene Felstal nach Westen, in die untergehende Sonne.

Die Sonne sog alle Farben aus dem Sinai, und das Pferd kam ins Straucheln. Sie hatten nichts zu essen und kaum Wasser, und ihre einzige Möglichkeit, sich einen Vorsprung zu schaffen, bestand darin, das Pferd zu reiten, bis es tot zusammenbrach. Im Westen erhob sich ein Gebirge, das Tausende von Metern in den Himmel aufstieg. Bald würden die Berge über *Hentis* hinweg ihren Schatten werfen. Schatten, dachte Chloe, dann sind wir im Schatten.

Sie dösten beide ein, während das Pferd keuchend immer langsamer wurde. In der Morgendämmerung des nächsten Tages brach das Tier endgültig zusammen, in den Vorderbeinen einknickend wie ein Kamel. Wenn sie nicht geschnappt werden wollten, mußten sie in aller Eile weiterziehen. Über ihnen kreisten Geier, und hastig schnitt Cheftu, verschwitzt und bleich, ein paar Fleischstücke aus dem Pferdekadaver. Ein verdorrter Busch diente als Feuerholz, und wenig später rissen sie mit den Zähnen das zähe Fleisch ab.

»Wo sind wir?« fragte Chloe, die dank des Eiweißnachschubs in ihren Adern endlich wieder zusammenhängend denken konnte.

Cheftu deutete auf den himmelhohen Berg. »Gebel Musa.«

»Das ist aber nicht Moses' Berg. Wir sind nicht durch die Wüste gewandert.« Sie überlegte einen Moment. »Wo erhält er die Zehn Gebote?«

»Auf einem Berg am anderen Ufer des Meeres, würde ich annehmen«, antwortete Cheftu halb lallend.

»Da ist die Arabische Halbinsel ... was für eine Ironie«, sagte sie mit kratzigem Lachen.

»Wir müssen weiter, solange wir etwas zu essen haben.« Er kam unsicher hoch. »Diese Vögel werden nicht mehr lange warten ... und das willst du dir bestimmt nicht ansehen.«

Sie schwangen ihre Körbe über die Schulter und banden ihre Umhänge fester, um gegen den Wind geschützt zu sein.

»Wohin gehen wir?«

»Oase. Vor uns.« Cheftu stolperte los, und sie taumelten weiter.

Chloes Lungen fühlten sich an, als stünden sie in Flammen. Sie hatte das Gefühl, ihr ganzes Leben nur gewandert zu sein, und sie wollte keinen Schritt weiter. Die Hitze nahm ihr die Sicht. Sie sah Punkte. Cheftu riß sie, seine verschwitzte Hand in ihrer, hoch, wenn sie strauchelte. Immer tiefer marschierten sie in dieses ungastliche, felsige und öde Land hinein. Chloe fiel wieder, und Cheftu blieb neben ihr stehen, die Hände auf die nackten Knie gestützt, nach Luft röchelnd. Um sie herum lastete absolute Stille. Kein anderes Geräusch durchdrang den glühendheißen Nachmittag. Cheftu hob den Kopf und blickte mit den von Holzkohle geschützten Augen in die Ferne. »Brauche eine Höhle. Muß ausruhen.«

Chloe blickte auf; die dunklen Löcher in den umgebenden Bergen versprachen Kühle und Schutz. Sie leckte ein paar Wassertropfen vom Pfropf ihres Wasserschlauchs. Sie verdampften, fast ehe sie die Lippen erreicht hatten. Mit zitternden Händen stopfte sie den Schlauch zurück in ihre Schärpe. Cheftu sah grau aus unter seiner mahagonibraunen Haut. Die Wunde in seinem Schenkel war schwarz von Fliegen: ein lebendiger Verband.

»Wir ruhen uns aus. Und gehen dann nach Nordwesten weiter.«

Wie weit noch? Wie viele Tage? Ihr war klar, daß es ihr Todesurteil sein konnte, wenn sie ihr Ziel nur um ein paar hundert Meter verfehlten. Sie schliefen im Schatten eines Felsüberhangs, und Cheftu grillte ihnen eine Schlange zum Abendessen. Dann zogen sie unter dem Sternenzelt weiter. Schweigend.

Der nächste Tag dehnte sich für Chloe in Jahrzehnte. Ihre Kehle war so trocken, daß sie bei jedem Schlucken zu springen schien. Ihre Zunge war angeschwollen. Als sie sich die Nase rieb, war ihre Hand blutig von der geplatzten Schleimhaut. Sie zog ihr zerlumptes weißes Gewand fester um sich, um die gierige Sonne wenigstens etwas abzuwehren.

Cheftus Wunde war infiziert und schwoll immer mehr an. Er humpelte und hinkte, taumelte weiter, mühte sich mit baumelndem Kopf in halb besinnungslosem Schlaf Schritt um Schritt vorwärts. Chloe spürte, wie die Sonne mit ihren Klauen an ihrer Haut zerrte, wie sie ihre Lider versengte, bei jedem Schritt von einem glühendheißen, steinigen Sandfleck zum nächsten.

Ihr Körper verwandelte sich in ein Gefängnis aus Hitze und

Schmerz, und sie spürte, wie sie nach oben gezogen wurde, als könnte sie himmelwärts fliegen und sich auf diese Weise von dem geschundenen, gemarterten Fleisch befreien, das sie an die Erde kettete. Cheftu sank in die Knie und zog sie nach unten. Chloe geriet in Panik, als sie spürte, wie heiß sein Fleisch brannte; seine Augen blieben zu, und sein Puls war nur noch zu ahnen. Die nächste Rast; die nächste Höhle. Sie brauchten eine Höhle.

Sie stand auf und sah sich um. Das Gelände änderte sich allmählich, die turmhohen Felsklippen wichen weicheren Bergen, der Boden wirkte sandiger. Sie sah einen Überhang, packte Cheftu um die Taille und schleifte ihn über eine Art Ziegenpfad hinauf. Unter dem Felsen legte sie ihn ab, rückte seinen Körper in den Schatten und wedelte ihm erschöpft mit dem Rand ihres Umhangs Luft ins Gesicht.

Sie brauchten Wasser – nicht nur die paar Tropfen, die noch in ihrem Wasserschlauch waren, sondern viel Wasser, in dem sie sein brennendes Fleisch baden konnte. Und sein Bein ... der Gestank brachte ihren Magen zum Rebellieren. Sie stützte den Kopf in die Hände. Bitte, Gott, hilf mir! Die Lider schlossen sich über ihren brennenden Augäpfeln, und sie spürte eine ganz, ganz sanfte Brise durch ihre Kleider wehen.

White Rock, flüsterte eine Stimme in ihr. Sie wachte abrupt auf. White Rock? So hieß ein See in Dallas, aber wieso mußte sie ausgerechnet jetzt daran denken?

Denk an Moses. Nicht an den Menschen, sondern an die Geschichten. White Rock ... weißer Fels.

Chloe preßte sich die bebenden Finger gegen die Schläfen. Wurde sie allmählich verrückt? Plötzlich sah sie vor ihrem inneren Auge Joseph am Tisch sitzen und über den Tanach debattieren. Moses durfte nicht ins Gelobte Land, weil er den *Fels geschlagen* hatte! Joseph hatte gemeint, Moses hätte den Fels nicht schlagen zu brauchen. Man brauchte nur unter Kalkstein zu graben, und schon fand man Wasser.

Benommen richtete sie sich auf. Cheftu schlief im hitzegeschwängerten Nachmittag, sein Bein eine blutige Masse, die Haut zerkratzt, fleckig, blasig. Chloe schirmte die Augen ab und hielt von ihrem Beobachtungsposten im Hügel aus Ausschau nach einem weißen Felsen in der Nähe. Nachdem sie beide Wasserschläuche in ihrem Gürtel festgesteckt und ihren Umhang gepackt hatte, kletterte sie von ihrem Überhang wieder hinunter, bis sie auf den letzten Metern ins Rutschen kam. O Gott, dachte sie, hilf mir, den richtigen weißen Fleck zu erkennen.

Ersehnte Kühle umgab ihn, umhüllte ihn. Sie roch nach Ziege. Cheftu zuckte zusammen, zitterte und entspannte sich wieder, als er langfingrige Hände auf seinem Leib spürte. Sie spendeten Linderung, Trost, Erleichterung. Die Schwärze um ihn herum wurde dichter, und er ließ sich hineinfallen.

Chloe zurrte den nassen Umhang fester um Cheftu, obwohl der Wind durch den Wadi zu wehen begann und sie ihn bald wieder abnehmen müßte, da ihm sonst zu kalt wurde. Er glühte vor Fieber, und sein heißer Körper trocknete das Tuch in wenigen Minuten. Er war zusammengezuckt, als sie versucht hatte, die Haut um seine Wunde herum zu reinigen, und gleich darauf in Ohnmacht gefallen. Die Wunde faulte; sie mußte augenblicklich etwas unternehmen, sonst würde es zu einer Blutvergiftung kommen. Sie hatte kein Antiseptikum, keine Instrumente, keine Antibiotika. Ihr fiel nur eine Lösung ein, und die war barbarisch.

Ihr blieb keine Wahl.

Um Kraft betend, sammelte sie eine Handvoll Zunder und holte ein paar von Cheftus Kräutern heraus sowie eine ihrer Papyruszeichnungen. Mit zitternden Händen zerfetzte sie alles zu einem kleinen Haufen und griff dann zum Feuerstein. Dann machte sie mit zunehmender Ungeduld und nervös zuckendem Magen ein Feuer.

Sie durchbohrte den Schorf und drückte die Wunde zusammen. Widerlicher Eiter quoll heraus und damit auch die Infektion, wie sie hoffte. Dann reinigte sie den Schnitt mit Wasser und seinen Kräutern und übergoß ihn immer wieder mit Wasser, bis es blaßrosa aus der offenen Stelle floß. Nur noch Blut.

Sie wickelte einen Stoffetzen aus ihrem Gewand um den Griff des Messers und hielt die Klinge ins Feuer, bis sie erst schwarz wurde und dann rot glühte. Mit tränenüberströmtem Gesicht, aber vollends ruhiger Hand legte sie die glühende Klinge auf die frisch gereinigte Wunde. Cheftu brüllte auf, schoß hoch und fiel erneut in Ohnmacht. Den beißenden Gestank verbrannten Fleisches in der Nase, legte Chloe die Klinge auf eine andere Stelle des klaffenden Schnittes, bis die ganze Wunde kauterisiert und das Fleisch verschweißt war und heilen konnte.

Die nächste Stunde brachte sie damit zu, sich unten an der Klippe in den Sand zu übergeben. Für einen Moment hatte er die Augen aufgeschlagen, dann hatte ihn der Schmerz überwältigt, und er war wieder bewußtlos geworden. Chloe betete zum Himmel, daß sie die richtige Entscheidung getroffen hatte. Sie hatte einige von Cheftus Heilkräutern auf die zornig rote Stelle gepackt. Sie mußte unbedingt trocken bleiben. Das dürfte eigentlich keine Probleme bereiten – mitten in der Wüste.

Er hatte während der vergangenen Woche an Gewicht verloren, doch immer noch zeichneten sich Muskeln und Sehnen unter seiner Haut ab. Leider konnte sie ebenfalls seine Rippen zählen und seine Hüftknochen mitsamt den darunterliegenden Gelenken erkennen. Die Umrisse nachfühlend, tastete sie den Körper ab, den sie so sehr und so oft geliebt hatte ... die Arme, die sie gewiegt hatten, die für sie gesorgt hatten, die sie beschützt und immer wieder voller Leidenschaft umschlossen hatten. In ihren Augen brannten Tränen, die sie so gern vergossen hätte, für die sie aber nicht mehr genug Feuchtigkeit im Leib hatte. Was sie alles noch nicht erlebt hatten, wo sie überall noch nicht gewesen waren ... was sie alles noch nicht besprochen hatten.

»Ach Cheftu«, flüsterte sie und kühlte seine heiße Stirn mit Wasser. Sie mußte schniefen, so sehnte sie sich nach seiner Stimme, seinem leisen Lachen, der hochgezogenen Braue. »Ich habe dir nie von meiner Familie erzählt«, sagte sie. »Über meinen Vater müßtest du wahrschenlich lachen. Er hat dunkles Haar, und er näselt. Nicht schlimm, aber hörbar. Ach ja, und meine Mimi. Von ihr habe ich mein rotes Haar ... Ach Cheftu, Mimi wäre begeistert von dir.« Chloe schluckte einen trockenen Schluchzer hinunter. »Bitte bleib bei mir, Liebling. Bitte geh nicht vor mir zu Mimi!« Tränen brannten ihr in den Augen. »Ich wünschte, wir hätten wenigstens ein einziges Mal zusammen Weihnachten feiern können. In

Reglim. Da wohnt sie... da hat sie gewohnt. In einem riesigen Haus mit einer umlaufenden Veranda und einem Pfirsichgarten dahinter.« Chloe schniefte. »An Weihnachten bäckt sie dauernd wie eine Wahnsinnige.« Die Erinnerung daran machte ihr den Mund wäßrig. »Sie ist eine typische Südstaatenschönheit, und sie ist der festen Überzeugung, daß keine Mahlzeit vollständig ist, bei der es nicht mindestens fünf verschiedene Pasteten, drei Sorten Fleisch und, wie sie es ausdrücken würde, einen ganzen Schlag Gemüse aus dem Garten gibt.«

Chloes Blick wanderte über die Weite der silbrigen ägyptischen Wüste. Sie sah fast weiß aus, wie aus Schnee. »Ich weiß noch, wie es mal so kalt war, daß es sogar geschneit hat. Es schneit so gut wie nie in Osttexas. Doch damals hat sich der Schnee entlang den Straßen und an den Hauswänden gesammelt. Von der Veranda hingen Eiszapfen, und die Schaukel war so kalt, daß einem fast die Finger klebenblieben.« Sie schloß die Augen und erzählte ihm weiter von der Kälte. Dem Eis. Dem Schnee. Sie badete seinen Körper und sang dabei Weihnachtslieder. Sie beschrieb ihm, wie sie zu rodeln versucht hatte und wie sie dabei schließlich im Krankenhaus gelandet war. Sie erzählte ihm von jeder Schneeflocke, die sie gesehen hatte, und davon, wie sie als Kind eine ganze Schachtel Blaupausenpapier in Fetzen geschnippelt hatte, um sich Schneeflocken zu basteln. Chloe legte den Kopf auf die Arme, wiegte sich im Takt der Musik und bibberte in ihrem Rippsamtkleidchen. Sie brauchte Handschuhe. Vielleicht würde sie ja welche zu Weihnachten bekommen?

Cheftu zitterte. Ein eisiger Wind schnitt durch seine Kleider, und ganz leise hörte er »Adeste Fideles« säuseln. Schon ewig hatte ihm niemand mehr ein Lied gesungen, während er eingepackt vor einem prasselnden Feuer saß und draußen kalter Winter herrschte. Plötzlich schlug er die Augen auf... und sah nichts als Nacht. Über den gesamten Himmel, von einem Horizont zum anderen, zogen sich Sterne: ein angenehmes Licht verglichen mit der Sonne. Er wußte, daß in ihm das Fieber tobte, doch mit der Kälte der Nacht hatte sich auch sein Geist aufgeklart. Er drehte sich um und sah Chloe, die sich, die Knie an die Brust gezogen und den Kopf darauf gebettet, leise hin und her wiegte und dabei Fragmente von Weihnachtsliedern sang.

Er spürte die Kälte um ihn herum, warme Decken und Cidre. Er sah ihre Welt der Pfirsichbäume und Eiszapfen. Sie hatte ihn bezaubert, sie hatte mit ihrer Litanei seinen Geist aus seinem schmerzgepeinigten Körper in ihre Welt gelockt. Jetzt wollte er Wasser. »Chloe?«

Ihr Kopf schoß hoch; die Augen darin waren groß und schwarz wie der Himmel. »Du mußt schlafen.« Sie sprach wie ein Automat, und Cheftu begriff mit schmerzlicher Klarheit, daß sie ebenfalls kaum mehr als eine wandelnde Leiche war. Brennender Schmerz schoß durch sein Bein. Chloe tröpfelte Wasser – frisches, kühles Wasser – in seinen Mund, und Cheftu schluckte krampfhaft … dann sank er zurück in die Besinnungslosigkeit.

Mit wackligen Beinen und benebeltem Verstand kletterte Chloe die Klippe hinunter. Sie mußte etwas zu essen finden. Cheftu brauchte etwas zu essen. Ein klagender Ruf ließ sie stehenbleiben und ihren Geist für einen Moment klar werden. Wilde Tiere! Wie konnte sie sich dagegen verteidigen?

Da war das Geräusch schon wieder.

Sie hatte keine Kraft mehr zum Fliehen, doch wenn ihr etwas zustieß, würde Cheftu mit Sicherheit sterben. Sie spürte Blicke in ihrem Rücken, drehte den Kopf und starrte in die Dunkelheit. Sie konnte nichts erkennen.

Dann hörte sie ein anderes Geräusch – ein leises Schlittern. Die Sterne funkelten durch die Nacht, und Chloe spürte, wie sich ihre Nackenhaare aufstellten. In Zeitlupe drehte sie sich um, dann sah sie sie: eine Schlange, die über den warmen Sand schlängelte, direkt an ihr vorbei. Sie hatte keine Ahnung, was für eine Art es war oder was sie ihr antun konnte. Die schwarzen Augen blickten in ihre, dann hob sich der Kopf und wiegte sich hin und her wie in einer tödlichen Beschwörung. Chloe hörte nichts mehr; ihr dröhnte nur noch das Blut in den Ohren, und jede Zelle ihres Körpers bettelte um ein paar Nächte, ein paar Tage mehr, und sei es hier in der Wüste. Sie hatte die Augen schon halb geschlossen, als ein pelziges Etwas durch die Nacht geschossen kam und ein ersticktes Knurren und Jaulen durch die Schlucht hallte. Chloe sprang gehetzt die Klippe wieder hoch; plötzlich war die Nacht nur allzu lebendig und gefährlich. Sie brauchten gar keine Soldaten. Auch andere Wesen konnten sie mit Leichtigkeit töten.

Weiche Pfoten huschten über den felsigen Sand zu ihr her, dann warf ihr Thief den Schlangenkadaver vor die Füße und sah sie um Lob heischend an.

Er bekam es. Chloe ging dankbar vor ihm in die Hocke, obwohl ihre Rückenmuskeln energisch dagegen protestierten, daß sie den mittlerweile recht massigen Pelz- und Pfotenball hochhob. Thief begann in der Dunkelheit kehlig zu schnurren. Wie sie beide sah auch er nicht gut aus. Sein Fell war verfilzt, und er schien auf seiner linken Hinterpfote zu humpeln. Dennoch folgte er ihr hinauf zu Cheftu und leckte sein Gesicht mit Sandpapierzunge ab, während er sich zugleich knurrend erkundigte, was eigentlich los war.

Chloe ließ sich an den qualmenden Überresten ihres Feuers nieder und nahm Thiefs Pfote in die Hand. Sie entdeckte den mit Sand verklebten Schnitt. Nachdem er etwas Wasser auf seine Pfote und in seinen Magen bekommen hatte, ließ sich Thief zum Schlafen nieder, schützend um sie und Cheftu geschmiegt und der dunklen Nacht zugewandt. Sie lag hinter ihm neben Cheftu, grub ihre Finger in Thiefs Fell und dankte Gott dafür, daß sie einen weiteren Tag überlebt hatten.

Die langsam vorwärts kriechenden Sonnenstrahlen ließen Chloe wach werden. Sie lag unter dem Überhang und blickte über den Wadi. Es überraschte sie, wie schön diese Klippen und Felsen im klaren Morgenlicht aussahen. Jeder Fels war in Myriaden von Farbtönen gestreift, teils grell, teils blaß, die der elenden, todbringenden Wüste um sie herum eine Art Leben verliehen. Jetzt fielen ihr auch die Pflanzen auf, kleine Blumen und Gräser, die überall dort, wo wohl ein Tropfen Wasser floß, hoch aufschossen. Sie hörte ein Kratzen und sah Thief, der mit einem kleinen pelzigen Etwas im Maul von der Jagd zurückkehrte. Chloe sah auf Cheftu.

Er brauchte eine bessere medizinische Versorgung. Sie mußte ihn aus dieser Schlucht hinausschaffen. Sein Atem ging flach, unregelmäßig und viel zu schnell. Sie stand auf und kletterte von ihrem Überhang aus nach oben, leise nach Luft schnappend, wenn ihr die Steine durch die Sandalen schnitten.

Schwer atmend zog sie sich schließlich auf die Felsnadel hinauf. Vor ihr lag ausgebreitet die Wüste Sinai oder wenigstens ein Teil davon. Sie nahm einen tiefen Schluck Wasser, durchtränkte ihr zerfetztes Kleid damit und band es dann um ihren Kopf. Nur ein paar Klippen weiter erstreckte sich meilenweit nichts als Sand. Doch dahinter, genau am Horizont, konnte sie einen grünen Fleck ausmachen. Die Oase? Sie nahm noch einen Schluck und kletterte den Berg wieder hinunter. Sie hatte keine Wahl, sie mußten es versuchen.

Beinahe meinte sie Mimis gütige Südstaatenstimme zu hören: »Eine Kingsley gibt niemals auf.«

Stunden später betrachtete Chloe ihr Werk. Es sah verflucht unbequem für Cheftu aus, das stand fest, aber sie konnte ihn unmöglich tragen. Sie konnte ihn auch schlecht auf Thiefs Rücken packen. Also gab es nur diesen Kompromiß.

Er lag ausgestreckt auf seinem Umhang, der den größten Teil seines Körpers fest umhüllte und damit schützte. Die Arme hatte sie ihm über den Kopf gestreckt und an die Handgelenke ein Lederbändsel geknotet, das zu Thief und um ihn herum führte. Chloe trug ihre mageren Vorräte, hatte ihren eigenen zerfetzten Umhang um den Kopf gebunden und die Wasserschläuche wie Patronengurte vor der Brust gekreuzt. Sie würde Cheftu an den Füßen packen.

Ihrer Schätzung nach hatten sie etwa zwölf Meilen Vogelfluglinie zurückzulegen. Da der Wadi sich hin und her schlängelte, wäre es bestimmt mehr. Keinesfalls weniger. Alle hatten Wasser getrunken, und Thief hatte noch dazu gefressen. Jetzt war nichts mehr zu tun, außer loszuziehen. Mit einem Stoßgebet zu Gott, sie zu behüten, bückte sie sich, nahm Cheftus Beine unter die Arme und rief Thief zu, loszulaufen.

Chloe stolperte durch die Dunkelheit. Sie waren zwar erst wenige Stunden unterwegs, doch ihr kam es wie eine Ewigkeit vor. Thief hatte erst energischen Widerstand dagegen geleistet, als Lasttier zu dienen, doch nach einigen fehlgeschlagenen Versuchen, irgendwelchen Kleintieren nachzujagen, trabte er getreulich voran. Chloes Rücken war ruiniert. Man sollte nicht meinen, daß ein Haufen Haut und Knochen wie Cheftu soviel wiegen konnte. Sein Fieber hatte sich verschlimmert, und Chloe spürte, wie die Wirklichkeit sich ein- und wieder ausblendete. Sie aß etwas von dem Gras, das sie in den Felsspalten fanden, dann packte sie von neuem ihre Last. Wasser hatten sie noch genug – sie hatte noch ein paar Kalkfelsen entdeckt.

Schließlich ging sie in die Knie, ließ Cheftus Beine los und brach an seiner Seite zusammen. Thief schnupperte miauend und greinend an ihrem Gesicht, doch das war Chloe egal. Schlafen. Nur noch schlafen, ohne etwas zu fühlen.

Schlafen …

Am dritten Tag schleifte Chloe Cheftu nur noch hinter sich her. Er war kein einziges Mal aufgewacht. Entweder war er tot, oder er lag im Koma, und sie hatte zuviel Angst, um nachzuprüfen, was davon zutraf. Chloe hatte Thief befreit und zog Cheftu nun allein, die Handgelenke um ihre Taille gebunden, wo sie in das dünne Fleisch über ihren Hüftknochen schnitten. Bei dem Versuch, noch einmal unter einem Felsen nach Wasser zu graben, hatte sie sich einen Finger gebrochen, und sie hatte einen tödlichen Schrecken bekommen, als die tief gebräunte Haut an ihrem Handgelenk aufgeplatzt war, nur weil sie versehentlich die Felswand entlang dem Wadi gestreift hatte.

Als sie diesmal stürzte, stand sie nicht mehr auf.

17. Kapitel

Der weißhaarige Alte tippte einem seiner Sänftenträger auf die Schulter. Sein starrer Blick war nicht auf die näherrückenden Felsklippen, sondern auf die Schale mit Eingeweiden in seinen Händen gerichtet. Mit einem Fächer vor sich hinwedelnd, befahl er, anzuhalten.

Sobald er aus der Sänfte gestiegen war, umringten ihn seine Leibwächter, kräftige und drahtige Männer mit sonnengebräunten Leibern, ein Kontrast zu seinem altersgebeugten, kraftlosen Körper. Dennoch gab er allein das Tempo vor, als sie in den Wadi hineingingen und er mit immer noch scharfen Augen nach der Vision Ausschau hielt, die er vergangene Nacht gehabt und auf die er so lange gewartet hatte. Die Eingeweide dienten ihm als Landkarte, und er schwenkte nach links, so wie sie es rieten. Den Sternen und den überlieferten Geschichten zufolge war dies der richtige Tag.

Dann sah er sie. Ein junger Löwe erhob sich und stellte sein Fell auf. Der Alte sprach ein paar Worte, und der Löwe legte sich wieder hin, um seine Pfote zu lecken, ohne jedoch die Näherkommenden aus den aufmerksamen Augen zu lassen.

»Sie leben noch, aber nur noch eben, mein Lehensherr.«

»Bringt sie her.«

Verwundert blickte er auf das Gewirr schmutziger, halbschwarzer Gliedmaßen und auf die von Haut überzogenen Skelette. Sie sahen kaum wichtig genug für ein Begräbnis aus, geschweige denn für eine Rettung. Doch der unbekannte Gott sandte so selten Befehle, daß noch nie einer davon mißachtet worden war. Der Mann machte kehrt und ging zurück zu seiner Sänfte.

Chloe vermochte nicht zu sagen, wann genau die Schmerzen nachließen und sie ihre Umgebung wieder wahrzunehmen begann. Und erst mehrere Tage danach dachte sie erstmals wieder an Cheftu und Thief. Sie brachte nicht einmal die Kraft auf, die Augen zu öffnen und nach ihnen zu sehen. Dank der liebevollen Fürsorge eines anonymen, schweigsamen Helfers fühlte sie Nahrung durch ihren Leib rinnen und dicke Öle durch ihre Haut dringen.

Sie schlug die Augen auf, erblickte um sich herum weiße Leinwand, und schloß sie wieder.

Sie waren wieder in Ägypten – im alten Ägypten mit seinen fremden Göttern und grellen Farben. Ägypten, wo Cheftu dem Tod geweiht war, wenn er nicht schon tot war.

Cheftu!

Chloe fuhr hoch und zog die Leinendecke um ihren Leib. Vielleicht konnten sie ja fliehen? Wenn es noch nicht zu spät war? Sie ließ sich von ihrer Liege gleiten und hielt sich im letzten Moment daran fest, bevor eine Woge des Schwindels über sie hinwegschwappte, die ihr fast die Besinnung raubte. Dann hellte sich ihr Blickfeld wieder auf, und sie schlich auf die Vorhangtür zu. Sie warf einen Blick dahinter. Es war kein Mensch zu sehen. Zaghaft wagte sie sich ein paar Schritte vor.

»Kind, suchst du den Ägypter?«

Die Stimme ließ sie herumwirbeln und auf der Stelle in Verteidigungshaltung gehen. Vor ihr stand ein weißhaariger alter Mann, über dessen bemaltes Gesicht das Fackellicht tanzte. Chloe stockte der Atem. Gut, sie hatte schon viele alte Menschen gesehen, aber der hier war *wirklich* alt. Uralt. Antik. Prähistorisch.

Auf seinem rasierten Schädel waren Symbole eintätowiert, die sie nicht entschlüsseln konnte. Ein Priester? An seinen langgezogenen Ohrläppchen hingen riesige Goldohrringe, und die fetten schwarzen Bleiglanzstriche um seine Augen und Brauen schienen das Gespinst von Falten auf seinem Gesicht noch zusätzlich hervorzuheben. Seine Haut hatte die Farbe und Textur feinen Furniers, und er trug den kunstvollen Schurz der vorangegangenen Dynastie. Er grinste so breit, daß sich die Muskeln in seinem runzligen Hals und um seinen Mund dehnten. Er hatte verblüffend starke, weiße Zähne und gesundes rosa Zahnfleisch. Riesige Zähne.

Sie blickte in seine Augen und sah zu ihrem Erstaunen, daß sie lachten. »Wie ich sehe, bist du überrascht, in diesem Land ohne eine einzige Lotosblüte auf einen Diener des Goldenen Gottes zu treffen?« Er lächelte wieder und schob den Kopf dabei nach vorne, bis er ihr die Zähne fast ins Gesicht streckte. »Hat Bastet dir die Zunge gestohlen, mein Kind?« Er bewegte die zerbrechlichen Glieder mit einer Grazie, die das Alter um seine Augen Lügen strafte.

Verwirrt wich Chloe zurück.

»Bitte setz dich zu mir.« Er machte kehrt und ging ihr voran in einen abgetrennten Bereich des Zeltes.

Da Chloes Instinkt ihr sagte, daß sie ihm vertrauen konnte, folgte sie ihm. In dem Raum stand ein vergoldeter Sessel neben einer riesigen Kohlepfanne aus Messing. Die Zeltwände waren mit bemalten weißen Leintüchern behangen, auf denen dargestellt war, wie Ma'at das Herz wog. In der Ecke stand ein Holzbett, und das Blut schoß durch Chloes Adern, als sie den schmerzgepeinigten Körper darauf erkannte. Cheftu!

Sie lief zu ihm hin und kniete zwischen den geschnitzten Leoparden nieder, die jede Ecke des Lagerbettes zierten. Er sah rot aus, so als stünde seine Haut in Flammen, doch man hatte ihn gebadet und seinen Verband gewechselt. Sie schaute über ihre Schulter. Der Mann saß mit abgewandtem Gesicht auf einem Stuhl und fächelte sich in der Nachmittagshitze Luft zu. Chloe setzte einen Kuß auf Cheftus Stirn und ging zu ihrem Gastgeber zurück.

Ihre Stimme bebte vor Tränen. »Ich danke dir, Priester, für alles, was du für ihn getan hast. Wird er wieder ganz gesund?«

Der Alte bedachte sie mit einem listigen Blick. »Ja, Priesterin. Du hast ihn sehr gut gepflegt. Eine schlichte Narbe, die schnell verheilen müßte, wenn sie nicht fiebert oder fault. Und jetzt geh und wasch dich, dann werden wir essen. Ihr müßt gesund werden und nach Ägypten zurückkehren. Ihr habt eine Bestimmung zu erfüllen.«

Chloe blieb wie angewurzelt stehen. »Wir sind nicht in Ägypten?«

»Nein, Kind. Wir sind hier auf dem Sinai in der Oase Mirna. Ihr seid hier in Sicherheit. Geh jetzt.« Er lächelte wieder. Mit wirklich immens großen Zähnen.

Ein schwarzer Sklave berührte sie am Ellbogen und führte sie durch einen weiteren Vorhang in ein Bad. Die flache Wanne war bereits eingelassen, und Chloe sah ein Tablett mit Wein, Brot und Obst daneben stehen. Der Sklave wies auf ein paar Handtücher sowie eine Truhe voller Leintücher und ging dann unter einer Verbeugung hinaus. Begeistert schleuderte Chloe ihre Lumpen von sich und stieg in die Wanne, um sich mit dem bereitgelegten gut riechenden Seifenstück zu waschen und die verschiedenen Duftfläschchen zu öffnen, die auf dem Tisch daneben aufgereiht standen. Tief sank sie in das Wasser, bis ihr gesamter Körper vom Busen bis zum Knie in der Wanne klemmte. Es war ein unbeschreiblich angenehmes Gefühl, den Schmutz und Dreck und Sand von ihrem Leib waschen zu können und endlich wieder sauber zu sein.

Sie zupfte einzelne Härchen aus, rasierte und ölte ihre Haut, bis sie sich wieder einigermaßen menschlich fühlte. Im Aufstehen trocknete sie sich ab und kramte dann in der Truhe nach einem passenden Gewand. Am Beckenrand sitzend; konnte sie in einen weiteren, dunklen Raum voller Schriftrollen und Arbeitssachen spähen. Sie machte einen Schritt darauf zu, ermahnte sich jedoch sofort, die Gastfreundschaft ihres Gastgebers nicht auszunutzen.

Wenig später kam sie, wie für einen ägyptischen Gala-Empfang frisiert, aus dem Bad. Ihr Kleid mochte altmodisch sein, dafür war es bezaubernd. Ihr Haar fiel frei, sauber und glänzend von ihrem Scheitel bis auf ihre Schultern. Mit einem silbernen Zierlotos hielt sie es aus ihrem Gesicht; Augen und Augenbrauen hatte sie mit dem bereitliegenden Bleiglanzstift umrahmt und verlängert. Von den Sandalen hatte kein Paar gepaßt, und sie hatte nicht gewagt, die schützende Hornhaut unter ihren Füßen mit einem Luffaschwamm abzuschmirgeln, doch dafür hatte sie Fayence-Fußkettchen angelegt. Zum ersten Mal seit Wochen fühlte sie sich, als könnte sie unter Umständen überleben.

Der alte Priester saß nach wie vor in seinem Sessel, doch Chloe bemerkte lächelnd, daß er die Augen geschlossen hatte und das Zimmer mit seinem tiefen Schnarchen erfüllte. Sie ging zu Cheftu. Er hatte aufgehört, um sich zu schlagen, und kam ihr nicht mehr ganz so heiß vor. Gott sei Dank!

Es war tiefschwarze Nacht. Ihr erschrockener Ausruf beim Aufwachen wurde mit einem leisen Lachen beantwortet. »Du hast wie eine Tote geschlafen, mein Kind.« Chloe erkannte die Stimme des alten Priesters. »Möchtest du heute abend mit mir essen?«

Chloe erhob sich von ihrer Lagerstatt neben Cheftu und stolperte auf die Stimme zu. Zwischen dem Hauptraum und der Schlafkammer war ein Vorhang gespannt worden.

»Wie geht es meinem Patienten?« erkundigte sich der Alte.

»Er hat immer noch Fieber«, berichtete Chloe, »aber er schläft jetzt ruhig.«

»Das ist gut. Die Nacht heilt viele Krankheiten. Bitte«, sagte er, auf einen zweiten Sessel deutend, »nimm Platz. Möchtest du Wein?«

»Nein.« Chloe griente. »Ich fürchte, davon hatte ich bereits zuviel.«

Er lachte leise. »Wie ich sehe, bist du eine Frau der Mäßigung. Das ist gut.«

Chloe nahm den Becher mit Saft entgegen, den der schwarze Sklave brachte, und ließ sich auf dem geschnitzten, goldbeschlagenen Sessel nieder. »Bitte verzeih mir, daß ich nicht schon früher gefragt habe, aber wem schulden wir unser Leben?«

»Ihr schuldet mir euer Leben nicht. Nur die Götter sind ein solches Opfer wert, aber mich würde interessieren, wie es dazu kommen kann, daß zwei Edelleute wie Schakale in der Wüste leben? Verzeih mir mein schlechtes Benehmen!« entschuldigte er sich unvermittelt. »Man nennt mich Imhotep.«

»Ich bin ...« Sie hielt inne.

»RaEmhetepet«, ergänzte er für sie. »Obwohl du in Wahrheit jemand anderes bist.«

Chloe starrte ihn mit großen Augen an. »Woher weißt du das?«

Er lachte wieder, bis die Falten in seinem Gesicht im Fackelschein wie tiefe Kerben wirkten. »Ich weiß vieles, was über das blasse Abbild dieser fünf Sinne hinausgeht. Trotzdem«, meinte er, »bleibt vieles hinter dem Schleier der Nachwelt verborgen. Ich weiß, daß du und Cheftu nicht das seid, was ihr zu sein scheint, und daß ihr aus diesem Grund fliehen mußtet, um nicht zu sterben. Ich weiß auch, daß ihr das Privileg habt, viele Dinge zu sehen, die den meisten Sterblichen verschlossen bleiben. Der unbekannte Gott hat euch gesegnet.«

Mit offenem Mund folgte Chloe seiner absolut unmöglichen Ansprache. »Ich... wir... können wir...«, stotterte sie.

Er lachte und füllte mit seinem Lachen den Raum, bis es von den Webteppichen und Leinwänden widerhallte. »Ich verstehe deine Verwirrung, obwohl ich gestehen muß, daß ich nicht weiß, woher ich es weiß. Wenn dein Herz erwacht«, meinte er und nickte dabei mit dem tätowierten Kopf zur Schlafkammer hin, »können wir uns überlegen, wie all das gekommen ist. Jetzt«, er beugte sich vor, »hast du Hunger? Während des Essens können wir uns darüber unterhalten, wie ich hierher gekommen bin. Ich bin überzeugt, daß wir zwei Seiten desselben Wurfstocks halten.«

Er winkte dem Schwarzen und gestikulierte mit fremdartigen Zeichen in der Luft herum. Der Sklave verbeugte sich und verschwand. »Khaku ist taubstumm«, erklärte Imhotep. »Mit diesen Zeichen verständigen wir uns.«

Schweigend saßen sie beieinander, Chloe mit Sicht durch die umgeschlagene Zeltluke auf den dunklen Horizont, während Imhoteps Blick nach innen gerichtet war. Khaku kam mit ausgebreiteten Armen, auf denen ein Tablett ruhte, herein. Er stellte es auf dem kleinen Tisch zwischen den beiden Sesseln ab, und das Aroma von gebratenem Lamm stieg Chloe in die Nase. Ihr lief das Wasser im Mund zusammen. Man reichte ihr eine Glasschale, dann beugte sich Imhotep vor, riß das Fleisch vom Knochen und nahm eine Handvoll des in Öl gebratenen Korns mit Sultaninen und Pistazien. Es war ein Festmahl. Das Lamm zerfiel von selbst in Chloes Mund. Schweigend aßen sie, unterbrochen nur von kleinen Pausen, in denen sie frisches Wasser tranken.

Khaku blieb bei ihnen und zündete weitere Lampen an, bis der Raum hell wie im Licht der Sonne erstrahlte. Schließlich lehnten sich Chloe und Imhotep satt und zufrieden zurück, um an der kandierten Orangenschale zu knabbern, die Khaku ihnen reichte. Die Schale kaute sich wie Gummi, und wieder einmal sehnte sich Chloe nach einer Tasse Kaffee. Imhotep sah sie kurz an, eine zweifelnde Falte zwischen den Brauen, wandte den Blick aber gleich wieder ab. »Wie wäre es mit einer Runde Hunde und Schakale?«

Chloe nickte. »Sollen wir erst nach Cheftu sehen?«

»Natürlich, auch wenn ich überzeugt bin, daß er tief und fest schläft. Khaku wird ihn füttern«, versprach Imhotep, während sie aufstanden und den Trennvorhang beiseite zogen.

Erstaunlicherweise schlief Cheftu tatsächlich ganz ruhig, und auch seine Haut fühlte sich wesentlich kühler an. Khaku saß im Dunkeln und bestrich von Zeit zu Zeit Cheftus Stirn mit Wasser, während Cheftu leise schnarchte. Chloe begriff, daß es wahrscheinlich Khaku gewesen war, der während der Tage, bevor sie aufgewacht war, Brühe in ihren Mund gezwungen und ihre verbrannte, sich schälende Haut verarztet hatte.

Imhotep zog die Leinendecke zurück, betastete die Wunde und beugte sich dann vor, um daran zu riechen, ob sie faulte. Die ausgebrannte Wunde war gut verheilt, allerdings würde eine häßliche Narbe zurückbleiben. Chloe schauderte und strich Cheftu das Haar aus dem Gesicht. Er lächelte schwach, murmelte etwas und fiel sofort wieder in tiefen Schlaf. Zufrieden mit der Heilung der Wunde, nahm Imhotep Chloe am Ellbogen und führte sie wieder nach nebenan. Die Essensreste waren abgetragen worden; jetzt stand ein Spielbrett auf dem kleinen Tischchen.

Chloe setzte sich und zwirbelte die Perlen ihres Überkleides, damit sie so wenig wie möglich drückten. Dann begannen sie zu spielen. Drei Spiele später blickte Imhotep vom Brett auf und sah Chloe an ... nicht nur flüchtig, sondern so, als würde er versuchen, durch das äußere Kunstwerk von schwarzen Haaren und bleiglanz-ummalten Augen hindurch in ihre Seele zu schauen.

»Hast du den Namen Imhotep schon einmal gehört, mein Kind?« fragte er mit einem fröhlichen Grinsen, das die Zähne im Licht blinken ließ.

»Natürlich«, sagte Chloe. »Er war ein großer Philosoph und ein Berater von Pharao Cheops.«

»Ganz recht. Und außerdem mein nicht allzu entfernter Ahne.« Er beobachtete sie genau.

»Nicht allzu entfernt? Dann wärst du ja Hunderte von Jahren alt.«

Er lachte. »Dabei sehe ich keinen Tag älter aus als zweihundert, nicht wahr? Für einen so alten Mann habe ich doch wirklich schöne Zähne, nicht wahr?«

Sie lächelte, allerdings leicht verunsichert. Wenn dieser Alte verrückt war, wie sollte er ihnen dann helfen? »Das ist unmöglich«, meinte sie, ohne auf die Bemerkung zu seinem Gebiß einzugehen.

»Wirklich? Ist es nicht auch unmöglich, durch die Jahre und durch Millionen von Leben zu reisen? Und doch habt ihr das getan, nicht wahr?«

Sie schwieg. Er wußte viel über sie, ohne daß ihn das zu irritieren schien. Wie konnte ausgerechnet sie behaupten, daß man nicht Hunderte von Jahren alt sein konnte? In der Bibel wurde von Männern erzählt, die achthundertnochwas Jahre alt geworden waren. Die Bibel stellte sich allmählich als viel genauer heraus, als sie ursprünglich geglaubt hatte.

»Bist du unsterblich?«

Seine Miene verriet aufrichtiges Entsetzen. »Das mögen die Götter verhüten! Ich bin nicht unsterblich, nur langlebig. Es ist ein Geschenk und ein Fluch zugleich. Aber ich werde noch viel Dynastien kommen und gehen sehen, bevor ich an den Gestaden der Nacht anlegen werde.«

»Du hast also alle Zeit der Welt und reist einfach nur herum?« fragte Chloe. Er wirkte so ruhig, als spräche er nichts als die Wahrheit. Vielleicht spielte sie am besten einfach mit.

Er seufzte. »Nicht freiwillig. Zuletzt war ich am Hof von Thutmosis I. Ein großartiger Pharao und Begründer dessen, was sich bislang als Gipfel der ägyptischen Zivilisation erweist. Eine eindeutige Verbesserung gegenüber den Hyksos.« Er schauderte. »Die wußten die Feinheiten der ägyptischen Religion und Bräuche kein bißchen zu schätzen. Ausschließlich ihre verdammten Pferde.« Er schüttelte den Kopf.

»Aber ich schweife ab. Am Hof Thutmosis' I. war ich Leibarzt. Er war ein großer Mann, wenn auch ein wenig aufbrausend. Und mit trägem Darm. Mir will einfach nicht in den Kopf, wieso er nicht mehr Datteln essen wollte. *Haii!* Aset, seine Lieblingsfrau, wurde schwanger, und wie die meisten großen Männer hoffte er, daß sie ihm einen Sohn gebären würde, in dem sich sein Name und sein Stamm fortpflanzen würden.

Er rief mich, damit ich ein Horoskop für die Zukunft des Kindes lege. Die Zeichen sagten mir, daß dieses Kind durch einen Sklavenprinzen vom Thron gestoßen würde.« Er hielt inne und blickte lange auf das vergessene Spiel. »Ich war zu schwach. Mir war klar, daß Pharao mit dieser Auslegung keinesfalls zufrieden wäre, und so habe ich gelogen. Ich habe ihm erzählt, der Prinz würde zum größten Führer aufsteigen, den Ägypten je gekannt hätte. Thutmosis glaubte mir, weil ich die Dreistigkeit hatte zu behaupten, daß sein Sohn sogar ihn übertreffen würde. Die Monate gingen ins Land. Aset wurde immer runder, und eines Nachts gebar sie ein Kind. Die ägyptischen Ärzte sind bei einer Geburt nicht dabei; normalerweise erledigen das die Hebammen. Ich ging trotzdem zu ihrem Gemach, doch man verwehrte mir den Eintritt. Pharao war auf einem seiner vielen Feldzüge.

Asets Kind kam tot zur Welt.

Sie hatte Hathor eine große Gebetskammer errichtet, doch nun sah es so aus, als hätte die Große Herrin sie im Stich gelassen. Um allen Fragen zu entgehen und um sich wieder zu fassen, ließ sie sich von dem schnellsten Schiff am Hof in die ehemalige Hauptstadt Avaris bringen. Dort stand unversehrt der Palast der Hyksos, und Aset beschloß, daß sie sich dort erholen und überlegen konnte, was sie Pharao erzählen sollte.« Wieder hielt er inne, um auf seine runzligen Hände zu blicken. »Ich bin ihr auf einem zweiten Boot gefolgt. Als ich dort ankam, schaukelte Aset einen gesunden Jungen auf ihren Knien. Pharao traf ebenfalls ein und erklärte, daß Ramoses ein vollkommenes Kind sei und Horus-im-Nest werde.«

Chloe beugte sich vor.

»Leider«, meinte Imhotep mit einem spröden Lächeln, bei dem er seine Zähne entblößte, »wurde mein schlechtes Gewissen inzwischen übermächtig. Ich sollte das Kind in Pharaos Gegenwart untersuchen, und für mich war offensichtlich, daß dieser Junge älter war, als er hätte sein dürfen. Die Warnung, die ich in den Sternen gelesen hatte, ließ mich kurzfristig tapfer werden, und ich denunzierte die Königin, indem ich verkündete, daß das Kind zu weit entwickelt war und infolgedessen unmöglich aus ihrem Leib gekommen sein konnte. Ich sagte, sie habe ein totes Kind zur Welt gebracht.

Ich wußte nicht bestimmt, wer dieses Kind war, aber ich vermutete, daß es ein Apiru-Säugling war, da deren Kinder in großer Gefahr waren. Pharao war die brodelnden Unruhen leid und hatte bestimmt, daß alle männlichen Säuglinge noch vor dem ersten Stillen getötet werden sollten. Er sah in den Kindern nichts als zukünftigen Aufruhr, und er wollte keinen weiteren Ausländer auf dem roten und schwarzen Thron sehen, nachdem Ägypten eben erst die Hyksos abgeschüttelt hatte.« Imhotep nahm einen kleinen Schluck Wasser, bevor er fortfuhr:

»Das hätte mich fast meinen Kopf gekostet.« Er lachte schwach. »Rasend vor Wut, stürzte sich Pharao auf mich. Natürlich wäre sein Sohn anderen Kindern überlegen. Wie könne ich es wagen, die Königin so zu verleumden? Ich wurde auf der Stelle nach Waset zurückgeschickt. Jahrelang diente ich im Tempel von Karnak. Ich hatte zwar nur wenig Macht, doch ich brachte meine Zeit in der Gegenwart des Gottes zu und studierte die heiligen Schriften. Ich begann, den Nachthimmel wie eine Karte von Anweisungen und Hinweisen zu lesen. Nie wieder hat man mich gebeten, ein Horoskop zu legen, und den jungen Prinzen bekam ich erst wieder zu Gesicht, als er in die Priesterschaft eingeführt wurde.

Die Riten zogen sich über zwei Jahre hin. Er war ein schneidiger Junge – mit starken Zügen, gut gebaut, ein Sohn, wie ihn sich jeder Mann wünschen würde. Seine Augen waren schwarz wie die von Aset, und im Umgang mit Bogen, Messer und Pferd stand er Thut um nichts nach. Er war tapfer, ruhig und klug. Selbst ich hatte an dem zu zweifeln begonnen, was mir meine Erinnerung als Wahrheit bewahrt hatte.«

Sein Blick verband sich mit ihrem, und sie sah die Lichter in seinen schwarzen Augen tanzen. »Es gibt Gottesdienste, die ausschließlich von Angehörigen des Königshauses durchgeführt werden dürfen. Da Pharao ein Gott ist, ist er auch der oberste Priester. Er vereint in sich mehr Magie und Macht als jedes andere Wesen. Im vierten Grad der Priesterschaft lebt der Kandidat anderthalb Jahre in absoluter Abgeschiedenheit. Während dieser Zeit übt er das zuvor Gelernte ein, vor allem die astrologischen, medizinischen, architektonischen und osirischen Aspekte der vorangegangenen Weihestufen. Dabei sind ihm bestimmte Speisen, sexuelle Erfüllung und Alkohol verboten.

Ramoses wurde in einen Tunnel unter meinem Bereich des Tempels gesperrt. Die Worte, die ich so viele Jahre zuvor gesprochen hatte, waren inzwischen nur noch eine geheimnisvolle Legende; Ägypten liebte den jungen Prinzen und betete für ihn, während er die sieben Stufen der Priesterschaft erklomm. Ich kam oft an dem Raum vorbei, in dem er gefangengehalten wurde, und hörte ihn sprechen. Er redete dabei in einer mir unbekannten Sprache, was meine Neugier weckte, da ich die Sprachen aller Länder sprach, mit denen Ägypten Handel trieb.

Ich begann, Erkundigungen anzustellen, und erfuhr, daß Ramoses von einer Apiru gesäugt worden war, einer Israelitin, um genau zu sein. Durch ein ganzes Netz von Kanälen gelang es mir schließlich, an eine ihrer kostbaren Schriftrollen zu kommen, und ich lehrte mich selbst ihre Sprache. Ich begann, Ramoses während seiner Tagesarbeiten zu belauschen.

Er betete zu einem fremden Gott. Er betete wie ein Kind: Er sang mit seelischer und geistiger Hingabe Lieder, die er eigentlich nicht verstehen konnte.« Der Alte nahm einen weiteren Schluck und fuhr sich mit der Zunge über die Lippen. »Schließlich war die Zeit reif, ihn aus den Tagen des Zornes zu entlassen und ihn in die Schlacht gegen die *Khaibits* zu schicken. Er durchlief alle übrigen Stadien der Initiation und wurde im Alter von vierzehn Jahren von seinem Vater freudig wieder aufgenommen.

Obwohl er noch ein halbes Kind war, nahm Thut ihn mit auf seine Feldzüge und ermunterte ihn, seinen Horizont auf jede nur erdenkliche Weise zu erweitern. Ich hielt mich bedeckt und fragte mich gleichzeitig, wie teuer meine Feigheit Ägypten wohl zu stehen kommen würde. Ramoses wurde erwachsen, heiratete, konnte aber keine Kinder zeugen. Thut schämte sich für ihn, darum schickte er ihn auf Kriegszüge außer Landes. Ramoses blieb lange auf dem Sinai, und nach seiner Rückkehr reiste er nach Avaris. Ich war mir nicht sicher, ob er das tat, weil er seine alte Amme besuchen wollte – in aller Heimlichkeit, wohlgemerkt – oder seinen geliebten Cousin Nefer-Nebeku, den Wesir des Straußen-Gaus.

Thut der Erste bekam noch mehr Kinder. Seine erste Frau gebar eine liebreizende Tochter und dann noch eine zweite, die Hatschepset genannt wurde. Etwa zu der Zeit, als Hatschepset schon in der Schule, aber noch ein Kind war, tötete Ramoses Nefer-Nebeku; er war Hatschepsets Verlobter. Bis Thut die Neuigkeit erfuhr, war Ramoses bereits in die Wüste geflohen.

Thut opferte viele Männer auf der Suche nach seinem umherirrenden Sohn. Er war bereit, Ramoses zu vergeben, bis ein israelitischer Sklave namens Do'Tan bei ihm vorsprach und behauptete, Ramoses habe seinen königlichen Cousin bei einer Auseinandersetzung um eine Sklavin getötet.« Imhotep lachte leise, doch diesmal klang sein Lachen freudlos. »Thut war außer sich. Seine älteste Tochter war eben unter mysteriösen Umständen gestorben, sein jüngerer Sohn hatte nicht einmal die Wiege überlebt, und sein mittlerer Sohn war ein Schwächling, der von einer gewöhnlichen Sklavin abstammte. Hatschepset war die einzig mögliche Nachfolgerin.

Er rief seine Soldaten aus der Wüste zurück und befahl, im ganzen Land Ramoses' Kartusche von allen Schriften und Bauten zu entfernen und sie durch die Hatschepsets zu ersetzen, deren Name er in Hatschepsut, ewig möge sie leben!, geändert hatte.«

Natürlich, dachte Chloe. Auf diese Weise war es nicht mehr der Name einer Adligen, sondern der Name der Ranghöchsten unter allen Adligen. »Ewig möge sie (oder er) leben!« war ein Namenszusatz, den jeder Pharao erbte und den Moshe bei seinen Unterredungen mit ihr jedesmal unterschlagen hatte.

»Möglicherweise, weil sie der Kronprinz sein sollte, trug sie weiterhin Männerkleidung, obwohl das einen Skandal gab, als sie erst einmal sechzehn Überschwemmungen alt war.« Er hielt inne und fuhr sich mit der Zunge über die Lippen. »Ich glaubte damals, ich sei in Sicherheit und Thut hätte mich vergessen. Leider hatte ich mich da geirrt. Eines Tages kamen, während ich gerade in den Heiligen Schriften Ptahs las, Soldaten in den Tempel und schleppten mich fort. Pharao erklärte mir, aufgrund der Dienste, die meine Familie Ägypten früher erwiesen hätte, ließe er mir die Wahl. Ich könne entweder sieben Überschwemmungen lang im Tempel von Noph dienen, um dann als Verräter hingerichtet zu werden, oder ich würde auf der Stelle verbannt und müßte den Rest meines Lebens außerhalb von Ägyptens Glanz verbringen.«

»Also hast du dich für die Verbannung entschieden«, sagte Chloe.

»Nein. Ich habe den Tempel gewählt.«

Chloe runzelte verwundert die Stirn.

»Noch bevor meine Zeit zu Ende ging, war Pharao zu Osiris aufgestiegen. Hatschepsut mußte Thutmosis den Zweiten heiraten, ewig möge er leben!, und ich stand vorübergehend nicht im Fackellicht«, erklärte er.

»Wann hast du dann dein Leben als *Anu* aufgenommen?«

Imhotep schauderte und erbleichte. »Als ich etwas so Grauenhaftes im Tempel-des-Kas-Ptahs in Noph gesehen habe, daß ich wußte, dies ist kein Anblick für menschliche Augen.«

Chloes Herz setzte einen Schlag aus. »Was denn? Was hast du gesehen?«

Seine schwarzen Augen bohrten sich in ihre. »Ist dir klar, daß ich diese Kraft von neuem freisetze, wenn ich dir davon erzähle?«

»Erzähl es mir«, flehte sie ihn an.

»Also gut, aber möge die Angst fortan auf deiner Seele liegen. Ich habe einen *Kheft* gesehen.«

Überrascht setzte sich Chloe auf.

»Ein *Sem*-Priester trat in einen der kleinen Räume und kniete nieder, seine Brust gehorsam bekreuzend. Im nächsten Moment schien ihn ein Feuer zu verschlingen, das seine Haare und Augen veränderte, ehe er völlig verschwand.«

Chloe konnte ihn kaum mehr verstehen, so laut rauschte ihr das Blut in den Ohren. »Dann«, fuhr Imhotep fort, »tauchte er wieder auf. Aber nicht so wie zuvor. Jetzt hatte er sich in einen Mann verwandelt, doch er schien unter großen Schmerzen zu leiden. Ich lief zu ihm hin und kniete neben ihm nieder. Blut strömte ihm aus Nase, Mund und Ohren; ich begriff, daß er sterben würde. Er versuchte, keuchend etwas zu sagen, und ich beugte mich über ihn, um seine letzten Worte zu verstehen.«

Chloes ganzer Leib war mit kaltem Schweiß überzogen, als sie sich vorbeugte. »Was hat er gesagt?« krächzte sie.

»Es war eine fremde Sprache, die ich nicht verstehen konnte. Er ist gestorben. Dann hat er sich zurück in einen *Kheft* mit hellem Haar und heller Haut verwandelt.« Imhotep senkte den Blick, als würde er sich schämen. »Ich wußte, wenn jemand fragen würde, wer das war, hätte das eine genaue Untersuchung zur Folge, deshalb nahm ich seinen Leichnam und brachte ihn an den Nil, wo ich ihn als Opfer für Sobek zurückließ.« Er wehrte mit einer Geste das Böse Auge ab. »Noch in derselben Nacht habe ich all meine Sachen und alles Gold genommen, das ich behalten hatte, nachdem ich nach meinem Sturz in die Schande alles verkaufen mußte, und schlich mich aus Ägypten hinaus.« Er starrte an Chloe vorbei auf die gemalten Hieroglyphen an der Zeltwand, und Chloe starrte auf ihre Café-au-lait-braunen Hände.

Goshen

Thut III. blickte über die Stadt. Schon waren neue Bewohner in die von den Israeliten verlassenen Häuser gezogen. Nach letzter Zählung hatten sich auch einige andere Stämme dem Exodus angeschlossen. Von keinem hatte man seither etwas gehört.

Genausowenig wie von Hatschepsut. Thut schluckte. Er wußte, daß sie tot war; sie waren zwar Blutsfeinde gewesen, aber auch Blutsverwandte, und er spürte irgendwie, daß sie nicht mehr auf dieser Welt weilte. Die Soldaten, die er nach ihr ausgeschickt hatte, hatten nichts als Spuren gefunden, die mitten ins Rote Meer hineinführten. Keine Leichen, keine Pferde, keine Streitwagen. Wenn sie in ein anderes Land weitergezogen wäre, hätte sie zumindest einen Kurier zurückgeschickt, um ihm das mitzuteilen. Er bezweifelte sehr, daß sie irgendwohin gegangen war. Sie war tot. Vielleicht hatte sich der Wüstengott, der Ägypten zugrunde gerichtet hatte, ein letztes Mal gerächt, indem er die Leichen verschwinden ließ, ein vernichtender Schlag gegen die ägyptischen Totenrituale.

Thut begann auf und ab zu wandern, und der schwere Saum seines blauen Schurzes strich dabei über seine muskulösen Schenkel. Was sollte aus Ägypten werden, wenn es erfuhr, daß Pharao tot und nichts von ihr geblieben war? Ägyptens Selbstwert und persönlicher Stolz beruhten ausschließlich auf den Taten des königlichen Gottesoberhaupts, darum hätte diese Erkenntnis ein weiteres Mal katastrophale Folgen für das am Boden liegende, verzweifelte Land! Was konnte er unternehmen? Die Menschen wußten nicht einmal, daß sie tot war. Doch lange würde er nicht mehr unter falschem Namen auftreten können. Seit Hatschepsuts Abreise waren beinahe siebzig Tage vergangen. Wie lange konnte er noch als Hatschepsut, ewig möge sie leben! regieren, ehe man sie für tot erklärte? Natürlich hatte er die Doppelkrone gewollt, doch nie um den Preis von Ägyptens Stolz.

Er hörte Schritte und drehte sich um. Zwei Soldaten traten mit staubigen und von der Reise fleckigen Schurzen in den Raum. Sie salutierten scharf, den Blick fest geradeaus gerichtet. Er bemerkte, daß der Schenkel des Jüngeren bandagiert war. »Leben, Gesundheit und Wohlergehen! Was ist passiert?« fragte er und deutete dabei auf die Wunde.

»Es ist nichts, Meine Majestät.«

Thut zog die Brauen hoch, bedeutete den beiden aber, Platz zu nehmen, und rief dann nach Bier. »Ich will alles hören.«

Der Ältere beugte sich vor. Seine Perücke saß schief, und Thut konnte die sich abschälende Kopfhaut darunter sehen. Sie waren lange in der Sonne gewesen. »Wir haben keinen einzigen Soldaten gefunden, Meine Majestät. Aber wir sind einigen Spuren gefolgt. Sie haben uns zu den Kupfer- und Türkisminen geführt, dort haben sie sich allerdings verloren. Es waren Spuren von zwei Menschen, einen Mann und einem Jungen oder…«

Thuts Hand krampfte sich um den Kelch. Das war doch nicht möglich! »Habt ihr die beiden gefunden?«

»Jawohl, Majestät. Ein Mann und eine Frau, die am Rande des Meeres gelebt haben. Sie hatten ein Haus gebaut und ein kleines Feld bestellt. Wir haben sie überraschen können.«

»Ihr habt sie gefangengenommen?« Thut stellte seinen Kelch ab. »Sie sind hier?«

Der Soldat schluckte schwer und zog die Schultern zurück. »Jawohl, Meine Majestät, wir haben sie gefangengenommen, aber nach einigen Tagen sind sie uns entkommen. Bei einem Kampf, bei dem eine Bergkatze zwei von unseren Soldaten getötet hat. Der männliche Gefangene wurde verwundet. Die Frau hat die Situation ausgenutzt und ein Pferd gestohlen. Majestät«, die Augen des Mannes wurden groß, »sie ist auf dem Rücken des Tieres geritten!«

Das konnten nur die beiden sein, dachte Thut. »Und dann?«

»Sie und der Mann sind ins Herz des Wüstengebirges geritten.«

»Habt ihr nach ihnen gesucht?«

»Ja. Mehrere Tage lang. Die Bergkatze hat sie verfolgt, ich bezweifle also, daß sie noch leben. Wir hatten nur noch wenig Wasser übrig und sind nach Westen zum Inländischen Meer aufgebrochen. Zwei Soldaten haben sich bereit erklärt, zurückzubleiben und die Suche fortzusetzen.«

Thuts schlammigbraune Augen ruhten auf dem Soldaten, der daraufhin den Blick senkte. »Die Frau hatte grüne Augen.« Es war eine Feststellung.

Der Soldat nickte. »Jawohl, Meine Majestät.«

»Der Mann hat sich wie eine Katze bewegt und hatte goldene Augen?«

»Ja.«

Thut seufzte. Natürlich hatte er nie daran gezweifelt, daß sie Hats Justiz entkommen waren, und so hatte er sich während der vergangenen Wochen immer wieder flüchtig gefragt, ob sie zusammen mit den Israeliten geflohen oder nur zur selben Zeit aufgebrochen waren. Man hatte ihn informiert, daß Cheftu zwei Plätze auf einem Schiff zum Großen Grün gebucht hatte, aber in all der Verwirrung, die durch den Tod eines Drittels der Bevölkerung und durch das Verschwinden eines weiteren Fünftels entstanden war, hatte niemand sagen können, ob sie es auf dieses Schiff geschafft hatten. Offensichtlich hatte Cheftu RaEm ihrer rechtmäßigen Strafe entzogen; Thut hatte die medizinisch präzisen Wunden an den toten Wächterinnen gesehen. Nur ein einziger Mann konnte so akkurat töten.

Er seufzte wieder. Sie mußten gefunden werden. Sie wußten, und zwar als einzige, soweit er das zu beurteilen vermochte, was aus Hatschepsut und ihrer Elitetruppe geworden war.

Der Soldat vor ihm erhob sich. »Geht. Erfrischt euch zwei Tage lang. Sobald sich Re am dritten Tag erhebt, werdet ihr die Jagd mit neuen Soldaten wieder aufnehmen. Ihr müßt sie finden. Und zwar lebendig.« Thut hob die Hand, daraufhin verneigten sich die beiden und wichen rückwärts zur Tür zurück. Er trat auf den Balkon.

Der angeschwollene Fluß wand sich durch den schwarzen Boden wie ein Silberband, das in hundert filigrane Stränge geschmiedet worden war. Die meisten Häuser der einfachen Arbeiter waren überflutet, und Thut wußte, daß sich hinter ihm eine primitive Ansiedlung temporärer Bauten befand, aus denen die *Rekkit* zusahen, wie die Wasser allmählich zurückwichen und den dicken, schwarzen Schlamm zurückließen, der in diesem Land gleichbedeutend mit Leben war. Sein Schurz klebte ihm in der schwülen Luft an den Beinen, und zum ersten Mal seit dem Freitod seiner Frau verspürte Thut ein leises Beben der Begierde.

Und zugleich ein nervöses Grummeln. Etwas kitzelte seine Erinnerung wach, und er rief nach den Wachen. Das letzte Mal, als er mit einer Frau zusammengewesen war ...

Dekane später ging Thut durch die nächtlich stillen Straßen und suchte nach jenem einen Pfad. Zwei Soldaten folgten ihm mit geschwollener Brust, und er mußte sich dazu zwingen, nicht loszulaufen und sie abzuhängen. Die Erstgeborenen ... wie lange würde Ägypten ihren Tod betrauern? Er erreichte den Fluß und begriff, daß er schon wieder zu weit gegangen war. Er machte kehrt und ging zurück, sorgfältig in jede Gasse spähend, ob dort nicht der schmale Pfad zu dem alten, verborgenen Tempel abzweigte.

Er sah gedankenverloren zu Boden, als er plötzlich die dunkel in den Sand gezeichneten Umrisse zweier Hörner und einer Scheibe auszumachen meinte. Er blickte in die Richtung, in welche die Hörner zeigten, und entdeckte den hinter Gestrüpp und Ostraca verborgenen Pfad. Über und auf die Steinscherben steigend, betrat er ihn und folgte ihm durch das struppige Unterholz. Der Pfad senkte sich, wie er noch wußte, und endete unerwartet vor einer Tür.

Thut erinnerte sich an die Tür, die in der unnachgiebigen Dunkelheit vor vielen Monaten einen Spaltweit offengestanden hatte. Er drückte sie nach innen, und sie gab nach. Sobald er in die kleine Steinkammer trat, sah er die blutbefleckte steinerne Liege. Die arme Kleine, dachte er. Sie war so jung, so unschuldig gewesen. Man hatte sie unter Drogen gesetzt, begriff er jetzt. Sie hatte vor ihm keinen Mann gekannt, doch er würde schätzen, daß sie sehr wohl sinnliche Erfahrungen gemacht hatte. Ihre Reaktionen hatten das bezeugt.

Möge es den Göttern gefallen, daß Ägypten nie wieder zu solch archaischen Ritualen Zuflucht suchen mußte! Die Götter wollten kein Menschenblut, und Thut fühlte sich immer noch befleckt durch das Opfer, das er gebracht hatte. ReShera hatte sie geheißen, und er war überzeugt, daß er sie schon früher gesehen hatte.

Mit leise klatschenden Sandalen durchquerte er den Raum. Weshalb war er hergekommen? Weshalb?

Weil irgend etwas nicht stimmte. Hatschepsut hatte ihr Urteil zu schnell gefällt, und Cheftu war völlig überrascht gewesen, als er das Mädchen gesehen hatte. Hatte er nicht sogar erzählt, er hätte sie für älter gehalten? Nicht einmal die Schwesternschaft hatte RaEm verfolgt, wie es angebracht gewesen wäre, sondern sie ziehen lassen und Hathor statt dessen mit zwei Priesterinnen zu wenig gehuldigt. Natürlich hatte die neue RaEmhetep-Priesterin den frei gewordenen Platz eingenommen, doch sie war erst vier Jahre alt. Thut, königlicher Prinz Ägyptens und geweiht in den Sieben Stufen der Priesterschaft Wasets sowie den Drei Stufen des Tempels-des-Kas-Ptahs, wußte, daß es unklug war, auf solche Weise Gottesdienst zu halten.

Er ließ sich auf die steinerne Bank sinken und starrte hinaus in die ersten morgendlichen Sonnenstrahlen, die ihren Weg durch die Fensteröffnung suchten. Der jetzt vom Sonnenlicht erhellte Raum war seit jenem düsteren Tag nicht mehr geöffnet worden. In den Ecken sammelte sich als Zeugnis der wütenden Plagen der Müll. Immer noch leuchtete der Blutfleck wie ein tiefes Schandmal in diesem Raum, der aus jungfräulichem, seit Dynastien nicht mehr verwendetem Stein aus dem Alten Königreich errichtet worden war.

Wütend und ohne zu wissen warum trat er gegen den Müllhaufen. Ein metallisches Klirren weckte seine Aufmerksamkeit. Auf dem Boden kniend und ohne auf den toten, verwesenden Abfall an seinen nackten Händen zu achten, fegte er das faulende Laub auseinander und tastete nach dem Gegenstand, von dem das Geräusch ausgegangen war. Lange wühlte er herum, doch dann hatten seine Finger ihn erspürt … eine Kette.

Die Inschrift auf dem winzigen Goldskarabäus war selbst im schwachen Morgenlicht gut zu lesen. Die Konsequenzen, die sich daraus ergaben, waren atemberaubend. Er blickte sich noch einmal im Raum um, einem Raum, den nur er und eine Priesterin je betreten hatten. Er selbst hatte ihren blutleeren Leichnam an die Tür getragen. Thutmosis schluckte. In seiner Hand lag ein goldener Skarabäus.

Gold, wie es eine Hathor-Priesterin nie tragen durfte. Und auf dem Gold stand ein ganz anderer Name als jener, den die Priesterin angegeben hatte.

»Basha.«

Thut stürzte aus dem Raum und wäre fast den Hügel hochgerannt, so eilig hatte er es, zum Tempel zu kommen. Er wollte Antworten hören.

Cheftu erwachte in Ägypten. Wenigstens sah es so aus wie Ägypten. Er roch die bei den Tempelritualen verwendete Myrrhe, sein Leib ruhte auf den straff gespannten Bändern eines ägyptischen Bettes, und er spürte einen ausgeklügelten Leinenverband um sein Bein – nach ägyptischem Muster. Eigenartig, doch seine letzten Erinnerungen handelten von Hitze, Kälte, Felsen, Sand und tobendem Schmerz, während sie ständig weiterflohen und nicht einmal eine Sekunde lang innezuhalten wagten, um sich umzudrehen und nach ihren Verfolgern Ausschau zu halten.

Wo war Chloe? Er murmelte ihren Namen und spürte eine kühle Hand auf seiner Stirn, jedoch nicht ihre. Eine Stimme, geschlechtslos und herrisch, sprach zu ihm: »Eure Zeit zusammen ist bemessen, Herr.« Was hatte das zu bedeuten? Die Angst, die diese Auskunft in ihm auslöste, kam nicht gegen die Entkräftung seines halbtoten Körpers an. Er schlief ein.

Chloe saß neben dem schlafenden Cheftu; er schlief nun schon eine Woche, seit sie von ihrem Lager aufgestanden war, und wachte nur kurz auf, um zu essen. Wie lange waren sie schon hier? Zwischen den Mahlzeiten und Nickerchen und Brettspielen schien die Zeit stillzustehen.

Khaku trat ein, winkte ihr, und Chloe folgte ihm durch ihr Zimmer und das Bad in den Raum weiter hinten, der ihr schon früher aufgefallen war.

Dort sah es aus wie in Merlins Höhle, dachte Chloe. Überall lagen offene Sternenkarten herum, und an einer Wand lehnten Körbe in allen Formen und Größen mit beschrifteten, versiegelten Behältern. Dann entdeckte sie Imhotep und stieß einen Schrei aus.

Er lag mit dem Gesicht nach unten. Khaku bückte sich, wiegte den Alten in den Armen und schnalzte traurig mit der Zunge. Chloe fühlte seinen Puls; er war kräftig. Khaku trug seinen Herrn zu seiner Liege und legte eine Feder auf die Fackel. Der brandige Gestank weckte Imhoteps Lebensgeister. Er war schwach, aber es ging ihm gut. Mit zitternden Armen stemmte er sich hoch und sah sich suchend um, als hätte er irgend etwas verlegt.

Er blickte Chloe scharf und mit einer Mischung aus Angst und Bewunderung an. Dann machte er Khaku eine Reihe von Zeichen und erklärte Chloe zugleich: »Ich sage ihm, daß er den jungen Mann bringen soll; wir müssen uns unterhalten.«

Khaku überzeugte sich noch kurz, daß es seinem Herrn wirklich gutging, dann verschwand er, um seinen Befehl auszuführen.

»Mein Kind.« Imhotep machte eine Geste. »Hol die Schale von dem Tisch da; sieh nicht hinein, bring sie mir nur.«

Chloe entdeckte die Schale. Den Blick fest auf einen Punkt oberhalb von Imhoteps Kopf gerichtet, ging sie damit auf ihn zu und stellte sie behutsam auf einem kleinen Tischchen ab. Cheftu kam, von Khaku gestützt, herein. Sein Gesicht hatte wieder Farbe, und er zwinkerte Chloe sogar zu. Chaku setzte Cheftu auf das Bett, dann schob er einen Sessel für Chloe heran, so daß sie alle auf das Tischchen blicken konnten. Schließlich zog er sich mit einer Verbeugung ans andere Ende des Raumes zurück.

Imhotep schien es schon wieder besserzugehen. »Heute morgen wollte ich eure Horoskope legen«, erklärte er ein wenig kurzatmig. »Ich habe etwas heiliges Öl aus Midian und etwas von dem Heilwasser aus Ptahs Tempel genommen.« Er schluckte, ließ den Blick von Cheftus reglosem Gesicht zu Chloes neugierigen Augen hinüberhuschen und bemerkte dabei den kräftigen Griff, mit dem sich die beiden an den Händen hielten, eine menschliche Kette. »Ich habe beides in die Schicksalsschale gegossen, aber, *haii,* ich kann einfach nicht beschreiben, was dann geschah. Es war, als würde ein Kamsin hindurchwehen, der aber nichts sonst berührte, nur das Wasser aufwirbelte.« Er beugte sich vor und blickte angestrengt in die Schale. »Als ich schließlich wieder etwas erkennen konnte, sahen meine Augen dies.«

Chloes Blick traf auf Cheftus, dann ließ er nach einem aufmunternden Druck ihre Hand los. Sie beugte sich über die Schüssel und mußte sich schnell an der Tischkante einhalten. Es war eine Landkarte.

Cheftu beugte sich vor und identifizierte es ebenfalls. »Ägypten«, murmelte er auf englisch.

»Das ist eine Karte des Sinai und der beiden Ägypten«, erklärte Imhotep. »Klar wie die Zeichnung eines Schreibers. Aber seht genauer hin, Kinder.« Chloe hielt den Kopf schief, um einen besseren Blickwinkel zu haben. Von einem Punkt am Ostufer des Inländischen Meeres aus führte ein Weg quer über das Wasser mitten in die Wüste zwischen dem Meer und Waset. Dort endete er.

»Was hat das zu bedeuten?« flüsterte sie und sah dabei in Cheftus Augen. Sie war so dicht vor ihm, daß sie die bronzenen Kreise sehen konnte, die seine Pupillen umringten.

Er wandte sich an Imhotep. »War das alles?«

Der Alte erbleichte und ließ sich zurücksinken. »Nein, mein Sohn. Da war noch mehr.« Er blickte von einem Gesicht zum anderen und rezitierte dann monoton: »Ihr müßt dort lassen, was ihr bei euch tragt, und dann in euer Leben zurückkehren.«

Chloe sah Cheftu an. Was trugen sie denn bei sich?

Cheftu wirkte wie vor den Kopf geschlagen. »Wieso?«

»Weil ihr beide dieselbe Bestimmung habt. Eine so wichtige Bestimmung, daß sie die Denkweise und das Leben der Menschen verändern wird. Was sie fordert, wird euch das Fleisch von den Knochen reißen.«

»Was sie fordert?«

»Ein Opfer.«

Chloe sah Imhotep mit hochgezogener Braue an. »Wie können wir etwas bei uns tragen, wo... Moment mal.« Sie sah Cheftu an. »Die Schriftrollen.«

»Die Schriftrollen! Alemeleks Schriftrollen!« Er wollte aufstehen, doch Imhotep hielt ihn mit einer Hand zurück und gab Khaku ein Zeichen.

Ein paar angespannte Minuten später zog Cheftu die Schriftrollen aus dem Köcher und breitete sie aus. Es waren an die fünfzehn Stück, alle aus feinstem Papyrus und bedeckt mit Zeichnungen von Früchten, Bäumen und Blumen, in anderen Fällen von Dörfern oder Familien. Und von Meneptah.

Chloe mußte husten, als sie das Bild des Dorfes sah. »Verdammt noch mal«, entfuhr es ihr auf englisch. Sie spürte Cheftus fragenden Blick, doch ihre Augen tasteten einzeln alle abgebildeten Gestalten ab. Sie rollte den Papyrus auf und entdeckte die botanischen Zeichnungen. Mit kalten, flatternden Händen sackte sie vornüber auf dem Stuhl zusammen und starrte auf die Karte.

»›Ausgrabungen in der östlichen Wüste‹«, zitierte sie. Unter Cheftus überraschtem Stirnrunzeln öffnete sie den Korb, den Khaku ebenfalls mitgebracht hatte. Sie entfernte einen falschen Boden und zog darunter mehrere Notizblöcke sowie zwei gut verpackte Schriftrollen heraus. Mit bebenden Händen breitete sie alles aus. Cheftu hatte seine Arztmiene aufgesetzt und ließ Imhotep nicht aus den Augen. Doch der Blick des Alten blieb vollkommen ruhig, während Chloe die lange Schriftrolle glättete.

Cheftu zuckte zusammen, als er sein eigenes Antlitz aus dem Papyrus blicken sah, inmitten der aus Ägypten ausziehenden Israeliten. Chloe spürte, wie ihr das Blut aus dem Kopf wich.

»Was ist denn?« fragte er. »Was siehst du?«

Sie schlug die Hand vors Gesicht. »Die Zukunft.«

»Was!?«

»Im Jahre 1994 wird meine Schwester, die Ägyptologie studiert, bei einer Ausgrabung mitarbeiten, bei der diese Papyri entdeckt werden. Ich habe das vom Exodus nicht wiedererkannt, weil ich nie zuvor Gesichter gezeichnet hatte.« Sie sah Cheftu an. »Bevor ich dich kannte, wußte ich einfach nicht…« Sie biß sich auf die Lippe und senkte die Lider. »Doch an dieses Dorf und diese Früchte erinnere ich mich ganz deutlich. Der Fund war so aufsehenerregend, weil er aus der Zeit Thutmosis' stammte, aber nicht zweidimensional war wie alle bis dahin bekannten altägyptischen Zeichnungen. Camille hat mir erzählt, es wären alles in allem etwa fünfzig Zeichnungen, aber sie hätten noch nicht alle ausgerollt.«

Cheftu und Imhotep schienen nichts mehr zu verstehen. Für vieles, was sie eben erklärt hatte, gab es keine direkte Übersetzung, doch offenbar hatten beide den Eindruck, daß sie wußte, wovon sie sprach.

»Wo hat man sie gefunden?« fragte Imhotep.

Chloe blickte auf die Karte aus Wasser und Öl. »In der östlichen Wüste vor Luxor… Waset.«

»In Hatschepsuts geheimer Kammer«, sagte Cheftu.

»Was?«

»*Asst!* Sie hat sie bauen lassen, damit sie und Senmut bis in alle Ewigkeit als Mann und Frau zusammenbleiben können – was einem Pharao verboten ist, allerdings nicht, wenn er es geheimhält!« Plötzlich schien sich für ihn alles aufzuklären. »Bestimmt wird man sie dort finden! Hat hat gesagt, sie hätte den Ort gewählt, weil das Land dort so öde sei. Es gibt in der Gegend überhaupt nichts!«

Imhotep blickte von einem zur anderen. »Ihr müßt sie dahin bringen«, sagte er mit einer Geste zu dem Papyrusberg hin. »Wenn ihr alle mitnehmt, sind das ungefähr vierzig Rollen. Was ist darauf dargestellt?« fragte er. »Werden Früchte und Bäume in der Zukunft so wichtig sein?«

Chloe runzelte die Stirn. Damit hatte er recht; was sollte damit bezweckt werden? Cheftu begann, die Zeichnungen durchzuschauen. Die Blutplage, mehrere von den verschiedenen Stadien der Heuschreckenplage, eine Straße in Avaris während des Hagels, der Hausgang voller kranker Diener, eine Wiedergabe aus der Erinnerung von dem Treffen zwischen Hat und Moses, als die Sonne sich auf Gottes Befehl hin wieder zeigte. »Das sind nur Illustrationen für die Bibel«, meinte Cheftu. »Interessant, aber kaum die komplexen Sprünge von Raum und Zeit wert, die wir durchlebt haben.«

Chloe wanderte im Zimmer auf und ab. »Richtig, nur Illustrationen. Jeder kennt die Geschichte«, meinte sie, doch dann blieb sie stehen. »Aber sie glauben nicht daran!«

Cheftu schaute zweifelnd auf. »Sie glauben nicht an die Bibel?«

»Nein. Ich auch nicht, bevor«, sie hielt inne, »vor all dem. Du etwa?«

»Natürlich. Warum sollten die Juden ihre Existenz als Volk lediglich auf einer zusammengesponnenen Geschichte begründen?« fragte Cheftu. »Es ist schon reichlich demütigend, zuzugeben, daß sie Sklaven waren, doch dann auch noch die Wüste? Daß sie so oft ungehorsam waren und dafür von Gott bestraft wurden? Wieso sollte sich jemand so etwas ausdenken?«

»Richtig.« Imhotep lachte. »Man wird nie lesen, daß die Ägypter eine Schlacht verloren hätten oder daß ein Pharao seine Pflichten nicht erfüllt hat.«

»Das ist es!« rief Chloe aus. »Es gibt keinen anderen gültigen Beweis für die Existenz Israels oder das Passahfest oder auch dafür, wer damals Pharao war! Sogar meine Schwester glaubt, daß es, wenn überhaupt, Ramses der Große gewesen sein muß. Dies ist der Beweis! Nüchterne, harte Fakten auf dem Papier aus der richtigen geschichtlichen Periode.« Sie setzte sich und blätterte hastig in den Zeichnungen. Eine ganze Reihe davon hatte Alemelek in ägyptischer Manier gefertigt – und auf einer davon war tatsächlich Ramoses' Geschichte dargestellt! Mit zitternder Hand reichte sie Cheftu und Imhotep den Papyrus, die sich gemeinsam darüber beugten und ihn eilig durchlasen.

Chloe setzte sich. Das war verdammt noch mal unglaublich!

Sie begann zu zittern. Sie waren dafür verantwortlich, daß die Rollen in das Grab gelangten. Um danach in ihr eigenes Leben zurückzukehren? Jetzt, nachdem das Rätsel gelöst war, wurde es still im Raum.

Cheftu lachte verwundert. »Und Alemelek hatte sich so davor gefürchtet, daß Gott keine Verwendung für ihn haben könnte. Er hatte ein schrecklich schlechtes Gewissen, weil er geheiratet und keine Beichte abgelegt hatte. Als er starb, wäre ich vor Schreck fast gestorben, als ich ihn lateinisch beten hörte. Wir haben kaum ein Wort miteinander gewechselt, er war todkrank. Er hat mich gebeten, ihm die Letzte Ölung zu geben, und ich habe seine Bitte erfüllt, wenn auch kläglich. Dann ließ er mich bei der Hostie schwören, daß ich ihm ein christliches Begräbnis zukommen lassen würde.«

»Und hast du?«

»Ja. In der Nacht vor unserer Abreise aus Waset. Meneptah und ich haben seinen Leichnam gegen einen anderen ausgetauscht, und ich habe ein Ankh zerbrochen, um ein Kreuz zu machen.«

»Wo hast du ihn begraben?«

»In den Höhlen hinter der Stadt der Toten.«

Chloe lachte. »Das wird den Ägyptologen ganz schön zu knabbern geben!«

»Kinder!« mischte sich Imhotep streng ein, »jetzt, wo ihr eure Aufgabe kennt, verlangt euer Schicksal, erfüllt zu werden. Bald. Ich habe falsche Spuren gelegt, doch die Stimme warnt mich, daß ich euch dadurch nicht soviel Zeit verschafft habe wie erhofft. Ihr müßt bald weiterziehen.« Er blickte kurz auf Cheftus Bein. »Kann ich euch dabei noch irgendwie eine Hilfe sein?«

»Mit Wasser, Nahrung, Kleidung«, antwortete Cheftu. »Wie lautete der zweite Teil der... dessen, was du gehört hast? Wie kommen wir zurück, und worin besteht die Forderung, das Opfer?«

»Ich weiß nicht, wie ihr hierher gelangt seid. Offenbar war das notwendig für eure Welt. Zu meinem Bedauern vermag ich euch nicht zu sagen, wie ihr zurückkehren könnt.«

»Der Mann, den du ›verschwinden‹ sahst, der so bleich war... wo genau im Tempel war er?« fragte Chloe.

Imhotep kniff die Lippen zusammen. »Ich werde darüber nachdenken und euch eine Karte zeichnen. Ich werde außerdem«, er schauderte, »jedem von euch ein Horoskop legen. Sagt mir eure Geburtsdaten.«

»Dreiundzwanzigster Dezember neunzehnhundertsiebzig«, antwortete Chloe wie aus der Pistole geschossen. Sie rechnete kurz nach. »Also von jetzt an gerechnet in dreitausendvierhunderteinundzwanzig Jahren.« Die Hand des Alten kam zum Erliegen, als er das Datum aufschreiben wollte.

Cheftu war blaß geworden. »Dreiundzwanzigster Dezember siebzehnhundertneunzig«, flüsterte er.

Der Alte ließ das Ried fallen und starrte sie an. »Wann?« hauchte er. »Zu welcher Stunde?«

»Dreiundzwanzig Minuten nach dreiundzwanzig Uhr«, antwortete Chloe und begann beim Klang ihrer eigenen Stimme zu frieren. Als sie begriff, daß sie auf englisch geantwortet hatte, übersetzte sie die Uhrzeit ins Ägyptische, doch Cheftu hatte sie bereits verstanden.

»Das ist genau meine Geburtszeit«, erklärte er.

»Ihr seid beide im Haus RaEmheteps geboren«, sagte der Alte. »Der unglückseligste Geburtstag in unserem ganzen Jahr. Auf dem Türsturz in jenem Raum stand geschrieben: ›*RaEmhetepet, RaEmHetp-Re mes-hru mesut Hru Naur, RaEmPhamenoth, AabtPtah*‹.«

Chloe krächzte, kaum fähig, ein Wort herauszubringen: »Was hast du da gesagt? Sag das noch mal!«

»*RaEmhetepet, RaEmHetp-Re mes-hru mesut Hru Naur, RaEmPhamenoth, Aab-tPtah.*«

»Und danach kommt...« Sie versuchte angestrengt, sich die Symbole ins Gedächtnis zu rufen, die so unverständlich gewesen waren und sie deshalb taelang nicht losgelassen hatten. »›*Tehen erta-pa-her Reat EaEmhetep EmRaHetep.*‹ ›Gebet in der dreiundzwanzigsten Türe um dreiundzwanzig von RaEm.‹«

Der Alte zog die Stirn in Falten. »Gebet in der dreiundzwanzigsten Türe? Bist du sicher?«

»Ich glaube schon«, meinte sie.

»Der Rest ist einfach«, beschied Cheftu. »Der dreiundzwanzigte des Monats Phamenoth, der mehr oder weniger unserem Dezember entspricht.«

Imhotep schüttelte den Kopf. »Ich weiß nicht, worauf dieser andere Satz hinweisen könnte. Ich werde in meinen Büchern nachsehen.«

Alle drei erstarrten, als aus dem vorderen Raum eine Stimme heranwehte: »Wir verlangen Obdach im Namen Thutmosis', Pharao Ägyptens, ewig möge er leben!«

Sie verloren keine Zeit.

»Haltet euch westwärts, auf das Meer zu. Dort kommen auch Karawanen vorbei. Gebt euch als Bruder und Schwester aus«, zischte Imhotep, während sie sich hastig umzogen, Essenspakete entgegennahmen und die Papyrusrollen einpackten. Khaku hielt währenddessen die Soldaten hin.

»Nehmt den Esel draußen. Vorsicht – in der letzten Woche haben wir in der Nähe Spuren einer Bergkatze entdeckt.«

Chloe lachte. Cheftu warf einen letzten Blick auf die Karte, um sie in sein perfektes Gedächtnis einzuprägen.

Imhotep drückte ihr eine Tintenpalette in die Hand. »Für weitere Zeichnungen«, sagte er. »Es sind erst vierzig Rollen. Such in deiner Erinnerung nach den übrigen.«

Innerhalb weniger Minuten waren sie reisefertig, und Imhotep schnitt einen Schlitz in die Rückwand des Zeltes, durch den sie entkommen konnten. Mit etwas Glück wären es zu wenige Soldaten, um das Zelt zu umstellen. Mit tränenüberströmtem Gesicht verabschiedete sich Imhotep. »Möge euer Gott euch führen und beschützen.«

Dann waren sie fort, schlichen von Schatten zu Schatten, suchten sich einen Weg bis ans andere Ende der Oase. Sie bewegten sich durch die Tageshitze, in der der Wind im Wadi sie wenigstens etwas kühlte. Imhotep hatte sie gewarnt, daß die Zeit der Überschwemmungen gekommen war, deshalb hielten sie sich stets am Rand des Wadis. Jedes Geräusch konnte eine riesige Wasserwoge ankündigen, die sie unvermittelt unter sich begraben würde.

»Wieso sollen wir uns als Bruder und Schwester ausgeben?« fragte Chloe im *Atmu*.

Cheftu seufzte; er ritt zwar auf dem Esel, um sein Bein zu entlasten, doch er war immer noch geschwächt. »Zu unserem Schutz. Als dein Bruder kann ich Rache fordern, wenn dir jemand etwas antut. Entweder wurde dadurch dem Ansehen oder der Zukunft meiner Familie Schaden zugefügt, oder man hat meine Ahnen beleidigt.« Er stöhnte und rutschte auf dem grauen Tier herum. »Bin ich dein Ehemann, wird man mir bedauerlicherweise nur zu nahe treten. Ich habe kein weiteres Anrecht auf dich.«

»Es ist also besser, wenn du mein Bruder und nicht mein Ehemann bist?«

»*Absolument.*«

»Das ergibt doch keinen Sinn.«

»Wieso nicht?« fragte Cheftu. »Trägt dein Bruder nicht die Verantwortung für den Namen eurer Familie? Makab tut das.«

»Da mein einziger Bruder das schwarze Schaf in unserer Familie ist und sein Name seit Jahren tabu ist, obliegt es mir und Cammy, unseren Namen ›weiterzugeben‹. Cammy ist oder war mit ihrer Liebe zur Archäologie Mom so ähnlich, daß es nie einen Zweifel daran gab, daß sie in ihre Fußstapfen treten würde«, sagte Chloe. »Aus demselben Grund bin ich, wie Vater, zum Militär gegangen. Es gibt eine lange militärische Tradition bei den Bennets und Kingsleys – über Generationen hinweg. Jemand mußte unser Erbe pflegen – und Caius kam dafür nicht in Frage –, also blieb es an mir hängen.«

»Du hast einen Bruder, der Caius heißt?«

»Meine Mutter hat *wirklich* eine Schwäche für Geschichte. Wenigstens heißt er nicht Caligula.«

Er lachte kurz. »Du bist also tatsächlich eine Frau aus der Zukunft. Damit ergibt alles Sinn.«

Chloe wischte sich den Schweiß aus den Augen. »Eine eigenwillige Art der Rebellion?«

»Es gibt so vieles, was ich von dir nicht weiß«, murmelte er, »daß ich gar nicht weiß, wo ich mit dem Fragen anfangen soll.«

Es war dunkel. Nachdem sie damit beschäftigt gewesen waren, ein Lager aufzuschlagen, etwas zu essen und den Esel zu füttern, lehnten sie aneinander, Cheftu mit ausgestrecktem Bein.

Das Lärmen des kleinen grauen Reittiers weckte Cheftu, der blitzartig hochschoß, das Messer dicht am Körper. Mit einem Satz kam ein knurrendes Tier aus der Dunkelheit auf sie zugeflogen und landete neben Chloe. Cheftu, das gezückte Messer zum Zustechen bereit, erkannte Thief gerade noch rechtzeitig. Er humpelte zu dem Esel hinüber, der ängstlich die Augen rollend an seiner Leine riß, und versuchte, ihn zu beruhigen. Bis dahin hatte Chloe den jungen Löwen überzeugt, von ihrem Bauch heruntergehen, und er schnüffelte bereits an den vom Abendessen übriggebliebenen Knochen.

Cheftu fuhr sich mit der Hand über das von Mücken zerstochene Gesicht. Schon konnte er das hellere Blau der Morgendämmerung heraufziehen sehen. Sie hatten einen derartigen Lärm veranstaltet, daß er jeden Moment damit rechnete, in einem Pfeilhagel zu stehen. Thief stieß gegen sein Bein, und er stöhnte unter den hindurchschießenden Schmerzen. Bunte Punkte tanzten vor seinen Augen, und er stellte überrascht fest, daß er wieder saß. Thief, der eine ordentliche Rüge kassiert hatte, diente ihm als Kissen. Chloe reichte Cheftu Wasser und Datteln. Die Parfümierung, wie er annahm.

»Und jetzt?« fragte sie.

»Gehen wir.«

»Gut.« Sie standen auf, Cheftu mit schmerzverzerrtem Gesicht.

»Muß das neu verbunden werden?«

»Nein. Paß nur auf, daß diese Riesenkatze nicht wieder hinkommt. In Ordnung?«

Fünfter Teil

18. Kapitel

Der Mond stand als Sichel über ihnen, und Chloe mummelte sich bibbernd fester in ihren Umhang. Thief trieb sich irgendwo in den Dünen herum, und Cheftu malte aus dem Gedächtnis die Landkarte in den Sand. Wie er so in den Himmel blickte, war er der Fleisch gewordene Traum jeder Frau: die schlanken, muskulösen Umrisse seines Leibes von silbrigem Licht umflossen, während die langen Wimpern eckige Schatten über seine Wangenknochen legten. Sein Haar war zwar lang und zu einem Pferdeschwanz gebunden, doch er war rasiert.

Chloe seufzte. Seit über dreißig Tagen hatten sie einander nicht mehr berührt – aber wer zählte schon mit? Sie hatten Glück gehabt; die Karawane, der sie sich angeschlossen hatten, zog in Richtung Waset und von dort aus weiter südlich nach Kush. Unglücklicherweise gehörten die Nomaden einer eigenartigen religiösen Sekte an, bei der Frauen und Männer vollkommen getrennt lebten, und dasselbe wurde als Gegenleistung für das Mitreisen auch von Chloe und Cheftu erwartet. Das Laufen hatte Cheftus Bein gutgetan; man merkte kaum mehr, daß er hinkte. Endlich waren sie in Waset angekommen, und Cheftu hatte ihnen Reitesel zu einem *Rekkit*-Feld besorgt. Von dort aus waren sie gewandert.

Daß sie in der Karawane mit niemandem reden konnte, hatte sie fatal an die Zeit nach ihrer Ankunft im alten Ägypten erinnert. Niemand verstand das Hochägyptisch, das sie sprach. Noch nie hatte Chloe in so kurzer Zeit so viele Werke produziert. Die anderen Frauen verbrachten die meiste Zeit mit ihren Kindern. Chloe hatte ihre mitleidigen Blicke bemerkt, denn vermutlich hielten die anderen sie für eine alternde Jungfer. Das schlimmste war aber, daß der Abstand zwischen ihr und Cheftu nicht mehr nur physischer Natur zu sein schien. Sie hätten Fremde sein können. Thief, der anfangs alle Tiere in Angst und Schrecken versetzt hatte, hielt seither mehr Distanz. Und den Esel hatten sie zum Dank zurückgelassen.

Einen Monat lang hatte Cheftu kaum ein Wort mit ihr gewechselt, und ihr war die Fähigkeit abhanden gekommen, in seinen Augen zu lesen. Mangelnde Praxis, dachte sie. Also hatte sie gezeichnet … und jene Erinnerungen zu Papyrus gebracht, die sie am Tag verfolgten und ihre Nächte erfüllten: das Meer, die Soldaten, die Lager, das Feuer, die Wolke und das Passahopfer.

Es war ihr sogar gelungen, eine akkurate Wiedergabe des Spektrums verschiedener Todesarten auf Papyrus zu bannen. Doch diese Zeichnung war auf gespenstische Weise ins Feuer geweht worden und dort in Flammen aufgegangen. Das Erlebnis verunsicherte Chloe so tief, daß sie sich daraufhin auf die Darstellung von Straßen und des Himmels beschränkte. Insgesamt hatte sie fünfzehn Bilder geschaffen … mehr, als Cammy ihrer Erinnerung nach erwähnt hatte, doch schließlich würden Staub, Ratten und die Zeit einiges für sich reklamieren. Das beste Werk würde überleben; das wußte sie bereits.

Camille – sie kam ihr inzwischen wie ein Traum vor. Chloe konnte sich nicht einmal mehr an eine einzige Schlagzeile, einen einzigen Werbespruch erinnern, sie wußte nicht mehr, wie man von ihrem Haus zum Einkaufszentrum kam oder was genau ein Einkaufszentrum eigentlich war. Stück für Stück war das zwanzigste Jahrhundert in ihrer Erinnerung verblaßt, so sehr, daß sie nach ihrer Heimkehr – wer vermochte das schon zu sagen?

Hatte RaEm mit ihr Platz getauscht? Das schien ihr wahrscheinlich. Cheftu hatte etwas Ähnliches von seiner »Verschmelzung« mit einem anderen Menschen erzählt. Wenn RaEm mit ihr getauscht hatte, was hatte sie dann mit Chloes Leben angestellt?

»Es ist ganz in der Nähe«, knurrte Cheftu frustriert und blickte über das Meer aus silbernem Sand, das sie umgab. »Ich kann die Position nicht genau bestimmen, aber wir sind da, südöstlich von Waset in Richtung Meer.«

Unvermittelt zurück in die Gegenwart gerissen, schaute Chloe sich um. »Hat Hatschepsut erwähnt, welches Zeichen auf ihr Grab hindeuten soll?«

»Nein. Sie hat nur ein einziges Mal von dem Ort gesprochen. Ich hätte nie gedacht, daß ich hierher kommen würde, deshalb habe ich mir keine Wegbeschreibung geben lassen!« Er war angespannt und sarkastisch, doch das war sie auch.

»Du brauchst deine Wut nicht an mir auszulassen. Wir müssen einfach so denken wie Hatschepsut. Hat sie sich gut genug in der Wüste ausgekannt, um anhand der Sterne ihre Position zu bestimmen?«

Cheftu schnaubte. »Nein.«

»Also muß es irgend etwas geben. Einen Xenotaph, einen Obelisken, irgendwas.« Sie begann herumzugehen.

Cheftu kickte Sand über seine Zeichnung und gesellte sich zu ihr. Er berührte sie ganz leicht am Arm. »Ich muß mich für meinen Wutausbruch entschuldigen. Ich habe einfach nur das Gefühl, daß wir alle Mühen völlig umsonst auf uns genommen haben.«

»Wir sind eben erst hier angekommen«, sagte Chloe. »Laß uns etwas schlafen, und morgen sehen wir dann weiter.«

»Gibst du mir einen Kuß darauf?« fragte er und zog ihren Kopf zurück. Er sah ihr müde lächelnd ins Gesicht. Dann verlor seine Miene jede Ironie und in seinen Augen glomm Liebe auf. »Am liebsten würde ich mit aller Gewalt Abstand von dir halten«, raunte er. »Ich kann den Gedanken nicht ertragen, von dir getrennt zu werden.« Er schluckte und blickte auf ihre Lippen. »Doch wenn wir für alle Zeit getrennt werden sollen, dann möchte ich wenigstens jetzt leben.«

Chloe fuhr die Züge seines Gesichts nach und hielt unwillkürlich die Luft an, als er sehnsüchtig die Augen schloß. Er zog sie an sich, bis sie den Körper unter seinem Schurz spürte und die Erde und Sonne in seiner Haut roch. Er packte ihre Hand und hielt sie fest. »Habe ich dir je gesagt, wie schön ich dich finde?«

»Nie«, behauptete Chloe. »Das hast du mir nie gesagt.«

»Was für ein Narr ich war.« Die Finger, die er über ihr Gesicht führte, zitterten, und seine Stimme klang plötzlich belegt. »Ich glaube, die Schönheit deines *Ka* übertrifft die Perfektion deines Gesichts und deiner Gestalt bei weitem. Ich liebe es, wie du die Schultern durchstreckst, bevor du dich einer Aufgabe stellst. Dein Mut überwiegt bei weitem die Weichheit deiner Haut und den sanften Klang deiner Stimme; als sie dich hinter dem Streitwagen herlaufen ließen, habe ich tagelang geweint, auch wenn ich keine Tränen hatte.

Die Nächte, in denen du mit einem Messer an deiner Kehle schlafen mußtest, ohne daß du dich je wirklich davon hättest einschüchtern lassen.« Er blickte zum Himmel auf und sprach zu dem unbekannten Gott, an den er glaubte. »Ich danke dir für diese Frau! Ihr Geist hält mich, ihr Herz heilt mich! Danke, daß du sie mir gegeben hast, selbst wenn es nur für kurze Zeit sein soll.« Er räusperte sich, drückte sie wieder an seine Brust und fuhr, eingetaucht in diesig-silbriges Licht, mit den Händen ihren Rücken auf und ab. »Bitte vergib mir, daß ich auch nur einen kostbaren Augenblick vergeudet habe«, flüsterte er in ihre Schulter.

Er hielt sie von sich weg, blickte in ihr Gesicht, und dann sprudelten die Worte nur so aus seinem Mund. »*Je t'aime,* Chloe. Du hast mir so gefehlt. Du bist meine Gefährtin.« Er küßte ihre Hände, und sie spürte verwundert Nässe auf seinem Gesicht. »Du erregst meinen Körper, meinen Geist regst du an. Aus deinen Augen leuchten ein Leben und eine Lebensfreude, die mich jeden Tag voller Freude wach werden lassen.« Er fuhr mit den Fingern über ihre Lippen. »Von hier nehme ich den Atem, der meinen Leib und meine Seele am Leben erhält. Ich kann ohne Essen leben, ohne Wasser überdauern, doch allein deine Küsse und Worte verleihen meinem Leben Farbe und Geschmack. Die vergangenen Wochen waren kalt und fad.« Er senkte den Kopf und lockte durch Lippen, Zunge, Hände ihr Herz in seinen Körper. »Du hältst mein Herz, *chérie*«, hauchte er.

Chloe war verblüfft, wie sehr sie ihn begehrte, schmutzig und erschöpft, wie sie beide waren.

»*Je t'aime,* Chloe. *Je t'adore*«, flüsterte er immer wieder, während seine Hände unter ihrem sackförmigen Gewand nach ihrem Körper tasteten. Trunken vor Adrenalin und aufeinander gierig nach diesen Wochen der Enthaltsamkeit hob er sie auf seine Arme und taumelte mit ihr in den Schatten einer Sandsteinklippe.

Hektisch zerrten sie einander die Kleider vom Leib, murmelten sich Koseworte zu und spendeten einander neues Leben, stellten und beantworteten sie mit ihren Körpern uralte Fragen und verbanden ihre Herzen und Seelen mit jedem geflüsterten Wort, jedem leidenschaftlichen Geständnis ein wenig mehr.

Thief hielt währenddessen im Mondschein Wache, hoch oben am Rand der Klippe, den pelzigen Hintern fest auf eine unauffällig in den Stein geritzte Kartusche gedrückt.

Waset

Kochend vor Wut marschierte Thut in dem stillen Raum auf und ab. Wieso hatten sie kein Geld mehr? »Was ist mit den Priestern Amun-Res?« fragte er. »Meine Tante hat ihnen genug zukommen lassen. Bestimmt können sie etwas für Ägyptens Schutz spenden?«

Ipuwer, sein neuester Berater, erhob, um den neuen Pharao milde zu stimmen, den dürren Arm, bevor er sprach. Thut knurrte seine Zustimmung. Ipuwer war ein Wiesel, aber er arbeitete genau.

Aus Thuts Augen funkelte der Zorn; als der Wüstengott ihnen alle erstgeborenen Söhne geraubt hatte, hatte er Ägypten damit für Generationen verkrüppelt. Die Erstgeborenen waren jene, für deren Ausbildung die Eltern keine Kosten gescheut hatten. Sie waren die Klügsten, weil sie die meiste Aufmerksamkeit gehabt und von allem nur das Beste bekommen hatten.

Jetzt wurde Ägypten von Idioten geführt. Kaum einer seiner Freunde oder Vertrauten war noch am Leben. Wenn er darüber nachdachte, konnte er von Glück sagen, daß er noch am Leben war. Wenn sein älterer Bruder nicht schon in der Wiege gestorben wäre, dann ... dann was? Dann wäre er in derselben Position und würde eben jetzt den Thron und die Krone übernehmen, die ihm so lange schon zustanden.

Ipuwer hatte vor einiger Zeit aufgehört zu reden, und das gesamte Kabinett sah Thut gespannt an, während es seine Reaktion auf die Bemerkungen des halbdebilen Zweitgeborenen erwartete. Thut legte sich die Hand an den Kopf. Wo bekamen sie nur neues Gold her? Ägypten lag am Boden. Er mußte es wiederbeleben und zu einem Imperium ausweiten. Ein Imperium schwamm im Gold, doch um welches zu kriegen, mußte man erst welches haben.

Er trat auf den Balkon und betrachtete die Schönheit Karnaks. Goldbeschlagene Türen, goldüberzogene Böden, mit Elektrum überdeckte Obelisken. Etwas davon wegzunehmen wäre Blasphemie und in diesem ohnehin schon zerrissenen Land Selbstmord. Die *Rekkit* würden keinen Anstoß daran nehmen, dafür aber die Priester und Adligen – und die hatten die Macht im Land und Hats Tod noch nicht akzeptiert.

Ohne Leiche keine Tote. Er blieb also vorerst nur Prinzregent; für die nächsten fünf Überschwemmungen würde er nur in ihrem Namen handeln, erst dann würde sie für tot erklärt. Es sei denn, er trieb diesen verfluchten Magus und diese gerissene Priesterin auf! Er ballte die Fäuste. Sie wußten alles! Sie hatten irgend etwas gesehen und waren daraufhin in der Ödnis des Sinai untergetaucht.

Er ging in sein Zimmer zurück. »Ihr seid alle entlassen«, knurrte er.

Ipuwer hob unterwürfig die Hand. »Verspürt Seine Majestät den Wunsch, meine Gedichte zu hören?« fragte er. »Würde dich das besänftigen?«

Thut warf einen Blick auf den Papyrus vor dem sehnigen Mann. »Was hast du denn geschrieben?«

Ipuwer lächelte und begann zu lesen. *»Das Land dreht sich wie auf einer Töpferscheibe. Die Städte sind zerstört. Oberägypten liegt darnieder. Alles Lügen hat nichts gebracht. Das Trauern nimmt kein Ende, das Heulen will nicht verstummen. Plagen suchen Ägypten heim, der Nil ist Blut. Jeder Baum wurde vom Hagel niedergestreckt. Vom Delta bis zu den Katarakten, nirgendwo ist Grün zu sehen. Die Steine, Säulen und Mauern der Städte lie-*

gen in Asche. Ägypten verweilt unter einem Mantel der Dunkelheit.«

Thut spürte, wie ihm die Adern aus den Schultern, der Brust und dem Bauch traten, und ballte die Fäuste. »Was für ein Schwachsinn ist das?« brüllte er.

Ipuwer warf einen Blick auf den tobenden Pharao, schnappte sich den Papyrus und wich hastig rückwärts zur Tür zurück. »Nur eine Darstellung der vergangenen Tage, Majestät«, stotterte er.

»Zerstöre es!« bellte Thut. »Zerreiß es, verbrenn es und vergrabe die Asche!«

Ipuwer erschauderte und verschwand.

Thut zwang sich zur Ruhe und ließ sich in einen Sessel fallen. Er mußte in seine Töpferwerkstatt, vielleicht würde er sogar eine Tänzerin mitnehmen. Sex oder Keramik müßten seine Seele doch beruhigen und wieder erfüllen.

Die Nacht war angebrochen. Thut fragte sich, ob er jemals wieder voller Gleichmut zusehen würde, wie die Sonne unterging. Tief in ihm regte sich flatternde Angst, daß sie möglicherweise nicht wieder aufging und er bis ans Ende seiner Tage wie ein Schakal unter dem Mond über die Erde schleichen mußte. Er schaute hinaus auf den Garten... Hatschepsuts Garten.

Die Männer, zweite, dritte, vierte Söhne, hatten versucht, ihm etwas von seiner Schönheit zurückzugeben, indem sie die Tümpel gereinigt und neu gefüllt hatten, indem sie neue Kletterpflanzen gezogen hatten, die genauso wachsen sollten wie die alten, indem sie die Säulengänge gefegt und die Wände neu verputzt hatten. Trotzdem atmete der Garten etwas Gespenstisches, so als ob er auf eine Herrin wartete, die nie zurückkommen würde. Thut kehrte in die Gemächer zurück – seine Gemächer als Pharao.

Er haßte sie, haßte die exzessive Dekoration und die Tatsache, daß überall, überall Hatschepsuts Gesicht zu sehen war! Bald würde er alle Bilder abnehmen und umschmelzen lassen, wahrscheinlich in eine Verkleidung für seinen neuen Streitwagen.

Plötzlich erdrückt von der Ummenge dessen, was er noch veranlassen mußte, um Ägypten wieder aufzurichten, ließ er den Kopf in die Hände sinken. Solange niemand den Priestern und Adligen bezeugte, daß Hatschepsut tot war, mußte er in ihrem Namen regieren. Diese Trottel warteten noch immer, genau wie die Familien der Soldaten, auf eine Nachricht, wohin sie die Israeliten gejagt hatten. Es war unvorstellbar, daß so viele Menschen einfach verschwinden konnten – ohne eine Spur zu hinterlassen.

Unvorstellbar, genau wie die zurückliegenden Monate. Ipuwers Worte kamen ihm in den Sinn: *Alles Lügen hat nichts gebracht... Plagen suchen Ägypten heim, der Nil ist Blut.* Fünf Jahre würde es dauern, ehe er Thutmosis III., ewig möge er leben!, wäre und die Doppelkrone tragen konnte, die er schon so lange ersehnte. Fünf Jahre, bis er die Macht hätte, dieses blutende, niedergeknüppelte Land zu heilen. Sehnsucht ergriff ihn. Seine Götter waren tot, doch ein Gott lebte weiter... und triumphierte. Ohne daß er es wollte, kam ihm ein Gebet über die Lippen: »Laß mich nur regieren... ein würdiger Pharao sein... mein Volk wieder aufrichten... bitte.«

Mein Bein! Mit einem Schreck wachte Chloe auf. Wo ist es? Es ist weg! Sie wollte es bewegen, doch es war taub, abgestorben. Die Angst ließ sie endgültig wach werden. Dann erkannte sie den Grund für ihre Panik und atmete so tief aus, daß Cheftu ebenfalls wach wurde. Thief hatte sich auf ihren Beinen zusammengerollt, so wie er es als kleiner Löwe getan hatte. Doch im Gegensatz zu ihnen beiden hatte er in den zurückliegenden Monaten an Gewicht und Größe zugelegt, und seine Muskeln und Knochen drückten ihr die Blutzufuhr ab.

Nachdem Cheftu zu lachen aufgehört hatte und ihr endlich zu Hilfe kam, schafften sie es mit vereinten Kräften, Thief trotz seines Protestknurrens hinunterzuschubsen. »Eine zu groß gewordene Hauskatze?« fragte sie Cheftu keuchend, als sie endlich freigekommen war. Er lächelte und schüttelte den Kopf.

Chloe öffnete ihr Samenpäckchen und nahm mit einem Schluck Wasser aus ihrem Schlauch ein Samenkorn. »Zum Glück gibt uns diese Klippe Schatten«, sagte sie. »Re straft uns heute morgen.«

»Ja.« Er nahm ebenfalls einen Schluck Wasser.

Der Gedanke kam ihnen beiden gleichzeitig. Dies war auf viele *Henti* die einzige Felsklippe. *Ein natürliches Wahrzeichen.*

Als sie den Eingang schließlich entdeckten, ging die Sonne bereits wieder unter. Man hatte einen tiefen Brunnen in den Boden gebohrt, und nach einigen Fingerspitzenarbeiten hatten sie ihre Schläuche mit frischem Wasser gefüllt und den Sand notdürftig abgewaschen. Nachdem sie lange um den Felsen herumgegangen waren und fast jeden Stein abgesucht hatten, entdeckten sie endlich die Stufen. Während sie mit bloßen Händen den Sand beiseite schaufelten, konnte Chloe endlich die alles überstrahlende Spannung nachfühlen, wenn man im Begriff war, eine unglaubliche Entdeckung zu machen. Kein Wunder, daß Cammy ihre Arbeit so liebte!

Die Stufen führten unter den Felsen und bildeten zum Schluß so etwas wie eine in die Mauer gehauene Leiter. Der Durchgang war schmal, und Cheftu schnaufte schwer, weil er sich beim Durchzwängen die Schultern aufschürfte. Sobald sie unten angekommen waren, zündeten sie Fackeln an. Sie befanden sich in einer schmucklosen, dunklen Kammer mit niedriger Decke. Halb kauernd schwenkten sie die Fackeln herum, um den anderen Ausgang zu entdecken. Sie suchten den Boden und die Wände ab.

Chloe rief Cheftu zu sich her, und gemeinsam blickten sie auf eine unauffällig in die Wand gemeißelte Leiter, die durch einen kleinen Spalt in der Decke nach oben führte. Chloe kletterte voran und war plötzlich dankbar für den Gewichtsverlust, der es weniger schmerzhaft für sie machte, sich durch den Spalt zu quetschen. Sie nahm Cheftu die Fackel ab und hielt sie hoch. »Cheftu!« entfuhr es ihr.

»Was? Was siehst du?«

Und dann sagte sie, wie bereits ein Entdecker vor ihr: »Gold. Alles glänzt golden.«

Nachdem sie den Durchstieg in der Decke etwas größer geschlagen hatte, schaffte es auch Cheftu nach oben. So saßen sie nebeneinander, sprachlos angesichts dieses Anblicks. Ein paar weitere Fackeln zeigten ihnen, daß sie sich in einem langen Gang befanden: dem Gang durch das Grab eines großen Pharaos.

Allerdings war er nicht vollendet, so als wäre er nicht für eine baldige Nutzung gedacht. Die Wände waren verputzt, aber nur zur Hälfte bemalt. Der Himmel, der sich über die gesamte Decke erstreckte, war blau gemalt, doch goldene Sterne waren erst in einer Ecke zu sehen. In die Sandsteinwände hatte man Säulen gemeißelt, halbrunde Versionen der Hathor-köpfigen Säulen in Hatschepsuts Totentempel in Deir El-Bahri, dem »Glanzreichsten«. Die gleiche elegant ansteigende Rampe wie dort wies auf Senmut als Architekten hin.

Überall war Gold, Lösegeld für einen Pharao. Es sah fast so aus, als hätte jemand ihren gesamten Besitz hier abgeladen: vergoldete Stühle und kleine Tische, überhäuft mit bemalten und goldbeschlagenen Truhen, in denen die Kleider lagen, die Hat seit ihrer Geburt getragen hatte.

Sie drangen weiter durch den Gang vor, bis sie vor einem gigantischen Wandgemälde anhielten, das bereits vollendet und in seiner sehnsüchtigen Stimmung unglaublich schön war. Ein Mann und eine Frau standen in ihrem Garten, er hatte den Arm um ihre Taille gelegt und hielt eine Lotosblüte an ihre Nase. Sie blickten auf herumtollende, mit Gänsen und Affen spielende Kinder, deren Jugendlocken im leichten Wind flogen. Eine riesige Sykomore verzweigte sich schützend und umarmend über den gesamten Garten, von den fliegenden Enten bis zu den akkurat wiedergegebenen Fischen im Teich. Dieses Bild sprach aus dem Herzen eines Mannes, dem alles vergönnt gewesen war – nur kein Familienleben mit der Frau seines Herzens. Hat trug ein gefälteltes, halbdurchsichtiges Leinenkleid; allein der Ankh in ihren langen Fingern und der Geier-Kopfschmuck über ihrem fein geflochtenen schwarzen Haar ließen ihren Rang erkennen.

Sich selbst hatte Senmut ausgesprochen bescheiden dargestellt und dabei weder das Alter um seine Augen noch die fast bäuerlichen Züge seines Gesichts und seiner Ohren verheimlicht. Er war elegant gekleidet, doch am detailliertesten war sein Juwelenschmuck dargestellt. Er trug einen langen Brustschmuck, und mit hoch erhobener Fackel konnten Chloe und Cheftu die Worte entziffern, die neben das Auge des Horus hingemalt worden waren: »Behütet meinen Bruder vor allem Bösen; errettet seine Seele an den Gestaden der Nacht; all seine Sünden hat er für mich begangen. Wägt sein Herz und befindet es für rein.«

»Sie hat bis in alle Ewigkeit die Verantwortung für seine Vergehen übernommen«, flüsterte Cheftu. »Sie hat ihn bis in alle Ewigkeit, bis in die Nachwelt hinein geliebt.«

»Ich wette, diese Kette liegt hier irgendwo«, flüsterte Chloe mit tränenerstickter Stimme.

»Ja.« Cheftu zog sie an seine Brust. Dann lösten sie sich aus dem Bann, in den das Gemälde sie gezogen hatte, und folgten einer kurzen Treppe hinauf in den Vorraum der Grabkammer. Er war so gut wie leer; ein großer Teil der Wandzeichnungen war bereits skizziert, aber noch nicht ausgeführt worden. Cheftu schätzte, daß sie sich innerhalb des Felsens nun knapp über Bodenhöhe befanden. »Das ist unglaublich«, sagte er. »Ich habe immer gewußt, daß Senmut ein brillanter Architekt ist, aber das hier ist genial, einfach genial.«

Damit hatte er den Nagel auf den Kopf getroffen.

Sie wandten sich von einigen noch nicht zu Ende gegrabenen Irrgängen ab und betraten die Grabkammer. Zum ersten Mal in ihrem Leben begriff Chloe den Wahnsinn des Goldes. Ihr Herz schlug schneller, ihre Augen brannten, und ein paar Minuten lang konnte sie nur daran denken, wieviel sie wohl *mitnehmen* könnte. Cheftu steckte die Fackeln in verschiedene Halter, dann sahen sie sich mit staunenden Augen um. In jeder Ecke standen lebensgroße Statuen. So auch die des Anubis, dessen Kragen mit unzähligen Edelsteinen besetzt war und dessen Obsidiankörper so fein gearbeitet war, daß man sogar die Sehnen in der Schulter des Schakals erkennen konnte. In den übrigen Ecken standen Amun, Hathor und Hapi – Amun aus Gold, Hathor aus Granit, Hapi aus Grünstein. Alle waren mit Juwelen behängt und in so feines Leinen gekleidet, daß es aussah wie aus Spinnweben genäht.

Am anderen Ende des Raumes standen die goldbeschlagenen Sarkophagdeckel, die alle auf den granitenen Sarg warteten, in dem der Leichnam liegen würde, ehe er in den nächsten und übernächsten und überübernächsten Sarkophag eingeschlossen würde wie eine russische Puppe für Riesen. Daneben warteten zwölf lebensgroße Ushebti mit vergoldeten Körpern und Onyxaugen. Es gab mit Gold, Email und Elektrum überzogene Altäre. Der Frisiertisch, den Hat als Kind besessen hatte, stand etwas abseits, mit Schminktöpfchen und Puppen bestückt und flankiert von dazu passenden Stühlen.

Dann sahen sie *es*, jenes Objekt, das nach seiner Entdeckung die moderne Welt wie ein Gyroskop durchwirbeln würde. Cheftu ließ sich unvermittelt in einen der vielen Stühle sinken. »Sie muß es bei dem Großputz vor ihrem zornigen Vater versteckt haben«, murmelte er fassungslos.

Chloe kniete davor nieder und las die tief eingekerbte Kartusche im Fuß der Statue: »Heil dir, Horus-im-Nest, Prinz Ramoses, Makepre, Mächtiger Stier der Ma'at, Der-uns-das-Licht-bringt, Geliebter Sohn Aa-kheber-Re Tehutimes, Thutmosis des Ersten, Pharaos, ewig möge er leben! Leben! Gesundheit! Wohlergehen!«

Sie blickte in das Gesicht Moshes, des Prinzen von Ägypten und des Propheten Israels. Sie berührte den Goldarm mit den fein ausgemeißelten Muskeln, die schwarz umrahmten dunklen Augen, den Zierkragen aus Türkis, Lapis und Gold, der als Einzelstück auf den breiten goldenen Schultern ruhte.

Er war lebensgroß, größer als die meisten Männer, hatte in perfekt pharaonischer Manier den linken Fuß vorgestellt und mit der Linken den Ankh des Lebens gepackt, während er in der Rechten die Feder der Wahrheit hielt. Er trug den blauen Helm eines Soldaten, aus dem stolz die Kobra und der Geier hervorragten, die den Leib der Hoffnung Ägyptens beschützen sollten.

Der Künstler hatte sich genau an sein Modell gehalten; die Nase war schärfer als bei den meisten ägyptischen Skulpturen, das Kinn ausgeprägter, die Augen lagen tiefer.

Da die Statue selbst aus Gold bestand, bestand der Schurz aus eingelegtem Lapislazuli, ein millimetergenau passendes, in unzähligen Winkeln versetztes Mosaik, mit dem die Illusion von Falten erweckt werden sollte. Die Schärpe war ein Streifen aus Goldleder mit bestickten und perlenbesetzten Rändern. Die Troddeln am Ende waren ungleichmäßig, doch die Namenskartusche war liebevoll gestickt. Chloe strich darüber und drehte sie, fasziniert von der Weichheit des Stoffes, um. Erschrocken quietschte sie auf. Cheftu trat an ihre Seite, und gemeinsam lasen sie mit großen Augen die mit kindlicher Hand geschriebene, hieratische Widmung auf der Innenseite: »Meinem Halbbruder Ramoses. Mögen die Götter dir gewogen sein, und bitte vergiß nicht, mein Pony zu füttern.« Und dann, fein säuberlich in richtigen Hieroglyphen: »Hatschepset, Zweite Prinzessin des Großen Hauses.«

»Sie muß fast der Schlag getroffen haben, als sie ihm in Avaris begegnet ist«, flüsterte Chloe, ohne den Blick von der Statue wenden zu können.

Cheftu führte sie weg, und gemeinsam durchschritten sie einen schmalen Gang zwischen überquellenden Schatzhaufen: Wurfstöcke, Pfeile und Bögen; mit Edelsteinen besetzte Köcher; Spielbretter mit teils lächerlichen, teils bezaubernd schönen Gesichtern auf den einzelnen Feldern; Fächer, Geißel, Wedel, Sandalen, Schminkschatullen, Truhen voller Leinen; Körbe voller Trockenfrüchte; Datteln, Rosinen, Trockenfleisch aus Geflügel; Kisten mit Bier und Wein, die der Kartusche und dem Datum nach aus Senmuts Haus stammten.

Vor ihnen erhob sich ein immenses Bett mit eleganten Lotosblüten, die in Füße und Pfosten geschnitten waren, und so weichen Leinenbezügen, daß sie sich anfühlten wie aus Seide. Zwei Kopfstützen standen darauf, eine aus Ebenholz und mit der Kartusche Hats verziert, die andere aus schlichtem Holz und ungeschmückt, doch viel benutzt.

Der Anblick erinnerte an Flitterwochen nach einem Flugzeugabsturz – es war alles da, nur kein Liebespaar. Die Dinge waren wunderschön, doch unbenutzt, und sprachen von unerfüllten Hoffnungen. Stundenlang wanderten sie umher, ab und zu etwas aufhebend, um die kunstvolle Machart zu bewundern und es dann wieder abzulegen. Die Leichen, für die Hat und Senmut alles so sorgsam vorbereitet hatten, waren verschwunden. Vielleicht wanderten ihre Seelen immer noch umher, doch all diese Kunstwerke hatten ihren Sinn verloren.

Es war zuviel, zu schmerzhaft.

Sie fing Cheftus tränenverhangenen Blick auf. »Raus?«

Ihre Fackeln in den Händen, traten sie den Rückweg an und zwängten sich erneut durch die schmalen Durchstiege, die ihnen die Rückkehr erschwerten. Endlich standen sie in der schmucklosen, leeren Eingangshöhle, in der nun etwas mehr Geröll auf dem Boden lag und wo die ungefüllten Wasserkrüge lehnten. Sie kletterten die Leiter wieder hoch, atmeten in der sauberen Luft tief durch und waren recht überrascht, daß die Sonne bereits wieder hoch vom Himmel brannte.

Cheftu trat als erster ins Freie und löschte die Fackeln im Sand, dann warf er sie wieder hinunter und verschloß den Eingang. Es war heiß in der Sonne, die Hitze brachte sie zum Schwitzen, und zu ihrer Verblüffung empfand Chloe das als Wohltat – nach so langer Zeit an solch einem Ort fühlte sich die Feuchtigkeit auf ihrer Haut durchaus angenehm an... Tote schwitzten nicht. Schweigend zogen sie sich in den Schatten zurück, vollauf damit zufrieden, einander zu halten und zu liebkosen und dabei das Leben in der Wüste zu beobachten. Thief wälzte sich im Sand, jagte die vereinzelten Vögel und trottete dann in die nahe Steppe davon, um sein Abendessen zu suchen.

Chloe lehnte an Cheftus Brust, spürte ihre Haut an seiner kleben, blickte in das brillante Blau des Himmels und lauschte dem siebentönigen Schrei des Falken, der auf die Erde herabstürzte, um sich ein kleines Tier zu krallen und dann in weiten Kreisen ins klare Blau aufzusteigen. Die Tage waren wesentlich kühler und die Farben viel klarer als noch vor einem Monat.

»Was meinst du, welchen Tag wir heute haben?« fragte Chloe, den Kopf an Cheftu gelehnt.

»Ich meine das nicht, ich weiß es. Ich habe mitgezählt, seit wir Imhotep verlassen haben. Wir haben Tybi, etwa den achten oder neunten Oktober. Zeit der Aussaat.«

»Wir lassen also die Zeichnungen hier und machen uns auf den Weg nach Noph?« fragte sie und hoffte insgeheim, keine Antwort darauf zu bekommen.

»*Exactement*«, sagte er und küßte sie auf ihr Haar. »Wir müssen vorsichtig sein; die *Rekkit* kehren zurück, um nach der Überschwemmung ihre Häuser wieder aufzubauen, und eine Menge Schreiber werden durchs Land ziehen, um festzulegen, wieviel Steuern jeder zu zahlen hat.«

»Woher wollen sie das vor der Ernte wissen?«

»Anhand des Wasserstands im Nil. Es gibt genaue Tabellen, in denen festgelegt wird, wieviel jedes Feld in jeder Provinz einbringt und was in diesem Jahr dort angebaut werden soll.«

»Hast du Heimweh?«

Er gab ihr noch einen Kuß auf den Kopf. »Wieso? Weil ich zu Hause auf einer Liege schlafen, einen sauberen Schurz anziehen, mich rasieren, baden und etwas Frisches zu essen bekommen könnte? Wie sollte mich das reizen?«

Sie stimmte in sein ironisches Lachen ein. »Nein, ich habe die Arbeit an den Trauben gemeint, deine Medizin, solche Sachen.«

Er seufzte. »Ich habe nicht darüber nachgedacht. Es wäre Selbstquälerei, sich nach etwas zu sehnen, das man nicht bekommen kann, *haii?*«

Schweigend schauten sie zu, wie der Tag zu Ende ging, der Himmel sich zu einem tiefen Azurblau verdunkelte, und hörten die Schreie der Tiere, die entweder erwachten oder sich jetzt zum Schlafen niederließen.

»Was wirst du tun, nachdem du zurückgekehrt bist?« fragte er leise.

Chloe spürte, wie sich ihre Muskeln anspannten. Sie wollte nicht zurückkehren, nicht mehr und nicht ohne Cheftu. Und doch *mußte* sie eindeutig zurückkehren, und Cheftu hatte sich nicht bereit erklärt, sie zu begleiten. »Ich ... ich weiß nicht. Bestimmt hat meine Schwester im vergangenen Jahr Todesängste ausgestanden; ich fürchte, es wird sie noch mehr verstören, wenn ich plötzlich wieder auftauche. Ich frage mich, wie ich mein wirkliches Aussehen wieder annehmen soll.«

»Du siehst nicht so aus?« fragte Cheftu verdutzt.

»Nein. Mein eigentlicher Körper und der hier sind sich so ähnlich wie jene Hathors und Sechmets.«

»*Haii?* Wie meinst du das?« Er tat völlig belanglos, doch er platzte fast vor Neugier.

Chloe antwortete wie selbstverständlich: »Ach, du weißt schon. Langes graues Haar, Hakennase, kleine Schweinsaugen und Buckel. Für eine Vierundachtzigjährige mache ich mich gar nicht schlecht.« Sie sprach englisch und lachte laut auf, als Cheftu ihre Worte in Gedanken übersetzt hatte. Der Arme, er versuchte zu entscheiden, ob sie es ernst meinte oder nicht.

»Das ist ein Witz, korrekt? Außerdem kannst du nicht älter sein als Mitte Zwanzig, was immer noch ziemlich alt ist.« Er hörte sich nervös an.

Sie lachte entrüstet auf und sah ihn an. »Vierundzwanzig ist nicht alt. Wie alt bist du eigentlich, einunddreißig?«

»Ja, aber ich bin ein Mann. Wie hat du ausgesehen?« überging er ihr Schnauben angesichts seiner sexistischen Reaktion.

»Die Farben sind anders, das ist alles. Ich habe dasselbe Gesicht, denselben Körper ...«

»*Asst,* also, das mit dem Körper finde ich sehr gut«, urteilte er und berührte sie dabei an seinen liebsten Stellen. »Warst du blond oder brünett?« flüsterte er, die Lippen an ihrem Hals.

Chloe stockte der Atem. »Eigentlich rothaarig ...«

»Mit elfenbeinblasser Haut ...«

»Weißer, eindeutig weißer Haut.« Eher wie ein totes Huhn, dachte sie.

»Darf ich dir einen neuen Geschmack zeigen?« flüsterte er in ihr Ohr.

Das Blut dröhnte in ihren Ohren, als sie sich in seinen Armen umdrehte, um ihn zu küssen. »Ich glaube, wir sollten uns ein Sundae genehmigen.«

»Sand-Ei?«

Sie knabberte an seinem Ohrläppchen. »Nicht Sand-Ei. Ein Sundae ist ein ganz besonderes Eis.«

»Inwiefern besonders?«

Ihr Atem begann zu beben, als sie seine rauhen Hände über ihre nackte Haut streichen spürte. »Drei Sorten auf einmal, Sirup und Nüsse.«

»Drei?« Erstaunt löste er sich von ihr.

»Wenn dir das natürlich zuviel ist ...?«

»Natürlich nicht«, widersprach er und schob ihre Beine auseinander. »Ich wollte das nur klarstellen. Drei sind kein Problem.«

»Cheftu? Ich, also, ich möchte, daß jede ... anders ist.«

Die Tage vor Hatschepsuts leerem Mausoleum waren beinahe wie Flitterwochen. Morgens saßen sie in der Sonne, hielten sich an der Hand und genossen den ersehnten Frieden, von niemand verfolgt zu werden, unverletzt zu sein, nicht hungern zu müssen. Es war eine willkommene Abwechslung, milde gesagt. Mittags liebten sie sich und verschliefen dann den Nachmittag. In der Abenddämmerung ging einer von beiden mit Thief auf die Jagd, danach teilten sie ihr Essen am offenen Feuer. Ganz in der Nähe hielt sich eine Löwenmeute auf, und manchmal ging Thief mit den anderen Löwen auf Jagd, wenn auch in angemessenem Abstand zu den Löwinnen und ihren Jungen.

Verlorenes Gewicht wurde zurückgewonnen, neue Energie getankt; und dann war es soweit. Sie mußten weiter. Gemeinsam wanderten sie ein letztes Mal durch das Grab, bestaunten Hatschepsuts Schätze, blieben ehrfürchtig vor der Moses-Statue stehen und kehrten schließlich nach unten in den Eingangsraum zurück. Sie versiegelten die Öffnung zur Grabkammer, und Cheftu drückte sein privates Siegel als *Erpa-ha* Ägyptens in den feuchten Lehm. Chloe versuchte, sich ins Gedächtnis zu rufen, was Cammy über den Fundort der Schriftrollen gesagt hatte, und als sie im Gang an zwei riesigen Wasserkrügen vorbeikamen, begriff sie, daß damit das letzte Puzzlestück seinen Platz gefunden hatte.

Noch einmal sahen sie alle Zeichnungen durch, und Chloe fragte sich, ob und unter welchen Umständen sie ihre Werke wiedersehen würde. Mit einem stillen Gebet rollten sie die Papyrusblätter auf, wobei sie das größte als äußere Hülle nahmen, das dadurch am leichtesten wieder zu entrollen sein würde. Die Exodus-Rolle. Sie richteten die Krüge auf, verwischten ihre Fußabdrücke und kehrten wieder ans Licht zurück.

Als Cheftu oben über der behelfsmäßigen Leiter verschwand, rief Chloe ihm zu, einen Moment zu warten. Mit der letzten Fackel in der Hand kehrte sie an die gegenüberliegende Wand zurück, wo sich der Zugang zu Hatschepsuts Schatzkammer befand. Im Staub kniend schwärzte sie ihre Fingerspitze mit Ruß und zeichnete ihr Katzenzeichen oben, neben eine Leiter. Leitersymbole fand man häufig an den Wänden von Grabkammern; sie standen für den Aufstieg an Osiris' Seite. Sie bedeuteten auch »nach oben steigen«. Vielleicht wäre das der Beweis, den sie im zwanzigsten Jahrhundert bräuchte. »Schau hoch, Cammy«, flüsterte Chloe.

Sobald sie wieder draußen stand, schob Cheftu die Felsen vor den Eingang, um ihn zu verstecken, dann schulterten sie ihre leicht gewordenen Körbe und machten sich auf den Rückweg nach Waset.

Cheftu erlaubte nicht, daß Thief mit ihnen kam. Tagelang hatten sie deswegen gestritten. Cheftu meinte, Thief habe keine Angst vor Menschen, das würde ihm zum Verhängnis werden. Chloe schlug einen Zoo vor. Cheftu meinte, in der Meute nahe dem Grab gebe es keinen männlichen Löwen; auf diese Weise könnte Thief zu einer Familie kommen. Chloe widersprach, er sei noch zu jung und würde sich noch nicht für Weibchen interessieren. Cheftu erklärte, sie könnten ihn nicht beschützen.

Chloe brach in Tränen aus. »Er hat uns das Leben gerettet! Wir können ihn nicht mutterseelenallein zurücklassen!«

»Also sollen wir ihn lieber nach Waset mitnehmen? Und dann, Chloe?«

»Nein...« Sie rieb sich die rotgeweinten Augen. Tief im Innersten wußte sie, daß Cheftu recht hatte. Sie wußte auch, was er nicht aussprach. *Sie wären nicht mehr da.* Er wäre im Frankreich des neunzehnten und sie im Amerika des zwanzigsten Jahrhunderts, und Thief wäre für sie nur noch eine Erinnerung. Wären sie füreinander auch nur noch Erinnerung? Würde sie auch um Cheftu trauern müssen?

»Ich kann es einfach nicht mit ansehen.«

»Chloe...« Cheftu schloß sie in die Arme. »Thief hat uns geführt, gerettet und uns geholfen.«

»Er hat uns das Leben gerettet«, wiederholte sie mit tränenfeuchten Wangen.

»Ja. Und jetzt müssen wir uns dafür erkenntlich zeigen.«

Sie biß sich auf die Lippe und nickte. »Ich weiß. Es tut nur so weh. Ich möchte ihm nicht das Gefühl geben, daß er nicht geliebt wird.« Sie sah auf die große Katze, die ein paar Schritte entfernt ruhte und in das Ritual ihres stündlichen Bades vertieft war. Als hätte er ihren Blick gespürt, kam Thief angetrottet und rieb mit dem Kopf gegen ihr Bein. »Du verstehst mich, was, mein Junge?« flüsterte sie mit gebrochener Stimme. »Wir wollen dich nicht allein lassen, aber wir können dich einfach nicht mitnehmen.«

Er ließ sich auf dem Boden nieder, den schweren Kopf auf ihrem Schenkel ruhend. Dann schloß er die Augen und begann zu schnurren, während sie ihm das Fell streichelte. Cheftu kraulte Thiefs Hals und ließ dabei ein Flachsseil darum gleiten, das er an einem Felsen festknotete. Thief würde sich daraus befreien können, doch bis dahin wären sie über alle Berge. Und dann würde der Geruch anderer Menschen und der Städte sie tarnen.

»Wieso müssen wir das tun?« fragte Chloe leise. »Das ist doch schrecklich!«

»Er ist uns vom Sinai aus bis hierher gefolgt, *chérie*. Glaubst du, er bleibt brav sitzen, nur weil wir es ihm befehlen? Wenn er näher an die Stadt herankommt, wird man Jagd auf ihn machen. Dies ist der einzige sichere Ort, und genau deshalb lebt hier auch die Meute.«

»Er wird einsam sein.«

Cheftu tätschelte den Löwen, der sich auf der Erde wälzte und ihre Zuwendung genoß, anscheinend ohne etwas von seinem Schicksal zu ahnen. »Er wird sich der Meute anschließen. Er ist ein Löwe, keine überdimensionale Hauskatze.«

Chloe schluchzte, und so saßen sie auf dem Boden und spielten mit Thief, bis er einschlief, von der Sonne gewärmt. Dann stand Chloe, die es einfach nicht mehr aushielt, auf. Thief rührte sich nicht. Sie legte die Hand auf Cheftus Arm und zog ihn schweigend hoch. Sie stahlen sich davon, doch nach ein paar Schritten hielt Chloe inne und drehte sich noch einmal um. Die Katze hatte sich aus ihrer Fessel befreit und saß hellwach da, das Seilende im Maul, den Fellhintern auf der Kartusche. Er sah ihnen mit hellbraunen Augen nach, und Chloe ahnte, daß er begriff, wie sehr er geliebt wurde. Sie wußte, daß er ihr verzieh und daß er sie verstand. Ein Schauer lief über ihren Rücken. *Generationen von Löwen,* fiel ihr ein. Er wird nicht allein bleiben. »Cheftu?«

Ihr Gemahl drehte sich mit Tränen in den goldenen Augen um. »Er weiß, daß er hierbleiben muß, Geliebte. Er weiß es.«

So folgte der Löwe, der von Anfang an als Schutzengel über sie und die Schriftrollen gewacht hatte, nun einem höheren Ruf und blieb, um die Rollen auch weiterhin zu beschützen: ein goldener Torwächter zu den Geheimnissen Gottes. Der edle, pelzige Ritter eines heimlichen Kreuzzuges. Der erste aus einer langen Reihe…

Nach dreitägigem Marsch erreichten sie die Außenbezirke von Waset. Sie mieteten sich ein kleines Zimmer in einem der ärmeren Stadtviertel. Nur Cheftu wagte sich auf die Straße, um sich nach einer Schiffspassage nilabwärts zu erkundigen. Sie aßen, was er auf der Straße kaufte. Eines Nachts, als sich die Tavernen am Flußufer zu füllen begannen, beschloß Cheftu, Verbindung zu Ehuru aufzunehmen.

»Das darfst du nicht! Bist du wahnsinnig? Thut läßt dein Haus wahrscheinlich schon seit Wochen beschatten!« beschwor ihn Chloe.

Er warf sich den Umhang über. »Glaubst du, ihnen fällt auf, daß sich unter einem bärtigen Mann mit Haaren wie eine Frau ein Prinz Ägyptens verbirgt? Ich kann nicht hierbleiben – das ewige Abwarten macht mich wahnsinnig!«

»Und wenn man dich erwischt?«

Er erstarrte, dann drehte er sich zu ihr um, ganz langsam und ohne jedes Gefühl in seinen bernsteingelben Augen. »Das ist egal. Du brauchst nur noch drei Tage zu warten, dann kannst du dich auf der *Fliegenden Oryx* einschiffen und nach Noph segeln. Dank Imhoteps Hilfe haben wir die Formel größtenteils wieder zusammenbekommen, du kannst also in dein früheres Leben zurückkehren. Und mich zurücklassen.«

Sie stand auf und kam durch den kleinen Raum auf ihn zu. »Glaubst du, ich will zurück?«

Nur ihr Atem war zu hören. »Nein. Du hast gelobt, bei mir zu bleiben. Ich weiß, daß nur Gott dich dazu bringen könnte, deinen Schwur zu brechen.«

Chloe biß sich auf die Lippen. »Das ist nicht meine Schuld!«

»Nein, ich weiß. Ich verstehe es nicht, aber ich weiß, daß du geblieben wärst, wenn es dir möglich gewesen wäre.« Er umarmte sie. »Ich kann mir einfach kein Leben ohne dich vorstellen, Chloe«, sagte er und legte dabei einen Finger unter ihr Kinn. »Aber du darfst nicht von mir verlangen, daß ich dich nach Noph begleite und dich dort wegschicke. Für eine solche Liebe ist meine Seele nicht rein genug. Zwing mich nicht, dich dorthin zu begleiten, bitte …« Seine Stimme erstarb in einem Flehen um Gnade.

Doch sie konnte nicht nachgeben. »Ich will auf keinen einzigen

Tag mit dir verzichten, Geliebter«, widersprach sie leise. »Schenk mir diese goldenen Tage, Cheftu, bitte.«

Chloe spürte, wie er zitterte, als er sie umarmte. »Du bittest um Leben, dabei wäre es leichter für mich, dir meinen Tod zu geben«, flüsterte er. Chloe verspannte sich, doch das spürte er und hielt sie fester. »Du weißt, daß ich dir nie etwas abschlagen könnte. Wenn es in meiner Macht liegt, dich glücklich zu machen«, er sah sie an, »dann werde ich das tun. Doch du mußt mir gestatten, meinen Seelenfrieden zu finden, indem ich erst nach meinem Heim und nach denen sehe, die ich geliebt habe und die es nicht verdient haben, daß ich sie einfach vergesse.« Er war nicht umzustimmen.

Sie saß auf der flohverseuchten Liege und lauschte seinen sich entfernenden Schritten. »Ach Cheftu«, hauchte sie, dann kamen die Tränen und ertränkten ihr entzweigerissenes Herz.

Der Späher stand in der Dunkelheit der Sykomoren-Allee. Von deren einstiger Schönheit war nichts geblieben. Die Bäume waren von den Heuschrecken kahlgefressen worden, auch wenn sich einige von ihnen abmühten, neue Blätter hervorzubringen. Die Gärten hinter den hohen Lehmziegelmauern waren vertrocknet und verstaubt, weil alles Wasser auf den Feldern gebraucht wurde. Ägypten lag darnieder. Dieses Jahr und wahrscheinlich auch in den folgenden Jahren würde es Hungersnöte geben.

Der Späher fuhr mit der Hand über sein Gesicht und versuchte, das Bild seines jungen Sohnes zu vertreiben, der trotz der Amulette und aller Gelübde zu den Göttern, denen sein Vater so treu gedient hatte, tot am Boden lag. Er nahm einen Schluck aus dem Schnabelkrug zu seinen Füßen.

Wein war darin. Früher hätte er nie Wein getrunken, während er im Dienst war, doch diese Aufgabe hier war sinnlos. Wie sein ganzes Leben. Er dachte an die trauernde Frau, mit der er zusammenlebte, an ihre unvermittelten manischen Energieschübe, an ihr Heulen, das vom Hof zu seinem Zimmer aufstieg. Er hatte ihr angeboten, ihr noch ein Kind zu machen, daraufhin hatte sie eine Flasche nach ihm geworfen. Er betastete die verschorfte Stelle an seiner Braue. Finster nahm er einen weiteren Schluck.

Die Mondsichel stand tief über dem Horizont; es war vielleicht noch eine Stunde bis zum Morgen. Der Wind sang in den nackten Zweigen und kühlte seine nervösen Schweiß. Der Späher beobachtete, wie der alte Ehuru seine Lampe nahm und damit in seiner kleinen Unterkunft neben dem Haupthaus verschwand. So ging das schon seit Wochen. Jeden Tag ging Ehuru auf dem fast leeren Markt einkaufen und bereitete alles vor, als würde er jeden Moment die Rückkehr des *Hemu neter* Cheftu erwarten. Der Späher rieb sich über das Gesicht und spürte, wie die Wärme des Weines an seinen Sinnen leckte. Seine Augen waren beinahe geschlossen.

Dann hörte er ein Geräusch und suchte, schlagartig hellwach, mit seinen schwarzen Augen die Dunkelheit ab. Auf der Straße näherte sich ein Apiru. Er trug den kurzen Schurz eines Sklaven und hatte langes Haar sowie einen zotteligen Bart. Er ging wie ein junger Mann, und sein Körper wirkte geschmeidig, doch Bart und Haar waren grau und die Haut spröde wie Papyrus. Der Späher quetschte sich in den Schatten und beobachtete den Mann interessiert. Der Sklave trug zwei Krüge Bier, und obwohl der Späher sein Gesicht nicht als das eines der hiesigen Sklaven erkannte, wußte er doch den müden, schlurfenden Gang zu deuten.

Bestimmt hatte einer der eleganten jungen Herren den Sklaven ausgeschickt, Bier zu holen, das die Gäste bei der Parfümierung bekommen sollten. Der Späher wollte sich eben abwenden, als er den Mann in das Licht aus einer Fensteröffnung schauen sah.

Augen wie die einer Katze. Golden.

Thutmosis' Worte brannten sich in seine Gedanken. Das war Cheftu! Er kehrte in der Verkleidung eines Apiru zurück! Gelobt sei Amun! Der Späher wartete ab, bis Cheftu vorbei war, dann lief er auf flinken Füßen zum Palast, mit vom Wein beflügelter Begeisterung. Den Göttern sei Dank, daß er nicht weggesehen hatte!

Es war nur eine leichte Störung, doch Cheftu spürte sie. Wie zweifellos auch die vielen Soldaten, die ihr Lager um sein Heim herum aufgeschlagen hatten. Er schulterte die Krüge und schaute sich noch einmal um, als hätte er es nicht eilig, zu seinen Pflichten im Haus zurückzukehren. Sein Blick richtete sich auf den Schatten unter dem Baum, und er entdeckte den vereinsamten Tonkrug daneben. Dort hatte sich der Spion also versteckt.

Cheftu ging um das Tor herum und zu den Sklavenunterkünften auf seinem Gut. Er kletterte über die eingesunkene Mauer und ließ seinen Blick über den verwüsteten Garten schweifen. Hier war die Zerstörung noch schlimmer als in Gebtu. Er schlich über den staubigen Pfad bis an Ehurus Tür. Laut und deutlich war dahinter das Schnarchen des alten Mannes zu hören.

Cheftu ließ die Krüge sinken und lauschte konzentriert. Er hatte die Soldaten nicht gesehen, doch er war fest davon überzeugt, daß sie in der Nähe waren. Er trat ein und eilte durch die kleinen Zimmer. Dann preßte er eine Hand auf Ehurus Mund und flüsterte laut seinen Namen. Ehuru wehrte sich kurz, ehe er die Hand auf seinem Mund wiedererkannte.

»Herr!« schnaufte der Alte. »Was tust du hier? Jeden Tag fragen Soldaten nach dir!«

Cheftu gebot ihm mit erhobener Hand zu schweigen; dann erzählte er leise wie ein Atemhauch von den vergangenen Monaten. Der Alte saß gebannt dabei und lauschte seinem Herrn, der von den Taten des Wüstengottes und von den Soldaten berichtete. »Ich wollte mich nur davon überzeugen, daß es dir gutgeht. Du bekommst Gold.« Er reichte dem Alten eine Schriftrolle. »Unter dem Altar im Totentempel meiner Eltern steht eine große Urne. Sie ist voller Gold. Nimm dir, soviel du brauchst, Ehuru. Ich habe mir ebenfalls welches geholt. Sobald du dir diese Karte eingeprägt hast, zerstöre sie. Mögen die Götter dir gewogen sein.«

Er umarmte den Alten, ohne zu erwähnen, daß die Besitzurkunde für sein Gut auf Ehuru ausgestellt war und daß Makabs Verwalter Ehurus Freilassungspapiere bereithielt. Der Brief im Grab würde alles erklären. Er küßte die gegerbten, ledrigen Wangen. »Du mußt wieder zu schnarchen anfangen, mein Freund«, erklärte er lächelnd, bevor er aus dem hohen Fenster kletterte. Cheftu landete auf dem Boden und rollte sich in die zerzausten Büsche ab. Ein paar Sekunden lang blieb er so liegen und lauschte auf Rufe von Soldaten oder auf hastige Schritte. Nichts. Halb aufgerichtet, doch im Schatten bleibend, schlich er zur Straße vor und begann zu rennen, sobald er die Hauptstraße erreicht hatte. Eben brach die Morgendämmerung an. Er lief ans Nilufer und weckte den Alten, der ihn in dieser Nacht schon zweimal über den Nil gesetzt hatte. Mit einem zahnlosen Lächeln nahm der Alte ein Ruder auf, während Cheftu nach dem anderen griff und sie beide im kalten Morgenlicht davonruderten.

Nur noch ein Halt.

Thutmosis spazierte am Kai entlang und schaute zu, wie die Schiffe beladen wurden. Er war wie jeder andere Soldat gekleidet und hielt angestrengt nach dem ehemaligen Magus und seiner herzlosen Priester-Gemahlin Ausschau. Er wußte, daß sie in Waset waren. Er hatte sich gar nicht die Mühe gemacht, Ehuru von seinem Bett zu zerren; Thut war klar, daß der Sklave kein Wort verraten würde. Inzwischen wollte er keinen einzigen Ägypter mehr töten. Doch er war überzeugt, daß Ehuru Bescheid wußte.

Er wünschte, er ahnte, wohin die Priesterin und der Magus wollten. Sie waren zurückgekehrt, wahrscheinlich um neues Geld zu holen und um ... was?

Dreizehn Schiffe legten heute in Richtung Noph ab, sechs davon fuhren weiter nach Zarub und Avaris, eines bis ins Große Grün. Was ihm zu Ohren gekommen war, hatte bestätigt, daß Kallistae und Keftiu über Nacht vom Meer verschlungen worden waren. Also konnten die Unwürdigen nicht einmal dorthin entkommen; sie mußten zurückkehren. Thut lächelte in sich hinein. Auf jedem Schiff hatte er fünf Soldaten postiert. Sie sollten allen in die Augen sehen und jeden herausziehen, auf den die Beschreibung der beiden paßte.

Cheftu und Chloe standen im Schatten und beobachteten die Soldaten überall auf dem Kai. Sie überprüften jeden Mann, jede Frau. Wie viele Tage wollte Thut das noch durchhalten? Auch für alle Karawanen in Richtung Westen hatte er Soldaten abgestellt. Selbst die kleinen Fährboote, die zwischen dem Ost- und Westufer verkehrten, wurden bei jedem Übersetzen kontrolliert. Er hatte ein engmaschiges Netz gezogen, und Cheftu hatte keine Ahnung, wie sie daraus entkommen konnten. Jedenfalls nicht ehrenhaft.

Allmählich wurde die Zeit knapp ... selbst unter den besten Bedingungen dauerte die Reise nach Noph zwei Wochen. Cheftu konnte nicht versprechen, daß ihnen soviel Zeit bleiben würde. Er zog Chloe zurück, und sie schlugen den Rückweg zu ihrer Unterkunft ein. Die Wirtin wurde allmählich mißtrauisch, und Cheftu war klar, daß sie entweder bald ausziehen … oder sie mit Juwelen bestechen mußten, auf denen sein Name und sein Gau stand.

»Du gehst zurück ins Zimmer«, flüsterte er. »Ich werde mich am Kai erkundigen, ob jemand einen kurzen Abstecher nach Gesy oder Nubt, die nächsten Städte am Fluß, machen will.«

Sie sah ihn mit grünen Augen an. »Du wirst doch keine Dummheit machen, Cheftu?«

Er lächelte, doch seine Augen blieben unter den Falten seines Kopftuches verborgen. »*Asst,* Chloe. Du versteckst dich, dann bringe ich dir heute abend etwas Schönes mit.«

»Du brauchst mich nicht zu bestechen, ich bin kein kleines Kind. Aber da du mir das Angebot schon machst, könntest du mir neue Malfarbe besorgen? Mir ist das Rot ausgegangen.«

Einen Augenblick stand Cheftu schweigend neben ihr und schaute über ihre Schulter hinweg den Soldaten zu. »Natürlich. Und jetzt geh.«

Chloe schlich sich vom Kai weg und trat in eine dunkle Gasse, während über ihr die Sonne brannte. Sie war zwar größer als die meisten Ägypter, doch mit ihrer braunen Haut, dem schwarzen Haar und dem groben weißen Leinen paßte sie sich hervorragend an. Als sie einen eisernen Arm um ihre Rippen und eine schwere Hand über ihrem Mund und ihrer Nase spürte, wurde ihr klar, daß sie sich vielleicht doch nicht gut genug angepaßt hatte. Sie wehrte sich kurz, dann ging ihr Sauerstoffvorrat zur Neige, und sie wurde von den schwarzen Punkten vor ihren Augen verschlungen.

Thut blickte von seinem Mittagsmahl auf, denn seine Soldatensinne verrieten ihm, daß Gefahr drohte. Er schickte den Fächerburschen weg, tastete nach seinem Dolch und trat dann auf den Balkon vor seinem Raum.

Ein Apirusklave kniete dort. Der Mann hob das Gesicht, und Thut konnte eben noch den überraschten Ausruf verschlucken, der in seiner Kehle aufsteigen wollte. Cheftus Augen glitzerten, und Thut sah, daß er sich eine Klinge an die Brust drückte – als wollte er jeden Moment zustoßen. »Du setzt viel aufs Spiel, indem du hierherkommst, Cheftu«, sagte Thut. »Du brauchst dir nicht die Mühe zu machen, dich selbst zu töten. Ich werde schon dafür sorgen, daß das erledigt wird.«

»Wenn du das tust, werden meine Geheimnisse mit mir sterben.«

»Was für Geheimnisse, Cheftu? Das mit Alemelek? Oder das der Sprachen, in denen du schreibst? Oder wie du in einer fernen Wüste verschwinden und mitten in Waset wieder auftauchen kannst?«

Cheftu beobachtete ihn, von Kopf bis Fuß angespannt wie eine Katze auf dem Sprung. »Nein, Prinz. Oder sollte ich dich inzwischen mit ›Pharao, ewig mögest du leben!‹ ansprechen? Ich weiß, was am Roten Meer geschehen ist. Ich weiß auch, daß ohne einen Leichnam oder einen Zeugen der Thron Hatschepsuts, ewig möge sie leben! als Pharao so fest steht wie die Pyramiden. Fünf Überschwemmungen werden vergehen müssen, ehe du die Doppelkrone aufsetzen kannst, nach der du schon so lange schielst.«

»Es ist meine Krone!« zischte Thut. »Ich habe Ägypten gedient, und selbst der Wüstengott der Israeliten hat dafür gesorgt, daß sie mir zufällt! Ich brauche die Zustimmung von niemandem. Ich werde mich selbst krönen!«

»Dafür wirst du Gold brauchen.«

Thut kniff die Augen zusammen. »Und du weißt, wo ich dieses Gold bekommen könnte?«

»Ich weiß von den Schätzen eines Pharao.«

Thuts Körper versteifte sich. »Ich werde keinen Toten berauben.«

Cheftu zog eine Braue hoch. »Nicht einmal eine Tote, die nie bestattet wurde?«

»Du hast mitangesehen, was geschehen ist, und hast nicht einmal den Anstand gehabt, sie zu bestatten?« Thuts Stimme hob sich ungläubig. »Welchen Göttern dienst du?«

Cheftus Miene erstarrte. »Ich diene dem einen Gott.«

Seine Antwort fiel wie in ein hallendes Wadi zwischen die beiden Männer. Thut blickte ihn mit schwarzen, argwöhnischen Augen an. Dann machte er einen Schritt auf Cheftu zu, der daraufhin die Spitze seines Dolches gegen die Haut drückte. Noch hatte sie die Haut nicht durchstoßen, doch der Druck war ansehnlich. »Keinen Schritt näher, Thutmosis. Eher entleibe ich mich selbst, als daß ich dir meine Geheimnisse verrate, bevor meine Wünsche erfüllt sind.«

Thut blieb stehen.

Cheftus Hand blieb, wo sie war.

»Was willst du? Ich bezweifle, daß ein verschlagener Magus ohne Hintergedanken durch meine Gemächer schleichen würde.«

»Ich will RaEm zurück.«

»Zurück?« fragte Thut überrascht. »Soll das heißen, sie hat dich für einen anderen Narren verlassen? Wahrhaftig, Cheftu, wie oft willst du dich noch von diesem Weib entmannen lassen?«

Cheftus Kiefer mahlten, und seine Muskeln hüpften. »Willst du behaupten, du hast sie nicht? Daß du sie nicht als Geisel genommen hast, damit ich mich stelle?«

Thut streckte die Schultern durch. »Ich bin Soldat. Ich nehme keine Frauen als Geisel. Ich kämpfe wie ein Mann gegen Männer. Es wäre ehrlos, dir die Frau zu rauben. Außerdem hatte ich dich ohnehin so gut wie gefangen. Und jetzt noch mal zu diesem Gold – auch wenn ich RaEm nicht habe, brauchst du nicht zu glauben, du könntest verschwinden, ohne mir zu verraten, wo es ist.«

Cheftu kniff die Augen zusammen und sah Thut bohrend an. »Ich schlage dir einen Handel vor: Im Austausch für meinen Augenzeugenbericht über Hatschepsuts Tod darf RaEm nach Noph reisen und dort in Sicherheit und Frieden leben.«

Thut machte einen Schritt zurück, ohne den Blick von Cheftu zu nehmen, und ließ sich durch den Kopf gehen, was dieser Mann noch alles gesagt hatte. »Mehr.«

»Wie?«

»Das allein reicht nicht. Ich brauche Gold, und du weißt, wo es ist.« Thut lächelte kühl. »Gib es mir, dann könnt ihr beide verschwinden und euch irgendwo außerhalb des Roten und Schwarzen Landes niederlassen, solange ich nur nie wieder von euch hören muß.«

Cheftu schluckte. »Gold. Gold willst du. Gold sollst du bekommen, doch erst nachdem du mir geholfen hast, RaEm noch *heute* zu finden, und nachdem du uns bis nach dem dreiundzwanzigsten Tag des Phamenoth in Frieden gelassen hast. Du wirst RaEm erlauben, unbehelligt auf dem Nil nach Noph zu reisen und dort bis zum dreiundzwanzigsten Tag des Phamenoth zu leben. Du wirst uns weder aufhalten noch irgendwie behindern?«

»Ich soll euch bis dahin zusammenbleiben lassen?«

»Zusammen.«

»Doch nach diesem Tag wirst du mir gehören? Mit deiner Magie, deiner Macht ... deinem Wissen? Dem Gold?«

Cheftu sah ihn ruhig an. »Ja. Ich werde dir ganz und gar gehören, mit allem, was ich zu geben habe.«

Thut sah den Mann an, der damit drohte, sich offenbar aus Liebe zu einer Frau umzubringen. »Ich frage mich, ob diese befleckte Priesterin ein solches Opfer wert ist, Cheftu. Daß sich ein *Erpa-ha* Ägyptens derart erniedrigt?«

Cheftu biß die Zähne zusammen. »Sicherheit bis nach dem Dreiundzwanzigsten?«

»Einverstanden.«

»Du schwörst es, bei ...?«

»Bei Amun-Re und den sieben Stufen der geheiligten Priesterschaft Amuns!« spie Thut ihm zornig entgegen.

Cheftu lächelte kühl. »Ich verspreche dir, wenn du deinen Eid nicht hältst, wird dich der eine Gott auslöschen.« Seine Stimme klang sanft, doch tödlich. »Man hat dir erlaubt, dein Leben weiterzuleben, doch dies sind wiederum Dinge, in die du nicht eingreifen solltest. Schwöre bei deiner Krone, Thut! Das ist es, was dir am teuersten ist!«

»Ich schwöre es, verflucht seist du, ich schwöre es! Und ich schwöre ebenfalls, daß ich dich und deine Metze von Weib zu meinem persönlichen Vergnügen quälen werde, solltest du mich anlügen! Ich werde mein Grab mit den Szenen bemalen, so daß ihr beide sie bis in alle Ewigkeit durchleben müßt!« Thuts Gesicht brannte vor Zorn, und seine Fäuste waren fest geballt. »Und jetzt aus meinen Augen, Cheftu, solange ich immer noch glaube, daß ich dein Wissen brauche. Doch bevor du gehst, gib mit einen Beweis für Ha ... für ihr Grab. Ich will das Gold sehen! Ich will sicher sein, daß du mich nicht anlügst!«

Cheftu stand auf und baute sich in sicherer Entfernung vor Thut auf. »Ich habe dir nichts zu geben, doch was ich gesehen habe, ist dies: Dort steht die Statue eines gefallenen Prinzen, und sie trägt die Kartusche des Horus-im-Nest zur Zeit deines Großvaters. Sie ist vollkommen: aus Gold und Edelsteinen und das genaue Abbild jenes Mannes.«

Thut erbleichte, und er taumelte einen Schritt zurück, als hätte Cheftu ihn geohrfeigt. »Hatschepsut und mein Vater haben einmal um jene Statue gestritten. Meine Tante-Mutter hatte sie hinter einem Altar versteckt, und mein Vater hatte sie wegbringen lassen. Es gab eine solche Statue.« Seine Stimme war monoton, und vor seinen Augen sah er, wie sein Vater, Thut II., mit seiner widerwilligen Gemahlin Hatschepsut um die Statue eines gutaussehenden jungen Prinzen stritt, dessen Kartusche der junge Thutmosis nur mit Mühe entziffern konnte. Er blinzelte hastig. »Was du sagst, ist wahr.« Sein Blick ging in die Ferne, bis er sich wieder in der Wirklichkeit zurechtgefunden hatte. »Jetzt setz dich zu mir und laß uns wie zivilisierte Menschen beratschlagen, wer deine Frau haben könnte.« Thut nahm sich einen Stuhl. »Ich stehe bei dir in einer Ehrenschuld. Ich will sie zurückzahlen.«

Cheftu blieb argwöhnisch, glaubte aber, daß Thut sein Wort halten würde. Außerdem konnte er jede Hilfe brauchen. Hats Gold aufs Spiel zu setzen, war ihm die einzige Lösung erschienen. Natürlich würde er sich eher umbringen, als Thut die Stelle zu zeigen, denn er durfte die Schriftrollen auf keinen Fall in Gefahr bringen. Er würde nach Frankreich zurückkehren, und die Rollen würden in Ägypten bleiben. Selbst wenn er nicht nach Frankreich zurückkehrte, würde Thut ihm niemals den Fundort entlocken können. Lügen war ehrlos, doch Chloes Leben war ihm wichtiger als seine Ehre.

»Niemand weiß, daß wir noch am Leben sind«, sagte Cheftu. »Die meisten Menschen, die wir kannten, leben ebenfalls nicht mehr. RaEm hatte kein Gold, doch ein paar Zeugen auf der Straße erinnern sich an... eine Frau, die von einer anderen Frau weggeschleppt wurde. Einer großen Frau mit Tätowierungen.« Er sah Thutmosis an. »Das klingt nach einer Sechmet-Priesterin, obwohl mir nicht bekannt war, daß es in Waset einen Sechmet-Tempel gibt.«

Thuts Miene blieb ausdruckslos. Er ging auf eine der emaillierten Truhen mit seinen Kleidern und seinem Schmuck zu. Ungeduldig kramte er darin herum, dann kam er mit einer Goldkette in der Hand zurück. »Cheftu, als ich...« Er seufzte. »Weißt du noch, wie überrascht du warst, als du die Priesterin gesehen hast, die während der Plage der Dunkelheit geopfert wurde? Meine Leibwächter haben mir berichtet, du hättest gesagt, sie sei viel jünger, als du geglaubt hattest.«

Cheftu kniff die Lippen zusammen. »Ja. Sie war von Geburt an eine Schwester-Priesterin RaEms gewesen. Sie war vierundzwanzig Überschwemmungen alt, aber... sie hat jünger ausgesehen.«

»*Haii.*« Thut ging auf und ab. »Sagt dir der Name ›Basha‹ etwas?«

Cheftu stand auf. »Ja. Sie war fast ihr ganzes Leben lang RaEms Zofe. Sie ist im Tempel großgeworden, doch weil sie an einem unbedeutenden Tag geboren war, konnte sie nicht als Priesterin dienen.« Er verschwieg, daß wahrscheinlich sie es gewesen war, die RaEm vergiftet hatte. »Eines Nachts ist sie verschwunden.«

»Das ist sie wohl kaum.« Thut streckte seine Hand aus.

Cheftu nahm die Kette und reichte sie dann zurück. »Wo hast du das gefunden?« fragte er.

»Im Hathor-Tempel in Avaris.«

Automatisch fiel Cheftus Blick wieder auf das Gold. »Aber es ist...«

»Ich weiß. Diese Basha war die falsche Priesterin, und doch ist ReShera seither verschwunden.«

»ReShera hätte eigentlich RaEms Position und Macht einnehmen sollen. Sie wurde nur wenige Stunden zu früh geboren«, sinnierte Cheftu. »Sie hat RaEm gehaßt und geglaubt, daß sie die Priesterschaft vergiftet. Ganz zu schweigen von RaEms Beziehung zu Phaemon.«

Thut sah ihn an. »Ich habe sie nie dazu bringen können, sich mir anzuvertrauen. Woher weißt du diese Dinge?«

Cheftu sah zu Boden. »Eine andere Priesterin hat geplaudert. Nicht RaEm...« Verlegen stand er auf.

Thuts Mund verzog sich zu einem listigen Grinsen. »Wann hast du denn mit einer anderen Priesterin gesprochen? Normalerweise gehen sie ihren Pflichten in aller Abgeschiedenheit nach.«

»Bei der Jagdfeier«, antwortete Cheftu. »Unter den gegebenen Umständen war sie recht, ähm, freimütig. Ich habe gewußt, daß RaEm in großer Gefahr war. Ich mußte wissen, warum.« Sein Blick hielt Thuts stand. »Glaubst du, ReShera hat sie?«

Thut zog die Achseln hoch. »Und wenn? Das ist ihr gutes Recht als Mitpriesterin.« Er hob die Hand, als er Cheftus düstere Wut bemerkte. »Ich habe dir ein Versprechen gegeben, und das werde ich halten. Wir werden sehen.«

»Ich glaube, daß ReShera Sechmet Gefolgschaft geschworen hat. Weißt du, wo der Tempel ist?«

»Ich bin Pharao. Aber vergiß den Preis nicht, Cheftu. Dein Leben, dein Wissen und das Gold.«

»Jawohl, Meine Majestät.«

19. Kapitel

Chloe warf die zusammengeflochtenen Grashalme zu den hundert anderen Dingen, die sie in der Dunkelheit ertastet und zusammengeflochten hatte, um nicht wahnsinnig zu werden. Sie war in einer dunklen, stickigen Zelle aufgewacht und erst nach mehreren Stunden in Todesangst zur Ruhe gekommen. Es hatte Stunden gedauert, bis sie die Fesseln um ihre Hand- und Fußgelenke gelöst hatte, und eine weitere Stunde, den verzwickten Knoten an ihrem Knebel aufzunesteln. Sie hatten ihn in ihren Haaren verknotet! Wenigstens konnte sie sich jetzt frei bewegen. Sie betastete ihre wunden, blutigen Handgelenke. Ihr Mund fühlte sich nach dem Knebel völlig überdehnt an. Chloe schluckte den letzten Speicheltropfen hinunter, den sie hervorzubringen vermochte, und labte sich an der feuchten Spur auf ihrer trockenen Zunge. War sie schon seit Tagen hier, oder kam ihr das nur so vor?

Sie war so durstig. Ihre Zunge fühlte sich so trocken an wie das Tuch, das man ihr in den Mund gestopft hatte. Reglos saß sie in der Dunkelheit und fragte sich, was wohl als nächstes kommen würde. Die »andere« war fast vollkommen verschwunden, ihre Gedanken und Traditionen hatten sich so in Chloes Geist eingefügt, daß sie die ständigen Beratungen nicht mehr nötig hatte. Trotzdem hätte sie etwas Gesellschaft brauchen können...

Chloe tastete nach einem weiteren Grashalm und brach ihn automatisch in drei Teile. O Gott, Cheftu, dachte sie, bitte hilf mir!

Lärm im Gang ließ sie innehalten. Sie hatte höchstens eine Fluchtchance, wenn sie den Wärter überraschte. Vorsichtig öffnete sich die Tür, und Chloe ging in die Hocke, ihren protestierenden Muskeln zum Trotz. Eine riesige Kushitin streckte einen langen Speer herein und zielte damit genau auf Chloes Brust. Sie winkte Chloe heraus, die sich erhob, immer dicht davor, aufgespießt zu werden. Sowie Chloe die Zelle verlassen hatte, wurde sie gegen die Wand geschleudert und bekam erneut die Hände gefesselt. Sie stöhnte vor Schmerz, als das frische Leder in die offenen Wunden biß. Ihre Augen brannten, als sie vorwärts, zur Haupthalle des Tempels, geschubst wurde.

Hilf mir, dachte sie.

Cheftu, Thutmosis und ein kleiner Trupp Wachsoldaten schlugen sich durch das dürre Gestrüpp an der Tempelseite. Der Bau lag zum Großteil unter der Erde, und die abbröckelnde Löwinnenstatue war halb hinter dem Unterholz verborgen.

Nachdem sie die Wachsoldaten an strategischen Punkten postiert hatten, betraten Cheftu und Thut die dunklen Gänge. In Cheftus einwandfreiem Gedächtnis war immer noch die Karte gespeichert, die er einst als *Sem*-Priester zu sehen bekommen hatte, und so führte er Thut durch die Säulenhalle mit den halb verfallenen Pfeilern bis zum Quergang. Auf einmal hörten sie Stimmen hinter sich und konnten sich gerade noch in den Schatten drücken, ehe zwei riesige Frauen mit Chloe in ihrer Mitte um die Ecke kamen.

Nur Thuts feste Hand auf seinem Arm hielt Cheftu davon ab, vorzuspringen und Chloe zu befreien. Ihr Gesicht war schmerzverzerrt, und er sah, daß man ihr die Arme auf den Rücken gefesselt hatte, am Ellbogen wie an den Handgelenken, so wie der Pharao Fremde band. Die Männer folgten den drei Frauen mit einigem Abstand. Die Stimmen vor ihnen wurden lauter, und Cheftu bemerkte entsetzt, daß sie den Ruhm von Rache und Blut besangen. Es war ein grauenhaftes, archaisches Lied, ganz anders als alle Musik, die er bisher in Ägypten gehört hatte.

Thut packte Cheftu am Arm und hielt ihn davon ab, in die Haupthalle zu stürmen. Statt dessen drückten sie sich im Schatten der Säulen an der Wand entlang. Der Gesang war verstummt, und nun nahm eine der Priesterinnen auf einem silbernen Schemel Platz. Sie trug eine weiße Robe und eine Sechmet-Maske. Cheftu entsann sich, sie und die Maske bereits einmal gesehen zu haben – im Tempel-des-Kas-Ptahs in Noph. Sie war die Inkarnation Sechmets gewesen und hatte in Ra-Ems Handgelenk gebissen, ein bizarres Ritual, wie er damals gefunden hatte. Und jetzt wußte er auch, warum: Sie war wahnsinnig.

Man schnitt die Fesseln von Chloes Armen, und Chloe keuchte vor Schmerz, als die Lederriemen abgezogen wurden. Ein paar Sekunden sah Cheftu nur noch rot, als er das eisige Lachen der Priesterin hörte – als Reaktion auf Chloes Qualen. Thuts Hand lastete wie ein Fels auf seinem Unterarm, und Cheftu begriff, daß sie erst einmal zuhören mußten. Wenn es in der Priesterschaft faule Stellen gab, mußte Thut sie herausschneiden. Cheftu biß in der Dunkelheit die Zähne zusammen.

Die Gestalt auf dem Schemel erhob sich und trat vor. »Meine moderne Priesterinnen-Schwester«, sagte sie.

Cheftu und Thut tauschten einen Blick aus, niemand hatte Chloe auf ReSheras Gesicht vorbereitet, das plötzlich unter der Maske zum Vorschein kam.

Chloe schrie auf und wich einen Schritt zurück. »Du lebst!«

ReShera lachte. »Du bald nicht mehr, liebe Schwester.«

Chloes Gesicht leuchtete weiß im Mondschein. »Das verstehe ich nicht.«

»Offensichtlich nicht, RaEmhetepet«, sagte sie. »Bis vor kurzem hast du mich nie verstanden. Deshalb will ich es dir erklären – es bereitet mir ungemeines Vergnügen, dich zittern zu sehen.«

»Wer ist dann gestorben?« fragte Chloe.

ReShera sah sie verständnislos an. »Wie?«

»Es ist jemand gestorben. Ich habe jemanden in den Tod geschickt. Wen?«

ReSheras Gesicht verwandelte sich erneut in eine Maske, diesmal in eine von Haß gebleichte, aus deren schwarzen Augen der Irrsinn glühte. »Meine Geliebte Basha.«

Es dauerte einen Moment, ehe ReSheras Worte allen Anwesenden, ob verborgen oder nicht, ins Bewußtsein gedrungen waren. »Deine Geliebte?« wiederholte Chloe.

»Ganz recht. Sie hat mir gehört, seit sie ein Mädchen war! Ich habe sie geformt, sie erschaffen und sie zu einem Wesen gemacht, das allein Sechmet dient. Ich habe sie vor deinem Zorn beschützt!« zischte ReShera. »Nur du bist schuld, daß sie sterben mußte. Du, die mit jedem verkommenen Vieh schläft, nur nicht mit dem Prinzen! Du, die meinen Bruder gestohlen und ihm das Leben geraubt hat! Du glaubst, du seist soviel mehr wert als jeder andere! So wie die Göttin Hathor – doch die ist ebenfalls schwach. Besser ist es, der Göttin Sechmet zu dienen. Sie verschlingt ihre Feinde! Und nimmt auf diese Weise ihre Kraft in sich auf! So wie ich deine aufnehmen werde, Priesterin.«

»Wie hast du das angestellt?«

ReShera sah sie verdutzt an, und Chloe wiederholte die Frage. »Du hast mit uns gebetet, doch Basha wurde losgeschickt? Wie hast du das angestellt?«

»Ich habe sie nicht umgebracht«, erwiderte ReShera steinern. »Du hast meine geliebte Basha ermordet. Du!«

»Ich war es«, bestätigte Chloe beschwichtigend und in der Hoffnung, endlich die Wahrheit zu erfahren. »Wie habe ich es angestellt?«

»Du bist aus dem Tempel geschlichen und hast sie aus dem Tunnel geholt, in dem sie gewartet hat. Sie war schwach und hungrig, und es war eine Kleinigkeit, ihr ein Schlafmittel ins Essen zu geben und sie andere Sachen anziehen zu lassen. Du bist mit ihr zur Weißen Kammer gegangen und hast sie dort hingesetzt, dann hast du ihr die Namenskette abgenommen und deine angelegt. Dann hast du den Prinzen gehört und dich versteckt. Als du mitbekommen hast, daß er Basha vergewaltigt und daß ihr das gefällt, hat dich der Zorn gepackt, und du bist verschwunden. Seither habe ich mich totgestellt.

Hatschepsut, ewig möge sie leben! hat einen Grund gesucht, dich zu eliminieren. Nur sie hat gewußt, daß ich noch am Leben bin.« ReShera lächelte, eine düstere Schönheit, die den Abgrund in den Wahnsinn überschritten hatte.

Sie faßte in ihre Schärpe und steckte dann die Hand in den Mund, um das silberne Fangzahn-Gebiß zurechtzurücken. »Darum muß ich dir nun deine Kraft nehmen, RaEm, und sie Basha geben. Weißt du, wie wir die Kraft gewinnen, RaEm?« Es war eine rhetorische Frage, und ReShera wartete die Antwort gar nicht ab. »Es gibt zwei Methoden. Die gängige ist es, deinen geheimen Namen zu erfahren und ihn dann auszulöschen.« Sie lächelte breit und raubtierhaft. »Die andere, ältere Methode ist, dein Blut zu trinken. Mit unserem Blut fließt das Leben durch uns. Eine unaufhörliche Überschwemmung, wenn man so will.«

Chloe zitterte. Der Abscheu, den sie vor dem Irrsinn in diesem Raum empfand, kochte in ihren Adern. Magensäure stieg ihr in die Kehle, und sie schluckte mit angewidert verzogenem Gesicht. Sie mußte ReSheras Schwachstelle finden und dort ansetzen. »Du wirst mich also umbringen, weil du meinst, ich sei schuld am Tod deiner Geliebten? Wie kann das sein? Basha hätte überhaupt nicht dort sein sollen. Sie war keine Priesterin. Nicht ich habe sie zu Thutmosis geschickt, sondern du.«

ReShera ging mit keiner Silbe darauf ein, sondern setzte ihre Haßtirade fort: »Du bist schuld!« zeterte sie. »An Bashas Tod und an der Zerstörung Äyptens! Wir haben eine starke Frau auf dem Thron gebraucht, doch du hast hinter ihrem Rücken gegen sie gearbeitet und ihren Sturz geplant, um einen Mann auf den Thron zu setzen.« Sie sprach voller Gift und Herablassung. »Dann hast du zwei Sechmet-Wachen ermordet und bist eine unheilige Verbindung mit diesem Mann eingegangen.«

»Welchem Mann?«

»Dem Magus.«

»Wieso hast du mir mein Kind geraubt?« fragte Chloe ganz ruhig.

ReShera trat vor sie hin. Ihr Lächeln war giftig, gehässig und exquisit.

»Das habe ich für meinen Bruder Phaemon getan.«

»Phaemon? Dein Bruder?«

Das Gesicht aus ihren Alpträumen blitzte vor ihr auf. Ein Mann, dessen Blick sich von Leidenschaft zu Entsetzen wandelte, als eine Klinge in seinen Bauch gestoßen wurde. Chloe meinte fast zu spüren, wie das warme Blut über ihre Hände lief. Der Geruch… bei den Göttern! Sie sah ReShera ins Gesicht. Dieselben Wangenknochen und weiten, geschwungenen Brauen. Das Gegenstück zu seinem perfekten Antlitz.

»Ganz recht, Phaemon, der Soldat, den du während einer deiner widerwärtigen Orgien mit Nesbek verführt hast. Du hast ihn umgebracht. Du hast ihn in jener Nacht so vollkommen ausgelöscht, daß er niemals im Westen wandeln wird!« ReSheras Stimme klang tränenerstickt, beinahe mitleidig. »Also war es nur gerecht, daß auch du jemanden verlierst.«

Überwältigt von dieser Enthüllung, schüttelte Chloe den Kopf, als wollte sie ihn dadurch klar bekommen. Wenn sie nicht bald handelte, hätte sie keine Chance mehr, ReShera zu übertölpeln. »Wann?« fragte sie ReShera.

»Wann? In jener Nacht, als er sich hier in Waset in Hathors Kammer mit dir getroffen hat! An dem dir zugewiesenen Platz; doch du in deiner Verkommenheit hast dein Amt und deine Göttin befleckt, indem du kopuliert hast, während du hättest beten sollen! Du trägst die Schuld daran, daß der Wüstengott gewonnen hat! Du hast Amun-Re geschwächt! Mir bleibt nur der kleine Trost, daß auch Phaemon dich verletzt hat, denn danach warst du tagelang krank.«

Chloe stand wie unter Schock. Die Nacht, als sie durchgekommen war – das Rot an ihren Händen, der vertraute, scharfe Geruch, den sie schon damals mit Angst in Verbindung gebracht hatte. Sie war in Blut gebadet gewesen! Hatte RaEm den Soldaten getötet, bevor sie mit Chloe Platz getauscht hatte? In der Annahme, daß sie gleich wechseln würden? Wo war dann die Waffe? Die Leiche? Wenn RaEm als Chloe in die Zukunft gereist war, wo war dann der vermißte Soldat? War er, oder eher sein Leichnam, ebenfalls in die Zukunft gereist? Er war ReSheras Zwilling… und am dreiundzwanzigsten Tag des Phamenoth geboren. War es möglich?

»Und weil du Phaemon den Tod zugedacht hast, sollst du ebenfalls nie im Westen wandeln! Ich werde dir die Augen herausreißen! Deine Glieder abtrennen! Das Gesicht und den Leib, der dir so teuer ist, mit Narben verunstalten! Ich werde dein Blut trinken und dein Herz verzehren! Weißt du, was ich mit dem Sitz deiner Wollust anfangen werde? Jenem Abgrund, der dich so weit vom Wege abgeführt hat…?«

ReShera blieb dicht vor Chloes Gesicht stehen und beschrieb mit teuflischem Vergnügen die Zukunft, die RaEm erwartete, doch Chloe kümmerte sich nicht um das Vitriol, mit dem diese Frau sie überschüttete, und scherte sich nicht um den Speichel, der auf ihren Haaren und in ihrem Gesicht landete. ReShera hatte ein Messer in ihrem Gürtel, weiter nichts, und sie war so zornig, daß sie Chloe kaum beachtete.

Chloe machte einen Satz, packte den perfekten kleinen Körper und zog den Dolch aus der Schärpe ihrer Gegnerin. Sie preßte ihn gegen ReSheras Hals und rief den Wachen zu: »Ihr habt gehört, was diese Priesterin mir alles vorwirft. Ich würde an eurer Stelle nicht wagen, einen Schritt näher zu kommen, um diese Frau zu verteidigen.« Sie drehte den Arm ihrer Geisel auf deren Rücken und hielt die Messerspitze an ReSheras Kehlkopf. »Vorsicht. Wenn diese Geschichte tatsächlich wahr ist und ich den Bruder einer Mitpriesterin getötet habe, mit dem ich meinen Körper geteilt habe, und das in der Silbernen Kammer, in der gefährlichsten Nacht des Jahres, zu welchen anderen Gottlosigkeiten wäre ich dann noch in der Lage?« Chloe grinste und hoffte, daß sie dabei wenigstens halb verrückt aussah.

»Laßt die Waffen fallen.« Sie taten es. »Legt euch auf den Boden.«

Cheftu und Thut blieben verblüfft und voller Bewunderung in ihrem Versteck und verfolgten schweigend, wie die abgerissene Frau ihre Geisel nach draußen schaffte.

«Ich hatte keine Ahnung, daß es in der Priesterschaft derartige Schändlichkeiten gibt«, flüsterte Thut. »Cheftu, wo ist Phaemon? Wo ist der Leichnam? Hat deine Geliebte diesen Mann wirklich umgebracht?« fragte er leise, während vor ihnen Chloe den Raum durchquerte.

Cheftu dachte angestrengt nach; wie sollte er das erklären? Was war damals geschehen? »Wenn es keinen Leichnam gibt, wie kann man ihr dann einen Mord vorwerfen?« flüsterte er zurück. »ReShera ist wahnsinnig. Sie trinkt *Blut.* Vielleicht hat sie ihren Bruder selbst umgebracht und will nun das Verbrechen Chl... äh, RaEm anlasten, so wie sie versucht hat, ihr die Schuld an Bashas Tod zu geben.«

Sobald Chloe aus der Halle verschwunden war, wurden leise die Waffen wieder aufgenommen, dann folgten die Frauen ihr... und prallten mit Thuts Wachsoldaten zusammen. »Ich bleibe bei meinen Männern«, erklärte Thut Cheftu. »Bis zum Dreiundzwanzigsten, *Neter.* Dann will ich Antworten hören.«

Cheftu folgte Chloe in die dunklen Räume unten im Tempel. Sie zog eine Tür auf und warf ihre sich wehrende Geisel hinein, dann knallte sie die Tür wieder zu. Es gab kein Schloß, darum klemmte sie das Messer durch den Riegel und rannte gleich darauf an ihm vorbei nach oben und aus dem Tempel hinaus. Er folgte ihr und bemerkte dabei die Soldaten, die sich im Schatten versteckt hielten, während sie vorbeirannten. »Der Prinz braucht euch drinnen«, befahl er ihnen und deutete in Richtung der Kammer, in der ReShera eingesperrt war.

Er wollte mit ihr sprechen, sie umarmen, doch was blieb ihm zu sagen? Er hatte ihr nicht geholfen, sondern einfach nur zugesehen, während sie tapfer um ihr Leben gekämpft hatte. *Sie brauchte ihn nicht.* Wenn er noch vor ihr in ihrer Herberge eintraf, würde sie vielleicht nie erfahren, wie er versagt hatte. Er könnte behaupten, er habe sich vor den Soldaten versteckt und erst nachts heimkehren können. Schließlich wäre ihm als männlicher Priester der Tod gewiß, falls jemand erfuhr, daß er hier gewesen war. Doch das war eine schwache Entschuldigung. Cheftu war klar, daß er nie vergessen würde, wie mutig Chloe Schlag für Schlag, ob physisch oder psychisch, eingesteckt hatte, um sich dann selbst zu befreien.

Gott hatte wahrscheinlich eine gute Wahl getroffen.

Das Schiff legte vom Kai ab und drehte in Richtung Noph. Chloe erhob sich von ihrer Liege und schaute über das Wasser. Thut hatte schließlich aufgegeben. Cheftu meinte, ihn mache die verlorene Zeit nervös, weil nicht sicher war, ob sie rechtzeitig in Noph ankommen würden. Doch wenigstens waren sie hier, sie waren unterwegs und segelten durch die Nacht, was ohne Cheftus Kuhhandel keinesfalls möglich gewesen wäre.

Chloe sah zu ihm hinüber. Sie hatten beschlossen, sich nicht mehr zu verstecken. Cheftu war rasiert und frisiert, und auch wenn er nicht mehr die Kleider eines *Erpa-ha* trug, so entsprach ihre Tracht doch der eines Händlers mit seiner Frau. Er unterhielt sich eben mit dem geschwätzigen alten Kapitän, und von Zeit zu Zeit wehten Fetzen ihres Gesprächs zu Chloe herüber. Sie sah auf die geisterhaft weiße Stadt, die an ihnen vorüberglitt. Waset.

Sie würde sie in dieser Zeit nicht wiedersehen.

Wie war sie dorthin gekommen? Was wußte sie? Offenbar war Luxor das Eingangstor, und irgendwo im Tempel-des-Kas-Ptahs befand sich das Ausgangstor. Und man konnte nicht durch das »Ausgangstor hereinkommen«.

Würde Cheftu sie begleiten, oder würde er versuchen, nach Frankreich zurückzukehren? Erwartete ihn dort doch irgend etwas, oder war dieser Abschnitt seines Lebens vorbei und er für alle Zeiten verbannt? Wie konnte sie zur selben Zeit ins Amerika des zwanzigsten und er ins Frankreich des neunzehnten Jahrhunderts reisen? Imhotep hatte nicht behauptet, daß es dort ein Fenster der Möglichkeit gebe, auch wenn anzunehmen war, daß sie, wo dreiundzwanzig eine so entscheidende Zahl war, in der dreiundzwanzigsten Minute würden dort sein müssen. Funktionierte es *ausschließlich* in der dreiundzwanzigsten Minute? Chloe wußte es nicht, doch in nicht einmal einem Monat würde sie es erfahren.

Sie würde Cammy wiedersehen. Fernsehen. Zeitung lesen.

Und trauern. Der Verlust Cheftus würde sie tiefer und härter treffen als selbst Mimis Tod. Ihr Blickfeld verschwamm. Cheftu … vielleicht würde er ihr ja seinen ganzen Namen verraten, damit sie sein Grab besuchen konnte. Sie fröstelte. Sie wollte nicht sein Grab besuchen. Sie wollte ihn an ihrer Seite haben. Sie war nicht für die Rolle einer tragischen Gestalt geschaffen, sie wollte keine unglücklich Liebende sein. Wieso war sie also hier … und bereitete sich darauf vor, für ewig getrennt zu werden?

Wenigstens *etwas* würde sie mitnehmen. Sie drückte sich von der Reling weg und kehrte zu ihrer Liege zurück. Sie würde Cammy noch mehr Zeichnungen mitbringen und sich selbst ein paar besonders lebhafte Erinnerungen.

Die Tage würden schnell vergehen; gebe Gott, daß die Nächte lange dauerten.

Cheftu betrachtete sie im Mondlicht und labte sich einen Moment nur an dem Gesicht und der Gestalt, die er so gut kannte und so sehr liebte. Chloe warf einen schnellen Blick über ihre Schulter, dann faßte sie in den Beutel an ihrer Taille und streute etwas ins Wasser. Er trat zu ihr, während sie methodisch den Beutel leerte. Nach einem letzten Schritt vorwärts legte er seine Hände auf ihre Schulter, und nach einem überraschten Zusammenzucken lehnte sie sich zurück an seine Brust. Er küßte sie in die Halsbeuge und lächelte über ihre kleinen, katzenhaften Lustseufzer.

»Was tust du da?«

»Mir die Welt ansehen.«

Die Lippen an ihrem Hals, packte er ihre Faust und liebkoste sie mit seinen langen Fingern. »Was wirfst du da Sobek zum Fraß vor?« flüsterte er und zwang mit sanfter Gewalt ihre Finger auf. Als er die winzigen Samen in ihrer Handfläche spürte, war er sofort hellwach. Er drehte sie in seinen Armen um und sah sie entsetzt an. »Was tust du da? Wieso wirfst du sie weg?«

»Ich will nicht mehr verhüten«, erwiderte sie und funkelte ihm dabei trotzig ins Gesicht. »Verdammt noch mal, was bleibt mir denn außer meinen Erinnerungen? Wieso kann ich nicht dein Kind bekommen? Unser Kind?« Ihr Trotz schlug in Tränen um, und Cheftu blickte auf in den schwarzen Himmel. Einst hatte er sich nichts sehnlicher gewünscht: diese Frau, die jeden Traum übertraf, und Zeit genug zuzusehen, wie ihre Kinder größer wurden.

Er drückte sie an seine Brust. »Es soll nicht sein, *chérie.*«

»Wieso denn nicht?« schluchzte sie. »Wieso müssen wir dieses Opfer bringen? Wieso können wir nicht zusammenbleiben?«

»*Haii-aii!* Ich wünschte, ich wüßte die Antwort darauf, Geliebte, aber das tue ich nicht. Doch du kannst kein Kind machen, das ohne Eltern aufwächst. Es wird *un bâtard,* es hat keine Zukunft... es wird keine Erziehung bekommen, keinen anständigen Gemahl. Dazu bin ich nicht bereit.« Er zog ihren Kopf zurück. »Es überrascht mich, daß du dazu bereit bist.«

»Die Welt ändert sich«, widersprach sie murrend. »Als Bastard bezeichnet man in meiner Zeit seinen Vorgesetzten, nicht mehr das Kind einer alleinstehenden Mutter. Trotzdem... meine Familie würde sich schämen. Sie würden mir niemals diese Räuberpistole von einer längst vergangenen Welt und unserer Liebe glauben.« Sie begann erneut zu weinen. »Wieso ausgerechnet ich? Wieso wurden ausgerechnet wir ausgewählt, all das durchzumachen? Ich habe nie darum gebeten, von Gott nach Gutdünken herumgeschubst zu werden... ich bin nicht wie du. Ich bin keine Marionette.«

Cheftu erbleichte im Mondschein. »Du wirst nicht nach Gutdünken von Gott herumgeschubst; wir beide sind Werkzeuge, keine Marionetten. Du selbst hast die Entscheidungen getroffen, die dich auf diesen Pfad geführt haben. Vielleicht ist dies deine Bestimmung, doch genau wie jeder andrere kannst du dich davon abwenden. Gott hat dich auserwählt, weil er um deine Liebe, deinen Mut, deine Ausdauer weiß.« Er ließ ihre Hände fallen und drehte sich dem vorbeigleitenden Wasser zu, das wie geschmolzenes Silber das Licht einfing und spiegelte, als wollte es das Schiff auf diese Weise weiterschieben.

»Ich weiß nicht mal, ob ich überhaupt an Gott glaube«, verkündete Chloe wütend. »Ich finde es grausam, so rücksichtslos zu geben und zu nehmen. Vielleicht werde ich diese ›Bestimmung‹ einfach nicht erfüllen.« Sie sah Cheftu an, als würde sie seinen Widerspruch erwarten und fürchten.

Nach langem Schweigen antwortete er ihr auf englisch, das unter seinem schweren französischen Akzent nur mit Mühe zu verstehen war. »Ich bin jetzt seit fünfzehn Jahren in diesem Land und dieser Zeit. Ich werde zweiunddreißig, wenn du weggehst, und ich werde den Rest meines Lebens... ähm... wer weiß wie verbringen. Ich habe Götzen angebetet, ich wurde in fünf der sieben Stufen der Priesterschaft in Waset eingeführt. Ich habe Dämonen gehört, ich habe Menschen vor Angst sterben sehen. Ich habe Sünden vergeben, als hätte ich das Recht dazu gehabt.« Er sah ihr ins Gesicht. »Ein einziges Mal habe ich mich bei Gott beschwert. Dann habe ich entdeckt, daß sein Plan besser war. Ich hatte das damals nicht verstanden, doch die Zeit hat es an den Tag gebracht. Nicht weil ich ein so guter oder selbstgerechter Mensch bin, sondern weil *le*

Dieu c'est bon. Er hat mir ein Leben, Freunde, Familie in zwei Jahrhunderten, Gesundheit, meinen Verstand geschenkt. Zugegeben, es war nicht immer leicht, aber er hat mich behütet. Doch jederzeit lag es allein an mir, wie ich darauf reagiert habe.

Wir erschaffen uns durch unsere Entscheidungen, Chloe.

Ich hätte mich zurück in die Zeit flüchten und erneut reisen können. In so wenigen Tagen haben wir die meisten der nötigen Schlüssel gefunden – das hätte ich auch schon früher tun können! Ich hätte mich für den Wahnsinn entscheiden können, dafür, mich umzubringen oder zu vergewaltigen, zu plündern und zu morden. All diese Möglichkeiten standen und stehen mir zur Wahl. Aus irgendeinem Grund hat Gott genau mich ausgewählt, Jean...« Er hielt inne und fuhr dann fort:

»Wer ich war, spielt keine Rolle. Er hat mir ins Herz geblickt und mich hierher gesandt. Wieso? Damit ich, wie in jeder anderen Zeit, ihm als Werkzeug dienen kann. Ich bin Gottes Mittel, die Menschen durch meine Hände zu lieben, ihnen durch meine Fähigkeiten zu helfen, durch mein Herz mit ihnen zu sprechen. Es tut kaum etwas zur Sache, wo ich lebe –« Er räusperte sich. »Ich wünschte, es könnte mit dir zusammensein, doch das soll nicht sein, jedenfalls nicht soweit wir das erkennen können.« Er seufzte. »Dennoch ist das keine Entschuldiung dafür, Gott anzuklagen.«

Er drehte sich mit leuchtenden Augen um. »Uns wurde soviel gegeben, Chloe! Wir haben die Pyramiden erstiegen, mit Pharaonen gesprochen, Gottes Wunder gesehen! Immer wieder hat er unser Leben verschont! Erinnere dich: Der tödliche Hagel hat uns nicht getroffen, wir haben die Wüste überlebt, die Soldaten, Hunger, Durst. Wenn dies der Preis ist, den wir zahlen müssen, dann sei es!«

»Ich – ich verstehe nicht, wie du so fest glauben kannst«, stotterte sie. »Ich habe Gott nie so verstanden.« Sie schluckte. »Ich weiß, was wir gesehen haben, aber ich kann nicht wirklich an die lenkende Hand glauben, die du hinter all dem siehst.«

Cheftu nahm ihre geballte Faust. »Glaubst du an die Sonne?«

»Amun-Re?«

Er lachte. »Wie ägyptisch du doch geworden bist, *ma chérie. Non.* Die Kraft der Sonne. An ihre Strahlen, was sie bewirken.«

»Natürlich. Ich kann die Ergebnisse sehen.«

»*Haii!* Aber wenn du sie nicht sehen könntest ... ?«

»Dann würde das nichts daran ändern.« Ein paar Sekunden lang standen sie schweigend beisammen. »Ich hasse es, wenn du das tust«, erklärte Chloe gepreßt. »Was hast du damals mit sechzehn eigentlich unterrichtet?«

»Nichts Besonderes. Ich habe alles gelehrt. Vor allem Sprachen.«

»Warst du damals schon so besserwisserisch wie heute?«

»Die Wahrheit läßt sich nicht abstreiten. Nur sie gibt uns die Freiheit zu träumen und zu wissen. Allerdings hast du recht, ich war ein arroganter Flegel!« Er umarmte sie. »Ich liebe dich. Du wirst zulassen, daß Er Sein Werk durch dich erfüllt, das weiß ich ganz genau.« Er gab ihr einen Kuß auf die Schulter.

»Ist das nicht emotionale Erpressung?« fragte Chloe trocken.

Er drehte ihr Gesicht ihm zu. Sein Blick war todernst. »*Non.* Ich weiß es, weil ich weiß, wie schön deine Seele ist. Weil ich nur das Beste von dir glaube. Weil ich deinen Gott kenne.«

Sie schmiegte sich an seinen Körper und bat mit tränenerstickter Stimme: »Dann geh mit mir ins Bett, Cheftu.«

»Hast du noch Samen?«

Sie öffnete den Beutel und schniefte. »Genug für fünfmal täglich von heute an bis Weihnachten.«

»*Une provocation, ma chère?*«

Sie küßte ihn und ließ ihn mit ausgestreckten Armen zurück, während sie zu ihrer Pritsche im Bug voranging. »Genau. Eine Herausforderung, der du doch wohl gewachsen bist?«

Cheftu grinste spröde und bekam sie zu fassen. »Soll ich es dir beweisen?«

In Noph legte das Schiff längsseits an den anderen sieben Booten entlang dem Kai an. Chloe und Cheftu nahmen ihre geflochtenen Weidenkoffer und stiegen über und durch die vielen Boote, umgeben von lautem Stimmengewirr. Schließlich hatten sie den Kai erreicht und schlugen den Weg zum Markt ein.

Um sie herum dröhnte kakophonischer Lärm: von Straßenhändlern und Verkäufern. Bei ihrem Gang über den Markt stolperte Chloe über ein Päckchen. Sie bückte sich und hob es auf, als sie eine alte Frau danach fassen sah – ganz offensichtlich die Besitzerin. Chloe streckte es ihr hin. Als die alte Vettel mit schwarzen Augen zu ihr aufsah, spürte Chloe einen eisigen Finger in ihrem Rücken. »Ist das deines, alte Mutter?« Die Frau schüttelte heftig und abwehrend den Kopf. »Bitte, ist das deines?« Ihr klarer Blick hielt Chloes stand, die in ihrem Kopf hörte: *Nimm es, es ist die Zukunft.*

»Komm schon, Chloe!« Cheftu zupfte sie am Arm.

Chloe hatte das Gefühl eines Déjà-vus, als sie sich umdrehte und Cheftu hinterherging, verfolgt von dem Lachen der Alten.

Sie kamen in ein ärmeres Stadtviertel, wo sich die Lehmziegelhäuser wie müde alte Männer aneinanderlehnten. Der weiße Kalk war bröckelig, und Kindergeschrei hallte durch die Straßen. Der wirtschaftlichen und gesellschaftlichen Zerstörung des Landes zum Trotz ging das Leben weiter. Chloe sah ein Holzschild in Form eines Skorpions, und Cheftu drückte die Tür darunter auf. Sie traten in einen kleinen Hof. Ein Limonenbaum hatte ihn früher überschattet; jetzt wiegten sich seine nackten Äste in der leichten Brise.

Eine mittelalte Frau kam heraus und wischte sich die bemehlten Hände an der gestreiften *Shenti* ab. Sie sah sie scharf an, dann lachte sie laut und zahnlos. »Edler Herr Cheftu!« rief sie aus und schlang die Arme um seinen Hals. Chloe blickte überrascht von der abgerissenen Frau auf Cheftu.

»Mara!« begrüßte er sie. »Leben, Gesundheit, Wohlergehen! Das ist meine Frau Chloe.«

Die Frau bekreuzte ihre Brust und umfaßte dabei mit einer Hand ihr Amulett gegen *Khefts*. »Zu Diensten, Herrin«, säuselte sie. Dann sah sie Cheftu wieder an. »Wie ich sehe, brauchen der Herr und die Herrin ein Zimmer.« Beflissen schlurfte sie voran zur Treppe. »Folgt mir nur.«

Sie stiegen die knarzende Treppe hinauf in einen überraschend hellen Raum mit einer breiten, durch Vorhänge abgetrennten Liege sowie einem niedrigen Tisch und Stühlen. Die Fenster gingen auf einen kleinen Balkon, von dem aus man den Heiligen See des Tempels sehen konnte. Chloe hörte Gold klimpern, und gleich darauf stand Cheftu hinter ihr und hatte die Arme um ihre Taille geschlungen.

»Eine Ex-Freundin?« fragte sie und badete dabei in der Sonne, die auf die weißgekalkten Mauern schien.

»Das alte Mädchen ist eine göttliche Köchin und verschwiegen wie ein Grab. Sie war mit uns auf der Expedition nach Punt. Als sie diese Herberge eröffnet hat, haben Kommandant Ameni und ich sie oft besucht, nur wegen ihres Linseneintopfes.« Er verstummte.

»Was?«

»Ich habe mich gefragt, ob ich wohl jemals an einen Vorfall oder ein Erlebnis zurückdenken werde, bei dem niemand beteiligt war, der in einer der Plagen gestorben ist.« Sein Griff um Chloe verstärkte sich.

»Du zerquetschst mich«, keuchte Chloe, und sein Arm lockerte sich wieder. »Ich will diese Rolle nicht spielen, Cheftu... ich will nicht zurück.« Sie drehte sich in seinen Armen um und hob sein Gesicht mit ihrer Hand an, um seine Wangen, sein Kinn, seine Nase und seine Brauen zu berühren... und sich alles einzuprägen. Seine Augen strahlten in der Sonne wie reines Gold, und Chloe war klar, daß er seinen Kummer für sich behielt, um nicht sie damit zusätzlich zu belasten. »Was ist heute für ein Tag?« fragte sie unbehaglich.

»Der zwanzigste«, antwortete er. »Uns bleiben noch drei Tage und zwei Nächte.«

»Auch heute?«

»Bis zum Abendessen.« Er versuchte sich an einem Lächeln. »Wir dürfen Maras Essen auf keinen Fall verpassen.«

Für Chloe war das zuwenig Zeit. Hundertmal hatte sie Cheftu geliebt, und doch blieben ihr nicht genug Stunden, um ihn ganz in ihrem Fleisch aufzunehmen, um die seidige Weichheit seiner Haut und seiner Kraft zu spüren, seine rauchigen Worte an ihrer Haut zu hören. Viel zuwenig Zeit.

Cheftu spürte, wie sie sich von ihm zurückzog, und er konnte ihr keinen Vorwurf daraus machen, selbst wenn er am liebsten mit aller Kraft in sie gedrungen wäre und sie gezwungen hätte, ihr gesamtes Selbst mit ihm zu teilen. Ihre so bewundernswerte Standhaftigkeit und ihre Kraft, die ihn schwach vor Verlangen werden ließ, zogen sie von ihm weg, damit sie sich auf die Rückkehr vorbereiten konnte. Sie wollte nicht gehen, aber sie wußte, daß sie nicht anders konnte – und deswegen liebte er sie um so mehr. Eine Erinnerung flatterte am Rande seines Bewußtseins herum. Was war, wenn sie *nicht* in ihre Zeit zurückkehrte? Wenn sie irgendwo anders landete?

»Chloe«, sagte er, »in deiner Zeit hast du rote Haare, korrekt?«

»Ja.«

»Erinnerst du dich noch an diesen Traum, den du gehabt hast? Wo du gemeint hast, deine Schwester zu sehen, und ich dachte, du hättest ganz verschwommen etwas anderes erblickt?«

»Ja«, sagte sie im Zurückweichen. »Ich wurde auf einer Rollbahre herumgeschoben, vermutlich tot.«

Cheftu wußte nicht genau, was eine Rollbahre war, doch ihr absolut regloses Schweigen verriet ihm, daß ihr derselbe Gedanke gekommen war. »Wenn das gar kein Traum war, sondern ein Blick in die Zukunft ...«

»RaEm könnte schon tot sein.«

Sie drehte sich zu ihm um, und Cheftu sah die Furcht in ihren Augen. »Ich kann so nicht zurückkehren! Ich werde mich nie wieder einfügen können, ich werde es nie erklären können.« Wieder sah sie aus dem Fenster. »Ich könnte in den Körper eines anderen eintreten! Und was hätte ich dann? Was werde ich sein? Wie soll ich beweisen, was ich weiß?« Panisch sah sie ihn an. »Ohne dich werde ich schrecklich einsam sein ...«

Cheftu legte die Hand auf ihren Arm. »Wenn es möglich ist, werde ich dir folgen.«

»Folgen?«

»Ja. Wir sind am gleichen Tag geboren. Wir sind auf die gleiche Weise hierhergekommen, wenn auch aus verschiedenen Zeiten. Ich werde mich damit beschäftigen, solange wir getrennt sind, und herauszufinden versuchen, ob es noch andere Türen gibt, und wenn ich kann, werde ich dir in deine Zeit folgen.«

»Was ist mit dem Opfer? Was ist damit?«

Cheftu zuckte mit den Achseln. »Wenn ich dir nicht folgen

kann, dann soll das offenbar unser Opfer sein. Ich kann es nur versuchen; wenn Gott es uns versagt, dann habe ich keine Wahl, oder?«

Ihre Hände strichen über seinen festen Körper. »Wie sollen wir einander wiedererkennen, selbst wenn wir in derselben Zeit leben? In meiner Zeit leben Milliarden Menschen auf der Erde. Milliarden... nicht Millionen. Außerdem, woher soll ich wissen, ob du nicht als Frau zurückkommst?«

Cheftu warf den Kopf zurück und lachte. »Als Frau? Hast du Bedenken, ich könnte eine Frau sein?«

Sie runzelte die Stirn und stemmte die Hände in die Hüften. »Das ist auch nicht abwegiger als alles andere! Wieso nicht?«

»Weil ich die Seele eines Mannes habe, Geliebte!« Er küßte sie hungrig. »Ich werde immer ein Mann sein, und du bleibst immer eine Frau. Es kann nicht anders sein. Und jetzt Schluß mit diesem albernen Geschwätz.« Er zog sie an seinen Körper, schmiegte ihren warmen Leib an seinen, liebkoste die Haut, die Knochen, Muskeln und Sehnen, die er so liebte. Wie konnte er sie dauernd begehren, nachdem sie so oft zusammengewesen waren? Bestimmt hatten sie schon Chloes gesamte Eisdiele durchprobiert... und doch gab es ständig noch mehr.

Cheftu verschwand aus der Herberge, Chloes Duft noch auf seiner Haut. Mara hatte ihm die Parfümierung serviert, und jetzt trat er ins strahlende Sonnenlicht. Obwohl er den Weg zum Kai einschlug, wußte er, daß er keine Passage ins Große Grün buchen würde, wie er Chloe erzählt hatte, doch nichtsdestotrotz würde er überzeugend lange genug wegbleiben. Er schlenderte über den Hauptplatz der Stadt und bog dann in die Straße der Goldschmiede ein.

Das Armband, das er ihr zur Hochzeit geschenkt hatte, war schon sehr abgetragen, das Silber weich und nachgiebig, die Perlen brüchig. Er würde ihr etwas kaufen. Sie hatte zwar keinerlei Schmuck mitgebracht, doch Cheftu betete, daß Gott sie sein kleines Andenken mitnehmen lassen würde. Mit gebrochenem Herzen, doch zielstrebigem Geist trat er in den Hof eines gewissen Menfe.

Der schlicht gekleidete Junge schlurfte hinter Cheftu her. Auch wenn der Große Herr die Kleidung eines Händlers trug, war er durch seine über Generationen vererbte Befehlsgewalt und Macht leicht zu identifizieren. Mehr brauchte er bis zum dreiundzwanzigsten Tages des Phamenoth nicht zu tun. Noch zwei Tage, dann würde der edle Herr an Thutmosis ausgeliefert. Und damit hätte der Junge seine erste Aufgabe als Elite-Leibwächter des Pharao erfüllt.

Chloe biß in das flockende Gebäckstück und schob ihren Stein weiter. Sie streichelte Cheftus Fuß unter dem Tisch. »Du bist dran, Geliebter.«

Er ließ die Wurfstäbe ausrollen und addierte dann halbherzig die Punkte.

»Cheftu?«

Er hob den Blick vom Brett.

»Was wäre geworden, wenn wir zusammengeblieben wären? Wie wäre es wohl gewesen?«

Außer dem Klappern der erneut geworfenen Wurfstäbe war kein Laut zu hören. »Du magst langsame Foltern, *haii,* Geliebte?«

Sie strich mit ihrem Fuß über Cheftus. »Nein... ich... ich bin einfach neugierig.«

Er lächelte schwach. »Die ewig neugierige Chloe.« Er fuhr sich mit der Zunge über die spröden Lippen. »Wir hätten überall leben können. Meine medizinischen Fähigkeiten sind sehr nützlich.« Er betastete die Narbe an seinem Bein. »Deine auch.« Er fing ihren Blick auf. »Danke, daß du in der Wüste so gut für mich gesorgt hast, Geliebte.«

Sie sah zur Seite. »Wenn wir in Ägypten geblieben wären?«

»Wenn wir Pharao, ewig möge er leben!, nicht vor den Kopf gestoßen hätten? Dann hätten wir beim *Atmu* zu Abend essen, mit dem Hof auf die Jagd gehen und unsere Kinder im Haus des Lebens zur Schule schicken können.«

»Jungen und Mädchen?«

»*Absolument.*« Er schob seine Figur weiter. »Du hättest alles mögliche machen können. Leiten, verkaufen, malen.«

»Selbst meine modernen Kunstwerke?«

»Nein. In Ägypten ist alles streng geregelt, das weißt du genau. Doch ich habe deine traditionellen Werke gesehen, und auch die sind ohnegleichen.« Er beobachtete, wie ein tiefes Rot in ihre Wangen stieg. »Du hättest unser Grab ausmalen können… wo wir in alle Ewigkeit friedlich vereint geruht hätten…« Er verstummte.

Lieber Gott – nur noch ein Tag. Er sah Chloe an, die in ein Leintuch gehüllt vor ihm saß, da sie während der vergangenen vierundzwanzig Dekane so gut wie nicht von der Liege heruntergekommen waren. Sein Körper war erschöpft, bis an die Grenze der Belastbarkeit ausgepreßt. Verzweifelt versuchte er, die Erinnerung an sie so aufzunehmen, daß er ein Leben lang davon zehren konnte, wenn er denn noch lange leben sollte. Er zog mit seinem spitzen blauen Stein. Es gab soviel zu sagen, so viele nutzlose Worte, mit denen er seinen nicht endenden Schmerz hätte beschreiben können. Eigenartigerweise empfand er keine Wut, nur Schmerz – so intensiven Schmerz, daß er versucht war, sich selbst zu verletzen, um diese Schmerzen irgendwie auszugleichen. Und doch lag darin ein Friede, den er nicht zu erklären vermochte.

Chloe bewegte sich. Cheftu kniff die Augen zusammen und probierte, sie mit roten Haaren und blasser Haut zu sehen. Seine Einbildungskraft ließ ihn im Stich. Es war ihm gleich, wie sie aussah, das war die Ironie. Er begehrte sie so sehr, so sehnsüchtig, er brauchte sie so, daß die physischen Aspekte der Liebe zweitrangig gegenüber dem Bedürfnis wurden, ihre Seele und ihren Geist zu erforschen.

Sie hob den Fuß an seinen Schurz und strich mit der Sohle über seinen Bauch und über die Stelle darunter. Im nächsten Augenblick stieß sie das Spielbrett um und kroch wie eine behende Katze über ihn. »*Fraise?*«

»Heiliger Osiris…!«

Sie blieb unnachgiebig, und Cheftu brachte keinen weiteren Gedanken zustande, so überschwemmten ihn seine Empfindungen. Er lehnte sich nach hinten, ließ sich von ihren muskulösen Beinen in Versuchung führen und machte sich mit einem spitzbübischen Lachen daran, Chloe erneut darin zu unterweisen, wie man die Kontrolle verliert.

Als Cheftu aufwachte, blickte er in die Sonne, und das Herz wurde ihm schwer. Der Dreiundzwanzigste. Wo wäre sie in vierundzwanzig Dekanen? Bei dem Gedanken zog sich sein Herz zusammen. Vorsichtig drehte er sich um, löste sich aus Chloes Umarmung und ließ die kühle Luft an seinen Körper. Plötzlich fiel ihm auf, wie kalt ihm ohne sie war. Sie lag in tiefem Schlaf und gab keinen Ton von sich, als er sie an seine Brust zog, ihr die Haare aus dem Gesicht strich, dabei alberne Koseworte vor sich hinflüsterte, die er ihr nie ins Gesicht sagen könnte, und ihrem schlafenden Körper Versprechen machte, die er würde brechen müssen, sobald sie erwacht war.

Dann begann er, sie fest an sich drückend, zu weinen. Lautlos strömten die Tränen aus seinen Augen; in seinem Herzen donnerten Gebete der Verzweiflung. Er atmete durch den offenen Mund, um sie nicht aufzuwecken, denn er wollte den Beginn dieses Tages so lange wie möglich hinauszögern. Sie sollte nicht ihm gehören. Trotz seiner Bemühungen, sie zu binden und zu zeichnen, war sie am Ende doch frei. Es war ein Segen gewesen, sie kennen und lieben zu dürfen. *Le Dieu c'est bon.* Er biß die Zähne zusammen. Ein Segen; was für eine lächerliche Untertreibung. Sein Leib spannte sich unter den zurückgehaltenen Gefühlen an, deshalb löste er sich von Chloe und steckte die Decke unter ihr fest, damit sie auf keinen Fall erwachte. Am Fenster stehend, atmete er tief durch. Sie durfte ihn nicht so sehen. Er mußte stark bleiben – ihretwegen, um es ihr leichter zu machen.

Nachdem sie unbehelligt gegangen war, würde er heulen wie ein kleines Kind.

Nachdem sie *unbehelligt* gegangen war.

Cheftu saß schreibend an dem kleinen Tisch. Als sie gähnte, blickte er auf. »Gut geschlafen, Geliebte?« fragte er mit einem sanften Lächeln. Er schenkte ihr eine Schale mit Milch voll und brachte ihr das Tablett mit Gebäck.

Chloe gab ihm einen Kuß und nahm die Parfümierung entgegen. »Ja«, sagte sie. »Ich hatte gehofft, ich würde früher aufwachen.«

»Du hast Ruhe gebraucht.« Er gab ihr einen Kuß und verschluckte die Bemerkung, daß sie in bester Verfassung sein müsse, wo immer sie morgen auch aufwachen würde. »Wie geht es dir?«

»Ich fühle mich ein bißchen wundgeritten«, antwortete sie mit einem koketten Lächeln, »aber das geht vorbei.« Denn bald bin ich im zwanzigsten Jahrhundert, daheim bei Antibiotika, Spritzen und Krankenhäusern, dachte sie. Wird mir dann alles wie im Traum vorkommen? Sie schaute in Cheftus Augen: golden. Noch nie hatte sie solche Augen gesehen.

Cheftu senkte den Blick. »Ich habe dir etwas gekauft.« Er trat wieder an den Tisch.

»Ich habe dir gar nichts besorgt«, erwiderte sie. »Ich ...«

Er legte einen Finger auf ihre Lippen. »Ich wollte es für dich. Ich wollte dir das sagen.« Er fummelte an der Verschnürung des winzigen Päckchens herum und riß sie schließlich einfach ab. Darin lag ein Ring, ein makelloses, verschlungenes Band aus Gold und Silber. Er streckte eine zitternde Hand aus und hielt ihn ins Licht. Im Zentrum jedes Gliedes befand sich ein Stein in der Farbe von Cheftus Augen.

»Aii!!« rief Chloe aus, als sie die Sonne in den Steinen funkeln sah. *»Assst,* Cheftu!« Tränen rannen über ihre Wangen, als sie in seine roten, wäßrigen Augen aufsah.

Seine Stimme war tränenheiser. »So unendlich wie dieser Kreis ist meine Liebe zu dir, Chloe. So rein wie das Metall ist die Reinheit meiner Liebe. Wie das Silber und das Gold sind auch unsere Leben miteinander verwoben und werden für alle Zeiten miteinander verbunden sein, selbst wenn wir fortan getrennte Wege gehen müssen.« Er hob ihre Hand an und steckte den Ring auf ihren Mittelfinger, jenen Finger, der dem Herzen am nächsten ist. Er küßte ihn, preßte die Lippen darauf und atmete tief aus, während er um Beherrschung rang.

»Cheftu!« murmelte sie unter Tränen, unter Küssen. »O Gott, wie kann ich dich nur verlassen? Komm mit mir, bitte komm mit mir. Laß mich nicht allein –« Ihre Stimme brach, und sie hielten einander fest, tränenreich und voller Leidenschaft ... während die Stunden verwehten.

Mara klopfte an die Tür. »Die Patienten, von denen du gesprochen hast, sind da, Cheftu«, sagte sie leise.

Augenblicklich waren sie auf und zogen sich hastig an. Mit bebenden Fingern knotete Chloe ihr Kleid fest, während Cheftu in seinen Schurz schlüpfte und ans Fenster lief. »Ich kann die Soldaten nicht sehen, aber ich höre sie. Gott sei Dank, daß Mara so loyal ist«, meinte er. Chloe band ihr Bündel um den Leib und drückte seine Hand, bis der geschenkte Ring sich in ihr verschränktes Fleisch preßte.

Mit einem Sprung und einigen gewagten Sätzen landeten sie auf der Straße und versteckten sich in der Dunkelheit. Cheftu nahm sie an der Hand, dann liefen sie los durch die nächtlichen Straßen Nophs, immer auf der Hut vor den *Rekkit* und durch kleine Gassen eilend, um nicht auf Soldaten zu stoßen.

Jetzt geht das schon wieder los, dachte Chloe, als sie die verlassene Straße zum Tempel-des-Kas-Ptahs mit seiner dreiundzwanzigsten Türe entlangstürmten. Frieden erfüllte sie. Sie tat das Rechte. Es war kein gutes Gefühl – um ehrlich zu sein, tat es verflucht weh –, doch sie wußte, daß sie das Richtige tat. Konzentrier dich auf die Fakten, nicht auf die Gefühle, ermahnte sie sich.

Der Tempel war leer, denn die Abergläubischen verkrochen sich an diesem Tag, dem angeblich unglücksträchtigsten im altägyptischen Kalender. Kein Wunder, daß es an einem solchen Tag nur wenige Geburten gab – die zu diesem Datum geborenen Frauen waren dazu bestimmt, der Göttin zu dienen und zu sterben. Chloe schauderte. Vor einem Jahr war alles ganz anders gewesen. Sie war allein gewesen, hatte neuen Entwicklungen in ihrem Leben entgegengesehen und war beinahe Agnostikerin gewesen. Jetzt eilte sie an der Seite des Mannes, der ihre Seele war, betete zu einem Gott, der sich ihr persönlich offenbart hatte, während Soldaten auf der Suche nach ihnen die Stadt durchschwärmten.

Sie kauerten sich in die Schatten, Cheftu mit einer Hand an seinem Schwert und einer Fackel in der anderen. Chloe hielt die hieroglyphische Notiz in ihrer Hand, das letzte Vermächtnis Imhoteps.

Sie mußten die dreiundzwanzigste Tür finden. Sie blickte auf den Plan, wie schon hundertmal zuvor, und suchte die Gänge nach einem Zeichen ab, das irgendeinen Schlüssel auf die dreiundzwanzigste Tür geben konnte. »Siehst du was?« hauchte Cheftu über ihre Schulter hinweg.

»Nein. Ich schlage vor, wir gehen zu der Kammer, in der ich die ersten Hinweise entdeckt habe. Vielleicht finden wir dort eine genauere Beschreibung.«

»Die heiligen Bäder, *haii?*«

»Genau.«

Er ließ sein Schwert los, löschte die Fackel, und dann schlichen sie wieder durch den säulenbestandenen Hof, ständig nach anderen Schritten lauschend. Nichts war zu hören. Cheftu führte sie durch einen kurzen Korridor, dann traten sie in den Quergang. In den Schatten gepreßt, tasteten sie sich vorwärts und erstarrten zu Eis, als sie eine Katze schreien hörten. Mit angehaltenem Atem blieben sie stehen und warteten auf die gefürchteten Schritte. Nichts. Lautlos traten sie in die höhlenhafte Dunkelheit der Kammer der Geheiligten Reinigung.

Es war stockfinster; Chloe konnte nicht einmal das Weiß ihres Kleides sehen, von der Decke über dem Raum ganz zu schweigen. Sie hörte einen Feuerstein schaben, und wenig später flackerte die Fackel auf und erhellte Cheftus markante Gesichtszüge. Er sah sie an, und sie fragte sich, ob er wohl das Herz in ihrer Kehle schlagen hörte. Er umrundete das Schlammbecken und blieb unter einem Deckenstück stehen. Dort streckte er die Fackel nach oben, doch um ihn herum blieb es dunkel.

Chloes Hand zitterte. »Kannst du es lesen?«

»Ja«, antwortete er schwer. »Um durch die Tür in die Nachwelt zu treten, steht hier, müssen wir Priester oder Priesterin des Ordens von RaEmhetep sein, am dreiundzwanzigsten Tag, dreiundzwanzig mal drei.«

»Wir haben uns geeinigt, daß damit wahrscheinlich nicht nur der dreiundzwanzigste Tag, sondern auch die dreiundzwanzigste Stunde und die dreiundzwanzigste Minute gemeint ist.« Chloe spürte, wie es in ihr vor Aufregung brodelte.

»Im Verlauf Ptahs im Osten«, murmelte er. »Auf der Darstellung darüber wird gezeigt, wie der Nachthimmel aussehen muß.«

»Und tut er das heute nacht?«

»Ganz genau.« Seine Stimme klang belegt. »Nur das mit dem ›gebetsvollen Gehorsam in der dreiundzwanzigsten Türe‹ verstehe ich nicht.«

»Gehorsam?« fragte Chloe. »Ich dachte, es heißt ›Gebet‹.«

»Nein. Das hier ist ein älterer Dialekt. Die Symbole unterscheiden sich geringfügig von unseren heute.« Er blinzelte zur Decke auf. »Die Glyphen unterscheiden sich ebenfalls von denen, die normalerweise verwendet werden.«

»Cheftu!« zischte Chloe aufgeregt. »Als du in der Kammer warst, im Jahre 1806, hast du dich da verbeugt oder so, bevor du durchgekommen bist?«

»Natürlich nicht. Wieso sollte ich, an einem so heidnischen Ort...?« Er verstummte. »Warte mal. Da lag ein Stück Silber auf dem Boden...«

»Hast du dich hingekniet, um es aufzuheben?«

»Ja. Ich hatte mir die Hand aufs Herz gelegt. Es hat wie wild geschlagen, weil ich meinte, etwas entdeckt zu haben.«

»Das ist es!« triumphierte Chloe. »Ich wollte nicht, daß mein Rucksack zu Boden fällt, deshalb bin ich in die Knie gegangen!« Sie schauten beide an die Decke, wo ein Strichmännchen auf einem Bein kniete, den Arm vor der Brust gekreuzt und die Linke ausgestreckt. »Ich hatte genau diese Haltung eingenommen«, hauchte Chloe.

»Ich auch.«

Chloe spürte, wie sich ihre Nackenhaare aufstellten. »Und wo ist jetzt die dreiundzwanzigste Türe?«

»Ich muß näher hin«, sagte Cheftu. »Auf dem Türsturz da oben ist noch etwas hingezeichnet. Kannst du mir eine Räuberleiter machen?«

»Ich werde es versuchen«, sagte Chloe und verschränkte die Finger ineinander.

Er schlüpfte aus seinen Sandalen, und Chloe lehnte sich in die Ecke, wo sie stöhnend sein Gewicht auf ihre Hände lud und dabei so kräftig wie möglich nach oben drückte. Er fand eine Nische für sein Knie und beugte sich nach hinten, um nach oben blicken zu können, die Fackel hoch über seinem Kopf balancierend.

»Ich kann dich nicht mehr lange halten«, keuchte Chloe, die

ihre strapazierten Rückenmuskeln spürte, mit zusammengebissenen Zähnen. Sie stöhnte erleichtert auf, als er wieder herabsprang. »Hast du was entdeckt?«

»Ja. Die Tür hat Hathor-Hörner und eine Scheibe und ist rot angemalt. Ich weiß nicht, ob damit eine richtige Tür gemeint ist, vielleicht gibt es hier irgendwo auch nur eine so bemalte Wand. Wo hat Imhotep den Priester noch mal beobachtet?«

Chloe durchwühlte hektisch ihr Gedächtnis. »In einem Raum unter der Erde in der Nähe des Papyruslagers.« Sie blickte auf den Plan und wünschte sich einen roten Punkt mit der Aufschrift »Sie befinden sich hier«.

Cheftu mit seinem unfehlbaren Gedächtnis hatte ihr den Plan bereits aus der Hand genommen; er blickte auf den Boden. »Das Bild zeigt Gehorsam. Auf den Boden blicken und nach etwas fassen.« Er kniete nieder.

»Eine Falltür?«

»Ich bin nicht sicher, aber nachschauen kann nicht schaden.« Sie krabbelten über den Boden, tasteten mit den Fingern die Ritzen zwischen den Steinen ab, suchten nach einem Spalt. Chloe strich mit den Fingerspitzen über einen Stein und zuckte gleich darauf mit einem leisen Aufschrei zurück.

»Hast du dir weh getran?«

»Es ist nur ein Schnitt.«

»Woher?«

»Heiliger Osiris! Ich glaube, hier ist sie!« sagte Chloe.

»Gib mir die Fackel!«

Sie nahm die Fackel in ihre zitternden Hände und leuchtete den Boden ab. Der metallische Glanz war stumpf geworden. Cheftu schabte den Dreck ab; es war ein flacher Hebel aus dünn gehämmerten Elektrum, der offenkundig seit unzähligen Jahren nicht mehr benützt worden war. »Wie funktioniert er?« frage Chloe.

»Mal sehen«, antwortete er und drückte mit aller Kraft. Nichts geschah.

Doch nach ein paar Sekunden hallte ein lautes Knirschen durch die Halle, und Chloe spürte, wie der Boden zu beben begann. Sie sprang schnell auf den Nachbarstein und sah dann, wie der Boden genau unter der Zeichnung zurückwich und darunter tiefste Dunkelheit gähnte, gegen die sich die Kammer darüber beinahe hell ausnahm. Das Knirschen hörte auf, und Chloe machte einen Satz, weil Cheftu ihr die Hand auf den Arm gelegt hatte. »Sollen wir?« fragte er, dann traten sie behutsam einen Schritt vor, um die Fackel über das Loch zu halten. Sie konnten zwei Stufen erkennen, die in einer Drehung nach unten führten. Sonst nichts.

Mit zusammengebissenen Zähnen, um nicht vor Angst damit zu klappern, trat Chloe den Weg nach unten an, Cheftus warme Hand auf einer Schulter, der ihnen mit hoch erhobener Fackel leuchtete. »Bleibt die Kammer offen, falls wir wieder raus müssen?« fragte Chloe gepreßt in der totalen Dunkelheit.

Cheftu dachte nach. »Ich habe keine Ahnung. Vielleicht solltest du lieber oben warten, während ich hier unten alles prüfe. Auf diese Weise gehen wir sicher.«

»Nein«, widersprach Chloe fest. »Entweder machen wir das hier zusammen oder überhaupt nicht.«

Cheftu stand schweigend ein paar Stufen über ihr. »Dann warte kurz, während ich sie festzuklemmen versuche, damit wir hier unten nicht in der Falle stecken, *haii?*«

»Fünf Minuten, Cheftu.« Sie blieb still stehen, während er die Treppe wieder hinaufstieg. Es war, als wäre die Plage der Dunkelheit erneut über sie gekommen. Die Stufen führten in einer Wendeltreppe nach unten, so daß sie nicht in die obere Kammer hochblicken konnte. Sie schluckte angestrengt. Irgendwie hatte sie das Gefühl, daß etwas nicht stimmte. Cheftu hatte sich eigenartig verhalten, mal voller Zuneigung, mal in sich gekehrt. Zu leicht hatten sie Thuts beste Soldaten abgehängt. Wie Cheftu sagen würde, es reimte sich nicht zusammen.

Sie hörte Schritte über ihr.

»Chloe?«

»Ich bin noch da«, sagte sie, während er bereits zu ihr herunterkam und die Fackel ihre dunklen Ängste zurückdrängte. Dann lag seine Hand wieder auf ihrer Schulter, und sie stiegen weiter hinab. Und noch weiter, immer tiefer in die Dunkelheit hinein. Die Stufen waren glitschig, und zum Festhalten hatten sie ausschließlich einander. Dann ging es nicht mehr tiefer; sie waren unten angekommen. Ein Luftzug löschte die Fackel.

Cheftu blieb dicht neben ihr stehen, zog sie in seine Arme und vergrub sein Gesicht an ihrem Hals. »Ich liebe dich, *ma chérie*«, flüsterte er. Sie faßte um seine Taille, spürte die granitharten Muskeln, die sie festhielten, die von kaltem Schweiß klebrige Haut. Da stimmte noch mehr nicht, als sie angenommen hatte. Fast meinte sie, in der Dunkelheit ein Schlurfen zu hören.

Er löste sich von ihr und drehte den Kopf zur Treppe hin. »Also los«, sagte er und zog sie hinter sich her, während sie sich durch die Kammer tasteten. Chloe kam sich klein vor. Sie hörte Cheftu hantieren und hielt erstaunt die Luft an, als die Fackel die Dunkelheit vertrieb.

Die Kammer war klein, aber exquisit. Sie waren an der Südwand hinuntergestiegen, und rechts von Chloe befand sich eine Wand mit einem Gemälde des Nachthimmels, auf dem die Konstellationen verzeichnet waren. Links befand sich eine mit hieroglyphischen Schriften bedeckte Mauer, und schon trat Cheftu hinzu und las lautlos, aber mit bewegten Lippen, was darauf geschrieben stand.

Chloe genau gegenüber befand sich die Tür.

Um genau zu sein, war es ein tiefer Alkoven, der durch die umgebenden Gemälde eindeutig gekennzeichnet wurde. Mit im Hals schlagendem Herzen ging sie darauf zu und machte sich daran, die Zeichen zu lesen. Die Bilder erzählten eine Geschichte, die Geschichte einer Priesterin, die ein unbekannter Gott gesegnet und aus der Nachwelt hergebracht hatte, damit sie seine *Neter*-Macht erfuhr, bevor er sie … wohin nur? … schickte, damit sie Zeugnis davon ablegte. Es war eine typisch ägyptische zweidimensionale Zeichnung, doch Chloe spürte eine Gänsehaut, als sie bemerkte, daß die dunkelhäutige, schwarzhaarige Frau grüne Augen hatte.

Friede senkte sich über sie … derselbe Friede, der sie hierher gelockt hatte, um sich benutzen zu lassen, das schon, doch als Werkzeug mit freiem Willen, das jederzeit auch ablehnen konnte. *Bestimmt* hauchte eine Stimme in ihrem Kopf.

Cheftu stand jetzt hinter ihr, und sie konnte ihn erstickt nach Luft schnappen hören. »Das bist du. Das ist deine Geschichte«, flüsterte er.

Die Gänsehauthügel auf ihrer Haut waren groß wie Erbsen.

»Ja«, bestätigte sie auf englisch. »Ich soll also zurückkehren.« Wieder hörte sie verstohlene Schritte über ihnen. »Komm mit mir«, flehte sie. »Ich weiß, du glaubst, daß du nichts mehr hast, aber im zwanzigsten Jahrhundert können wir zusammenbleiben. Vielleicht findest du ja eine neue Bestimmung?«

»Non, ich kann nicht zurück. Jean-François *le jeune* ist mit mir im neunzehnten Jahrhundert gestorben.«

Chloe verschluckte sich und wirbelte herum. »Jean-François Champollion!« Eine Sekunde lang starrte sie fassungslos in sein bronzefarbenes Gesicht. »So ... so heißt du doch nicht, oder? Bist du, warst du damals Jean-François Champollion?«

»Je suis«, erwiderte er mit einer glaubhaften Verbeugung. »Mein Bruder hat mich betrogen. Er hat den Schlüssel zu den Hieroglyphen entdeckt, das hast du doch selbst gesagt.«

»Nein!« kreischte Chloe. »Ich habe dir gesagt, es war ein Champollion! Jean-François! *Er* ist der Vater der Ägyptologie! Du bist das!«

Cheftus Gesicht wurde grau, selbst im flackernden Fackelschein. »Das ist nicht möglich«, flüsterte er. »Woher weißt du diese Dinge?«

»Einen Tag bevor ich hier gelandet bin, habe ich ein Buch darüber gelesen! Es hat von Napoleons Zug nach Ägypten gehandelt. Darin wurde der ältere Champollion erwähnt, der seinen kleinen Bruder mitgenommen hatte«, *der damals bereits ein studierter Linquist war,* fiel ihr Cheftus Bemerkung ein. »Gleich hinter Karnak wurde er sehr krank. Er wurde mit Jean-Jacques zusammen heimgeschickt, und es dauerte lange, bis er sich wieder erholt hatte.« Ihre Stimme senkte sich zu einem heiseren Flüstern, so als hätten sich die Worte, die sie gelesen hatte, in ihr Gedächtnis gebrannt. »Danach meinten alle, die ihm begegneten, man könne ihn für einen alten Ägypter halten, so vertraut war er mit deren Kultur!« Mit starrem Blick fuhr sie fort: »Er hat sein Leben damit zugebracht, die Hieroglyphen zu entschlüsseln! Er behauptete, sie seien nicht nur religiöse Bilder, sondern stünden auch für bestimmte Laute und ein Alphabet. Er schrieb Bücher über die Pharaonen und ihr Leben. Er weihte sein ganzes Leben dem alten Ägypten.«

Cheftu sank gegen die Wand. »Ist das dein Ernst? Er hat all das in meinem Namen zustande gebracht? Ich bin nicht in der Namenlosigkeit versunken?«

Ihr Verstand war immer noch damit beschäftigt, das zu verarbeiten. »Todernst«, bestätigte sie. »Der Junge, den du gesehen hast... ihr habt offenbar Plätze getauscht, und er... also, er wurde dann Champollion.« Sie starrte ihren Ehemann an. »So muß es gewesen sein, denn du siehst Champollions Bild nur entfernt ähnlich.«

»*Mon Dieu.*« Cheftu sank zu Boden.

Sie kniete neben ihm nieder. »Champollion?« flüsterte sie und legte dabei eine eisige Hand auf die ihr so vertrauten Knie. »Ich weiß gar nicht, was ich sagen soll. Es ist schon komisch, wenn man entdeckt, daß der eigene Ehemann ein... eine historische Gestalt ist!«

»*Aii,* die Geschichte.« Er legte seine kalte Hand über ihre. Dann hörten sie Geräusche, gedämpft, aber nicht wegzuleugnen. »*Haii, mon Dieu,* was habe ich getan?« flüsterte er und sah zu den Sternen auf.

»Was?« Plötzlich merkte Chloe, daß Cheftu jemanden erwartete.

»Geh in die Tür, Geliebte«, sagte Cheftu, erhob sich und schob sie vorwärts. »Du mußt fort.«

Chloe ging hinüber und blieb mit wackelnden Knien in dem Alkoven stehen. »Ich kann nicht ohne dich gehen«, sagte sie.

»Geh mit Gott, Geliebte«, wiederholte er mit brechender Stimme.

Sie schluckte, denn im selben Augenblick traten Soldaten aus dem Dunkel, mit ihren Bögen auf Cheftu zielend. »Was soll das?« schrie sie.

»Geh!« brüllte Cheftu.

»Jawohl, *Kheft*«, verkündete Thut und trat vor.

»Verschwinde, bevor noch mehr Böses Ägypten heimsucht. Wirf nicht das geschenkte Leben fort, das dein Liebhaber dir erkauft hat.«

Perplex sah Chloe Cheftu an. »Erkauft?«

Cheftu blickte sie mit tränenglänzenden Augen an.

»Sobald du fort bist«, sagte Thut, »wie es der ehemalige *Erpaha* erbeten hat, werden die Mauern dieser Kammer aufgerissen. Dann wird Cheftu mich zu den Goldschätzen führen, die *dieses Weib* gestohlen hat. Mit dem Gold, das sie Ägypten geraubt hat, werde ich alles wieder aufbauen und der größte Pharao werden, den Ägypten je gekannt hat. Dann werde ich auf Eroberungsfeldzüge gehen. Sobald ich Ägyptens Schatzkammern zurückgewonnen habe, werde ich jede Erinnerung an ihre schändliche Regentschaft auslöschen. Nicht eine einzige Kartusche mit ihrem Namen soll erhalten bleiben!«

»Wieso?« Chloe rannen Tränen über die Wangen. »Wieso denn? Du hast sie doch überwunden.«

»Jemand muß die Schuld für die Taten des Apiru-Gottes auf sich nehmen!« zischte er. »Jemand muß das Blut von Tausenden Toten an seinen Händen tragen! Und das werde nicht ich sein! Da all diese Dinge *genau genommen* geschehen sind, während sie auf dem Thron saß, ist es ganz natürlich, daß sie auch die Schuld dafür auf sich nimmt, damit wir Ägypten reinwaschen können. Diese Zerstörung rührte aus der unnatürlichen Herrschaft her: eine Frau auf dem Thron. Ich werde ihren Namen aus der Liste der Könige löschen. Das wird die Menschen lehren, sich nicht mehr gegen die Gesetze der Ma'at zu stellen.«

Chloe sah Cheftu an. Sein Gesicht war wie Pergament, und unter seinen Tränen verlief die Bleiglanzschminke in schwarzgrauen Streifen. Er ließ sich auf ein Knie sinken, als sei er zu schwach zum Stehen. Die Soldaten bauten sich um ihn herum auf, und Chloe schrie auf, als sie sah, wie die Speere rote Punkte in seinen Hals und seine Brust drückten. Cheftu hob eine Hand, um eine Speerspitze von seinem Adamsapfel wegzuschieben.

Am Ende blieb ihnen keine Zeit für Tränen, letzte Worte, eine letzte Berührung. Sie kniete nieder, den Blick fest auf seine Augen gerichtet, ohne ein Wort, und sog den Anblick ihres Geliebten, ihres *Kas* in sich auf. Schon peitschte eine Windbö um sie hoch. Sie bekreuzte mit bebender Hand ihre Brust, dann streckten sie die linken Hände zueinander hin, während Cheftu gequält die Augen schloß. *Es gibt keine größere Liebe, als sein Leben für einen Freund hinzugeben*... Die Worte trieben durch ihren Kopf.

Die Zeit schlug um.

Cheftus gepeinigter Schrei ging in dem dröhnenden Lärm unter, der ihre Seele und ihren Leib auseinanderriß, trennte, voneinander löste. Schmerzhafte Stromstöße zuckten durch ihre orientierungslosen Sinne, bis endlich segensreiche, friedvolle Dunkelheit sie einhüllte, wärmend, tröstend... wie die Umarmung eines Geliebten.

Epilog

Thutmosis, Ägyptens Mächtiger Stier der Ma'at, Herr über Zwei Länder, Herr des Horizonts, Horus Hakarty, Men-kheper-Re-Tehuti-mes III., Herrscher über Ober- und Unterägypten, Geliebter Butos, Sohn der Sonne, ewig möge er leben!, Leben! Gesundheit! Wohlergehen!, stürmte durch seine nächtlichen Gemächer, ohne Schlaf zu finden. Sobald er einschlief, überfielen ihn Träume – Träume, die auf der Wirklichkeit beruhten, doch mit schrecklichen Bildern wie aus dem *Buch der Toten* durchsetzt waren. Er trat auf seinen Balkon, atmete tief die frische Luft ein und lauschte dem hellen Klingeln der Hämmer und Meißel, das zur Zeit mit jedem Luftzug heranwehte. Hatschepsut war fast vollkommen ausgelöscht. Nachdem er fünf Überschwemmungen lang in ihrem Namen regieren mußte, hatte der Rat sie endlich für tot erklärt. Die *Rekkit* fürchteten nicht länger den Zorn der Götter; innerhalb Ägyptens waren alle Feinde Thutmosis' tot oder verschwunden.

»Verschwunden«, sagte er laut. Ohne daß er es wollte, kehrten seine Gedanken zu der Kammer in Noph zurück. Er war so selbstgefällig gewesen, so überzeugt davon, den Schlüssel in seiner Hand zu halten. Er würde nicht nur alles in die Hand bekommen, was Hat in aller Heimlichkeit beiseite geschafft hatte, er hätte auch die Genugtuung, Cheftu gebrochen und selbst von Freunden verleugnet zu sehen. Er würde sich daran laben, an jenem Mann Rache zu nehmen, der ihm die Treue geschworen und seinen Schwur gebrochen hatte. Cheftu war festgehalten worden, und alle hatten nur darauf gewartet, daß er einen Versuch wagte, zu der Frau im Alkoven zu gelangen.

Dann, in weniger als einem Augenzwinkern, waren sie verschwunden. Die Fackeln wurden ausgeweht, als wäre ein mächtiger Windstoß durch den Tempel gefahren. Alle beide waren verschwunden. Selbst als die Soldaten die Mauern um das Verlies aufbrachen und dabei auf ein Dutzend geheimer Gänge stießen, hatten sie keinen Hinweis darauf entdeckt, wo die beiden abgeblieben waren. Trotzdem wartete dort immer noch ein Wachsoldat – auf verlorenem Posten, wie Thut glaubte – darauf, daß RaEm und Cheftu wieder auftauchten.

Er ging hinein und legte sich auf sein Bett. Er brauchte Ruhe. Vor dem Morgengrauen würden er und die neue Streitmacht Ägyptens losziehen durch die Wüste, um die sandige Ödnis von jenen zu säubern, die nicht den ägyptischen Göttern huldigten oder die ägyptischen Bräuche nicht befolgten. Die Stämme hätten die Wahl, sich anzupassen oder zu sterben. Und wenn sie starben, würde sich Ägypten dabei ihr Gold und ihre Schätze einverleiben und dadurch noch kräftiger werden. Er würde ein Imperium errichten, ein mächtiges Imperium, das sich weit über die Landesgrenzen seiner Vorväter erstreckte. Thut wußte ohne den Funken eines Zweifels, daß er von diesem Augenblick an bei all seinen Unternehmungen erfolgreich sein würde. Er lächelte grimmig und dachte an die Wesenheit, die ihm solches Vertrauen verlieh. Er hatte seine Zeit als Werkzeug des Unbekannten abgedient und war nun frei, sein Leben ganz nach seinen Wünschen zu gestalten.

Bebend vor Erschöpfung, schloß er die Augen.

Morgen würde für Ägypten eine neue Ära beginnen.

Die Dunkelheit verschlang mich. Es war stockfinster wie in der tiefsten Nacht. Langsam setzte ich mich auf und hielt die Hand an den dröhnenden Schädel, der sich anfühlte wie halb abgesäbelt. Mein Orientierungssinn war flöten: ich hatte nicht die leiseste Ahnung, wo ich sein mochte. In absoluter Stille spielten sich in meinem Kopf die letzten Bilder aus dem Tempel ab… und bei ihrem Anblick zerfraß mich tödlicher Schmerz. *Haii,* Cheftu! O Gott, Cheftu!

Dann erstarrte ich, denn der Geist einer Stimme hallte voll und samtig durch das Schwarz, das mich umgab.

»Chloe?«

Nachwort der Autorin

Es gibt so viele Theorien über den Auszug der Kinder Israels und ihren Weg durch die Wüste, über den damals herrschenden Pharao und die Anzahl der fliehenden Israeliten, wie es Archäologen und Theologen gibt. Der Bibel zufolge erbaute Salomon seinen Tempel 480 Jahre nach dem Auszug aus Ägypten. Damit fiele der Exodus in die achtzehnte Dynastie und die Lebenszeit und Regentschaft Hatschepsuts.

Pharao Hatschepsut herrschte als Mann, obwohl sie eine Frau war. Anfangs regierte sie gemeinsam mit ihrem Halbbruder; nach dessen Tod ging sie eine Ko-Regentschaft mit dem Kind Thutmosis III. ein, den sie nach kurzer Zeit vom Thron verdrängte, um sich selbst als Hatschepsut I. zu krönen. Historisch brachte ihre Regentschaft eine Zeit des Friedens und des Wohlstands, in der alte Grabmale wiederhergestellt und neue Kontakte zu anderen Ländern geknüpft wurden. Offenbar standen Priesterschaft und Adel hinter ihr, was zu jeder Zeit großes politisches Gewicht hatte.

Niemand weiß mit Gewißheit, wie ihre Herrschaft endete. Es gibt keine Leiche, und ihr Grab ist leer. Man weiß nur, daß Thutmosis, aus welchem Grund auch immer, während seiner Regentschaft versuchte, sie aus der Liste der Könige zu tilgen und alles auszuradieren, was an ihre Taten erinnerte. Wieso? Eifersucht liegt als Antwort nahe, ist jedoch als Motiv zu schwach für die rituelle Zerstörung, die Thutmosis befahl – und wahrscheinlich andere Könige nach ihm auch.

Eine vorstellbare Erklärung wäre, daß während ihrer Herrschaft etwas so Schwerwiegendes vorgefallen war, daß Ägypten nur wiederhergestellt und aufgerichtet werden konnte, indem man sie und ihre Regentschaft vollkommen tilgte. Nur unter solchen Umständen hätte es dazu kommen können, daß die systematische Zerstörung ihrer Monumente geduldet wurde. Wenn man diese Tatsache mit den zeitlichen Vorgaben des Exodus kombiniert... und den überlieferten wundersamen oder auch nur angsteinflößend starken und prompt eintretenden Plagen, die das Land verwüsteten... hat man eine mögliche Erklärung.

Ja, die Plagen lassen sich durch die Wissenschaft erklären. Das blutige Wasser sind Rotalgen; die Fische sterben, und die Frösche fliehen an Land. Der Nahrungsmangel läßt sie verenden, wodurch sich Fliegen, Mücken und Läuse vermehren. Diese infizieren das Vieh; das Vieh infiziert die Menschen. Eine Sonnenfinsternis, eine Heuschreckenplage – keine Seltenheit in Afrika –, Hagel, und schließlich opfern die Ägypter aus Angst ihre eigenen Kinder, um ihre Götter gewogen zu stimmen. Die Sklaven dürfen gehen. Doch trotz aller rationalen, wissenschaftlichen Erklärungen... die zeitliche Abfolge bleibt ein Mysterium. Die Dauer der Plagen und die Kontrolle darüber sind etwas, das weder Pharao noch sein gesamter Hof erklären konnten, genausowenig wie wir es heute können.

Über Senmuts weiteres Schicksal ist uns ebenfalls nichts bekannt. Fünf Jahre vor dem Ende von Hatschepsuts Regentschaft verschwindet er von der Bildfläche. Ohne Kommentar. Ohne Leichnam. Seine Schoßtiere, von denen er eine erkleckliche Anzahl besaß, wurden mumifiziert und begraben. Seine Familie wurde in den Gräbern beigesetzt, die er erbaut hatte. Doch von dem Großwesir, Architekten und *Erpa-ha* selbst wissen wir nichts. Kam er bei einer Palastintrige ums Leben? Oder fiel er als erstgeborener Sohn der letzten Plage zum Opfer?

Moses ist uns aus der Bibel bekannt und wird in allen drei monotheistischen Religionen als Prophet verehrt. Als ehemaliger adoptierter Prinz hatte unter den Israeliten allein er den Rang, die

Autorität und die Möglichkeit, mit Pharao zu verhandeln. Bestimmt hat er das blumige Hochägyptisch des Pharaonenhofes verstanden und gesprochen, was kaum ein Israelit von sich behaupten konnte. Doch wen hat er getötet, daß er den Zorn seines Adoptivvaters fliehen mußte? Meine Annahme stellt gewiß eine Möglichkeit dar, aber wer weiß?

Sehr wenig ist über die religiösen Praktiken im alten Ägypten bekannt, obwohl man vernünftigerweise annehmen kann, daß ein religiöses Ritual darin bestanden haben könnte, ein Kalb in der Milch seiner Mutter zu verzehren – weil genau das der hebräische Gott strengstens verbietet. War Hathor, die als Kuh dargestellte Göttin des Tanzes, der Musik und der Liebe, jenes »Goldene Kalb«, das Moses so sehr erzürnte, daß er die erste Ausgabe der Zehn Gebote zerschmetterte?

Meines Wissens gab es in Ägypten keine religiösen Menschenopfer, obwohl ich davon überzeugt bin, daß es, wie in allen Kulturen, auch dunklere Kulte gab. In der gesamten antiken Welt gab es kein reinlicheres, fröhlicheres und weniger blutdurstiges Volk als das der Ägypter. Ihre Götter tranken gerne Bier und aßen Brot, und jeder bemühte sich, in dieser wie auch in der nächsten Welt friedlich mit seiner Familie in einem baumbestandenen Garten zu leben.

Soweit wir das aus den vorliegenden Papyri ersehen können, entsprach die ägyptische Medizin genau meiner Beschreibung. Für den ägyptischen Verstand waren Magie und Religion so wesentliche Dinge, daß es keinesfalls genügt hätte, einfach eine »Medizin« einzunehmen oder sich operieren zu lassen. Für jede physische Handlung gab es eine spirituelle Entsprechung. Das ägyptische Gegenstück zu: »Nehmen Sie zwei Aspirin und rufen Sie morgen früh noch mal an«, war: »Machen Sie sich einen Einlauf, nehmen Sie ein Amulett und besuchen Sie mich morgen früh noch mal.« Die Ägypter waren außerdem für ihre fortgeschrittenen Techniken bekannt. Sowohl Gehirnoperationen wie auch die chirurgische Entfernung von Grauem Star wurden durchgeführt – auch wenn niemand weiß, wie es den Patienten danach erging.

Die Landbrücke zwischen der Sinai-Halbinsel und der arabischen Küste gibt es tatsächlich, und im Verlauf von siebzig Tagen wäre es einer Gruppe, die täglich zehn bis fünfzehn Kilometer zurücklegt, möglich, von Avaris aus bis an die Küste zu gelangen. Daß man ungesäuertes Brot im Sand unter einem Feuer bäckt, daß man unter Kalksteinfelsen Wasser finden kann, die Gebirgslandschaft und die dürftige Fauna – alles trifft heute genauso auf die Wüste Sinai und ihre Bewohner zu wie zu Moses' Zeiten.

Chloes militärische Ausbildung und ihre Verpflichtung als Reservistin sind durchaus denkbar. In Denton, Texas, keine fünfzig Kilomter von Dallas entfernt, residiert die Federal Emergency Management Agency, die vor nationalen Katastrophen warnt, sie beobachtet und darauf reagiert. Auch wenn sich die Agentur in militärischen Dingen auf die Terrorismusbekämpfung beschränkt, steht es den »Uniformierten« frei, sich bei jeder Katastrophe als freiwillige Helfer zu melden. Die dort stationierte Abteilung der Air Force ist winzig, doch als ehemaliges Luftwaffen-Baby konnte ich Chloe keinem anderen militärischen Zweig zuordnen.

Wie viele andere Figuren in *Die Prophetin von Luxor* hat Jean-François Champollion *le jeune,* der Vater der Ägyptologie, tatsächlich gelebt. Er wurde am dreiundzwanzigsten Dezember 1790 geboren, wenngleich er, anders als in meinem Buch, erst 1828 nach Ägypten reiste. Es ist belegt, daß er mit seiner dunklen Haut und seinen »gelben« Augen auffallend orientalisch aussah. Es ist auch belegt, daß man bei einer Unterhaltung mit ihm den Eindruck hatte, man spreche »mit einem wieder zum Leben Erwachten aus dem Alten Ägypten«. Nachdem er über zwanzig Sprachen gelernt hatte, entschlüsselte er mittels des Steines von Rosetta die Hieroglyphenschrift.

Eine Bemerkung noch zu meinen Quellen und zur Schreibweise. Nachdem ich quasi im Britischen Museum aufgewachsen bin, habe ich viele der altägyptischen Worte in diesem Buch aus E. A. W. Budges *Egyptian Hieroglyphic Dictionary* übernommen. (Die deutsche Schreibweise orientiert sich an der amerikanischen Originalausgabe und im Bereich der ägyptischen Mythologie am *Lexikon der Ägyptologie (Wiesbaden 1975ff.)* Da dieses Buch das Ergebnis lebenslanger Studien ist, kann ich unmöglich alle Artikel, Bücher, Karten, Geschichten, Illustrationen und andere Materialien aufzählen, die ich verwendet habe.

Als ständige Begleiter während der Arbeiten zu diesem Roman dienten mir jedoch John Anthony Wests *Traveler's Key to Ancient Egypt,* ein wunderbarer Führer und Wegweiser durch alles Ägyptische; Ian Wilsons Werk *Exodus: The True Story,* durch das ich mich inspirieren und anleiten ließ, Peter Claytons *The Rediscovery of Ancient Egypt;* und vor allem anderen die ursprüngliche Darstellung des Exodus aus der Bibel in drei verschiedenen Übersetzungen, darunter auch einer hebräischen.

Hat der Auszug der Kinder Israels tatsächlich stattgefunden? Auch wenn es außerhalb der Bibel keine »anerkannten« Beweise dafür gibt, muß doch irgend etwas in der Art geschehen sein, denn schließlich ist dieses Ereignis der Urquell des Judentums und der Grundstein, auf dem die israelische Nation erbaut wurde: »Höre, Israel, der Herr ist unser Gott, der Herr allein ... so hüte dich, daß du nicht den Herrn vergißt, der dich aus Ägyptenland, aus der Knechtschaft geführt hat.« (5. Buch Mose, 6:4, 12)

Die Reise geht also weiter.

J. SUZANNE FRANK
Denton, Texas, Juni 1996

Danksagung

Ein Wort des Dankes an all die Menschen, denen ich nicht genug danken kann: Melanie und Dwayne, die unverdrossen zahllose Versionen des Romans durchackerten und ihre Kritik sowie ihre Begeisterung mit mir teilten; Joe, Laura und Rene, die prüften und polierten; Dr. Philippe A. Dubé, der mir erklärte, wie man kauterisiert; Dr. Diane Boid für die französischen Übersetzungen; Anne Henehan und Pat Sprinkle für die Nachhilfe in Latein; Lynn Job für ihre militärische Aufklärung; Dr. Barbara Wedgewood und SMU Continuing Education, die mir eine Chance gegeben haben; Mary Ann Eckels, die an mich geglaubt und mich weiterverwiesen hat; meinen »Kindern« Carrie und Donna, die dafür gebetet haben, daß ich einen Verlag finde. Möge ich diese Lektion nie vergessen: Gott hört uns, und er antwortet auch. Danken möchte ich außerdem meinen Freunden und meiner Schreibgruppe für die moralische Unterstützung. Und Mel für den Titel.

Für alle Zeiten werde ich in der Schuld Susan Sandlers stehen, meiner Lektorin bei Warner Books, die ich sehr bewundere und die gewillt war, mit einer Unbekannten ein Risiko einzugehen. Jeder Autor träumt davon, das Glück zu haben, daß er seine ganz eigene »Susan« bekommt. Sie hat meine Vision geteilt und diese so sinnliche, abenteuerliche Welt ebenso geliebt wie ich. Ich danke Dir, Susan – Du bleibst die Beste!

Mein tiefster Dank gilt meiner Familie. Daddy, Dir danke ich für jahrzehntelange Schreibstilschulungen, für unzählige Beratungen und für die unerschütterliche Überzeugung, daß meine Worte eines Tages gedruckt würden. Mom, Dir danke ich für die biblischen Geschichten, für die allerneuesten Entdeckungen, das Einfühlungsvermögen, die künstlerische Vision. Meiner Baba danke ich für die Lust am Leben, für Chloes Vergangenheit und tausend andere Dinge – für die alle Worte nicht ausreichen würden. Granny für das Geschenk, das mein Leben ein für allemal verändert hat.

Schließlich möchte ich noch meinem Komplizen bei diesem »Verbrechen« danken – der mir Ägypten und Israel zuteil werden ließ, außerdem das Verständnis eines Seelengefährten, ein Mac-Notebook sowie jede Menge Diet Coke und M&Ms: Rob, Gott segne dich. Ich liebe Dich.

Euch allen gilt mein Dank und meine Liebe!

Glossar

Ab – altägyptisch für »Herz«
Ankh – ägyptischer Lebensschlüssel; Kreuz mit einer Schleife am Kopfende
AnkhemNesrt – Göttin der achten Nachtstunde; Hathor-Priesterin acht Uhr
Anu – ein Wanderer
Apiru – die versklavten Völker, unter ihnen Israeliten
Apis – ein heiliger Stier
Atmu – Dämmerung
Ba – Psyche und Seele eines Menschen
bukra – morgen
Chaos – Schöpfung
Deir El-Bahri – arabischer Name für Hatschepsuts Grabtempel; während ihrer Regierungszeit als »Glanzreichster« bezeichnet
Dekane – die vierundzwanzig Einteilungen für Tag und Nacht, festgelegt anhand der Sterne
Djellabah – traditionelles ägyptisches Kleidungsstück
Djinn(s) – arabisch für Dämon(en)
Elektrum – Silber-Gold-Legierung, mit der Skulpturen und Wände verkleidet wurden
Elle – Längenmaß vom Ellbogen bis zu den Fingern, ca. 45 bis 55 cm

Elohim – hebräisch für Herr
Emmer – billige, dem Dinkel verwandte Weizenart
Erpa-ha – altägyptischer Erbtitel
Fellache – arabisch für einfacher Arbeiter
Feluke – Nilsegelboot
Fronarbeiter – an das Land gebundene Sklaven oder Leibeigene
Gau – altägyptische Regierungsbezirke
Gerchet – eine Verkörperung der Nacht; Hathor-Priesterin zehn Uhr
Gestade der Nacht – Euphemismus für Hades
Hemu neter – oberster Arzt-Priester
***Henhet*-Krone** – Kopf und Ohren bedeckende Krone des Pharaos
Henti – ägyptisches Längenmaß
Herit-tshatsha-ah – Name der Göttin der siebten Nachtstunde; Hathor-Priesterin sieben Uhr
Hyksos – »Hirtenkönige«, die Ägypten während des Mittleren Königreichs eroberten und die zu Beginn der achtzehnten Dynastie verschwanden
Hypstylon – griechischer Ausdruck für Säulenhalle
inshallah – arabisch für »So Gott will«
Ka – die persönliche und geistige Kraft eines Menschen
Kalesche – Pferdekutsche
Kamsin – brutaler, stürmischer Wüstenwind, der extreme Hitze und manchmal Sandtornados mit sich bringt
Kartusche – längliche, schützende Einrahmung um die Hieroglyphe eines Pharaonennamens
Khaibit – blutsaugender Schatten
Kheft – Feind, Gegner
Khetu – ägyptisches Maß für Wassergewichte
Krummstab – Symbol der Macht des Pharaos in Form eines Schäferstabes
Magus (Mehrzahl Magi) – Zauberer
Meret Seger – Name des Berges am Eingang zum Tal der Könige
Natron – in der Natur vorkommendes Salz; wichtigstes Mittel bei der Mumifizierung
Neter – ein Priester
Neter – der Anfang, der Schöpfer, das Unbekannte

Osiris – wiederauferstandener König der Unterwelt
Ostrakon **(Mehrz. *Ostraka*)** – Tonscheibe für den täglichen Schriftverkehr
RaAfu – wörtlich »Nachtform von Re«; Hathor-Priesterin neun Uhr
RaEmhetep – wörtlich »eine Mondform von Re«, Hathor-Priesterin elf Uhr
Rekkit – gewöhnliches Volk, Alltagssprache
ReShera – wörtlich »die kleine Sonne«, Hathor-Priesterin fünf Uhr
Ruha-et – wörtlich »Abend«; Hathor-Priesterin sechs Uhr
Sa'a – »Herzenssohn«
Sechmet – löwenköpfige Göttin der Rache
***Sem*-Priester** – oberster Rang der Priesterschaft
Senet – altägyptisches Brettspiel
Shaduf – Schwingbrunnen für die Bewässerung; bereits seit 2000 v. Chr. im Gebrauch
Shenti – wadenlanger ägyptischer Schurz
Shesh-besh – arabisch für Backgammon
Sistrum – Rasselinstrument mit Metallstäben, beim Gottesdienst verwendet
Suk – arabisch für Markt
Tef-tef – eine Pflanze
Tenemos – die Lehmziegelmauern um jede Tempelanlage, durch die sie symbolisch zum Ur-Erdhügel wurde, aus dem die Schöpfung entstand
Überschwemmung – jährliche Nilüberschwemmung, anhand der die Jahre gezählt werden
Ushebti – kleine Figuren, die mit ins Grab gelegt wurden; sollten als Stellvertreter einspringen, falls der Verstorbene in der Nachwelt zu Arbeiten herangezogen werden sollte
Wadi – arabisch für Schlucht/Tal
Wadjet/Udjet – Namen der Kobra und des Geiers, die den Pharao vor seinen Feinden schützen sollten; daher auf der Pharaonenkrone abgebildet
***Web*-Priester** – unterster Rang der Priesterschaft
***W'rer*-Priester** – zweiter Rang der Priesterschaft

Die wichtigsten Götter und Göttinnen

Amun – Gott Thebens; sein Name bedeutet »Verborgener« oder »Unsichtbarer«

Amun-Re – Verschmelzung von Amun und Re; König der Götter

Anubis – schakalköpfiger Gott der Toten und der Einbalsamierung

Aton – Gott der Sonnenscheibe, durch Echnaton zum monotheistischen Gott erhoben

Atum – Schöpfungsgott von Heliopolis; eine Form Res

Bastet – Katzengöttin; eine Verkörperung Sechmets

Bes – Zwergengott, der Kinder beschützt

Chepre – Re in Gestalt des Skarabäus-Käfers

Chnum – widderköpfiger Gott der Erschaffung des Menschen

Chonsu – Schöpfergott, der mit dem Mond in Verbindung gebracht wird; Kind Amuns und Muts

Hapi – Gott des fruchtbaren Nils; mit Männerkörper und Frauenbrüsten dargestellt

Hathor – Göttin der Liebe und Musik; oft als Kuh dargestellt

Heqet – Froschgöttin der Fruchtbarkeit

Horus – Falkengott; Sohn von Isis und Osiris; die Seelenform des gegenwärtigen Pharaos

Imhotep – Erbauer der Stufenpyramide; später zum Gott erhoben

Isis – Gemahlin Osiris'; göttliches Klageweib

Ma'at – Verkörperung der Gerechtigkeit und des universellen Gleichgewichts; das Herz des Toten wurde mit ihrer »Feder« der Wahrheit aufgewogen

Min – ithyphallischer Fruchtbarkeitsgott

Mut – Gemahlin Amuns

Nun – die Verkörperung des Ur-Chaos

Nut – Himmelsgöttin; verschluckte der Sage nach jeden Abend Re und gebar ihn jeden Morgen neu; Gemahlin Gebs, Verkörperung des Erdgottes

Osiris – Gott der Toten und des Lebens nach dem Tode; stets als grünhäutige Mumie dargestellt

Ptah – Gott, der die Handwerker erschaffen hat; Tempel in Noph

Re – der große Sonnengott
Sechmet – Göttin der Rache, des Krieges, des Schreckens; Gemahlin Ptahs; als Löwin oder mit Löwinnenkopf dargestellt
Seth – Osiris' Mörder; Rivale Horus'
Shu – Gott der Luft
Sobek – krokodilköpfiger Gott
Thot – Gott des Schreibens und Wissens; ibisköpfig dargestellt

Ortsverzeichnis

Alle Bezeichnungen sind altägyptisch

Abdo – das heutige Abydos, eine unterägyptische Stadt am Nil
Aiyut – Stadt in Unterägypten
Avaris – im Nildelta gelegene Hauptstadt Unterägyptens
Aztlan – großes Reich in der Ägäis
Fayyum – Oase in der westlichen Wüste
Gebtu – Stadt in Oberägypten; Tor zur östlichen Wüste
Goshen – die fruchtbaren Ebenen Unterägyptens
Hatti – die heutige Türkei
Kallistae – Insel Santorin; Mittelpunkt des Aztlan-Reiches
Kanaan – das heutige Israel, Jordangebiet
Keftiu – Kreta
Kemt – Bezeichnung der Ägypter für Ägypten
Kush/Kushit – Land/Bewohner des heutigen Sudans
Midian – das heutige Arabien
Noph – das klassische Memphis
On – das klassische Heliopolis
Pi-Ramessa – wörtlich – »Haus des Ramses«; Bauprojekt in Unterägypten
Punt – das heutige Somalia
Retenu – Gebiet des heutigen Syriens und Libanons
Waset – das heutige Luxor (das klassische Theben)
Zarub – RaEmheteps Heimatstadt